E R S H I Y I S H I J I
Z H O N G G U O W E N X U E D A X I

二 十 一 世 纪

中国文学大系

2001—2010

总主编 何言宏

翻译文学卷

本卷主编 王家新

南京师范大学出版社
NANJING NORMAL UNIVERSITY PRESS

图书在版编目（CIP）数据

二十一世纪中国文学大系：2001～2010. 翻译文学卷 / 王家新主编. — 南京：南京师范大学出版社，2014.12

ISBN 978-7-5651-1662-9

Ⅰ. ①二… Ⅱ. ①王… Ⅲ. ①中国文学－当代文学－作品综合集 ②世界文学－作品综合集 Ⅳ. ①I217.1 ②I11

中国版本图书馆 CIP 数据核字(2014)第 213091 号

书　　名　二十一世纪中国文学大系(2001—2010)・翻译文学卷
本卷主编　王家新
责任编辑　王雅琼　郑海燕
出版发行　南京师范大学出版社
地　　址　江苏省南京市宁海路 122 号(邮编:210097)
电　　话　(025)83598919(总编办)　83598412(营销部)　83598297(邮购部)
网　　址　http://www.njnup.com
电子信箱　nspzbb@163.com
照　　排　南京理工大学印刷照排中心
印　　刷　南京爱德印刷有限公司
开　　本　660 毫米×970 毫米　1/16
印　　张　30.25
字　　数　451 千
版　　次　2014 年 12 月第 1 版　2014 年 12 月第 1 次印刷
书　　号　ISBN 978-7-5651-1662-9
定　　价　72.00 元

出 版 人　彭志斌

前　言

何言宏

《二十一世纪中国文学大系（2001—2010）》凡十三卷十八册，经过各位同仁的共同努力，终于面世，无疑是中国文学界的一件大事。

二十一世纪的第一个十年，中国文学发生了非常巨大的变化。这些变化，首先表现于它的世界性的历史处境。2001 年发生于美国的“9·11 事件”对于世界格局的改变，无论是在政治、经济和军事方面，还是在精神、思想、文化和意识形态方面，都非常巨大。也就是在这一年，中国经过艰苦的努力与谈判，终于加入了“WTO”。这一事件对于中国社会和中国经济的影响自不待言，其对我国思想文化界的影响，实际上也非常深刻。二十一世纪的中国文学，就发生和发展于这样的世界背景，并且和这样的背景发生着或显或隐的内在联系。

在中国内部，二十一世纪以来，中国大陆对于世界体系的进一步融入和改革开放在多方面的拓展与深化，市场化社会和消费社会的初步形成，媒介文化特别是网络文化的不断发展与发达，文学体制包容性的扩大和评奖制度的调整，以及中国台湾开始于上世纪末的政治转型，香港和澳门分别于 1997 年和 1999 年对祖国的回归，都不仅使中国各个区域的社会、政治、经济与文化发生了变化，它们之间的文学与文化关系，也与此前大为不同。这些“变化”和这些“不同”，二十一世纪以来表现得尤为迅猛、尤为突出，文学处身其中，无论是主动被动，还是直接与间接，自然与它们深切关联。在这些关联中，我们关注最多和感受最深的，就是我们的文学——具体地说，就是我们的作家、诗人，我们的文学批评家、文学研究者，和我们的文学翻译家、文学编辑与文学出版工作者等等——都力图以他们的劳作去书写、把握、追问、反思与介入我们的时代。我们这个时代和我们这个时代广大民众的精神与生存，在我们的文学中得到了异常丰富的表现。

二十一世纪以来，我们的文学潮流迭起、异彩纷呈，老一辈作家坚守良知，佳作不断；中年作家们勇猛精进，成就卓绝，殊为我们文学时代的中流砥柱；青年一代，也都姿态各异，身手非凡。二十一世纪以来，我们出现了那么多非常杰出的作品。我们的文学在精神特征、话语表达，在价值、美学和艺术策略上既有坚持，又有新变，在文学史的意义上，已经构成了一个相对完整和相对独特的文学时代。这个时代虽仍在进行，但我们有理由相信，它的未来必定宏阔，必有大成。因此，为了全面、系统和较为及时地总结二十一世纪第一个十年的中国文学，对这一时期中国文学的历史发展、基本格局和重要史料进行认真切实的梳理，并且遴选出其中的重要作家和重要作品，一方面为后人对这一时期中国文学的进一步研究和文学史编撰提供最具权威性的经典文献，另一方面，也为社会各界和广大读者提供一套权威性、系统性和集成性的大型选本，我们特邀请中国当代文学研究界的著名学者和著名批评家编选了《二十一世纪中国文学大系（2001—2010）》。

我们的“大系”，充分借鉴和学习了赵家璧先生1935—1936年间主编的《中国新文学大系》（1917—1927）以来各辑“大系”的历史经验，也据二十一世纪以来中国文学的基本特点，既有常规性的“理论批评”、“长篇小说”、“中篇小说”、“短篇小说”、“散文”、“诗歌”、“戏剧文学”、“杂文”、“报告文学”和“史料”诸卷，也专门设立了“翻译文学”和“随笔”卷，在文学史的意义上强调和突出“翻译文学”对于汉语文学的重要意义，也反映了二十一世纪以来“随笔”文体的持续兴盛。我们希望，我们的“大系”在学术精神上既能对前辈有所承传，也能具有新的尝试和新的开辟。

《二十一世纪中国文学大系（2001—2010）》虽然较早地动议于2009年，并在南京师范大学出版社及有关部门的大力支持下迅速启动，纳入了江苏省“十二五”期间的重点出版规划，也获得了我们学术前辈的热情鼓励与肯定，但是，为了保证编选工作的客观性与严肃性，为了这项浩大的“学术工程”所必须具有的时间的沉淀，我们在二十一世纪第一个十年的中国文学结束几年后方始推出。各卷主编作为在中国现当代文学研究界与文学批评界都极活跃与非常著名的学者与批评家，工作繁忙，而能勠力同心地沉潜数年，共襄盛举，真的应该深深感谢。昔者赵家璧先生在其《中国新文学大系》(1917—1927）的“前言”中曾经说过：“我们相信新文学运动第一个十年间许多英雄们打平天下的伟绩，是值得有这样一部书，替他们留一个纪念的。现在我们做成了，我们觉得了却了一件心愿！”对于我们这套“大系”来说，值得纪念的，除了我们的很多作家、诗人、批评家和翻译家们的文学“伟绩”，还有我们的前辈与我们的同仁们对“大系”所付出的很多热情、很多心血，正是在这样的意义上，我也非常想说：“现在我们做成了，我们觉得了却了一件心愿！”我们希望，在二十一世纪第二个十年行将结束的时候，我们的文学必将取得新的“伟绩”，我们的文学研究界与批评界，也必将有一次新的集结。

出版说明

本套《二十一世纪中国文学大系（2001—2010）》自2010年开始策划，至今已四年有余。从组稿到选编，从定稿到编辑，几经斟酌、打磨，这套丛书终于面世了。

作为丛书的策划与出版者，我们的心中并不觉得轻松。众所周知，选编新文学大系的做法始于上个世纪三十年代的赵家璧先生，其后上海文艺出版社又陆续出了二、三、四、五辑。新世纪以来，虽然也不断有各类文学选本陆续推出，但以头十年为考察时间段的综合性大系类丛书，这还是第一套。十年，还不足以呈现文学思潮发展的清晰脉络，但经过十年的淘洗沉淀，新世纪文学创作的趋势和特点已经逐渐在我们面前展开，渐见分明。选编本套大系的最大问题，是如何踵武前贤而又不失新世纪文学发展的特点。经过与总主编及各卷主编多次的商讨，在借鉴前五辑大系框架结构的基础上，我们选定了十三个种类，分别为长篇小说、中篇小说、短篇小说、翻译文学、报告文学、诗歌、散文、随笔、杂文、戏剧、理论、史料、批评，并为各卷配上了分卷主编所撰写的导言，对相关文学体裁这十年来的发展踪迹做了较系统的梳理和总结，以供读者参考。

与前五辑相比，本套丛书既沿袭了传统的文学分类又有所创新，如将散文、随笔和杂文分册选编，显示了“随笔”这一文体近年来独具特色的面貌；又如将翻译文学独立成卷，凸显“翻译”这一特殊创作形式对于中国本土文学的影响，与中国文学逐步融入世界文学的步调也是相应的。当然，限于精力和客观条件，我们舍弃了一些同样具有鲜明文学特色的体裁，如小小说、儿童文学、影视文学等。

大系是一种特殊的读本，也是一种特殊的史料集，在编辑过程中，我们以存真、求善为原则，订立了以下编校原则：

一、关于选目

突出名作名家，兼顾风格流派。

二、关于版本

1. 原则上以最初发表的版本为准。

2. 少量的以作者认可的定本为准。

三、关于编排顺序

全套丛书多依文章发表的先后为序，少数按照分卷主编选编的类型排序，如戏剧卷以主题分类、诗歌卷以作者姓氏排序。

四、关于注释

1. 全书不加注释，只在每篇篇末注明选文出处或版别，如原载《×××》×年第×期，或选自××出版社×年第×版。

2. 原书少量典实确实有误，也不改动，但加脚注予以指出。

五、关于编校

所选篇目文字以初版为据；少量以作者定稿本为据的，加注说明。

1. 错别字径改。但异形字或异形词，或者过去的习惯用法如其它—其他、精炼—精练等，原文如用前一项的均不改。

2. 标点依据目前较规范的用法，对明显的错用加以改动，但不强求统一。

3. 年代、数字、称谓的用法也一依原作，不作统一。

文学大系的选编既是一家之见，难免会存在争议。但我们相信，争议也正是编辑这套丛书的意义之一。由于经验和水平，我们的编校中难免还存在失误和错谬，希望广大读者不吝赐教，以使我们的工作更臻完善。

南京师范大学出版社

2014 年 7 月 23 日

目　录

导言：翻译文学、翻译、翻译体

王家新

“美好的书是用某种类似于外语的语言写成的。”

——普鲁斯特《驳圣伯夫》

一

“一个伟大的诗的年代必定是一个伟大的翻译的年代”，诗人庞德曾如是说。回想新世纪开始的这十多年，在文学翻译方面，虽然还不能说它有多么“伟大”，但它仍不时地给我们带来发现的喜悦，它所译介的一些外国作家和作品，扩展和刷新了我们的视野，也在暗中影响着这些年来的思想氛围、文学趣味和写作趋向。可以说，它构成了我们这个时代文学整体的一部分。

说到这里，我便想起了作家出版社2004年前后出版的匈牙利犹太裔作家凯尔泰斯的《命运无常》、《另一个人》、《船夫日记》等作品。虽然这样的作家由于其“孤绝”和“艰涩”不可能在一般读者中走红，但他对一些中国作家、诗人和知识分子的深度震动，仍是不可估量的。读这位奥斯维辛的幸存者的作品，我就有一种犹如创伤复发、无法从疼痛中恢复过来的感觉。我震慑于其中那种难以形容的力量。我知道在接触它的一刹那，它已在我这里留下了永远的刻痕。

而2009年获诺贝尔文学奖的德国女作家赫塔·米勒，也以其惊人的、毫不妥协的思想勇气和精灵般的艺术感受力使我们刮目相看。诺贝尔文学奖颁发理由是她的作品“兼具诗歌的凝练和散文的率直，描写了被剥夺者的境况”，但我想她对我们的“刺激”，可能比这还要辛辣、深刻。不管怎么说，如果和这样的作家相比，我相信人们就会意识到在我们这里最缺乏的究竟是什么。

因为以上这两位获诺贝尔文学奖作家，我们要感谢中国翻译出版界所做的努力。这十年来的诺贝尔文学奖得主，从2001年的奈保尔，到接下来的凯尔泰斯、库切、耶利内克、品特、帕慕克、莱辛、克莱齐奥、米勒、略萨，一直到2011年的特朗斯特罗姆，对他们的大力译介，不仅不断构成了这些年来翻译出版的热点，及时满足了广大读者的需求；也的确给中国文学带来了一些新的、重要的影响，并促进了中国文学与世界文学的对话。

除了对诺贝尔文学奖和国外其他重要文学奖的特殊关注，新世纪以来的文学翻译，还有着它值得留意的新的关注点和亮点。如果说20世纪80年代是以译介西方经典作品和欧美现代主义、拉美魔幻现实主义等为重心和时尚，90年代中后期以来尤其是进入新世纪以来，人们则转向了对当代外国文学尤其是带有“后现代”特征的文学的关注，比如说对罗思、卡佛、奥兹、村上春树、巴恩斯等作家的译介。英国当代作家巴恩斯在获得布克奖之前，他的“后现代”小说《福楼拜的鹦鹉》已被翻译了过来，该作品以小说的形式为福楼拜“立传”，但又完全打破了传统叙事的模式以及真实与虚构的界限，在文本形式上表现出很大胆、新颖的实验性；还有英国当代天才女剧作家莎拉·凯恩，她的剧作在她自杀后不久就很快在中国被全部翻译出版。凯恩的剧作的确有点让人“目瞪口呆”，它那发自“地狱”的尖叫令人颤栗，但它同时也是诗，是生命和艺术的绝响，我相信它会给我们带来“发现的惊异”。

同时，在多元文化的视野和需求下，近十多年来的翻译和出版也更多地转向了对非西方国家或者说对处于文化冲突、交汇地带的作家和诗人的关注，比如说土耳其作家帕慕克，在他获诺贝尔文学奖之前，他的代表作《我的名字叫红》已被翻译和出版。我想，帕慕克之所以吸引了众多的中国作家和读者，主要原因可能就在于“在追求他故乡忧郁的灵魂时发现了文明之间的冲突和交错的新象征”。再比如叙利亚诗人阿多尼斯，他的诗集几年前在中国出版后受到关注的一个重要原因就在于他被视为阿拉伯诗歌的代表，有着不同于西方的文化背景，能够满足人们对“多样性”和“差异性”的期盼。

令人欣喜的是，近十多年来对东欧文学也有了一些新的发现，这当然和中国作家、知识界特有的关注和兴趣有关——出于多种原因，对于东欧文学，我们总有一种“同呼吸共命运”之感。除了以上提及的凯尔泰斯和米勒，对捷克作家赫拉巴尔、克里玛，罗马尼亚作家马内阿，波兰作家舒尔茨的译介也令人兴奋，尤其是对早年死于纳粹枪杀的波兰犹太裔作家舒尔茨的“发现”，让许多中国作家相见恨晚。的确，舒尔茨不同寻常，余华在给《鳄鱼街》中译本作序时就盛赞他的那些描写，如“这些阁楼如同密布着肋骨似的椽子、屋梁和桁梁的漆黑的大教堂，椽梁就像冬天的阵风用来呼吸的黑黢黢的肺。随着寒冷和无聊袭来，日子开始变得更加坚硬，像陈年的面包”。我想，这样的作家如果早 20 年被译介过来，他对一些中国作家的影响很可能就不亚于米兰·昆德拉。

诗歌翻译则是一个特殊的领域。新世纪以来，除了对里尔克、曼杰什坦姆、茨维塔耶娃、帕斯捷尔纳克、奥登、斯蒂文斯、米沃什、布罗茨基、巴列霍、希尼、拉金、卡瓦菲斯、特朗斯特罗姆、夏尔、博纳富瓦等一些大诗人或经典诗人的持续翻译外，对英、德、法、西、日等语种及一些小语种当代诗歌的译介，以及对以色列诗人阿米亥、巴勒斯坦诗人达尔维什等人的译介，等等，都给中国当代诗歌提供了新的、更多的参照和资源。这里我仍想回到东欧上来，继对米沃什等诗人的集中译介之后，近些年来对波兰诗人赫伯特、希姆博尔斯卡、扎加耶夫斯基，立陶宛诗人温茨洛瓦，斯洛文尼亚诗人萨拉蒙，罗马尼亚众多当代诗人的译介，也进一步推动和加深了人们对东欧诗歌的兴趣。扎加耶夫斯基为米沃什之后又一杰出的波兰诗人，他的诗除了具有东欧诗歌特有的精神品格和道德力量外，似乎也更令人感到亲切。一位评论家曾这样赞誉：“他将世界看作一个流亡的地方，也看到它奇异的美……我喜爱他诗里人性的感觉和优美的音符，像谈论神秘之物那样谈论新洗的亚麻布或新鲜的草莓。”我想，这也正是他受到很多中国诗人喜爱的原因。

策兰近十多年来则在中国受到特别的关注，成为继里尔克之后在中国产生广泛、重要影响的德语诗人。策兰的诗见证了犹太民族的苦难，体现了时代的冲突和“内在的绞痛”。他在诗歌语言上所做出的艰苦卓越的努力，我相信也给许多中国诗人带来了深度的震动和启示。这一切，借用策兰自己的一句诗来说，已成为“深入在我们之内的钟”。

除了小说、诗歌和戏剧，国外一些知识分子作家、思想家的随笔也受到了注重，比如这些年来对桑塔格、库切、凯尔泰斯、米沃什、布罗茨基、卡内蒂、萨义德、德里达、德勒兹、阿甘本、巴迪欧等人的随笔作品的翻译和出版。在这些作家、思想家那里，随笔的写作成为他们对时代、对文学问题讲话的一种重要方式。它们不仅为人们提供思想和精神的资源，也在改变着传统文类写作的界线。这就是它们的意义所在。

总的来看，新世纪以来对外国文学的翻译，对不同国家和语种、不同作家和文类的译介，大都具有一种相近的取向，那就是它们的当代性。当“当下的脉搏”在其中跳动，这样的翻译文学同我们的创作一起，确定了一种精神的在场、一个思想和呼吸的场域。我想，也只有通过翻译让“他者”来到我们中间思考，通过翻译把他们变为“我们这个时代的诗人”，他们才有可能“对我们讲话”，同时，翻译才有可能实现其自身的使命。

在赫塔·米勒为其作品的出版“写给中国读者”的话中，也正包含着这样的意思。她对她的作品“能在世界上人口最多的国度出版”感到“荣幸”，然后她这样说：“我相信很多中国读者对西方文学的阅读和体验，会丰富他们的当下生活，甚至会使他们对人性的省察与对社会现实的感知，具有了‘另一种技巧’。……你们都可能是我诸多书中人物的命运共同体。我们以相似的姿势飞翔，也极可能以相似的姿势坠落。”

的确，这就是由翻译所能达成的人类的精神沟通。而这种沟通，不仅会昭示我们对现实和人性进行省察的“另一种技巧”，会将我们纳入到一种“命运共同体”中，也必然会促进当今文学的“血液循环”。这就像多多在谈到翻译时所说的那样，诗人不仅感谢“这严厉岁月里创造之手的传递”，并且深信“在击中处，此力也能从我们传递回去”。（多多：《2010 年纽斯塔特文学奖受奖辞》）

二

既然这是一本翻译文学选集，那就必然会涉及对翻译文学标准的把握和认定，因为翻译过来的东西很多，但很难说它们都称得上是“翻译文学”，正如我们看到的很多人，不过是些商业时代的“译手”，很难说他们是让人敬重的“翻译家”。

那么，什么是我心目中的翻译文学？这里我首先想起的，仍是本雅明在其《译者的任务》[①] 中所指出的：“翻译是一种文学的样式（Translation is a mode）。”这就是说，翻译是一个和创作相通（“支配翻译的法则存在于原作中”）但又为创作本身所不可替代的领域。它有着自身的特性和独特价值。它不是“从属性的”，也不同于一般的语言转换，用本雅明的话来讲，它在根本上出于对“生命”的“不能忘怀”，出于语言的“未能满足的要求”。而在我看来，像梁宗岱、戴望舒、卞之琳、冯至、穆旦、王佐良这样的译者，正是能够听到并献身于语言的“呼唤”的人。在他们那里，翻译不是一时性的乐趣，而是一项严肃、持久的事业，是一种“秘密的爱”和终生的精神操练。他们那些心血倾注的翻译，不仅忠实于原著，甚至使原著的生命在他们的译文中得到了“新的更茂盛的绽放”。正因为如此，他们把翻译提升为一门值得我们为之献身的艺术。他们使翻译这种“样式”获得了它自身的标准和尊严。

正因为有这样的翻译和译者，我完全赞同帕斯捷尔纳克的一句话：“译作应能同原作平起平坐，它本身是无可重复的。”

至于判断具体的翻译，一般来说，我们得首先看一个译者是否“心有灵犀”，看他能否进入原作的内在起源，体察并传达其隐秘的文心所在。这里我们以对希姆博尔斯卡《在一颗小星星底下》（陈黎、张芬龄译）的翻译为例，在该诗中，诗人在浩瀚的星空中选择了一颗小星星——其实那也正

① Benjamin, Walter. Illuminations: edited and with an introduction by Hannah Arendt [M]. // The task of translator. New York: Schocken Books, 1986.

是她天赋良知的一种折射，一句一句为她自身的存在“致歉”，道歉到最后，落实到她作为一个诗人的存在：“噢，言语，别怪我借用了沉重的字眼，/又劳心费神地使它们看似轻松。”

这样，诗人最终回到对她所终生侍奉的语言讲话。“沉重的字眼”不过是一个隐喻，诗人以它最终道出了生活本身的沉重性质，并表达了未能表达出其沉重而是使它看似轻松的愧疚，从而使全诗获得了更深刻感人的力量。

但不仅是愧疚，这最后一句，诗人的用词仍是很微妙的：“then labour heavily so that they may seem light”（这是译者所依据的英译），译者精确地传达了这一点：“使它们看似轻松”，而不是真的变“轻”了。遗憾的是，该诗有的中译本不仅未能传达出这一点，还甚至完全不对，如“语言啊，不要怪我借来了许多感人的辞令，/我要尽心雕琢使它们变得活泼轻盈”（张振辉译）。看来翻译的问题并不仅仅在于是否“精通外语”，更在于能否与一颗诗心深刻相通，用诗人雪莱在谈翻译时用过的比喻来说，只有进入“种子”内部，才能“重新抽芽”。

与这种理解的深刻透彻性相关联的，是翻译的精确性。打个比喻，绝不能把“巴山夜雨涨秋池”翻译成“巴山夜雨飘秋池”，这个“涨”字一定要在另一种语言中精确地再现出来。这让我不禁想起了策兰在翻译波德莱尔时深感绝望说出的一句话：“诗歌就是语言中那种绝对的唯一性。”这才是翻译的难度所在。

而这种“诗的精确”，不仅体现在词语、意象和细节上，也体现在语感、语气和音质上。这甚至对翻译构成了更难应对的挑战。德里达在其演讲《“示播列”——为了保罗·策兰》中就运用了“示播列”（Shibboleth）这一隐喻。它出自《旧约·士师记》：基列人战败以法莲人，在渡口抓捕想蒙混过关的以法莲人时，让他说“示播列”，以法莲人咬不准字音，说“西播列”，便被拿下。这真是一个致命的暗语！翻译，不正处于“示播列”与“西播列”之间?！我们能否咬准那个神秘的发音？我们能否进入到一种生命内部，精确无误地确立其音质、呼吸的节奏和气息？我们的翻译能否接近于“声音的秘密”，就像戴望舒在翻译洛尔迦的作品时所做到的那样？

至于翻译的“创造性”，这也从来是“翻译文学”的一个重要标准。问题是怎样来把握这种“创造性”。这里我想以美国诗人雷克思洛斯对杜甫的翻译为例，因为它体现了译者在深刻理解的前提下对原作进行创造性重写的能力，体现了如本雅明所说的那种“抓住作品永恒的生命之火和语言的不断更新”的能力，比如他把杜甫《对雪》的结尾“数州消息断，愁坐正书空”译为“Everywhere men speak in whispers. /I brood on the uselessness of letters”（“各地人人压低声音说话/我思考文学多么无用”，钟玲译文）。这种“大胆”的、出人意外的翻译，可以说创造出了另一首诗，却又正好与杜诗的精神相通！或者说，如果杜甫活在今天，我想这也正是他想说而未能说出的话！

这样的翻译之所以富有生命力，不仅在于它刷新了我们对杜诗的认知，重要的是，它为我们创造了一种“语言的回声”。正因为这样卓异的翻译，我们再次听到了语言对我们的呼唤。

总的来看，和西方的一些诗人翻译家相比，尤其是和那种“庞德式的翻译”（Poundian translation）相比，中国的译者大都比较拘谨，但是也有例外，且不说穆旦、王佐良、袁可嘉等人那些创造性的翻译，卞之琳先生晚年对叶芝、瓦雷里的翻译，也有着一种令人惊异的诗的迸发，并往往达到一种出神入化、忠实而又“自由”的境界。本选集中王佐良对洛厄尔《渔网》一诗的翻译，不仅展现了洛厄尔作为一个诗人的优异诗质，也透出了王佐良自己的透彻理解和精湛、高超的翻译诗艺，如果对照原文，我们就可见一个译者面对原文所做出忠实而又富有创造性的反应！

关于翻译，美国诗人翻译家温伯格（Eliot Weinberger）曾有过一个比喻：原作与译作在交流中所传递的力量，犹如DNA；而原作与译作的关系，不是克隆，而是父与子。① 由这个比喻，我还想起了布鲁姆在《影响的焦虑》中那些精辟的论述：因为一种卓越的继承和创造性改写，在文学

---

① 参见：刘宁. 翻译王维有几种方式？[J]. 读书，2004 (5).

史上，往往不是儿子愈来愈像父亲，是父亲愈来愈像儿子了。

这些，对我们过于拘谨的翻译观都会是一种有益的冲击。的确，正像博尔赫斯曾问的那样："为什么原文就不能忠实于译文?"一个真正优秀的译者不是"翻译机器"，而是诗的"分娩者"和创造者。他所得到的"授权"不仅来自原作，更是诗的授权，来自语言本身的授权。不管怎么说，他的译文必得带着他独具的理解力和创造力，带着他自己生命脉博的跳动，带着原著与译文之间那种"必要的张力"。茨维塔耶娃在谈翻译时就认为是要与那"千人一面"的翻译进行斗争，要找到那"独特的一张面孔"。

"诗歌只允许卓越"，博尔赫斯曾如是说，看来诗的翻译也应如此。

当然，翻译的创造性还体现在其他很多方面。如本选集中所选入的叶维廉对古希腊诗人艾克伊乐柯的翻译，在确切再现其诗质的前提下，他把汉语的精湛功力也带入了翻译，甚至用中国诗的句法来改造西方诗，"如鸽子之于麦束/朋友之于你"，等等。这种对文言的利用，重新整合了译诗的语言，达成了一种更富有张力的语言表现。这种对语言潜能的有效发掘，我想同样具有"创造性"，具有一种高度的诗学价值。

以上一些论证也说明了，翻译虽不是创作，但它对中国现代文学和诗歌的意义并不亚于许多创作。正如王佐良在谈诗人译诗时所说的，它"刷新了文学语言，而这就从内部核心影响了文化"。作家王小波就曾满怀感激地谈到翻译家查良铮（穆旦）和王道乾（杜拉斯《情人》的译者）对他的帮助"比中国近代一切著作家对我帮助的总和还要大"，"假如没有像查先生和王先生这样的人，最好的中国文学语言就无处去学"。[①]

但是，由于"原著中心论"的影响和其他原因，长久以来中国的文学翻译一直被笼罩在原作和原作者的阴影之中，被置于一个"从属的"、远远比创作更"次要"的位置。与此相关，翻译的意义也没有得到更充分、深刻的认识，翻译的贡献、成就及其对文学的重要作用在我们现有的文学史、诗歌史论述中还没有得到应有的位置。这种对翻译的轻视，甚至也体现在

---

① 王小波．王小波文集（第2卷）[M]．北京：中国青年出版社，1999．

我们的稿费制度和科研制度上，比如在大学和科研机构里，翻译就不能算成果。这样，除了那些可以牺牲自己的人，谁还会在翻译中倾尽心力呢？

正因为这种原因和其他原因（比如说所谓的“市场机制”，一般来说，当今的出版人总是跟着市场转的，他们关心的恐怕首先是书的“卖点”而不是其文学价值，像凯尔泰斯这样的作家，如果不是因为获得诺贝尔文学奖，我们很难想象他的作品会被翻译出版），导致了翻译文学的滑坡和翻译质量的下降。说实话，纵然有一些不错的甚至很优异的翻译作品，但从总体上看，目前的翻译作品是不能令人满意的。翻译文学的地位令人沮丧。商业性也早已严重侵入到翻译的领域。很多翻译出版的东西，纯属商业性炒作，其质量之低劣、平庸，让人不忍卒读——这里不说也罢。

不过，拙劣的翻译和不尽如人意的翻译也都有着它们的意义，那就是让我们倍加感到了语言的“未能满足的要求”。在本雅明看来，伟大的作品一经诞生，它的译文或者说它的“来世”（afterlife）已经在那里了，虽然它还未被翻译，虽然我们看到的不过是些平庸或拙劣的翻译。它期待，并召唤着对它的翻译（这当然也包括了对它的“重译”）。而这，就是一切。

三

早在 1827 年，在与艾克曼的谈话中，歌德就提出了“世界文学”这个概念。无论怎样来解释它，我们所看到的都是：自进入现代社会以来，任何一个国家的文学都不可能只在自身单一、封闭的语言文化体系内来界定和发展了。在谈到中国诗歌时，诗人柏桦就这样说：“现代性已在中国发生，而且接近百年，形成了一个传统，我们只能在这样一个历史语境中写作，绝无它途。世界诗已进入了我们，我们也进入了世界诗。”①

而这种双向的“进入”，正伴随着翻译，也有赖于翻译。正是通过翻译，语言和写作的封闭性被打破，中国文学被推入到一个“与他者共在”的语境。或者说，正是通过翻译，诗的国界上就出现了多多所说的“两排

① 柏桦．今天的激情［M］．上海：上海人民出版社，2006：10.

树”，一个诗人的写作就在这多重语言文化的相互参照、相互激荡和相互演化中进行。

对此，我想首先以鲁迅为例。在那个“现代的前夜”，鲁迅可谓“异军突起”，这不仅在于他的思想，也在于他的文体。或用他自己的话来说，他那些作品之所以深深搅动了那个时代，不仅在于其“表现的深切”，也在于“格式的新颖”。读读《狂人日记》或是《秋夜》吧，我想那时读者的“第一感觉”，定如梁启超在谈翻译时所说的一句话：“初展卷必生一异感，觉其文体与他书迥然殊异。”

而这种“迥然殊异”的文体，已是人们所说的“魏晋文章”所远远不能限定的了。鲁迅当然有着非常人可比的来自中国传统文学的功底，但他那奇谲、怪异的独特文体，也同样是在“求异”中吸收和整合而成的。顾彬在论述鲁迅的语言风格时就这样赞叹：“在恐怖暴政之下，鲁迅成功地在开口和沉默之间发展了中国语言的各种可能性，他所采用的方式迄今无人能及。他偏爱重复句式、悖论和辛辣嘲讽。他调遣着不同的语言层次……构成了一种需要反复阅读的独特风格。”①

从这个角度我们甚至可以说，在很多意义上，《狂人日记》和《野草》就是以“翻译体”写出的诗。

何谓“翻译体”？就是在翻译中形成的一种文体和语言表达方式。如果深入考察，正如有的学者所指出：“它本身就是既不同于译出语又不同于译入语的一种特殊语言。”② 法国哲学家德勒兹在《批评与临床》中说，“一种语言在另一种语言中发生作用，并在此产生了一种新语言，一种闻所未闻的几乎像外语的语言”③，我想，德勒兹在这里所说的，也正是这种“翻译体”。

---

① ［德］顾彬．二十世纪中国文学史［M］．范劲，等，译．上海：华东师范大学出版社，2008：165．

② 周晔．本雅明翻译思想研究［M］．上海：上海译文出版社，2011：291．

③ ［法］吉尔·德勒兹．批评与临床［M］．刘云虹，曹丹红，译．南京：南京大学出版社，2012：212．

对此，我们还是以《秋夜》为例，“在我家的后园，可以看见墙外有两株树，一株是枣树，还有一株也是枣树”，中国传统的诗文中有这样的“表现法”么？而接下来的“这上面的夜的天空，奇怪而高，我生平没有见过这样的奇怪而高的天空，他仿佛要离开人间而去，使人们仰面不再看见。然而现在却非常之蓝，闪闪地夹着几十个星星的眼，冷眼。他的口角上现出微笑，似乎自以为大有深意，而将繁霜洒在我的园里的野花草上”，对当时的国人来讲，这更像是一种“闻所未闻的几乎像外语的语言”了！如果鲁迅当时不标明这是自己的创作而说这是自己的“翻译”，没有人不相信的。

正是以这样充满“异质性”的文体，鲁迅对我们的传统构成了真正意义上的“挑战”。

而这种语言上的挑战，总会引起多方面的、深远的反响。多少年后，余光中在《早期作家笔下的西化中文》[①] 中，虽然对鲁迅的创作影响力和“恣纵刚劲……文白相融”的文体风格基本肯定，但他对鲁迅的某些“西化中文”颇为不满，他曾专门挑出《野草》中《战士与苍蝇》的一节，对它进行挑刺：

> 战士战死的时候，苍蝇们所首先发现的是他的缺点和伤痕，嘬着，营营地叫着，以为得意。但是战士已经战死了，不再来挥去他们。于是乎苍蝇们即更其营营地叫，自以为倒是不朽的声音，因为它们的完全，远在战士之上。

余先生这样说：“‘战士战死’的刺耳叠音凡两见，为什么不说‘阵亡’或‘成仁’呢?”“至于‘它们的完全’一词中的‘完全’，也不太可解。鲁迅原意似乎是战士带伤，肉体损缺，而群蝇争尸，寄生自肥。既然如此，还不如说‘它们的完整’或者‘它们的躯体的完整’，会更清楚些。”

---

① 余光中．余光中谈翻译［M］．北京：中国对外翻译出版公司，2002.

经余先生这么一挑刺，我倒是认为鲁迅的这节散文诗几乎到了“一字不可易”的程度了。“战士战死的时候”，虽然有些拗口（也就是鲁迅自己说的“不顺”），但其悲壮感却远在“阵亡”或“成仁”之上，何况后面的“战士已经战死了”又再一次呼应和强化了语言的这种活生生的姿态；“它们的完全”，因其丰富和微妙，因其有形与无形的统一，也是“它们的完整”或者“它们的躯体的完整”不能取代的。余先生要求顺口，要求“清楚”，不仅不合适，也是在降低这段文字所达到的语言的高度表现力。

更重要的是，他完全没有留意到鲁迅在《野草》中所有意追求的语言和文体的异质性。

在 1931 年末给瞿秋白的信中，鲁迅曾这样阐述了他对翻译问题的看法和主张：“我是至今主张‘宁信而不顺’的。……这里就来了一个问题：为什么不完全中国化，给读者省些力气呢？这样费解，怎么还可以称为翻译呢？我的答案是：这也是译本。这样的译本，不但在输入新的内容，也在输入新的表现法。”

这是在谈翻译，但我想同样是在谈写作（创作与翻译，这也正是鲁迅的“对位法”）。从这样的谈翻译的话，我们可以领会到鲁迅自己在文体上的形成以及他为什么要运用这样的文体。他通过这样的“硬译”和这样的文体，就是要引入一种新质和异质，以此来变革本土语言文化！

看来在中国，也显然有着如劳伦斯·韦努蒂所说的“归化的翻译”（domesticating translation）与“异化的翻译”（foreignizing translation）这两大类不同性质的翻译。前者以本土化为旨归，不惜牺牲原文，以迎合本土语言规范、审美习惯和文化趣味，这类以“归化”、甚至以“为中国老百姓所喜闻乐见”为旨归的翻译，多少年来一直在我们这里占据着主流位置；后者则力求存异、求异，以此抗拒着“通顺”、“易懂”，也抗拒着本土主流语言文化的“同化”。穆旦的晚期，即是这么一位一意孤行的翻译家，以下是他在“文革”后期的艰难环境下所倾心翻译的艾略特《荒原·死者的葬仪》的一节：

——可是当我们从风信子园走回，天晚了，
你的两臂抱满，你的头发是湿的，
我说不出话来，两眼看不见，我
不生也不死，什么都不知道，
看进光的中心，那一片沉寂。
荒凉而空虚是那大海。

这样的译文，今天读来仍有点难以置信，它不仅完全没有“文革”时期那一套占统治地位的语言文体的气息，而且和那种“信达雅”式的翻译也根本不是一回事。这样的译文，不仅精确地再现了一种现代诗的质地、难度和异质性，赋予那些诗魂们在汉语中重新开口说话的力量，而且给中国新诗带来了真正能够恢复并提升其语言品质的东西。像这节译诗的最后两句，其倒装的句法，西化的表达，就让我们想起了鲁迅所说的那种“宁信而不顺”的“硬译”，而且把它推进到一个更为纯熟的语言境界。如果有人嫌其“不顺”，一定要按照“中国老百姓的欣赏习惯”把它顺成“大海荒凉而空虚”会怎么样？它会一下子失去其语言的力量和姿态！

重要的还在于，在一个人们的头脑和语言都受到反复“改造”，“新华文体”、“毛文体”几乎一统天下的年代，正是这种带有异质的“翻译腔”、“翻译体”，在悄悄唤醒和恢复着人们对诗和语言的感觉。的确，在很大的程度上，正是“翻译体”的影响，使中国文学现代性的历程被中断了几十年之后，又重新获得了自己的声音和语言。我们已多少了解“翻译体”对“文革”后期的“地下诗人”和朦胧诗的兴起所产生的重要影响。作家余华也说他很早就知道“想要读好文字就要去读译著……这是我们的不传之秘”，“我一直认为，对中国新汉语的建设和发展的贡献首先应该归功于那群翻译家们，他们在汉语和外语之间寻求一条中间道路”。[①]

在很多意义上，“文革”后期以来的朦胧诗及 80 年代的“先锋文学”，

① 余华，潘凯熊．新年第一天的对话［J］．作家，1996 (3).

就走在余华所说的这条“汉语和外语之间”的道路上。

而从近百年的历史来看，正是“翻译体”与我们传统语言的相互作用、相互整合，形成了我们今天的写作方式和说话方式。想想吧，如果离开了数代翻译家的不懈努力，我们很可能还会像清末的人们那样思想和说话！

问题还在于，我们在今天是否依然需要来自“他者”的参照？是否依然需要保持语言的异质性和陌生化力量？近十多年来，伴随着国内的某种文化氛围，在诗坛上，似乎对“翻译体”的嘲笑已成为风气；在小说界，似乎许多作家也回到了传统的叙事文体上。不过，我想这也很“正常”，尤其是在中国这么一个国家。我只是相信普鲁斯特所说过的这句话：“美好的书是用某种类似于外语的语言写成的。”我也相信，在我们的语言文化内部，永远会有一种不断朝向自我更新与超越的要求。而那些坚持其翻译难度、异质性和创造性的翻译，即使在一个大众消费的时代，它也会如本雅明所说，坚持寻求“在诸语言的演化中将自己不断创造出来的东西”。它不被更多的人所接受，甚至有可能受到责难，这恰恰说明了它的价值所在。它以这样的方式把自己留给了未来。

最后，我想谈谈近些年来人们对翻译的关注。真正的翻译并不只是简单地传递信息，如同真正的诗，它会将人们的注意力引向它自身。我们高兴地看到，在中国学界，近年来的翻译研究（translation studies）不仅成为一个热点，也被引入到一个新的诗学理论和文化层面上进行，人们的翻译观和视野得以扩展和刷新。在诗歌界，诗人们一直在关注翻译问题，因为这一两代诗人，主要就是读翻译诗“长大的”。更令人欣喜的是，近一二十年以来，众多中青年诗人也都投身于翻译实践。可以说，他们的这种努力，重建了“诗人作为翻译家”这一“现代传统”。这一传统的延续和重建，在今天和未来都很重要，因为这不仅体现了诗人们对其语言家园的坚守和耕耘，它还会持续地推动中国诗歌达到一个可与世界文学对话的场域和高度。

而在小说界，我能读到的有关翻译的论述似乎不多。但我想，即使我们不曾涉足翻译的领域，我们依然生活在“巴别塔”里。这早已构成了我们所有人的命运。一位德国诗人就曾这样讲：“我们翻译，无需原文。”看来这里面大有“奥义”。是不是人类的语言文化包括我们的写作本身就带有一种翻译的性质？

因此我想，在现代社会，一个敏感的作家不仅是读翻译文学的人，也会是很关注翻译问题的人，比如苏珊·桑塔格，就有《论被翻译》、《世界作为印度：圣杰罗姆文学翻译讲座》等多篇探讨翻译问题的随笔和讲演，作家库切也曾专门写过长文谈对卡夫卡、里尔克、策兰的翻译。

至于赫塔·米勒的长篇随笔《每一句话语都坐着别的眼睛》，谈的是她在罗马尼亚成为一个作家的语言经历，我想也会给我们以很多启示。德语为她的母语，但是，“在迟来的异域语言（罗语）打量下，原本天然而唯一的语词世界中，它的偶然性悄然闪现”。这两种语言的相遇，成全的是她自己对语言的异常敏感，“村里的方言德语说：风在走；学校的标准德语说：风在吹；罗语则说：风在打，叫你立刻听到运动的声响……德语说：风躺下了，是平坦的、水平的；罗语说：风站住了，是直立的、垂直的”。当然，米勒一直是在用她的母语写作，但是“每一句话语都坐着别的眼睛”，罗语早已内化于她的思维和文体中了。让我难忘的，是她对“百合”这个词的谈论，百合在罗语中是阳性，在德语中为阴性，“拥有两种视角的人，二者在头脑中交织在一起，它们分别敞开自己，一个男人和一个女人荡着秋千，荡进对方的身体去。……双体百合在大脑中无法停歇，不断讲述着有关自己和世界出人意料的故事”。

这种独特的语言经历，暗含着一个作家成长的秘密，也提示着我们今天这个时代的某种文学趋势。萨义德曾讲过20世纪西方文学主要是由那些流亡者、边缘者创造的。想想那些为我们所喜欢的作家和诗人吧，的确如此。正是在不断穿越边界的“通向语言的途中”，在多种语言文化的冲突和激荡中，他们形成了一种特殊的创造力。他们由此在文学的历史上宣告了一个越界的时代的到来。

我们也早已进入到一个越界的、对话的或者说“互译”（intertranslation）的时代，在这样一个时代，如米勒所描述，一个男人和一个女人荡着秋千，荡进对方的身体去，并且，如桑塔格在谈论茨维塔耶娃、里尔克、帕斯捷尔纳克三人通信时所说的那样，他们在互相要求“不可能的光辉”。是的，一个伟大的诗的年代必定是一个伟大的翻译的年代，而一个伟大的翻译年代所要求的，或许正是这种“不可能的光辉”。

阿多尼斯诗选

[叙利亚] 阿多尼斯
薛庆国　译

雪之躯的边界（节选）

火焰和我，我们之间的秘密，
被雪公之于众。

雪有各种形态，
如同朦胧之鸟长着多个翅膀。

时光踉踉跄跄，
仿佛和雪一起飘落。

雪——
死亡的白色的名字。

今天早晨雪做得漂亮：
它的静默战胜了风的喧嚣。

雪为大地扣上衣襟，
同时解开了天空的衣衫。

我认为：雪啊，

我比火离你更远，
却比水距你更近。

雪，
是对雨的禁锢，
还是对云的解放？

雪，
如同由疲惫拖曳的
没有尽头的车队。

看哪：
雪的身体
倒在路上，
上面布满了伤口一般的窟窿。

银妆素裹的一棵树，
是一间高高的书斋，
其中只摆着
白色的笔。

雪说道：
“我向阴柔的万物承认
我给它们平添了
年迈的模样；
我承认，并且致歉。”

G 城

在 G 城，人只有在他白日呻吟的底层，才能发现自己真正的历史。

在 G 城，人们相互厮杀，吞食，
在用来书写献给王座之歌的墨水瓶里，
他们倾倒死者的鲜血。

在 G 城，你会有数不清的钥匙，
却找不到一扇门。

在 G 城，黑夜在凉棚下端坐，
并邀请星星和他共坐一席，
然后开始抨击黑暗。

死神之父啊，这个城市的居民需要你！

真的，世界似乎是一只死鸟，
挂在 G 城的脖子上。

只有极少数的人能够否认：
在 G 城，二十世纪之后来临的，
是公元十世纪。

这个城市的诗人说道：
“民族是诗篇，个人是其中的词语。”
我说：“那么，除了语言，什么都不复存在。”

在这个城市，生命不是人俯瞰万象的顶峰，
而是人赖以藏身的隧洞。

这个城市的主人相信自己是英雄。

真是令人难以置信！

人，学不会风的善辩，
因此，他绝对无法形容G城。

G城用死去的人们制造其现在，
用没有“现在”的词语制造其未来。

在这个城市，一个人的监狱，
始于向着王座敬礼。

在这个城市，父亲不会被杀戮，而是被更换。

在这个城市，时光行进着，
犹如苔藓生长在一堵叫做“永恒”的墙上。

在这个城市，树木的梢头戴着钢盔，
每一颗果实里都有一颗子弹。

（选自《我的孤独是一座花园：阿多尼斯诗选》，译林出版社2009年第1版）

达尔维什诗选

[巴勒斯坦] 迈哈穆德·达尔维什

树 才 译

来自橄榄园的声音

回声来自橄榄园。

我被钉在十字架上，下面是火，

我对乌鸦们说：别撕咬我。

我能回到家里，

老天会下雨，

他还会……

熄灭这噬肉的木头！

有一天我会从十字架上下来。

但是，我怎么回家，

光着身子，赤着脚？

（一九六六年）

监 狱

我的地址变了。

我的用餐时间，

我的烟草定量，变了，

还有我的衣服颜色，我的脸和我的体型。

月亮，

在这里对我的心灵如此珍贵，
反而更美，更大。
大地的气味：芳香。
大自然的滋味：温柔。
就像我站在我的老房子屋顶上，
一粒崭新的星，
在我的双眼，深嵌着。

（一九六六年）

我看见了最后的诀别

我看见了最后的诀别：我被放进一个木质的音韵，
被男人们的手托着，被女人们的目光注视。
我被一面旗帜裹着，我的声音被保存在磁带里。
我的所有原罪，一小时内被宽恕，然后，诗人们羞辱我。
没有一个读者会回忆起，我每夜都守候在他的屋内。
一位姑娘会自我介绍，然后宣称我们已结婚二十年……甚至更久。
一些传说会因我而起，因我从远方大海收集来的这些贝壳。
我的女友将离开，去寻找一个新的恋人，把他藏到她的丧服下。
我会看见我的葬仪队伍，看见看热闹的人群已倦于等待。

但我还没有看见坟墓。如此疲倦之后，我还会有一座坟墓吗？

（一九八六年）

（原载《世界文学》2010 年第 5 期）

谷川俊太郎诗选

[日本] 谷川俊太郎
田　原　译

春　天

在可爱的郊外电车沿线
有一幢幢乐陶陶的白屋
有一条诱人散步的小路

无人乘坐也无人下车的
田间小站
在可爱的郊外电车沿线
然而，我还看见了
养老院的烟囱

三月多云的天空下
电车放慢了速度
我让瞬间的宿命论
换上梅花的香馨

在可爱的郊外电车沿线
除了春天禁止入内

活　着

活着
六月的百合花让我活着
死去的鱼让我活着
被雨淋湿的狗崽
和那天的晚霞让我活着
活着
无法忘却的记忆让我活着
死神让我活着
活着
猛然回首的一张脸让我活着
爱是盲目的蛇
扭结的脐带
生锈的锁
狗崽的脚脖

（选自《死去的历史遗留下的东西——谷川俊太郎诗选》，作家出版社2002年第1版）

金光圭诗选

［韩国］金光圭

金　冉　译

幽　　灵

嘘！
看那朝黑暗中奔去的
漆黑的汽车
看那吸着烟消失在路口的
便装的男子
看那荒废的大地上溅满的油渍
条条大街上胡乱丢弃的铁片
看不到幽灵的模样
你们是盲人
飞扬的灰尘和水泥粉末
呼吸时就浸透胸腔
好像最终要令我们窒息
听不到幽灵的声音
你们是聋子
听那沉入深水中腐烂着的
尸体们的声音
听那从一个个烟囱飘出，充满天空的
躯体正在碎裂的声音
听那紧闭的双唇最终没能发出的呻吟

听那光秃的沙地里回荡过来的口令声！

嘘！

幼蟹之死

随着妈妈一起被捕
一只幼蟹
当大蟹们被草绳捆住
吐着白沫挣扎时
它逃出蟹贩的草筐
横着横着爬上柏油路
在滩涂里玩捉迷藏的日子
海的自由在哪里呢
竖起眼珠东张西望时
被飞驰而来的军用卡车压扁
爆裂在路面上
在灰尘中腐烂的幼蟹尸体
无人理睬的那耀眼的光芒

（选自《模糊的旧爱之影：金光圭诗选》，群众出版社 2007 年第 1 版）

卡布拉尔诗选

［巴西］若昂·卡布拉尔

胡续冬　译

被石头教育

被石头教育：一课接一课；
学习石头，经常去它那儿，
抓住它不太突出的、没有个性的声音
(通过它开始上课时的措辞)。
一堂道德课，它的冰冷的忍耐
在体内反复流动，被锤子砸着；
一堂诗学课，它的具体的肌体；
一堂经济课，它简洁地紧凑着：
石头的课程（从外到里，
缄默的手册)，供人拼读。

另一种石头的教育：在东北腹地
(从里到外，还没有教学法)。
在腹地石头不知道怎么授课，
如果它授课，它什么都不教；
在那儿向石头学不到什么：在那儿，石头，
天生的石头，砸穿了灵魂。

（选自《当代国际诗坛（二)》，作家出版社 2008 年第 1 版）

沃尔科特诗选

［圣卢西亚］德瑞克·沃尔科特

阿　九　译

星

假如在万物的光华中，你褪色为
凡真之物，却又黯然退向
我们约定而恰当的
距离，就像月亮
在树叶之间彻夜点亮，愿你
也无形地愉悦这间小屋；
有着双份怜悯的星星啊，你过早地
来到黄昏，又太晚地
值守黎明，愿你苍白的火焰
指引我们心中最黑暗的部分
渡过这混乱，
带着你白昼的
激情。

诗二首，记一个帝国的覆灭

其一

一只苍鹭飞过清晨的沼泽，刹住
振动的双翅装点了一个树桩
　　（感谢上帝，

由于这个动作，地上的景色完美无缺，
在这一瞬间，时间和运动
成了引领罗马踏平一切的铁蹄的象征，
也是肩负律法的前殖民地总督们一生的追求）
并在这片刻的宁静上留下一声哀号。

其二

在他居所的狭小棺材里，那个退伍军人，
一个参加过非洲战役的老兵，
弯着腰，像是在穿一个永恒的针孔；
像所有的坟墓那样，他的脑袋上只睁了一只眼而且剪过毛，
他间或抬起荒凉的目光，
听孩子们唱，“征服吧，不列颠，征服……”[①]
似乎他们也需要练习装死。
尽管他只剩下一颗树脂的假眼和摇晃的下巴，
男孩们还是要为一张筛网抛洒鲜血；
如果这一只眼睛也要流泪，他们是否会相信
与这根空袖管一样蹩脚的旗帜？

准备流亡

为什么我会想象曼德尔施塔姆
死在渐渐发黄的椰林间，
为什么我的天赋已在不安地频频回首
想找一个影子填进门框

---

① 征服吧，不列颠！你征服一切。1745 年英人 James Thomson 写的一首宣泄爱国主义情绪的歌，歌中唱道：“征服吧，不列颠！征服这万顷波涛！不列颠人永远不做奴隶。”伴随着这首歌，英国在全球扩张，并使众多弱小民族沦为奴隶，包括沃尔科特的故乡圣卢西亚。诗人在这两首作品中，用“感谢上帝”“蹩脚的旗帜”等措辞对覆灭的日不落帝国进行了冷峻的嘲弄。

并将这一页交给日月的亏蚀？
为什么月亮会盈成一道弧光灯
而我手上的墨迹已经准备好
在耸肩的警官面前按下拇指？
为什么空气中会有一种新的气味，不同于
它曾经的咸涩，和破晓时的酸橙味，
而我的猫，我知道我是在想像它，在我的路前跳过，
我的孩子的眼睛早已像是远在天边，
而我的诗，即便是这一首，也想到处躲藏？

爱之后的爱

总有那么一天，
你会满心欢喜地
在你自己的门前，
自己的镜中，欢迎你的到来，
彼此微笑致意，
并且说：这儿请坐；请吃。

你会重新爱上这个曾经是你的陌生人。
给他酒喝，给他饭吃。把你的心
还给它自己，还给这个爱了你一生，
被你因别人而忽视
却一直用心记着你的陌生人。
把你的情书从架上拿下来，
还有那些照片、绝望的小纸条，
从镜中揭下你自己的影子。
坐下来。享用你的一生。

遗嘱附言

精神分裂，被两种风格拷打，
一种是雇佣文人帮闲的散文，我用它
来流亡。跋涉在月光下弯刀一样延伸数里的海滩，
我晒着月亮，让它烤着，
直到蜕去了
自爱这大海般的生命。
要改变你的语言，先得改变你的生命。
我无法纠正过去的错误。
浪花厌倦了天涯，自远方归来。
海鸥用生硬的舌头在搁浅的
渐渐腐烂的独木舟上方尖叫。
它们是夏洛特维尔的一片带有毒喙的云。
从前我以为，只要爱国就行，
但现在即使想这样，食槽里也没有我的位子。
我看到最聪明的人在腐朽成走狗，
仅仅为了一点残羹。
我已快到中年，
烤焦的皮肤
纸屑一样从手臂上脱落，薄得跟葱皮一样，
像皮尔·君特的谜语。
心里空无一物，甚至没有
对死的厌恶。我认识很多死者，
跟他们都很熟悉，性格也都相投，
连他们怎么死的我都了如指掌。当身上着火了，
肉体也就不怕地下的炉门，
不怕太阳留下的那个炼狱或者火坑了，

更不怕这个在云中出没的弯刀一样的月亮
把这片海滩烤成一页白纸。
它全部的冷漠不过是另一种狂怒。

（原载《诗歌月刊》2007 年第 2 期）

格雷诗选

[澳大利亚] 罗伯特·格雷

张少扬　译

旅行：北海岸

接着，我在一张摇摆的铺位上醒来，
仿佛我躺在一条漂于
大海中的帆船上，
那是火车隆隆作响的声音，
它将风向两旁撕开。
下铺的人现已离去。
我摆腿而下，
躺在他的床上，啪地关上窗户——
阳光旋转着
离开了灰暗的地毯。
水，在银盆中像固体一样摇动，
太冷了，透过我的手指凝在一起。
我从弯腰的地方
看到了那些明亮
如陶器的日子中的一天，
它们属于我的许多记忆。
列车的影子，就像鸟影，
疾驰在银灰色的田野上，
越过那些看似从石头上劈开的篱笆

和一丛丛羊齿植物，
一个尽是草根的红泥土堆，
越过那漂满原木、树叶
和腐朽发黑的树干的小溪，
苗条的白色桉树移下了斜坡，
就像一个裸体者走下了楼梯，
此刻乡村的田野突然展现在大海面前
——穿过白棉布似的海滩，一览无余；
撒满点点光辉
使整个车厢旋转。
我起身安然地
把影子打碎。
走到镜子前，我让头发
凌乱一些——叠起睡衣，
收拾书本和梳妆袋。一切做完后
将箱子的碰锁按下。
十二个月以来我一直看到每个早晨，
在陈设好的房中的衣柜上，
箱子的碰锁一直突出等着被按下。

（选自《旅行：北海岸——罗伯特·格雷诗选》，译林出版社 2004 年第 1 版）

艾克伊乐柯诗选

［古希腊］卡闵拿·艾克伊乐柯

叶维廉　译

断　片（选译）

1

真理诞生

若雷电一击

2

这个岛

野木成环

在海上

如驴之脊

3

严峻溶化……

船桅落

4

她的头发简单

如麻

　　而我

我则沉重于声名狼藉

5

有这么肥大的足踝

那必定是个女子

6

麦中的火花

7

墙防寨似的围着天井

8

你带回家
一束明亮的罪恶

9

命运如妻子：
右手是火
左手是水

10

田
肥大了
因
尸体

11

盗窃与夜
盗窃与夜

12

余
思
无邪

13

不再——

你的脸开花
柔柔的
如此可爱
它凋萎

14

如鸽子之于麦束
朋友之于你

15

甲板冲净
桅顶滴滴
全然
在锋上保持平衡
时在风的剑上
时在浪的刀口

16

满溢泡沫的唇

17

多少次
多少次
在灰色的海上
风
梳着
海
如妇人的
头发的旷野
我们企望
迷失在乡愁中

为归家的甜蜜

18

他们的生命
被握着
在浪涛的双臂里

19

夜
风吹
向陆
树枝
戛戛

20

乌鸦如此耽于逸乐
附近岩石上的钓鱼郎
抖抖羽毛然后飞去

21

(　　)
(　　)
想
(　　)
(　　)
(　　)
(　　)
乐

22

看，
格罗柯斯啊，

　　　　看！
　　　海击万丈，
　　　重重的一击
云笔直高腾
麇集在柴尔山峰上
雷电欲来风将至
啊，凶巴巴地来了
我们毫无准备
战争啊，格罗柯斯，
战争

23

发卷在
卷发中
吊着

24

目眩的熠亮

25

触抚着的女子

26

老
　　而
居家

27

桃金娘的
鸟巢

28

（“亚历山大城的残纸上

左右
上下
全被撕破
还有蛾蛀的洞
中央：一些字：”)
你
　假如
河
　如此
绕
那么，我，孤独

29

你要责骂
我的诗
请同时连翼带身的
抓一只秋粮
喝骂她
因为她唱了歌

（选自《众树歌唱：欧美现代诗 100 首》，人民文学出版社 2009 年第 1 版）

卡瓦菲斯诗选

[希腊] 卡瓦菲斯

黄灿然　译

窗　　子

我在这些黑暗的房间里度过了
一个个空虚的日子，我来回踱步
努力要寻找窗子。
有一个窗子打开，就可松一大口气。
但是这里找不到窗子——
至少我找不到它们。也许
没找到它们是件好事。
也许光亮只会证明另一种专横。
谁知道它将暴露什么新事物？

等待野蛮人

我们聚集到这里来，要等待什么？

　　野蛮人今天会到这里。

为什么元老院什么事情也没做？
为什么那些元老院议员坐在那里不立法？

　　因为野蛮人今天就要来。

　　元老院议员现在能立什么法呢？
　　野蛮人一来，他们就会安排立法事宜。

为什么我们的皇帝这么早就起床，
为什么他坐在城市的大门口，
在宝座上，戴着皇冠，英武威严？

　　因为野蛮人今天要来，
　　皇上正在等待他们那位领袖。
　　他甚至准备好一个卷轴给他，
　　上面写着官衔、写着响当当的名字。

为什么我们两位领事和司法官们今天穿着
他们刺绣的、绯红色的托加袍出来？
为什么他们戴上带着这么多紫晶的手镯，
还有镶着闪闪发亮的翡翠的戒指？
为什么他们带来制作精美
镀上金银的雅致的手杖？
为什么我们那些杰出的演说家不像平时那样出来
发表演说，讲他们应该讲的话？

　　因为野蛮人今天要来，
　　而他们讨厌夸夸其谈和公开演说。

为什么会有这种突如其来的不安、不解？
(人们的脸变得多么严峻。)
为什么街道和广场转眼就空空荡荡，
每个回家的人都陷入沉思？

因为天黑了而野蛮人并没有来。
那些刚从边境回来的人说
再也不会有野蛮人了。

而现在，没有了野蛮人我们会怎么样？
他们，那些人，是一种解决办法。

（选自《卡瓦菲斯诗全集》，河北教育出版社 2002 年第 1 版）

注：这是想像出来的，以罗马普遍的“颓废”作背景的场面。据卡瓦菲斯对此诗的评论，野蛮人在这里是一个象征。故此，“皇帝、元老院议员和演说家并不一定就是罗马人”。

米沃什诗选

[波兰] 切斯瓦夫·米沃什

张曙光　译

偶　遇

黎明时我们驾着马车穿过冰封的原野。
一只红色的翅膀自黑暗中升起。

突然一只野兔从道路上跑过。
我们中的一个用手指点着它。

已经很久了。今天他们已不在人世，
那只野兔，那个做手势的人。

哦，我的爱人，它们在哪里，它们将去哪里。
那挥动的手，一连串动作，砂石的沙沙声。
我询问，不是由于悲伤，而是感到惶惑。

维尔诺，1936

告　别

我对你说话，我的儿子，
在多年沉默后。维罗纳[①]已不复存在。

① 维罗纳，意大利城市。

我用手指捏着它的砖屑。这是
故乡城市伟大爱的残余。

我听到花园中你的笑声。疯狂春天的
气味越过湿润的叶子扑向我。
扑向我，不相信任何拯救力量，
却比别人和自己活的长久的我。

你知道一个人在夜里突然
醒来发问是怎么一回事，
听着咚咚的心跳：你还要些什么，
贪得无厌的春天，一只夜莺在唱。

花园中孩子们的笑声。最先闪烁的星
在山上蓓蕾的泡沫之上
一只轻歌回到了我的唇边
我又一次年轻，像从前，在维罗纳。

拒绝，拒绝所有事情。不是这回事。
我不会让过去复活，也不再返回。
睡吧，罗密欧，朱丽叶，在你石头羽毛的头靠上。
我不会从灰烬中抬起你捆着的手。
让猫去拜访荒废的教堂吧，
它的瞳孔在祭坛上闪亮。让一只猫头鹰
在死去的拱顶上筑巢。

在碎石间白色的中午，让蛇
在款冬的叶子上温暖自己，在寂静中
让他围着无用的金子绕成发亮的圆圈。

我不再回来。我想知道还会剩下些什么
在拒绝了青春和春天后，
在拒绝了撩人的夜晚
似乎从中流淌出情欲的
鲜红的嘴唇后。

在歌声和葡萄酒的香气，
誓言和悲悼，钻石般的夜晚，
和黑色的太阳在背后闪现的
海鸥啼声之后。

从生命，从被燃烧的刀子切开的苹果，
还能保全一点什么？

我的儿子，相信我，无所剩余。
只有成年人的辛劳，
手掌中命运的犁沟。
只有辛劳，
再没有别的。

克拉科夫，1945

献　　辞

我没有能够拯救的你
听我说吧。
设法理解这简单的话，因为我羞于再说别的。
我发誓，我身上没有词语的巫术。
我以沉默对你说话，像一朵云或一棵树。

使我坚强的，却对你致命。

你混淆了一个时代的结束和一个新的开始，
混淆了憎恨的灵感和抒情的美丽，
以及盲目的力量和完美的形式。

这里是波兰浅河的流域。一架大桥
伸进白茫茫的雾里。这里是一座毁坏的城市，
在我和你说话时，
风把海鸥的尖叫抛在了你的坟上。

不能拯救国家和人民的
诗歌是什么？
一种对官方谎言的默许，
一支醉汉的歌，他的喉咙将在瞬间被割断，
二年级女生的读物。
我需要好诗却不了解它，
我最近发现了它有益的目的，
在这里，只是在这里，我找到了拯救。

人们常在坟上撒下小米和罂粟的种子
喂着伪装成鸟儿到来的死者。
我把这本书放在这里，为曾经活着的你，
这样你就再不会拜访我们。

华沙，1945

黄色自行车

当我问她想要什么，
她说，“一辆黄色自行车。”

——罗伯特·哈斯

要是我们用一个舞步，我的爱人，
迈出汽车，一辆黄色自行车倚在树上，
要是我们用一个舞步走进花园，
北方的花园，缀满了露水和鸟叫，
我们的记忆就会变得孩子气，只留下我们需要的：
昨天的清晨和黄昏，并不很远。
不过我们想起一个女孩，有着同样的黄色自行车
常常对它讲着爱抚的话。
后来在黄杨树篱间的花床中，
我们看见一座雕像和有雕刻家姓名的牌子。
我们沿着台阶走向一个湖
一个好像来自古老民谣的湖，
平静，在云杉树林的半岛之间。
就这样普通人的记忆又一次拜访我们。

契里科咖啡馆

二十世纪八十年代，在罗马，孔多蒂，我们和特洛维茨坐在契里柯咖啡馆里，我大致说出了这些话：

——我们看到了很多，领悟了很多。
国家在衰退，乡村已消亡。
人类精神的凯米拉[1]围困着我们
使人们枯萎或陷入奴役中。
在清晨罗马的燕子唤醒了我
在短暂的瞬间我感觉到了
脱离自身的轻盈。我是谁，我曾是谁

① 凯米拉，狮头、羊身、蛇尾的吐火女怪。

都不那么重要。因为一些心灵
高尚的人，支持着我，只要
我想到他们。生命的天使。
那些给了信仰以证明的人，
那些名字被抹去或踩在地上的人，
不断探访我们。从他们那里，我该说，我们
得到了作品、期望和意图的尺度和美感。
文学靠什么来挽救自身，
假如不靠一种赞美的音调，一首赞美诗
(即使无意识的)？你得到我的钦佩，
因为你完成的比我的伙伴要多
他们曾坐在这里，那些自大的才子。
为什么他们为缺少美德悲伤？
为什么他们感到内心这样苦闷，我明白了。
随着时代，随着渐渐消失的时代
人们学到了重视智慧和纯朴的善。
我们很久以前读过的马里坦
会有理由高兴。而我惊异着
罗马城屹立着，我们又一次见面，
在这一时刻我仍然存在，我和这群燕子。

罗马，1986

（选自《切·米沃什诗选》，河北教育出版社 2002 年第 1 版）

希姆博尔斯卡诗选

［波兰］希姆博尔斯卡

陈　黎、张芬龄、林洪亮　译

写履历表

陈黎、张芬龄　译

需要做些什么？
填好申请书
再附上一份履历表。

尽管人生漫长
但履历表最好简短。

简洁、精要是必需的。
风景由地址取代，
摇摆的记忆屈服于无可动摇的日期。

所有的爱情只有婚姻可提，
所有的子女只有出生的可填。

认识你的人比你认识的人重要。
旅行要出了国才算。
会员资格，原因免填。
光荣记录，不问手段。

填填写写，仿佛从未和自己交谈过，
永远和自己只有一臂之隔。
悄悄略去你的狗，猫，鸟，
灰尘满布的纪念品，朋友，和梦。

价格，无关乎价值，
头衔，非内涵。
他的鞋子尺码，非他所往之地，
用以欺世盗名的身份。

此外，再附张露出单耳的照片。
重要的是外在形貌，不是听力。
反正，还有什么好听的？
碎纸机嘈杂的声音。

广　告

陈黎、张芬龄　译

我是一颗镇静剂，
我居家有效，
我上班管用，
我考试，
我出庭，
我小心修补破裂的陶器——
你所要做的只是服用我，
在舌下溶解我，

你所要做的只是吞下我，
用水将我洗尽。

我知道如何对付不幸，
如何熬过噩讯，
挫不义的锋芒，
补上帝的缺席，
帮忙你挑选未亡人的丧服。
你还在等什么——
对化学的热情要有信心。
你还只是一位年轻的男/女子，
你真的该设法平静下来。
谁说
一定得勇敢地面对人生？
把你的深渊交给我——
我将用柔软的睡眠标明它，
你将会感激
能够四足落地。
把你的灵魂卖给我。
没有其他的买主会出现。
没有其他的恶魔存在。

结束与开始

林洪亮 译

战争过后，
总会有人去清理，
把战场打扫整洁，
而整洁决不会自行出现。

总会有人把瓦砾
扫到路旁边，

好让装满尸体的大车，
畅行无阻地驶过。

总会有人去清除
淤泥和灰烬，
沙发的弹簧，
玻璃的碎片，
和血污的破衣烂衫。

总会有人去运来木头，
好撑住倾斜的墙壁。
给窗户装上玻璃，
给大门安上搭扣。
这些工作不会一蹴而就，
它们需要岁月。
所有的摄影机
都已去参加另一场战争。

桥梁需要修复，
车站需要重建，
卷起的袖口，
已经破成了碎片。

有人手里拿着扫帚，
仍会想起发生过的战争。
有些人听着，
不停地频频点头。
有些人开始东张西望，

感到枯燥乏味。

时常有人
在树丛下挖出
锈坏了的刀枪，
并把它们丢进废物堆里。

那些目睹过
战火的人，
不得不把位置让给
对战争了解较少的人，
了解很少的人，
甚至毫无了解的人。

还有人会躺在
产生前因
和后果的草丛中，
嘴里咬着麦穗，
眼睛望着浮云。

不期而遇

陈黎　译

我们彼此客套寒暄，
并说这是多年后难得的重逢。

我们的老虎啜饮牛奶。
我们的鹰隼行走于地面。
我们的鲨鱼溺毙水中。

我们的野狼在开着的笼前打呵欠。

我们的毒蛇已褪尽闪电，
猴子——灵感，孔雀——羽毛。
蝙蝠——距今已久——已飞离我们发间。

在交谈中途我们哑然以对，
无可奈何地微笑。
我们的人
无话可说。

在一颗小星星底下

陈黎、张芬龄 译

我为称之为必然向巧合致歉。
倘若有任何误谬之处，我向必然致歉。
但愿快乐不会因我视其为己有而生气。
但愿死者耐心包容我逐渐衰退的记忆。
我为自己分分秒秒疏漏万物向时间致歉。
我为将新欢视为初恋向旧爱致歉。
远方的战争啊，原谅我带花回家。
裂开的伤口啊，原谅我扎到手指。
我为我的小步舞曲唱片向在深渊呐喊的人致歉。
我为清晨五点仍熟睡向在火车站候车的人致歉。
被追猎的希望啊，原谅我不时大笑。
沙漠啊，原谅我未及时送上一匙水。
而你，这些年来未曾改变，始终在同一笼中，
目不转睛盯望着空中同一定点的猎鹰啊，
原谅我，虽然你已成为标本。

我为桌子的四只脚向被砍下的树木致歉。
我为简短的回答向庞大的问题致歉。
真理啊，不要太留意我。
尊严啊，请对我宽大为怀。
存在的奥秘啊，请包容我扯落了你衣裾的缝线。
灵魂啊，别谴责我偶尔才保有你。
我为自己不能无所不在向万物致歉。
我为自己无法成为每个男人和女人向所有的人致歉。
我知道在有生之年我无法找到任何理由替自己辩解，
因为我自己即是我自己的阻碍。
噢，言语，别怪我借用了沉重的字眼，
又劳心费神地使它们看似轻松。

（选自《外国精美诗歌读本》，山东友谊出版社 2009 年第 1 版）

扎加耶夫斯基诗选

［波兰］亚当·扎加耶夫斯基
李以亮　译

美好的星期五在地铁隧道里

不同教派的犹太人相聚
在地铁隧道里，玫瑰经念珠
自某人柔软的指间跌落。

在他们之上修道士在四旬斋晚餐后入睡，
在他们之上犹太教会堂和教堂
矗立如冰川过后留下的岩石。

我聆听《马太受难曲》，
它将痛苦转化为美。
我读策兰的《死亡赋格》
它将痛苦转化为美。

在地铁隧道没有痛苦的转化，
它在那里，它持续而且尖锐。

你的电话

你的电话插了进来
正当我写着一封给你的信。

请别打扰我
当我正和你说话。我们两个的
缺席交叉着，
其中一个的爱将它自己撕开
如绷带。

（以上原载《扬子江》诗刊 2010 年第 1 期）

钢琴家之死

其他人作战
或乞求和平，或躺在
医院或营房的
窄床上，一连数日

而他练习着贝多芬的奏鸣曲，
纤细的手指，像守财奴的，
触摸着那些不属于他的
巨大财富。

（以上选自《当代国际诗坛（三）》，作家出版社 2009 年第 1 版）

策兰后期诗选

[德国] 保罗·策兰

王家新　译

你要扔掉

你要扔掉
那被铭刻的
锚石？

这里无物可以固定我，

这不是生者之夜，
不是无羁者之夜，
不是机敏者之夜，

来吧，和我将那门石滚到
没有绷紧的帐篷前。

垃圾管道的安魂合唱

垃圾管道的安魂合唱，如银：

出疹之热
围着墓坑飞奔，飞奔，

无论谁

想到这十二月，一道
目光就将弄湿
他的言说的额头。

白色声音

白色声音，被捆缚
光线——
行走
越过桌子
与信瓶一起泅渡。

(它倾听它自己，倾听
大海，它也饮着
大海，显露
一路跋涉的
嘴巴们。)

一个秘密
永久地插足于词语。
(谁从它脱离，滚到
无叶之树下。)

一切
影子之扣
在一切
影子关节上

可听见——不可听见
此刻它们自己报到。

带着来自塔露萨的书[①]

所有诗人都是犹太人[②]

——玛琳娜·茨维塔耶娃

来自
大犬星座，来自
其中那颗明亮的星，和那
低矮的光晶，[③] 它也一起
映射在朝向大地的道路上，

来自
朝圣者的手杖，也在那里，来自南方，异乡
并临近夜晚之纱，
就像那些未安葬的词语，
漫游于
那抵及的目标、墓碑
和摇篮的禁地。

来自
真实——预言的和走向你的事物，

① 1962 年 9 月，策兰在巴黎收到《塔露萨作品集》，塔露萨为莫斯科以南作家、艺术家们经常去聚会的一个河边小城，该作品集里有茨维塔耶娃 41 首诗。

② 原引诗为俄文，出自茨维塔耶娃《末日之诗》第 12 首：“在这基督教教化之地/诗人——都是犹太人!”

③ 大犬星座为先民迷信的神秘星座。诗中“明亮的星”及“低矮的光晶”指其座内的天狼星和白矮星。

来自
那向上诉说的，
已陈放在此，如同
一片独自的心石，吐出
与那牢不可破的钟表一起
向外吐出
乌有之乡和非时间。来自
滴答和滴答声，在
砾石立方中，
回到猎狗的足迹后，
向上可追寻
祖先的
名字
谱系和它的
圆形深渊。

来自
一棵树，一棵。
是的，也来自它。来自围绕它的森林，来自
未步入的森林，来自
那长出思想的地方，作为语音
和半音、切换音和尾音，斯堪特人式的①
混合诗韵
以太阳穴的被驱送的
节奏
以

① 斯堪特人，古代住在黑海以北、俄罗斯以南的游牧民族，所在区域包括策兰的出生地切诺维茨。

呼吸过的被践踏的
草茎，写入
时间的心隙——写入国度
那个最辽阔的
国度，写入那
伟大的内韵
越出
无言民族的区域，进入你
语言的衡度，词的衡度，家园的
衡度——流亡。

来自那座桥
来自界石，从它
他跳起并越过
生命，创伤之展翅
——从这
米拉波桥[①]。
那里奥卡河[②]不流淌了。怎样的
爱啊！[③]（西里尔的字母[④]，朋友们，我也曾
骑着它越过塞纳河，
越过莱茵河。）

来自一封信，来自它。

---

① 米拉波桥为塞纳河上的一座桥，阿波里奈尔曾写过这座桥。策兰后来（1970年4月20日）就是从这座桥上投河自尽的。
② 奥卡河，俄罗斯伏尔加河的一条支流，为古代斯堪特人区域的最北端。塔露萨城即坐落在其河边。
③ 这里的原文为法语，出自阿波里奈尔的名诗《米拉波桥》。
④ 西里尔字母，由希腊文演变出的几种斯拉夫语言。策兰曾译过曼德尔斯塔姆等俄语诗人。

来自一书信，东方来信。来自坚硬的，
细微的词丛，来自
这未装备的眼，它传送至
那三颗
猎户座腰带之星——雅各的
手杖，你
再次行走了起来！——
行走在
展开的，天体海图上。

来自桌子，那发生这一切的桌子。[①]

来自一个词，词丛中的一个
靠着它，桌子，
成为了帆船板，从奥卡河
从它的河水们。

来自一个偏词，那
船夫的嚓嚓回声，进入夏末的芦管
他那灵敏的
桨架之耳：

Kolchis。[②]

（以上原载《延河》2010年第7期）

---

① 茨维塔耶娃曾写过《书桌》组诗，感激那遍布伤痕而又忠实的书桌，感叹它“秘密的高度”，称它为苦行僧的宝座、旷野。

② Kolchis，科尔喀斯，古希腊传说中的王国，位于黑海之滨，英雄吕阿宋曾乘船到那里去取金羊毛。策兰早期诗曾引用过吕阿宋的神话。另外，Kolchis和策兰所喜欢的秋水仙花类（Kolchizin）发音接近，也许他从中听到一种神秘的回音。

毫不踌躇

毫不踌躇，
厌恶的浓雾降临，
悬垂的灼热烛台
向我们，袭下

多肢的烈焰，
寻找它的烙印，听，
从哪里，人的皮肤近处，
咝地一声，

找到，
失去，

陡峭的
阅读自己，数分钟之久，
那沉重的，
发光的，
指令。

里昂，弓箭手

铁刺，被供养
在砖砌的壁龛中：
并行的千年期
变得异样陌生，不可征服，
追随着
你的疾驰的眼，

现在，
以被骰子掷来的目光，
你唤醒身旁的她，
她变得沉重，
更沉，

你也，带着在你之中
陌生了的一切，
变得陌生，
更深，

一条
弓弦
把它的苦痛张在你们之中，

那失踪的目标
一闪，弓。

什么也没有

什么也没有
只有孤单的孩子
在喉咙里带着
虚弱、荒凉的母亲气息，
如树——如漆黑的——
桤木——被选择，
无味。

（以上原载《诗江南》2010 年第 6 期）

格林拜恩诗选

［德国］杜尔斯·格林拜恩

贺骥 译

1989年11月12日

苏醒吧，诗歌，柏林墙倒了。
等待的痛苦，黑格尔的狭窄国中的无聊
和钢铁般的沉默均已过去……斯大林万岁。
装甲车掩护下的、最后的圣体匣之光。
钟表逐渐开始运转，步调皆不同。
头足纲动物遭厄运，在海口的水中下沉。
大量的革命废铁，被愚弄的群众
一帮失败的土匪慢步走，剩下的只有一句祈祷：
神圣的金日成，平壤的凤凰，请替我们说情。

边防犬似的艺术家肖像

在黄沙覆盖的无人地带我是一只
幸福的狗，在边疆我很知足，不叫唤。
上级给我灌输信念。
上帝是一架由敌人遥控的飞机
伪装成白云，是麻醉品。
但我很冷静，盯着我的管区。
每当我用四脚立正，
大地就为我充电，我的皮毛变成炸药。

据说在西方，狗走在主人
前面。
在东方，狗绝对追随主人。
就我而言，我自己做主，
与东西方保持同等距离，处于危险地带。
只有在此地我才能偶尔跳出
狼与狗之间的昏暗过渡。

依照断片[①]

其一

莱斯比娅[②]的鸟笼空了。离开了爱神的随从
　　队伍（“麻雀，小宠儿……”[③]），失业的麻雀
　　　唧唧喳喳地到处飞。
有羽毛的小倒钩
　　　成了路边的乞食者
　　迷失于安全岛四周的汽车噪声中。
　　　　在尾气的烟雾中盘旋，
受到偷窥者目光的惊吓而飞走
　　随后
　　　　像雨一样落下变成灰纸屑。
　　　　　圣灰星期三[④]的麻雀……

---

① 依照断片（Nach den Fragmenten）：指依照古人（例如前苏格拉底哲学家）的断片方式写作诗文，并暗指当代的日常生活已碎片化。——译注

② 莱斯比娅（Lesbia）：古罗马护民官克洛狄乌斯之妹，诗人卡图卢斯（约前 87—前 54）的恋人。——译注

③ 麻雀，小宠儿（Passer，delieiae…）：卡图卢斯爱情诗的诗句，全句为“麻雀，我心爱的姑娘的小宠儿”。麻雀在古希腊神话中是爱神阿芙罗狄忒的爱情信使和随从。——译注

④ 圣灰星期三（Aschermittwoch）：四旬节的第一天，按基督教习俗要把祝圣过的草木灰撒在忏悔者头上。——译注

饥饿，蓬乱，几乎窒息于
性表演小屋的乌烟瘴气和裸女秀[①]的孤独
(咔嚓！)
每次飞升都是草草了事，为了残羹而争吵，
尖声啁啾，自动装置的投币孔
下起了硬币雨。
过去是塞普路斯岛的爱情鸟，现在是
躁动的大都市性爱吉祥物，争吵冲撞，
然后立即上场，
但已无使命，只领先于死神
振翅般短暂的一瞬。

其二

嘉德利雅兰[②]、大麻、阴蒂……根向上
作为偶像的一个词
和另一个词一样
汲取感觉。
暗示之花
长满表层并朝乔尔乔涅[③]的美人的脸上
吐唾沫
沐浴时的泡沫形成太平洋之波
裹挟着沉船遗物和死鱼。
……偶然
(淫欲与瑕疵相冲突)

---

① 裸女秀（Peepshow）：投币通过窥视孔观看的裸女色情表演。——译注

② 嘉德利雅兰（Cattleya）：兰科嘉德利雅兰属植物的总称，有紫、粉红、黄色等美丽花朵，被称为“兰花之王”。——译注

③ 乔尔乔涅（Giorgione，1478—1511）：意大利文艺复兴时期画家，代表作为《入睡的维纳斯》。“乔尔乔涅的美人”指爱神维纳斯，她从泡沫中诞生。——译注

请把名称烙印在肉体上，把小小的恶之花
　　藏在腋下，把听诊器
　　　　插在蒙娜·丽莎的秀发中。
尖叫和血液吸管，钢丝兰
　　　脖颈后部的玻璃粉——
　　　　　　接吻时弥合裂痕，把时间
　　　　　　　　蚀刻进记忆。
草拟与搔痒[①]——*古老的*宙斯
　　　（神依然是使皮肤发痒的刺激）
　　　　　诡计多端，像小蚂蚁一样
穴居于……人类的最敏感处。

以上一首译自《皱纹与陷阱》[②]（1994）

（选自《当代国际诗坛（一）》，作家出版社2007年第1版）

---

① 草拟与搔痒（kritzeln und kitzeln）：草拟指起草诗文，搔痒指诱发写作的感官刺激。——译注

② 译自《文本与批评》第153期《杜尔斯·格林拜恩》，文本与批评编辑部，慕尼黑，2002年版。

特朗斯特罗姆诗选

［瑞典］托马斯·特朗斯特罗姆

李　笠　译

风　暴

突然，漫游者在此遇上年迈
高大的橡树——像一头石化的
长着巨角的麋鹿，面对九月大海
　　　　　　　　那墨绿的城堡

北方的风暴。正是楸树的果子
成熟的季节。在黑暗中醒着
能听见橡树上空的星宿
　　　　　　　　在厩中跺脚

船长的故事

没有雪的日子，海
是山的亲戚，披着灰色的羽毛起伏
瞬间变蓝，和惨白如山猫的波浪
长时间在沙岸上徒劳地寻找栖地

沉船在这样的日子浮出海面，寻找
没入城市警报的船主，淹死的船员
被吹向陆地，比烟斗的青烟更轻

(北方有真正的山猫，长着尖爪
梦幻的眼睛。北方，岁月
二十四小时住在矿井里

那里，惟一的幸存者必须坐在
北极光的炉旁，聆听
那些被冻死的人的音乐)

宫　殿

我们走进去。惟一的大厅
空寂。地板光滑
像一座被弃置的溜冰场
门关着。空气灰暗

墙上的画。我们看见
无力拥挤着的图像：乌龟
秤砣，鱼，喑哑世界里
那些搏斗的形象

一尊雕塑被放在这片空虚里：
一匹马站在大厅的中央
我们被空虚抓住时
才注意到马的存在

比海螺的呼啸更弱的
城市的喧杂和话音
围绕这间空屋
叫嚣着在寻找权力

还有其它东西，黑暗物
它们在感官的五道
门槛前停下脚步
沙子流入静静的沙漏

是走动的时候。我们
走向那匹马。它很大
黑得像铁。帝王消失时
留下的权力化身

那匹马说："我是惟一的
我甩掉了骑在我身上的空虚
这是我的棚。我在慢慢生长
我吞噬着这里的荒寂。"

黑色的山

汽车驶入又一道盘山公路，摆脱了山的阴影
　朝着太阳向山顶爬去
我们在车内拥挤。独裁者的头像也被裹在
报纸里。一只酒瓶从一张嘴传向另一张嘴
死亡胎记用不同的速度在大家的体内生长
山顶上，蓝色的海追赶着天空

记忆看见我

六月的一个早晨，醒来太早
但回到梦中为时太晚

我必须走入住满记忆的

绿色之中，记忆用目光跟踪我

它们是看不见的，它们完全
和背景融化在一起，善变的蜥蜴

它们如此之近，我听见它们的呼吸
尽管鸟的歌声震耳欲聋

黑色明信片

一

台历已被写满，未来难测
电缆哼着一支没有祖国的民歌
雪落在铅静的海上。阴影
　　　　　　　　在码头上搏斗

二

生活中，死亡有时会来
丈量人体。拜访被遗忘
生活在继续。但尸衣
　　　　　　　　在无声中做成

（选自《特朗斯特罗姆诗全集》，南海出版公司 2001 年第 1 版）

德吉诗选

[法国] 米歇尔·德吉

余中先　译

当只剩下那些

当只剩下那些正在消失的长长日子，对赞誉的轻视和对不公正的高度警惕——消散在窗户上的清晨以及一记记斧斫之下活树的表面

当只剩下站立的人，置身于天光，腰围着兽皮，等待着想像中凛冽的风带来心灵的缺陷——在字词的痉挛中一颗自我否认的心

桥塌陷在一条细细的河上，第一次中断了交通，在对岸上一道生锈的栅栏外加缠绕的荆棘，第二次阻碍了通达

但是当只剩下了这个：一大早开始孩子的欢乐；成人的激情重新找回我们被剥夺的爱：当只剩下了矿藏而没有了夜的宝物

当他从荆棘丛中出来

当他从荆棘丛中出来
脸失去了镀金层而呈菜色
粘着苔藓　　丑如泥土
尘世一道休闲田的风景
从留茬地长出
恰如皮肤这是土壤

（选自《听说》，上海人民出版社 2009 年第 1 版）

夏尔诗选

［法国］勒内·夏尔

何家炜　译

真理会让你们得自由

你是灯，你是夜；
这扇天窗是为着你的目光，
这条扁担为着你的疲惫，
这点点水为着你的干渴，
整垛墙属于从你的光里降生
的那人。
噢女囚，噢新娘！

俘　　虏

我嬉戏的青春铸成囚徒的生涯。
噢，我生命的堡塔！

田野，你们映照在我四个收获季节。
我雷霆震怒，你们轮转着。

（原载《诗歌月刊》2004 年第 2 期）

曼杰什坦姆诗选：沃罗涅日诗抄

［俄罗斯］奥西普·埃米利耶维奇·曼杰什坦姆

汪剑钊　译

告密者，我的告密者

告密者，我的告密者！
我记得沃罗涅日那些夜晚：
不曾喝完阿夷[①]香槟酒的嗓音，
子夜从红场传来的汽笛声。

哦，地铁呢？……别出声，自我隐匿……
不要去问，幼芽是如何膨胀，
你们，克里姆林宫鸣钟的撞击，——
空间被压缩到句点的舌尖。

1935.4

放开我

放开我，交出我，沃罗涅日：
你将丢掉我，或者错过我，
你将失去我，或者归还我，
沃罗涅日是胡闹，沃罗涅日是乌鸦，是匕首……

1935.4

---

① 阿夷：法国一生产香槟酒的地名。

是的，我在地球深处躺着

是的，我躺在地球深处，嘴唇蠕动，
但我的话语，每个中学生都会背诵：

红场上的地球比一切更圆浑，
它自行的滚动越来越坚定，

比一切更圆浑，红场上的地球，
它的滚动出人意料地自由，

向下滑动——直到广阔的田野，
只要大地上还有一个囚徒。

1935.5

你不曾死去

你不曾死去。你仍是独自一人，
只要讨饭的女友和你在一起，
平原的伟大，迷雾、寒冷
和暴风雪都会让你感到愉悦。

豪奢的贫穷，强大的匮乏，
你安详、平静地生活——
那些日日夜夜无比美好，
而悦耳的劳动多么地纯洁。

作为他影子的人多么不幸，
被犬吠惊吓，被风扭曲，

半死不活的人多么可怜，
他向影子去乞求施舍。

1937.1.15—16

仿佛天外陨石砸破地球的一角

仿佛天外陨石砸破地球的一角，
身世不明的诗行失宠，掉落：
不可挽回的——是创造者的发现，
不可能成为别的什么，没有人可以评判。

1937.1.20

（选自《当代国际诗坛（二）》，作家出版社2008年第1版）

西密克诗选

[美国] 查尔斯·西密克

扬　子　译

肉　店

深夜里走路，有时
我会在一家打烊的肉店跟前站住。
店里亮着一盏孤灯
跟罪犯挖地洞的那种灯很像。

铁钩上挂着围裙：
上边的血迹把它涂成一张
血的大陆，血的大河
与海洋的地图。

几把刀像阴森森的教堂里的
祭坛，闪着光
他们就是把瘸子和白痴带到那种地方
治疗的。

砧板上边，骨头劈碎，
剔净——一条干涸见底的河流
就在那儿，我被喂养，
就在那儿，深深的夜里我听见一个声音。

老夫妇

他们正等着被屠杀
或驱逐。很快
他们等着断炊。
据我所知，他们从不出门。

他们想，险恶的痛苦来了。
它将起自大脑，
然后扩散到内脏。
他们将哀嚎着，被担架抬走。

其间，他们从五楼自家的
窗户察看大街。
下过雨了。好像
还要下点儿雪。

我看见他起床放下遮光帘。
我知道，要是他们的窗户一直黑着，
那是因为她打算开灯时，
他把她的手按住了。

（原载《外国文艺》2007 年第 6 期）

欧康奈尔诗选

[美国] 乔治·欧康奈尔

史春波　译

麦子的六种黄

"没有黄则不成蓝"——梵高

一种用阳光给风涂黄油，
一种锈得像散落的骨头，
还有一种再次暗示抹了蜜的绿，
忆起来了。一排排
负重的丰饶仍旧
练习弯腰，它们的嗓音纤细
干燥如滴答的耳语。

几片云彩默默
擦青田野的一角，
翻转的泥土
映照深深的紫罗兰。
一些被雨水漂白的胡须
怀着种子欠身
闪烁亚麻的光芒，昏暗
跳耀的青铜，这些茎秆
交错的线条
在心中如此摇荡

于是你会看见一切
只不过一个蔚蓝天空般简单的愿望
头顶上
六个伪装的乌鸦的影子掠过。

后来镰刀扫出一条路
阳光将麦秆削成
黑眼睛的小树林，黄金的茬，
天空在此
落下了它蓝色的膝盖。

（原载《外国文学》2009 年第 2 期）

洛厄尔诗选

［美国］罗伯特·洛厄尔

王佐良　译

渔　　网

任何明净的东西使我们惊讶得目眩，
你的静默的远航和明亮的捕捞。
海豚放开了，去捉一闪而过的鱼……
说得太少，后来又太多。
诗人们青春死去，但韵律护住了他们的躯体；
原型的嗓子唱得走了调
老演员念不出朋友们的作品，
只大声念着他自己，
天才低哼着，直到礼堂死寂。
这一行必须终结。
然而我的心高扬，我知道我欢快地过了一生，
把一张上了焦油的渔网织了又拆。
等鱼吃完了，网就会挂在墙上，
像块字迹模糊的铜牌，钉在无未来的未来之上。

（选自《王佐良随笔心智文采》，北京大学出版社 2007 年第 1 版）

加缪散文

［法国］阿尔贝·加缪

王殿忠　译

扁桃树

“您知道，”拿破仑常对逢塔诺[①]说，“世上我最赞赏的是什么呢？是以无力之力来创立某种事情。世上只有两种力量，即军刀与智慧。久而久之，军刀终究会被智慧所战胜。”

大家都知道，征服者们有时也会愁烦。他们确实应该为那么多过眼云烟的荣誉付出一些代价。然而，一百年前战刀可以解决的事情，今天的坦克已经不再那么管用了。征服者们在地面上标出一些虚点，几年之间在一个四分五裂的欧洲便会出现一些沉闷、寂静的无人区。在可怕的弗朗德勒[②]战争时期，荷兰画家也许还能画一画养鸡场里的公鸡，大家同样也忘记了百年战争，但西里西亚已被动员起来，因为我们要同这个世界步调一致。如今，理智已失去了一个征服者对它庄严承诺的信任，它无法制服武力，便只好极力诅咒它。

一些善良的人总是说，这是一种罪恶。我们不知道这是不是一种罪恶。我们却知道这些事是存在的。结论是，应该设法解决这一切。那只需认识到什么是我们所需要的。而我们所需要的，恰恰是我们绝不能再在军刀面前顶礼膜拜，决不再为武力不受理智支配而辩护。

不错，这是一项永无终结的任务。但我们就从这里着手并继续下去。

---

① 逢塔诺（1757—1821），法国作曲家、政治家。——译者注

② 弗朗德勒为法国和比利时的一个共管区。——译者注

我不太相信关于历史发展的道理，也不相信历史上任何一种哲学。但我至少相信，人类从未对自己的命运丧失信心。从而裹足不前。我们并未超越我们自身的条件，相反我们对它却有更深的认识。我们知道自己已处于矛盾当中，但我们必须克服矛盾，做我们应该做的事，以缓和矛盾。我们作为一个人，其任务是找到某几种方法，以减轻自由灵魂的无尽苦恼。我们要把撕破的重新缝合，在这个显然非正义的世界上建立起理想的正义，要使处于不幸中的当代人民，能够得到切实的幸福。自然，这是一项超乎人力的任务。我们之所以称之为超乎人力的任务，是因为人类需花费很长时间才能完成，仅此而已。

因此我们要了解我们想要什么，我们要坚定自己的意志，即使武力能够奏效，用另一种想法或另一种安适的环境污染来引诱我们，我们也不能动摇。第一件事，便是不要失望。不要过于听信那些叫嚷世界已到了末日的人的话。文明不会轻易消亡的，即使这个世界必然要崩溃，那也将是在其他星球之后。不错，我们处在一个悲剧时代，但太多的人把悲剧同失望混为一谈了。劳伦斯[①]说："悲剧恰是狠踢在厄运身上的一脚。"这是一种正确合理的见解，立刻就能应用起来。当今就有很多事物应该挨这一脚。

我住在阿尔及尔时，冬天我总是耐心地等待着，因为我知道，只需一夜的时光，仅仅一个夜晚，寒冷而纯净的夜晚，康苏尔山谷的扁桃树就会开满白花。随后，我便会看到这层脆薄的雪即可抵挡每一场雨以及海上的风，这使我赞叹不已。然而，每年它都能坚持一段恰好是孕育果实所需要的时间。

这绝非是一种象征，我们不能凭象征获得幸福。我们应该更严肃一些。我只是想说，有时候在这个依然满是不幸的欧洲，当生活的重负变得过于沉重时，我便转向一些阳光灿烂的地方，在那里许多力量尚未受到破坏。我太了解它们了，不会不晓得它们是经过选择的土壤，沉思与勇气可以在那里互相平衡。对这个例子的思考告诉我，如果我们想拯救灵魂，就必须

① 劳伦斯（1885—1930），英国作家。——译者注

无视它爱哭诉的特点，并要颂扬它的力量与威望。这个世界充满了不幸，却似乎对此很得意。它完全被抛进罪恶之中，这种情况被尼茨赫[①]称之为“迟钝的心灵”。我们却万不可伸手帮它，因为思想上伤心是徒劳的，我们只须为它工作就行了。

但优胜心灵的品格在哪里？还是同一个尼茨赫，把它们列为“迟钝的心灵”的死敌。对他来说，那是性格的力量，是个人的爱好，是“世界”，是传统的幸福，是坚定的自豪感，是哲人冷静的节制。这些品格，是绝对必要的，每个人都可以选择适合他自己的方面。在这一切的面前。不管怎样，大家不要忘记性格的力量。我说的这种力量，并不是选举台上出现的蹙眉与恐吓的力量，而是以那种扁桃树上洁白的花朵和勃勃的生机去抵挡每一阵海风的力量。是它，在人间的冬季里孕育着果实。

流放海伦[②]

地中海上的太阳有点儿悲剧色彩，但并非如海上的薄雾所具有的那种悲剧色彩。有那么一些晚上，你站在山脚下，凝望着海面上，夜幕已然笼罩在一个小海湾极其美丽的弯曲的海岸线上，海水静悄悄的，这时一种切实的焦虑便渐渐升起。可以理解，在这样的环境中，如果希腊人感到消沉的话，那总是以美为媒介，以那种美所具有的使人抑郁的气氛为媒介。在这美丽的烦恼中，悲剧占据了制高点。而我们的时代却恰恰相反，引起消沉、绝望的，是丑，是混乱。因此，如果痛苦在欧洲永远维持不变的话，那么欧洲就永远非常难看。

我们把美放逐了，而希腊人则为美而拿起武器。这是第一个不同，但其渊源却是很远的。希腊人的思想总是掩藏在有限度的观念之下，它从不把事情推向极限，无论是骂人或讲道理都是如此。它存在于一切事物中，以光明来调合黑暗。我们的欧洲却相反，它一切都要全部据为己有，乃是

---

① 尼茨赫（1844—1900），德国哲学家。——译者注

② 海伦：传说中的希腊公主，以美丽著称，后被特洛伊城的王子帕里斯诱走，于是便引发了希腊联军远征特洛伊城的战争。——译者注

无节制者的后代。欧洲否认美，正如它否认一切不为它赞颂的事物那样。尽管它不喜欢的东西很多，它却赞美一件东西，那就是未来的理智权威。它狂热地击退了所有的永久的限度，并且就在此刻，从黑暗中走出来依理逆司女神[①]便向它猛扑过来，并把它撕了个粉碎。内梅席斯[②]，乃是管限度的女神。而不是复仇女神，她负责监视，任何人只要超过了限度，就会受到她严厉的惩罚。

希腊人在数百年来不断地自问，什么是正义的东西，但却始终对我们关于正义的思想不得要领。对他们来说。公正就意味着有限度，而我们整个的欧洲大陆却在乱纷纷地寻找它所希望的一种全面而完整的正义。在希腊哲学思想刚启蒙时，埃拉科里特[③]就曾设想，正义向物质世界提出了限度。“太阳不能超出它的界限，否则掌管正义的依理逆司女神就会找上门来。”可我们呢，却脱离开人类思维的轨迹，并反其道而行之，而且对这种说法予以嘲笑。我们在一种沉醉的天体中点燃起所有我们喜欢的太阳，但这只能阻碍限度的存在，只能使我们对这个限度愈加模糊。处于这种超级荒唐之中，我们梦想着一种被我们抛弃到身后去的平衡，并且天真地认为，只要这样一味地干下去，到头来总会得到这种平衡的。真是无知的傲慢。依照这种为自己辩护的说法，幼稚的世界人民是我们这种荒唐想法的继承者，今天的历史车轮是由他们来推动的。

仍然是那位埃拉科里特，他只简单地宣称：“傲慢，就是前进中的后退。”在埃非兹安死去数百年之后，苏格拉底在死刑的威胁面前，坚持认为他所不了解的东西，绝不自认为了解它。那个时代最具典范意义的生命及思想，就这样在自豪地承认自己的无知中结束。我们自己，不但忘记了这些，同时也忘记了自己的男子气概。我们所偏爱的是强权，因为它象征着伟大，首先是亚历山大，再就是罗马的征服者们。我们那些教科书的编纂者们，带着无比的奴颜婢膝态度，教育我们的孩子赞扬他们。随之而来的，

---

① 希腊神话中复仇的三个女神。——译者注

② 希腊神话中复仇的女神。——译者注

③ 埃拉科里特（前576—前480），希腊爱奥尼亚学派哲学家。——译者注

便是我们自己也开始了征服，打破了所有的界限，从地下一直控制到天上。我们的真理就是孤立。于是，最终只有我们自己在一片沙漠上建立起自己的帝国。为了建立起这样一个高级平衡，在这种平衡中，自然在平衡着历史，平衡着美，平衡着善，并且给众人带来美妙的音乐，一直到带来流血的悲剧，为了这种平衡，我们须要有何等的想像力！我们对自然不理不睬，我们在美的面前感到羞耻，我们制造的那些残忍的悲剧散发着一股文牍味，在这些悲剧中流淌出来的血是黑色的，是黏稠的。

这就是为什么今天宣布说，我们是希腊人的子孙，是不合适的。倒不如说我们是他们的不肖子孙。把历史放在上帝的宝座上，然后我们便向着神权政治走去，像被希腊人称为蛮族的人们一样，在撒拉弥岛[①]的海面上一直战斗到死。如果有人愿意抓住我们之间的不同，那就应该向我们哲学家中真正能够同柏拉图媲美的人请教。黑格尔就敢于这样说：“只有现代化的城市，才能向思想提供一块自我意识的土地。”我们正生活在大城市的时代。因此，世界便直截了当地失去了它的永恒性：没有了自然之美，没有了大海，没有了山丘，也没有了黄昏的沉思。除了在大街上，人们也没有了意识，因为只有在大街上才有人间百态。这就是法则。随之而来的，我们那些最具典型意义的文学作品也表现了同样的偏见。自陀思妥耶夫斯基以后，在欧洲伟大的文学作品中，你就根本找不到景物的描写。那故事情节，既不能解释故事发生之前的自然世界，也不能反映驾于故事之上的美。这些作品走的是对自然美不闻不问的路子。柏拉图包罗万象。包罗了荒谬、包罗了理性也包罗了空想。而我们的哲学家则除了荒谬和理性之外什么也没有，因为他们除此之外，在其他一切事物面前，则闭上双眼，其思维如鼹鼠。

以灵魂的悲剧取代对世界的凝视，那是基督教。然而，它至少同一种自然的灵性有关，通过这灵性，可以维持着某种永恒。上帝升天了，留下来的只有纠纷和强权。长时间以来，我们哲学家们的全部努力，就放在如何以客体形式的概念取代人间自然的概念，如何以偶然性的无秩序的动乱或者以理

① 希腊的一个岛屿，公元前 480 年这里曾发生过海战。——译者注

智推动下残酷的运动，取代固有的自然界的和谐。当希腊人赋予意愿以理性的界限时，我们却把意愿的冲动当成理智的核心，从而使自己成了理智的谋杀者。对希腊人来说，这种理性的界限，其价值在于，对所有的行动，都在事先赋予它准确的界限。当代的哲学则把它们的价值，放在行动之后。这种价值便不是原有的了，它乃是后来转变出来的，而我们也只能在事件过后，才能看见它的全貌。按这些价值衡量事物，界限便没有了。

然而自然界却是客观存在，它以其中宁静的天空，以其理性，同人类的疯狂作对。直到原子因发怒而裂变，直到事变在理智的胜利中，在争端的完结时，完成其发展过程。然而，希腊人从未说过界限不可以被打破。他们只说过界限是存在的，还说凡敢于超出这个界限者，无疑对界限本身是一个无情的打击。在当今的历史事件中，没有任何东西可以对此予以反驳。

历史人物以及艺术家们都想改造世界，但艺术家们由于他们工作性质使然，他们了解自己的界限，而历史人物却不了解。因此，后者的结局便是走向暴政，而前者所钟爱的则是自由。当今之世界，所有为自由而斗争者，始终都在为美而战斗。当然，这并不是单纯地为美本身而斗争。美不可能离开人而独立存在。因此在当代，我们只能在它的痛苦中去追寻它，才能赋予它以伟大和庄严。今后我们将不再孤独了。同样，我们人也不能离开美而生存。然而我们这个时代却做出一副对此一无所知的面孔。它为达到自己的绝对权威而硬撑到底，它企图在把这个世界搞得精疲力竭之前，把它弄得面目全非，在理解这个世界之前，向它发号施令。不管这个时代在说什么，其结果都是背离这个世界。奥德修斯①可以在女神加里普索那里，在长生不死和回到自己祖国的土地两者之间任选其一。他选择了祖国的土地，宁愿死在自己的土地上。这样一件极其朴素而崇高的情感，而今于我们竟是那么陌生。有些人会说我们缺乏谦逊态度。但这句话总的来说，

---

① 奥德修斯：希腊神话中的英雄，在特洛伊战争中因献“木马计”获胜，在回国途中历尽艰险，曾被女神加里普索留居岛上七年。——译者注

却有些暧昧。我们有点儿像陀思妥耶夫斯基笔下的那些小丑。他们自吹什么都能做得到，要上天上去摘星星，但到头来却在公众面前大丢其人。我们缺乏的仅是人的自豪感，这样的人应该是遵守自己的界限，明确地懂得并且珍惜自己的生存条件。

圣-艾克祖佩里[①]在他临终前写道："我恨我的时代"，其理由同我上面所讲的差不多。然而，这种呼声是出自一位在各方面都对人类表现出极大爱心的人，是令人惊异的。因此，我们不应把这种说法作为我们的依据。然而却可以看出，在某些时间内，他是多么想离开这个沉闷而贫乏的世界啊！但是，毕竟这个时代是我们的时代，我们不应该生活在这个时代里却又互相仇恨。它只是因为把自己的品德同自己的缺陷不加选择地滥用，才堕落到如此地步。我们将为那些正向我们走来的时代的品德而斗争。什么是它的品德呢？巴特罗克[②]的战马在战场上为它们死去的主人而哭号。一切都完了，但在阿休尔的参与下战斗继续进行，直到最后的胜利，因为这种友谊源自于被惨杀：友谊便是一种品德。

承认自己的无知，不狂热。承认世界和人类有其局限，有可爱的面孔以及承认美的存在，这便是我们的基地，从这里出发，我们便能够追上希腊人。明天的历史走向，其方式并不同一般人所想像的那样。历史的走向取决于创造和宗教裁判之间的斗争。尽管赤手空拳的艺术家们要为此付出很高的代价，但那胜利是可以期待的。黑暗的哲学将在霞光灿烂的大海上烟消云散。啊，南方的思想[③]，特洛伊的战争在离真正战场很远的地方进行着！还是这一次，现代化城市的高墙，将为献出海伦的美而坍塌，将在如平静的大海般安详的灵魂中坍塌。

（选自《加缪全集 散文卷Ⅱ》，河北教育出版社 2002 年第 1 版）

---

① 圣-艾克祖佩里（1890—1944），法国旅行家及作家。——译者注

② 巴特罗克：希腊神话中的英雄，曾参加围困特洛伊城的战斗。后来他被杀害，由阿什尔起而代之，加入了希腊部队中继续战斗。——译者注

③ 作者的思想当时被认为地中海岸的思想，即南方思想。——译者注

一个热土豆是一张温暖的床

[德国] 赫塔·米勒

杨宏芹　译

“我从未常常梦到吃饭，如我在乌拉尔山脉流放的那五年，”男人说。他是少数的在二战期间没有加入党卫军的罗马尼亚德裔中的一个。不过在一九四五年，却以对希特勒的妄想负有“集体罪责”的名义被流放到苏联。三分之二的流放者都死了。饿死或冻死。饿死和冻死。

“肚子里越空，梦里那一块熏肉和一块面包就越大。”他说，“我在梦里吃得太饱，醒来时饿得直发抖。”

“流放地是由铁丝网围起来的一块被监视的不毛之地，”他说。“村子里死了人，就送到我们这里。我们到村子去拉尸体。因为每天都有冻死鬼和饿死鬼要掩埋，即使地冻得硬如石头，也要用手去挖。在流放地，死亡像白天和黑夜，像穿衣和脱衣那样寻常。雪地里有同情：我们脱去死者的衣服，带走，大雪把他们掩埋。”

“尸体掩埋后有一场丧宴，我们有吃的，”男人说。“我们敞开肚皮吃，可俄罗斯人也不富裕，”他说。“有一次我吃得太多，都到喉咙口了。在我回流放地之前，那个寡妇还把死者的外套送给我。真是走运，”他说。“快到流放地时，天旋地转：我吐了。我从未那样伤心过。我宁愿把我的心吐出来，也不愿吐出那些吃的。我哭了，因为我的胃竟然允许，因为它蔑视我干的活和我的饿。因为它不给我食物，尽管我饿得皮包骨头。”

“热腾腾的蒸土豆至今还是最温暖的食物，”他说。“就是在五十年后的今天，依然像一张温暖的床一样温暖，”他说。“当我掰开一个未削皮的热土豆时，我今天还会热泪盈眶。可那时不会，那时太饿了。那时我没有时间看。还没来得及看，土豆就下肚了。我只是用我那饿得半死的神志看了看它。”

当人们在小店门前排成长队，摩肩接踵，人声鼎沸，我就想起男人的话：“一个热土豆是一张温暖的床”和“饿得半死的神志”。这些准确的画面，不是说这些话的男人刻意而为。当命悬一线时，恐惧不寻找画面。它寻找它自己。它留在脑海里，是死亡的痕迹。

在贫穷的地方，问一个人挣钱多少，问一个东西值多少钱，很自然。我后来意识到，当我在德国这样问时，即便至交好友也不会回答。熟悉的面孔变色了：神秘和气恼混杂在一起爬到眼睛周围。我起初怀疑我的语气不对。心想时机可能不对。我却没有想到，不会有正确的语气和合适的时机，这个问题本身就是错误的。这样问，可能就像窥视他人的银行账户，就像按自动取款机上的密码。

在贫穷的地方，在别人面前脱衣，这叫裸露。在富裕的地方，在别人面前脱衣，这叫美丽的自信。在别人面前谈钱，在富裕的地方才是裸露。一如在贫穷的地方在别人面前脱光衣服。

飞机上只有几个旅客。我靠窗坐着。旁边有两个空座位。另一边，一个男人靠窗坐着。旁边两个空座位。男人和我之间有四个空位。男人拿着的报纸下簌簌作响。他打开了他的小皮夹。他在数钱。数钱的手藏着。他怕什么，我和他之间有四个空位，我问自己。藏的不是钱。藏的是他这个人。那也是一种饿得半死的神志。男人数的不是钱，不是在人们手中进进出出的钱。他在数自己。他在数一个秘密。

在罗马尼亚，许多人去商店时，把钱卷起来捏在手里。不是因为他们没有小皮夹，而是因为他们必须全神贯注地把钱攥在手里，直到他们得到少得可怜的那一点点。

“一颗牙在德国多少钱，”我在罗马尼亚的那个夏天，一个男人问我。“一台碾磨机多少钱，”另一个人问。“一辆载重汽车多少钱，”一个出租司机问。一刻钟的路程后，不用问，我就知道了他们每人每月挣多少钱。

我不能回答这些问题，他们不懂。他们的声音是贪婪的。我从这些声音里感觉到的是饿得半死的神志。

一九九一年十一月

（原载《世界文学》2010年第2期）

“你带手绢了吗?”

——赫塔·米勒2009年诺贝尔文学奖获奖演说

[德国] 赫塔·米勒

庆　虞　译

“你带手绢了吗?”这是每天早上我走到街上之前，妈妈站在家门口问我的问题。我没带手绢。因为我没有，所以我要回到屋里去拿一块。我从不带手绢是因为我总要等妈妈的问题。手绢证明妈妈每天早上都在关心我。一天剩下的日子就只有我自己关心自己。“你带手绢了吗?”这个问题就是亲情的间接表示。直接的表示会让人难为情，不是农民的作为。爱情被伪装成了一个问题。这是唯一的表述方式：事实上，还是一种命令的口气，或是工作的那种技巧。口气似乎生硬但是带出一种温柔。每个早晨我第一次出门没带手绢，而第二次出门就会有一块手绢。只有那个时候我才会走到街上去，好像带上手绢就等于妈妈也和我在一起。

二十年之后我早就在城里独自生活，在一家制造厂当翻译。我早上五点起来；六点半上班。两年时间就在这种千篇一律的常规中过去了，每天都和下一天没有区别。

在第三年的时候，这个常规结束了。在一个星期内，清晨时分在我的办公室里三次出现同一个来访者：一个魁梧高大而骨头粗壮的男人，蓝眼睛炯炯有神——一个来自国家安全局的大人物。

第一次他站在那里咒骂我，然后就走了。

第二次他脱下他的风衣，挂在柜子上的钥匙上，然后坐下来。那天早晨我从家里带来一点郁金香，摆放在一个花瓶里。这个人看着我，称赞我是个很有品位的人。他的口气油腔滑调，我觉得很不舒服。对他的称赞我回敬说，我了解郁金香，但是我不了解人。然后他带着恶意地说，他了解我，比我了解郁金香要多得多。说完他把风衣搭在胳膊上就离开了。

第三次他坐下来，而我只好站着不动，因为他把他的公文包放在我的椅子上。我不敢把它移到地板上去。他说我是个笨蛋，说我是逃避工作开小差的人，是个邋遢的懒人，像条迷路的母狗一样堕落。他把郁金香推开，几乎推到了桌子边上，然后在桌子中间放了一张白纸，一支笔。他对我咆哮着说：写！我就站着照他说的写——我的姓名、出生年月和住址。下面呢，是我不许告诉任何人的，不论是多么亲近的朋友或亲戚，是我要……然后就出现这个可怕的字眼："线人"——我要给他们当线人。这个时候我就不写了。我放下笔，走到窗前，瞧着窗外尘土飞扬的街道，一条没有铺过柏油的坑坑洼洼的街道，也瞧着所有那些拱着脊背的房子。最有意思的是这条街还叫做"光荣街"。在光荣街上有一只猫坐在光秃秃的桑树上。这是只耳朵都残破不全的厂猫。在猫的上方，早晨的太阳就像一个黄色铜鼓。我说："我没有干这种事情的德行！"我是对着外面的街道说的。"德行"这个词让安全局的这个人变得歇斯底里。他把那张纸扯得粉碎扔在地上。然后，也许是意识到他必须向上级交代，表示他曾经做过努力雇我，所以他弯下腰，又把碎纸收集起来，放到他的公文包里。然后他深深叹着气，像被打败了一样，把盛着郁金香的花瓶用力摔碎在墙上。瓶子破碎的时候发出嘎吱嘎吱的声音，好像空气都有了牙齿。他把公文包夹在胳膊底下，阴冷地对我说："你会后悔的，我们会把你弄到河里淹死。"我好像是自言自语地回答："如果我签了这个字，我就再也不能活得像我自己了，我自己就会淹死我自己。所以，你要淹死我更好。"那个时候办公室的门已经敞开着，他已经走了。外面的光荣街上，那只厂猫也从树上跳到房顶上去了。有一根树枝上下弹跳就像跳板。

第二天，拉锯战就开始了。他们要我离开工厂。每天早上六点半我要向厂长报到。就像我的母亲曾经问过我："你带手绢了吗？"现在厂长每个早晨也要问："你找到另一个工作了吗？"每个早晨我也都同样回答："我不找工作。我喜欢在这个厂里工作。我愿意留在这里直到我退休。"有一个早晨我去上班，发现我那厚厚的字典都堆在我的办公室门外的走廊地板上。

我打开门，发现一个工程师坐在我的办公桌那里。他说，“进来之前应该敲门。这是我的地方，这里没你的事儿了。”我不能回家，未经许可就回家，会给他们找到开除我的好理由。我没了办公室，所以，现在我确实不得不另想办法证明我是来上班的。无论如何我都不能不在厂里。

我有个好朋友，我们沿着可怜兮兮的光荣街一起下班回家的时候无话不谈。起先，她在自己的办公桌清理出一个角落让我用。但是，有一个早晨她站在她的办公室外边说：“我没法让你进去了。大家都说你是一个线人。”骚扰折腾终于从上面下来了，谣言在我的同事们之间传播。这是最糟糕的事情。对外来的打击你还可以自卫，对造谣诽谤你就无能为力。在我的同事们的眼中我正好成了那种我拒绝做的人。如果我做了那种线人，他们倒会毫不犹豫地信任我。实际上，他们惩罚我是因为我宽宥了他们。

因为现在我确实不得不证明我是来上班的，但是我没有办公室，因为我的朋友无法再让我进入她的房间，我就在楼道里站着，不知道该做什么。我在楼梯里爬上爬下好几次，突然我又成了我母亲的孩子，因为我有一块手绢。我把手绢铺在二楼和三楼之间的一个台阶上，小心地把它铺平，然后坐在上面。我把厚厚的字典放在我的膝盖上，然后翻译那些液压机器的说明书。我成了个楼梯玩笑，我的办公室是一块手绢。午饭的时候我的朋友会到楼梯上来和我在一起。我们就像在她的办公室那样一起吃饭。过去我们是在我的办公室一起吃。我的朋友吃午饭的时候会对我哭。我不哭。我必须坚强。很长时间如此。几个永无休止的星期，直到我被开除。

在我成了个楼梯玩笑的这段时间里，我在字典里翻查有关“楼梯”的词。第一级阶梯称为“入阶”，而最后一级阶梯成为“出阶”。阶梯上踏脚的平面则是夹在两边的“阶颊”中间，而各个阶梯中间的空当就叫做“阶眼”。我早就熟悉与液压机润滑部分有关的那些漂亮字眼：“燕尾管”、“鹅颈管”、“喷嘴”，和螺丝结合使用的“螺母”等等。现在我同样惊异于楼梯各部分的名称也富有诗意，技术词汇也如此优美。“阶颊”或“阶眼”说明楼梯也有面孔。不管你用的材料是木头还是石头，是水泥还是钢铁：人类为什么固执地把自己的面孔也贴到世界上哪怕是最笨重的东西上面？为什么他们要用自己的肉身来命名没有生命的东西，当做是个人身体的部分？是否这种隐蔽的温柔也是必要的，可以让艰苦的工作对于技工也能易于承受？是否所有行业的所有工作都遵循同样的这种原则，好像我母亲问我的有关手绢的问题？

当我还小的时候，我家有一个专门放手绢的抽屉，里面总是分成两排，每排都分成三叠：

左边这一叠是男人的手绢，我父亲和爷爷用的。

右边这一叠是女人的手绢，我母亲和我奶奶的。

中间这一叠是我用的小孩的手绢。

这个抽屉也是手绢形式的一幅家庭肖像。男人的手绢是最大的，带有棕色、灰色或波尔多葡萄酒色的深色边条。女人的手绢小一点，它们的边条是淡蓝色、红色或者绿色。小孩子的手绢是最小的：是没有边条的白色方布、上面画着花或者小动物。所有这三类手绢又都分成日常用的和星期天才用的，日常用的放在第一排，星期天才用的放在后排。星期天的时候，你的手绢就得和你的衣服颜色相配，就算手绢是看不到的。

对我们来说，家里没有其他东西像手绢那么重要，包括我们自己。手绢的用处无所不在：擤鼻子；出鼻血时擦鼻血；手或胳膊或膝盖擦破的时候包扎伤口；哭的时候擦眼泪或者咬住手绢抑制哭泣。头痛发烧的时候，可以放一块浸冷的湿手绢在前额上。在手绢四角打结可以罩在头上，抵挡太阳暴晒或淋雨。如果你要记住什么事情，你可以在手绢上打个结帮助记忆。为了拎住沉重的东西，你会把手绢绕在手上。火车启动离开车站的时候，你挥舞手绢告别亲友。在我们老家巴纳特的德语方言里，“眼泪”这个词听起来就像罗马尼亚语中的“火车”，所以火车车厢在轨道上磨出的尖厉声音总是让我听起来像是哭泣。在老家的村子里，如果谁家死了人，会立刻在死人下巴上绑一块手绢，这样尸僵的时候他的嘴巴就可以闭紧。在城里呢，如果有人在路边倒毙，过路人总会拿一块手绢盖住他的脸，这样一来，手绢就成了死人的第一个安息之所。

在暑热的夏天，父母们会派他们的孩子在晚上到教堂的墓地去浇花。

我们三三两两地分成小组，很快浇完一个墓又浇下一个墓。然后我们聚集在教堂门外的台阶上，看一些坟墓上冒出缕缕白色水汽。它们会飘荡片刻然后在黑夜中消失不见。我们以为那就是死者的鬼魂：状如动物、眼镜、玻璃瓶和杯子、手套或者袜子。此起彼伏的还有被包围在黑暗中的白色手绢。

后来，当我和奥斯卡·帕斯提奥谈话打算写他被遣送到苏联劳动营那段生活的时候，他告诉我一个年长的俄罗斯老妈妈曾经送给他一块绢布的手绢。老妈妈说，这是祝你们好运——你和我的儿子，愿你很快能回家，而我的儿子也一样。她的儿子和奥斯卡·帕斯提奥同年，也像他一样远离家乡，不过是在另一个方向，老妈妈说她儿子是在另一个劳动营里。奥斯卡·帕斯提奥曾经去敲她的门，像是一个饿得半死的乞丐，想用一块煤换点吃的东西。她让他进屋，给他喝了热汤。她看见他连鼻尖都滴下汤汁的时候，递给他一块白色绢布的手绢，一块从来还没有人用过的手绢。手绢有格子花纹边条，有用丝线精密刺绣的字母和花朵，真是美的东西，让这个乞丐既感到亲人相拥的温暖，同时又感到心如刀绞。这是一种矛盾交织的事物：一方面在绢布中深藏了安慰，另一方面，精细刺绣的字母和花朵又像一把尺子丈量出了他堕落底层远离文明的深度。对于这个女人来说，奥斯卡·帕斯提奥也是一种矛盾交织的事物：一个被世界抛弃而来到她屋子里的乞丐，又是失落在世界某处的一个孩子。在这两种人物角色中，他在这个女人的关爱姿态中既得到快乐，又承受到一种过高的要求。而这个女人对于他其实也是一身兼任两种角色：一个陌生的俄罗斯妇女，又是一个忧心忡忡的母亲，会问他这样的问题：“你带手绢了吗?”自从我听到这个故事，我就一直问我自己“你带手绢了吗”这个问题是否到处都有效?它是否在冰冻与解冻之间的雪光闪耀中也能向整个世界展开?它是否也能跨越千山万水跨越每一条边界?

尽管我已经说罗马尼亚语几十年了，但只是到了和奥斯卡·帕斯提奥谈话的时候，我才认识到，罗马尼亚语中“手绢”这个词就是“绢”。这是又一个例子说明罗马尼亚语多么有感悟性，可以让它的词汇直指事物核心。

这种材料不绕弯子，它直接就代表了制造出的成品，“绢”就是“手绢”。好像是所有手绢，不论何时所造，何地所产，都是绢制成的。

奥斯卡·帕斯提奥把这块手绢珍藏在行李箱里，好像是一个双重儿子的双重母亲的圣物遗骨或舍利子。在劳动营五年之后，他把它带回了家里。因为他的白色绢布手绢既给他希望也给他恐惧。一旦你没有了希望和恐惧，你就是行尸走肉。

在我们谈论过这块白色手绢之后，我花了半个晚上，在一张白纸板上为奥斯卡·帕斯提奥做了一张词语的拼贴画：

比娅说逗点在这里跳舞
你正进入一高脚杯牛奶
洗浴于白灰绿色锌澡缸
几乎所有林林总总材料
领取邮包时你都会碰到
瞧瞧这里
我是坐火车匆匆旅行者
也是汤盘里面樱桃雪利
从来不和生人交头接耳
绕过电话总机直接交谈

那个星期后，我去看送给他这张招贴画的时候，他说，你应该贴上“给奥斯卡的”。我说：“不管我给你什么东西总是你的。”他说：“你必须贴上，不然这张白纸板不知道这是我的。”我就把画带回家，贴上“给奥斯卡的”，第二个星期再给他送去，就像我走出大门先是没带一块手绢，现在我第二次走回来带了手绢。

还有一个故事也是以手绢结束的。

我的外公外婆还有一个儿子叫马茨。上世纪 30 年代的时候他们把他送到提米苏拉去学习商业，这样他将来就能接管家里的谷物生意和杂货店。

那个学校里有德国来的老师，是真正的纳粹。马茨可能一面受到商人的训练，而更主要的是被培养成一个纳粹分子——按部就班地洗脑子。毕业的时候，马茨已经是个狂热的纳粹，成了另一个人。他狂呼反犹太人的口号，就像一个白痴让人不可理喻。我外公曾多次驳斥他，说家里的全部财产都要归功于犹太商人朋友预先提供的信贷。当这些都没有用的时候，我外公也扇过马茨几个耳光。但是这个年轻人的理性已经完全被毁掉了。他在村子里做宣传，欺负那些拒绝去前线为纳粹卖命的人。马茨在罗马尼亚军队里本来有一份文职工作，但是他急于要把理论变成实践。他自愿报名参加党卫军，要求把他送到前线去。几个月之后他回村里来结婚，因为在前线见识到了战争的罪恶他多少变得聪明一点，他利用当时流行的骗人花招逃回来躲避战争。这个骗人花招就叫做：婚假。

我的外婆在抽屉最深处保存了两张她儿子马茨的照片：一张是婚照，一张是遗像。婚照上展示的是个全身穿白的新娘，比新郎还高一头，瘦削而严肃——长相真如麦当娜一个模子里出来的。在她头顶顶着一个蜡制的花冠，叶子看上去就像雪片做成的。她旁边是身穿纳粹军服的马茨，一个士兵而不是一个丈夫，一个新娘保镖而不是新郎。他回到前线不久，遗像很快就送到家里来了。它展示的是一个被地雷炸成碎片的士兵。遗像有手掌大小：在一块黑色田地的中间是一块白布，上面有一小堆灰色的人体残骸。衬托在黑色田地上的这块白布，看上去就像孩子的手绢那样微小，像是画在中间的设计奇怪的一个白色方块。对我外婆来说，这张照片也是一种矛盾交织的事物：在白色的手绢上是一个死亡的纳粹，在她的记忆中是一个活着的儿子。我外婆终其一生都把这张意义双重的照片夹在她的祈祷书里。她每天祈祷，她的祈祷一定也具有双重的意义。从一个可爱的儿子到一个狂热纳粹的分裂也很可能伴随在祈祷中，祈求上帝也能脚踩两头维持平衡，给儿子一份慈爱，给纳粹分子一份饶恕。

我外公在第一次世界大战中也是士兵。他知道他提到儿子马茨的时候该说什么，他经常痛苦地说：“旗帜开始飘扬的时候，人就会在军号里丧失正常心智。”这种警告也适用于我后来经历的那个时代。每天你都看到大大小小的既得利益者在军号里丧失正常心智。这是我决心不吹的军号。

还是孩子的时候，我的确不得不违心地学过拉手风琴。因为在家里我们有一架红色的手风琴，本来属于死去的士兵马茨。手风琴的背带对我来说太长了。为了不让背带从我的肩膀上滑下去，我的手风琴老师就在我背上用一块手绢把它们系扎在一起。

我们是否可以说，正好是最小的东西，不管它们是军号、手风琴，或是手绢，可以把生活中最不相干的东西联系在一起？这些东西如行星绕行在轨道中，在周而复始中它们的偏差显示出一种形式——一个"魔圈"。我们可以相信这种事，但是无法说出来。但是，无法说出来的，我们可以写下来。因为写作是一种沉默的动作，一种从头脑到手的劳作。嘴巴就跳越过去了。生活在那种制度之下，我说话说得很多，主要是因为我决定不吹军号。通常，我说的话都会带来痛苦不堪的后果。但是写作是在沉默中开始的，在工厂的那个楼梯上，在那里我不得不应付比我能大声说出的话还多得多的事情。发生的事情无法再用说话来表达。说话表达，你最多能在高度上再加点东西，可是事情本身的全部范围却不会再扩大。那只有在头脑中我才能默默地拼写出来，我用生的渴望来应对死的恐惧。这也是词语的饥渴。只有词语的漩涡可以把握我的生命状态。它拼写出嘴巴发不出声音的事物。直到有某种我从来不知道的东西出现。与现实平行的，是词语哑剧开始表演。它们不在乎任何现实主义的规格，把最重要的收缩起来，而把无关紧要的扩展开。突如其来，突发奇想，词语的魔圈赋予所体验到的事物一种着魔般的逻辑。这种哑剧表演不留情面难于驾驭，让你渴望更多而立刻精疲力竭。

当我是一个楼梯玩笑的时候，我就像小时候一样孤独，独自在河谷里放牛。我吃草叶和花，这样我就能属于草叶和花，因为它们知道如何生活而我不知道。我叫着它们的名字和它们说话："奶浆草"意思是叶子锯齿状而草茎带有白色奶浆的植物。但是这种草对我说的"奶浆草"这个名字毫无反应。我就试试不用"奶浆"或"草"而用其他随便想到的名字："锯齿苋"、"针针叶"等等。用这些假名字，其实我叛变了真实的植物，揭示了这种植物和我之间的巨大空白。失态丢脸的是我其实大声对自己说话，而不是对植物说话。但是失态丢脸对我其实又是好事。我看护着牛群，而词语的声音看护着我。

词语的声音知道它必须欺骗而别无选择，因为事物也会欺骗它们自身的材料，感情也会用它们的姿态手势引起误会。词语的声音，以及连带着这种声音而产生的真实，存在于材料与姿态手势欺骗的交点之中。在写作中，这从来不是信任不信任的问题，而是这种欺骗所具有的诚实性问题。

回到当年的工厂来说，当我是个楼梯玩笑而手绢成了我的办公室的时候，我也在字典里查到“阶梯利息”这样漂亮的词汇，这是说贷款的利息可以像阶梯一样逐渐上升。这种上升对一个人来说是费用增加，而对另一个人却是收入增加。写作中其实也两者兼具，我越深入文本向下挖掘，那么从我这里夺走的我写下的文字越多，而且也越加清楚显示出有什么从那些生活的体验中丧失。只有词语能够有这种发现，因为它们事先并不知道。在词语出乎意料地抓住了生活体验的地方，也是词语最精彩之处。最后它们变得如此强加于人，以至于生活的经验必须死死缠住词语，这样才能避免分崩离析。

在我看来，物体不认识它们自己的制作材料，姿态手势不认识自己的感觉，词语不认识把它们说出来的嘴巴。但是为了确认我们的存在，我们需要物体，我们需要姿态手势，我们需要词语。归根结底，我们能用的词语越多，我们就越发自由。

有一个清晨，在我快要离开罗马尼亚移居国外的时候，一个村里的警察来找我的母亲。她已经到了门口的时候想起来：“你带手绢了吗？”她没带。尽管警察很不耐烦，她还是到屋子里去拿一块手绢。在派出所里，这个警察朝她大发脾气。我母亲的罗马尼亚语不太好，不明白他叫喊什么。所以他离开了办公室还从外面把门反锁上了。我母亲坐在那里被关了一整天。最初几个小时她就坐在桌边哭泣。然后她走来走去，然后开始用她的眼泪浸湿的手绢给家具擦掉灰尘。后来，她又从墙角拿出水桶和墙上的钩子挂的毛巾来擦地板。后来她告诉我这些的时候我真是惊恐。我问她，“你怎么可以这样，帮他去打扫办公室?”母亲一点也没有不好意思，她说：“我就找点事做，好打发时间。而且那个办公室那么脏。碰巧我还带了一块男人用的大手绢。”只有在那个时候，我才明白，通过这些额外的然而也是自愿的忍辱负重，她还是创造了一些尊严。我尝试在一幅拼贴画里找到可以说明这种尊严的词语：

我想着在我心里昂扬的玫瑰
想着无用的灵魂像一个筛孔
但是拥有者询问着：
谁会得势占上风
我说：拯救你的面皮
他咆哮着：面皮
不过是块污迹糟蹋的绢布
没有心智没有头脑

我希望我能为所有那些被剥夺着尊严的人说一句话——一句话包含着“手绢”这个词。或者问这个问题：“你带手绢了吗?”

（选自《国王鞠躬，国王杀人》，江苏人民出版社 2010 年第 1 版）

曼哈顿的好上帝

[奥地利] 英格博格·巴赫曼

顾　牧　译

人　物

好上帝

法官

扬　一个来自旧世界的青年男子

珍妮弗　一个来自新世界的青年女子

比利　｝两只松鼠
弗兰基｝

警卫

法院杂工

吉卜赛女人

乞丐

女人

酒店大堂服务员

电梯工

卖报人

警察

两个孩子

酒吧侍者

画外音　声音平板，没有性别特征

〔法庭。

〔时值盛夏，换气扇开着。

法院杂工：（从门口向屋内）大人……

法官：嗯？

法院杂工：可以把被告带进来了吗？

法官：带进来。把换气扇关掉吧。

法院杂工：请恕属下多嘴，在这种热死人的天气？

法官：关掉！

〔门开了，警卫押着被告走进来。

警卫：大人，被告带到！（压低声音）过来。审讯的时候站着，懂吗？

〔换气扇越转越慢，终于停了下来。

法官（换一种声调）：您坐！

警卫（小声，急切地）：坐！坐下！可以坐了！

法官：您可以走了，斯威尼。还有您，罗西。

警卫：遵命。

法院杂工：谢谢大人。

〔二人离开房间，一时间，房间里沉寂下来，法官翻阅着卷宗。

法官（一边填写着什么，一边含混不清地说）：纽约城，八……月，一九……五〇年……（随即急促地，用清晰、漠然的声调说）您的名字叫？你出生在？什么时候？什么地方？肤色？体型？身高？宗教信仰？平均饮酒量？精神病史……

被告：我不知道。

法官（用同样的声调继续说）：被怀疑谋杀了……

被告：杀了谁？

法官（和蔼，不经意地）：真要命，这个热法。还从来没有哪个夏天这么热过。您记得吗？也就只有六年前，乔·巴姆菲尔德和艾伦……艾伦……

被告：艾伦·海。

法官：没错。就是这两人被炸死的那个夏天。当时差不多也是这么热。

被告：我记得。

法官(抱歉地)：当然，咱们来这里不是要谈论高温的。

被告：希望如此。

法官：但是让您回答一些我已经知道答案的问题，也是挺奇怪的。

被告(倨傲地)：您?

法官(又写了什么，随口说)：比如您在动物园旁边，第五区 63 街拐角的一栋老房子里有三间房的事就没错。

被告：哦。

法官：您在大西洋酒店的大堂里被邦迪警官和克拉默警官逮捕，当时事情刚刚发生不久，您正急匆匆地向大门冲去……

被告(讥讽地)：冲去!

法官：您也的确是……

被告：的确是没错。但是请原谅，我想回到第一个问题上。您知道我是谁吗?

法官(沉默片刻，犹豫、胆怯地)：曼哈顿好上帝。有些人也叫您：松鼠的好上帝。

被告(字斟句酌地)：好上帝。

不错嘛。

法官(急促地)：在您的住宅里发现了三袋松鼠饲料。

被告：没收了? 真可惜。我可是曼哈顿的大主顾。要不您还见谁用过地铁站里那么多卖花生的自动售货机?

法官：这么说那些花生是您给动物买的。您喜欢动物? 据说有些国家的这种啮齿动物又胆小，又不谙世事，但是咱们这里的看起来却不但放肆，而且道德败坏，据说它们和恶魔是一伙的。要么您是动物贩子? 养殖户? 我要提醒您，现在审讯开始了。

被告：我不知道能不能满足别人的好奇心。您想要我做什么? 辩解? 我最多也就能给您讲讲发生了什么。但是，如果允许一个老人给您提个建议的话……

法官：看来我保养得不错。我也不年轻了。

好上帝：您要么从头开始，要么从尾开始！问的时候要有条理……看来您搬空了我的办公室，把所有的卡片和信件都弄到这儿来了。还能有比这更坐享其成的吗？我干的可是费时又细致的侦查工作，要是没有那些松鼠，我可干不了这活儿。它们是我的情报员、信使、传令兵、侦查员、谍报员。我手下有好几百只松鼠，其中的两只，比利和弗兰基是我的干将，它们俩办事牢靠，我从不轻易放炸弹，除非它俩找到必死无疑的地方，算出必死无疑的时间……

法官：必死无疑……指什么？

好上帝：……必须炸到要炸的人。

法官：谁是要炸的人？

好上帝：哦！您不知道？（好奇地）您现在怎么看这件事？

法官：我现在哪里还看得到。我曾经看到的是针对一些没有伤害过别人的人进行的连环谋杀，凶手是个销声匿迹了的疯子。

好上帝：我还以为您会把心理医生的鉴定当回事儿呢。

法官：我就是这么想的，直到我发现您这个始作俑者。

好上帝：始作俑者，很好，始作俑者。

法官：调查现在已经全部结束，除了最后的这起案件。

好上帝：最后这起“案件”，就像您喜欢用的那种不准确的行话里说的一样，对我来说也没有结束。因为我没有机会把自己的任务真正进行到底，所以我很想知道那个年轻人脱身之后怎么样了。

法官：脱身？

好上帝：他应该连伤都没伤到。

法官：伤是没伤，但是……

好上帝：他不是走了吗？

法官：没错，而且是当天晚上就上了去瑟堡的船。

好上帝：哈！您瞧：就是这个人曾经发誓说他不上那艘船，要和她同生共死，任凭无端的命运和困苦，他要忘记自己的出身和语言，和她用新的语言交流，直到生命的终点。可他不但上了船，甚至都没有抽时间去埋葬她，一上岸就忘记自己看到她被炸成碎片的身体时的感觉，比看见大西洋还没着没落。

法官：没错，他没有埋葬那个姑娘。

好上帝：连埋都没有埋！他活该活着！……不过我现在要告诉您事情是怎么发生的。那句话怎么说来着？全部的真相，只有真相。我可是主要证人，而且很快就不止是被告了。

法官（不友好地）：洗耳恭听。

好上帝：从我得到关于中央火车站那个偶然事件的消息到现在不过两个星期，带来消息的是一只级别很低的松鼠，我之前还从来没有关心过它的工作，它正在试用期。

法官：火车站上发生了什么事？

好上帝：也没什么特别的。大约下午五点，从波士顿开来的快车刚刚驶进中央火车站地下不久，旅客们在不同的大厅和出口处散开，循着发红光和绿光的箭头而去，墙壁上涌出管风琴的声音；所有的表针都在走，灯光不停歇地在灯管中向着无边的黑暗舞动，就在这时，又来了两个人。有人可能会觉得这没有什么特别，随便他们怎么想吧，但正是那一个地点，一根表针的位置，一段不可思议的音乐，一列在铁轨上颤动着的火车，还有一群嘈杂的人声让一切成为可能，让一切又重新开始。

法官：开始什么？

好上帝（沉浸在回忆中）：她身穿白色和粉色的衣服跟在他身后。那么多的人声，她的声音微不足道，那么多种可能性，这是其中最不可能的一种，但她还是要试一试。

画外音（没有语气，没有语调，清晰，不急不徐）：

走绿灯的时候继续走

只要还有时间要记着

你不能带走

继续走加快速度睡觉

加快速度和我们一起做梦

云层缝隙降水加快速度

地震更轻微更安全

绿灯的时候要记着

小心红色的和棕色的

黑色的和黄色的危险

我们的凶手该怎样想

你不能停！

红灯的时候站住！

〔中央火车站。

珍妮弗：您在找出口？

扬（心不在焉地，抵触地）：什么？

珍妮弗：我看您不是本地人，因为我在波士顿就见过您。

扬：您不用费心，我自己可以。

珍妮弗：您喜欢波士顿吗？

扬：嗯。

珍妮弗：纽约呢，您喜欢纽约吗？

扬：谢了，我还没见到纽约。

珍妮弗：我一路上都跟您坐在同一节车厢里，在您背后两排。您参加过我们学校的上一次舞会。

扬：啊，真巧。

珍妮弗：我叫珍妮弗。您当时朝我这边看了一眼，我还以为您会和我跳舞呢。

扬：我不会跳舞。

珍妮弗：看出来了。（像回答问卷一样）我喜欢欧洲人。（迟疑地）您为什么到纽约来？

扬：为了离开。到下一班船只有几个小时或者几天时间了。

珍妮弗：太遗憾了。您必须得回去吗？

扬：不是必须，但我想回去。我没说过吗？

珍妮弗（愕然）：没有！

扬（彬彬有礼地）：好，再见。很高兴认识您。

珍妮弗：那我上这辆淡紫色的出租车，您可以坐后面那辆蓝白双色的。它们俩还会在百老汇大道，接着在布朗克斯碰见很多次。但是您已经不在车上，我也一样。

扬（稍加思考）：您要知道……

珍妮弗：珍妮弗。

扬：淡紫色不适合您。您多大了？

珍妮弗：二十三岁。

扬：您是做什么的？

珍妮弗：我是学政治学的，不过还没学多久，我想要见识世界。波士顿和费城的旅馆我都熟悉，或许不久以后还会熟悉巴黎的，但是我不熟悉纽约这里的。很糟糕，是不是？

扬：别这样说。

珍妮弗：我对您都没有什么用处。

扬：那您也可以跟我一起走，您对这里不熟，这可太糟糕了。我虽然也不知道什么旅馆，但是不会因为这个感到羞耻。再说我也饿了，得先吃点儿东西，才能接着想问题。

〔人群走过，一些声音插进两人之间。珍妮弗向前走了几步。

扬：珍妮弗！……您等一下呀！（气喘吁吁地走近）您在做什么？

珍妮弗（气喘吁吁）：花生！我在自动售货机上买花生，您不是饿了吗。就这样……

〔她按下把手，机器上传出一段音乐，这段乐曲后面还将多次出现。

珍妮弗：这音乐是免费的。用一个硬币就能买到花生，还有可以享用一生的音乐。

扬（被逗乐了）：老天爷，看上去就像是喂松鼠的。

珍妮弗：很新鲜，我保证。（调皮地）我保证松鼠们会把所有的钱都扛到这里来，就为了能够一直都有好吃的。

扬（高兴地）：珍妮弗，您知不知道我看到了什么？一只松鼠。（神秘地）它塞给我一封信。

珍妮弗：啊！

扬：信上写着："谁也别告诉！"

珍妮弗：还有呢？

扬："你将和珍妮弗一起在天堂一般的大地上度过今宵……"

珍妮弗：为什么在"天堂一般的大地上"？

扬：因为这里就叫这个名字，Ma-na Hat-ta，是一群印第安人这么给我解释的，不过那些人都穿着古怪的服装，看上去简直和在跑道上学跑步的水牛一样像那么回事。

珍妮弗：信是谁写的？

扬：我看不清签名。（咀嚼着）这些花生很不错呀，不过咱们还是得去正经吃点儿东西，有什么正经的吃食？

珍妮弗：意大利餐，中餐，西班牙餐，俄罗斯餐。浸在油里的洋蓟，苍白的茶水配燕窝，葱烧嫩蛇肉，还有陆上各种鲜果之前上来的各种海鲜。

扬：我想要冰冷的空气，因为太热了，还有昏暗一点的房间，雪鸡，产自格陵兰岛的饮料，里面加冰块，我还想好好看您几个小时，冰冷的双肩，冰冷的面孔，冰冷的圆眼睛。您看可能吗？

珍妮弗：我看完全有可能。

〔酒吧，随后在街上，后来在一家钟点旅馆中。

〔音乐响起又停止。

珍妮弗（放慢语速）：你不是真的不会跳舞。

扬：好了，咱们走吧。

珍妮弗：我可怜的手，我可怜的肩膀呀，可怜的肩膀，别，别这样，不要伤害我。

扬：已经凌晨两点了。

珍妮弗：咱们在哪里？服务生怎么不唱歌了？

扬：别喝了！那是刚才，这里的服务生不唱歌。

珍妮弗：为什么不？

吉卜赛女人（走上前来，突然地）：稍等，给我一点时间。小姐，您的手，我要给您看看手相，预测未来。

扬：走吧！

珍妮弗：对呀，未来。等等！她要说我的未来。也给她看看你的手。她可是个真正的吉卜赛人：棕红的颜色，那样忧郁。您是真的吗，亲爱的女士？……怎样？

吉卜赛女人：我在你的手上什么也看不到。你伤着了吗？

珍妮弗：是他，他把指甲掐了进去，到现在还很疼。

扬：珍妮弗！

珍妮弗：看不到？什么也看不到？

吉卜赛女人：也可能是我弄错了。

扬（冷冷地）：不可能。

珍妮弗：他的手呢？

吉卜赛女人：您会长命百岁，年轻人，而且您永远不会被忘记。

扬（讽刺地）：我简直不敢相信。

珍妮弗（气愤地）：可是您连他的手都还没有看过！

扬：别生气。吉卜赛女人只要看一眼杯子里面喝剩的东西就够了，我的杯子里面还漂着一片柠檬。老一套了。

吉卜赛女人：没错，晚安。

珍妮弗（小声地）：她没有要钱……知道吗，我想知道自己跟你去过什么地方。

扬：为了记日记？为了记笔记？

珍妮弗：我想，这些不适合写进日记。

扬：新鲜空气会对你有好处，小心，有三级台阶。

珍妮弗：凌晨两点，谁还在台阶上坐着？可怜的人，您不去睡觉吗？

乞丐：多谢问起，像麦克这样的可怜人所能为之事……

珍妮弗：您是演员？

乞丐：陷身于充满苦痛的城市，承受无边无际的折磨，迷失在迷失方向的人群中。请给我，也给如我一般的人一点施舍。

珍妮弗（小声说）：我有一小袋花生，两美元和一条围巾，您拿去吧。

乞丐：不以谁的名义，无人会感激您。我们乞丐世界里的人太多了，小姐，我们没有肤色，妒忌白人和黑人的皮肤。终点站比弗利。不过您应该赶在高架铁路拆掉之前和这位绅士一起到上面去。这里的一切都臭气熏天。往左一拐就是车站。您安歇吧。

珍妮弗：谢谢。（走开，舒一口气）我的绅士，我太累了，回不了家。咱们走吧。

扬：明天最晚十点钟我就得……对不起，咱们就住碰到的第一家旅馆，你同意吗？

珍妮弗：再说说我的眼睛！

扬：我想没必要再继续找了。太晚了。

珍妮弗：或者说说我的嘴。当时是怎么样来着？你用吸管碰着我的嘴唇，用你的膝盖碰着我的……然后你说：

扬：Pas d'histoire[①].

珍妮弗：不是的。

扬：那我就现在对你说，如果你不胡闹的话，我将感激不尽。

珍妮弗（一颤）：咱们接着走吧，多走一会儿。

扬：马上就到早晨了，孩子。你平常这个时候都在做什么？

珍妮弗：睡觉。但是周末有舞会的时候我也睡得这么晚。要么是亚瑟吻我

---

① 法语：不要胡闹。

向我道晚安，要么是马克，或者图门。你没看见图门吗？他当时和我在一起，非常非常好的人。你现在也要吻我跟我道晚安。

扬：那是图门或者马克该干的事。

珍妮弗：你当然不是非做不可。谁也别告诉。（他们停下来）你到这栋可怕的房子这儿来干什么？

扬：乖乖的。

〔他们走进房子里。

女人（声音懒洋洋，刺耳）：什么事？

扬：还有空房间吗？

女人：只有一层的。一号房。先付钱。钥匙。中午退房。

〔他们默默地穿过走廊，他打开房门，待走进房间后又锁上门。

珍妮弗：不应该跟陌生人进旅馆，对不对？

扬：我听过这种说法。

珍妮弗：哦，这里空气真可怕，连换气扇都没有。

扬：有那么严重吗？

珍妮弗：没有。但是我现在不行，不行。我对你一无所知。哦，求你，给我讲点你的事。咱们聊一聊，想一想。

扬：脱衣服。

珍妮弗（带着哭腔）：我可怜的手，我可怜的手，可怜的手。你看看它们呀。

扬：这不都是你让我做的吗？我还从没想到要这样伤害一个人。

珍妮弗：要是房间至少不这么脏，这么暗……这是苍蝇、蟑螂住的地方。我自己也被潮湿的甜腻腻的空气弄得很脏。你闻到空气中的糖浆味了吗？

扬（温和一些）：你很可爱，珍妮弗。别想了，把眼睛闭上。（顿一下，随后略带讽刺地）哦，不，我刚才是说“可爱”吗？

珍妮弗（颤抖着）：是的。

扬：我根本不是想说这个。人这种时候不会再思考，知道吗？事实上我想的是明天一早就得到船务办公室去。

珍妮弗：那个吉卜赛女人究竟说了什么？

扬：跟在她之前到咱们桌子那儿看笔相的那个人说的不一样。那个人认为有力的下划证明你是一个情欲很强的人，我的大写字母写得瘦长，说明我有所隐瞒，写T时飞扬的笔画显示了大胆的想象力。如果有良好的意愿，并且星相相合，不排除建立和谐伴侣关系的可能。但是，可爱的珍妮弗，今宵苦短呀，虽然咱们并不知道对方的白天有多漫长。

珍妮弗（淡淡地）：要关掉灯吗？

扬：关掉。相信我，我很想用雪埋住你，好让你变得比以前更加冰冷，让你更加感到遗憾。我或许也会感到遗憾，或者在最理想的情况下把一切遗忘。人在事前知道得很少，事后也一样，一个夜晚太多，也太少。

珍妮弗（岔开话题）：我可以把广播打开，肯定有晚间节目，我每次回到家，都要在睡之前听听音乐，感觉很好。

扬：音乐？亲爱的珍妮弗，你现在不能听音乐——（音乐声还是轻轻地响起）——因为我不允许。

珍妮弗（含泪）：不允许？你真可怕。为什么？你为什么要这样做？为什么，为什么，为什么？

扬：那你又为什么要吻我，为什么？

〔音乐声变大，随后停止，一段时间的静寂。

扬：珍妮弗！醒醒！请您醒醒。

珍妮弗（睡意矇眬）：几点了？

扬：十二点。我早就应该……

珍妮弗（明白过来）：早就，当然了。

扬：只是这儿看起来还像在夜里一样。盖在白昼之下的窗户，不见天光的天井。而且您说的没错，这里的确很脏。

珍妮弗：您怎么不走呀，我没有要求您等我。您会买不到船票，错过那班船的。

扬：您别这样说，珍妮弗。您昨天夜里很迷人，我要感谢您。

珍妮弗（语气一转，真诚地）：真可怕，是不是？

扬：什么？

珍妮弗：黑暗，还有在地下这么这么深的地方醒来，嘴里还一股这种味道。

扬：咱们去吃早饭，吃完后您会感觉好一些。

珍妮弗：我不会——我不会再有感觉。

扬（勉强地、谨慎地）：如果你能穿上衣服，亲爱的，那咱们就能心平气和地谈一谈。只要咱们能先离开这里！

珍妮弗：把衣服给我，您可以碰我的衣服，您也不必转开身。（冷冷地）您想让我学会适应哪一种新的礼貌和距离感？

扬：我很抱歉。

珍妮弗：尽管我昨天那么迷人？

扬(温和地)：请你原谅。我本来应该知道的。

〔响起敲门声。

女人(从门外)：退房还是继续住？

扬：我们要走了。

女人：那就赶紧，赶紧。（渐远）让我们什么时候清理房间。不像话！都过中午了。本来应该……

画外音：

走绿灯的时候继续走
对我们表示信任对我们坦白
为什么不无悔地享受
告诉所有人，告诉全世界
在太阳上预约在月亮边登记
梦的内容：更紧密更光亮更易燃烧
她的最后一件衬衫一切事物的归宿
为什么让别人承担罪责
令人振作兴奋陶醉
放宽身体面向未来

要记住：红灯的时候

停！你不能……

扬：有松鼠的信？

珍妮弗（斩钉截铁地）：没有松鼠的信。

〔法庭。

好上帝：就是这样开始的。

法官：听起来像是要结束。

好上帝：您不明白。这时危险就要来了，并且我预感到事情又开始了。从这一刻起我才开始追踪。

法官：有什么可追踪的？我看不出有什么不同寻常的地方，一个年轻人在旅行中——（清清嗓子）——想追求点刺激，而且也找到了。旅行中的相遇，很平常，不是很真诚，有些轻率，但是和其它情况没什么不同。

好上帝：情况不同。天亮了，夜晚的各种角色都已隐去。

法官（试探地）：您重视道德？因为这个生气？

好上帝：哦，不是，我并不反感轻率、无聊或者寂寞的人越轨。他们不想一个人待着，想打发时间。但是您没觉得**那件事**又开始了吗？您听，那件事是这样开始的。他说："有松鼠的信？"说的时候声音里有一丝犹疑。他本不应该这样问。她回答说："没有松鼠的信。"而他，因为她根本不应该那样回答，于是他继续问道：

〔场景回到旅馆中。

扬：饿吗？

珍妮弗（犹豫地）：这现在有那么重要吗？

扬：是的。

珍妮弗：饿。

扬：想要新鲜的咖啡，白面包片，橙汁？

珍妮弗：饿极了。什么都想要。

〔又到法庭。

好上帝：说到这里她又看了看他，到日子了。

法官（翻着案卷）：于是他们去吃早饭。他从咖啡馆给船舶公司打电话，船舶公司说他得过一两天再问一下，因为当时还不能保证“大巴黎号”上有空位给他。

好上帝：到日子了。城市中四面八方都活了过来，狂躁的赞美诗再度响起，歌唱着工作、薪水和更大的利益。烟囱呻吟着，像复活的尼尼微和巴比伦的塔林一样矗立在那里，巨大楼房钝的、尖的顶部蹭着阴沉昏暗的天空，湿答答的天空像一块奇形怪状、令人作呕的海绵，霪湿了房顶。大型印刷厂里的流浪说书人控制了排字机，报告已经发生的事，宣传将要发生的事。一吨吨卷心菜滚进市场，成百上千的尸体在殡仪馆里被人修剪、上妆、展览。

前一天的垃圾在高压下销毁，商场里，顾客们翻找着新的食物和未来的碎布。包裹穿过流水线，扶梯把密密麻麻的人群带向上层，穿过煤炱、毒气和废气组成的团团烟雾。

狂野的夏季带着新鲜的色彩飞向汽车身上的喷漆，飞上那些从公园飘下来的女人头上的帽子，飞上大米、蜂蜜、火鸡和虾灿烂的外壳。

人们不管去哪儿都觉得自己充满活力，觉得自己属于这座城市，属于这座他们自己发明创造的、用来满足所有需求的城市。这是城市的完美化身，凭借繁忙与垂死的挣扎接纳所有的人，在这里什么都有可能发生。

法官：罪恶。谋杀。

好上帝（态度有所保留地）：我说的不是这个。

法官（简洁地）：那好，打完电话以后，这两个人离开咖啡馆，乘地铁到125街，哈林区。他们在那里去了一家酒吧，拿了两个塑料搅拌棒作为纪念，随后在一座教堂内偷了两个介绍锡耶纳的圣卡塔琳娜生平的硬皮册子。有人看见他们在一家卖唱片的商店内和几个黑人一起听流行音乐，接着又按照旅行社的建议去了列克星敦区，住进亚特兰大酒店。

好上帝：还有一个我不得不提的小细节，是关于楼层，如果您真想弄清真相的话。

法官：关于楼层？

〔亚特兰大酒店大堂。

大堂服务员：八层的307房间还空着，先生，对着院子，所以很安静。

珍妮弗（小声对扬说）：看不到街道吗？没有更高一些的？

扬（对服务员）：没办法了吗？真的没有？

大堂服务员：很抱歉。如果您住的时间比较长，我可以替您预约一间更高一点临街的房间。不过这都说不准。

扬：我们也说不准……是不是还在这儿。不过您记着我们的事儿。（走向珍妮弗）你不高兴吗？

珍妮弗：不是，这样已经好多了，而且对咱们来说都无所谓。

电梯工：上楼请这边来。

〔电梯启动。

珍妮弗（声音夹杂在电梯升降的噪声中，陶醉地）：上升！怎样的一种上升呀！我的耳朵感觉到了。你将看到上面都有什么：换气机，冷空气，很多的水，每时每刻的洁净。

〔电梯停住，他们穿过走廊走向房间。

扬：我很好奇，想看看你湿润的头发，湿润的嘴唇，挂满水珠的睫毛，你会变得清亮、洁白、理智，咱们也不会再互相指责。

珍妮弗：你的船要开的时候就开，要我挥手的时候我就挥手，如果我还可以再最后吻你一次，我也会做，很快，就吻脸颊。打开门。

〔八楼的房间内。

扬：是啊，好学勤奋的珍妮弗，就因为我多疑，所以才要更仔细地盘问你。你说：明天是哪天？

珍妮弗（精确地）：最早明天。

扬：今天呢？

珍妮弗：最迟今天。

扬：现在呢？

珍妮弗（缓慢地，拥着他）：就是现在。

〔法庭。

法官：就是说还是又亲热了。

好上帝：不是，不是！不是那样。请您别用这种可笑的字眼。……那是一个关于保持距离的协定。

法官：咱们说正事！

好上帝：但这种距离不可能一直保持下去，其中会有破绽产生，比如说那种笑，没错，确切地说一切就是从笑开始的。（阴沉地）通过那种无法描述的微笑。有人说，他们是无缘无故地发笑。

法官：谁发笑？

好上帝：就是让一切又开始的那些人。

法官：胡闹。

好上帝（非常赞同）：胡闹。对！他们在大庭广众下笑，却又拒人于千里之外。或是对着经过的人微笑，就那样，带些暧昧，像阴谋家一样，不想让别人知道游戏规则马上就不管用了。那种微笑就像一个问号，只不过是一个非常肆无忌惮的问号。

法官：那又怎样呢，又没造成什么后果。

好上帝：不然。它们像滚烫的烟蒂掉在地毯上，要在僵化的世界上烧出洞来，并且靠的就是那种不停不歇的微笑。

法官：说正事！

好上帝：临近午夜的时候他们起床了。当然，除了抢银行的劫匪、酒吧女郎和守夜的人，没人会在这个时间起床。他们去了布鲁克林大桥。

法官：对，去大桥那里了。……为什么呢？

好上帝：不为什么。他们到那里去，站在那儿，靠着斜栏，沉默了一会儿，又接着开始说。

〔在户外。

扬（谐谑地，愉快地）：如果你跟我到唐人街去，我就给你买一件龙图案的衬衫。

珍妮弗：那我就得到保护了。

扬：如果你跟我到乡下去，我就给你偷一个消防梯，这样着火的时候你就能逃跑了，因为我还打算爱你很久。

珍妮弗：那我就得救了。

扬：如果你跟我到哈林区去，我就给你买一身黑皮肤，这样就没人能认出你来，因为我要一个人爱你，爱你很久。

珍妮弗（忘情地）：多久？

扬：表演，珍妮弗！别问：多久？应该说：那样我就有安全感了。

珍妮弗（喘一口气）：那样我就有安全感了。

扬：如果你陪我走完包厘街，我就送你乞丐手上那种长长的生命线，因为我要爱你直到你变得衰老虚弱。

珍妮弗（突然叫起来）：一封松鼠的信！终于又来了一封松鼠的信！

扬：信上写的什么？

珍妮弗：“谁也别告诉。今天晚上珍妮弗将在百老汇区上，百事可乐瀑布下，好彩牌香烟的大烟圈旁等你。”

扬：我谁也不告诉。

珍妮弗：你会来吗？

扬：来！因为我已经来了。

〔法庭。

好上帝：现在他们开始演戏了，演的是：爱情。他们到处表演爱情，在黑暗的街角，百老汇昏暗的酒吧，42街电影院闪烁的霓虹灯前，人造太阳和彗星的流光里。但是他们演戏时就跟笑一样，已经违反了所有正常的使用规则。

法官(一板一眼地)：将近五点钟的时候，他们回到酒店。

好上帝：因为狂饮纵情而感觉自己像被掏空了一样。他们并肩走着，直视前方，比表演的时候、笑的时候、睡觉的时候离对方的距离都要大。然后是在楼上沉默地拥抱，沉默地尽义务，做的时候没有反抗，一切都正常进行，但是不会多久了，没有多久了。

法官(不耐烦地)：这种调查根本没有任何意义，什么动机也没有体现出来。我看这些过程根本证明不了什么。我要知道你的动机。愤怒？不是。嫉妒？

好上帝：给我些时间。我是好意。

法官(冷漠地)：一个好上帝是要这样说。

好上帝：我曾经一直是好意，当时也是。您不会相信我说的，但我真的给了他们各种机会。

第三天，大堂服务员还是说没有其他空房间。下午他们在中央公园里坐着马车四处溜达的时候，碰上了一个游行队伍。女鼓手在队伍前面边舞边走，将腿踢得老高，永远年轻、光滑，在柏油路上表演的芭蕾舞演员，为战争中的牺牲者和获胜者表演侧手翻。树冠、车顶和人们头上围着彩带，儿童们欢呼雀跃，松鼠在剩下的那些草地上正襟危坐。它们用人们丢弃的坚果壳围出自己的领地，在池塘里的睡莲边，售货亭和自动售货机聚集的地方插了几块木板，扯起一块幕帘，只要掏五分钱，谁都可以去看上一出独一无二的表演。拎着提线木偶给他们配音的是比利和弗兰基。我这两个嗓音沙哑、嗜血成性的左膀右臂没事的时候最喜欢干的就是用诗人发明的那些美好词句把内容恐怖的故事表演给人看。凑够一打观众以后，幕帘就在他们身后合上，另外两只松鼠用爪子穿透幕布钩住木头，活钩子。里面一片漆黑，只有小舞台的地板发着光，上面涂着磷粉，专为尸体准备，两个主演的声音从暗处传出，介绍着节目和节目内容。

〔剧院。

弗兰基：只要五分钱：世界上最美丽的五个爱情故事！

比利：俄耳甫斯与欧律狄刻。

弗兰基：特里斯坦与伊索尔德。

比利：罗密欧与朱丽叶。

弗兰基：阿贝拉与爱洛伊丝。

比利：弗兰西丝卡与保罗。

弗兰基：让他们见鬼去。见鬼去！

比利：闭嘴！（提高声音）现在说说第一出戏。变成石头的欧律狄刻，还有她在冥府的悲惨结局。俄耳甫斯，这个歌唱家被疯狂的女人们撕成了碎片，还有结束时美丽大自然的哀鸣。

弗兰基：死了。被撕碎了。结束了！

比利：特里斯坦和伊索尔德——讲的是长发的女王和她的英雄，一种有效的魔药，及时出现的黑帆船，还有漫长痛苦的死亡。

弗兰基（情不自禁）：让他们见鬼去！

比利：过会儿才去，你这个笨蛋！紧接着就是英俊的罗密欧和他的朱丽叶在黑暗的维罗纳那甜蜜的死亡。还有墓穴，古老的城墙，一个月亮和许多仇恨做活动布景。

弗兰基：太棒了。别忘了匕首！

比利：顺便拐到古代的法国去一下。阿贝拉和爱洛伊丝。

弗兰基（轻轻地、令人毛骨悚然地笑起来）：哦，比利，我听到这两个人就严肃不起来。多么了不起的爱情，爱洛伊丝多么痴迷！哦，多难为情。连傲慢的特坦尼亚拥抱那头驴的时候，我都忍不住笑，更别说这个了，哦，真要命。让他们见鬼去！

比利：鬼到最后才见！

弗兰基：我知道：保罗和弗兰西丝卡。但是我觉得这样好玩。

比利：女士们，先生们！两个相爱的人，又是在遥远的意大利，一本书，还有书的诱惑作为背景，地狱作为前景。

弗兰基：我是不是说过：让他们见鬼去?!

比利：你们不要害怕。你们将会看到、闻到、尝到很多血腥。惊叫，誓言……

弗兰基：还有鬼!

比利：你们将一直看到地狱。这就是我们今天要奉上的微不足道的节目。明天的预告：另外几对的可怕的爱情和死亡，取材自世界各地的编年史、著名的戏剧和报纸，比如印第安的死亡谷，充满残暴的莱茵河地区，臭烘烘的威尼斯，完美的布景衬托美好感情的发展。

弗兰基：现在，大家都往这儿听，都朝这儿看呀!

〔音乐声响起，像是在表示戏剧表演的开始。

〔户外。

珍妮弗：它们演得真卖力，它们真滑稽。你不喜欢看吗?

扬：喜欢。不过，没有松鼠给咱们送信来吗?

珍妮弗：我没注意到，它们神神秘秘的，让我看看手袋。(打开手袋）有一张纸条，上面写着：

扬："见鬼去。"

珍妮弗（笑)：不是！上面写着（轻声)："请回家。"

〔法庭。

好上帝：他们总是回到那间房里去。那四面墙可真是不知羞耻。

法官：筑墙也是为了这个目的。以便自然的、健康的感情……

好上帝：……有机会发展吗?但这既不自然，也不健康。他们互相拥抱的同时，已经在盘算着拥抱另一个人。他们任由一种创世时本不如此的欲望支配，带着比任何一种严肃都更严肃的情绪，把现在许诺给对方，仅此而已，每一个眼神，每一次强烈的呼吸，每一次抓住世界上最易朽的物质都让他们获判无期，这肉因为忧伤而变得苦涩，而他们就被困在其中。

〔八楼的房间内。

扬：你在听我说吗？

珍妮弗（疲倦地）：在听。

扬：我知道现在马上就到我应该向你许诺说回去以后给你写信的时候了。但是你不要相信我。你想知道信的内容吗？

珍妮弗：想。

扬："亲爱的，我仔细回想了一切……你现在对我是这么重要，这么珍贵……立刻给我写信，最好留在邮局里我去取，以后再向你解释为什么……立即回信告诉我这些天是不是对你也……之类之类……虽然远隔万里，我还是拥抱你，我的小心肝，之类之类……咱们一定要再见面，咱们会……找到办法，咱们会，应该，必须，不管相隔多远。盼信！"

珍妮弗（支起身子，天真地）：你真的会给我写信？

扬：不是，这只是个玩笑。但恐怕经过这一切后，我就不会再开玩笑了。

珍妮弗：我不知道是不是听懂了你的话。

扬：你就会懂了。（背诵，调侃地）"我为你陶醉，我的精神，对你的渴望让我疯狂。你像我血液中的琼浆，从梦幻和痴迷中而来，让我堕落。"

珍妮弗：这是什么？

扬：是些句子。

珍妮弗：描述你的感情？

扬：我已经把自己的感情剥下来，和衣服放在了一起。

珍妮弗：这是你的内心在对我说话？

扬：我的内心！我曾不知疲倦地寻找，长年研究，但是我在自己的内心里还没有碰见任何人。

〔电话响起。

珍妮弗：电话！我接吗？

扬：接吧。

珍妮弗：您好。好，我知道了。……谢谢，很好。

〔停顿。

珍妮弗：船上有一个位子给你，你可以出发了。

画外音：

别忘了只要还有时间

给上帝一个机会

让你的生活变得甜蜜

捉住知了加固钢铁

做好事快点做

戴安娜每小时两百公里

来势前所未有

车毁人亡

反省返身忘记一切

你不能把它带走

走一直走

绿灯的时候别忘了！

〔八楼的房间内。

珍妮弗：我好了。箱子装好了，它可真轻，真像是装着羽毛。适合飞行的行李。现在我该对你说什么？保重？

扬：什么也别说，珍妮弗。如果可以的话，你就说：这段时间很轻松，很美。会很轻松的。

珍妮弗（模仿）：很美。

扬：我最好什么也不说。

珍妮弗：你先走？还是我先走？你还可以检查一下，看有没有我留下的手帕。我总是留下一条手帕，用来挥舞的手帕，上面洒的是一滴香水，不是眼泪。

扬：咱们一起走！

珍妮弗：不。

扬：一起到街上。

珍妮弗（无所谓地）：随你的便吧。这已经不重要了，不是吗？

扬：没错，是这样的。

〔他们打开门，穿过走廊，坐电梯下楼。

电梯工：一楼？

扬：一楼。

珍妮弗（自言自语）：会很轻松的，会很轻松的。

扬：我还得去结账。

珍妮弗：我先走。……我走了。（边跑起来边说）我走了。

〔大街上的嘈杂声，在嘈杂声之上传来画外音。

画外音：

不要害怕星期一和星期二
鹭鸶和蝙蝠的最后一天
你不能把它带走
不要碰心脏和图章
自已感受自已去看
倾听跟着走继续走
靠近他靠近虚无
别忘了信任我们依赖我们
只要有时间别忘了！

〔大街上。

扬（大声，随后提高声音，最后绝望地）：珍妮弗！……珍妮弗！……珍妮弗！

卖报人：老兵会议
蠢羊会议
老鼓手会议

扬（转向正在叫卖的卖报人）：她肯定是从这儿过去的，带着一只箱子。穿着粉色和白色的衣服，卷发盖着耳朵。还有这种眼神：您觉得怎么样？

卖报人：见过吗？什么也没看见过。粉色和白色？她们都一样，我也碰到过这种事。您再也见不到她了。不过您还是去问问那边的警察。对！就是头上戴头盔，手里拿警棍的那个。

扬（朝警察走过去）：她不可能走远。和其他人长得一样，可她还是她。

警察：您是家属？

扬：我一发现事情不对就开始跑。她就在我前面一百米。

警察：行了行了，在您前面。您是个好人，但是我得先领着那边的孩子过马路，待会咱们再接着说！对吧，孩子们？

儿童：带着我们！驮着我们！来呀，提线木偶！来呀，细心的警察老叔叔。

扬（继续走，继续大声叫）：珍妮弗！珍妮弗！

〔他的喊声减弱，四周突然安静下来，随后

珍妮弗（毫不惊讶地）：是你？

扬（气喘吁吁）：把你的箱子给我。

珍妮弗：扬！

扬：你疯了吗？……你站在这儿，呵着手心，还把头发从额头上拂开。咱们回去。

珍妮弗：回去？

扬：你怎么能走呢。这件事我永远不会原谅你。

珍妮弗：扬。

扬：我本应该揍你，当着大家的面，我要揍你……

珍妮弗：好了，好了。

扬：我再让你走的时候，你还走吗！？

珍妮弗：不走了。

扬：虽然你已经失去了理智，但是你现在知道自己应该待在什么地方了？

珍妮弗：我只是不知道咱们还能待在什么地方。但是如果你知道这样一个地方，那我也知道。

扬：我知道。你说，这是不是一个预兆？

珍妮弗：对，对。

扬：我结账的时候，听说楼上有一间房空了出来，是临街的一面，在三十一层。我怎么还能继续结账，当时就想着一定得追上你，把这个消息告诉你。你说啊！

珍妮弗：哦，对，对。

扬：因为这是你想要的，也因为我还没有满足过你任何愿望，送过你任何东西。

珍妮弗（缓缓地）：吻我。虽然是在大街上。虽然是在摆着橙子和棕色菠萝的窗户前。虽然是在救护车的十字和被马戏团的人牵过去的单峰驼前。虽然是在从黑人白人的混血儿扔掉的桃子和绿枣里飞出的果核前。

扬：你不害怕在大街上丢人吗？

珍妮弗：不怕。而且我已经知道为什么不怕。

扬：你说！

珍妮弗：因为每个人都能看出我马上就要彻底完蛋，能觉察到我没有骄傲，渴望被羞辱；我现在任由你处决，或是像一件东西一样在每一个你想出的游戏之后被扔掉。

扬：你一定曾经非常骄傲，我现在非常为你骄傲。（突然地，忧心忡忡地）珍妮弗！

珍妮弗：没什么。我有点晕。因为你曾经爱过我，或是因为你将要再次爱我。扶住我。

扬：别说了！咱们马上就到。你将被放在干净的被单里，有东西喝，额头放上冰块，再来一支烟。不要再说了！

珍妮弗：我真以为自己昏过去了。原谅我。我不知道人可以这样昏过去。

〔法庭。

法官：要不要也来杯冷饮？来根烟？

好上帝：来口水就行了。

法官：三十一层当然比八层要好，而且都比住在平地上要好。特别是在这儿。

好上帝：哪儿都一样。上面的空气更加稀薄。声浪顺着墙壁滑下去。所有的一切都那样明显地沉向河床，河上漂着浮木：曾经的伴侣，过去的负担，无助的筏工没有远大的目标。日常生活的缩影是有趣的。从远一点的地方看过去，人类健康的心智萎缩了，看去无可救药地像有些痴呆。

法官(轻率地)：这两个人恐怕已经没有了，没有人类健康的心智。

好上帝（慢条斯理地）：您怎么这样说话?

法官：换位思考。

好上帝：是吗？高处有一些地方没有鹰居住。自由，爱人们密集的阵线控制着这个怪物，在失去理智的状态下保护着它。

于是我从一开始就跟着那个吉卜赛女人，这个不知从什么地方来，也不知在什么地方住的人保护着爱巢……她那样卑躬屈膝地走下去，然后突然跨过柏油路飞起来，不让自己的脚留下任何印迹……

爱情，我可以这样说……

她呀，我们捉摸不着，带不来，她总是一言不发。

无迹可寻。就连她刚才待过的地方，也找不到她。

并且我可以断言，她昨天还在爱着那两个人，令仙人掌开出紫色的花朵，杨树向黑暗中伸展，而今天就已经爱着另外两个人，让含羞草颤抖……

她不觉得自己做过亏心事，只是束紧紧身胸衣，让红色的裙子飞舞着，并用她那双由于忧伤而不朽的眼睛再一次让某人的世界陷入黑暗。

法官：捉摸不到。带是当然带不来的了。但是能够弄到手的，这些事实……（翻阅着）三十一层怎么样?

好上帝：那间房比白昼还要亮。买完东西回来后，在灶上煎煎瞪着死鱼眼的鱼，在浴室里洗几双长筒袜短筒袜晾在钢杆上，没有别的事可做的时候，还可以用那根杆子练练体操。这就是所谓的“家"，有时从窗户探出身子去，从给扫帚做的广告上面扯一些稻草灯心草糊在墙上，好让房间看起来更像个窝。每天把房门反复锁两次，还要再起来第三次，检查一下门是不是锁好了。他们出门的次数越来越少。没有烟了，其中一个想去买，但是后来是两个人一起去。

法官：有松鼠的信吗？

好上帝：多极了。信堆积如山。比利和弗兰基在走廊上蹦来蹦去，从钥匙孔朝里面看。

〔酒店走廊。

比利：没有人知道，真好呀！

弗兰基：我是眼不见，心不乱。

比利：诗人，疯子。你给那个女的想出什么了？

弗兰基：让她见鬼去！

比利：那个男的呢？

弗兰基：他很精，但是已经陷进去了。精明的脑袋瓜，造谣中伤的嘴巴，这个世界发霉啦！

比利：快说呀。

弗兰基：西班牙式酷刑。

比利：西班牙式？

弗兰基：你会笑死的。拇指夹根本没法跟它比。往指甲缝里钉烧红的木签子是殖民地的官老爷玩的游戏。鞭笞跟它比起来简直是享受。让我悄悄告诉你。

〔它轻声嘀咕着。

比利：呵呵？！

弗兰基：啊啊！

比利：同意？

弗兰基：同意。只要咱们严厉的主人同意。

〔法庭。

法官：咱们已经不生活在中世纪了。

好上帝：没错，这是现代的开始，或者说是末代，不管叫什么。

法官：真让人难以忍受。这种热法。天已经黑下来了。

好上帝：我看，您和今天的大多数人一样，赞同集体灭亡，而不赞同个人灭亡。但是我为了那些暂时离开的单个的人，不得不设计出一套老式的程序，所以他们不会恕我无罪。

法官：要谁恕罪，为什么？

好上帝：我必须要澄清一点。我只是引导并且利用了手下人放荡的想象力而已；我的理智并不喜欢这些。只有低等的生物才会有那些陋习。我并没有谋杀的欲望。

法官：您不认罪？

好上帝：只是为了公正而已。

法官：您不认罪？那么还要谁恕罪？

好上帝：那好：决不恕罪。

画外音：

好的建议不再昂贵

嘲讽更加廉价要么做要么死！

对夜莺不再留情

别忘记不管发生什么

继续走志愿者在前

豺和狼跟在后

和平不单行

不留情只要还有时间

严厉的措施更加严厉

打倒所有的拦路杆

你不能带走它

停！看仔细要看仔细：停！

〔三十一层的房间内。

珍妮弗：救我！

扬：你变成这个样子了！？是你变成这个样子了？曾经是一个有日记、有睡前的吻别、有汽车中的吻别、有图门、胳膊下夹着写满了的笔记本的粉红色姑娘，非常可爱，您喜欢吗？——房子上的防火梯是做什么用的：就是着火的时候让人自救用的；房间里的灭火器又是做什么用的：就是让人灭火自救。

珍妮弗：救我！从你手里，从我手里。让咱们不用再同自己斗争，让我面对你时更加平静。

扬：你在哭吗？哭吧！

珍妮弗：你说咱们是不是疯了？

扬：有可能。

珍妮弗：你鄙视我吗？

扬：只有一点。只够让我对你不断感到惊奇。但我也对自已感到惊奇。

珍妮弗：你今天走吗？

扬：不走。

珍妮弗：但我知道你只是推迟而已，总是推迟。为什么？

扬：别问了！或许因为还少些什么。……不过，你的好奇心到哪里去了？你本来想问我的完全是另外一些事，回答一些你猜我会问的问题。

珍妮弗：是的，是的。咱们就说说话吧，静静地躺着。讲吧！

扬：讲小时候的事儿？乡下和城里的故事？父亲母亲，阿姨姑姑，伯父舅舅？学校里的事儿？讲灰心丧气的老师，粉笔头大战还是通过的那些考试？——我出生了，之后没多久就已经太迟了。

珍妮弗：是啊。这可能有点蠢……虽然我觉得应该知道所有这些都是怎么回事儿。

扬：我也可以给你讲讲我曾经靠着哪些想法和信念努力过，现在又靠着没有想法挣多少钱，前景如何。或是描述一下那片土地，它的山脉，苹果树和最新的边界关系。但是你们这儿的人只是说：欧洲。欧洲人。

我怎么能这么小家子气，只谈我们自己的苹果树，不考虑那些同样有可能存在的松树和海滩。另外，所有这些都非常遥远，对我已经没有意义。

珍妮弗：那……但是……

扬：还有什么？

珍妮弗（小声地）：其他那些曾经存在过的。现在我又算什么呢？

扬（稍作思考）：我让你变得这么胆怯吗，以至于你到现在才问起？这个无法回避，非常受人喜爱的问题。我可是做好心理准备了。但是你知道了又有什么用？如果我现在讲给你听，给你讲那几个，或是那许多女人的事，讲失望——是这个词吧？——或是难忘的经历。我完全熟悉那些说法，也为自己的过去准备了几种说法。就我现在能想起来的，有一种悲伤的，一种轻浮的，一种前后内容贯穿的，还有一种只能当统计数据来听的。不过，你不让我讲这些岂不更好？

珍妮弗：没错。不过你提到那封不会写给我的信时曾经说："最好留在邮局里我去取，以后再向你解释为什么……"

扬：我或许是想说出自己的秘密。因为那边的确有个人在等着我。总有人在等着我。或者这些根本不应该开始。人就是不断地被传递着，一段情消解了另一段情，人就从一张床移居到另一张床上。

珍妮弗：你回去以后打算怎么说？

扬：什么也不说。

珍妮弗（痛苦地）：就像什么也没有发生过？

扬：我没这样说。我甚至没打算说要回那边去。但是不管怎样，都没什么可说的。

珍妮弗：因为这样更简单。哦，所有的一切都这么简单，简单！

扬：哭吧！但是别忘了你自己也说过：谁也别告诉。

珍妮弗：是的。因为松鼠送来的那些信里是这么写的。

扬：它们该知道自己写的是什么。

珍妮弗：如果它们不知道！——那样的话我就永远也不会认识你了。

扬：你了解了我的弱点和我无意中做过的一些好事又能怎么样。我不想知道关于你的任何事，我想把你和你的事分开。你的走路、举动、目光，你跟着我、顺从我或是不知道该说什么的时候，那时你表现出的自我没有任何一张纸、任何一种证明能表现得出。我不会因为你的身份而烦心。（语气一变，委屈地）但是如果你在乎的话，咱们可以试着找出一个共同的话题。

珍妮弗：不要！不要！

扬：你知道干涉和自动化吗？量子的任性和交互主体验证？

珍妮弗：不要！

扬：原子核的改变，精神病学或者旧石器时代？

珍妮弗（恐惧地）：求你了！

扬：那么这些都不能聊了？

珍妮弗：不……

扬：或者聊些其他的？

珍妮弗：随你。我会努力的。

扬：为什么努力？

珍妮弗：努力亲近你。

扬：你会表达观点吗？

珍妮弗：什么观点？

扬：这我就要问你了。

珍妮弗：这对你那么重要吗？

扬：不是。既然说起来了，我只是想搞清楚，如果你没有观点，却又努力想有观点的话，该怎么办。

珍妮弗：不要疏远我。

扬（越来越冷静，讥讽的口气越来越重）：还有一个交流的办法。咱们可以去看戏，然后在幕间休息的时候，交换一下关于被成功演绎的密集炮火的看法。

珍妮弗：你说的是什么戏？

扬：说的是一出我永远不会跟你一起去看的戏。——要么听音乐怎么样？如果咱们有空闲的话，就去听一场重要的，首、尾乐章可谓精彩，巧妙的结构组合直刺人心扉的钢琴音乐会。

珍妮弗：你说的是严肃音乐？

扬：如果这样不行，咱们就去画廊，瞪大眼睛揣摩色调。如果这样还是不行，你就学做饭，用蛋饼、酱汁和甜点愉悦我。晚上还有去电影院这个办法，坐在一起死盯着银幕放松自己。你要相信，总能找到什么来把咱们搞到一块儿。孩子，比如说，还有忧虑和坏天气。你要相信！

珍妮弗：我都可以。

扬（恼怒地）：我也是。

珍妮弗：你生气的样子很好看。

扬：我现在没有生气，只是想跳出所有以往的岁月，和以往所有岁月中的所有思想，我想在内心里拆掉曾经的那个我，做一个从来没有过的我。

珍妮弗：你的样子很好看，你已经是从来没有过的那个你了。

扬：我还要告诉你一件事，咱们之间不可能变成那样：

你是我的，我是你的。

以信任对信任。

让我们想着未来。

做好同志。保持友谊。

互相保护，同舟共济。

成为慰藉。成为慰藉。

你是第一个不能成为我的慰藉的人。我的朋友和敌人都能让人忍受，即便他们让我麻木，并且消磨着我的忍耐力。我什么都能够忍受，但是不包括你。

珍妮弗：你的样子很好看，我崇拜你。我吻你的双肩，心里什么也不想。这是不是就叫做无可救药？

扬：对。但这只是对一条不肯断的链条的第一下打击、第一次敲打。不过你听，它已经在响了，它最后一声不吭断掉的时候，你也不会想什么。

不过那时世界上的法律也就没办法再约束咱们了。

〔好上帝的办公室里。

比利：这两个人长不了了。已经在翻着白眼，呆呆出神。背后说人坏话。

弗兰基：亮底牌吧。最后那张破纸上怎么写的？主人怎么说的？

比利：等。等待。

〔抓挠的声音。

比利：别在弹药柜上抓来抓去。小心给你的爪子上来一下。

弗兰基：我的手都痒了。

比利：咱们要不要再给他们一封信？

弗兰基：那得是一封让人心跳加速、增加压力的信。让他们见鬼去。

比利：咱们写什么？

弗兰基："谁也别告诉。"

比利：那还用说。

弗兰基：恨不得咬自己一口。我什么也想不出来。

比利：咬呀！

弗兰基：唉哟！唉哟！唉哟！

比利：还是想不出来？

弗兰基：有了！

比利：你又有高招了。

弗兰基：他们得住得更高。

比利：来个栗子如何？搞个爆栗子？

弗兰基：留着你的栗子吧！得在最高一层楼上腾出一个空房间。把登记卡拿过来！现在谁在上面闷着呢？

比利：多高？五十八层？那是最高的了。

弗兰基：拿过来！不男不女先生。咱们试一试。

比利：怎么试？

弗兰基：他得搬出去。咱们蹦过去。我一下子跳到他的胸脯上。接着他就收拾行李了，给吓的。

比利：搬出来，然后他们搬进去。接着呢?

弗兰基：接着他们就飘起来，而且不得不节省着用臭气，脚底下没有了根，觉得晕。还吹口哨——（它吹起口哨）——对天堂般的大地吹口哨。（它又吹起口哨）

比利：天堂般的。这样就更快了。

弗兰基：哦，真棒!

比利：哦真棒，没人知道我比利……

弗兰基：我弗兰基……

比利：是温顺害羞……

弗兰基：伶俐的松鼠。

〔法庭。

法官：果真有一位男客由于这样那样的原因从顶层搬出来了。

好上帝：大堂服务员想起了那两个人给自己的小费，给他们换了一个房间。从上面的房间向外能看到一幅奇特的景象。下面躺着一个飘起来时被丢弃的世界。人一只眼已经看得到月亮，另一只眼还能看得到太阳。能看得到大海在远处躬起身子，把船舶和烟雾拽下去到地球的其他部分。

法官：好个障眼法，搬家！您是不是以为在上面可以更神不知鬼不觉地动手?

好上帝：不是，只是能快一些。我只推进那些已经无法再停住的事情向前发展。而且他们已经快没有钱了，这也让我感到忧心。我不想让他们因为忧虑分心。您知道上层的房间有多贵。

法官（轻蔑地）：还有同情。没错，我知道。（翻阅案卷）咱们讲到最后一个晚上了，没错吧?

好上帝：最后一天前的那个晚上就像世界末日。恣意妄为的高温，火辣辣的热，换气扇都休克了。

法官：今天和那会儿一样。

好上帝：冰块还没有送到嘴边就已经融在杯子里。

法官：这两个人就不担心吗？

好上帝：他们有信，相信每一个字。

〔五十八层的房间内。

珍妮弗：想想啊，又是一个暗示，又是一个预兆。（温柔地）善良的、可爱的松鼠。

扬：晚上搬家。搬进深夜中。

珍妮弗：我要把我的发刷放在你的旁边。把你的书摆好。把你的夹克挂在我的裙子旁边。现在我要把一切都放好摆好，就像它们会一直那样待着。这样一个瞬间啊！我要永远牢记住：这个静静的夜，潮湿的炎热，咱们身下这座发光的岛，还有咱们为了给它增加光彩即将在这里点燃的灯光，不为了向任何人致敬而点燃的灯光。

扬：来吧！放开你手里拿的东西。永远放开所有的一切。我感到自己再也不会比现在更清楚自己待的经度和纬度，更清楚除了这间最普通不过的房间还有什么地方能够成为承载一切的基础，恰恰是在这个远离实地的地方人会有这样的体会。这里有空间。而你则收容了我，一个陌生人。

珍妮弗：因为他从远方而来，要向远方去，所以我为他铺好床铺，将水罐放在他的身边。

扬：但他依然在某些黑暗中摸索，找不到路。他依然显得陌生，因为他的口音很重，而且他还不想得到人们的信任。我现在需要一张地图，好让它向你解释我的一切：我所有的荒漠，沙子的颜色，白色的冻原，还有一片从未有人涉足的地域。不过还有一片新标的绿色，说明我心里的冰湖已经开始流动。

珍妮弗：终于。终于。

扬：我还需要一本书，从书里我能够知道你身体里的一切，气候，植被和动物，让你生病的病原体，以及你血液中它们那些沉默顽固的对手，还有那些接吻的时候我弄到自己这边来的最微小的生物。我想看看，现在当你的身体在晚上被灯光照亮，温暖而激动地投身在一场狂欢中时会怎样。我已经看到了：透明的水果和宝石，山茱萸和红宝石，闪闪发亮的矿物。变成了一出华丽的童话剧，变成了血液的循环系统。看啊。瞧啊。

一层一层都剥开，覆盖着嫩肉的东西，裹住你的关节、丝绸般的白皮肤，放松的肌肉，打磨光滑的骨头，赤裸的髋关节上的漆，你胸腔里烟雾一样的光，肋骨鲜明的轮廓线条。什么都瞧，什么都看。

珍妮弗：但愿我可以做得更多，为了你撕开自己，让你占有，全心全意，或者像人说的：毫无保留。

扬：还有倾听。耳朵贴在你身上，因为你的身体里从无宁静，一股旋风在你的肺里腾起落下，在你的心房中活塞落下的声音，你吞咽的时候发出的吓人的声音，还有你的四肢中幽灵般的喀喀声。

珍妮弗：听吧，因为我在你面前无法保留任何秘密。

扬：但是我能够探出所有的秘密吗？——哦，嫉妒会向我袭来，缠住我，让我来不及熟悉里面那些玄妙的色彩、穿过细胞的神秘通道、撒在身体组织、幼虫和灯笼里面的盐、以被人遗忘的神话故事做内容的马赛克地板。海绵体和骨髓。所有那些构成你的奢侈的，必将会悄无声息地逝去的物件。

珍妮弗：我已经要逝去了吗？我不是因为你而逝去吗？

扬：那么留在世界上的时间就很少了。因为当一切都已经被发现已经程式化，我却还没有弄明白你灵活的双眼上面那层透明的涂层和皮肤上面那层金色的茸毛，当一切都已知已做并且重新要被毁灭的时候，我还依然迷失在你目光的迷宫中。从你的呼吸道里发出的哽咽声将比其他的一切都更令我震惊。

珍妮弗：时间这么少。时间太少了。

扬：所以我成为骷髅以后还要拥抱你的骷髅，在成为永恒的那一日倾听这条链子在你的骨头上叮当作响，拿起你腐烂的心，捧一把你将要成为的灰烬放进我已经腐烂的嘴，并且因此窒息。让我的不存在充满你将要成为的虚无。我要留在你身边，直到时间的尽头，和你一起坠落深渊的最底层。我要和你一起结束，结束。并且要随时对抗爱情的结束，直到最后一刻。

珍妮弗：我的最后一刻。说下去。

扬：从一开始就有一桩卑鄙的勾当，没有任何一种亵渎神灵的语言能够与它相提并论。为了爱这个火焰般的符号我们要忍受什么样的苛责，还要在越来越亲密的时候看着它熄灭？是谁大喊说神已死？或是说他坠入了雷窟之中！或是说他根本就不存在！我们在这么短的时间内是不是抱怨得太少了？让我们为了一种虚无剖开心脏，好让这委屈的抱怨把空虚填满，你将会因为这个而死！哦不。爱我吧，好让我不必睡去，不必停止爱你。爱我吧，以便老天能发慈悲。我为什么就不能抓住你，折磨你，对你的一切感到绝望？为什么一定要让别人告诉我可以拥抱你多久，多少次，尽管我想一直拥抱着你，一直拥有你！

我现在不想离开你，不想在梦的世界里欺骗，在昏睡的世界里任人欺骗。我要的是一样还从未存在过的东西：无尽。剩下的只有一张床，床的一端冰山撞在一起，床沿下面有人放了火。床的两边：不是天使，而是雨林中的伞形花，鹦鹉的嘲笑和饥荒国度里的纠缠成一堆的枯枝。不要睡，求你。

珍妮弗：我再也不睡。再不离开你。

扬：那就来吧。我和你在一起，反抗一切。反时间开始了。

〔法庭。

法官：什么意思？

好上帝：说的是另外一种状态，一种对界限的超越，是你我不曾考虑到的。

法官（谨慎地）：我们这里接触过各种各样的案件。

好上帝：你们接触过的是我，但是从未接触过这种事。

法官：狂妄。——您是不是还打算说艾伦·海和那个巴姆菲尔德，还有其他所有那些被您……

好上帝：那些被我？我？

法官：那些被谋杀者的故事都大体一样？

好上帝：我不能这样说。每一个故事的发生所用的语言都不同。就连无话可说的时候，这些故事都不一样。而且每个故事所潜入的时间都不相同。但是没有关心过这些事的人恐怕都会看到相似之处，就像是所有长两条腿的也都相似一样。不过所有人都倾向于消除自然中的禁锢，接着在世界上就再找不到可以攀附的东西。不是有句话说嘛，罪不总在杀人的人，有时也在被杀的人。

法官：您不要试图歪曲事实，颠倒黑白！

好上帝：我没试图这样做。我只是想告诉您，这两个人不再有任何信仰，而我是抱着美好的信仰才动手的。

法官：就您！

好上帝：您要我表明一下自己的信仰吗？——我信仰每天都存在于生活之中的针对任何人任何时间的秩序。

我信仰一种伟大的传统，以及它强大的势力，在这种传统中，所有的感情和思想都有一席之地，并且我也相信它所有的对手都会死。我相信爱情属于世界黑夜的那一面，它比任何一种罪行、任何一种异端邪说都更有害。我相信有它出现的地方就会产生混沌状态，恰似创世第一天之前那样。我相信爱情的无辜，以及它会导致毁灭，相信只有通过犯罪并接受审判，一切才能继续。

我相信相爱的人理应飞上天，一直飘在天上。也许他们会成为星座的组成部分。您不是说过：他没有埋葬她——？您不是这样说过吗？

法官：对。

好上帝：而我只是在重复你的话而已。没有埋葬，您明白吗，飞上天，成为星座的组成部分。

法官（粗鲁地）：您是一个病态的幻想家。每个人都能根据自己的经验给您列出一堆幸福伴侣的例子。少年时代的女友后来嫁给了医生。乡下的邻居已经有了五个孩子。两个大学生互相表露着对于生活和对方的认真态度。

好上帝：我承认有无数这样的人，可是谁又在意这种人呢？他们在最初为追求自由而越轨的时候，就已经证明了自己的直觉。但是驯服了最初的炽热后，他们把它拿在手里，用它建起一个企业生产治疗寂寞的药物，这是一种同志关系和经济利益共同体。于是社会内部出现了一种能够为人接受的状态，所有的一切都处于平衡和秩序中。

法官：其他的状态既不可能，也不存在。

好上帝：因为都被我消灭，被我干掉了。我这样做就是要保证宁静和安全，也为了您能够安稳地坐在这里端详自己的手指尖，让一切都始终按照咱们的希望发展。

法官：没有两个法官——就像没有两种秩序一样。

好上帝：那您跟我就一定是盟友的关系，我只是还不知道而已。那么让我丧失战斗力或许就不是故意的，只是为了能谈起一些最好不要谈起的事。两个秩序的维护者合而为一了。

画外音：

一个星球不成天空
最好让步要狡猾
尝试储存暴力
火箭更灵巧炸弹更丰腴
重水更加臭名远扬
消散让你们消散让世界消散
咣一声零点零分
在敲击中浮沉
记住你做不到
要做得利索又甜蜜
冷笑并忍受——停！

〔五十八层的房间内。

扬：你接受吗？你会忍受吗？尽管这被称为“告别”，并且对咱们已经没有任何意义。

珍妮弗：让我害怕的是你依然在这里，而我不得不看着你，直到最后的时刻来临。要不了多久我就不在了。但愿已经结束，但愿我没有痛苦，但愿我也没有自我。我什么都能说吗？

扬：什么都可以。说出一切！

珍妮弗：不要再碰我。不要太靠近我。我会成为导火索。

扬：要我离开多远？

珍妮弗：到门边。但是不要把手放在门把手上。

扬（走开）：我……

珍妮弗：不要再跟我说话。也不要再最后一次拥抱我。

扬：我呀！

珍妮弗：现在按下把手，走吧，不要回头。不要用脊背对着我，虽然我闭着眼睛，不会再看见你的脸。

扬：但是我不能……

珍妮弗：不要再伤害我。不要拖延时间。

扬（穿过房间向她走回来）：我再也无法离开。

珍妮弗：不。不要碰我！

扬：再也无法。看着我呀。再也无法。

珍妮弗（跪倒在地，缓缓地）：哦，这是真的。再也无法。

扬（恐惧地）：你在做什么？不要这样！

珍妮弗：跪倒在你的面前亲吻你的脚？我会一直这样做。跟在你身后三步远的地方，不管你去哪儿。你喝完了之后才喝，你吃过了之后才吃，你睡觉的时候就在一旁守候。

扬（小声地）：站起来，亲爱的。……我要打开窗子，把天空放进来。现在如果我离开，你将会等待，不再哭泣——只是去退船票，好让船永远地离开。我要坐一辆火红色的出租车，它开得最快，是时候了。

我什么也不知道，只知道我要和你一起在这里同生共死，用一种全新的语言跟你说话，不再有职业，不再做生意，不再是有用的人，并且要和一切决裂，脱离开其他所有的人。就算我对世界的兴趣不再，也随它，因为我对你和你的声音百依百顺。我要用这种新的语言向你宣布我的爱，把你称为“我的灵魂"，因为这是一种古老的传统。这是一个我还从未听过的词，现在才想到，这个词对你丝毫没有亵渎之意。

珍妮弗：哦，谁也别告诉。

扬：我的精神，对你的爱让我疯狂，如此而已。这是开始也是结束，是头也是尾……

珍妮弗：古老的传统：如果你对我宣布你的爱，我也向你承认我的爱。我的灵魂……

扬：朽还是不朽：这个问题没有肯定的回答。

〔法庭。

好上帝：是的，他们一定得上天，不留痕迹，因为不可以有任何东西任何人太靠近他们。他们就像是偶尔会被人发现的稀有元素，那种能发光可燃的危险元素，令一切腐坏，对世界提出质疑。连他们留下的回忆都会污染他们曾经接触的地方。这个法庭将是史无前例的。如果我被判刑，所有的人都将陷入不安。因为在这里相爱的人必须死，否则他们就不曾存在。必须赶他们去死，不然他们就不是活着的。人们会反驳我说：这种感情会变淡，会消退。但这根本不是感情，而是毁灭！而且它也不会消退。

关键在于要避开，要适应环境！回答呀——您怎么想的就怎么说。回答呀！

法官：对。

好上帝：这一个“对”完了之后就没有了。那我可要再去一趟，再做一次。

〔五十八层的房间内。

珍妮弗：进来。

好上帝：您一个人？

珍妮弗：是的。请进。

好上帝：我只是要送一个包裹。是给您的。

珍妮弗（无动于衷）：我没听说有包裹。

好上帝：是要给您一个惊喜。

珍妮弗（稍稍有些高兴）：是礼物，对吗？

好上帝：可以放在这里吗？您能不能不要太好奇，等到您不是一个人的时候再打开？

珍妮弗：哦，当然了。我不好奇。我现在能等。等。

好上帝（语气一变）：他马上就回来。

珍妮弗：是的，马上。他只是……（一顿）……只是离开一会儿，虽然不着急，但他还是要抓紧时间。今天是一个充满意外的日子。（默然）您瞧，今天是个特殊的日子。……谢谢。

〔寂静。

珍妮弗：没事。谢谢。您不走吗？

好上帝（无动于衷）：您在谢我？

珍妮弗：是的。（低声说）但是现在我得一个人待着，您明白吗，因为今天晚上要离港的一班船不能把他从我身边带走，也因为之后幸福将要撕碎我的衣服。

请您走吧，因为我不可以和任何人讲话。我恋爱了。而且我不能自已，我的五脏六腑都因为爱情而燃烧，要把他将要在这里而还未在这里的那段时间燃烧成爱情，从这一刻起直到生命的最后一刻，我全心全意爱着他。

您快走吧。不要这样看着我，不要呼吸这里的空气，我需要它。我恋爱了。您从这里走开吧。我恋爱了。

好上帝：没有松鼠的信吗？

珍妮弗：天啊！

好上帝：一封松鼠的信。里面写着：谁也别告诉。

珍妮弗（恐惧，小声地）：您不要说这句话。您不可以。任何人都不行。

好上帝：没有人知道。

珍妮弗：没有人。

〔门被撞上。

〔音乐起。

〔46 街的一家酒吧。

扬（走进来）：您好。

酒吧侍者：要点儿什么？

扬（一惊）：我不知道。什么？

酒吧侍者：双份威士忌。加满冰块。心情不好。

扬：对。不过快一点。到底几点了？我的表走得太慢。我觉得它肯定马上就要停了，因为我已经好几天没有给它上过发条。

酒吧侍者（干着活）：热死了今天。（把酒杯放在他面前的吧台上）应该马上就到整点了，我可以把广播打开，您一会就知道准确时间。

扬：感谢。

酒吧侍者（拧着旋钮打开广播）：棒球比赛已经结束了，我就知道是广告。

画外音（轻轻地从广播中传出）：

走继续走

扬：我得走了。

酒吧侍者：46 街这里走不下去，街道挖开了。要么我这里怎么会没有客人。您得穿过整个街区走回去。

扬：这样。是啊，这里这么空。

画外音（轻轻地）：

要记住只要还有时间

扬：再来一个双份的。您知道……我只是想……我没耽误您干活吧？

酒吧侍者：不耽误。我了解。您不认识什么人。

扬：不是的，不是这样的。但是说上几句话会好过些。如此而已。

酒吧侍者：您是个好人。（把杯子递给他）

扬：这报纸……是今天的吗？

酒吧侍者：当然。拿去吧！

扬：就扫一眼……因为我已经几天没有看报纸了。（打开报纸）

画外音（小声地）：

不要容情要记住

扬：我们那里，我是说那边，政府换届了。之前我不知道。

画外音：

不要容情没有时间容情

扬(暴躁地)：时间！您就不能换一个台吗？

酒吧侍者：可以试一试。

〔他试着找另一个台。

画外音（突然冒出，伴有杂声）：

要记住你做不到

停！有灯的时候停下来！

酒吧侍者：试试看。

〔他继续调着，突然调出一段音乐，音乐大声响起，接着被一声沉闷的爆炸声打断。

〔五十八层的走廊里。

弗兰基：爆得好，炸得好。

比利：但是他，不在场，没有来，（带着哭腔）真糟糕。

弗兰基：我的毛烧焦了。差点也被炸飞。咱们怎么报告？

比利：干净利索的爆炸，错误的算计，少死了一个。主人在下面大堂里等着听结果呢。

弗兰基（扭扭捏捏地）：我不敢去见他。我的毛烧焦了。

比利：听！他们已经来了。看热闹的。咱们从外面爬下去。从房间里跳过去。出去。跑！

弗兰基：呸，瞧瞧这儿，黑得像地狱一样。一股煳味，还在冒烟呢。（咳嗽）嗨，真棒。

〔法庭。

法官：她是一个人死的。

好上帝：是的。

法官：为什么？（立刻接上，肯定地）因为在作决定的时候，他突然想一个人待着，静静地坐上半个小时，像以前那样思考，像以前那样在无关紧要的地方和无关紧要的人聊天。他老毛病又犯了，在短暂的一刻中，秩序又向他伸出了手臂。他正常、健康，像一个在晚饭前悠闲地喝一杯的本分人，从耳朵里赶走爱人的低语，鼻孔里驱除迷人香味——一个用印刷的油墨让眼睛重新活过来，手又一定要在吧台上弄脏的男人。

好上帝：他得救了，重返大地。现在他应该早就回去了，带着坏心情，凭着有节制的观点长命百岁。

法官：或许永远不会忘记。是吗。

好上帝：您这样想？

法官：对。

好上帝：咱们结束了吗？

法官：您走吧。穿过长走廊走到自动电梯那里，那里有一个偏门，没有人会拦您。

好上帝：指控呢？

法官：保留。

好上帝：判决呢？您的判决……我永远也听不到？您的眼睛里游动着什么样的光呀，阁下？您在提问的时候有何保留，现在回答的时候又如何？

沉默……到现在？

〔他离开，门在他身后合上。

法官（独自一人）：沉默。

（选自《巴赫曼作品集》，人民文学出版社 2006 年第 1 版）

鸟

[波兰] 布鲁诺·舒尔茨

杨向荣 译

昏黄的冬日来临了，四处弥漫着无聊。铁锈色的大地上铺着一层白雪，犹如一条磨得露出织纹的寒碜的桌布，上面满是窟窿。这张桌布不够宽大，有些屋顶依然暴露在外，它们就这样屹立在那里，有的呈黑色，有的呈棕色，有的是木椽顶，有的是茅草顶，像一艘艘载着被煤烟熏黑的大片阁楼的小舟。这些阁楼如同密布着肋骨似的椽子、屋梁和桁梁的漆黑的大教堂，椽梁就像冬天的阵风用来呼吸的黑黢黢的肺。每天黎明时分，那些在夜间就已浮现、被夜风吹鼓了气的一排排崭新的烟囱和烟道（像魔鬼手风琴上的黑管）便清楚地露出原型。扫烟囱的人总是摆脱不掉乌鸦的纠缠，它们在黄昏时分就已经密密匝匝地趴在教堂附近那些枯叶尚未脱落的黑色树枝上。这些乌鸦经常在空中扑簌簌地飞上一圈后又绕回来，每只鸟儿都紧紧地贴在树枝上自己占据的那块位置上，黎明到来后才成群地飞走，像阵阵煤烟和片片尘埃，忽高忽低，变换出各种奇形怪状，不绝如缕的呱呱的哀鸣声把一道道霉黄的亮光叫得黯然失色。随着寒冷和无聊袭来，日子开始变得更加坚硬，像陈年的面包。人们开始兴味索然、慵懒冷漠地拿钝刀切这种面包。

父亲开始足不出户。他封起那些炉子，研究起永远捉摸不定的火的本质，体验舔舐烟囱出口闪亮的煤烟的冬季火蛇的咸咸的金属味和烟气味。那段时间，他总是在不同房间的某个高空地带痴迷地干着形形色色的修理小活儿。你在白天的任何时刻都可以看见他蹲在一把梯子的顶端，在天花板下面，在长窗上方的檐板旁，在吊灯的平衡锤和链条旁边鼓捣着什么。他模仿室内油漆工的做法，使用的是像两只巨大高跷的梯子。他觉得可以那么近距离地仰看漆有天空、树叶和鸟儿的天花板简直开心极了。他开始与各种实际事务渐行渐远。母亲对此感到忧心忡忡和闷闷不乐，试着引诱他谈点儿什么，谈一谈月底到期的账单之类的事情。这时，他总是听得心不在焉，神情迷惘，面露焦虑之色。有时，为了跑到房间的一个角落，把耳朵贴到地板的一条裂缝上，他会做出警告性的手势，拦住母亲继续往下讲，还竖起双手的食指，强调这种调查的重要性，接着又开始专注地聆听起来。那时候，我们还不知道这些古怪的举动后面那个令人伤心的根源，以及在他内心已经酝酿成熟的某种悲哀情结。

母亲对他完全束手无策，可是他对阿德拉却恭敬有加，非常在意。对他来说，打扫自己的房间是一项伟大而重要的仪式。他总是提前做好安排，要亲眼目睹这个仪式，带着恐惧与喜悦交加的兴奋感注视着阿德拉的一举一动。他认为阿德拉的所有动作都蕴含着一种更深刻的象征意义。那个姑娘用青春而决然的姿势在地板上推着那根长柄刷移动的时候，父亲简直不堪承受。这时他泪如泉涌，无声的笑意把他的脸都给扭歪了，嫉妒的喜悦冲击得他的身子直打哆嗦。他兴奋得浑身发痒，几乎快要疯狂了。阿德拉只要向他晃一晃手指头，装出挠痒痒的样子，就能把他吓得惊慌失措，穿过所有的房间，砰砰地关上身后的一扇扇门，最后倒在最远的那个房间的床上，在阵阵痉挛性的大笑中一个劲儿地打滚，想象着那种他觉得难以遏制的挠痒。因此，可以说阿德拉摆布父亲的力量几乎是无限的。

那时，我们第一次注意到父亲对动物有一种如痴如醉的激情。最初，这是一种猎人和艺术家浑然不分的激情。这恐怕也是一种生灵对另外一种血缘相近但并非同类的生命形式在更为深邃的生物学意义上的惺惺相惜，是在某个未曾勘探过的生存领域进行的试验。只是到了后期，情况才发生了离奇、复杂、完全邪恶和有悖自然的转折，这种转折最好还是不要在此公之于世。

不过，一切都是从孵鸟蛋开始的。

父亲投入大量的精力和钱财，从汉堡、荷兰以及非洲的动物站点购置来各种鸟蛋，然后用从比利时进口的母鸡孵化这些鸟蛋。这件事也让我着迷不已——居然可以从中孵出小鸟来，孵出这些色彩和形状都稀奇古怪的玩意儿。那些怪物长着奇形怪状的大嘴，它们刚一出生就立刻张大嘴巴，贪婪地发出嘶嘶声，露出咽喉深处的洞口。那些蜥蜴似的小动物长着脆弱、赤裸的驼背的身子——从这些小家伙的身上很难看出它们将来会成为孔雀、野鸡、松鸡或者秃鹰。这窝蜥蜴似的小动物被搁置在棉花衬底的篮子里，它们伸出细细的脖子，昂着脑袋，眼睛上蒙着角膜状的白斑，什么也看不见。它们发不出音的喉咙无声地叫唤着。父亲沿着架子来回忙碌，身上系一条绿色粗呢围裙，好像一个园丁在摆满仙人掌的暖房里工作着。他从一无所有中变出那些瞎着眼、跳动着生命的小不点儿，那些虚弱的肚子只能以接受食物的方式去感受身外世界。这些被蒙住眼睛、还处于生命表层的家伙朝着亮光爬过去。几个星期过后，那些瞎眼的小东西忽然间就长大了。各个房间里充满住户发出的欢快的唧唧喳喳声和生气勃勃的啾啾声。那些鸟儿歇靠在窗帘盒上、衣橱顶上，在盏盏吊灯错综复杂的锡条和金属卷轴中间给自己做窝。

父亲钻研巨大的禽鸟学教科书，仔细观察彩色插图时，那些带羽毛的幻影似乎从书页间脱颖而出。房间马上充满了五颜六色，点点深红色在飞溅，宝石蓝色、铜绿色和银白色彩纹相互交织。喂食的时候，这些鸟儿在地板上聚拢成一张五光十色、错落有致的地毯。这张地毯仿佛有生命似的，每当陌生人闯进来，地毯就会四分五裂，变成一幅幅碎片，扑簌簌地飞到空中，最后高高地栖息在天花板下。我特别记得有一只秃鹰，那只巨鸟脖颈上没有一丝羽毛，脸上布满了皱纹和疙瘩。它像一个形容憔悴的苦行僧，一个喇嘛，一举一动都沉着庄严，以本族伟大刻板的礼仪为指南。这只鸟儿坐在父亲对面的时候纹丝不动，永恒的姿势像不老的埃及偶像，眼睛上蒙着一层泛白的薄膜，白内障斜斜地盖在眼珠上，完全遮蔽住眼睛。它在庄严的孤独中沉思着——从石头似的侧像来看，它很像父亲的一位兄长。它的身子和肌肉似乎用清一色的材料做成，有着同样粗硬、皱巴的皮肤，同样脱水而瘦骨嶙峋的脸，同样起茧的深深的眼袋。甚至拿手来说吧，父亲的指关节坚韧，骨节又长又粗、指甲浑圆，也跟这只秃鹰爪子很相似。

我望着那似睡非睡的秃鹰时，不禁萌生出这样一个印象：我是跟一个木乃伊——父亲那已经脱掉水分、干瘪的木乃伊在一起。我相信连母亲也注意到了这一奇怪的酷似，尽管我们从来没有说起过这个。最显然的证据是，秃鹰跟父亲共用一个便壶。

父亲不再满足于孵出越来越多的新品种，他开始在阁楼上安排起鸟儿们的婚配来。他又是遣派媒人，又是把既热情又有魅力的鸟儿拴在屋顶下的窟窿和裂口里。不久，我们家那个巨大的双脊木板屋顶就变成了名副其实的鸟的旅社，成了一艘从远方投奔而来的形形色色的羽毛生物的诺亚方舟。当这个鸟的天堂被消灭很久之后，这一习惯仍然在鸟的世界中保留着。在春天迁徙的季节，我们的屋顶被整批整批的鹤啊、鹈鹕啊、孔雀啊……以及各种其他的鸟儿包围住。但是，当这个短暂的辉煌期结束以后，整个事业却发生了令人遗憾的转变。

很快，我们就不得不把父亲转移到顶屋那两间做过储藏室的房间里去。黎明时分，我们会听到那里传来各种鸟儿的混鸣声。顶楼两个房间的木板墙，在三角墙下那片空间发出的回音的声援下，形成咆哮声、簌簌的扑动声、喔喔的啼叫声、咕咕的鸣叫声、交配的尖叫声的合唱。父亲消失了好几个星期。他只是难得下一次楼走进起居室。可是，当他下楼露面的时候，我们注意到他似乎干瘪了许多，变得又瘦又小，两只眼睛也蒙了一层薄翳。他有时完全走神，从桌边的椅子上站起来，摆动着两条胳膊，好像胳膊就是翅膀，然后发出一声悠长的鸟鸣音。接着，他表现出颇为窘迫的样子，跟我们一起哈哈大笑而了之，试图把整个事情搪塞成一个玩笑。

在春季大扫除的一天，阿德拉突然出现在父亲的鸟的王国里。她站在门口，摆着手阻挡着充斥房间的恶臭。地板上、桌子上和椅子上滴满了成堆的鸟屎。她毫不犹豫地猛然推开一扇窗户，在那柄长扫把的帮助下把所有的鸟儿都搅得动了起来。这时一个由羽毛和翅膀构成的可怕的云团腾空而起，发出阵阵尖叫声。阿德拉却像酒神巴克斯怒气冲天的女祭司那样，在酒神那根手杖卷起的旋风的保护下，跳着毁灭的舞蹈。父亲惊慌失措地摆动着两只胳膊，试图同那群羽毛动物一起飞上天去。那个翅膀形成的云团渐渐稀疏。最后，战场上只剩下阿德拉和我父亲。阿德拉精疲力竭，喘得上气不接下气。此时，父亲面带忧虑的愧色，准备接受这场彻头彻尾的失败。

片刻后，父亲从阁楼上走下来——他已经崩溃和绝望，犹如一个丢了王位和王土后惨遭放逐的国王。

（选自《鳄鱼街》，新星出版社 2010 年第 1 版）

过于喧嚣的孤独

[捷克] 博胡米尔·赫拉巴尔

杨乐云　译

惟独太阳有权利身上带着斑点。

——歌　德

1

三十五年了，我置身在废纸堆中，这是我的 love story[①]。三十五年来我用压力机处理废纸和书籍，三十五年中我的身上蹭满了文字，俨然成了一本百科辞典——在此期间我用压力机处理掉的这类辞典无疑已有三吨重，我成了一只盛满活水和死水的坛子，稍微侧一侧，许多蛮不错的想法便会流淌出来，我的学识是在无意中获得的，实际上我很难分辨哪些思想属于我本人，来自我自己的大脑，哪些来自书本，因此三十五年来我同自己、同周围的世界相处和谐，因为我读书的时候，实际上不是读而是把美丽的词句含在嘴里，嘬糖果似地嘬着，品烈酒似地一小口一小口地呷着，直到那词句像酒精一样溶解在我的身体里，不仅渗透我的大脑和心灵，而且在我的血管中奔腾，冲击到我每根血管的末梢。每一个月，我平均用压力机处理两吨重的书籍，为了找到足够的力量来从事这项神圣的劳动，三十五年中我喝下的啤酒就是灌满一个五十米长的游泳池，一大片养圣诞鲤鱼的养鱼槽也绰绰有余了。我在无意中有了学问，现在我确知我的大脑是一堆被压力机挤压得严严实实的思想，一大包观念，我掉光了头发的脑袋是灰

---

① 英语：爱情故事。

姑娘的核桃[1]。我相信在那样的时代，当一切思想都只记载在人的脑海中时必定格外美好，那时倘若有人要把书籍送进压力机，他就只得放入人的脑袋，然而即使这样也无济于事，因为真实的思想来自外界，犹如容器里的面条，人只是随身携带着它而已，因此全世界的柯尼阿什[2]们焚书是白费力气，如果书上记载的言之有理，那么焚烧的时候便只会听到书在窃窃暗笑，因为一本地道的好书总是指着别处而溜之大吉。我买过一个计算器，能加减乘除，还能开方，一个不比小皮夹大多少的小玩艺儿。我曾壮着胆子用改锥撬开它的后盖，不胜惊异地发现，里面除了邮票般大、十张书页那么厚的一个小方块之外，便只有空气了，满载着数学变化的空气。当我的目光落在一本有价值的书上，当我一行行阅读这些印刷的文字时，这书留下的也惟有非物质的思想而已，这些思想扑扇着翅膀在空气中飞，在空气中滑翔，赖空气生存，回归于空气，因为归根结底一切都是空气，正像教堂里的圣餐，既是基督的血又不是。三十五年来我处理废纸和书籍，而我生活在一个已有十五代人能读会写的国土上，居住在过去曾经是王国的地方，在这里，人们过去和现在都有一种习惯，一种执著性：耐心地把一些思想和形象压进自己的头脑，这给他们带来难以描述的欢乐，也带来更多的痛苦，我生活在这样的人民中间，他们为了一包挤压严实的思想甘愿献出生命。现在这一切都在我的身上重演，三十五年来我按动这台机器的红色和绿色电钮，三十五年来我喝着一杯又一杯的啤酒，不是为了买醉，我憎恶醉鬼，我喝酒是为了活跃思维，使我能更好地深入到一本书的心脏中去，因为我读书既不是为了娱乐，也不是消磨时光，更不是为了催眠，我，一个生活在已有十五代人能读会写的国土上的人，我喝酒是为了让读到的书永远使我难以入眠，使我得了颤抖症，因为我同黑格尔的观点是一致的：高贵的人不一定是贵族，罪犯不一定是凶手。如果我会写作，我要写一本论及人的最大幸福和最大不幸的书。通过阅读，我从书本中认识到

---

① 根据《灰姑娘》童话，仙女从一只核桃中给灰姑娘变出了美丽的衣裙。

② 安·柯尼阿什（1691—1760），捷克狂热的耶稣会传教士，反基督教改革运动的代表，曾焚毁捷克书籍三万余册。

天道不仁慈，一个有头脑的人因而也不仁慈，并非他不想仁慈，而是这样做违背常情。珍贵的书籍经过我的手在我的压力机中毁灭，我无力阻挡这源源不断、滚滚而来的巨流。我只不过是一个软心肠的屠夫而已。书教会了我领略破坏的乐趣，我喜欢滂沱大雨，喜欢爆破队，我常常一站几个小时，观看爆破专家们怎样像给巨型轮胎打气似的以一个协调的动作把一排排屋宇、一条条街道炸毁，那起爆的时刻总使我百看不厌，所有的砖头、石板、梁木统统被举了起来，房屋随即像件衣裳似的静静地坍塌，犹如远洋轮船在锅炉爆炸之后迅速沉入海底。我站在铺天盖地的尘埃中，倾听着爆炸的乐曲，心里想着我在深深的地下室里的工作，那里有一台压力机，我在它的旁边，在几盏电灯的照明下工作了三十五年，我听得见上面院子里来往行人的脚步声，地下室的天花板上开了一个洞，形形色色的东西有如天上撒下的丰饶角[①]似的从这个洞口落下来，一只只大袋、一个个木箱或纸箱搬到洞口，倾倒下来的物品中有花店买来，现已枯萎的花枝、批发店的包装纸、旧节目单和废车票、裹冰棍和冰淇淋的纸、溅着绘画颜料的废纸、屠宰场送来的大批湿漉漉、血污斑斑的包肉纸、照相馆切削下来的扎手的尖角儿，办公室字纸篓的废纸和打字机色带、庆贺生日和命名日的花束，有时倒下来的报纸中卷着一块铺路的大鹅卵石，这是为了过磅时增添一点分量，此外还有误扔的刀剪、锤子和起钉器、肉店的砍肉刀和残留着咖啡渣的杯子，不时还有枯萎了的婚礼上的花束以及葬礼上的色彩鲜艳的纸花圈，三十五年来我用压力机把这些东西压碎，打成包，每周三次有卡车开来把包运走，送到火车站，由火车运往造纸厂，在那里工人们剪断捆包的铁丝，把我的劳动果实倒入碱和酸的溶液中，其强度足以溶化那些总是割破我手指的刮脸刀。然而，正如流经工厂区的浑浊河水中偶尔会有美丽的小鱼闪现一样，在这废纸的长河中不时也会有珍贵书籍的书脊放出夺目的光彩，我的眼睛被它耀得发花，我朝别处望了片刻，然后才迅速把

---

① 象征丰饶的羊角，根据希腊神话，自然女神阿玛尔忒亚的羊角具有立刻装满它主人所希望得到的任何东西的魔力。

它捞出来，先在围裙上抹抹，翻开书页闻闻它的香味，这才像读荷马预言似的读了第一句，它牢牢地吸引住了我的视线，之后我把它收藏在一只小箱子里，同我发现的其他珍贵书籍放在一起，小箱子里铺了许多圣像画，是不知什么人连同一些祈祷书误扔进地下室的。后来，这成了我的弥撒，我的宗教仪式，这些书我不仅每一本都仔细阅读，而且读过之后还在我打的每个包里放进一册，因为每个包我都要给它装饰打扮一番，必须让它带着我的个性，我的花押。要让每个包都具有特色可是件煞费脑筋的事情，为此我每天在地下室得多干两个小时，提早一个钟点上班，有时连星期六也得赔上，把永远堆积如山的废纸送进机器，打包。上月，有人送来三千六百公斤绘画大师的复制品，扔进地下室，六百公斤浸透了水的伦勃朗、哈尔斯、莫奈、克里木特、塞尚，以及欧洲其他绘画巨匠的作品，我于是在每个包的四周裹上一幅名画的复制品，到了傍晚，当这些包整齐地堆放在升降梯旁边等待运走时，它们身上裹着的美丽画幅使我怎么也看不够，瞧，这张《夜巡》，这幅萨斯基亚像，这幅《草地上的早餐》，这张《缢死者之家》，这张《格尔尼卡》。另外，在这个世界上惟有我知道每一包的中心还藏着一本名著，这个包里是翻开的《浮士德》，那包里是《唐·卡洛斯》①，这儿裹在臭烘烘的纸张中、封皮染有血污的是《许佩里翁》②，那儿，装在旧水泥袋里的是《查拉图士特拉如是说》。因而，在这个世界上惟有我知道，哪个包里躺着——犹如躺在坟墓里——歌德、席勒，哪个包里躺着荷尔德林，哪个包里是尼采。从某种意义上说，我既是艺术家又是观众，为此我每天都搞得疲惫不堪，身上擦破了皮，划了口子，累得要休克，为了缓解和减轻一些这巨大的体力消耗，我一杯接一杯地喝啤酒，上胡森斯基酒店打啤酒的时候，一路上我有足够的时间琢磨、幻想下一个包该是什么样。我灌下那么多的啤酒，为的是更清晰地看到前景，因为我在每一个包里藏了一件珍贵的遗物，一口没有盖的儿童小棺材，撒满了枯萎的花

---

① 德国诗人、剧作家席勒（1759—1805）的名剧。

② 德国诗人荷尔德林（1770—1843）创作的著名小说。

朵，碎锡纸角、天使的头发，我给书籍铺了一张舒适的小床，它们像我一样莫名其妙地来到了这间地下室。因此，我干活老是完不成任务，院子里的废纸堆得山一般高，都顶到天棚了，从洞口倒进我地下室的废纸也堆积如山，同院子里的那座山连接了起来。因此主任有时用铁钩扒开洞口，脸气得通红朝我叫嚷：汉嘉，你在哪儿？看在上帝的份上别那么两眼死盯在书上啦，你得干活！院子里都动不了窝啦，可你还在下面做糊涂梦，干蠢事，玩方块儿！我缩着身子躲在纸山脚下，犹如亚当缩着身子躲在灌木丛里[①]，我手里攥着一本书，睁大惊恐的眼睛望着另外一个世界，不是我刚才置身于其中的世界，因为我只要一捧起书，我就完全进入了书中的天地，对此我自己也感到惊讶，我不得不惭愧地承认，我确实在梦境中，在一个美丽的世界，在真理的中心。每天有十次我会猛然惊醒，奇怪自己怎么这样走神儿。下了班我也是心神不属，掉了魂似的走回家去，一路上默不作声，深深地沉浸在冥思浮想之中。我穿过街道，绕过电车汽车，走在书的云雾中，这些书是我当天发现的，我把它们放在皮包里带回家，我梦游人似的在绿灯下过了马路，下意识地，却也没有撞在电线杆或行人身上，我只是迈动两条腿走着，身上泛出一股啤酒和污垢的臭味，但我脸上含笑，因为皮包里装着我晚间要读的书，期望着它们将会告诉我迄今我尚不了解的有关我自己的一些事情。我在喧闹的街道上走着，从没有闯红灯，我善于在无知觉的下意识中，在半睡半醒的状态下，在阈下意识的鼓舞中行走。我一天中打出的包——在我心中轻轻地、静静地隐没，而我确确实实感觉到自己是一个打成的包，在我心里有一盏小小的羯磨灯，瓦斯冷却器中的小火苗，一盏永恒的小油灯，每天我把思想的油注入这盏灯，是我劳动时不由自主地从书籍中，就是我装在皮包里带回家去的书籍中读到的思想。因此，我走回家去有如一座燃烧的房子，有如燃烧的马厩，生命之光从火焰中升起，火焰又从木头的死亡中产生，含有敌意的悲痛藏在灰烬的下面，

---

① 亚当违背上帝的命令吃了伊甸园的禁果，知道自己赤身露体，因此上帝来时便躲在树木丛中，详见《圣经·创世纪》。

三十五年来我用压力机处理废纸，再过五年我将退休，到时候这台机器将随我一起退休，我不会撂下它的，我积攒了钱，为这台机器另立了一个存折，我将和机器一同退休，因为我将买下它，把它带回家，安装在舅舅的花园里，放在树丛中。惟有到那时候，在花园里，我才每天只打一个包，但它将比现在的大好几倍，宛如一尊雕像，一个庞然大物，我将把我年轻时所有的幻想，我掌握的一切知识，三十五年来我从工作中和通过工作学到的一切统统放进包里，因此，惟有退休之后，我才在心中有所触动、在灵感到来的时候干活，每天只打一个包，用我家里现有的超过三吨重的书籍。这个包将不会让我为它感到羞愧，它将是我事前经过充分想象，经过深思熟虑之后才着手制作的。不仅如此，我将把书本和废纸整齐地排列在机槽里，在进行这项美的创造时，在按动电钮之前，我将撒下五彩纸屑和金属小圆片儿，每天制作一个包，一年后在花园里举办展览会，展览期间每一位参观者都将获准亲自制作一个包，但必须在我的监督下进行。当绿色电钮按下，压板在他面前推动并以无比巨大的力量把装饰着书籍和鲜花的废纸，以及他带来的各种废物压碾、挤紧时，敏感的旁观者就会有一种自己在这机器里被压碾的感觉。此刻我已坐在家里，天快黑了，我坐在小凳子上，脑袋垂得越来越低，最后滴着口水的嘴巴触到了膝盖。我总是这样坐着打瞌睡，有时我用这种索涅特①曲木椅的姿势睡到午夜，当我一觉睡醒抬起头来时，裤腿上的膝盖部位已被我的口水弄湿了一大块，因为我身体蜷缩着，蜷作一团，犹如冬天的猫，犹如摇椅上的一根弯曲的木头，因为我有幸孤身独处，虽然我从来并不孤独，我只是独自一人而已，独自生活在稠密的思想之中，因为我有点儿狂妄，是无限和永恒中的狂妄分子，而无限和永恒也许就是喜欢我这样的人。

2

三十五年来我处埋废纸，在这期间废品收购员扔进我这地下室的珍贵

---

① 索涅特（1796—1871），家具生产工业化的先驱，他设计和生产的曲木椅闻名世界。

书籍，其数量之多，倘若我有三座谷仓，也能装得满满当当。第二次世界大战刚结束的时候，有人给我倒下来一筐书，当我激动的心情稍稍平静下来，拿起一本看时，只见书上盖着普鲁士王家图书馆的图章，第二天又倒下来许多皮面精装书，书边和书名在空中闪着金光，我连忙奔到上面，看见那儿站着两个年轻人，从他们口中我得知在新斯特拉谢齐的一座谷仓里，有大批书籍藏在干草堆中，让人看了会眼花缭乱。我通知了军队的图书管理员，我和他一同到了斯特拉谢齐，在田野里我们找到了不仅一座而是三座堆满普鲁士王家图书馆藏书的谷仓，我们又惊又喜地看了一会儿，当即商定由军车前来运走，军车一辆接一辆，整整花了一周时间才把这些书运到了布拉格，存放在外交部的一排侧屋里，打算等局势稳定以后物归原主，可是这一安全隐蔽点被人泄漏了，消息传了出去，普鲁士王家图书馆藏书被宣布为战利品，于是大卡车又把这些烫了金边和金字的皮面精装书运到火车站，装进敞篷车，那一阵子，正值天天下雨，整整一周大雨哗哗地下，当最后一辆卡车拉来的最后一批书装上车，火车启行了，驶进倾盆大雨之中，敞篷车一路滴着金水，掺和着煤烟和油墨，我站在那里，身体靠在大理石上，被目睹的景象惊呆了，当最后一节车皮在雨中消失了时，我脸上的雨水已和泪水一起流淌，我走出车站，看见一名身穿制服的警察，于是我双腕交叉走到他面前，真诚地央求他给我戴上手铐，戴上利本人叫做“手镯”的铐子，把我送往公安局，因为我犯了罪，犯了反人道主义的罪行。警察把我带到了公安局，在那里他们不仅嘲笑了我，并且威胁说要把我关进牢房。几年以后又遇到了这种情况，但我已开始习已为常，我把从各个城堡和大宅邸拉来的成套成套的藏书，漂亮的、用牛皮或山羊皮做封面的精装书，装上火车，装得满满的，装到三十车皮时，整辆火车便携带着这些书驶往瑞士、奥地利，一公斤精美的书籍售价一外汇克郎，对此没有人表示异议，也无人为此伤心落泪，连我也不再落泪，我只是站在那里，微笑着，望着渐渐远去的车尾，列车把这些精美的书籍运往瑞士、奥地利，每公斤售价一外汇克郎。那时候我已在内心找到了力量，使我能目睹不幸而漠然处之，克制自己的感情，那时候我已开始懂得目睹破坏和不幸的景象有多么美，我继续一车皮一车皮地装书，火车一列列开出车站，驶往西方，一公斤一外汇克郎，我呆呆地望着，望着远去的车尾铁钩上挂着的红灯，我身子靠在一根电线杆上站在那里，跟达·芬奇一样，他也曾靠在一根柱子上站在那儿，呆望着法国兵怎样把他的一尊骑士像当做练习射击的靶子，一节一节地把马和骑士摧毁。达·芬奇那次也像我一样站在那儿用心地、满意地观看这可怕的一幕，因为达·芬奇当时已经认识到天道不仁慈，因而有头脑的人也不仁慈。那时候，我得到了母亲病危的消息，便急忙蹬上自行车赶回家去，由于口渴，我走下地窨子，从地上捧起一罐凉爽可口的酸牛奶贪婪地喝了起来，突然我看到，就在我眼睛前面，两只眼睛在石罐中的液体表面浮动，可是我太渴了，只顾喝着，那两只眼睛已出现在我的眼睛近旁，近得危险了，犹如黑夜驶出隧道的火车头上的两盏灯，后来那双眼睛不见了，我的嘴里却含着个什么活东西，我捉住它的一条腿从嘴里拽出来，原来是一只青蛙，正扭动着身子拼命挣扎，我提着它送到园子里，然后返回地窨子，若无其事地喝完了那罐酸牛奶，像达·芬奇一样。母亲去世后，我心里在哭泣，但没有掉一滴眼泪。走出火葬场时，我看见烟囱里冒出的烟在升上天空，我的母亲美丽地升天了，在废纸收购站地下室工作已有十年之久的我，走下火葬场的地下室，自我介绍说，我是一个以同样方式处理书本的人，我在那儿等候着，焚化结束后，我看到同时焚化的有四具遗体，我母亲的在第三格，我一动不动地注视着人最后留下的这点儿物质，我看到工作人员怎样把骨头捡出来，用一个手推磨盘磨碎，我母亲也被放在手推磨里磨碎，然后将她最后剩下的这点儿灰放进了一只金属罐，我只是站在那儿呆呆地看着，就跟看着装满精美图书驶往瑞士和奥地利的火车渐渐远去一样，一外汇克郎一公斤的图书。我默默地思索着桑德堡[①]的诗句：人最终留下的不过是够做一匣火柴的那点儿磷和充其量也只够造一枚成年人可以用来上吊的蚂蝗钉的那点儿铁。一个月后，我签字领回了母亲的骨灰罐，我把它送去给舅舅，当我捧着它走进舅舅的花

① 桑德堡（1878—1967），美国诗人。

园，来到他的信号塔时，舅舅喊叫道：啊，姐姐，你到底回来啦！我把骨灰罐交给他，他托在手里掂了掂，一口断定他的姐姐决不止这点儿分量，因为她活着的时候体重有七十五公斤哩，他坐下来计算了一阵，把骨灰罐过了秤，说我母亲的骨灰还应多五十克。他把骨灰罐安顿在小柜子上，有一年夏天，他挖甘蓝时忽然想起他的姐姐，也就是我的母亲，最喜欢甘蓝，于是他捧来骨灰罐，用罐头刀把它撬开，撒了一些母亲的骨灰在种甘蓝的泥土里，后来长出的甘蓝我们吃了。那时候，当我开动机器处理那些美丽的图书，当机器哐啷作响，最后以二十大气压的巨力把图书压碎时，我仿佛听到了人骨被碾碎的声音，古典名著在机器中压碎恰似头颅骨和骨骼在手推磨中碾磨一样，我仿佛在压碎犹太教法典中的词句：我们有如橄榄，惟有被粉碎时，才释放出我们的精华。粉碎程序之后我开始捆包，我把铁索穿进堆里，用钎子抽紧，捆成一个包，然后按动红色电钮，压碎的书本还想挣脱捆绑，但钢铁枷锁坚固异常，我看到一个被捆绑的巨人胸脯绷得紧紧的，再吸一口气锁链就会断裂，但是铁索把那个包牢牢抱住，一切在它们的怀抱里静了下来，恰像在骨灰罐里一样，我把这驯服了的包推到已打好的其他包旁边，排列整齐，让那些绘画复制品全部面向着我。这一周我开始使用那上百张的伦勃朗·范·赖恩的复制品，上百张这位老画家的肖像，皱皱巴巴的蘑菇脸，一位被艺术和酗酒驱赶到了永恒之门门边的人，他看到门把手在转动，一个陌生人正从外面在推开这最后一扇门。我也开始有了一张他那样的脸，活像一块做千层饼的生面团，像泥灰剥落、尿水浇透的墙面，我也开始像他那样痴呆地傻笑着，开始从纷繁世事的另一面观看这个世界。今天，我打的每个包都装饰着伦勃朗·范·赖恩老先生的肖像，我把废纸铲进机槽，放进翻开的书籍，今天我头一次意识到我已完全不理会是否铲进了小耗子，一窝窝的小耗子，当我把尚未睁眼的初生幼鼠铲进机槽时，母耗子便会紧追着它们蹿进槽里，守在它们身边，从而同废纸和经典著作共了命运。没有人会相信，在这类地下室里耗子的数量多么惊人，也许有二百，也许五百，这些喜欢和睦共处的耗子，出生时眼睛大多是半瞎的，但它们和我有一个共同的特点，那就是也靠文字活命，尤其喜欢羊皮面的歌德和席勒的作品。因此，在我的地下室，经常是到处有一双双眨巴的眼睛，到处可以听到啃啮书本的声音。小耗子空闲时像小猫一样淘气，它们沿着槽边和横轴爬上爬下，当绿色电钮按下，机槽的四壁把废纸和耗子一股脑儿挤压碾碎，当槽里耗子的尖叫声渐趋微弱时，地下室里的其他耗子便会骤然变得神情严肃，它们用后腿站立起来竖着耳朵谛听，想分辨那是什么声音，但这些耗子都有事后立刻遗忘的特点，它们随即便又玩了起来，接着啃啮图书，越是古老的书，纸味就越香，犹如保存得很好的陈奶酪，窖存多年的老陈酒。我的生活同耗子已结下不解之缘，每天傍晚我用水龙管浇水，把山一般高的废纸堆上上下下浇得湿透，整个地下室活像在水池子里浸了一下似的，这些耗子因而每天都会浑身淋湿，但是，即便我把水柱劈头盖脑地往它们身上猛浇一阵，它们也始终显得很愉快，甚至期待着这场淋浴哩，浴后便长时间地舔身子，躲在废纸堆中它们的小窝里取暖。有时候，这些小耗子已使我无可奈何，我去买啤酒，一路上沉浸在自己的思绪中，站在售酒柜台旁也像在梦中一样，神思不属地解开外衣扣子摸钱付账，却不料一只耗子从我的外衣里蹿了出来，钻到啤酒唧筒的下面，有时我的裤管里接连跑出两只耗子，吓得女服务员疯了一样，纷纷爬到椅子上，手指塞在耳孔里冲着天花板尖叫，活像一个个都精神错乱了。我只是微笑着，冷漠地挥挥手走出了店门，脑海里只顾思考着下一个包该是什么样。三十五年了，我打出了一个又一个的包，我在日历上勾去一年又一年，一月又一月，一天又一天，直到我们一起退休，我的压力机和我一起退休。每天傍晚，我把书装在皮包里带回家，我在霍莱肖维采三楼的住所里到处都是书，堆得满满的，贮藏室和杂物间已容纳不下，厨房里也放满了，食品间和厕所也不例外，只剩下通往窗户和炉台的两条狭窄过道，厕所里留下的空间仅够我坐在马桶上，洗脸盆上面一米五处已搭起架子和搁板，堆满了书，直顶到天花板，五百公斤的书，我坐下或起立只要稍不注意，稍稍碰一下搁板，半吨重的书就会翻滚下来，砸了我的光屁股。可是，这里也再塞不进一本书了，我于是在卧室里，在两张拼拢的床铺上方架了搁板，犹如搭了个天棚，上面码满了书，直码到天花板，三十五年来我带回了两吨重的书，当我躺在床上进入睡乡时，两吨重的书犹如两千公斤的梦魇压迫着我，有时当我在睡梦中翻身，或者两脚乱踢喊出了声时，我便不免惊恐地侧耳谛听，生怕书堆坍塌下来，因为只要我的膝盖稍稍碰一下，或者只要我痛苦地大喊一声，头上的一切便会雪崩似的倒坍，珍贵的书籍便会像丰饶角一样从天上撒落下来，落在我的身上，把我像虱子似的压扁，有时我不免想，这些书恐怕正在策划一个暗算我的阴谋吧，因为我每天在机器里要碾毙上百只无辜的耗子，我头上的书便准备给我来一个公正的报复，罪有应得嘛。我仰面躺在书的天幕下，这些书上的文字连接起来足有几公里长。我有点儿喝醉了，努力不去思索某些事情，极其不愉快的现实。有时，我们的看林人会浮现在我的脑际，有一次，他用一只翻过来的衣袖在房梁下面捉到了一只貂，他没有一刀结束它的性命，要那样倒也不错，公平合理嘛，因为它偷吃了小鸡，可是看林人却找来一枚钉子扎进这只貂的脑袋，然后把它放了，让它哀嚎着一个劲儿地在院子里东扑西撞，直至咽了气。我又想到，这事发生后过了一年，看林人的儿子开混凝土搅拌机时，一道电流打在他脑袋上，当场送了他的命，昨天我躺在这天棚下，忽然没来由想起了那位猎人，那年我们这里出乎人们意外地来了一只刺猬，小身体蜷成一个球，猎人说开枪打刺猬划不来，于是他削尖一根木棍扎进了刺猬的肚皮，每次他都采用这个办法来消灭刺猬，直到他得了肝癌卧床不起，在那些刺猬之后现在轮到他了，躺了三个月，缓慢地死去，身体蜷成一个球，肚子里长着肿瘤，心里充满了恐惧，直至咽气……每想到这些事我就心惊胆战，我尖起耳朵谛听，听着头上的书本怎样在制订一个复仇计划，这威胁我内心的安宁，我宁可坐在窗前的小凳子上打瞌睡，头脑里想象的一幕简直把我吓坏了，我想象倒坍的书落到床上，把我压在下面，从头盖到脚，然后压穿地板，乘电梯似的降到二层，再降到一层，最后坠到地下室。于是我断定我的命运就是如此，在工作中，从天花板上落下和倾泻到我头上的不仅有书本，而且有酒瓶、墨水瓶、订书器，它们像每晚在我头上摇摇欲坠的书籍一样，可以送了我的命，在最幸运的情况下也会把我砸成重伤。因此我住所中的达摩克里斯剑，我自己悬在厕所和卧室天花板下面的达摩克里斯剑，迫使我在家也跟在班上一样，不时拿着酒壶去打啤酒，仿佛要以此来阻挡那美丽的不幸似的。每周一次我去舅舅家，我要在他的大园子里找个所在，以便将来我和压力机一同退休时，把我的压力机安放在那里。要说积攒点钱退休时买下那台压力机，这个主意是舅舅想出来的，不是我。舅舅在铁路上干了四十年，管理道口的升降杆，后来专门看守信号塔，当了四十年的信号员，他跟我一样，四十年来除却上班没有任何别的事情能让他高兴，退休后，没有信号塔他无法生活，因此他用存款从边远小站买了一套信号装置，运到自己的园子里，在那儿盖了一间屋，安装上那套设备，他有几个当过火车司机的伙伴，也都退休了，他们从废品站买了一台小机车，奥贺兰斯登·柯贝尔牌的，原是冶炼厂用以拉箕斗和平板车皮的，他们还从废品站买了小铁轨和三节平板车皮，就这么在那古老的园子里、在树木丛中弯弯曲曲铺设了铁轨，每逢星期六和星期天，他们给这台奥贺兰斯登-柯贝尔牌的机车点了火，驾着它行驶，下午让一帮孩子们乘火车玩，到了傍晚他们几个便喝啤酒、唱歌、醉醺醺的自己坐在车上行驶，或者全体站在火车头上，一眼看去活像一座尼罗河河神雕像，躺卧的裸体美人四周围着一群小雕像……有时我去看望舅舅，想找块地方将来把我的压力机放在那儿。一次，天已经黑了，只见机车亮着灯正行驶到老苹果树和梨树之间的弯道上，舅舅坐在信号塔里扳道岔，他是那样的神采飞扬，像奥贺兰斯登一柯贝尔牌机车一样开足了马力，这里那里，洋铁大酒壶在闪光，我在孩子们和那几位退休工人的叫嚷声和欢呼声中走了过去，没有人招呼我，也没有人问我是否想喝一口，他们个个都全身心沉醉到游戏中去了，而他们玩的游戏，其实只是他们终生热爱的工作而已。我在那里走来走去，活像额头上带着标记的该隐①，我悄悄溜出花园，过了一小时又回转来，看看有没有人招呼我，可是没有。临出门时，我再次回顾，我看见号志灯和小屋的明亮灯光映照出退休老人

① 该隐因妒嫉而将其弟亚伯杀了，上帝惩罚他到处流浪，并在他的额上作了标记。见《圣经·创世纪》。

和孩子们忙碌的身影，听到机车鸣笛和行驶在歪歪斜斜的椭圆形轨道上发出的当啷当啷的响声，仿佛有一只手摇风琴在这儿反复演奏着一支乐曲，一支如此动人的乐曲，让你听过之后一辈子再也不想听其他曲子了。然而，在大门口，我毕竟看到我的舅舅在瞧着我，尽管离得这样远没有人能瞧得见什么，实际上我方才在树丛中转悠时他也一直在注意我，此刻他把扳信号灯杠杆的手举了起来，朝我怪模怪样地扭动手指，仿佛只是那么把空气扭弯似的，我也在黑暗中朝他挥挥手，恰似我们在两辆迎面行驶的火车中彼此挥手打招呼。回到布拉格郊外时，我买了些小香肠，吃的时候我不禁吓了一跳，因为我用不着把小香肠送到嘴边，下巴颏儿一低，小香肠便已碰到了我滚烫的双唇，我把小香肠放到腰际，低头一看又吃惊地发现小香肠的下端几乎触到了我的鞋子。我双手拿着这根小香肠仔细看了看，又确实看到这根小香肠是正常的，这么说，近十年来我缩矮了，缩小了。回到家里，我把堆放在厨房通卧室的门边的书籍搬开几百本，在门框上找到了我用墨水笔划的标记，是我上次量身高时划的，还注明了日期。我拿起一本书，背靠在门框上把书顶在头上，然后回身在门框上划了一道，一看便知从那次我量身高到现在，八年中我缩矮了九公分。我举目望望卧床上方堆着的书，断定我的背驼了，我的背上仿佛永远背着由大大小小书本构成的两吨重的天穹。

3

三十五年来我处理废纸，如果有必要重新作出抉择的话，我仍会选择我干了三十五年的这一行而不愿干任何其他工作。然而，尽管如此，一年之内总有那么三四回，一切都颠倒过来了，这间地下室突然变得惹人憎恨，主任的指责、吆喝、咒骂仿佛通过扩音器在我的耳朵和头脑里轰鸣，我开始感到这间地下室臭得像地狱一样，高耸的废纸堆快顶到院子的天棚了，潮湿、发霉的纸开始发酵，相比之下大粪的气味算是蛮香的了，最下面发展成的那片沼泽地正在腐烂，冒出的气泡看着活像臭沟和泥淖中从烂树椿里升起的鬼火。我得跑出去透口气，离开这台压力机，不过，我不是去呼吸新鲜空气的，新鲜空气已经让我受不了，我会感到窒息，连咳带呛，仿佛抽了一口哈瓦那雪茄。因此，当主任在那儿大叫大嚷，拧着手，气势汹汹地威胁我时，我便溜了出去，上别的地下室或地窨子里去泡一会儿。我最喜欢去的地下室是暖气房，那儿有一些人受过高等教育，他们让工作紧紧拴在那里，犹如家犬拴在自己的窝里。他们撰写当代历史，仿佛写一份社会学的调查报告，在这个地下室我知道了第四种人如何数量在下降，工人们怎样从底层进入了上层建筑，受过高等教育的人怎样像工人一样在劳动。我尤其喜欢同两位掏沟工交谈，两位科学院院士，他们在那里干活，同时撰写一本有关布拉格地下纵横交错的下水道的著作，从这里我才知道星期天流入波德巴巴污水处理场的污水同星期一的完全不一样，每个工作日的污水都各有特点，因此可以绘制一张污水流量图，根据避孕药的流量确定布拉格哪些市区性关系多，哪些市区少一些，然而，给我留下深刻印象的莫过于一份学术报告，说明小灰鼠和褐鼠像人类一样也进行过一场总体战，结果以小灰鼠的全面胜利而告终，但战后小灰鼠立即分化为两群，两个灰鼠宗派，两个有组织的灰鼠团体，此刻它们正在布拉格地下所有的下水道和阴沟中进行着你死我活的战争，一场声势浩大的鼠战，哪一方取胜，它便有权占有下水道中流经波德巴巴的全部废物和排泄物；我从这些受过高等教育的掏沟工口中得知，这场战争一结束，取胜的一方又将立刻合乎辩证法地分裂为两个阵营，正如瓦斯、金属以及世界上一切有生命的东西要分裂一样，使生命通过斗争向前发展，然后通过寻求解决矛盾的愿望而取得一分钟又一分钟的平衡，因此从整体上看，世界一秒钟也不曾跛了一条腿。我于是看到了兰波说得多么正确：精神斗争之可怕决不亚于任何一场战争，我也领悟了耶稣那句冷酷的话语是什么意义：我来不是送和平，而是剑。每当我去过这类地下室，看过下水道、阴沟和波德巴巴污水处理场之后，我的心就平静了，由于我的学识是在无意中获得的，黑格尔的话曾使我吃惊，黑格尔教导我说：世界上惟一可怕的事情是僵化，是板结、垂死的形态，惟一可喜的是这样一种状况，即不仅个人而且人类社会通过斗争而恢复青春，通过新的形式争取新生的权利。当我走在布拉格的街道上，走回自己的地下室时，我的眼睛像爱克斯光一样，通过透明的人行道我看到了下水道和阴沟里的灰鼠总参谋部正在同自己的战斗部队制订作战计划，将军们用无线步话器发布战令，指出哪块前沿阵地需要加强火力，我朝前走着，鞋底下面灰鼠锋利的牙齿在嘎嘎地咬，我一边走一边想，一个永无休止地构筑着的世界令人沮丧，我涉水淌过一条水沟，抬起含泪的眼睛朝上望去，突然间，我看见了我从未看过、从未注意过的事物：在居民楼和公共建筑的正面墙上，从下到上，直到落水管，无处不有一种投影，是黑格尔和歌德所渴望的，也就是说古希腊文化在我国的投影，作为一种典范和追求目标的优美的古希腊文化，我看到了多利安人①的柱子和古希腊式的檐槽，花环形的飞檐和饰有花梗和涡旋形花纹的爱奥尼亚②式的柱子，带有叶形花纹的科林斯③式的柱子，庙宇式的门厅、女像柱和触及居民楼房顶的古希腊式的栏杆，我现在正走在这些居民楼的阴影中，我还发现，即使在布拉格郊区，同样的古希腊投影也遍地皆是，在普通民房的面墙上就可以看到，大门和窗户周围都装饰着男女裸体像和异域情调的花卉草木。我一边走一边回想受过高等教育的锅炉工对我说的一番话，他说东欧的起点并不在波希契斯卡城门④外，而是在加利西亚⑤的某地，在旧奥地利皇家火车站的尽头，在古希腊式的门楣告终的地方，古希腊精神不仅表现在布拉格普通民房的面墙上，而且灌满了居民的头脑，惟一的原因就在于古典主义的中学和人文主义的大学在千百万捷克人的头脑里塞满了希腊和罗马。当两个鼠族在首都布拉格的下水道和阴沟里进行着像是毫无意义的战争时，那些被放逐的天使，受过高等教育、在一场其本人并未投身的战争中吃了败仗的男人们，现在正在地下室和地窖子里工作着，并且继续在绘制一张更为精确的世界面貌图。我回到自己的地下室，当我看到

---

① 古希腊人的一支。

② 古希腊工商业和文化中心之一，在小亚细亚。

③ 古希腊著名奴隶制城邦。

④ 在布拉格。

⑤ 旧地区名，在今波兰东南境。历史上长期为俄、奥争夺目标。

我的那些耗子怎样蹦着跳着迎接我时，我想起了在升降梯下面有一块下水道的铁盖。我踏着梯子下到井底，壮着胆子掀开铁盖，跪下倾听废水哗哗流动和苏苏作响的声音，我听见抽水马桶的冲水声，洗脸盆悦耳的排水声，肥皂水从浴盆流出时那种有如微浪拍岸的声音，但是，当我尖起耳朵仔细谛听时，我便非常清楚地听到了水声之外还有交战老鼠的尖叫声，牙齿咬进肉里，哀叫、欢呼、鼠体扭在一起的厮杀声，这些声音来自难以确定的远方，但我知道无论在哪个郊区，我只要掀开铁盖或铁格子下到井底，到处到处都在进行着一场老鼠的最后战争，看起来像煞是最后战争，它将以一片欢呼告终，然而一旦找到什么论据，一切便将从头开始。我阖上铁盖回到机器旁，我又增添了知识，原来在我的脚下，在所有的下水道中都在进行着残酷的战斗，由此看来老鼠的天国也不仁慈，我，一个在废品站当了三十五年打包工的人，一个同老鼠相去无几的人，又怎能仁慈，三十五年来我始终生活在地下室，我不喜欢洗澡，尽管主任办公室的后面便是浴室。一洗澡我马上就会得病，讲卫生对于我来说得小心谨慎，一步步来，我是光着手干活的，晚上我才洗手，这我有经验，倘若白天我洗了几次手，我的手心就会裂口，不过，有时我的心里突然对希腊的美的观念产生了强烈的渴望，我便去洗净一只脚，偶尔连脖子也洗一洗，下周再洗另一只脚和一条胳膊，大的宗教节日来临时，我连胸膛和腿一齐洗净，但是，遇到这种情况，我必定先服一片抗组胺，否则哪怕外面下着雪我也会得干草热，这我有经验。现在我回到压力机旁开始干活，处理废纸，打包，在每个包里我放进一本翻开的哲学经典著作，上午在布拉格街道上散步之后，我心里多少平静下来了，现实生活使我豁然开朗，知道不仅我，而且有成千个与我相仿的人在布拉格的地下，在地下室和地窨子里干活，他们的头脑里流动着生机勃勃的、活跃的、孕育着生命活力的思想，于是我心里多少平静下来了，干活也觉得比昨天轻松，我甚至只是机械地干着，脑海里却在回忆往事，逆着时间回到了早年，那时我很年轻，那时每星期六我把长裤熨得笔挺，皮鞋擦得亮亮的，连鞋底也上了油，因为人在年轻时都爱整洁，爱自己的形象，可以修饰打扮的形象，我在熨斗里装满烧红的木炭，扇得火花迸飞，熨衣板上放着长裤，我先熨裤线，随后拉紧裤腿把裤线熨平，我在裤子上放一块湿布，嘴里满含一口水喷到布上，仔细熨烫，主要熨右裤腿，右边总是磨损得多一些，因为玩九柱戏掷球时，我的膝盖老是碰到夯实的地面上，每当我小心翼翼揭去滚烫的、冒着蒸汽的垫布时，我的心情照例十分激动，不知裤线熨得正不正？只有熨得无懈可击我才穿上它，去林中空地，每星期六都是如此，走到多尔尼饭馆的原木堆前面时，我必定转身回顾，每次都见我的母亲在注视着我，看我的一身衣着是否整齐、合宜。有一次夜晚在舞会上，我等待的姑娘曼倩卡来了，她的长辫子里编着几根缎带，拖在身后，飘拂着，乐队奏着音乐，我同曼倩卡跳舞，每一场都只同她跳，我们跳舞，世界像回旋木马似的在我们周围旋转，我一边跳一边用眼角寻找可以带着她飞旋的空档，那是波尔卡舞，我看到曼倩卡的缎带飞扬起来，拉成一个圆圈悬在我们四周，我随着乐曲放慢舞步时，缎带便缓缓落下，我们再度飞旋时，缎带也随即扬起，不时打在我的胳膊和我握着曼倩卡小手的指头上，曼倩卡的手里还攥着一块雪白的绣花手帕，我对曼倩卡说我爱她，这是我第一次向她表白爱慕之情，她悄声说上小学的时候她就爱上我了，于是她把身体靠过来，紧紧贴在我身上，我们一下子便前所未有地亲密了，后来曼倩卡要求我跳邀请舞时做她的第一个舞伴，我高兴地喊了声：好！邀请舞刚刚开始，曼倩卡却忽然变得脸色苍白，她请求我稍稍等待，她出去一会儿，只需一小会儿，她回来时两手冰凉，我俩继续跳舞，我抱着她旋转，一心想在大伙儿面前显示一下我跳得多出色，我同曼倩卡多么般配，我俩是多么漂亮的一对儿。波尔卡舞曲的旋律开始快得令人眩晕，曼倩卡的缎带飞扬起来，同她的金色发辫一齐高高飘动，突然我看到跳舞的人们纷纷停了下来，脸上带着憎恶的神情躲开去，最后除了我和曼倩卡，其他人都不跳了，他们围成一圈，不是赞赏我们，而是因为圈子里有什么可怕的东西在离心力的作用下四处飞溅，对此我和曼倩卡都不曾及时察觉，直至曼倩卡的妈妈跑过来惊恐地拉起曼倩卡的手，慌慌张张把她拉出了多尔尼饭馆的舞厅，以后没有再回来，我也再没见到曼倩卡，直到几年以后，因为打那时候起人们便管曼倩卡叫甩大粪的曼倩卡，原来那天曼倩卡由于要跳邀请舞，又由于我对她说了我爱她，她心里便既兴奋又激动，她跑出去小便，不想农村饭馆的厕所粪便堆得已满到了坑口，她的缎带浸在粪便中泡湿了，她从黑暗中跑回灯光明亮的大厅，开始同我跳舞，缎带上的粪水便飞溅开来，落在跳舞的人们身上，所有的人身上……我在压力机上操作，按下绿色电钮，压板推向前，按下红色电钮，压板退回，我的机器在进行着这个世界的基本运动，犹如海利康大号的风箱，犹如一个圆圈，无论你从哪里出发，必定回到原地。曼倩卡失去了荣誉，只得忍受羞耻，其实这不是她的过错，因为发生在她身上的事情很平常，极其平常，对这样的事歌德会原谅乌尔里卡·冯·莱维佐夫①，谢林无疑会原谅他的卡洛琳，惟有莱布尼茨②看来不会原谅他的王室情妇夏洛蒂·佐菲，正如敏感的荷尔德林不会原谅贡达德夫人……五年后，我找到了曼倩卡，就为这缎带事件，她和她的全家已迁居摩拉维亚的某地，我请求她宽恕我，因为无论什么地方发生了什么事情，我都有一种负罪感，无论何时我在报纸上读到什么事情，我都感到有罪的是我。曼倩卡宽恕了我，我邀请她与我一同去旅游，我买彩票中了彩，得到了五千克郎的奖金，我天生不喜欢金钱，因此只想尽快把这笔钱打发掉，把它从这个世界上消灭掉，免得我要为银行存折操一份心。我和曼倩卡于是去了山区，住在金山岗那家收费昂贵的雷纳饭店，因为我一心要赶快花掉这些钱，以换得一身轻松。在那里，所有的男人都羡慕我，因为我有曼倩卡，每天晚上他们一个个争先恐后想把曼倩卡从我身边夺走，尤其是工厂主依纳先生，我感到很幸福，因为我在把钱花掉，我和曼倩卡随心所欲地挥霍，要什么有什么，曼倩卡每天都出去滑雪，阳光很好，那是 2 月下旬，她晒得黑黑的，像其他人一样在闪光的山坡上滑雪，身上穿了一件没有袖子、领圈开得很低的短外衣，身边总围着一帮绅士们，我则坐在那儿，呷着白兰地，临近中午时，绅士们便一个个回到旅馆前面的平台上，坐在靠背椅或者躺椅上晒太阳，三十

---

① 歌德老年时的情人。

② 莱布尼茨（1646—1716），德国自然科学家、数学家、哲学家。

张小桌子旁边一溜儿摆着五十张躺椅和靠背椅，桌面上放着滋补强身的甜酒和开胃酒，曼倩卡滑雪总滑到午饭前一刻才回饭店来吃饭。最后，在离开的前一天，第五天，我身上只剩下五百克郎了，我同饭店的其他旅客坐在平台上，我看见曼倩卡在滑回来，她皮肤晒得黝黑，美丽动人，正从金山岗的山坡上飞下来，我同工厂主依纳先生坐在一起，我们碰杯祝贺，因为五天中我花去了四千克郎，依纳先生以为我也是工厂老板，我瞧见曼倩卡闪进一丛小松树和矮云杉的后面，过了一会儿她出来了，以敏捷的动作径直朝饭店滑过来，像前几天一样从饭店旅客的身旁滑过，那天天气极好，阳光璀璨，平台上所有的靠背椅和所有的躺椅全都坐满了人，服务员不得不从饭店里再搬出一些椅子来，我的曼倩卡像每天一样，照例从一溜儿坐着晒太阳的旅客身旁像接受检阅似的滑过，是的，工厂主依纳先生说得对，曼倩卡今天美得让人直想吻她，但是，当曼倩卡刚从头几位崇拜太阳的人身旁经过，我便看到妇女们在扭头瞧她，接着手掩在嘴巴上窃窃地笑，曼倩卡离我越近，我越是看到妇女们在她后面笑得透不过气来，男人们则倒在椅背上，用报纸遮着脸，装作昏厥了或在闭目晒太阳，曼倩卡滑到我面前，绕过了我，我这才发现原来她的一条滑雪板上，在她的鞋子后面，堆着一大团粪便，大得像一块镇纸，雅罗斯拉夫·伏尔赫利茨基①在一首动人的诗篇中讴歌的镇纸，我一下子就知道了，这是曼倩卡生命中的第二章，她注定要忍受耻辱，永远与荣誉无缘。工厂主依纳先生瞥了一眼曼倩卡滑雪板上的那摊东西，那是她出于需要在金山岗山脚下的矮树丛后面留下的，工厂主依纳先生昏过去了，到了下午还瘫软无力，曼倩卡满脸涨得通红，直红到头发根……天道不仁慈，因而人，一个有头脑的人，也不可能仁慈，我一捆一捆地打着包，每个包里放进一本翻开的书，翻在最动人的一页，我站在压力机前操作着，心里想着曼倩卡，那天晚上我们两个喝香槟，喝光了所有的钱，但是哪怕喝白兰地，也无法实现我们的渴望：抹掉曼倩卡携带着粪便出现在旅客面前的形象。那晚上剩下的时间我全用来央求她就

---

① 雅·伏尔赫利茨基（1853—1912），捷克诗人。

所发生的事原谅我，可是她没有原谅，第二天清晨她傲然离开了雷纳饭店，她高高地昂着头走了，这就证实了老子的名言：知其辱，守其荣，为天下式[①]……我翻开《道德经》，找到了那一页，像神父把祭物放在祭坛上一样，我把翻开的书放在机槽的中心，下面垫着令人恶心的食品厂的包装纸和水泥袋，我按下绿色电钮，压板开始活动，我看着它们合拢来，犹如人在绝望中祈祷时十指紧握在一起，我看着压力机的前板压在《道德经》上，正是这本书唤起了我遥远的记忆，想到了我青年时代的美人儿曼倩卡和她的生活片断。下水道和阴沟深处两个鼠族在进行着你死我活的战争，从那里传来哗哗的污水流动声，一种深沉的隐喻。今天是美好的一天。

4

一天上午，屠宰场的工人们给我送来一卡车血淋淋的纸和被血水浸透的纸箱，一筐又一筐的烂纸让我无法忍受，因为它们散发着一股子甜腻腻的气味，而且弄得我浑身血迹斑斑，跟卖肉人的围裙似的。作为一种对策，我在打的第一个包里放进了一本翻开的鹿特丹人伊拉斯谟[②]的《愚人颂》，第二个包里我虔诚地放进席勒的《唐·卡洛斯》，第三包，为了使语言也成为血淋淋的肉，我翻开了尼采的《试观其人》。我干活的时候，一大群绿头苍蝇飞来包围了我，这些可怕的苍蝇是屠宰场的工人带来的，密密匝匝一大群，疯狂地飞旋着，发出嗡嗡的声音，下雹子似的打在我的脸上。我喝到第四大杯啤酒时，压力机旁边忽然出现了一位举止文雅的年轻人，我马上认出来了，他不是别人，是耶酥。他的身旁随即站了一位满脸皱纹的老人，我一眼就断定这准是老子。他们两个站在那里，几千只绿头苍蝇忽东忽西发了疯似的飞旋，翅膀和身体发出频率很高的金属声，它们在地下室的空气中绣着一幅活的巨大画面，是由一刻不停变化着的曲线和飞溅的斑

---

① 老子《道德经》的原文为“知其荣，守其辱，为天下谷”，另一句为“知其白，守其黑，为天下式”。作者此处在文字上略有改动。

② 伊拉斯谟（约 1466—1536），荷兰人文主义学者，北方文艺复兴运动中的重要人物，生于鹿特丹。

点构成的，有如波洛克[①]用滴溅颜料法绘制的巨画。对于这两个人的出现我并不感到惊讶，因为我的祖父辈和曾祖父辈喝多了酒也都有过幻觉，看见过童话中的人物，我的祖父在流浪途中遇见过水仙女和水鬼，曾祖父确信他在利多维尔基斯啤酒厂的打谷场上看见过小妖魔、小精灵和仙女们，至于我，由于我在无意中获得了学识，因此当我躺在床上进入睡乡，而头顶上有两千公斤的书在摇摇欲坠时，我便看见搁板上出现了谢林和黑格尔，他们出生在同一年，有一回鹿特丹的伊拉斯谟骑着马来到我的床前，向我打听去海滨的路怎么走。因此，我喜爱的两个人今天来到我的地下室，并肩站在那儿，对此我丝毫不感到惊异，我第一次意识到他们的年龄对了解他们的学说何等重要。苍蝇的飞舞和嗡嗡声这会儿更加疯狂了，我的工作服已被潮呼呼的血纸弄得湿透，我一边交替地按着绿色和红色电钮，一边看着耶稣和老子，我看见耶稣在不停地登山，而老子却早已高高站在山顶，我看见那位年轻人神情激动，一心想改变世界，而老先生却与世无争地环顾四境，以归真返朴勾勒他的永恒之道。我看见耶稣如何通过祈祷使现实出现奇迹，而老子则循着大道摸索自然法则，以达到博学的不知。我一抱抱地把血纸投进机器，我的脸上涂满了血污，我按下绿色电钮，压板开始推动，把令人恶心的血纸连同一帮子苍蝇一股脑儿压扁，这些苍蝇怎么也舍不得离开纸上那点儿残留的肉渣渣，肉的臭味使绿头苍蝇欣喜若狂，它们发情、交尾，然后以十倍的疯狂痉挛地飞旋，密密匝匝围在机槽的四周，形成蠢动的一团，犹如中子和质子在原子中旋转。我捧着杯子喝啤酒，目光却不曾离开那年轻的耶稣，只见他神情激愤，被一些青年男子和美貌女人簇拥着，老子则孤零零地独自寻找合适的墓地。压力机已运转到最后阶段，混杂着绿头苍蝇的血纸被挤压得血浆四溅，血水滴落，我看见耶稣脸上洋溢着动人的喜悦之色，老子却神情忧郁地倚在机槽边上，显得孤傲、冷漠，我看见耶稣信心十足地命令一座高山后退，那山便往后移动，老子

① 杰·波洛克（1912—1956），美国抽象表现主义的主要代表，以在画布上滴溅颜料作画著名。

却用一张网覆盖了我的地下室，是一张用难以捉摸的才智织成的网，我看见耶稣有如一个乐观的螺旋体，老子则是个没有口子的圆圈儿，耶稣置身在充满了冲突的戏剧性的处境中，老子则在安静的沉思中思考着无法解决的道德矛盾。我按了一下红色电钮，血污的压板退回来，我再次一抱抱把血迹斑斑的纸盒、纸箱以及被血和肉的潮气弄湿的包装纸投进空槽，我总算还有力气拿起尼采的书翻到那页写他同理查德·瓦格纳[①]建立星辰般友谊的段落，我像把孩子放进澡盆似的把这本书放在槽内，随后连忙双手驱赶那一大群蓝色和绿色的苍蝇，它们像风暴中的柳枝一般抽打着我的脸颊。我按下了绿色电钮，这时只见两条裙子在轻快地从地下室的楼梯上走下来，一条是青绿色的，另一条是光滑的红色，两个茨冈女人，她们总是幽灵一般来到我这里，总是突然之间，当我以为她们已经不在人世，已经在什么地方被情人用屠刀捅死了的时候，却意外地出现了，两个收废纸的茨冈女人，她们把废纸背在背上，就跟过去妇女从林中背回干草一样，其大无比的一包，她们背在背上在熙熙攘攘的街道上吃力地、蹒跚地走着，路上的行人不得不躲进壁龛或门洞里给她们让路，她们背着偌大的包走进我们院子时，门洞就给堵住了，进了院子她们径直来到磅秤那儿，弯下腰、转过身，然后朝后一仰倒在那个大包上，解开带子卸下这可怕的重负，把它拖上磅秤，一边气喘吁吁地抹着额上的汗水，一边注视磅秤上的数字，指针照例指在三十、四十，有时甚至五十公斤上，都是从商店和批发站捡来的纸箱、纸板和人们扔掉的废纸。每当她们想念我，或者被这份苦活累得筋疲力竭——这些茨冈女人身体强壮、精力充沛，她们背着大包缓缓行走时，远远望去就仿佛背着一节火车或一辆电车似的——也就是当她们厌倦了这活儿时，她们就跑到我这里来，扔下那块大得吓人的包袱皮，一头倒在干纸堆上，裙子撩到肚脐眼，摸出香烟和火柴便仰天躺着抽烟，品尝巧克力似的吧嗒着嘴巴。我被密密匝匝的苍蝇包围着，只高声向她们打了个招呼，穿着绿裙子的那个仰卧着，裙子撩到腰际，一双光裸的大腿很漂亮，光裸

---

① 理·瓦格纳（1813—1883），德国作曲家、音乐戏剧家。

的肚子也很漂亮，小腹下面露出一簇漂亮的、火焰似的毛，她一手枕在脑下，另一只手拿着香烟使劲地猛吸，裹着她油腻腻的黑头发的头巾已滑到后脑勺上，她坦然自若地躺在那儿，穿光滑红裙的那个倒在纸堆上活像被人扔掉的一条毛巾，她被沉重的大包压得疲惫不堪，已动弹不得了。我用胳膊肘朝我的皮包摆了摆，我买了一些香肠和面包，可是喝了那么多的啤酒之后，这些东西已吃不进了，除非带回家去。我干活的时候一向情绪激动，有一种覆灭的感觉，神经极度紧张，结果总是啤酒灌得太多，两个茨冈女人于是像两把摇椅似的从纸堆上骨碌碌地滚下来，嘴里叼着烟卷，两双手同时伸进我的皮包，她们掏出香肠，剥去包装纸把香肠均匀地分成两半，然后演戏似的踩灭烟蒂，用脚跟仔细地踩着，仿佛在踩扁两条蝮蛇的脑袋，之后两人坐下来吃香肠，吃完香肠才吃面包，我很喜欢看她们吃面包，她们从不咬着吃，而是用手指把面包掰碎，神情严肃地捏着面包一小块一小块地往嘴里送，一边吃一边点着头，互相碰碰肩膀，有如两匹注定将长期拴在一起驾车的马，直拴到最后被人送进屠宰场，有时我在街上遇见她们，总见她俩肩上搭着包袱皮，走进商店仓库时互相搂着腰，一边抽烟，一边跳波尔卡舞似的走着。这些茨冈女人日子过得一点不轻松，她们捡废纸不仅赖以养活自己和孩子，还得养活她们的头儿，一个每天下午根据她们捡得的废纸量分成的茨冈男人。这是一个特殊人物，架一副金边眼镜，蓄着小胡子，梳小分头，肩上永远挎着个照相机。他每天都给这两个茨冈女人拍照，善良的女人对着镜头摆出最动人的姿势，茨冈男人还煞有介事地走过去拨正她们的脸庞，然后退回来给她们摄影，可是相机里从来没有胶卷，两个女人从未拿到过一张照片，然而她们依旧天天让他照相，像信徒盼望天堂似的盼望着自己的照片。一天，我在霍莱肖维采瞧见了她们，就在利本斯基大桥横跨伏尔塔瓦河的地方，当时我看见斯霍莱尔饭馆附近的拐角上，有个茨冈民警在指挥交通，他戴了一副白手套，握着一根有条纹的指挥棒，只见他一个波尔卡舞步旋转身，转向车辆放行的方向，动作那样优美、高贵，我不由得停下脚步，呆呆地看着他以怎样的骄傲在指挥交通，直到他站完这半小时的岗，突然，我的目光被青绿色和光滑的红颜色所吸引，原来在栏杆的另一头，两个茨冈女人也像我一样站在那儿，眼睛牢牢地盯在十字路中心那个茨冈男人身上，她们身旁还围了一群茨冈孩子和几位上了年纪的茨冈老人，他们一个个都满脸惊喜地看得出神，为这个茨冈人的成就感到骄傲。后来，换岗的时间到了，茨冈人同一个来接班的民警换了勤，回到自己人中间，接受大家对他的祝贺和赞扬，突然，那两个茨冈女人跪了下来，我看见那两条青绿色和光滑的红颜色的裙子垂到地面上，她两个用裙子擦他的值班皮靴，茨冈人微笑着，他无法掩饰内心的喜悦，最后禁不住爽朗地笑了起来，并且郑重其事地同所有的茨冈男人一一亲吻，两个茨冈女人则跪在地上用裙子给他擦皮靴。这会儿她俩已吃完面包，把裙兜里的屑粒也都捡起来送进嘴里，穿青绿色裙子的那个躺到纸堆上，把裙子撩到腰眼，坦然对我露出肚子，一本正经地问我……怎么样，大叔，咱们干？我伸出手让她看看我手上的血污，还做了个拉百叶窗的手势，说……不，我膝盖骨疼。她耸耸肩膀，放下裙子，两眼却一眨不眨地望着我，穿光滑红裙的那个已坐在楼梯上，她也是眼睛一眨不眨地看着我。过了一会儿，她俩站起身，从疲劳中多少恢复了过来，显得精神一些了，她们拎着包袱皮的一个角儿跑上楼去，但临离开前还把脑袋俯下来，折叠尺似的俯到两膝之间，用女低音喊了声再见，跑上去了，跑进走廊，随后我听见她们的光脚板啪嗒啪嗒穿过了院子，那是一种无法模仿的波尔卡舞的步法，她们又走去收废纸，到头儿打发她们去的地方，那个肩上挎个照相机、蓄两撇胡子、梳小分头、戴眼镜的茨冈男人已预先给她们拉好了生意。我继续干着活儿，用铁钩子钩，浸透了血的纸箱、纸盒、包装纸和湿漉漉的血纸从天花板上倾泻下来，落进机槽，通院子的洞眼显露出来了，此刻我能听见所有的响声和说话声，仿佛是通过麦克风传到这里的，有几个收废纸的来到洞口，我从下面看他们犹如看教堂门口的雕像，我的机器，我的压力机深深地藏在院子底下，犹如祖国之父查理四世的灵柩或墓碑，突然，洞口出现了我的主任，他的声音从上面沉重地打下来，声音中又是充满了仇恨和愤怒，他大喊大嚷，痛苦地绞着两手……汉嘉，那两个算命的娘儿们又到下面干什么来了，那两个巫婆？我于是照例吓得一条腿跪了下来，手扶着机槽呆呆地朝上面望着，我永远不明白主任为什么这样不喜欢我，为什么老是端出这么一张可怕的脸相来对着我，仿佛这是他长久以来特地为我准备了的，这是一张愤怒的脸，充满了痛苦，由我造成的痛苦，这张脸每一次都像现在一样使我深信自己是一个面目可憎的人，一个不可救药的下属，只会给高贵的上级制造该死的麻烦……我从地板上站起来，就像墓石飞到半空，耶稣从墓中走出时那个受惊的卫兵站了起来一样，我站起身，拂去膝上的尘土，接着干活，我已不像刚才那样顺手了，绿头苍蝇却变本加厉闹得更凶，也许是因为我几乎已把所有那些血淋淋的纸打成了包而气得它们发疯，也许是穿堂风吹得它们晕头转向了，这穿堂风是我挖了那座高得像山、尖头顶进了院子的废纸堆引起的，绿头苍蝇现在包围着我，包围我的胳膊和槽里的废纸，密密匝匝，有如浓密的悬钩子丛，有如黑莓枝子，我用双手驱赶它们时，有一种同钢丝和带刺的东西搏斗的感觉。我干着活儿，浑身已被血污和汗水湿透，那两个茨冈女人在这里的时候，耶稣和老子始终站在压力帆的槽边，现在我又独自在这里从事机械的劳动，不断地被绿头苍蝇的绳索所缠绕和抽打，我看见耶稣像一个刚在温布尔登网球赛中取胜的冠军，老子像一个尽管家财万贯但看上去却一贫如洗的商人，我看到耶稣的一切暗喻和象征都包含着流血的实质，老子则身穿布衣站在那里指着一块未经雕琢的粗木料，我看到耶稣是个花花公子，老子则是个腺体不全的老光棍，我看到耶稣举起一条手臂，以惟我是从的强有力的手势诅咒他的敌人，老子却逆来顺受地垂下双臂，仿佛垂着一双折断的翅膀，我看到耶稣是个浪漫主义者，老子则是古典主义的，耶稣有如涨潮，老子却似退潮，耶稣像春天，老子则是寒冬，耶稣体现的精神是爱邻居，老子则是空灵的最高境界，耶稣是 progressus ad futurum[①]，老子则是 regressusf ad originem[②]……我交替按下绿色和红色的电钮，把最后一抱令人恶心的血纸扔进槽里，这是屠宰场给我送来、堆满我

① 拉丁文，意为：朝着未来前进。
② 拉丁文，意为：退到本源。

的地下室的，他们同时也领来了耶稣和老子。因而我在最后那个包里放进了伊曼努尔·康德的《道德的形而上学》，所有的绿头苍蝇几乎都疯了，疯到这种程度，它们扑到血腥的残渣上，吸着已经干涸和正在干涸的血，如此贪婪，竟然没有觉察正在靠拢的压板将把它们压碎，碾成薄片，挤出水珠。我用铁丝把压成一个立方体的包捆起来，送去同其他十五个包放在一起，剩余的疯狂的苍蝇紧跟着我，每个包上都盖满了绿头苍蝇，包里挤出的每一滴黑红色的水珠上，都闪着苍蝇墨绿色的或金属似的蓝光，仿佛每个包都是炎夏的中午时刻挂在农村肉铺铁钩上的巨大的牛腿。我抬起眼睛，只见耶稣和老子已离去，像那两个茨冈女人一样，他们也踏着涂了石灰的白楼梯走了。我的啤酒已喝光，因此我磕磕绊绊爬上楼去，有一会儿我不得不一手扶着梯级往上爬，过于喧嚣的孤独使我头晕目眩，直到进了背后的小巷我才挺直了腰，手里紧紧地攥着空啤酒升。空气闪着光，我不由得眯缝起眼睛，每一道阳光仿佛都饱含着盐分，我沿着圣三一教堂的教区院墙走着，有一队掘土工正在马路上施工，在这儿我又瞧见了那两个茨冈女人，她们坐在一条木板上，抽着香烟，同几个茨冈男人在聊天。有不少茨冈人从事道路建设工程，他们的劳动按定额付酬，因此他们干得劲头十足，规定的指标使他们忘记了疲劳，我一向喜欢看他们干活，他们脱光了上身，用铁锹和十字镐同坚硬的泥土和铺路石拼搏，我喜欢看他们半个身躯藏在马路下面，仿佛在给自己挖掘坟墓，我喜欢他们，因为他们总是把妻子和孩子带在工地附近，他们会突然间想念孩子，因此我常看到茨冈女人撩起裙子抡着闪亮的十字镐在挖沟，而年轻的茨冈男人却把孩子抱在膝上一同玩耍，因此他们表现的爱有点儿奇特，同孩子玩使他们焕发活力，不是筋骨上的活力，是心灵中的，这些茨冈人非常敏感，让人联想到圣母抱着小耶稣的那张美丽的南波希米亚圣母像，有时他们看着你，看得你手脚发冷，他们那双眼睛，那样大的眼睛，蕴涵着智慧，反映出久已被人遗忘了的某种文化，据说，在我们还拿着小斧头东奔西走，身上裹着兽皮的时候，茨冈人便已建立了国家和社会制度，经历了第二次衰退，我一边想，一边瞧着胡森斯基酒店的女服务员给我在啤酒升里斟两公升的啤酒，泡沫溢出啤酒升了，女服务员把剩余的啤酒倒在一只玻璃杯里朝我一推，让我喝，杯子在锡皮柜台上滑到我的手中。女服务员于是马上转过身去背对着我，因为昨天我付账时一只耗子从我的衣袖里蹿了出来。我喝完了啤酒，也许她背过身去是因为我手上的血污，双手满是干了的血，我伸手摸摸脸，我总喜欢这样用手掌在整个脸盘上抹一下，发现额上全是干瘪的绿头苍蝇，因为驱赶那些疯狂的苍蝇时，我常常使劲拍打额头。我沉思着走回去，经过那条施工的小巷子时，看见那两个穿青绿裙子和光滑红裙的茨冈女人正站在圣三一教堂墙边的阳光中，茨冈男人手里端着照相机在帮她们摆正姿势，拨拨她俩的下巴颏儿，然后退后几步，对着取景器看了一会儿，再走去摆正她俩的姿势，要这两张脸庞在彩色照片上笑得甜甜的，之后他把相机举到眼睛上，打了个手势，咔哒按了一下，拧了拧并不存在的胶卷，两个茨冈女人拍着手掌，高兴得孩子似的，只担心照出来的模样儿不知怎么样。我把帽子拉到眼睛上，穿过马路，正碰上了美学教授，他不知所措地站在我面前，度数很深、厚得像烟灰缸的一对眼镜片冲着我，活像瞄准我的猎枪枪口，他伸手在兜里摸了一阵，像每次一样抽出一张十克郎的钞票，递到我手上，问道……那年轻人在？我回答说在。于是他像平时一样凑到我耳边轻声说……好好对待他，行？我说我会这样做的。我看着这位编辑穿过一个院子拐进斯巴莱纳大街，于是我急步跑出巷子，从后面回到地下室，我摘下帽子，光着头谛听着教授怎样胆怯地从院子里走过，然后悄没声儿地走下来，当我们四目相遇时，他松了口气，说……那老头儿呢？我说还不是又去买啤酒了。教授接着问道……他总那样像恶狗似的对待你？我说从来都这样，他嫉妒我，因为我比他年纪轻。美学教授把一张揉皱的十克郎递到我手上，贴在我的手心里，按了一下，颤声对我耳语……这是给您的，费神啦，找到什么没有？我走去从一只小箱子里取出几本旧的《民族政策》和《民族报》，这些杂志中照例都有米洛斯拉夫·鲁特和卡莱尔·恩格尔姆勒写的戏剧评论，我把这些杂志拿给教授，他原先在《戏剧报》工作，尽管五年前已被赶出编辑部，但他对三十年代的戏剧评论仍有浓厚兴趣。他接过杂志匆匆翻了翻，放进皮包，像平时一样又给了我十克郎，告辞走了。在楼梯上还转身对我说……您再劳神多找找，现在重要的是可别让那老头儿给撞见。他上去了，进了院子，我则像平时一样戴上帽子从后门跑进小巷，穿过神父宅邸的院子站在圣达代阿谢克塑像旁边，帽子拉到眉毛上，做出不悦和惊讶的神色，我看着教授紧挨着墙边走过来，他看见我时照例吃了一惊，他定了定神，走到我面前，照例给了我十克郎，痛苦地说……对那个年轻人您别这么厉害，为什么您不喜欢他？好好对待他，行？我照例点点头，《戏剧报》的评论家走了，我知道他应该径直朝查理广场走去，但他像通常一样宁可在街角就拐了弯，钻进一个院子，手里的皮包也飞快隐没了，他急于躲开我这个古怪的老打包工，像恶狗一样对待年轻人的老打包工。这时，我见一辆卡车正倒退着开进我们的院子，我从后门回到了地下室，我拉着手推车站在电梯旁边，今天打出的十五个包，每包的四面我都用水泡过的高更的绘画复制品《早上好，高更先生》装饰起来，现在一眼望去，它们光彩夺目，变得很漂亮，马上就要运走使我感到惋惜，我真想有多一点的时间欣赏这些画面，它们像布景片似的排列在那里，构成一幅美景，令人眼花缭乱，一群已经疲惫的绿头苍蝇嗡嗡着……升降梯里司机的脑袋探了出来，于是我把包一个个装上手推车，两眼仍在《早上好》上流连，真遗憾它们必须从我的地下室里运走，不过，没关系，我心里说，等我退休了，我买下这台压力机，到时候我打的每个包我都将留下来，我不办展览会，也许有人要买一个我签了字的包，也许一个外国人，在我不走运的时候，为了不让任何人买走我的包，我将把价格定为一千马克，我若不走运，那个外国人可能会付我一千马克，把我的包运走，不知运往哪里，我就不知道上哪儿再去看它一眼了……十五个包一一被升降机送到了上面，我听见搬运工在咒骂那些包上和包四周的绿头苍蝇，最后一个包送走以后，所有的绿头苍蝇也跟着被送走了，地下室里因没有了这些疯狂的苍蝇而突然显得凄凉和冷清，正如我自己，一向都是悲哀和孤独的。我两脚两手爬着楼梯上去，身体摇摇晃晃，但凡我喝了五升啤酒之后，我爬楼就不得不像爬梯子一样手脚并用，我站在那儿瞧着搬运工把最后一个包递给司机，戴着手套的司机接过来，用膝盖把它同别的包码在一起，搬运工的后背，工作服上印满了已干涸的血迹，成了一块血印的花布，我看见司机厌恶地把那双血迹斑斑的手套脱下来扔掉了，搬运工爬上车，坐在司机旁边，一卡车的包就从院子里运出去了，我很高兴，因为满车都是《早上好，高更先生》在放射光彩，但愿卡车驶过时，这些画会使路上的行人高兴，但愿看到这样一辆车在身边驶过的人会感到高兴。同这些包一起离开了院子的，是那些疯了般的绿头苍蝇，我看见它们在斯巴莱纳街的阳光中又活跃了起来，围绕着整个卡车疯了般地飞着，一大群蓝色、绿色和金色的发了疯的苍蝇，它们无疑会同高更的《早上好，高更先生》一起装进箱子，最后在造纸厂被倒进浓酸和浓碱的溶液中，因为发了疯的绿头苍蝇不可能放弃它们的观念：哪儿的生活能比在这赏心悦目的臭烘烘的腐败血浆里更美好？我正想回到地下室去，却不料我的主任脸上带着一副殉道者的神情突然在我面前跪下了，他双手合十恳求说……汉嘉，看在上帝的份上行行好，我向你发誓，我跪在地上求你了，醒醒吧，趁现在还来得及，别再灌酒了，干活吧，别再折磨我了，你这样下去会把我折磨死的……我吓坏了，连忙俯身轻轻抱住他的胳膊肘央求他……您别这样，好先生，我说，您这样跪着有失尊严……我把他扶起来，我感觉得出他浑身在颤抖，因而我再三请求他宽恕我，虽然我并不知道要他宽恕我什么。这就是我的命运：永远请求宽恕，甚至自己请求自己宽恕，宽恕自己是这么个人，生来如此……我沮丧地回到地下室，一种负罪感使我心情特别沉重，我仰天躺在方才穿青绿色裙子的茨冈女人躺过，现在还有些温暖的窝窝里，我躺在那儿，谛听着街上的声音，一种美妙的、实际的音乐，我谛听这座五层楼房——我们废纸收购站就在这座楼房里——有住户的污水怎样不停地在流淌，哗哗地响着，我听见抽水马桶的冲水声，当我侧耳细听地层深处的声音时，我十分清晰地听到污水和下水道的污物怎样在轻轻流动，在绿头苍蝇的大军撤退了之后，我听见了水泥地下面老鼠的叫喊和哀嚎，在首都布拉格所有的下水道里两个鼠族在进行着疯狂的战斗，争夺城市里所有下水道和阴沟的统治权。天道不仁慈，在我的上面和在我的下面，生活也不仁慈，我心里也不。早上好，高更先生。

5

因此，依我看这世界上的一切事物，都是在向前迈进之后又都向后回归，恰似铁匠的风箱，也犹如我这台压力机，机槽里的一切在绿色和红色电钮的作用下，一会儿跳向前，一会儿又跳回来，惟有这样世界才没有瘸了一条腿，我当打包工三十五年，干我这一行不仅要有大学或旧式高中的文化水平，而且还应受过神学院的教育。在我这一行，螺旋体同圆圈儿相重合，progressus ad futurum 同 regressus ad originem 相连结，对此我有切身的体会，我不幸地有幸在无意中获得了学识，现在我开始梦想让 progressus ad originem① 同 regressus ad futurum② 相重合。这是我的一种消遣，正如有些公民晚饭时候看《布拉格晚报》一样。昨天，我们埋葬了我的舅舅，他是给我指点迷津的吟游诗人，他在哈勃雷自己的园子里盖了一座小信号塔，在树丛中架起了小铁轨，同朋友们一块儿修好了一台奥贺兰斯登一柯贝尔牌的机车，每星期六和星期天的下午点火让孩子们坐在三节平板车皮上在花园里兜风，晚上则自己坐在上面兜风，举着大杯喝啤酒。昨天我们埋葬了我的舅舅，他在信号塔里得了脑溢血，那些天正是休假时期，他的伙伴们都去了树林或河边度假，炎热的 7 月天没有人来看望他，舅舅就这么去世了，躺在信号塔的地板上过了半个月，待到一位司机发现他时，他周身已爬满了苍蝇和蛆虫，尸体像融化了的卡孟倍尔干酪似的在漆布地板上淌水。火葬场的工人们到来后，只取出他衣服里还裹着的那点儿遗骸，后来他们跑来找我，我干地下室的活儿什么都习惯了，我用一把铁铲，后来用砌墙的小铲一点一点地把他的剩余躯体从漆布上刮下来，他们给了我一瓶罗姆酒，我默默地、仔细地刮下舅舅遗体的残留部分，最困难的是刮下他的红头发，它们已经黏在漆布上，活像公路上被卡车碾毙的刺猬，我只得拿一把石匠的錾子把头发剔下来，收拾完毕之后，我把这些碎渣儿塞

① 拉丁文，意为：向着本源前进。

② 拉丁文，意为：朝着未来后退。

在棺材里我舅舅的衣服下面，给他在脑袋上扣了一顶铁路员工的制帽，那是他挂在信号塔里的，我找来一本康德的著作，翻到那永远使我感动不已的段落……有两样东西总使我的心里充满了新的，有增无减的惊叹——头上的星空和我内心的道德法则……不过，我想了一想之后翻到了更为动人的一段，是康德年轻时写下的……夏天的晚上，当满天繁星在抖动的光亮中闪烁，一轮明月高悬时，我便渐渐陷入一种对友情倍加敏感，对世界和永恒不屑一顾的心态之中……我把书翻到这一页放在舅舅的手里。我打开舅舅的小柜橱，不错，这儿放着他的那些个收藏物，他曾经常常拿出来让我观赏，但当时我并不理解，那是一堆五颜六色的洋铁片，一只只小盒子装得满满的，舅舅值班时还喜欢把一些铜片、锡片、铁片和其他彩色的金属片放在铁轨上，火车驶过之后，他拣起这些轧成奇形怪状的小碎片，每天晚上把它们分门别类地存放，每片都根据它唤起的联想给它起了名儿，这些盒子很像装着亚洲蝴蝶的标本盒，也像装满果仁巧克力彩色锡纸的空糖果盒。我一盒盒拿来撒在舅舅的棺材里，把他视为珍宝的小金属片儿撒在他的身上，一盒一盒倒空之后才让殡仪馆的工作人员盖上棺材，舅舅躺在棺材里，身上堆满了奖章、纪念章、勋章，像一位赫赫显要，我的舅舅在棺材里那样神气，仿佛是我制作的一个非常漂亮的包。之后，我回到地下室，下楼梯时我不得不手扶着踏级倒退着下，就跟顺着梯子爬下阁楼似的，我默默喝光那瓶罗姆酒，是用啤酒送下肚的。我拿起镐头耙着那堆黏糊糊、湿淋淋、腐烂了的废纸，里面满是窟窿眼儿，犹如瑞士干酪，耗子在洞里做了窝，我喝了一口啤酒，叉起这黏成一团的石棉般的烂纸，把这令人恶心的东西装进机槽，我捅开了耗子的通道，毁了它们的城市，把它们一窝窝送进了机槽，因为我们收购站这两天停业，好让我有时间在清点盘货之前把地下室彻底打扫干净。每天傍晚我给山一般高的废纸堆淋水时，从没想到在最下面，花朵和书本已结成一块饼，被山样高的废纸堆压成一个整体，几乎比压力机压成的包还要严实。的确，干这样的活儿我应该是一位神学家，从上次盘货之后，六个月来我从没碰过这小山的底部，这里废纸已腐烂，犹如沼泽地的植物老根，散发着一股甜味，好似放在罐里被人遗忘了半年之久的一块家制干酪，这湿透了的、压成一个整体的废纸也失去了它们原来的颜色，变成灰白色和浅米色，硬得像块陈面包。我工作到深夜，只偶尔休息片刻，那是去到通风井，从五层高的烟囱底下仰望一小片星空，像年轻的康德那样，然后拿着空啤酒升爬上楼梯，踉踉跄跄走出后门去打啤酒，之后又一手举着啤酒升，另一只手扶着踏级下梯子似的倒退着下来，回到地下室，在这里，电灯光下面的小桌上放着一本翻开的康德的《天国论》，一个个打成的包排列在升降梯旁边，今天我开始用上百张浸透了水的梵高的大幅复制品《向日葵》裹包，因此每个包的四面都闪着金黄和桔红的光彩，衬着天蓝色的背景，这就稍稍缓解了压力机里死耗子、耗子窝和腐烂纸团泛出的那股子臭气，压板随着我按下的红色或绿色电钮或前或后地运动，在此间隙我喝着啤酒，读康德的《天国论》，读到怎样在寂静中，在万籁无声的深夜，当意识悄然入睡时，不朽的神灵便用无名的语言谈论那些只可意会、难以言传的事物……这段文字使我如此震动，我跑出地下室，跑到通风井那儿仰望上面的一小片星空，后来我回到机器旁，继续用叉子把臭烘烘的烂纸连同一窝窝裹在棉花似的软絮里的耗子叉进槽里，谁干我这一行，他就不仁慈，正如天道不仁慈一样，但这份活儿总得有人来干，这是屠杀婴儿的行当，就像勃鲁盖尔[①]画的那样，那幅名画的复制品上个星期我用来裹了打成的每一个包，可是在今天，梵高的《向日葵》尽管金煌煌的圆盘和盘心光彩夺目，却只是增添我内心的悲剧感。我干着活儿，装点耗子墓，不时跑出去，读着《天国论》，每次只读一句，含咳嗽糖似的含在嘴里，这样我工作的时候心里就注满了一种辽阔感，无边无涯，极为丰富，无尽的美从四面八方向我喷溅，上面有通风井口的一小方星空，脚下两个鼠族在首都布拉格的所有下水道和阴沟里激战，二十个包排列得整整齐齐，犹如一辆有二十节车厢的列车，正朝着升降梯驶去，每个包冲我的那面都点燃着一盏向日葵的明灯，压力机的槽里装得满满的，一窝窝耗子安静地被碾毙，恰像被凶残的公猫捉在爪中玩弄的耗子，

---

① 勃鲁盖尔（约1525—1569），16世纪尼德兰画家，《屠杀婴儿》为其名画，作于1566年。

叫都没有叫一声，仁慈的大自然创造了一种恐怖，在这种恐怖中一切安全感都已毁灭，它比痛苦更为强烈，在真理出现的时刻笼罩着你。对此我曾感到大惑不解，直到有一天我忽然心头一亮，觉得自己在变得美好起来，因为在经历了所有这一切——在过于喧嚣的孤独中看到的一切，身体和灵魂所感受的一切——之后，我还有足够的勇气使自己没有疯狂，我逐渐惊异地意识到我的工作把我抛进了一个广大无垠、威力无边的领域。我的头上亮着一盏灯，红、绿电钮驱动着压板忽前忽后地来回运动，最后，我终于铲到贴地的最下层了，我像掘土工似的不得不借助于膝盖的力量，最下面的那摊烂纸已成了泥灰土。我把最后一锹又湿又黏糊的东西抛进机槽，活像一个掏阴沟的在打扫布拉格一处废弃不用的地下水沟。在最后那个包里，我放进了一本翻开的《天国论》，我用铁丝把包捆紧，按下红色电钮减压后，我用小车把包推去同其他的包堆放在一起，我在楼梯上坐下来，耷拉在两膝间的双手触到了冰冷的水泥地面。二十一朵《向日葵》在昏暗的地下室里放射光芒，几只小耗子冻得发抖，因为这里空荡荡的再也找不到废纸堆，有一只耗子径直跑到我面前，用后腿蹿跳起来朝我进攻，扑到我身上想咬我一口，也许想把我打翻在地，可能只是想让我受点伤而已，它使尽全身力气扑过来，咬我的湿脚跟，每次我都轻轻把它拂开，可是小耗子一次又一次冲向我的脚跟，最后它累得筋疲力竭了，喘息着坐在一个角落里瞪着我，瞪着我的眼睛，瞪得我不禁战栗起来，因为在这只耗子的目光里此刻我看到了比我头上的星空或我内心的道德法则更多的东西。像一道闪电叔本华出现在我的面前说最高法则是爱，这爱便是同情，我明白了叔本华何以那样憎恨巨人黑格尔，令我高兴的是，无论黑格尔还是叔本华都不是两军对垒的统帅，否则他们会像布拉格所有下水道中的两个鼠族那样交战。今晚我感到疲惫之至，便和衣躺在床上，头顶的层层木板托着两吨重的书，我借着路灯映进来的昏暗亮光，透过木架的缝隙仰望书脊，当四境都已寂静时，我突然听到了耗子啃啮的声音，我听见它们怎样在我卧床上面的天庭里忙碌着，好几处书本上传来的这个声音不禁使我毛骨悚然，仿佛那儿有个秒针在滴答地走着，哪里有耗子，哪里就有耗子窝，哪里有耗子窝，几个月后哪里便会出现一个耗子聚居点，不出半年就成了一个耗子村，然后按照几何进程一年以后发展为一座小城市，这些耗子有足够的能量啃穿木架和搁板，于是有朝一日——那一天不会太远——我只要嗓门大了点，或者一只手不经心地一动，这两吨重的书便会倒下来，压在我的身上，耗子用这个办法来对我进行报复，因为我把它们送进压力机，打进了包里。我半睡半醒地躺在床上，被头上的啃啮声弄得不知如何是好，渐渐地，像平时一样，朦胧中一个茨冈小姑娘银河般地走来了，她是我青年时代的情人，一个文静、纯朴的茨冈小姑娘，她总在小饭馆门前等候我，站在那儿一条腿微微伸在前面，向外撇着，犹如芭蕾舞女演员亮出的一个基本动作，她是我年轻时的一个美丽的小姑娘，我久已忘记的小姑娘。她浑身汗湿，泛着一股油腻的麝香和润发油的气味，每次我抚摩她以后，我的手指上便有新鲜油脂的气味，赤鹿的板油味，她老是穿着同一件衣服，沾满了肉汁和汤水的污渍，背上有白灰和烂木头留下的痕迹，因为她到拆毁房屋的瓦砾堆上去捡木料，背来给我，我回想起第一次遇见这个小姑娘的情景，那是战争快要结束的时候，我从小饭馆里出来，走回家去，她跟上了我，始终走在我的后面，我得扭着脖子同她说话，她一路上牢牢地跟着我，既不落后，也从不超到我的前面去，一味迈着小快步悄没声儿地跟着，是的，那天我是从霍尔基饭馆出来，到了十字路口，我说好吧，再见啦，我得走了，可是她说，她也去我踏上的那个方向，我走完卢德米拉街，到了路口我说那就再见啦，我得回家了，可是她说她也去那个同一方向，于是我故意绕弯子，一直走到谢尔特伐，我伸出手对她说我得朝下面走了，可是她说她像我一样也去那个方向，我们又一起走到了下面的永恒堤坝，我说我到家啦，咱们再见了，可她说她像我一样也去那个方向，我到了家门附近的煤气灯下，我说好吧，再见啦，我到家了，可她说，她也住在这里，于是我开了大门，让她先进去，她却不肯，要我先走进那黑魆魆的过道，因而我走了进去。这里还有另外三家住户，我顺着台阶走到院子里，来到自己的门前，我开了门，转身说那么再见吧，我已经到家了，可是她对我说，她也到家了，她进了我的屋，同我睡在一张床上，等我一觉醒来，她已不见了，床上她躺的地方还是温热的。其后，我故意迟到深夜才回家，然而一踩上台阶，我便看见她了，坐在门前的踏级上，窗户下面堆着一些白木板和瓦砾场上捡来的锯断的梁木，我打开门，她像只小猫似的跳起身钻进了屋里，我们两个谁也不说一句话，我拿着一只大罐子去打啤酒，装了五公升的啤酒拿回来，这时茨冈小姑娘已在那只铸铁炉子里生了火，火苗呼呼地响着，虽然炉门是敞开的，因为这间屋子有个很大的烟道，一度曾是带店面的铁匠作坊，茨冈小姑娘做的晚饭永远是土豆炖马肉香肠，然后她坐在敞开的炉门旁，添木柴，炉火烧得很旺，很热，金色的火光映在她的怀里，投在她冒汗的胳膊、颈脖和不断变换的侧影上，我和衣躺着，不时起身喝几口啤酒解渴，然后把酒罐递给她。她双手捧着那个巨大的罐子，喝的时候，我听见她喉咙活动的声音，听见她轻轻地呻吟，犹如远处的一个唧筒，起初，我见她添木柴，老让炉火燃烧着，我心里想，这只是为了讨我喜欢罢了，但是后来我明白了，这是她的天性，火是她的天性，没有火她八成活不了。就这样，我同这个茨冈小姑娘生活在一起，实际上我都不知道她的名字叫什么，她也不知道我的，不想也不需要知道我的名字叫什么，我们两个就这么静静地、不言不语地每天晚上相会，我从不曾把钥匙给她，她总是等着我，有时我故意晚归，直到过了午夜才回来，想以此考验她，但是我刚开了门，身旁便有一个黑影一闪，我知道这是茨冈小姑娘进了我的屋子，过了一会儿她擦亮火柴，点着了引火纸，炉子里便开始蹿出火苗，呼呼作响，不停地吞食着木柴，这些木柴都是她弄来的，堆在窗户下面，足够烧个把月。当我们在灯光下吃晚饭时，我看见她把面包掰碎，吃圣餐似的把面包掰成小块儿，末了把衣襟里的面包渣儿也虔诚地抖落在炉火中。之后我们仰天躺在床上，呆望着天花板，电灯我们已经熄灭，天花板上的阴影和幽暗的亮光波纹似的在闪动，当我起身去取桌上的酒罐时，我仿佛走在满是海藻和其他水生植物的鱼缸里，又仿佛月夜行走在暗影摇曳的密林中，我举杯喝啤酒时，总要转身瞧一下光裸着身体的茨冈小姑娘，她躺在那里望着我，一双眼睛的眼白在闪着光亮，黑暗中我们彼此看到的对方远比日光下更为清楚，我最爱苍茫的黄昏，惟有在这种时刻我才会感到有什么伟大的事情可能要发生，当天色渐暗，黄昏来临时，万物就变得美丽起来，所有的街道，所有的广场，所有在暮色中行走的人，都像蝴蝶花一般美丽，我甚至觉得自己也是一个漂亮的小伙子了，我喜欢黄昏时候照镜子，走在街上看橱窗玻璃中映出来的自己的身影，我甚至抬手摸摸自己的脸，我看到脸上一条皱纹也没有，嘴角和额头上也都没有皱纹，随着黄昏的到来，我们的日常生活中出现了人们称之为美的阶段。炉门敞开着，红旺的炭火在燃烧，光身子的茨冈小姑娘站起身来，她走动时，金黄色的火光勾出了她身体的轮廓，形成一圈光环，恰似查理广场那座教堂面墙上的洛约拉的伊格纳体斯像。她在炉中加了几根木柴，走回来，躺在我的身上，脑袋歪到一旁看我的侧影，用一根手指在我的鼻子和嘴巴四周划着，她几乎从不吻我，我也不吻她，我们用双手说明一切，然后就只是那么躺着，呆望着破炉子里迸出的火星、摇曳的火光，以及炉膛里木柴烧尽时闪现的卷曲的光亮。我们一无所求，只希望永远永远这样生活下去，仿佛要说的一切彼此早就说过了，仿佛我们俩一起出生来到人间，从没有分开过。第二次世界大战结束前的那个秋天，我买了一些蓝色包装纸，一轴线，一团细麻绳和一些浆糊，星期天我花了整整一天时间坐在地上糊风筝，茨冈小姑娘为我跑去打来啤酒，我用细线把风筝的骨架绑得很匀称，好让它稳稳地飞上蓝天，接着我们俩一起动手做了一条长长的风筝尾巴，茨冈小姑娘在我的指导下把一只只纸鸽系在绳子上，然后我们一同到奥克罗乌赫利克去放风筝。我把风筝抛向天空，松开风筝绳，随后拉紧，抽了几下，风筝挺立起来，一动不动地在天空稳住了，惟有那条长尾巴随风飘拂，扭成一个S形，茨冈小姑娘两手紧捂着脸颊，手指上方露出一双睁得大大的惊喜的眼睛……后来我们坐下来，我把风筝绳递给她，让她拽着天空的风筝，不料她大声叫喊起来，说风筝要把她拉上天去了，说她觉着自己像圣母玛利亚一样在升天，我双手按在她的肩上，说要那样咱们俩就一块儿飞上天去，可是她把风筝绳还给了我，我们俩坐在那儿，她的头靠在我肩上，后来，我忽然转念想送一封信给风筝，便把绳子交到她手里，让她拉着，可是她又一次惊慌起来，说风筝将把她拉上天去，她就永远见不着我了，我无奈只得把绕麻绳的小木棍插进地里，我从笔记本中撕下一张纸，扯开一个口子套在麻绳上，当我再次拿起那团麻绳时，茨冈小姑娘却高举双臂叫嚷着去捉那张顺着绳子痉挛地一抽一抽升高的纸片，天空每刮过一阵风，我的手上便有风筝拽紧的感觉，这种感觉从手指传遍我的全身上下，当那纸条升到高处碰着了风筝时，我觉出了它们的接触，我不禁浑身一阵哆嗦，突然间我觉得那风筝就是上帝，我是圣子，那绳子是使人得以同上帝沟通、得以同上帝对话的圣灵。后来，我们在一起又放了几次风筝，茨冈小姑娘胆壮了一些，她握住风筝绳，像我一样浑身颤抖，因为在一阵阵风的袭击下风筝在颤抖，她把绳子绕在手指上，兴高采烈地叫嚷……有一天晚上我回家，却不见茨冈小姑娘在门口等我，我开了灯，通宵达旦在门外徘徊，可是茨冈小姑娘没有来，第二、第三天也没有来，从此没有再来。我寻找她，但是永远见不到她了，一个孩子般的茨冈小姑娘，纯朴得犹如一块未经雕琢的木料，犹如圣灵的气息，一个茨冈小姑娘，除却点炉子生火之外一无所求，那些木柴是她背来的，从瓦砾堆上捡来的沉重的梁木和板条，大得像十字架一样，她背在背上运来，她除了做一锅土豆炖马肉香肠，除了给炉火添木柴，秋天放放风筝之外确实别无他求。直到后来，我才知道她被盖世太保带走了，同另外一些茨冈人一起被关进了集中营，从此没有回来，她在马伊达内克①或者在奥斯维辛②的焚尸炉中被烧死了。天道不仁慈，但我那时候还很仁慈。战争结束后她没有回来，我在院子里把风筝、风筝绳，以及茨冈小姑娘用纸鸽做成的那条长尾巴一块儿烧掉了，这个小姑娘的名字我已经忘记。战争结束后，在五十年代，我的地下室里还堆满了纳粹的出版物，在我那茨冈小姑娘优美奏鸣曲的光辉下，我狠狠地把成吨成吨的纳粹小册子和宣传品扔进压力机，这些东西全是同一个主题，几十万页的图片，欢呼着的男男女女和儿童，欢呼着的老人，欢呼着的工人，欢呼着的农民，欢呼着的党卫队队员，欢呼着的士兵，

---

① ② 第二次世界大战期间法西斯德国屠杀无辜平民和战俘的两个著名集中营，均在波兰境内。

我狠狠地把开进解放了的但泽市的希特勒和他的卫队们，把开进解放了的华沙的希特勒，把开进解放了的布拉格的希特勒，把开进解放了的维也纳的希特勒，把开进解放了的巴黎的希特勒，把在他私人宅邸的希特勒，把庆丰收的希特勒，把希特勒及其忠实的牧羊狗，把希特勒及前线士兵，把视察大西洋壁垒的希特勒，把去往征服了的东方和西方城市的途中的希特勒，俯身看军事地图的希特勒，把所有这一切统统扔进我的压力机，我越是把希特勒和欢呼着的男男女女和儿童们扔进机槽，我就越是想念我的茨冈小姑娘，她从来没有欢呼过，她一无所求，除却给炉火添木柴，炖一锅土豆马肉香肠，抱着巨大的酒罐子去打啤酒，除却把面包掰成圣餐似的小块儿，然后透过敞开的炉门凝望炉中的火苗和火光，凝望音调悦耳、呼呼作响的炉火，歌唱着的炉火，这歌声是她自幼熟悉的，同她的民族有着神圣的联系，火，它的光把一切痛苦深埋在下面，脸上却挤出一个悲哀的微笑，反映了茨冈人的幸福观……现在我仰天横躺在床上，一只小耗子从上面跌下来，跌在我的胸脯上，一骨碌滚到地上，钻进床底下去了，也许我在皮包里或外衣口袋里带了几只耗子回来，庭院里泛出一股厕所的臭气，很快要下雨了，我心里说，我仰天躺着，四肢瘫软动弹不得，工作和啤酒已使我筋疲力竭，我整整干了两天，出清了地下室，使数以百计的小耗子丧了命，这些温顺的小动物，它们也是一无所求，只是啃点儿书本，在废纸堆里做个窝，繁衍后代，在安逸的洞穴里哺乳幼崽，幼耗子把身体蜷成一个团，恰像我的茨冈小姑娘在寒冷的晚上身体蜷作一团睡在我身旁。天道不仁慈，但也许有什么东西比这天道更为可贵，那就是同情和爱，对此我已经忘记了，忘记了。

6

三十五年来我用水压机处理废纸，三十五年来我一直认为除了像我这样处理废纸之外，没有别的办法，可如今我却听说在布勃内有了一种巨型压力机，其功效比我现在用的这台要大上二十倍。目睹过这种机器的人对我说，它打出的包，每个有三四百斤重，都用铲车送到火车上，我心里说，你得去见识见识，汉嘉，你得亲自去瞧瞧，作一次礼节性访问吧。我去了布勃内，当我看到那个惊人的玻璃结构，大得跟威尔逊小火车站似的，听到它轰隆轰隆地运转时，我不由得浑身战栗，不敢再看它了，有一刻儿工夫我站在那里目光转向别处，然后俯身去系鞋带，无法正视这台机器。我这人从来就是这样，当我在一堆废纸中瞥见一本珍贵书籍的书脊或封面时，我不是马上走去把它取来，而是找块钢丝绒擦拭机器的滚筒，过了一会儿我才凝目注视那堆废纸，心里还暗自琢磨不知自己有没有这份力量去把书拿起来，翻开它，惟有在确信有了把握之后，我才伸手把书捡起来，那书在我手里就跟圣坛前新娘手中的花束一样瑟瑟颤抖。很久以前我就是这样了，那时我代表村俱乐部踢足球，我明明知道球队成员的名单要星期四才会在多尔尼小饭馆的橱窗里张贴出来，可是我星期三就揣着一颗怦怦乱跳的心赶去了，我跨着自行车站在那儿，从不敢马上朝橱窗望一眼，却仔细端详橱窗上的那把锁，端详橱窗的框架，然后花好长时间读我们俱乐部的名称，最后才看一眼那张成员名单，然而，星期三那上面的名单还是上周的，于是我离开了那里，星期四我又去了，跨着自行车站在那里，仔仔细细把所有的东西都看了又看，惟独不看那张成员表，直到我的心情终于平静下来时，我才一点一点仔细读那张名单，先读第一队，然后预备队，最后少年队，直至我看到自己的名字列在替补队员中时，我才喜不自胜，现在，我以同样的心情站在布勃内巨型压力机前，当我的震惊稍稍平静下来之后，我鼓起勇气举目观看，这台机器巍然耸立，直顶到了大厅的天花板，宛如布拉格小城区圣米古拉教堂里的那座又高又大的祭坛。这台机器比我预想的还要大，传送带那样宽，那样长，就跟霍莱肖维采发电厂缓缓把煤块送到炉栅下面的传送带一样，但这里缓缓传送的是白色的纸和书籍，一些年轻的男工和女子把这些书籍放在上面，他们的服装同我和其他废纸打包工劳动时穿在身上的完全不一样，他们手上戴着桔红色或天蓝色的手套，黄颜色的美式有檐小帽，工装裤吊得齐胸高，两条背带搭过肩膀交叉在背上，露出里面色彩鲜艳的毛衣和高领绒衣，在这里我看不到一盏电灯，光线和阳光透过四壁和玻璃顶棚照射进来，顶棚上装着通风设备，那些彩色手套使我格外感到自卑，因为我一向都是光着手干活的，可以享受摸摸纸张的乐趣，可是在这里谁也没有那种愿望去体验一下废纸给予感官的无与伦比的魅力，传送带载着书籍和切割下来的零碎白纸条往上移动，正像瓦茨拉夫广场的自动楼梯把行人送到上面街道那样，把这些书和纸直接送进那只大得跟斯米霍夫啤酒酿造厂的大锅一样的机槽，槽里装满了时，传动带便自动停止运行，垂直的螺旋桨从顶上降落，它以骇人的巨力把纸张压碎，然后美滋滋地喷着气升高，回到顶棚上，传送带再次运行，书本和纸张颠动着，直接落进那只椭圆形的槽里，它大得犹如查理广场的喷水池。现在我已相当平静，我注意到这台压力机处理的是成批成批的新书，透过玻璃墙我看见卡车在运来一包包的书，堆得都高过挂斗车的围板了，成批成批的新书直接送去纸浆厂，没有一页弄脏过人的眼睛、大脑和心灵。直到这会儿我才发现，传送带的一端有一些工人在拆包，取出崭新的书本，撕去封面和封底，只把干净的书瓤抛到传送带上，书落下来时书页翻开着，没有人看它一眼，事实上要看也不可能，因为传送带上必须装满，不允许停顿，不像我那样可以在机器旁边停下来，这儿，在布勃内，这份工作没有人性，活像一艘捕鲸船，一网鱼拉上船尾，船员们分拣出大鱼和小鱼，把它们抛上不同的传送带，直接送进船舱里的罐头加工装置、一条接一条的鱼，一本接一本的书。我鼓起勇气踏着阶梯登上围绕着椭圆形机槽的平台，走在这上面确实有到了斯米霍夫啤酒厂的酿造车间绕着大锅走的感觉，在这种锅里，一次可酿造五十万公升的啤酒，我倚着栏杆站在那里，仿佛站在两层楼高的脚手架上俯视下面，只见操纵台上几十个电钮闪着五颜六色的亮光，犹如发电厂似的，螺旋桨在运转，碾碎槽里的书本，力量如此巨大，犹如一个人心不在焉地在指间捻碎一张车票，我惊惶地举目四顾，又看看下面正在劳动的男女工人们，阳光透过玻璃墙面照在他们身上，色彩鲜艳的服装、毛衣、帽子，看着令人眼花缭乱，这些工人五彩缤纷，仿佛是一群来自异域的鸟儿，像翠鸟、挪威的红腹灰雀，鹦鹉，但令我恐惧的并非这个，我感到恐惧不安是因为我突然准确无误地看出了，这台巨型机将是对所有小压力机的致命打击，我突然明白了，我看到的这一切意味着我这个行业已进入了一个新纪元，这些人已经与我不同，他们以另外一种方式工作着。我意识到小废纸收购站的那种微小的欢乐结束了，那是当我们发现有些书被错误地当做废纸扔掉的时候，在这里我看到人们的思维方式也不同了，因为即使每个工人可以从每种出版物中拿一本带回家去作为福利，即使他也可能阅读，但是对于所有我的打包工同伙来说，对于我来说，一切都已结束，我们这些老打包工都是在无意中获得学识的，不知不觉中家里都有了一个规模不小的书库，这些书是我们在废纸中发现的，我们阅读它们，感到幸福，希望有一天我们读的书将会使我们的生活有质的改变。然而，给予我的最大打击莫过于看到这些年轻工人竟不知羞耻地喝着牛奶和软饮料，他们两腿岔开，一只手架在腰上，嘴巴直接对着瓶口津津有味地喝着，于是我知道以往那个时代确实结束了，在那个时代，工人们跪在地上干活，光着两只手，打架似的对付那些废纸，因此每个旧式工人都累得半死，浑身污浊，干活时得把身子滚进去。可是在这里一个新的时代开始了，新人，新的劳动方式，一个新时代，干活的时候喝牛奶，尽管人人知道，这样一头牛是宁可渴死也不会喝牛奶的。我看不下去了，便绕着机器走了一圈，我看见它的成果了，一个极大的包，稳稳地落在铲车的平面上，蜥蜴般的铲车一颠一颠转过身，朝一条坡道驶去，从那儿确实径直送进火车的车皮，那个包大得惊人，犹如奥尔尚内墓园里大户人家的墓碑，犹如维尔特姆牌的防火保险柜。我把两手举到眼前，两只脏手，手指干活干得扭曲了，跟葡萄藤的枝子似的，我望着它们出神，随后厌恶地一甩，两条胳膊便来回地晃悠着，现在午休开始了，传送带停止运转，我看见工人们在一块大布告牌下面坐下来，布告牌上贴满了通知、告示、小字条之类，工人们面前个个放着一瓶牛奶，他们拆开送饭女工用木箱送来的午餐包，消消停停地吃着，用软饮料和牛奶把香肠、干酪和黄油卷送下肚去，嘻嘻哈哈地说笑、聊天，我听到的片言只语不禁使我紧紧地抓住了栏杆，我得知原来这些年轻人是社会主义突击队的，他们每星期五坐着工厂的大轿车去克尔克诺什山的工厂休养所度假。吃完午饭他们点燃了烟卷抽烟，我又得知他们去年去了意大利和法国，今年准备去保加利亚和希腊，当我看到他们那样平静地统计去希腊的人数，还相互鼓劲，劝说大家都登记时，再看他们脱光上身晒太阳我就一点儿也不惊讶了，他们一边晒太阳还一边讨论下午是去金色浴场游泳呢，还是上摩德尚去打球或踢足球。去希腊度假这事使我不胜震惊，我自己只是通过读赫尔德①和黑格尔的著作才神游了古希腊，读了尼采才对世界采取了狄俄尼索斯②的观点，实际上我从未度过假，我的假期几乎统统用来补偿我欠下的工作日了，因为我每无故缺勤一天，主任就以假期扣除两日计，即使我还剩下一大半天的假期，我也用来加班，因为我的工作总是落后，院子下面和院子里的废纸永远堆积如山，远远超出了我有能力完成的量，因此三十五年来我天天都生活在西叙福斯③情结之中，正如萨特先生和加缪先生那么生动地描绘的，尤其是加缪先生，院子里的包运走得越多，落进我地下室的废纸也就越多，无穷无尽，然而社会主义突击队在这里却每天都能如期完成任务，这会儿他们都在工作了，晒得黑黑的，工作时的阳光照射使他们希腊式的身躯颜色更深了，假期去希腊，这件事丝毫没有使他们情绪激动，对于亚里士多德、柏拉图，以及歌德——古希腊的外延，想必一无所知，他们若无其事地干着活儿，继续把书的封皮撕去，扯下书瓤，把惊恐万状、吓得毛发倒竖的书页扔到移动着的传送带上，他们无动于衷，若无其事，这样一本书可能意味着什么，对此他们没有亲身感受，一本书毕竟得有人写出来，有人得校订，有人得阅读，有人得画插图，有人得排字，有人得看校样，有人得改排，有人得再看校样，有人得最终改排，有人得把它送上机器，有人得最后一次看版面，一版一版送上别的机器、装订机，有人得搬书，打成包，有人得为这本书和印刷这本书结算账目，有人得决定这书不宜阅读，有人得批判这书，下令销毁，有人得把这些书放进库里，有人得重新把它们装上卡车，有人得把一包包的书运到这里，由戴着红色、天蓝色、黄色

① 赫尔德（1744—1803），德国批评家、哲学家及路德派神学家，浪漫主义的先驱。

② 希腊神话中的酒神。

③ 根据希腊神话，西叙福斯是一个自私、狡猾、罪恶多端的人，为此死后受到惩罚，要他永不停息地向山上推石头，石头刚推到山顶就又滚落下来，又得重新开始。

和桔红色手套的工人们撕去书皮，把书瓤扔上传送带，它不出声地但准确无误地抽动着把这些毛发倒竖的书页送进压力机，打成包，送进造纸厂，制成洁净的、雪白的、没有文字污迹的纸张，以便用来印成别的新书……我倚在栏杆上俯视下面的劳动，却见一位女教师领着一队儿童来到了阳光下，我心里说这是女教师带领孩子们参观来了，让孩子们看看废纸是怎么处理的，哪想到女教师拿起一本书来叫孩子们注意看着，要他们看明白她是怎么把书撕开的，孩子们看明白了，一个接一个地拿起书，扯下包书纸和封皮，小手抓住书页使劲地撕着，尽管书在负隅顽抗，最后还是孩子的小手胜利了，孩子们眉心舒展了，他们干得像工人一样顺利，工人们一边干活，一边朝他们点头以示鼓励……我不由得想起那次我去参观利布什家禽饲养场，那里的年轻女工像孩子们揪下书内脏一样揪出挂在传送带上的活鸡的内脏，她们敏捷地把肝、肺和心脏揪下来，抛在准备好的桶里，传送带则颠动着把鸡送往下一道工序，我站在那儿看着，只见那些利布什姑娘们工作时嘻嘻哈哈，有说有笑，而坡道上放着上千个铁丝笼，关着活鸡和半死的鸡，有几只鸡从笼子里钻出来了，趴在挂斗车的围板上，有几只在地面上啄食，竟全没有飞走的意思，没有想到要逃脱传送带上的铁钩，在那儿年轻站娘们捉住它们的脖子，把它们挂在钩子上，这些鸡关在笼里，十只一笼……我看着孩子们怎样学习撕书，他们干得已很顺利，热得脱去了T恤衫和小毛衣，然而，有几本书却诡计多端，百般顽抗，致使一个小男孩和一个小姑娘扭伤了手指，倔强的硬书皮还弄脏了他们的小手，女工们见了便接过这些桀骜不驯的书本，嗞地一声扯出了书瓤，随手一扔，把毛发倒竖的书页扔上了传送带，女教师给那两个孩子包扎了手指。天道不仁慈，我看不下去了。我转身走下扶梯，临出门时却听到背后有人在喊我……汉嘉，你这老孤鬼，你瞧瞧这儿怎么样呀？我回过身，只见一个头戴桔红色美式有檐小帽的年轻人站在栏杆旁边的阳光里，他一手举着满满一瓶牛奶演戏似的站在那儿，活像纽约高举火炬的自由女神，他笑着朝我摇摇牛奶瓶，我看见所有其他男女工人都在笑，他们大概喜欢我，认识我，刚才我在这里转悠. 感到幻灭时，他们一直在注意我，我见了这台巨型机器和见到他们时流露出来的震惊神态，他们全看在眼里了，感到高兴……此刻他们嘻嘻哈哈地笑着，举起一双双黄色和桔红色的手套在空中挥动，我两手抱着脑袋跑进了走廊，身后响起了一片不同音调的笑声，我在一条长长的、两侧一溜儿排着上千包书的走廊上飞快地跑着，躲避这笑声，成批成批的书排列在两侧，我往前跑的时候．它们在向后退。跑到长廊的尽头我停了脚步，忍不住撕开一包看看里面是什么书，原来孩子们在撕的，使两个孩子扭伤了手指的是卡亚·玛希克的小说，我抽出一本翻到封底，我看到印数是八万五千册，共三卷，也就是说超过二十五万册的书在徒然同儿童的小手指搏斗着……我心情平静了下来，又穿过了几条走廊，两侧都堆放着成千包的书，它们静静地、无助地排在那里，恰似我参观利布什家禽饲养场时看到的鸡，尽管从铁丝笼里钻了出来，在传送带附近溜达、觅食、但迟早要被姑娘们捉住，活活地挂在传送带的钩子上，割断喉管，这些鸡还没有机会一显身手，只是刚刚开始它们周而复始的命运，却不得不过早地死亡，就像这里堆积的书一样。如果我去希腊，我心里说，我将去亚里士多德的诞生地斯塔吉茹斯朝圣，如果我去希腊，我一定会绕着那光荣的场地跑一圈，穿着长内裤，鞋带绑在脚踝上跑一圈，以示我对历届奥林匹克获胜者的敬意，如果我去希腊。如果我同这些社会主义突击队队员一起去希腊，我将给他们上课，讲所有的自杀者，讲狄摩西尼[①]，讲柏拉图，讲苏格拉底，如果我同这些社会主义突击队队员去希腊……然而，这里已是一个新的时代，新的世界，这些年轻人活得好不自在，也许世界上一切都变了，不同了。我沉思着从后门走下我的地下室，走进阴暗和灯泡的照明中，空气臭烘烘，我抚摩我那台压力机上磨得发亮的粗糙的槽边，那些显现出年代陈久的木边，我站在那儿，突然间我听到一声叫嚷，一声痛苦的吼叫，我转过身，却见迎面站着我的主任，他两眼充血，大声嚷嚷，冲着天花板痛心疾首地咆哮，说我跑开了那么久，院子里跟地下室一样废

---

① 狄摩西尼（前 384—前 322），古希腊政治家、伟大的雄辩家，曾领导雅典人民进行近 30 年反对马其顿侵略的斗争。

纸都堆得顶到天棚了，我不太明白他怒吼些什么，可是我感觉得出我是一个让人大有厌恶的家伙，已让主任没法忍受了，他多次重复着两个字眼，还是从未有人对我说过的，他说我是蠢货，蠢货，蠢货。布勃内的巨型压力机，社会主义突击队同我是道德上的对立面，那么我是蠢货，我比这台小压力机更不值钱，突击队队员夏天去希腊，而我是蠢货。于是整个下午我没有休息，一口气干到底，把废纸装进槽里，仿佛我是在布勃内干活，亮闪闪的书脊朝我频送秋波，可是我不加理睬，一个劲儿地反复说：不，不行，一本也不许看一眼，你必须冷酷无情，像朝鲜刽子手一样，我这么干着活儿，仿佛用铁锹铲的是无生命的泥土，压力机疯了似的运转着，它气喘吁吁，抽搐着，马达发烫，不习惯于这样的速度，在这地下室它经常闹感冒，患风湿症，我口渴极了，便跑出去，穿过院子买来一瓶牛奶，喝下它时，每一口都仿佛在咽着铁丝网，可我坚持一小口一小口地咽着，犹如小时候用小匙子服鱼肝油，这牛奶就那么令人厌恶，两小时后，触及天花板的废纸堆矮了一些，露出了通院子的洞眼，那是星期四，像每星期四一样，我照例心情激动，等待着考门斯基大学图书馆的管理员送一筐子书来，那是图书馆清除下来的，管理员站在洞口，把满满一筐哲学著作倾倒下来，落在我的脚边，我把这些书铲进槽里，只瞥了一眼：《道德形而上学》，我的心快要碎了，但我举叉把它叉进槽里，犹如叉掉电线杆上挂着的铁皮箱里的垃圾，我一个劲儿地干着干着，打成一个个包，没有裹上古代或现代绘画大师的复制品，只是一包一包完成我的任务，我领工资就是为这个，什么艺术、创造美，只是干活而已，我开始明白，我倘若这个样子地干活，我一个人就可以成立一个社会主义突击队，自己立下保证书提高生产率百分之五十，为此我不仅肯定能去工厂疗养所，而且能去美丽的希腊度假，在那里我将穿着长内裤绕着奥林匹克竞技场跑一圈，去亚里士多德的故乡斯塔吉茹斯朝圣。我不时举起牛奶瓶，嘴凑着瓶口咂一口牛奶，一边下意识地干着活儿，心里想我还不是蠢货，我无动于衷地、野蛮地工作着，像布勃内在巨型压力机旁工作的人一样，到了傍晚，当我完成任务，证明我并非蠢货时，主任正在办公室后面的浴室里洗淋浴，在哗哗响的喷头下他对我说，他再也不跟我白费劲了，他已给管理处打了报告，请求把我调到别处去打包。我坐下来发了一会儿呆，听着主任用毛巾在擦干身体，灰色的毛发沙沙作响，突然我怀念起曼倩卡来，她已多次给我来信，说她住在克拉诺维采，邀请我去看她。于是我在肮脏的脚上套了一双袜子跑上街，匆匆追上一辆公共汽车，天快要黑了，我心情沉重，在林间小镇下了车，打听曼倩卡的住址，终于在黄昏时分来到了一座林中小屋面前，夕阳正在屋背后落下，我推开门进去，可是无论在过道还是在前厅都不见人影，厨房和卧室也没有人，我通过一扇敞开着的门走进了花园，在这里，我的吃惊甚至超过了上午在布勃内。在一棵大松树和琥珀色天幕的衬托下——天幕上夕阳正在徐徐沉入地平线——一尊硕大的雕像在那边高高耸立，它大得有如维诺赫拉德区切赫[①]公园的切赫纪念像，一部梯子架在雕像上，梯子上站着一个老头儿，身穿浅蓝色的罩衫，白长裤和白皮鞋，他正挥动铁锤在石头上雕凿着，那是一个美丽的女人头像，不，它既不是女人的头像，也不是男人的，而是具有两性特点的一张天使的脸庞，在这张脸上已不再有性别之分？因而也不再有婚姻之说，那位老先生不时扭头俯视下面，那位坐在一把椅子上，闻着手里的一支玫瑰花的，正是我的曼倩卡，老先生抓住她脸上的特征，用凿子和轻轻敲击的铁锤，在把这些特征搬到石头上，曼倩卡头发已经灰白，但剪得短短的，仿佛教养院的女孩子，又像女运动员理的男孩发式，使她显得超凡脱俗，她的眼睛一只长得比另一只低一些，这使她增添了几分高贵气，她的一只眼睛看上去甚至有点儿斜视，可是我知道，这不是眼睛长得有缺陷，那只斜视的眼睛确实过去和现在都在不间断地越过无限之门注视着一个等边三角形的中心，存在的中心，她斜视的眼睛，诚如某位信天主教的存在主义者所描绘的那样，象征着钻石中永远无法避免的瑕疵。我站在那儿看呆了，最使我吃惊的是雕像上的那两只白颜色的大翅膀，大得犹如两口白色大橱，而且这对翅膀，这双羽翼，仿佛在动着，仿佛曼倩卡在轻轻地扇着翅膀，仿佛她即将腾飞，或者在天

---

① 斯·切赫（1846—1908），捷克诗人。

空翱翔之后一秒钟前刚刚降落在那里，我亲自看到了，这个一向害怕读书，一生中除却为了催眠从未读完一本正经书的人，如今在生命的旅程将要结束时赢得了圣洁……暮色渐浓，夜已来临，老艺术家还站在白梯子上，白长裤和白皮鞋在闪光，仿佛是从天上悬挂下来的，曼倩卡向我伸出温暖的手，她挽着我的胳膊告诉我说，这位老先生是她的最后一个情人，是她同男性交往的长链中最后的一环，由于他只能在精神上爱她，因此决定为她造一尊像以弥补这个不足，造一尊像，让她活着的时候在花园里观赏，去世后立在她的墓上当做镇棺石，老艺术家站在梯子上，借着月光还在为雕像脸上的神韵拼搏，月亮刚升起，给艺术家凿子的一起一落照着亮，曼倩卡领我去参观她的小屋，从地窖子直看到顶楼，一边用低低的声音向我叙述天使怎样向她显灵，她听从了天使的吩咐找来一个掘土工，她用自己的全部积蓄买下了林中一块空地，掘土工给她挖了地基，同她在帐篷里过夜，后来她把掘土工打发走了，找来一个砌砖匠给她砌了所有的墙，晚上同她在帐篷里过夜，之后曼倩卡找来一个木匠，给她干了新房上的全部木匠活儿，晚上同她过夜，这次已是在小屋里，睡在惟一的床上，之后她打发掉这个木匠，找来一个管子工，同他像木匠一样睡在同一张床上，管子工给她做了所有的铁活儿，之后管子工同样被打发走了，换了一个瓦匠，同她做爱，给她的房顶铺了石棉水泥瓦，瓦匠也被打发走了，换了一个刷墙的，给她把所有的墙面和天花板都抹了白灰，晚上同她睡在一张床上，之后他也被打发走了，换了一个细木匠给她做了家具，曼倩卡就这么靠着她的床和一个明确的目标盖起了这座房子，不仅如此，她还找来一位艺术家，柏拉图式地爱着她，给她雕刻一尊天使形状的曼倩卡像。说着，我们回到了原地，画完了曼倩卡圆圈形的生活轨迹，梯子上，一双白皮鞋和两条白裤腿在走下来，仿佛从天上走下来似的，浅蓝色的罩衫已同月色融为一体，难以分辨，白皮鞋踩到了地面，灰白头发的老头儿同我握手，说……曼倩卡已把我和她的事全给他讲过了，说曼倩卡是他的缪斯，赋予他那样充沛的创造力，使他得以代替上帝雕刻一尊曼倩卡像，一尊温柔天使的巨像……我搭乘末班火车离开克拉诺维采回到家里，喝得酩酊大醉和衣躺在床上，躺在堆着两吨重书籍的天幕下，我躺在那儿，心想曼倩卡无意中已成为一个她从来不曾梦想过的人，爬到了那样的高度，是我一生中未见有人达到过的，而我呢，我不断地读书，从书本中寻找预兆，可是书本却联合起来同我作对，我一次也没有得到上天的启示，曼倩卡憎恶书，她却成了现在这样的人，成了人们纷纷描写的人物，不仅如此，她甚至张开那双石头翅膀腾飞了，当我离去时，那两只翅膀在月光下熠熠生辉，犹如黑夜里帝国城堡的两扇灯光耀眼的窗户，这双翅膀带着曼倩卡飞翔了，把我们的 love story 远远地抛在了后面，抛掉了那几根缎带，也抛掉了金山岗脚下她带在滑雪板上出现在雷纳饭店游客面前的那堆粪便。

7

三十五年来我用压力机处理废纸，三十五年来我认定这份工作将永远这个样子干下去，这台机器将随我一起退休，然而，谁曾料到我上布勃内去参观了那台巨型压力机之后三天，同我全部梦想截然相反的事情发生了。我去上班，那里站着两个年轻人，我一眼便认出他们是社会主义突击队队员，浑身上下像是去踢足球的，桔红色手套，桔红色的美式有檐小帽，蓝工装裤吊得齐胸高，背带下面露出绿色高领绒衣。主任得意洋洋地把他们领到地下室，指给他们看我的机器，两个年轻人马上就像在自己家里一样了，他们在桌上铺了一张干净纸，把牛奶瓶放在上面，我则站在那儿感到丢脸，挨了一记闷棍，心情紧张，突然一下子，我的肉体和灵魂都意识到了，我将永远无法适应这个变化，我的处境有如当年某些修道院的僧侣们，当他们得知哥白尼发现了新的宇宙定律，地球并不像大家公认的那样是宇宙的中心之后，他们便集体自杀了，因为他们无法想象能有另一个样子的世界，一个与他们迄今生活于其中，为他们所熟悉的世界不相同的世界。后来主任对我说，我可以去扫院子、打杂，或者干脆什么也不用干了，因为下星期我将调到梅朗特立克印刷厂的地下室去捆白报纸，除了捆白报纸，别的什么也不干。我的眼前不由得一阵黑，我一个处理废品和废纸干了三十五年的打包工，经常可以指望从臭烘烘的废纸中捞出一本珍贵书籍来作为额外收入的人，没有了这种指望无法生活，现在却要去捆没有斑点、没有人性的白纸。这个消息把我击倒在地下室的第一级楼梯上了，我坐在那儿，浑身瘫软，呆若木鸡，双手无力地垂在两膝之间，脸上挤出一个笑容，望着那两个年轻人，这事丝毫怪不得他们，人家打发他们上斯巴莱纳街开压力机处理废纸，他们就来了，因为这是他们的面包，他们的职业，我看到他们怎样用叉子把废纸叉进槽里，按动绿色和红色电钮，我抱着荒谬的希望，盼着我的机器起来罢工，诳称患病，佯装齿轮和传动装置卡住了，但是，我的压力机背叛了我，它一反常态，轰隆轰隆地飞旋着，仿佛血气方刚，临了还丁丁当当一阵响，从第一包起，每打出一个包就丁当一阵，仿佛在嘲笑我，仿佛要显示惟有到了社会主义突击队手里它才有了用武之地，才得以发挥全部才赋。我不得不承认，这两个年轻人在这儿才干了两个小时，他们就像干了多少年那样熟练了，两人分了工，一个爬到触及天花板的废纸堆上，用钩子直接把废纸钩进槽里，一个小时后又打出了五个包，主任不时来到院子里的洞口俯身朝下张望，举着他那两只肥胖的爪子看演出似的鼓掌，喝彩，目光则死死地盯在我身上……好极啦，真棒，能干的小伙子！我半闭起眼睛，想走开去，可是两条腿不听使唤，我被羞辱得浑身瘫软了，我的机器发出的可恶的丁当声火一般地烧灼着我，它宣告压力马上将达到顶点，压板转眼就要停下来。随着铁叉在空中闪动，我看见一本书飞进了槽里，我起身把它拣了出来，在工作服上抹了抹，贴在胸口过了一会儿，它温暖着我，尽管它是凉的，我紧紧地搂着它，活像一位母亲搂着自己的孩子，像科林的扬·胡斯[①]塑像把《圣经》抱在胸前，抱得那样紧，甚至把那本《圣经》一半压进了自己的身体。我望着那两个年轻人，他们没有看我，我把书举到他们面前，他们瞥了一眼，仿佛什么事也没有发生，我鼓足勇气瞧了一下封面，不错，是一本好书，查理·林

---

① 扬，胡斯（1372/1373—1415），捷克宗教改革家，曾任布拉格教区长、伯利恒教堂宣教士及布拉格大学校长，1415年被康斯坦茨宗教法庭宣判为异端，受火刑而死。

白[①]写的一本关于人首次飞越海洋的书。我像平时一样，立刻想到了弗朗基克·史都尔姆，圣三一教堂的同事，他收藏有关航空的各种书刊，因为他深信伊卡罗斯[②]是耶稣的先驱，不同的是伊卡罗斯从天上掉了下来，跌进海里，而耶稣则由一颗一百八十吨重的阿特拉斯运载火箭送进了地球轨道，至今统治着他的地球王国。我心里说，今天我要最后一次给弗朗基克的小研究室送去这本描写林白如何战胜海洋的书。这以后我的微小乐趣就告终了。我蹒跚地穿过院子，主任正满面红光地在给一个名叫海德维契卡的卖废纸的小姑娘过秤，像每次一样，他先称她和送来的废纸，然后称小姑娘本人，这是主任的老规矩，我喜欢书，他喜欢年轻姑娘，对所有的姑娘他都像现在一样，先称姑娘和废纸，然后去掉废纸光称姑娘，把她们的体重一一记在一个小本儿上，他同姑娘们调侃，动手动脚，全然不在乎身边有人冷眼旁观，他抱着她们的腰，把她们举到磅秤上，摆正她们的姿势，仿佛要给她们摄影似的，每一次，给每个姑娘他都详细讲解勃格尔磅秤的使用方法，一面讲一面搂着她们的腰，摸她们的乳房，他每次指着秤上的数字给她们看时，照例像现在这样，站在海德维契卡的身后，两手抱着她的臀部，脑袋凑到她的头发上，色迷迷地闻着她的发香，下巴颏搁在她的肩上指点着数字，随后腾一下跳到一旁，把磅秤上的钩儿一推，欢叫着向小姑娘祝贺，说她的体重没有增加，他把这个数字记在小本上，然后伸出双手，再一次抱着她的腰，嘴里喊着……蹦，把她抱下台阶似的抱下地，一面抱一面闻她的胸脯，之后像每次一样他自己站到磅秤上，要海德维契卡给他称体重，称的时候他仰起头，冲着天棚嘶叫，活像一头老公鹿见了小母鹿时兴奋地伸长脖子欢叫，称完之后，海德维契卡得把主任的体重写在一扇已堵死的房门门框上。我穿过院子和过道，走到外面的阳光中，然而对我来说满眼都是一片阴暗，我来到教堂，只见弗朗基克·史都尔姆擦

① 查理·林白（1902—1974），美国飞行员，因独自完成横越大西洋的不着陆飞行而闻名世界。

② 根据希腊神话，伊卡罗斯为能工巧匠代达洛斯之子。代达洛斯给自己和儿子用蜂蜡、羽毛做成双翼，飞上天空。但伊卡罗斯飞得过高，太阳把蜂蜡晒化，伊卡罗斯落海而死。

机器似的在擦着祭坛的四壁，一看便知他心不在焉，思绪飞向了别处，他也是个不走运的倒霉鬼，一向爱好给报纸撰稿，报道当地腿骨折的小消息，每星期一专栏报道有关打架斗殴的事件，这些事件照例以当事人神志昏迷送进医院或警车告终，除了给《捷克言论》和晚报写这类报道之外，他对其他工作一概没有兴趣，可是他当教堂司事的父亲去世了，弗朗基克接替了父亲的职位，当了教堂司事，但脑海里却总在写稿，报道老城区和新城区所有的醉汉斗殴消息，此外，他稍有空闲便跑回神父住宅区的自己那间屋子，一屁股坐进主教的雕木大圈椅，随手拿起一本航空方面的书便激动地读了起来，读那些个记叙新飞机和飞机制造师的故事。这类书弗朗基克肯定已收藏了二百册以上，我把地下室发现的那本递给他，他擦擦手接过去，从他脸上的笑容我立刻看出这书在他的小藏书室里还没有，他看了我一眼，我感到他的目光在紧紧地拥抱我，他的眼睛甚至润湿了，我意识到那美好的时光，我的地下室带来微小欢乐的美好时光已经结束，我永远不再有机会给弗朗基克·史都尔姆送来安慰了。我们两人正站在一对天使的翼下，这对其大无比的天使由链索系着悬在圣坛的上方，这时房门悄没声儿地推开，神父轻轻走过来，干巴巴地对弗朗基克·史都尔姆说，他得换上法衣去行祝福礼了。于是我离开教堂，在上午的阳光中踯躅，走过圣达代乌斯祈祷台时，我停下脚步站了片刻，回想我曾怎样在这里祈祷过，祈求达代乌斯显个灵，让那些可怕的卡车，就是从屠宰场给我运送可恶废纸的卡车一辆辆都滚进伏尔塔瓦河里去，连车带货滚进去，我还回想起，那时候我喜欢开玩笑，从废纸堆中拣出几颗星贴在帽子上，故意跪在那里，听着路过的旧时代的房产主高声议论……太好了，工人阶级已经爬回十字架前面来啦……现在我站在那儿，帽子拉到眼睛上，突然，一个念头在我脑中闪现，何不跪下来试它最后一次呢？跪下来祈祷，祈求达代乌斯行个奇迹，惟有奇迹才能帮助我回到我的压力机旁，回到我的地下室，回到我的书籍中去，没有书我无法生活，我正要跪下时，却不料美学教授一头撞在我的身上，他的眼镜片在阳光下闪烁，仿佛两只玻璃烟灰缸，像平时一样他手里拿着个公文包，神色慌张地站在我面前，我头上戴着帽子，因此他问道……那年轻人在？我想了想，说他不在。上帝啊，莫非他病了？教授显得很不安。我说不是病了，不过，我对你直说了吧，再不会有路特的文章了，不会有安杰尔慕勒的评论了……我从头上摘下帽子，美学教授越发惊慌了，他甚至跪在了地上，举着一根手指点着我喊道……您就是那个年轻人，您也就是那个老头儿？我戴上帽子，把帽檐拉到额上辛酸地说……是的。不过，再也不会有过期的《民族政治》了，再不会有《民族报》了，他们把我赶出了地下室，您明白了吗？我迈步朝前走去。朝着我走了三十五年的我们院子的通道走去。教授跟随着我，在我身旁跳来跳去，围着我转，拉我的袖子，塞给我一张十克郎的钞票，接着又塞了一张五克郎的，我低头望着这两张钞票，辛酸地说……这是要我好好找一找？教授两手搭在我的肩膀上，透过厚厚的镜片睁大一双马眼看着我。他点点头，喃喃地说……是的，您好好找一找。我说……找一找，可是找什么呢？他完全不知所措了……找另外一种幸福……他轻声耳语，鞠了一躬，往后退了几步，然后转身走开了，仿佛急于离开发生了不幸事件的现场。我拐进院子的通道，只听得我那台压力机丁丁当当地响着，声音那样欢快，活像雪橇上的铃声，载着醉醺醺的婚礼参加者在奔驰。我无法再往前走，我连看一眼我的压力机都不行了，我扭身出门，走在人行道上，阳光耀得我两眼发花，我站在那里不知朝哪儿走好，在这场暴风雨中，我曾经那般信赖的书本竟没有一本前来解救我，一言一语都没有，我那么站着，后来无可奈何地又踅回圣达代乌斯祈祷台，瘫倒在祈祷凳上，头埋在手掌里，也许我睡着了，也许我打了个盹儿，也许我进入了幻境，也许我被落在我头上的不公正弄得有点儿神经失常，我双手捂着眼睛却看见我的压力机变成了巨型压力机中的巨型机，它那样高大，把整个大布拉格圈在它的四壁间了，我看到当我按下绿色电钮时，机身的两侧便动了起来，它们大得有如拦水堤坝，我看到第一批房屋倒塌了，像小耗子一样在我的压力机中滚动，机板不费吹灰之力朝前推去，朝前推去，摧毁着面前一切挡住去路的东西，我俯瞰布拉格城，只见市中心的生活依旧按常规进行，但在市郊，我的巨大的压力机在推进，所过之处变得一片荒凉，现在机器的四壁同时朝市中心靠拢，我看到体育场、教堂和公共建筑物，我看到大大小小的街道，一切都在倒塌，我的启示录压力机不容任何东西逃脱，连一只小耗子也不让，此刻我看见布拉格宫倒下了，另一边民族博物馆的金色圆顶倒下了，伏尔塔瓦河的河水在升起，可是我的压力机有着可怕的力量，一切反抗在它面前犹如院子下面地下室里的一张废纸，我看到巨型压力机这会儿加快了速度，把已摧毁的一切集中到一堆，我看见了我自己，看见圣三一教堂倒在我身上，看见我已不见了，我已被压碎，同砖瓦、木料以及祈祷台混在了一起，于是我只听见电车和公共汽车怎样在断裂，机器的四壁收拢得越来越紧，但瓦砾堆中间仍有足够的空当，破砖碎石的黑暗中仍有空气，这会儿空气透过大压力机的四壁在嗞嗞作响，涌到上面，喷了出来，混杂着人们的哀哭，我睁开眼睛，看到荒凉的大平原中心立着一个大得吓人的包，一个立方体，边长五百米，也许还要长一些，我看到整个布拉格连同我自己、我所有的思想，我读过的所有的书，我整个的一生都压在这个包里，不比一个小耗子更有价值的一生，在我的地下室同废纸在一起被社会主义突击队压碎的小耗子……我惊讶地睁开眼睛，发现自己还跪在圣达代乌斯祈祷台的跪凳上，有一刻儿工夫我木然呆望着扶手上的一条裂缝，后来我站起来，望着电车上的红条纹，望着来往的汽车，望着川流不息的行人，在斯巴莱纳街人们从不停步，全都急匆匆从民族大街赶往查理广场或者反过来，人行道很狭窄，因此人们不停下来，只是匆忙地走着，我被撞来撞去，便靠在神父住宅的墙上，木然呆望，这时忽见弗朗基克·史都尔姆从神父住宅区的大门里走了出来，他像往常一样穿着节日的礼服，甚至还系了领带，一本正经地迈下台阶，大概像平时一样正要朝我们的院子走去，可是这会儿瞥见了我，于是朝我走过来，照例鞠了一躬，问道……您是汉嘉先生吧？我像过去在院子里或在地下室时一样回答说……是我。弗朗基克·史都尔姆把一个信封递到我手里，鞠了一躬，回神父住宅区的小屋去了，去换衣服，弗朗基克·史都尔姆从来都是如此，每当我给他送去一本对他的小藏书室来说是有价值的书，他便像今天一样换上礼服，戴硬领，系卷心菜叶子式的领结，郑重其事地给我送一封感谢信，我照例立即把信拆开，像以往一样，这是一封很正式的书信，雪白的信纸，上端花哨地印着……弗朗基克·史都尔姆微生物实验室字样，信上写道……尊敬的先生，我代表微生物实验室向您致谢。您赠送的查理·林白所著《我飞越海洋》丰富了我们的藏书，希望今后仍将得到您的惠赐。下面的署名是微生物实验室……弗朗基克·史都尔姆……还盖了一颗弗朗基克·史都尔姆微生物实验室的圆印章……我沉思着走到查理广场上，像以往一样把这封感谢信撕了，我知道这是最后一封，因为在我的地下室，我的机器，我光荣的压力机背叛了我，给这些小小的乐趣敲了丧钟，我无可奈何地站在查理广场，呆望着教堂面墙上闪闪发亮的洛约拉的伊格纳休斯像，一轮光环从他周身放射出来，他立在自己教堂的面墙上，欢快的金色线条勾勒出他的轮廓……然而，我看到的不是光环，而是一只竖着的金色澡盆，卧在盆中的塞内加[1]直立着，这是在他用刀子割破了手腕上的血管之后，他向自己证明了他的想法是正确的，他没有徒然写了那本书，一本我喜爱的书……《论心灵的安宁》。

8

我身体靠在黑啤酒酿造厂快餐部敞开的玻璃墙上，喝着波波维茨卡牌的十度啤酒，心里暗自说打这会儿起，伙计，一切就全得看你自己的啦，你得逼着自己到人群中去，你得自己找乐趣，自己演戏给自己看，直到你离开自己，因为从现在起，你永远只是绕着一个令人沮丧的圆圈儿转，你往前走却意味着回到原处，是的，progressus ad originem 也就是 regressus ad futurum，你的大脑不过是一台碾压各种思想的压力机而已。我站在阳光中喝着啤酒，望着查理广场上的人流，全是年轻人，年轻的学生，每个年轻人的脑门上都佩戴着一颗星，用以表示年轻人是英才的幼芽，我看到他们眼中迸射着力量的光芒，我也曾迸射过同样的光芒，直到主任说我是蠢

---

① 塞内加（约前 4—公元 65），古罗马雄辩家、悲剧作家、哲学家、政治家。曾担任皇储尼禄的教师，并爬到权力的顶点。后由于政敌指控他参与皮索阴谋而被勒令自尽。

货。我身子倚在栏杆上，电车来来往往，车上的红条纹看着令人愉快，我有的是时间，我可以上弗朗基谢克医院去看看，据说医院二层楼的楼梯是用断头台的木料改成的，捷克贵族在老城广场被处死之后，弗朗基谢克教团买下了整个绞刑架，或者我可以去斯米霍夫区的什么地方逛逛，那儿的贵族花园有一座亭子，亭里的地板上有个暗钮，一踩着它墙就开了，有蜡像会走出来，就跟彼得堡的恐怖楼似的，一个六趾瘸子月夜误踩了电钮，沙皇蜡像坐在椅子上出来了，举着一根手指威胁他，诚如尤里·蒂纳诺夫在他的小说《蜡像》中生动描绘的那样，不过，我多半哪儿也不去，我只消闭上眼睛，我想象的一切便比现实更为真切，我宁可看看过往行人和他们蝴蝶花般的脸庞，年轻的时候，我也曾对自己怀有美好的希望，有一个时期，我想我应该打扮得漂亮些，我买了一双凉鞋，在当时那是一种时髦货，只用几根皮子和带扣制成，穿这种鞋子我得配上一双紫袜套，妈妈为我织了一双，我第一次穿上这双凉鞋出外时，约了一位女友在托尔尼小饭馆见面，那天虽是星期二，我却忽然心血来潮，想去看一看橱窗里是不是公布了我们足球队的阵容表，我来到布告栏面前，先把锁眼的金属边仔细看了一通，然后才走近去看那张球队阵容表；但那张表是上周的，尽管如此我还是把它又从头至尾读了一遍，因为我感觉到我穿着紫袜子的右脚踩在了什么又大又潮的东西里；我把那张把我的名字列在最后的阵容表从头至尾又读了一遍，因为我没有勇气低头看一眼，待到我终于看了时，才知我正踩在一大摊狗屎里，我那只仅用几根皮子和带扣制成的凉鞋已整个儿陷在里面了，于是我再缓慢地、一个名字一个名字地把青年组十一个成员的名字，包括我自己作为候补队员的名字又从头至尾读了一遍，可是我低头看时，我仍然站在那可怕的狗屎堆里。我举目朝林中空地望去，只见我约会见面的姑娘正从大门里走出来，于是我解开鞋扣，脱下紫袜子，把它连同凉鞋和一束鲜花统统扔在我们足球俱乐部的布告栏下，自己逃到村外的田野里，在那儿我深深地思考了一番，我想莫非命运之神在警告我，因为那时为了有机会接触书，我已有意要当废纸站的打包工。我从售酒柜台买了一杯又一杯的啤酒，端到自动餐厅露天酒座的旁边，身体靠着栏杆站在那儿喝，阳光耀得我眯缝起眼睛，我心里想，何不去克拉罗夫走走呢，克拉罗夫教堂里大天使加勃里尔大理石像很漂亮，借此机会还可以看看那间华丽的忏悔室，是神父用装载加勃里尔大理石像的木箱上的木料做成的，石松木的木箱装着大理石像从意大利运到此地，我怡然闭上了眼睛，哪儿也没有去，我喝着啤酒，脑海里出现了我自己，在那倒霉的紫袜子和凉鞋事件之后过了二十年，一天我走在斯杰金的郊区，偶尔来到了跳蚤市场，在一帮子穷商贩的末尾，我看到有个人在兜售一只右脚的凉鞋和一只紫袜套，我敢打赌那正是我的凉鞋和紫袜套，连尺码我也估计正确，四十一码，我站在那里仿佛看见了幻象，这小贩的信念令我不胜惊讶，他竟然相信有个独脚人会来此购买凉鞋和紫袜子，相信什么地方有个残疾人只有一条右腿，脚的尺码为四十一码，为了给自己增添几分魅力，这个残疾人怀抱着希望会远道上斯杰金来购买一只凉鞋和一只袜子。在这个富于幻想的小贩旁边站着一个老妇人，兜售她手里拿着的两片月桂树叶，我极其惊愕地走开了，我的那只凉鞋和那只紫袜子在经历了许多地区之后，又回到了我的面前，仿佛是对我的谴责。我退还空酒杯，越过电车轨道，公园的沙子路在我脚下咯吱咯吱地响，犹如踩在雪地上，麻雀和燕雀在枝头啾唧，我呆望着一辆辆的婴儿车和坐在长凳上仰着脸晒太阳的妈妈们，我在椭圆形的游泳池旁边站了很久，光身子的儿童在池子里游泳，我看见了他们的小肚皮和背带裤留在他们身上的痕迹，加利西亚虔诚教派的犹太人常系一根色彩鲜艳的，有条纹的腰带，把身躯分为两截，比较讨人喜欢的一截，包括心、肺、肝和脑袋，以及只可勉强容忍的、不重要的一截，即肠子和性器官那截，天主教的神父们则把这道区分线提高到脖子上，把教士硬领看作一个明显的标志，突出大脑独一无二的至高地位，因为大脑是上帝蘸手指的托盘，我望着嬉水的儿童和他们光裸的身体上背带裤留下的清楚的条纹，我想到了修女们，她们用无情的布条把脑袋缠得严严实实，只薄薄地片下一张脸庞，嵌在上了浆的头盔里，犹如一号汽车赛的选手，我看着这些在水里拍溅着水花游动的光身子儿童，他们对性尚一无所知，他们的性器官，诚如老子教导我的，却已暗中成熟[1]，我想到神父和修女的那些布条条，犹太人虔诚派的腰带，我暗自寻思，人体是一只计时的沙漏，在下面的到了上面，在上面的到了下面，两个互相衔接的三角形，所罗门王的印记，他年轻时写的《诗篇》和年老时论“虚空的虚空”的《传道书》之间的和谐。我的目光飞向洛约拉的伊格纳休斯教堂，号角般的金色光环在闪闪发光，奇特的是，我国文学巨匠的塑像几乎全都是瘫痪在轮椅上的，庸格曼[2]、沙法里克[3]、帕拉茨基[4]，一个个都僵坐在椅子上，连贝特馨公园的马哈[5]也得轻轻靠在柱子上，而天主教的雕像却个个充满了运动感，仿佛都是运动员，总是像刚在网上扣了一个球，刚跑完一场百米赛，或者刚以一个旋转的动作把铁饼远远地扔了出去，他们的目光总是看着上方，仿佛举着双臂在接上帝打来的一个高球，用砂岩雕刻的基督教的雕像都有足球队员的风采，高举双臂欢呼，因为刚胜利地踢进了一个球，而雅罗斯拉夫·伏尔赫利茨基的雕像却是倒在一张轮椅上。我跨过沥青马路，从阳光中走进契谢克饭馆，酒吧间里光线幽暗，顾客们的脸一张张都像闪光的面具，身躯则被黑暗吞没了，我下楼走进餐厅，在那里越过一个人的肩膀看到墙上写着马哈曾在这栋房子里创作了他的《五月》，我坐了下来，但举目朝上一瞥，不禁吃了一惊，这里的电灯跟我地下室里的一模一样，我站了起来，冲出门外，却迎面撞到了我的一个老相识的身上，他喝得醉醺醺，马上伸手摸出小钱包，在一沓子纸条里翻找了许久，最后抽出一张递给我，我看了一下，原来是酒精中毒防治站的化验报告，上面写道：持证人血液中的酒精含量低于千分之一，此证。我把化验报告叠起还给了他，这位老相识，他的名字我已忘记，告诉我说他由于想改邪归正，喝了两天牛奶，谁知这就造成他今天早晨走路跌跌撞撞，他的头头认定他喝醉了，打发他

① 老子《道德经》中有赤子“未知牝牡之合而朘作，精之至也”句。

② 庸格曼（1773—1847），捷克民族复兴时期的诗人、翻译家、科学家、语言学家、文学史家。

③ 巴·沙法里克（1795—1861），斯洛伐克人，文学史家、语言学家和历史学家。

④ 弗·帕拉茨基（1798—1876），捷克历史学家和文化组织者。

⑤ 卡·马哈（1810—1836），捷克民族复兴时期著名诗人，代表作为长诗《五月》。

回家，扣除他两天假期，于是他马上跑到防治站，做了检查，检查结果后来正式写在公文纸上：血液中未见一滴酒精，防治站还打了电话，批评头头说这样做打击了工人的积极性，为了庆祝他手中握有一张正式文件，证明他血液中未见一滴酒精，他从早晨起便开怀痛饮，一直喝到现在，他邀我同他去干上一杯，还说我们俩不妨再试它一次一障碍滑雪大赛，几年前我们玩过，几乎每次都翻了船，只有一回走运，顺利通过了所有的目标。可是，我对障碍滑雪大赛已忘得精光，连一个目标也想不起来了，我的老相识——他的名字我也已忘记——一心要争取我，便兴冲冲地给我描绘开了，他说，我们将从霍夫曼酒店开始，在那里喝一杯啤酒，然后穿过下一个目标弗拉霍夫卡酒店，之后是小角酒店，从那里出来一路下滑到失守卫酒店，之后直闯米莱尔酒店，然后到纹章酒店，每一处只叫一杯啤酒，以便节省时间去闯下一个目标雅罗米克酒店，之后去拉达酒店，喝一杯啤酒之后马上开路，转移到查理四世酒店，随后直线下滑，笔直来到环球快餐店，之后放慢滑速，穿越下两个目标豪斯曼酒店和啤酒厂酒店，从那里出来跨过电车轨道到瓦茨拉夫王家酒店，接着通过下面的目标普基尔酒店或者克洛夫达酒店，之后我们还可以越过投达酒店和水银酒店，直奔胜利标前面的最后一标巴摩夫卡酒店或者肖莱勒快餐店，末了，如果时间来得及，整个障碍滑雪大赛将在霍尔基酒店或罗基察内酒店告终……在描述这一赛程时，他醉醺醺地伏在我的肩上，我挣脱了他，离开了契谢克酒店，走进查理广场的花圃中间，那里盛开着赏心悦目的人脸似的蝴蝶花，崇拜太阳的游人已追着阳光移到夕阳照射着的长凳上，我走出那里不觉又回到了黑啤酒酿造厂的快餐部，要了一杯苦味酒，接着喝了一杯啤酒，随后又要了一杯苦味酒，我们惟有被粉碎时，才释放出我们的精华，透过树枝我看到新城塔堡上的氖光钟已在黑暗中发出光亮，当我还是个小男孩的时候，我曾幻想如果我当了百万富翁，我要给所有的城市大钟装上磷光字盘和指针，压力机处理的书在作最后挣扎，极力要挣断身上的绳索，肖像画，脸上皱得蘑菇似的老人，伏尔塔瓦河上吹来一阵风，吹过了广场，我喜欢这风，我喜欢黄昏时分走在莱特纳大街上，河水送来阵阵芬芳，还有斯特洛摩夫卡公园里草坪和树木的清香，这会儿街上的香味是伏尔塔瓦河上吹来的，我走进布班尼契克酒店，坐下来心神不属地要了一杯啤酒，两吨重的书堆在我睡觉的脑袋上方，快顶到天花板了，达摩克里斯剑每天悬在我的头上，是我自己把它悬挂在那里的，我是个蹩脚小学生，拿回家的是一张分数不及格的成绩单，小气泡鬼火似的往上升起，三个年轻人在角落里弹着吉他低声歌唱，每一种生物必定有其天敌，永恒大厦的忧伤，美丽的古希腊文化作为典范和理想，正统的旧式中学和人文主义的大学，与此同时首都布拉格的下水道和阴沟里两个鼠族在进行着殊死战斗，右裤腿的膝盖部位有点儿磨破了，青绿色和光滑的红色裙子，无力的双手犹如折断了的一对翅膀，农村肉铺挂着的大得吓人的猪腿，我谛听着下水道哗哗的水声。临街的店门推开，一个大汉走了进来，他身上透着一股子河水的气息，突然，出乎大家的意料之外，他抓起一把椅子猛地砸成两半，举着破椅腿把惊惶失措的顾客们驱赶到一个角落，三个年轻人吓得身体贴在墙上站在那里，活像雨中的蝴蝶花，大汉嚷嚷着要杀人，手里举着的棒子眼看就要劈下来，可是就在这最后一瞬间，他忽然用破椅腿打着拍子低声唱了起来……灰色的小鸽子，你在何方？他一面轻轻地唱着，一面打拍子，唱完之后他扔掉椅腿，赔偿了椅款，走到门边时他回身对胆战心惊的顾客们说……先生们，我是刽子手的帮凶……说罢神色沮丧、失魂落魄地走了，兴许他就是一年前的那天夜里我在霍莱肖维采屠宰场附近遇见的那个人，他用芬兰刀顶着我，把我逼到一个角落，掏出一张纸来给我朗读了一首咏希强内农村美丽风光的小诗，读完之后他向我道歉，说眼下他找不出别的办法让别人听听他的诗。我付了啤酒和三杯苦味酒的账，走进微风吹拂的街道，我又来到查理广场，新城塔堡上明亮的大钟显示着没有意义的时间，没有哪里需要我急急赶去，我已悬挂在空中，我穿过拉萨尔斯卡大街，拐进一条小巷，沉思着开了收购站后门的锁，手掌在墙上摸索，摸到了电灯开关，我拧亮电灯发现自己已在地下室，在这儿我曾用压力机处理废纸，干了35年，新的废纸堆高得山似的，穿过天花板上的方洞口挤进了院子，为什么老子说诞生是退出，死亡是进入[1]呢？有两样东西永远使我的心里充满了新的、有增无减的惊叹，闪烁的夜光，说实话，干这份活儿得有神学院的学历，样样事情使我惊愕不已，我按了一下绿色电钮，随即又关上了，我开始抱起一大把废纸扔进槽里，铺平，在小耗子的眼睛里我看到了比缀满繁星的天空更多的东西，茨冈小姑娘睡眼惺忪地走来了，机器轻轻地动着，犹如手风琴演奏者在玩弄一支海利康大号，我揭开纸箱上盖着的博斯[2]的绘画复制品，从垫着圣像画的书箱中找出了那本书，上面有普鲁士王后夏洛特·索菲娅对侍女说的一段话……你不要哭，我为了满足自己的好奇心，现在要亲自去到那个地方，看一看连莱布尼茨也无法向我说清的事情，我将跨越生和虚无的界线……压力机丁丁当当地响着，红色电钮亮了，推板退回来，我放下手中的书，给槽里上料，机器涂了油，滑溜溜的，有如开始融化的冰，布勃内的巨型机将代替 10 台我在操作的这号压力机，这方面萨特先生和加缪先生描写得很生动，尤其是加缪先生，亮闪闪的书皮在向我眉目传情，梯子上站着个老头儿，蓝大褂、白皮鞋，翅膀拨刺刺地扇动卷起了一片尘土，林白飞越了海洋。我关掉绿色电钮，摊平槽里的废纸，铺垫成一张小床的模样、我依旧是原来的我，没有什么可以羞愧的，我依旧为自己感到自豪，像塞内加跨进浴盆一样，我一条腿跨进槽里，我等了片刻，然后另一条腿也跨了进去，我把身子缩作一团试了试，爬起来跪在槽里按一下绿色电钮，马上转身蜷缩在机槽里小床上，在废纸和几本书的中间，手里牢牢地攥着一本诺瓦利斯[3]的作品，手指按在向来使我激动不已的那一句上，我幸福地微笑着，因为我开始同曼倩卡和她的天使一样了，我开始跨进一个我还从未去过的世界，我攥着的那本书中，有一页写道……每一件心爱的物品都是天堂里百花园的中心。我不去梅朗特立克印刷厂的地下室捆白报纸，我像塞内加一样，像苏格拉底一样，我选择了倒

---

① 老子《道德经》中有“出生入死”句。

② 博斯（约 1450—1561），尼德兰中世纪晚期著名画家。

③ 诺瓦利斯（1772—1801），德国早期浪漫派诗人，他的散文诗《夜颂》把死亡赞颂为在上帝面前过一种更高尚的生活。

在我的压力机里，倒在我的地下室，也就是说在这里升天，虽然压板已在挤压我缩在下巴底下的双腿和其他部位，我拒绝被赶出我的天堂，我在自己的地下室，没有人能把我从这里赶出去，没有人能把我调离这里，一个书角顶着我的一根肋骨，我不由得呻吟起来，我仿佛注定要在自己制造的刑具上认识最后的真理，压板像一把儿童折刀在朝我阖拢，在这真理的时刻茨冈小姑娘出现了，我同她一块儿站在奥克罗乌赫利克，天上飞着我们的风筝，我牢牢地拉着风筝绳，我的茨冈小姑娘这会儿从我手里接过那团麻绳，她独自在放了，两腿分开使劲站稳在地上，免得飞上天去，后来她把一张纸条顺着风筝绳送上天空，在最后一刻我看见了，纸条上是我的脸孔，我惊叫一声……睁开了眼睛，我呆呆地看着膝上，我的手里抱着一大束连根拔出的蝴蝶花，衣襟里全是泥土，我木然望着地上的沙子，当我抬起眼睛时，却见灯光下我的面前站着穿青绿色裙子和光滑红裙的人，我把头往后仰了仰，原来是我的那两个茨冈女人，她们打扮得很漂亮，她们背后，新城塔堡大钟上的指针和字盘透过树丛闪着明亮的光，穿青绿裙子那个摇着我的身体喊道……大叔，看在上帝和救世主的份上啦，您在这儿干什么？我坐在长凳上愚蠢地微笑，什么也不记得了，什么也看不见，什么也听不见，因为我也许已经到过天堂里百花园的中心。因此我也无法看见，无法听见我那两个茨冈女人怎样挽着两个茨冈男人的手臂，踏着波尔卡舞步，吵吵嚷嚷地穿过查理广场的花圃，从左边转向右面，在铺着细沙的那条小径的弯道上消失了，消失在浓密的灌木丛后面。

1976 年 7 月

（选自《过于喧嚣的孤独 底层的珍珠》，中国青年出版社 2003 年第 1 版）

另一个人

［匈牙利］凯尔泰斯·伊姆莱

余泽民　译

“……因为，我是在描绘自己。”

——蒙田[①]

“……尽管我从来就没有存在过，我幽然易逝、幻影无形地徘徊在一个永远不可能成形的一个人的梦乡里。”

——佩索阿[②]

“‘我’：是一个我们顶多可能成为他的合著者的家伙。”

——凯尔泰斯·伊姆莱

“……我：是另一个人。”

——兰波[③]

一九九四年秋天，寒冷的多瑙河畔，黄昏初始的天空，将青苹果一样酸涩的颜色泼洒在佩斯一侧的、在神气十足的谎言中变得破旧斑驳了的宫殿上。[④]

所有的一切都深深地、静谧地沉睡在我体内。我的情感与思绪如此纷乱错杂，就像是满载的一车温热的沥青。

为什么我会如此深切地感到自己的失落？显然，因为我是一个失落者。

一切都是伪造的（通过我，在我的身上：我的存在伪造了一切）。

---

① 蒙田（1533—1592），法国十六世纪怀疑主义哲学家、散文大师。著有《蒙田随笔》。

② 费尔南多·佩索阿（1888—1937），葡萄牙作家，著有《惶然录》。

③ 兰波（1854—1897），十九世纪法国天才的象征派诗人，被誉为法国现代派诗歌的先驱。

④ 布达佩斯是匈牙利共和国的首都，蓝色的多瑙河穿城而过，将城市分成布达与佩斯两部分。

假如这种空虚（内心的空虚）变成了犯罪感的话，也许可以追溯到事发的起源。焦虑超过了上帝的造化，空虚的恐怖，是道德的事实论据。

昨天，在一个公共的演讲大厅里，在一个被极为愚蠢地命名为“匈牙利人与犹太人共存”的愚蠢至极的会议上，有一位老先生朝我径直走过来，他的神色混沌，不成形状，头发稀疏，隐现在脱发之处的秃斑，看上去就像是带扶手的绒布座椅上脱了绒的地方：我在他脸上找不到一丝熟悉的轮廓。他突然令人惊诧地跟我拥抱，随后自我介绍说：他是我的一位“已经三十五年没有见面了的朋友”，他侨居国外。他听到过我的消息，读过我的书。他说，他对“我的转变”感到纳闷。当年，他在我身上并未察觉到丝毫的特别之处，我一点也没显露出所谓的“较为出众的能力”。虽然，我对这个突如其来的话题为自己做了稍许的辩解，但是，他的那些话最终还是搅乱了我内心的宁静。直至今天，我都一直乐于将自己视为一个从某种角度来说总在不懈努力、对任何事物都能保持清晰目光的人。到底什么是我“较为出众的能力”呢？我没有追随这个国家的惟一感召：这种感召，表现为一种好似“激励人们在精神上、心灵上，乃至肉体上自杀的汽笛声”的、无休无止的诱惑；这种感召，具有生命的活力。这种所谓“胜利的最底限阈”，不仅极难估算，而且完全缺少预见。现在，究竟“变化”发生了什么变化？难道我们不会再继续地听人摆布？莫非是我们自身发生了改变？所发生的变化，不过是归还了少得不能再少了的生存条件，即“个体的自由”——牢房的门“吱呀”一声打开了，我在这里已被囚禁了整整四十年，可以想象，这一声“吱呀”就足以使我惶惑不安。我们不能在自己当过奴役的地方品尝自由。我们必须离开这里，必须去很远很远的地方。但是，我做不到。

因此，我自己需要重新诞生，变形——究竟要变成谁？要变成什么？

细雨霏霏。一个男人正坐在一家饭店的餐桌旁向一个女人解释着什么根本就不可能解释清楚的事情。他想放弃自己总是不断受挫的、对幸福的尝试。在一条条通向空虚的、充满允诺的迷途上，他已经厌倦于对欢愉的追猎。这不是另一个女人，上帝有眼，当然不是。这是自由。一种“相牵相随的关系”终于从多年来激转的浑浊旋涡中浮出水面。他感到厌腻，在所有的关系中，他所能意识到的只有对自己的不满。一条短暂、激烈、具有创造力的生命在他的体内浮现。对忠诚与职责的倔强恪守，是长期抑郁症的滋补之火。这把火是冷的，冷得就像一块冰；然而，“满足”却燃烧其中。“Was wussten sie, wer er war.”（德文原意为：“谁能知道他曾经是谁。”）没有人知道他是谁，没有人知道他渴望抱着自己的秘密孑身独处。女人露出一副倾听的神情。现在，她本该站起来，本该晃着高傲的肩膀，强忍呜咽地离开这里，但是她没有起身。这时，男人想从座位里跳起来，想温情地、飞速地吻一下女人的眼睛，然后匆匆离开咖啡厅，但是他没有这么做。招手，付账。两个人同时从桌边站起。透过雨水吹打的玻璃窗，我们看到两个人走到街上。男人将雨伞撑开，他们肩并肩地朝前走出几步，女人终于挽住了男人的胳膊，之后，他们经过一段时间笨拙的努力，终于调整好彼此的脚步。一股清新的气流从店门上方穿堂吹过，如同一阵一飘而过的、徒劳的痴笑。

细雨霏霏。前任党书记正在电视里发表讲话。人们“相信”党，“相信”所发生的“失误”和“错误”，然而人们也“相信”：比如说，对于这里发生的一切，“斯大林并不知情”等等。但是，用不着相信，他们不能把这些陈词滥调与真正的实质相混淆；用不着相信，他们不能将所谓的“信仰”与真实的思想或情感混为一谈。可以汲取的教训是：这些人使我们的生活建立在一片毒言恶语之上。而且更有甚者，他们还为这些毒言恶语洗礼，将之演变成了一种合法的“大一统思想”。他们的下台，将一群惯用毒言恶语的“残疾者”遗弃在身后，这些人需要紧急的“道德抢救”，他们的言语就如同一团被撕得粉碎的纸屑，似乎突然丧失了毒言恶语的价值，突然暴露出自己道德的伤疤。道德的假肢“咯吱”刺耳，道德的拐杖“嗵嗵”作响，道德的残疾车正在转动……这一切，我只是冷眼旁观。这并不是说他们需要像忘掉一场梦魇似的忘掉一段历史的岁月：想来，这场梦魇曾是他们自己，假如他们想要活下去的话，他们要忘掉的是他们自己。事实上，谁也未曾调查过：对一个经历了长久死亡的人来说，“重生”——到底还有没有可能？到底还有没有吸引力？在什么时候有谁重生，这不是在宣布奇迹，只不过是要继续活下去，继续苟活下去；从本质上看，这与至今为止的“活着的目的”（即“不为任何目的”）并没有什么两样，莫非人们根本就未曾意识到这次“重生”的体验？能不能想象，让拉扎尔①扮演卓别林②的角色呢？

潮冷刺骨的悲剧之风正在呼啸。大地崩裂，苍穹塌陷。人们都突然变形，萎缩，衰老。地狱的喘息吹掉了人们脸上的色泽。一条条灰色的行影、一具具苍白的尸首在街巷里幽行。这是灾难的变形。在血染的原野上，他们在上满彩釉了的昆·贝拉③塑像旁踯躅，我恍然明白了，我看到的是自己青年时代的懦弱、愚蠢、盲目和一种——归根结底——与自杀相仿的、不可理喻的悲剧生活，事实上，无能为力也能以一种尊严的方式变形。这里边存在着某种尊严，一个人最终遵从了屠杀的指令，带着某种平和忍耐着，等着被点名，被杀戮。在这种安逸之中，在这种牺牲品的安逸之中，存在着某种伟大。就我而言：今天，我已经预料到自己将要继续坚守岗位，顶多让自己的厌恶与日俱增。长寿，似乎为我们收藏了许多的惊喜——我们自己为自己制造的惊喜。

“我们要尽可能深远地接受我们的生存。”黎尔凯④说。卡夫卡⑤说：“我要多多地孤身独处。我取得的所有成绩，只不过都是孤独为生的结果。”尼采⑥说：“距离感……”

---

① 《圣经》里，拉扎尔是穷人的象征。

② 查理·卓别林，二十世纪最伟大的喜剧大师。

③ 昆·贝拉为匈牙利共产党的早期领导人。

④ 黎尔凯（1875—1926），德国著名诗人。

⑤ 卡夫卡（1883—1924），奥地利作家，后现代主义文学的鼻祖。出生于捷克布拉格的一个犹太人家庭，因此，他像凯尔泰斯一样，终身都背负着这个沉重的十字架，始终生活在社会的阴影之中。卡夫卡的作品和人格对凯尔泰斯影响至深。卡夫卡的主要作品有《变形记》、《审判》、《城堡》、《判决》等。

⑥ 尼采（1844—1900），十九世纪德国著名哲学家。

到底什么是正当的生活？这是一个永远的秘密（对我来说）。

昨天晚上，我躺在床上，重又绞尽脑汁地试着对“自己并不存在”的假设进行了长久的冥想。没有任何的主观臆断。我几乎感觉到，自己游离出自己的肉体——但是，历险也就到此结束。一旦我丢掉了自己的躯壳，内容也就随之消失，所有的一切都留在了那里。我的生死与我的肉体紧密相系，有的时候，这句陈词滥调简直令人难以置信。如果我以为“我的生活属于自己”的话，那么我将犯一个错误。但是，如果我忽视它、抛弃它、将之废弃、把它掩埋的话，那么我将铸成一个更大的错误。这个生活已被托付于我——我不问“是谁将它托付于我”，因为我知道这个答案；而且我还知道，这个问题的提出就是虚假的；我只有倚仗于自己和自己无可争议的责任感（就跟倚仗于惟一的感觉经验一样）。我与自己的生活处于一种相互依傍的关系之中。这个关系的名字是：屈从。至今为止，并没有遇到什么问题。但是，在那个破碎了的生活中，到底哪个碎片是那个自称的“我”呢？

“‘我’：是一个我们顶多可能成为他的合著者的家伙。

> ‘我’：是另一个人。”（兰波）
>
> “一九五一年四月九日。‘你是知道，还是只是相信自己叫做路德威格·维特根斯坦[①]呢？’这是一个有意义的问题吗？”（维特根斯坦：《谈“确凿无疑”》）

在一九五一年四月九日，在四十四年半前的今天，我到底做了些什么？想来，当时我作为一名“被开除了的知识分子”，正在一家名为“匈牙利国家钢铁厂”的金属机械厂里工作。那时候，我是知道，还是只是相信自己叫做“凯尔泰斯·伊姆莱”呢？

我既不知道，也不相信。如果有人叫我的名字，我只是简单地顺从。

---

① 路德威格·维特根斯坦（1889—1959），奥地利著名哲学家。

我始终痛恨自己的名字。早在童年时代，这个名字就浸染了太多的屈辱。

如果我想准确地说：我想，我惧怕自己的名字。即使现在，我对它都心怀余悸。

当我听到有人叫我“凯尔泰斯·伊姆莱”的时候，当我看到有人写下“凯尔泰斯·伊姆莱”这个名字的时候，简直是要我将自己从一个宁静的、隐姓埋名的藏身所里拽出来。然而，我永远不能将自己与这个名字相对应。

（话说回来，事实上，托尔斯泰①早在他的少年时代，就已经像一只小狗似的陶醉于自己的姓名了。）

我到达维也纳的感觉，就好像是从自己的生活里逃离出来。我翻译维特根斯坦的作品（《杂论》），就好像是逃离自己的任务。

一九九二年微寒的冬季。在初降的黄昏中散步。拜尔威德莱公园②卡洛伊教堂附近。听上去让人联想到悦耳的银铃声的阿根廷大街。一座座造型宏伟的宫殿，在一个门洞里，藏着一家出售印度尼西亚首饰、弯剑和奇特装饰品的隐蔽小店。阳光下（这时一些非常古老的词汇在我的脑际闪现，比如说“晚祷”），在晚祷时分（究竟什么时候是“晚祷时分”?），我透过开向皇家庄园的窗子朝庄园院内眺望。空气里散发着一股酸溜溜的气味，路上行人稀少，夜幕中黎明的色彩，一种孤独，一缕轻烟——这一切，这一切的一切，宛如孩提时代长长的、忧伤的、梦样的午后。

在这座城市，维也纳夜晚的寂静与古朴仿佛是某种暗喻，在我的体内……可以这么说：勾起回忆?

我想，我一向喜欢这样地活着：在一个租赁的公寓里（这套公寓不属于我的），在舒适的家具中间（这些家具不属于我的），无家可归地独自做着自己要做的事情（此刻，我在翻译维特根斯坦的著作），不受任何基本生存问题的困扰，在一个陌生的地方，让内心的感触伴着一些——可能是对

---

① 托尔斯泰（1828—1910），俄罗斯文豪。

② 拜尔威德莱公园位于维也纳市内。

某些从来就不曾存在过的事物的——记忆……

虽然在维也纳找不到维特根斯坦的足迹，然而在他身上，在维特根斯坦身上，到处都能够找到维也纳的印记。自由，到了堕落的地步：犹太民族的自我怨恨（事实上，关于“反犹太人主义的形成及其行动”的研究在这里可以达到一个最高贵、最高深的水平）；通常，这种自我评价的惶惑不定，就像父亲、或者国家的皮靴靴底的“致命践踏”，当毁灭性的敌视达到一定极限的时候，这种“致命践踏”就会突然变得高效多产，从而成为创造者——思考，就像一种逾越的尝试；思考，就像一种复仇，就像一个亡命者充满轻蔑与恍悟的再一次回眸。

他说：“马勒①是位蹩脚的作曲家。”我一边翻译着这样的蠢话，一边将“第六交响乐”的磁带插进录音机里。托马斯·本哈德②在一次接受采访时说（与他的表弟保罗相反）：路德威格·维特根斯坦是一个乐盲（“un-musikalisch”——德文原意为“没有音乐细胞的人”）。但是，这句话还有弦外之音。“播种思想是一回事，收获思想则是另一回事。”这是我从《杂论》中翻译的话：可以这么说，维特根斯坦不愿意“收获”马勒的思想，我认为他之所以不愿意这样做，是因为马勒是一个犹太人。对一部作品的误解竟是如此容易。或者说：艺术作品竟是如此地不堪一击？不，它们实际上比这个还要脆弱易伤。所有的理解都是误解。我们能否这样说：是误解维系着艺术作品的生命？不，这么说，是不太可能的。

这是维也纳给我留下的第一个清晰记忆的、图解似的梦像。感觉不佳，自卑自贱，焦虑不安。可以说，这与昨晚所读的文章有关（文章刊登在《纵横》杂志上，标题是《反犹太人主义的拯救者》），另外，还跟维特根斯坦与自己的犹太民族性相系的不幸牵联有关。今天早上，我突然发现了一个典型的翻译错误：“这是一个可以预期的矛盾冲突，”我写道，“即

---

① 古斯塔夫·马勒（1860—1911），奥地利著名作曲家，犹太人。

② 托马斯·本哈德（1931—1989），二十世纪奥地利著名诗人、作家。

一个人在自身保持一种指向自身肉体的、古老美感的同时，还满怀喜悦地感激于囊肿（维特根斯坦用“囊肿”比喻“犹太民族性”）。当然，正确的翻译是这样的：“这个矛盾冲突突然要求一个人在自身保持一种指向自身肉体的古老美感的同时，还应该满怀喜悦地感激于囊肿。”我指的这个翻译错误，显然是弗洛伊德①式的潜意识失言，他表明了，我实际上在期待着什么……

但是，我从自己身上期待着什么呢？我该怎样对待我的这些毕竟还是从囊肿角度审视一切的梦呢？

彻夜难眠，今天早晨——就跟平时的每天早晨一样——我又从那块镶嵌在普林兹·欧根大街一侧屋墙上的“莫里茨·施利克②纪念牌”前走过，与其叫它屋子，不如称之为“公寓宝殿”。由于与维特根斯坦有关，所以我在第一次经过这块“纪念牌”的时候就曾驻足。即便我在布达佩斯看到这样一个给人以空灵感的名字的话，肯定也会感到奇怪的。莫里茨·施利克是被他的一个“不喜欢犹太人的学生”（可能也是个坏学生）开枪击中头部，丧命于大学的集会大厅里。由于这个暴行并不完全符合当时（一九三六年）奥地利的相关法规，这名学生被判处了十年有期徒刑；仅过两年，他就利用德国吞并奥地利的契机被迅速释放（也许由于他频频求饶的原故）。在法庭上，这名学生以“施利克创立了一种邪恶、有害的哲学”为由进行辩护（或者说，就像包括现象学在内的那些极端偏激的“怀疑犹太人事件”一样，他以语言批评与逻辑的实证主义为由进行辩解——让我们再做一下更深层的合理思考：想来，揭示这些形而上学的谵语到底对谁有益？在那之后，这些意识形态的喋喋废语恰恰以此作为基础，建立起了自家的斜塔）。我真不明白，为什么要在每天早晨让自己因为这段历史而沉浸于悲哀。施利克居住在维也纳美丽的街区，他房间的窗户开向拜尔威德莱的玫瑰园。楼房旁边，近来开了一家地窖酒馆，许多语调刺耳的陌生汉子进进

① 西蒙·弗洛伊德，奥地利心理学家，精神分析学派的创始人。

② 莫里茨·施利克（1882—1936），德国哲学家，由于他的犹太人身份，于1936年遇刺身亡。

出出；在这个令人骄傲的“宫殿”墙根下，点缀着一块块可疑、潮湿的污迹，昨天早上，由于一摊呕吐物，我不得不迅速移开了视线。自一九八九年以来——总共三年——当我最后一次（也是第一次）来维也纳客居，这座城市明显变得破旧失修。但是，我为什么要像一个维也纳普通市民一样地为此而忧心叹惜呢？显然，我在跟自己个性的紊乱相较量：我到底应该与谁为伍？在决断的刹那，维也纳的治安者们毋庸置疑地会将我推搡到那些语调刺耳的人群里，然而，我并不喜欢那个人群，因为他们从嘴里呕吐出西方的文化。现在惟一的问题是：到底存不存在西方文化？我只能与莫里兹·施利克结伴，他沉溺于思想，并因此被人枪杀，他的死也与哲学家的命运相匹配。

维特根斯坦：“音乐的感觉是一个人生活的表白。”

我不知道为什么，总有一个画面在我的眼前反复浮现，这是一个室内乐团的女大提琴手。地点是在布达佩斯，当她一次次用琴弓拉出强音的时候，她的头激昂地随着旋律用力地摆动，她的头低垂在左肩上，看上去犹如一个并不属于她身体的物体。似乎每个音符、每次拉动琴弓，都要让她付出牺牲，都要令她的身体沉浸于那样一种忘我的状态——这种状态恰恰使人不再意识到她躯体的存在，从而让观众毫无间断地沉陷在这幅画面所唤起的痛楚之中，不过，她演奏的总是古典音乐，如果可以这么说的话：都是地道的传统音乐，如果我没有记错的话，是巴赫的音乐。

在维也纳，有许多贵夫人一样优雅、衰弱的老年妇人。我伸出手臂，帮助她们从有轨电车上下来，搀扶她们踏到站台。她们中的有些人表示感谢，另一些人则用狐疑的目光上下打量，不过，从没有人像我怀疑自己的那样怀疑过我。

维特根斯坦时刻不停地用一个格外尴尬的问题折磨着自己：他提出来的东西到底有没有“价值”？这就像人们根据珍珠的市场价格衡量海贝，而与此同时，海贝却在深海里自然地生长：我们必须认识到，海贝的价格与海贝的生产在本质上毫无关联……

才能与天赋之间有一道——有时是不能够跨越的——鸿沟。

“不说谎的人，恰恰是最原本的人。”今天下午我翻译道。

有谁会因为人们——看上去——轻易选择思想（或用人们喜欢用的说法，“信念”）而感到惊讶？每种“信仰”，都是不同种类人的不同“假面”。而且不管戴上哪具“假面”掩饰自己，自己仍还是原来的自己，仍还做原来的事情。

维特根斯坦的话是真实的：宗教信仰最重要的是（而且首先是）它的出发点正确，要知道，人类处于绝望的境地。我想问：能不能在绝望中信仰呢？因为就我而言，这个信仰已经够了，而我却不是一个绝望的人。

在这个清冷的春日，一切永远不会再回返，这些维也纳的早晨也不会复归；我充足享受了这些早晨了吗？我是不是太愚蠢，以至于不觉得快乐？

有几个清晰再现的记忆瞬间：在史蒂芬广场[①]上，一个裹着裘皮大衣、穿着格外惹眼的高跟鞋的女人，满脸堆笑地沿着一条残留着雪迹的石头小路朝她的朋友跑去。

在深夜的施瓦森伯格广场上，一对被冻僵了的恋人相互依偎，等着“D线”有轨电车。

在一个暖融融、香喷喷的饭馆里，在烛光影绰的餐桌旁。一位自作聪明的大堂领班，很想知道到底谁将在音乐厅内指挥维也纳交响乐团，结果却用当地的脏话奚落了乐队的指挥。

在回家的路上，他略显蹒跚地走在昏暗的戈尔岱格斯小街上。

早上明亮的晨光，投照在格拉夫·斯达亨堡大街的食堂内。生活中“轻松的不可能性”就像一片松动的沃土，而“回顾”就像野罂粟，会在上

---

① 维也纳的中央广场。

面萌出嫩芽，开出红花。

火车站沉浸在轻微的忧郁之中，这是黄昏别离的时刻。另有一张夜间的照片：快车车厢内，一个依着深红色靠椅坐着的女人侧影。

次日，维也纳的星期日。午前，维特根斯坦；中午，到黑森散步。黑森墓地，修剪整齐的园子，精心维护的坟墓（我再补充一句：营养良好的尸体）。一进大门，迎面便是豪华气派的“多尔福斯①纪念碑”。据我所知，多尔福斯曾是个微不足道的人物。有一次，在玫瑰山丘上，在一条幽雅别致的“观景峰大街”里，有一座夏季幼儿园。我正俯在一只大水盆前，有个人，一个身穿白色外罩的女人，正在院子里为我洗头。突然有人大喊了一声（不知是在街上，还是在院子里），喊的是：多尔福斯！接着是枪击声。正在我头上抓挠的那只手停住了，我的眼里、嘴里堆满了刺人的肥皂水。我听到这样几个词：“流血了……还喘气呢……”我对后一个词记得尤其清楚，因为，我当时并不很清楚那个词到底指什么。我想象着那浓稠、殷红的液体——想象着一个成年人的血，那种血跟“我在将自己割伤、或在跌伤膝盖后从我的身体里快乐流出的鲜红、咸涩、令人骄傲的神奇液体”迥然不同，那是一种预兆不祥的、粘腻的物质；我的舌头徒然转动，却说不出话，那个“多尔福斯”一词对我来说，即使在今天想起，也总是与“喘气”的想象以及肥皂水的味道一起重现在我的记忆之中。但是，那条“观景峰大街”到哪儿去了？有时，我也走在一条叫做“观景峰大街”的街道上，但是，这条大街并不能使我忆起那条原来的“观景峰大街”。现在的“观景峰大街”上，年久失修的老式楼阁被怪异的铁栅栏捆绑着，犹如一条曲折盘行的巨大蟒蛇，在污迹斑驳的墙根下，我偶尔能看到一只希腊龟，我将它拾起来，带到小路尽头的那片绿地，并小心翼翼地将它放在草坪上；在这里，在这片高地的草坪上，曾经是世界最后一座可以保卫的山峰，从这里，我已经可以看到世界的彼岸。在彼岸，隐现着某种诱人的湛蓝色憧

① 多尔福斯，(1892—1934)，奥地利二十世纪三十年代的政治家，曾任奥地利首相，1934年遇刺身亡。

憬，我用那双孩子的眼睛痴迷地凝望，在视野的尽头，在平如明镜的河湾与明耀的天幕模糊交汇的地方，我惊诧地发现了一条白色帆船的梦影……

维特根斯坦：如果我说，水很凉，所有的人就会立刻向我解释，水之所以很凉，是因为现在是冬天，是因为在溶洞深处气温很低，就好像……但是如果我说，我身上湿透了，而且发冷，人们就会递给我毛巾，或者不递。不管怎么样，我可以这么说：我是用问题寻找决定（我想到了“仇视犹太人”的问题，想到了那些与之相关的闲谈）。

不用去理解世界，因为这个世界不可能被理解：浅显而言，我们之所以不理解世界，是因为这不是我们活在地上该做的事情。

过度的思考，要么变得不幸，要么变得神秘。维特根斯坦最终也变得神秘，就像卡夫卡一样。只不过他是用另一种材料思考：用逻辑。这个世界需要被摧毁，直到信仰突然像晶莹的宝石一样从废墟的下面闪烁发光。此刻，我想象中的他手里正捧着宝石：端详，端详，但想不起它的名字。不过他知道：奇迹发生了，已经得救了。

不管怎么说，作家还是应该小心：要说的话一旦说尽，就会变得智慧。

明媚的三月。上午。色彩绚烂，天光刺眼。阳光投进普律凯勒咖啡馆；咖啡馆内寂静无声，报纸在客人们的手里悄然翻动；人们的举止缓慢，只偶尔挪动一下身体，安稳，悠闲；窗帘外，车辆也同样哑然无声地在大环路上疾速流动；侍者们已经准备好为客人们服务，尽管这里从来用不着手忙脚乱；在桌边，与我面对的是一位面色白净、目光像陶瓷一样闪亮的和善男子：搞文学的，聪颖、机智、风趣。我们谈论了一些关于恐怖和末日预言的情景，在咖啡厅温和的寂静里，这些情景在我们体内愈加变成了潺流似水的朦胧幻象。我们一致认为，某种令人毛骨悚然的事态发展将阴影投在了眼前。这种恐惧的预兆无处不在，指向四面八方。理性的语言终归还是难于接近这些现状。必须重新借助于古老的语言，借助于知道撒旦、了解世界末日的《圣经》。我们就这样满口谎言，虚伪狡诈，悠然自得；与此同时，快乐的舞蹈欢跳在耀眼的天空、临近的春天与甜蜜的自由感滑入到我意识的边缘。

后来（午后）：解决维特根斯坦作品的版权问题（我为之翻译的出版社，出于疏忽，忘记了购买维特根斯坦作品的版权；而获得了版权的那一部，却委托他人翻译了）。

我客居维也纳的根本理由和借口一下子成了问题。也许，我得提前回家，我一想到这里，就感到吃惊：恐惧竟会使我感到身体的疼痛；犹如个个幻象，我联想起一幅画作，一个回头的浪子，赤裸的双腿，行囊，干瘪的狗和摇摇欲坠的茅舍，简而言之：被抛弃了的家。

不要忘记你那重生的梦。

不要忘记你的生身父母。

不要忘记你是在深沉的梦中从他们那里获得的生命。

不要忘记那蕴涵在生命本身的允诺。

不要忘记允诺也会有条件；甚至，只有在那些条件得以满足的时候，允诺才可能得以兑现。

只是，你不渴望其他的什么？

炎热的三伏，布达佩斯。昨天晚上，在有轨电车里，有一条狗——浅棕色的“板凳狗”——沮丧地卧在座椅下，蜷在主人的腿边。极度忧郁的黑眼睛慢慢地阖上。毛色灰白了的老脸上，淌着两道眼泪。它被车门关撞的声音吓了一跳，吃力地爬起来，但是马上受到了呵斥：坐下！它的尾巴被按了一下。它眨着眼睛，郁闷地顺从着。它身上找不到一点“存在”的印记，同时，中了某种“被迫忍受”的魔法——仿佛它是另一个东西，在另一个地方，在另一个形体之内，在另一个时间和空间里；仿佛就这样容忍着，不过只是要以最后的毁灭为代价，容忍着一个极端的错误……

偶尔，有一个（无法解答的）问题在我脑际闪现：我到底是谁？到底是个什么人？我与众不同的经历到底是什么？J是一个新的出版社的负责人，昨天，他告诉我说：我在一九九八年获得的四年“阿提司尤斯奖学金”，他就曾是颁发那笔奖学金的评委会成员。当时，所有的人都已在“晚期卡达尔主义”① 闷热的体操房里嗅到了一丝改革的清风。评选委员会的成员们心不在焉地在每回如旧的、申请奖学金的候选人名单里勾来划去，这时有一个人——J说，他也记不清到底是谁了——忽然莫名其妙地“抛出了”我的名字。顿时一片沉寂，评委们面面相觑，试图从彼此的脸上读出什么：到底可不可能就这样遴选一个……凭什么呢？说来也是：除了我的两本小说——《命运无常》和就在当年刚刚出版的《惨败》之外，我并没有什么其他的“罪责”。也许，西格里盖特告密者们关于我“厌恶制度”的举报并无大害。那不过是柏拉图式的中伤，我从来没有参加过任何一次所谓的“反对运动”，我对运动的厌恶与对制度的厌恶旗鼓相当。我就像一只狗一样地活着，孤独地将自己拴到自己的谬论上，这种时候，我顶多只能对着月亮狂吠。我以为，没有人会读我写的东西，没有人会知道我。但是事实是，他们准确地知道我的一切，而且“卡夫卡的文书们”也在注视着我的命运。正如我小说中的一个人物所言：“有什么必要管它？等一会儿它自己也会翻转。”是的，他们对我也抱着如此这般的想法。我的人格、我的存在方式以及由此萌生的“作品的不可接受性”是如此自然，用不着对我做出任何的判决，只要有公众的沉默认可就足够了。我一边听着J的话，一边审度着自己，我对发生在自己身上的事情感到厌恶。用不着对这些感觉进行分析，负性满足的幻觉将所有苦涩的喜悦统为一体。我是独裁者无可救药的孩子，打在我身上的烙印就是我与众不同的地方。这就是我在这

① 卡达尔·亚诺士（1912—1989），冷战时期统治匈牙利时间最久的共产党领袖。卡达尔自1956年匈牙利人民自由革命失败后执政，在前苏联的压制夹缝中实行“经济改良”，并营造了一个相对宽松的政治环境，提高了匈牙利人民的生活水平。他在政治高压下实施经济改良的思想与实践，被后人称之为“卡达尔主义”。1989年卡达尔去世后，匈牙利开始了政治体制与经济体制的根本变革。

块土地上、在人群中得到的几乎无法解释、同时又是最真实的体验。我一刻也未曾想过：自己是无辜的。很早的时候，早在我的孩提时代，我就已经有了这样的体验。如果人们与我单独相处，他们喜欢我；如果是在大庭广众之下，他们则会出卖我；如果人们将目光投向可以牺牲的玩偶之上，每个人都会匆忙地决定背离我。这两种分离的感觉显然是由我自己激发的，也许，在我体内原本真的存在某种无辜——换句话讲，更不如说是一种幼稚——正是这种无辜，在日常运营的巨大人市上确定了我该扮演的角色。那种由于自卑的境遇所酿造的毒素，完全可以杀掉一个人；然而，在我心灵中隐秘的“化学作坊”里，我却通过某种方式将它配制成一种我生活中最为辛辣的“调料”。在我身上打下的烙印是我的疾患，但同时也是我生命力的激活剂和兴奋剂，我可以借此获取灵感，当灵感乘着疯狂的雪橇从我的存在中疾滑而出的时候，我就像癫痫突然发作似的，突然找到了表述的形式。在我身上打下的烙印是我的悲哀和资本，现在我需要小心的是：尽管我对它们越来越难以忍受，但是我又不能缺少了它们。问题是，我是否适于过一个正常人的生活？我猜想，对于这个问题——至少在我还生活在这里之前——恐怕我永远不能得到一个直接、明确的回答；在我生活的地方，这些烙印已经成为永恒，因为它们可能已然变成了我的天性。

我在闷热的房间里读着马洛伊[①]的《日记拾遗》。这是一本有趣的书，写的都是战争刚刚结束后那段时期内惶惑不安的无名怨愤（确实是他在日记中遗漏的）。他建议犹太人接受天主教。这个建议仅从这个角度看就难以使人接受，因为——环顾我们周遭的天主教世界——即便在天主教教徒中间，也极难找到天主教教徒。

深夜：焦躁不安的行动欲望，语句像长了翅膀似的翩翩而至，感受到

① 马洛伊·山度尔（1900—1989），二十世纪最杰出的匈牙利文学家之一，作家，诗人。二战初期，在德国担任驻外记者，成为希特勒纳粹主义罪行的见证人。从 1948 年开始先后流亡瑞士、意大利、美国，最后在圣地亚哥自杀身亡。二十世纪下半叶，他的作品在匈牙利被禁长达四十年之久，还是他第一个将卡夫卡的作品翻译成匈文。

一种狂奋的喜悦。我的腿经常浮肿。经常感到头晕目眩。我喜欢自己身体日趋衰弱的厄运。

昨天，我看到了当代的流浪骑士。那是在夜里。我和奥尔碧娜[①]一起坐在Z夫妇的汽车里。从米什科尔茨市[②]回家，在阿尔帕特大桥[③]佩斯侧的桥头上，宛如大雾的浮尘一动不动地弥漫在被梦魇似的街灯笼罩着的蓝色世界里，在悬浮的尘埃之间，在闷热、旷寂的街上，在石头和柏油路的泥泞处，在一个路口我们被红绿灯拦住了。匪帮就在这时出现了，从地下通道里钻出几个“尼白龙哥”[④]，八到十个体态笨重、动作古怪的家伙，他们穿着野战服颜色的裤子，刮了光头，其中一个家伙的手中拎着一根长长的木棒（也许是一根棒球棍）。他们寂静无声地排着纵队，蹚着浮尘，走在另一个冥界的、雾样的光线里，这是一个悲哀的、渴望嗜血的队伍，他们瞪着猩红的眼睛，有谁知道，这是在一种什么样的雾气中，他们是在猎捕人肉。在他们野战服颜色的裤子上，就像一群浑身斑点的土狼，蠢笨地怀着一种持久的憎恨寻找着——将把谁当成捕猎的对象，也许，他们四处捕猎并不是由于饥饿，而是出于无聊，出于习惯，出于他们对其他生命的、天生的憎恨。我承认：我揣着一种冰冷的恐惧，盼着路口的交通灯在这群搜捕猎物的乌合之众将目光瞥到车内之前——在他们辨出我脸上致命的、无法消除的特征之前——赶紧变绿。这些“人类的分子”是恐怖的、地狱幻象的化身，是“荒漠之国”的化身，他们在那里已经不再讲话，只是杀戮、分尸，然后弃置路边。这仿佛是一种赤裸裸的自然法则的显现，但是，这已是一种缺少了诞生与造化的自然法则，我不禁这样想，一定是在判断过程中发生了某种极大的错误，尽管我很难说出，这个错误到底是什么。死亡，还是仅仅是对死亡的恐惧？

---

① 奥尔碧娜是凯尔泰斯的第一任妻子。

② 米什科尔茨市位于匈牙利北部，是重要的工业城市。这里的“家”指布达佩斯。

③ 阿尔帕特大桥，布达佩斯市内的九座多瑙河大桥之一。

④ 尼白龙哥——Nibelung，在德国民间传说中为西伯格里特王子的追随者，这里作者意指“德国纳粹主义”的追随者——头党人。

我看到，我正经历的是这个国家令人惊诧的败落和自杀偏执的转变[①]。我看到，这个“憎恨之国”的人物们以及我自己的记忆正日复一日地与之疏离。我对这个国家的冷漠与日俱增。我逐渐地试图隔断与它的联系。语言——是的，这是惟一将我与之相系的东西。这是多么特别。这种陌生的语言，是我的母语。通过我的母语，我理解了那些凶手。近来人们经常这么说，说“我变了”。这说的是我的优点，还是我的缺点？我觉得，这说的还是我的优点，不过听起来像是对我不满。近几天 V 曾怨愤地冲我说：“我失去了内在的深沉。”我谈的是版权问题和金钱的事情。怎么了？莫非是“奴隶的地位”和“专制的幼稚”赋予了我“内在的深沉”？四十年来，莫非我一直是违背着自己的天性——或者简而言之，一直违背自然地——生活的吗？想来，这并非绝无可能……我自己也意识到了自己的变化，不错，我是以另一种方式意识到的。我将自己与目前的环境截然分开，好像是在其中升华，有时我只是一动不动地趴在那里，使自己不会再像以往那样地随之沉入抑郁的幽深潭底，这已然像是一种挑战，甚至显得缺少团结，显得像一种出卖。在地平线上，某种无法把握的机遇，向我闪烁出弱得几乎令人难以看到的微弱烛光，这个已然可以视为墓地的讯息，和我生命衰竭的开始。这是一个特别的瞬间，一个特别的驿站，假如我要在道路岔向四面八方之前倾心竭力的话，那么，我便可以在这里采集到几束神秘的“关联”，并将其扎起成束，就像是从路边采摘的五彩缤纷的野花。总之，与此同时：在《船夫日记》的写作与出版的同时，一种“较为狭窄的生活模式的改变”（我的）与一种“较为宽广的生活模式的改变”（国家的）相撞击。我知道，这两种事件的同时发生与存在，对我来说并不会使我受益：与此同时，在巨大的“世界作坊”里，帷幔剥落了，露出了荒芜的乡村，

---

① 这个“转变”，指匈牙利自 1989 年开始所进行的、从“一党制”改为“多党制”的国家体制变革。尽管匈牙利所进行的是自发的和平变革，但是，在改革初期的几年内——在所谓的“过渡时期”内，由于政策上的幼稚多变、管理体制的不完善、西方文化的骤然冲击、各新兴党派突然膨胀的权力欲、以及在人们突然丧失信仰后所萌生的物质欲，使匈牙利社会在政治、经济与文化领域都经历了一次剧烈的挛痛。

在一个很小很小的旮旯里，从废墟里筑起了一栋刚封顶的建筑（尽管可能将会倒塌，而且一点也不完美）；我知道得很清楚，而且这样感觉到：这无可拯救。我想继续走下去，但是在我体内颤动着惶惑不安、某种无法抵御的乡愁。想来，我也害怕孤独，害怕读书，害怕那些自虐的时分，害怕在被遗弃的心绪中潜藏的能量，害怕这种由来已久了的、与我共生了的、执拗的生活方式，害怕直面那些不断摧毁的力量，可以这样说：我就这样面对这一切地活了过来，就像是上在弓弦上的箭……这是一个巨大的历险，这是一种欣悦，我揣着决然的沮丧活了过来，现在蓦然回首，仿佛像一位老人在回顾自己年轻的时代。

十月末，我来到菲尔达芬①，人们通常认为这是“莱威尔昆住过的村子”——后来我翻阅小说《浮士德博士》②，当然，莱威尔昆的村子并不叫“菲尔达芬”，而是叫做“法斐林”。

这也无所谓。

我在斯坦伯格湖畔③已经住了三个月了。我出门归来，就像一个职业的房客，总是披着夜幕很晚才回来，仿佛是头夜里出猎的野兽，循着一条条捷径。

我对法兰克福④的几个片段的印象：书展，采购的戳子敲在带去购书的皮箱上；尽管上面写的东西我只字不懂，可我却总是等着那层帷幔什么时候掉下来（尽管我既不知道那到底是一幅什么样的帷幔，也不知道它应该从什么地方落下来），令人舒适的荒谬。一位出租车司机将我带到火车站，从他的侧影看去，显得十分尊贵，并具有一股独特的气质，然而，在侧影的后面却有着某种内在的衰损的痕迹——是由于他缺失的牙齿？还是由于某种生活方式？谁会知道，这到底是一种怎样的、常见的疏忽。他操着一

① 菲尔达芬是位于德国南部的一个小村庄。
② 《浮士德博士》是德国作家托马斯·曼的作品，莱威尔昆则是该书的主人公。
③ 斯坦伯格湖畔位于德国境内，慕尼黑附近。
④ 德国城市，在那里一年一度举行的“法兰克福国际图书展”是世界最有影响的书展之一。

口带彼根口音的德语，抱怨德国人对陌生人种越来越严重的憎恨。突然，他摇下车窗，跟一个正坐在自己的出租车内休息的同事打了声招呼："哈罗，将军!"随后笑着告诉我说，那位同事在法兰克福开出租车之前，曾在萨达特的军队里当过将军（我觉得，我身边的这位具有独特气质的司机可能是埃及人)。他很健谈，就像一个"忏悔灾难之民族"的"忏悔灾难之子"，他很快扯到了政治，而且开始评论犹太问题。我一声不响地听着，如同一个情绪淡漠、一心赶向火车站的游客，不会将自己的目标与通向目标的街巷相混淆。我给了司机不少的小费，但我隐藏了一个秘密，没有告他：这些小费他是从一个犹太人手里得到的。柏林，这座被分割两半的城市的统一历尽了兴衰与坎坷。归根结底，这个令人难以想象的统一的体验：事实上并不是人们期望的。由于缺乏建设的经验，结果面对骤然变得辽阔的空间与激增的机遇，尤其是面对迫在眉睫、刻不容缓、亟待解决的事务，人们突然感到的是一股怨愤和令人激动的无奈感。怔怔地望着老年的欧洲，终于达到了渴望了几十年的、"似乎的"目标，现在人们则警醒地注意着：不要延怠那些被寄予的重任，应该激励那些督促自己思考、革新、创造的行为。长髯飘飘的欧洲就像一个吝啬的老翁，当异性向他邀舞的时候，他总是用拐杖拨开那些邀他跳舞的年轻姑娘，因为，他脑子里只存在一个念头：这些姑娘是图他的钱。"这个世界的渺小，是由日益严重的脑血管硬化和对自己葬礼的预感造成的。"我在《犹太人群体》中读到：当一个夜晚的组织者，一位身材矮胖、有点气喘的妇人站在我面前的时候，我忽然感到，这张面孔我很早以前就在佩斯见过，但是，很快发现，那位妇人是从英国来的，是伦敦人。终于，我必须承认一个我至今难于承认的事实，"犹太人"并不仅仅是一个抽象的概念（当然，它是一个抽象的概念)，而是一种人和一类人，简而言之：尽管不是所有的犹太人都是犹太人。正像勋伯格[①]所说言，然而，每一个犹太人都不能逃避这个事实：他是犹太人（这则是我自己的体验)。(只要看看近来佩斯的犹太知识分子的面孔就会知道：四

---

① 勋伯格（1874—1951)，奥地利著名作曲家，新维也纳乐派的表现主义音乐大师。

十年来，这些人始终相信，自己再也不用正视自己曾是犹太人的事实了，仅仅由于这个词在“卡达尔式”洗脚水似的公众当中被视为纪念、哀悼和真理的禁区——是的，只要看看这些痛苦惊愕、惶惑不安、犹豫不决、时而愤怒的面孔，只要听听这些痛苦惊愕、惶惑不安、犹豫不决、时而愤怒的话语，就会感到他们对那段沉默岁月的愚蠢怀旧，或者对新的“犹太自我意识”的警醒——但是，在他们中也有人忽然将自己的出身视为一种麻烦，突然爆发出一阵癫狂的暴怒。现在，这些犹太人在无奈的痛苦之中摇身一变，作为“仇视犹太人”的撰稿人跟着一群已经堕落成畜群了的知识分子冲锋陷阵，他们怒吼着、高呼着那个已经变成、已被变成了“午夜沙漠”的、所谓的“匈牙利精神生活”……）维也纳：我在旅馆里与从佩斯赶来的阿尔比纳会面。晚上，在大学参加“阿梅里讲座”的读书会——我对这个可能过于刺人耳目的演讲标题略感不安（《大屠杀，作为一种文化》），但是没遇到任何麻烦，我可以这么说，结果恰恰相反……晚餐时，我从阿尔比纳的脸上也看到了喜悦的反光，他也表示“讲演很成功”。两天后，清晨，在温和晴朗的秋日苍穹之下，在维也纳火车站的站台上，我正手忙脚乱地将自己的行李搬上行李推车，已经迟到了，我推起行李车朝开往慕尼黑的列车疾赶。在通向站台的车站门口，站着那位刚才拉我来火车站的出租汽车司机，他正气喘吁吁地四下张望，他看到我，喊道：“Dask，nnen Sie vielleicht noch brauchen（德文原意为：这些东西您可能还有用）……”他将我的全部证件和装着所有现金的钱包递给我，想来，我是在付款时将这些东西放在了身边，并忘在了车里。现在，我是如此自然地将这些东西接过来，并带着一种轻快的感激跟他握了握手，这一切都显得自然而然，似乎“大城市的出租汽车司机追着一个陌生人归还被忘在车座上的钱包”是一桩再自然不过的事情，接着，我又推起行李车朝将要搭乘的列车飞奔。最近几天，甚至最近几周，所有奇异的怪事在我身上变成了某种匆忙的、清晨的渴望，变成了某种热烈的、至今为止并不十分熟悉的认同——这种认同，伴随着火车站即时的氛围、秋日朦胧的蓝色清晨、周遭鼎沸的喧嚣和那些或匆匆疾走、或默默伫立的人们；伴随着自己的存在以及所有的一切，或说是任何的一切，伴随着所有在我身上发生过或正在发生的事情，哪怕是死亡；这种认同感还伴随着疯狂的冒险，那些冒险的念头就像黑夜之光似的总是尾随着我，不时在我的地平线上点燃。这一切都以某种短暂的、节日般的形式交汇在一起……只是，当我登上列车的时候，我突然想起，自己在匆忙之中忘了给出租汽车司机一些小费，我忽然变得情绪低落，这个疏忽使我重新坠落到令人生厌的现实世界之中。

也许，我们之所以能够承受生活，是因为这个生活竟如此的不真实；另外，也因为意识始终审核着所谓的真实，它渴望真实。

“今天，我的思维竟如此敏捷，好像自己根本就不存在。”

——摘自佩索阿的《怀疑》

大雾。远处的阿尔卑斯山脉，时而像一群白色的魔怪突然显现，时而隐遁在棕色的空气中。

我一旦开始写作，就必须要从彻底的“思维催眠状态”中脱身出来(关于这个话题我能说这些，写作将越来越艰难)。

我在菲尔达芬没有写作。我没有工作，而且也不知道，自己还会不会工作。我已经不知道怎么工作了。我一口气用德语读完了这部小说——《为一个未诞生孩子的哭祷》，我已然不知这本书到底是不是自己写的，如果是我写的，又究竟是怎么写出来的——我忘了。你们知不知道，一位领导人曾用石块驱赶夜莺？这是真的，是我在电视里从一位年轻俄罗斯导演的电影中看到的。我看到一些关于他中风后漠无表情的写实照片。人们将他带到克里姆林宫，带到春日的湖畔，沐浴在阳光之下，人们试图带他到所有可能使他感觉良好的地方。但是，夜莺总在凌晨将他从梦中闹醒。就在这样的一个凌晨，他冲进院里，开始轰赶夜莺。他从地上捡起石头朝它们掷去。突然，他感到自己再不能举起石块，甚至不能抬起胳膊：他瘫痪了。这是“不能被扼住歌喉的夜莺”对伟大革命者的高雅、轻盈、然而却像花岗岩一样坚强的复仇，这是艺术家的复仇。

在菲尔达芬，在瓦尔德拜尔特别墅里，每株纤细挺拔的松树树干上，都带着醒目的、刚用白石灰刷写的、很大很白的两位数数字。夜里，当M[1]借着汽车刺眼的灯光第一次看到这些被编了号的松树时，她所受到的震撼是可以想象的。

我们“逃到”维罗钠[2]。在回去的路上，一位毕恭毕敬的意大利老妇在她的园子里试着给我们指路。之后，我们重又到锡箔色调的斯坦伯格用早餐，看不到阿尔卑斯山脉，湖水与空气一片灰蒙，点缀的斑点是雪色的天鹅。我们在去慕尼黑机场的途中迷了路，我们在萨尔斯堡的一个加油站分手，挥手告别，汽车飞快地拐上了国家公路，M匆匆赶回布达佩斯，我则赶回菲尔达芬地住所。在去慕尼黑的列车上，举行着一个特别的“仪式”：三名德国海关官员正命令一位旅客——如果我没有听错的话，这是一个讲波兰语的男人——打开行李，把里面的东西掏出来。海关官员将那名乘客夹在中央，俯着身低声耳语，没有任何夸张的动作，没有人提高嗓门讲话。即使我在“海关检查领域”已经积攒了相当的经验，但仍猜不出那里到底发生了什么事。他们训练有素地工作着，语调谨慎，态度礼貌，无可挑剔。

在菲尔达芬，我感到宿醉后的孤单。雾。我徒然地与笔、与纸、与自己较量着。

在慕尼黑散步。我寻找着著名的施瓦宾格别墅。没有找到。或者说：我找到的，并不是我要找的。街巷阴郁昏暗。慕尼黑就是这样，在晚秋，在倾盆的大雨之中，是一个阴郁十足的地方。在上帝的审判之后，德国完全毁灭了。这些城市，这些街道，所有修复的、或新建的建筑物，都像一块块巨大的、在肌肤表面结痂了的创痕。没有人会相信：这很美。

---

① 书中提到的这位经常与作家一起旅行的M，是凯尔泰斯和妻子奥尔碧娜的挚友玛格达女士。奥尔碧娜病逝后，玛格达做了凯尔泰斯的现任妻子。

② 意大利的北方城市，位于米兰与威尼斯之间。

我被邀请到莱比锡[①]朗读我的作品，我冒着冬雨，抵达了一座黑色的、支离破碎的城市，我将在市政府招待所过夜，现在刚到正午，我想吃顿午餐，我从楼上的房间里出来，沿着楼内的长廊走到头，然后，顺着楼梯下到餐厅。我向侍者要了一份菜单，他以一种似曾相识的微笑接待了我，似乎我曾在什么地方见过他。他带着这种微笑将菜单递到我手中，并问我：想吃什么？我回答说：一块烤肉和一份沙拉，如果可能的话，在主餐前上一盘汤，另外再要一杯葡萄酒。我得到了我点的一切，每样都非常可口，吃得盘净杯空。我准备付账，那位侍者仍挂着那副似曾相识的微笑告诉我：我的账已经结清了。就在这一刹那，我突然意识到，我来到的是一个幽灵的城市，在这里仍隐约出没着那类——不到三年之前、也许我是最后一次看到其存在的——专为享受特权的干部建立并运转的特权部门，不管人们从前怎么称呼它，也不管现在又怎么称呼它，服务人员可能还跟以前一样。我在餐桌上留了五马克的小费，颓丧地回到自己的房间，马上将有人来接我去城里观光。我朝窗外瞥了一眼，黑色的雨水打着黑色的房子，我窗外的风景，是市政府招待所被刨挖了的、堆着泥沙的院子和铺在泥潭上的、先前引我接近楼房的木板条。我检查了一下，看看三把钥匙是不是都带在身上了：院门钥匙、楼门钥匙和房门钥匙。我被告知：管理员将在傍晚回家休息，他们离开别墅前，会将各种饮料备好，我可以随时下楼，到大厅将我要喝的饮料取回房间。

我的接待员十分仔细地带我参观了这座城市，依旧是黑色、潮湿、阴冷的街景，这跟我几小时前看到的并没什么两样，然而在市中心，我们不带任何预兆、没有任何关联地走到一条跟西方都市里的步行街相符的人行大街，如此奢华的街区照明，更加强调了这座正逐渐浸入黄昏晦暗之中的城市的“黄昏之晦暗”。我们去了托马斯教堂和奥尔巴赫地窖，甚至还去了火车站，去了那个很快就会像法兰克福、慕尼黑和其他火车站那样挤搡的人流注满的、目前尚被笼罩在朦胧之中的、沉闷、空旷无人的车站大厅。

---

① 莱比锡是德国的东部城市，位于德国统一前的民主德国，即东德境内。

真的起风了，夜风冰冷刺骨，接待员知道了我想在读书会开始前休息半个小时，于是他叫了一辆出租车，我听到他告诉了出租司机我住所的地名：瓦赫特大街几门几号。我下了车，他将继续赶路，我们约好了时间，他过一会儿将回来接我去读书会会场。我向他挥手道别，在漆黑的街巷里摸索着钥匙，终于将一把钥匙插进了院门的锁眼，但是没有打开。我又试了其他的钥匙——但都无济于事。我看到了门铃，于是按了一下。从装在门口的对话机里传出了一个声音，我说："我打不开门。""什么门？"那个声音问。"院门。"我应道。"你为什么要开院门呢？""我想进去。"我说，"我也住在这里。""这里？哪儿？"那声音听上去让人感到不舒服。"我住在市政府招待所。"我说。"你可能是住那儿，可这是美国会馆。"那个声音已经变得很不友好，对话机随后"啪"地响了一声，对话结束了。我站在街上，四周漆黑，暴雨瓢泼，风也越来越大，越来越冷，我不知道到底发生了什么，看来出租车将我放错了地方。我站在街角，但找不到路牌，没有电话亭，也没有咖啡屋、商店或饭馆，我在这里至少折腾了十分钟，到处张望，四下寻找，但没有见到一辆能把我拉回住所的出租车——我在心里一遍又一遍地默念着住所的地址。路很宽，空旷无人，街灯昏暗，在我所站的一侧的花园深处，有几幢别墅哑然地躺着，街对面，是一道漆黑坚实、令人生畏的公共建筑后墙，这道墙也许是博物馆或大学的，也许是监狱的，只有楼上的一个窗口透出了一道灯光，看上去好像是在嘲笑，而且使我感到自己在这个阴郁、隐藏着敌意的城市里受到了排斥，它使我感到一种威胁，就像一头饥饿、冷漠的野兽，突然咬住自己，将自己吞噬。终于，一个行色匆匆的年轻人出现了，他的后脑勺塞在短外套的风帽里。我问他：瓦赫特大街怎么走？他不知道。我问他：这条街的街名叫什么？他也不知道。我说：这怎么可能？想来他现在正沿着这条街走呢。他回答说：他每天都沿着这条街走，但还是不知道这条街叫什么。他耸了耸肩膀，匆匆地走了。我又束手无措地熬过了几分钟，黑暗中，又一位妇人撑着雨伞朝这边蹒跚走来。她说，我们所站的就是瓦赫特大街，不过我要找的房子不在我正找的这边，而是在我身后。我掉头穿过一个街口，果然，市府招待所就在眼前！离我刚才所站的地方仅有三十米远，我只需沿着正确的方向寻找就行。门锁转动，我长舒了口气，仿佛回到自己家似的、小心翼翼地踏过一条条木板，传达室黑着灯，整栋楼漆黑一片。我走进楼，按了一下开关，点亮电灯，见不到一个人影，我匆匆上楼，回到自己的房间，脱掉身上的衣服，一头倒在了床上。好吧，现在我得睡一觉——就在这时，我听到了一阵喧哗，随后是一声魔鬼似的嚎叫。毫无疑问，这个声音是从楼里传来的，是令人毛骨悚然的男声，而且说的是德语，听起来是在威胁谁，或是在要求什么，也许二者皆有，吼叫声持续不断。我重感孤独，管理员不在，虽然有电话，但我不知道警察局的号码，既没有电话簿，也没有其他的信息，不管怎么样，我将房门锁好。那个吼声变得越来越恐怖，我想了一下，踮着脚尖走出房门。从走廊可以看到餐厅，但光线昏暗的大厅空荡荡的，声音是从另一个方向传来，我踮着脚尖迈出几步，走到一根护栏前边，从这里朝楼层的深处望去，我看到了底层的台阶和房子的入口大门。在底层台阶与入口大门之间那个巴掌大的前厅里，有一个秃顶、矮粗、穿着背心的男人，他就是这个恐惧声音的发源地。我仿佛看到了一个震怒的疯子，从他的喉咙里不停地喷出无尽的咒骂，可能听到了我的脚步声，于是转过身。这时，他扬起那张戴着眼镜的脸顺声寻找，就像一位在强光中失明了的复调作曲家，满怀痛楚的愤怒大声地咆哮："Komm，komm！Komm' runter，du Gauner，komm' mal，los，komm！（德文原意为：来，来，下来！你这个家伙，来呀，快点过来吧！）"——我惊恐地跑回自己房间。这到底是什么回事？他到底是谁？我又该怎么办？马上会有人来接我去参加读书会，不管怎么说，我得换一下衣服了。几分钟后，我不再听到那个声音。我又等了一会儿，随后决定从房间里走出。楼内漆黑寂静，我继续朝楼下走，走到入口的门前——什么也没有。接下来是最危险的一刻，我的无助感上升到极点：我的身后毫无防卫，我拼命跟那扇禁闭着的、必须从里面打开的大门较量，后背始终对着空旷的大厅。终于，我走出楼外，吸了口气。外面雨暂时停了，但暴风呼啸，木板上的雨水已经结成了冰。我安全地走到了院门口，就在这一刻，街上有一辆汽车停在了门前：是来接我的。我如释重负地钻进车里，坐在接待员和他的妻子旁边，出于紧张，我用自己最差水平的德语向他们讲述了自己的历险，不时需要回答对方的几个追问，但是，我觉察到——比较含蓄地说——他们认为我说的事情过于夸张。我们到达了一个不大的、梦幻般的庄园——古丽舍庄园，我将在这里朗读我的作品，一位出众的女士接待了我，他们十分诚恳地、用高雅而庄重的语调礼貌地告诉我：在读书会正式开始之前，将有一场很短的音乐演出，另外，他们本来预计会有更多的听众参加，但是遗憾的是，今晚 M 教授也将举办一场人们期待已久了的演讲，这位著名的大学教授正是在这座城市被从大学讲台上赶走，失去了大学里的职位，并从这里流亡到西方。现在，他又从那里“凯旋而归”，自然所有的人都希望亲眼看到他，亲耳听到他。随后，节目按照安排的程序进行，一位年轻女士演奏大提琴，一位先生演奏钢琴，我朗读了自己的作品，回答与之有关的问题，我接过一束鲜花，随后到附近一家意大利餐馆用晚餐。这时，外面的暴风雨越下越大，并且刮起来了冰冷的夜风。我不再将自己的经历强加于人，但我坚持请我的接待员们在晚饭后不仅将我送到住所，而且还要陪我一起进入房中，因为我实在不知道那里可能会发生什么。楼里灯火通明，我们走上楼梯，在走廊里遇到了一位刻意打扮、满面堆笑、有点发福的中年女士，我的接待员们像同事或朋友似的跟她打了招呼。我这才知道，这位女士是 M 教授的随员，他们刚在演讲结束后回来。演讲十分成功，人们长时间地向 M 教授热烈道贺。不管怎么说，我非常高兴，这样一来我用不着一个人在这个闹鬼的房子里过夜了，答话中，我提到自己去参加读书会前遇到的怪事。这位陌生女士忽然笑了起来，她向我俯身，压低嗓音告诉我：我在楼梯底层看到、听到的那个大喊大叫的疯子，正是 M 教授本人。她的话一下子将我的梦魇暴露在现实、明朗的光线之中。M 教授患有糖尿病，性情有些歇斯底里，而且几乎全盲。下午，他觉得来接他去大学演讲的人该到了，于是磕磕绊绊地摸下楼，到了前厅，但是那里并没有人等他（当然不会有人，因为这比他们说好的时间早了半个小时），加上大门锁着，钥匙又不管用（因为他塞错了锁孔）。他在过去岁月里——当他在这个城市总被人监视的时候，当他被禁上讲台、并被放逐之前——养成的条件反射突然复苏了：他突然感觉到，自己不应该回到这里，恐惧将他捕获，他认为自己被诱入了陷阱，他认为自己——在今后的命运遭人裁决之前——被囚禁在了这栋房子里，他突然陷入了恐慌，开始大声叫喊，在前来接他的人未到之前，他无法镇静下来。更令人不可思议的是，即使在这样的焦虑之后，他仍能进行如此成功的讲演。我也放了心，想来，下午发生的事情虽然潜在地、令人惊惧地震慑了我，但终归得到了理智的解答；另外，尽管我怀有一种应有的尊敬，但是，我们还是对可怜的 M 教授心灵的创痕抱以怜悯的微笑。早晨，我起得很早，出租车将我送到机场。出租车是他们昨晚为我订好的，到达的时间分秒不差。这是一个美丽的清晨，天空晴朗，阳光灿烂，但是，昨天的风非但没有减弱，似乎还有所增强。在抑郁的风景里，我们竭力朝城外驰去，将所谓的“德意志民主共和国”远远地甩到了身后的废墟之中。出了城郊，我们彻底离开了城市，迎接我们的是摇摇欲坠的畜棚、变黑了的谷仓和只是部分耕耘过的农田。经过几句短短的寒暄，长着稻草颜色的头发、留着胡须、体格健壮的出租汽车司机一听我说“匈牙利”，就马上知道了我是从哪里来，是哪族人，他立即关上了计程器。“税很高。”他说。他完全相信我的理解力，当然，我自然并不缺少这种理解力与信任。忽然我捕捉到一个闪念，打个比方，假如我是一位英国乘客的话，这位出租汽车司机肯定会毫无怨言地交付因我而产生的税款。我究竟可能是个什么人，人家仅仅通过我所来自的国家，通过我的出生就可以立即将我视为那些违法者的天然帮凶，而无需再向我询问任何与我的看法、我的性情、我的生活观以及我所独具的、与众不同的本质有关的问题。我胸中也涌动出“抗议”的冲动，但是，我放弃了这个念头，因为我意识到：即使抗议，也只能以德意志国家的名义进行抗议，而这个——用比较含蓄地话说——实在显得滑稽可笑。正像我所提到的那样，在灿烂的阳光下，在呼啸的狂风中，我到达了莱比锡的机场，顶着大雾弥漫的暴风雪回到了慕尼黑。尽管天气恼人，但我还是在玛历奥广场从波音飞机里下来；尽管邀我出访的神秘主人从未露面，我也从未弄清他到底是谁，但他还是在莱比锡招待我享用了一顿丰盛的早餐（而且我在飞机上已经吃了些东西），然而在这里，在慕尼黑，我还是立即坐进了一家餐馆，享受自己付账的感觉。我在一家商店里买了些零碎，漫无目标地徜徉于货架之间，让自己尽情享受慕尼黑富裕的资本主义制度和城市的美丽。我就像一个经过很长很长的旅途、终于回到家的人，透视到了——至少可以从表面透视到——与之相关的制度。我该在这几页上写几句这样的话：慕尼黑不美吗？慕尼黑非常美……

向菲尔达芬致意。湖水。群山。湖畔的林阴道。朋友们。莫尼卡带着我绕着斯坦贝尔格湖散步，并邀我到他们的别墅用午茶。苏珊娜，为我在图书馆组织读书会。芭尔芭拉，为瓦尔德贝尔塔别墅的艺术家佳宾们摄影。阿尔比纳，穿着黄色的外套坐在高高的、朝向湖水的阳台上，借着落日的余辉阅读《船夫日记》。

初冬的寒冷。我们不久就要回家了。

冬季布达佩斯的感受，好像我的意识在缓慢地患病。

你一旦知道了自己也不能幸免于死，那你还惧怕什么呢?!

上午，一个年轻人在布达佩斯的斯拉吉·伊丽莎白林阴道上。“好心的先生，请稍停一下!”他头上戴了顶裘皮帽子，面色苍白，留着浅棕色胡须，尽管蓝色的眼睛有些潮润，但看上去还算顺眼。我怀着不祥的预感停住脚。我很清楚接下来将发生什么，但是我要从头到尾地演完这场仪式。他问我能不能给他提供一份工作，我说：不能。他问我能不能帮他换一点罗马尼亚钱，我说：开玩笑，我换罗马尼亚钱做什么。他说他是从塞普什-圣乔治来布达佩斯的。这话并不新鲜：一天里，至少会有十个人跟我这么说，不管是男人女人，都是从塞普什-圣乔治来的。“只是为了……能弄点吃的。”他说。这句陈旧的、世界大战时期的“套话”不知怎么触动了我的心。K·Z的回忆录从我的脏腑深处翻倒出来，我真不愿试想，在我们周围的这个充满歹意的、杀人狂的世界里，这个被家乡虚假的宣传骗到这里的、容貌善良、朝气蓬勃、充满能力的年轻人的命运将会如何？我递给他一百福林。他的脸上有了笑意："上帝保佑您！"他说。他的话也使我高兴起来，我听着他的话，仿佛是在听古希腊的某个半人的牧神所说的预言。在有轨电车上，我不巧遇见了 Sz.，可以这么说，我眼睁睁地看着他的健康衰败，变成了一个年迈的老翁。他认出了我。他说，他已经很久没有见到我了。我未加掩饰地提到，我去了慕尼黑。他开始列数自己六十年代在慕尼黑时的回忆。他说他曾在伊萨尔河上游背石子，从市政府那里得到了六十马克酬金，买了一个仪器，由于他过分节省，以至于直到今天也没有用过一回，等等。他絮絮叨叨，没完没了。他每吐一词，圆睁着的眼睛都变得潮润一些，那张嚅动的嘴角露出一种古怪、陌生的表情，他好像已经活过了数千年似的，此时正在回忆发生在第二个一千年里的事情，那时候这个星球还是绿的，并充满着勃勃的生机。

所有的慰藉，是对谎言的强烈共鸣。

新的一年：一九九三年。冬日的阳光，清晨，翻过玫瑰山丘。俯瞰这座城市，寒冷的天光，寒冷的晴空，新年时寂静无声的街巷。我凝望着这一幅静止、呆板的图画，感到就连那些残留的、破烂不堪的画布，都像面纱似的在眼前消散（无所谓我们怎样表述，我们可以称之为"习惯"，甚至也可以称之为"文化"）。至今为止，我始终是穿过它而眺望世界，突然我看到了远方，直接地看到了远方的虚无。

看来，出于某种原因，我并未在意这一瞬间的消逝——为了不使这种空虚变得具象，为了不让自己产生任何的体会，为了避免形成任何具体的东西。

如果说造物是爱的结晶，那么，莫非毁灭和死亡便是仇恨的作品？难道爱赋予我们存在，仇恨又使我们毁灭？我们有没有可能这么说：死亡也是爱的杰作呢？

还有几个很难阐明的问题。贝克特[①]在《莫洛伊》中说："上帝在造物

---

① 萨-贝克特（1906—1990），二十世纪著名的爱尔兰剧作家，1969 年获得诺贝尔文学奖。

之前到底都做了些什么？”瓦莱里[①]在《圣·阿古斯顿箴言》中说：“让我们提出所有的问题吗？”随后问：“上帝除了造物之外，又做些什么？”

斯韦登伯格[②]说：“地狱是一个沼泽般的村野，在那里可以看到仿佛被火灾烧毁了的城市；而灾难的酿造者们在那里感觉良好。他们以自己的方式快乐，那些城市充满了憎恨，那个帝国没有统治者，那里的臣民总是在酝酿针对彼此的阴谋。这是一种卑鄙的政治，是一个狼狈为奸的世界。这就是地狱。”

这段话十分精彩。我觉得：所有迹象表明，我是在家里。但是，为什么我在他们中间不能像斯韦登伯格认为的——“所应该的那样”感觉良好？有没有可能是我来错了地方？有没有可能是由于某份被搞错的名单而造成？有没有可能是因为一位粗枝大叶、不负责任的官员写错了判决书？

如果真是这样的话，这里有什么可怕的令人无可比喻的东西在作怪。如果真是这样的话，还是应该提出所有的问题（哪怕这种提问徒然无果）。

我担心自己再不能郑重地讲话。在心理上，我相信某种——在我所理解的意义上——不得不予以否定的东西。

大凡注意到（或者说是认识到）这些问题的人，却都要忽视对这些问题的解决；这个问题并非隐含在众多问题之内，而是处于众多问题之外的某个地方。比如，惟有基督能够对罗马帝国的衰亡问题作出表述，因为他漠视这些问题的实际解决；结果表明他是正确的，其恐怖的命运证明了它对彻底复新的绝望以及对指挥者的需求。

作家K[③]对自己的所有本性进行了评述。“惟有我的罪过是属于我的。”随后，他将这句话写在一张摊在他面前的、随手记满了许多电话号码的纸

---

① 瓦莱里（1871—1945），法国诗人、评论家。

② 斯韦登伯格（1688—1772），瑞典神秘主义哲学家、科学家。

③ 作者在书中所提到的“作家K”，指的就是作家自己，在这里，作者是以一个独立于自己之外的“另一个人”的身份客观地审视自己。

条下角。

我重又坐在火车上。汉堡—柏林—科恩—法兰克福—慕尼黑。这些训诫："我丧失了自己内在的深沉"；"我丧失了我自己"。

我自己？我自己是谁？（如果此刻我的牙和肚子不疼的话……）

我该不该从自我的中心里跨出来，该不该走出英雄爱默生的空间？我该小心什么呢？

我不知道我该小心什么，也不知道为什么要加以小心。我不知道为什么"反自然"会是"自然的"（应该知道的是，我是在一位叫做"凯尔泰斯·伊姆莱"的作家名下生活）。

我不明白为什么"被压迫的道德"要比"自由的天性"更自然。

由独裁者养大的人们所患有的"空旷恐怖症"。

有几个终归还是想要提出来的问题。我是不是太轻率，甚至太轻浮了？我到底还想不想写作？

科恩[①]在呼啸的寒风中，由于黑色礼帽的宽大帽檐的遮挡，我不能抬眼看到那座大教堂——感觉滑稽。如果我摘下礼帽的话，那刺骨的冷风和针扎似的寒雨就会在我的头上肆虐。大教堂看上去，仿佛一部不朽的童话。里面有身穿红色长袍的主教。他要大家坐下来，别再来来去去地走动，因为正午的祷告就要开始了。我惊惶地说，我还是走吧。"不，不要走，"主教鼓励我留下，"整个仪式只有五分钟。"我坐了下来。仪式是在录音机磁带的协助下完成的。确实仅持续了五分钟，虔诚的祈祷结束了。主教朝我微笑了一下。大教堂内空旷寒冷，不过，大教堂本该就是这个样子。在装饰得过分花哨的教堂里，有某种缺少品位的迷惑，那种迷惑简直令人难以原谅。那种迷惑，仿佛就像一个用缎带装饰的、刽子手的砍头斧。

---

① 科恩，德国西部城市。

汉堡[①]一位记者和他的女友在船坞间散步。左翼分子读我的书。也可以反过来这么说：读我书的人，都是左翼分子。从美学角度来讲，这种现象使人疑虑倍生；但是，究竟什么是美学呢？所有的一切都吐露出：人并没有真正的自由，人的思想与感情都是可以确定的，但是确定它们的方式既不像马克思，也不像弗洛伊德断想的那样。既非这样地自动而动，也非那样地自动而动。难道仅根据读我书的人就能对这些书做出判断吗？难道仅根据饮水的人就能判断出水流的源泉吗？无论怎么说，某种吸引与排斥相混淆的法则显然还是存在的……“当人们在某人的影子中变得渺小的时候，你们是否也了解这种感觉？”（贡布洛维茨[②]，《费尔迪杜尔凯》，第一章）

在巴塞尔[③]，有一位工作勤勉、但有点怪癖——不过这两种特点看上去并无冲突——的女书商和一位能力超群的助手，那是一个身材颀长、叫托马斯的黑人男孩。在我脑中闪现的词汇是：狄更斯、《老古玩店》……女书商想找什么，托马斯准能找到。女书商说些什么，托马斯予以纠正。一切都进行得令人难以想象的谨慎而周密。女书商试图维护自己的形象，但最终只能迟疑不决地微笑；我的感觉是，如果没有了托马斯，她肯定会迷失。但我知道，托马斯不久就要离开……他要上学，不想继续留在这家老店里，不想守着一个寂寞的老妇人跟这些书籍一起慢慢被尘土覆盖。这个瘦小、憔悴的妇人的命运将会怎样（尽管可能她是个寡妇，甚至可以肯定地说，她不是一个社交能力很强的妇人）？妇人虽然摇头叹息，但却做出一副并不完全了解情况的样子，好像她并未真正意识到这种威胁对自己所意味的危险程度。也许，她是出于谨慎才这样做，是为了减轻托马斯离去时的沉重感？这是在这座平静的“古老城市”里的一种特别的“古老关系”；在某种程度上，我也被一种担忧侵扰了。坦白地说，这个我并不否认：女书商为我预定的旅馆客房可能并不错，只是让人感到空旷和极端的沮丧。

---

① 汉堡，德国西北方的重要港口城市。

② 贡布洛维茨，波兰现代作家。

③ 巴塞尔，瑞士西北部城市，在莱茵河畔。

我们转到了另一家旅馆，这里的房间虽然也同样让人感到空旷和沮丧，但是，这里的房间符合我“只求便宜”的宗旨。我同意住在这里，反正在这里我只呆一夜。我们在一家“布置得像破旧的老酒馆似的”高档酒馆里用了晚餐，这是一个喧闹、欢乐的地方。次日上午，我还在城里稍稍转了转，然后在托马斯的陪送下去赶火车。不管我怎样谢绝，托马斯还是殷勤地在桥上帮我提了皮箱，我没敢建议乘出租车。

在法兰克福有一位口舌犀利的犹太女人，她头顶一个黑色的男式礼帽，戴着一副厚厚的眼镜，不仅和蔼可亲、富有魅力和同情心，而且还很漂亮。她在讲话中说，他（她）、他们（她们），以及她这一代人（她大约有三十岁）“必须直面”，或者说“必须清算”奥斯维辛[①]（她讲话的德语原文是“muss sich ausseinandersetzen”）“我们，在以色列，”她说，“至少学会了一件事情：这就是，必须自卫。”这些话完全是虚假的，没有人能够理解。我已经不想说服任何人了。在我有能力的时候，我只想写作，因为我喜欢写作，喜欢语言，喜欢在脑海里突然闪出一个比喻之类的东西。每个人都询问奥斯维辛：虽然，我必须给他们讲述我的“文字的卑劣快感”——但是与这相比，奥斯维辛是一个陌生的、无法接近的超常的存在。

作家 K 说过下面的话：

> “无论我们从哪个方向——即使是从上帝那里出发——奥斯维辛都永远无法接近；奥斯维辛是郑重的警告之一，它以令人惊恐的灾难形式现身，提醒人类的警醒——假如人类愿意警醒的话。”人们却取而代之地从一种学术的角度提出这个问题，比如，将它说成是一种普通的杀戮，好似一张发自地狱的请柬。假如奥斯维辛的警告是徒劳的，那么上帝就是一个失败者；假如上帝失败了，那么我们将永远不会理解奥斯维辛。因此，我在一个偌大的、破旧舞台上——我们称之为地球，

① 奥斯维辛集中营是德国纳粹在二战期间屠杀犹太人最多的灭绝营之一，后来成为了“犹太人大屠杀”的象征。

在变得灰蒙的光线里，只能看到几堆瓦砾、几段带刺的铁丝网、一个被折成两段的十字架和几个有其他象征意义的残骸：在这片灰蒙的天幕下，跪在尘埃之中的我，用那副被碾在灰烬里的面孔，在一个宽恕性的恐怖氛围中接受了奥斯维辛……

“你没有权力这样做，”我立即反对道，“顶多”（连这个也还是个疑问）“你只能毁灭其中。”

“说来，”作家K回应道，“我一直在这样做。我生活的历史是由我的屡次死亡组成的，假如我想谈谈自己生活的话，就必须讲述我的这些次死亡。”

“即使这样，我还是觉得这里散发着什么腐臭的味道，”我继续反驳说，“如果你真的用这种目的论的眼光来审视奥斯维辛的话，那么你显然相信你自己的生命是有意义的。也许你会干脆这样认为，上帝之所以使你幸存，是因为他选中了你来发现隐藏在奥斯维辛背后的警示。”

对这句话，作家K没有回答。

从那之后，他一直沉默不语。

一封来自萨尔斯堡①的信：“über Ostern habe ich Ihr Buch gelesen, das mehr ein karfreitagliches Gefühl vermittelt.”（复活节期间我读了一本书，它唤起了我对“大星期五的感受。”）（这句话说的是关于小说《为一个未诞生孩子的哭祷》）在匈牙利的国教——天主教的氛围中，能够阅读到蕴涵着真正天主教精神的文字，则是一种巨大的慰藉。

究竟是什么将我与匈牙利天主教中产阶级分割开来（当然，所谓“天主教中产阶级”指的仅仅是一个中等的知识分子阶层，并不是什么明确的中产阶级）？对于他们来说，这种区别非常重要：泰莱吉·帕尔伯爵谈不谈犹太人，或者萨拉什·费伦茨谈不谈犹太人，然而，这个问题在我来看几

① 萨尔斯堡，奥地利北方城市，临近德国边境。

乎都差不多；对我来说，奥斯维辛都将是最终的答案。

在这年的夏季，在一九九三年酷热的夏天……为什么我会如此清晰地回忆起那个一九四四年的夏日？因为在我的周围蒸腾着憎恨与无法遏止的躁狂。“民族”的概念仿佛是一个强加于整个国家头上的不幸意识。

这种不幸的意识，重又造就了许多“完全重复”的角色。

我没有丝毫的情绪扮演自己的角色，没有丝毫的情绪卷入所谓的“反对歧视犹太人”的抗议运动之中（在这段时期的初始，出于高傲、出于愚蠢、出于信任、出于希望，我曾被那样卷入过一次）。我的犹太血统本身，要比直视所谓冠名为“反对歧视犹太人”的癫狂反而更有价值（或者说，具有更加重大的意义）。

另外，在这种癫狂的吸引下，我们很难保持自己身心的健全。

你们总不会期望我来阐明自己民族、宗派、人种的所属吧？你们总不会期望我只拥有惟一的身份吧？

总之，我向他们透露说：我只有一个惟一的身份，那就是书面上的身份。

否则我是谁呢？这个有谁会知道？

在林茨[①]做了短短的散步。古斯塔汉伯格宫坐落在通往庄园的坡道上，完工于十七世纪、并作为学校被交给市政府使用。墙上挂着一块黄色字牌：安顿·布鲁克奈尔与拉依奈尔·玛丽亚曾在这里上学。朝多瑙河方向眺望，河水在耀眼的阳光中从拐角处出现，继续向东流淌，我终于理解了奥地利的东方大都市——维也纳。弗洛伊德曾在那里居住过，当他将视线投进弥漫在意识深层的混沌之中时，就如同我此时此刻从林茨远眺，虽然因陌生而心悸，但仍旧将一副审视的眼神投向视野深处，朝着充满威胁的东方……

之后，我被一种突然袭来的、轻飘的迷幻所捕摄。与一些自然现象相仿，人的心情有时也会得到彻底的洗涤，犹如高爽的清风将稠密的浓云吹

① 林茨，是奥地利的北方城市，距德国和捷克边境不远。

开、将沉闷的空气和令人窒息的潮雾驱散一般：这种内心的晴朗和阳光，正跟这些自然现象一样地令人难以解释——或者说，正跟这些自然现象一样地只能用一些难以令人满意的、武断的机械性道理进行解释。

我很喜欢我在柏林的大床，睡在上面感觉坚硬而舒适。

这一年，我在家（布达佩斯）总共只呆了三个月。

我活得就像一个逃难者。

惟独从这个角度说，我是在像样地活着：我是一个逃难者。

在行驶于慕尼黑与柏林之间的火车上，我沉迷在一部戏剧创作的构思之中，突然我找到了令人亢奋的灵感源泉：我将借助这个“以自杀为结局的主人公”角色，祭奠这个由我自己创作出来的实体——这是一个生灵，一个通过他三十年来秘密、多产、归根结底无可怀疑的劳作，从一只茧蛹变成了一条蚕，创造出另一个人——他就是现在的我。可这个人，是一个真正的作家——一具尸首。我曾经爱过，而且现在仍旧爱着那个从前的、饱经苦难、几经雕琢过的“自我”；在那个“自我”的体内，我曾生存过很久；而在我的戏剧中，我将他——将这具庞然的尸首埋葬了。我重复着易卜生[①]的话——写作，就犹如对我们自己做出判决。在戏剧里，我对自己宣判了死刑（在我的作品中，我总是死亡），如果我能从死亡的判决下存活下来的话，我就会继续逃生，重新奔向死亡（这种可能是在多次死亡判决下的偶然存活，来得既十分突然，又毫无准备，我恍然悟道：这是一种何等的奇迹！）。

我回到柏林的住所，我就像一个女学生似的，洗了衣服，然后熨好。

今天，我沿着柏林的施普列河散步，漫长的午后，蜿蜒的河水，枝叶浸入水中的垂柳，柳林间夹杂着一株株白杨，坦荡，静谧，平和。在查洛坦堡的庄园附近，或者说是，在泰盖勒·威格旁的一条小巷里，我在一家

① 易卜生（1828—1906），挪威剧作家，一生写下了二十五个剧本，其中以《玩偶之家》、《爱的喜剧》、《社会支柱》等最为著名。

光线晦暗的纸店里买了一块橡皮，一位留着胡子、带着鼓励性微笑的年轻人接待了我；他神色疑虑地在橡皮中间挑选着，然后向我要了四十芬尼[①]。正在隐入夜幕的、倦怠的晚秋黄昏，在陌生的城市里，我们在河畔边落寞地徘徊，望着一户户温馨的家宅和烛光闪烁的咖啡馆，心里感到一种充满欲望、几乎是在惨败中啜泣的、难以抑制的痛楚，这是一种难以名状的、古老的痛楚，我被自己的肌肤、汗毛、个性和品质紧紧缠裹着，这是囚在“我的牢房”中的、日渐憔悴的个体的痛楚，这是渴望逃出囚牢的痛楚。这种时候，就像一头公牛发出低沉、有力的哞叫，放纵自己陷入母牛的诱惑——然而，现在说的并不是这回事……

在午前的阳光下，我茫然伫立在普司达梅广场上；午前慵倦的阳光；在城市的最中央，是一片用尘土与碎石夯成的荒野，四周被古老围墙的废墟环绕着。仿佛是在一场毁灭一切的空袭之后，在微弱似的天光下，弥散着淡淡灰烬的味道，一条条通向虚无的小路，这是一九四五年春天的气息与氛围的体验，这是生活中的幸存者无法言喻的忧郁……许多次，我就这样伫立在布亨瓦尔德集中营的前面，好像是在品尝带着尸体的腐臭、集中营菜汤味道和春天气息的自由……随后，我散步到奥兰尼恩堡大街的犹太教会堂。我徒然寻找着那家小小的甜点店，在十三年前——也就是一九八〇年——的东德时期，它曾是这座城市的一部分，一天上午，我非常想吃一块煤铲大小的绿色蛋糕。透过甜点店的窗户，我的视线落到了对面的一片红砖颜色的废墟上，再难以移开，并慢慢地展开了想象。历史照片上火焰熊熊的犹太教堂——水晶般晴朗的夜空，在奥兰尼恩堡大街上，摩尔风格的建筑……我付了账，匆匆穿到街对面。这就是展现在我眼前的图景。在废墟里，在当年残墙断壁的缝隙之间，散落的绿色瓦片偶然可见。到处都找不到一块引人回忆的字碑文匾，虽然在废墟深处有一块写了字母的、极不惹眼的牌子，但是上面记录的也仅仅是这片地产的所有权情况。成堆的废墟带着被人遗忘的羞辱，哑然无声地沉陷于陌生之中。近来，人们在

---

① 芬尼是“欧元”问世前的德国铜币，一马克等于一百芬尼。

废墟之上盖起了金黄闪亮的穹隆圆顶，酷似一顶用荆棘编织的受难头冠。然而，周围摇摇欲坠的房子和破烂的街道，又成了对战争的见证，从幽深的门洞里散发出一股霉腐的气味，一幅幅破败不堪的画面，发霉，腐烂。仿佛是一个深邃隐秘的地窖被突然掘开，那些在过去几十年中已经被人遗忘了的“毁灭”与“摧毁”骤然暴露于光天之下。几年之后这所有的一切都将消失，这些人，这些房子，这些街巷，所有的一切都将改变。这些记忆都将被封存，这些疮疤都将被掩藏，现代人最显著的“适应性”就是“事后可以忘掉所有的一切”，他们可以从自己的生活中滤掉那些模糊的记忆，仿佛就像滤掉咖啡的残渣。我感到某种满足，也许，这是我最后一次看到这一切（并不仅仅看到，而且还理解了），这种感觉就像一位自然考察学家突然看到了一件刚刚绝迹了的生物种类的活标本，正悠然无虑地过着自己不合时宜的生活。

魏玛[①]山地上的埃泰尔兹伯格。一个霜冻、昏暗的十一月的午后。作为一个局外之人，我根据周围的环境和周围接待人员的愿望，时而止步，时而继续前行。我们之所以有必要在这种时候来参观这些——我们生命中具有决定性意义的事件曾在这里发生过的——现场，是为了知道：它们与我们自己毫无关联。这是一种重要的认知：我们试图以忠实于事实的不同方式及其升华进行揭示，因为我们个性人格的转变，只会使我们看到一种赤裸的疯癫。山下，在城里召开的所谓“大会”上，从传统的意义上讲，H教授保持了个性的人格，但是就他的反常表现来看，简直是厚颜无耻。他的讲演形式颇具诱惑力。通过对历史的陈述，他无可指摘地阐明：并没有人下令屠杀犹太人，并没有人下令对犹太人进行有计划的“种族灭绝”，并不存在任何的所谓“领袖的命令”，那些被称之为“领袖的命令”的东西，只不过是根据那些含糊其辞的、仅限于口头形式的公开讲话所做出的想象。所有的一切，都是人们自觉、自愿、自主地做出的。实际上，人们

① 魏玛，德国东部城市。

很难找到任何借口说明对犹太人的大屠杀“违反了命令”——只有几个“违令”的例子。

在凯尔[1]，晴空灿烂。我从坐落在林边的宾馆里，眺望着正逐渐变成蔚蓝色的、南部的北海；在港湾的出口，几艘至少有八到十层楼高的轮船正在蓝白色相间的海面上缓缓驶出。疲倦。在开向汉堡的列车上，我突然被几道盯视的目光惊醒了。在过道另一侧与我相对的座位上，有两位年轻妇女正望着我出神。在她们的目光里，带着某种诧异、或许有点受惊的神情。“Hab'ich geschnarcht（德文原意：我打呼噜了吗）?”我也感到惊诧，并向她们询问。“Nee，nee（德文原意：没有，没有）。”她们否认道，并且马上开始了活跃的交谈。我苦思冥想，我到底做了些什么，竟会使两个姑娘受到了如此的惊吓？透过她们拒我于千里之外的目光，我突然一眼窥见了自己：一个逐日衰老的外国人正一动不动地坐在她们对面的座位上，头朝后仰着，嘴半张着，也不知道是睡着了？还是已经死了？我可能使她们感到了不适。

汉堡的一座座白色别墅。机场。随后到了慕尼黑。我沉思道：在四十年的牢狱生活之后，现在我突然熟悉了这么多的机场、火车站，完全像在自己家乡似的在各种各样的地铁、快车上行动自如。这莫非意味着什么？如果我对此否认的话，便是在撒谎。在我奔溢不羁的、关于自己成长的小说里，我显得稍微有些多疑，不过也正因如此，我是一个多愁善感的角色。

抵达斯坦伯格湖畔，在图岑[2]，福音教派传道学院。又是一次号称“德意志-匈牙利知识分子对话”的所谓的“会议”。为了参加这次会议，我特意准备了一篇题为《多余的知识分子》的学术论文。一位情绪激动的女士接待了我，并带给我一些特别的消息。匈牙利有关主管方面已经提请他们注意，认为会议邀请的匈牙利代表名单过分片面。结果发现，他们反对我应邀的理由是，我总是只写一个题材（关于奥斯维辛的），因此我不能代

---

① 凯尔，德国北部的港口城市。

② 图岑，德国南部城市，与慕尼黑临近。

表这个国家（匈牙利）。这位情绪激动的女士的话扰乱了我的心绪：我感到一种“迎面倾泻的疯癫”正在向我身上施加一种无可避免的、绝望的力量。这种疯癫的激情先是在我体内唤起一种自怜的愤懑，随后，这种激情开始收集论据，并跨进了一个逻辑的魔圈，尽管我之所以被迫跨进这个魔圈，是因为里面的人将我朝外驱赶。这种逻辑向我提供了诸多“辉煌的真理”，而每种真理就像一个个在我脚下张开的陷阱。越是用更多的论据来证明我的正确，我离“真理”越发遥远，因为我会被卷入一场文字的游戏，而这场游戏的所有构成都是虚假的，游戏是在一种伪造一切的思想体系中进行。如果这种思想体系缔造真实的话，那么“我的真实”可能会是惟一的、作为工具使用的真实。我看上去，好像是一个危险的敌手——一个貌似浑身铠甲的骑士，实际上，我却效劳于虐待狂的需要，就像一个猖狂的凶手对待他的牺牲品一样，将之捕捉，并横加凌辱。

当这种疯狂的放纵如此诱人之时，我又能够如何自持呢？难道自己能免于伤害？难道那些非法的行径未能殃及于我？难道我就没有发生过信仰的崩塌？难道我们没有对“反犹太人主义”横眉冷对？当一个“后共产主义国家”的文化代表团在国外公开贬损他们并不喜欢的、自己的国民时，难道我们不能辨识出这都是老戏重演？另外，这些被披上法学家逻辑外衣的疯癫证据，正从他们自己身上脱落。

难道不是“直面真理”更有意义？难道没有必要对我在各个时期的——已在我身上打下的可恶牺牲品烙印的——负性癫狂做一次彻底的清算？显然，一个小小的民族，在很早很早以前就已从所谓的“世界历史”的宏伟进程中脱离，而且始终未能在时间和空间里找到一个适合自己的真正角色（也许这种角色根本就不存在）：这个民族——作为一个民族——只能像个疯子似的癫狂行事。

假如，人们不愿将这些已被摧毁了的个体生命以及已经铸成大错了的历史视为“被他们自己亲手摧毁了的生命”和“由于他们自己的错误而搅乱了的历史”，而是将其视为“是由某种邪恶的陌生力量酿造的不幸”，或者将其视为“民族的诅咒、命运、甚至厄运”的话：那么，就可以这么说，

“反犹太人主义”有存在的必要。

这个痛苦于急性综合症中的、沉溺于受虐性变态心理的“东欧小民族的心灵”不能够离开沉重的压迫而存在，也不能没有少数民族的替罪羊而存在，它将历史的不幸归罪于某人，并且心安理得地让他承受那些在日常挫败中逐渐积聚的憎恨及其所残留的痛苦。假如没有了对犹太人的憎恨，那些总是热衷于验证自己“具有特征的匈牙利身份”的人又能验证出什么呢？匈牙利人的特征究竟是什么呢？坦率地说，大多数回答都是些反面的断言，其中最简单明了的定义（如果不拐弯抹角的话）听起来是这样的：匈牙利人，是“非犹太人”。是啊，可是“犹太人”又是什么呢？你看，这个答案很明确：犹太人，就是“非匈牙利人”。谈论“犹太人”可以用复数人称，“犹太人”就像通常所说的“犹太人们”，他们的本质特征可以被概括归纳起来，就像一种不很复杂的动物（这里我所指的自然是一种有害的动物，只是它们的皮毛光滑，使人误认为人类）等等；而且，“犹太人”一词在匈牙利语中变成了一句骂人的话，尽管那些在欺骗中伤、狼狈为奸的荣耀中鬓发斑白了的、随机嬗变的匈牙利政治演说家对这个词表示“陌生”——然而所有的人都知道，他们只要一有机会，就该夺取谁的法律权利，就该歧视谁、抢劫谁、打死谁。

那么，我——我在这里又能做什么呢？

很久以来我就已经无能为力了。我错过了行动的瞬间，只能像看守、证人似的留在这里。也有可能，由于这种漠然，由于这种语言和这样不可思议的环境的原故，我能够成为作家厄运的见证人。是啊，我不但要为此而忧愁，而且还要更加努力地寻找长寿不死的灵丹妙药。

在纯净的措辞中，总是隐藏着些许的慰藉。就拿卡尔·克劳斯来说，情况令人绝望，但（仍然）不是彻底无望。一个礼貌的鞠躬，总能使我从“对我执行死刑的传唤”下逃脱——无论从实际意义上讲，还是从精神意义上说，这就是我的使命。

下午四点半，在慕尼黑中央火车站有一个约会。我乘火车从柏林出发，M 开车从佩斯出发。我从什么时候起敢预约这样的会面了？我从哪里汲取到这般毫无基础的、大如宇宙的信任？经过七小时的列车旅行，我在慕尼黑下了车，没有看到一个人。换句话说，我看到了一张张走马灯似的面孔，但是我的眼睛却在人群里徒然地搜寻。慢慢的，一种深沉的、慰藉的、像棉花一样的“在家的感觉”将我捕摄。但是这时，就在那些彩色的斑点和纷纷散开的木偶之间，那突然显现、并迎面朝我飘来的，究竟是一抹何种的微笑？我听她讲：她在公路上开了八个小时，由于在海关人多遇阻，而迟到了十分钟。车站大厅被喧嚣、躁动和漩涡般席卷的人流塞得满满的，在这个不可思议的舞台上，人们各自的路途一下子汇聚到一起，好像是在远古时期祭拜神灵的洞穴里，聚满了形而上学的哲人们，这种聚合是如此的强实有力，仿佛是被命运之光托举着，使我立即感觉到完全的真实。随后，我们拨开人群朝出口走去，朝停车场走去：我们继续赶路，去佛罗伦萨①……

布达佩斯。梦。黎明时分，我梦见了母亲，一个习以为常了的、充满郁闷、内容含混的梦。一条已经疯了两天了的黄毛狗，我看到了它的利齿，几乎真实感到了这一口俐齿凶狠的撕咬，与此同时，在一个由环行走廊围成的庭院里燃起了熊熊烈火，火势迅猛，黑烟滚滚，犹如石油或是汽油在燃烧。

与在无家的异乡可能找到的那种有家的感觉相比，这种在自己家乡的无家可归感则是另一回事。

诸多细小的、个别的错误酿成了巨大的、共同的错误。而这种错误，就是我们惟一的真理。

有几个问题，我总是给予虚假的答复（虚假：这里当然指的是错误，因为这正是事物的自然属性，但是我没有充分地注意到，每一个错误都是我的错误，因而，这成了我惟一可能的真理）。这样看来：是不是真的只有在杀人的环境中隐藏着对我来说的“力量的源泉”？这个我不可能知道，因

---

① 佛罗伦萨，位于意大利境内，是文艺复兴时期的艺术圣地。

为这股“力量的源泉”总是效力于对杀人环境的描绘，同时并处在这个杀人的环境之中。假如，在这里能够准确无误地表现为独立，乃至自由行为的话，那么我就可以知道，这股“力量的源泉”并不是这些杀人的环境，而是发源于更深层的、对我来说更本质的需求；那么我就可以宣称，我天生就是一位艺术家。然而现在，我只能这样说，我自己与这个杀人的环境进行了如此激烈的冲撞，随后与之融合，这种融合——通过我，并在我体内——爆炸性地催生出一种全新的品质。

再说：我在《船夫日记》的结尾部分谈论了许多关于上帝的话题。然而，这个问题本身就是虚假的，因为据我所知，上帝是不可能被谈论的。上帝既不是一个人，也不是一个物，要小心，我们在这里遇到了语法问题。其实我所讲的是，在某种状况下，“人们要想到上帝”，或者说是“要思考到上帝”——这只是一种证据，一种人的档案，再没有其他意思，也不指其他的什么。

最后：所谓的反犹太人主义。我之所以要加上“所谓的”，是因为现在它已经变成了别的东西（哪怕人们并不知道）。在这里，在反犹太人主义和反犹太人主义之间，我们必须要关注奥斯维辛这个事实。在反犹太人主义的历史中，奥斯维辛是一个重要的转折点，打个比方说，相当于物理学中的“量子理论”。我只想说，一个没有听说过“量子理论”的物理学家并不是真的物理学家，对“反犹太人主义”说来也道理相同，一个对奥斯维辛视而不见的人，也不会是真正的、（用我的话说）“真正意义上的、严肃的、至少在自身偏执狂中经验丰富、训练有素的反犹太分子”。现在的情况是，奥斯维辛使反犹太分子们陷入了持久的惶恐之中：除了赞同的家伙之外，没有一个反犹太分子会对奥斯维辛作出应答。（最近有一天，在对面的副食店里，有一个家伙一边摇晃着一瓶啤酒，一边大声叫嚷：“你们还是去当牺牲品吧，那样还能得到赔偿金！”然而，这种毫无掩饰的幼稚症是如此的滑稽，惹得我高声大笑起来，笑得那家伙友善地朝我眨眼。）“反犹太人主义”是经过深思熟虑的，而且在深思熟虑之后被付诸以行动：奥斯维辛终结了“反犹太人主义”的古典历史——但是当然，也有些人认为历史也到此结束了。或者说是，一切都在继续演进，尽管更加公开，但也更加无力。因此，这种无论在任何事上、无论对任何人都再难具有说服力的“反犹太思想”的残余杂音，今后最多也只能作为含糊的语音怂恿而存在，就像一个打着灭绝人类节拍的节奏器。

我还从来未曾分析过一个重要的事实，我小时候最喜欢的童话是《丑小鸭》。我读了许多遍，每读一遍都会用心地掉一次眼泪。无论是在街上，还是在临睡之前躺在床上，我都会经常想到它，仿佛是对所有人的、对所有一切的复仇之慰藉。也许，就跟我年轻时代所读的那些——被我视为“我命运的基本转折点”和“我生命旅途（或说是‘迷途’）的决定因素”的——重要著作一样，这个童话对我来说，更多地启蒙了我隐秘的、生活的主导思想。

接着再谈谈弗洛伊德的这个观点，他认为：原非基督教信徒的日耳曼人对基督教所迸发的强烈敌视，可能在德国人的反犹太人思想中扮演了角色——想来，基督教教义是犹太“一神教”的孩子，顺便提一句，根据“终极解决”[①] 的深层心理学理论，这个观念也可能起了某些作用：犹太人是“信《圣经》的人群”；他们想抹杀文字；他们想没有法律地独自存在。

深层心理学的细微之处。永动不息的“历史分析大转台”，在启蒙的——或者说是犹太人解放的——欧洲，汉娜·阿兰特[②]以气势磅礴、影响深远的冥思，对反犹太思想的根源及其旁宗别系进行了阐述。但是，又将如何解释奥斯维辛？如何解释集中营里处理尸首的囚犯分遣队？如何解释集中营内的日常生活呢？在这里，所有的历史学和科学的解释都遇到了阻碍。在这里，就连“反犹太人主义”也很少扮演真正的角色了。在这里，只有人对人的折磨，被屠杀者堆积成山，腐尸的恶臭激起放纵的快感；在这里，只有半死的人在焚烧尸首，仓库管理员在为遗物分类；这个世界是

---

① 二战期间，德国纳粹将彻底以“灭绝犹太人”的大屠杀称为“终极解决”。

② 汉娜·阿兰特（1906—1975），德国二十世纪知名的女哲学家。

从很深、更深的地方开始毁灭，无论借助思想，还是借助科学，历史都对它鞭长莫及……

人们有没有注意到：在这个世纪里，一切都变得更真实，一切都变成了更真实的自己？士兵变成了职业杀手，政治家变成了罪犯，资本变成了用焚尸炉装备的、庞大的杀人工厂，法律变成了肮脏游戏的游戏规则，世界的自由变成了大众的监狱，反犹太人主义变成了奥斯维辛，民族意识变成了集体屠杀。我们的时代是真理的时代，这一点毋庸置疑。人们完全出于习惯而说谎，而且每人都能一眼识破阴谋；如果宣称：爱——每个人都会知道谋杀的时间到了；假若提起法律——那是属于偷盗和抢劫者的。

我们不要忘记，奥斯维辛根本不是由于“奥斯维辛的过去”而被废除的，而是因为军事格局的转变；奥斯维辛之后，什么都没有发生，我们并未因谴责了奥斯维辛而得以生存。然而，我们却经历了以那些意识形态为治国之本的帝国；从实用角度讲，这些意识形态不仅被证明为“语言的游戏”，甚至还使这种“语言游戏”变得实际有用，这种意识形态本身变成了一种具有恐怖效应的工具。我们经历了一段这样的历史，无论是屠杀者，还是牺牲者，他们对这种“意识形态指示”的空洞无物和毫无意义都同样地心知肚明：正是这种认知，导致了这种以该意识形态为名义所实施的恐怖行径的、与众不同、独一无二的卑贱；正是这种认知，造成了整个社会在这种意识形态统治下的根本堕落。杀人者虽然枪弹齐射，但更多的还是仅仅使用拳头，“杀人的棍棒”每落下一次，就会同时响起杀人者丧失理智的嚎叫——这不仅证实了最能够带给人最为放纵的权力感，并且借助于对理性的奸污，会与杀人的快感一起迸发出何等强烈的狂放，这种狂放，展开了一片——朝向人类生存的、无论何样未来的——启示录般的真实视野。

有朝一日，我们要对这种复仇感进行剖析，这个时代的知识分子们总是以反理智的形式吸取养料，为精神的憎恨撰写精神的历史……

我带着特别的苦涩和特别的满足（如果还不能说是带着喜悦的话）写下这几行字，在这期间，我深深感受到自己存在形式的脆弱易伤、徒劳无益和不合时宜。到底是什么驱动我用圆珠笔在纸上涂抹？我的那些秘密的清晨，秘密的散步，孤独而亲密的自我折磨——其结果怎样？难道我是一位隐秘的传道者？难道我是一个藏在时代废墟之下的编年史学家？难道我是在为那些上帝并未提出的问题寻找答案？难道我是在对上帝给予的答案提出疑问？有朝一日，我该致力于一些物质世界之外的创造，并对其不可能性以及艺术的完美无瑕进行挑战——然而，这一时刻到底究竟会不会到来？这种努力到底重不重要？“有谁能够通过我们的眼睛看到这一切？”小说《英国旗》结尾处所提出的这个问题是不是更为重要？因为，我们归根结底应该知道的，我们要像“某些人能够看到似的”生活——然而所看到的并不是我们，也不是通过我们的眼睛，而是通过我们的生活。

严格地讲，这到底意味着什么？不管怎么说，这意味的不是“解决”。“我不情愿揣着一副被改变了的心灵徘徊在一个不变的世界里。”布贝尔①如是说（瓦伊·纳吉·埃尔文引语）。

布达佩斯。一九九四年一月。我可以感受到内心的毁灭。愚蠢的读报狂热。憎恨的事实，败落的环境，在街里，在车上，在商店中，在所有的地方、从所有人那里所遭受到的、令人痛苦难忍的、日复一日的侵犯，天天都折射出憎恨的惊狂。这种愚蠢生活只处于一个惟一的层面，简而言之，只处于一个折射出转瞬即逝的反光的层面。我永存的灵魂（请允许我这么讲），我永存的灵魂慢慢地远离，我逐渐感悟到了他失望的告辞：我想在这副躯壳里落巢的努力也是徒劳的……

今年早上，有一个六七岁的小男孩背靠着楼墙，坐在玛格丽特环路与萨斯·卡洛伊大街街角冰冷的柏油地上，他烂衣遮体，浑身肮脏，有着一副十分特别的深色面孔。男孩正默默地、陷入深思地在自己的口袋里翻找着什么。一声不语的、怀着哑然的感激接受着人们的施舍，甚至对那些朝他跟前的帽子里抛掷零钱的行人也未瞥一眼。在这幅画面里，隐喻了某种最终的冷漠结局，甚至可以说是——终极宿命。

---

① 马丁·布贝尔（1878—1965），奥地利哲学家。

我转过身（因为前面再没有路）。我失却了对欢乐与生命的“不可能存在的美好”的敏感，失却了对自身的敏感。我失掉了我的拥有，失掉了隐藏着我的财富、我的创作之源泉的余生。因为，“我的存在”也展示于所谓的“创作”之中（但是，展示自己的存在到底有什么重要？——这是一个永远也找不到答案的问题）。我不合时宜地活着，在这个悲惨的——由一次性的生命和无法预测的迅速死亡构架成的——庞大空间里，我仿佛生活在两个变硬了的、与世无关的茧壳之间，生活在惟一的生存的短夏里。

近来，我失去了那些为未来指路的、重要的梦。我徒然睡去，但总是毫无所获地醒来。

当一个人被一种感觉遗弃时，会感到无尽的凄然。当你刚刚读完一部长篇巨著（你刚还沉溺于书中的世界里）的时候；当你刚刚结束了一段爱情关系的时候；当你刚刚从灵感的激烈角逐中抽身的时候——你恍然意识到，并且一眼望到了周围的世界，这时你只是这样望着，这样简简单单地望着，既不抱任何目的，不怀任何欲望，也没有任何的打算。原来是什么样子，现在还是什么样子；原来是什么，现在仍旧是什么。

当你经历了自己的不幸，你就会明白：世界上的凄凉，仿佛就是你自己的作品。

长久以来，我一直承继着父辈们漫不经心的生活态度，我生活在这儿，在这个国家里，就像事物自然地形成，有机地发展，结果终有一天要面对周遭的现实。再没有比“要在你始终蔑视的人手中等待死亡”更沉重的道德与精神打击了。在这种漠然疏忽的深层，到底隐藏了什么样的教训呢？是自卑自弃？茫然跟从？还是随遇而安？是毫无信仰？还是依从宿命？

我也是这样地——揣着期待、内心冷漠、身负罪责地——活在这里。三月已到，阳光明媚，离“民族独立节”① 越来越近。在塞纳广场，我从

① 每年的 3 月 15 日为匈牙利“民族独立节”，以纪念爆发于 1848 年的匈牙利民族独立革命，英雄诗人裴多菲因为曾在这一天当众朗诵了他的著名诗篇《民族之歌》，而成为这个纪念日的历史象征。

有轨电车上朝外张望，看到一群群年轻人正聚集在广场上游行，在“阿尔帕德条形旗”[①] 下，他们身穿迷彩服，脚蹬黑色长靴，腋下夹着形似枪支的家伙。他们要干什么？在玛尔吉特大桥桥下，有一个蓄着白色胡须的老者，穿着一件跟宪兵服相似的黄色服装，戴着“民族袖标”[②]，胸前的正中挂着一个黑色双十字架，头上戴一顶插着针叶草和彩色翎毛的阔檐帽……这是一个老迈体衰的“温奈图”[③]。年轻人们的面孔掩映在床单似的三角幡里，在大号的“民族胸徽”上方，闪烁着捕猎者充满憎恨的目光。一个念头在我的脑海匆匆闪过，现在这个场景到底有没有意义？我觉得，毫无意义！不过，我还是注意到了：这幅场景实在是缺少变化。如果我们对那些可以忽视的“个体”忽视不察的话，那么眼前的这些年轻人，就跟我在四十年代看到过的那些年轻人如出一辙，一模一样的面孔，一模一样的声音，一模一样的动作……然而，这却意味着某种永恒不变的现实。这种显而易见的、对适应性与应变性的完全匮乏——所有的一切都以同样的方式重演，这显示出“已在具有生命力的盘根内筑了巢穴”的严重问题；暴戾，傲慢，明显的堕落，这都是丧失生命能力的迹象。这帮家伙并不是“反犹太人主义分子”，他们不但猖狂不羁，思维狭隘，而且他们荒谬不堪的“惟我独尊”，这将使他们失去任何的适应性与维新能力——刚才所述的这些性格特征，只不过是那些早已丧失了的东西的标记而已。在他们体内，根本缺乏一种对现实的、较为细腻的认知本能，他们自闭一隅，与世隔绝，就像一种群体文化已无法跟上世界文化的潮流，于是，他们木然不解地望着这道

---

① 阿尔帕德大公是匈牙利先民的部落首领。一千多年前，匈牙利的先民从亚洲向欧洲辗转迁徙，有七个部落终于在阿尔帕德大公的率领下于公元 896 年抵达了位于中欧的喀尔巴阡盆地，并在这里定居。他的后代圣·伊什特万于公元 1000 年接受了天主教洗礼，建立了匈牙利王国，并成为第一任匈牙利国王，当年罗马教皇赐与他的王冠，则成为了匈牙利国家的象征物。阿尔帕德王朝前后统治匈牙利长达三百年之久。现在，一些所谓的“大匈牙利主义者”在公开活动时打出带有“阿尔帕德王朝”图腾的旗帜，聚集了一批“新纳粹主义”分子。

② “民族袖标”和胸徽的颜色、图案与匈牙利国旗相同，是由红白绿三色的布条制成。

③ 温奈图，美洲印第安部落的首领，德国小说家卡尔·梅作品中的主人公。这里指一个老态龙钟的民族主义分子。

横断在脚前的悬崖深涧，因为这个悬崖是专为他们而劈开，为的正是让他们坠落其中。

任何清晰的目光都徒然无济。人类借用人类的智慧所做出的评判，简直是滑稽可怜，到底存不存在另一种可以对之进行评判的智慧？莫非这种智慧是一种正在运转的能量？假如这种智慧时刻不停地将人类拖入怀疑的幽谷，那么我们该不该从中归结出一个关于这种“运转在人类体内的否定能量”的结论？或者说是，归结出一个关于“人类不可避免地将要陷入毁灭”的结论？我们能否将在这个世界中所进行的斗争理解为是“感觉与物质惰性之间的斗争”？我们能否这样理解：归根结底，这是“感觉——为了生存——与同样服务于生存目的的本能所进行的斗争”？这种斗争一旦失败，就不得不借助这种本能的力量对自身的存在进行判决，并予以执行。

由此看来，这个世界（以及我从中看到的事物）可以毫无疑问地获取自身的意义。只要我们强迫自己用眼睛去看……

在一个午夜（今天？昨天？）的梦中，我坐在一个剧院（或是音乐厅）内，在那里，人们都从座位上站起热烈地鼓掌。我从背后看到他们（我清楚地记得一个身穿蓝灰色西服的年轻人的、剃着整齐短发的后脑勺），也许，我也站在观众的行列中间——也许，是站在舞台上？……

假如我要上演自己的剧目（不过现在看起来几乎是不太可能），则要掏出早就搁置了许久的计划（一个由“我”透过“他”的眼睛、通过观察看到的时空；一部以一个真实故事为主线的自传，或许是一部透过他的视角记述的自传；一种与自我为敌的写作激情完全可以获得道德的证明）。

昨天晚上，当我聆听《作品第127号·四重奏》（第二乐章）的时候，我忽然意识到，这种感觉是在当代艺术中完全匮乏的。这究竟是一种什么样的感觉呢？假如要我为这种感觉命名的话，我愿称之为：感恩。

我们不喜欢活着。我们不高兴活着。

虽然生命可以说是一种巨大的特权，然而我们最终要以死亡作为代价。

我试图读些智者的书籍，并且总是因此变得更加激动。可以这么讲，智慧通常使生命变得耀眼，因为生活本身通常令人无法适应。何况，在智慧之中隐藏着所有的、也是惟一的魔法。

在我生命第七个十年的中期，我突然不得不联想到：至今为止，我写作方式的根本毛病在于我的写作方式本身。

昨天，我和朋友们在一起。他们和蔼可亲、几乎平静无波的同情浪潮向我涌来，但我未敢在波上荡漾。

午夜，在回家的路上。N·G 一脸郑重地坐在方向盘前。他问：假如我将奥斯维辛视为一个有效隐喻的话，那么，我是否真像我在关于“多余的知识分子”的讲演的最后一句中所认为的那样，认为在“自由的”与“禁锢的”社会之间具有可区分性？我回答说，我所写下的都是自己真实的想法。虽然，耻辱的意识已不再可能从我们的生活中清扫出去，但是，这个事实既不可能再增强这种耻辱感，也不可能再加深对这种行径的怀疑了。

如今，我不但对这一切已无把握，而且对相反的一面也不抱把握。我对自己的言辞也并无把握，因为它们所表达的观点，也仅仅可能基于我们自己的生活；而我的生活并不是我任何观点的基础，原因很简单，因为我的生活并不是“充满行动的生活”；不过，最终我还是走上了“表达观点的溜冰场”，毫无疑问，我再次在溜冰场上滑倒；另外，我一下子窥视到自己像一位杂文作家，在雄辩的大漠中，突然被“焦渴-死亡的恐惧”所捕摄……

在我影响他人的同时，我自己也不知道自己是谁。

我的生活确实出现了一些其他的问题，也许，这些问题可以用这样的措辞来表述：为了推动生活继续向前，我们到底还需不需要这种简单明了的“人类的严肃”？要不然，在我们指导实践的时候，是否可以对之弃而不理？换句话说，这种传统意义上的道德生活还重不重要？是否能够满足难以遏止的权势欲的充分膨胀？为了使生活在某种程度上更美好、更丰富，这种难以遏止的权势欲膨胀和对道德生活的漠视以及对一个独立个体的功能性操纵，到底还起不起作用？（摩登的一切，都像是“大一统文化”的赝品。）生活的道德质量——我们对更好的生活的追求——到底有没有值得我们思考的范畴？人类的自体文化到底是否已经随着托尔斯泰一起结束了？

对于这个问题，我也只能提出，却无观点可言，我只能在可能找到自己的情况下，用生存与实践权作回答。

卡夫卡说："在你还未倦于向上爬楼的时候，楼梯的台阶也没有偷懒，它们在你向上攀登的脚下紧跑。"即使此刻我不是在向下走，也是在虚无中迈步。

里盖提·久尔吉[①]说："'前卫'与'摩登'是两种不同的风格概念。"(摘自《Lettre》文学杂志 1994 年第 2 期）依照习惯，里盖提借此又对某种基本事物进行了阐述。

根据我们的洞悉，我们可以把"小说写作的全部新技巧"总结为：不再是作家去把握世界（作为一种熟知了的对象），而是这个世界去把握作家(作为一种毫无限制的专制对象)；不过，从所谓的"文学"以及其他所有在艰难中勉强为生的艺术分支来看，这种洞悉伴随着诸多毁灭性的改变。艺术，从人文水平线的令人难以置信的疾速沉沦中汲取最后的灵感，而这种无法遏止的沉沦很快将所有的灵感清除得一干二净，只留下了毁灭。即使现在：有谁谈论文学？记录下最后的一阵挛痛，这就是一切。

我去了一个破败、荒凉的乡村。"这是一片平坦、空旷的风景，事实上很难称之为'风景'，仿佛是在世界的边缘"。与其说我是事件的参与者，还不如说是一个在感情上有所牵动的旁观者。我被带到了某个城市的垃圾场，它与一片泥泞的村野相连，我碰到一条浅黄色的、皮毛凌乱的脏狗。它并不瘸，而是由于衰弱，有气无力地拖着两条后腿。所有的一切，都洒上了一层"黄昏"的色泽，某种火焰的反光。在与沙矿仿佛的地狱深处，我突然看到一群衰弱的人们正奄奄一息地躺在那里，他们的脸上带着紫红色的瘀斑，其中的一个——那是一个男人，穿着一件无袖的毛线坎肩（那

---

① 里盖提·久尔吉，匈牙利知名学者、评论家。

是 A① 为我织的）——我记得非常清楚。(跟其他人一样）他正温驯地等待死神的降临，我又看到了那条狗，它正卧在男人跟前，这个饿得瘦骨嶙峋的男人正亲密地爱抚那条贴在他身边的、衰弱已极的动物。在这个住着活人的“万人坑”里，哑然的沉寂令人窘促不安，人们躺在那里，沉浸在一种垂死的、痛苦的平和之中。这副场景虽然并没有给我带来特别的苦痛，但是实际上，我既未感到自己是那群垂死之人中的一份子，也没有感到自己是一个旁观者。虽然在某种程度上我被这副情景吸引，但最终还是没有沉溺其中。我还记得那个身穿毛线坎肩的男人脸上那种非人间的漠然表情，他躺在那里朝上（朝着我?）张望，越加同情地抚摩那条老狗：他们一同静候自己命运的终结，带着某种永远不可能接近的高傲与平和。

还未等到任何结局，我就被迫醒来了。随后，我很快就忘掉了这个梦。现在，我对自己梦境的象征体系已经逐渐有所了解。我知道，我梦里的那些饥饿者为什么要挨饿。我知道，那些人到底都是谁。我知道，那条狗是谁。我知道，我们为什么要挨饿。我知道，我从他们身上意识到了什么。我知道，我到底为什么要看到他们。我知道了一切。我还知道，我永远不会摆脱自己知识的折磨。

四月，我重又来到西格里盖特，还是老地方，老房间。当我刚一踏上山腰空地的小径，一股花香就伴着早已久违了的黄昏的忧伤扑面而来……片刻之间，所有的乡愁都变得像某种似曾相识的失落感一样难以把握……好像我曾经来到过这里。好像我曾在这个房间里住过，好像我曾记下过一个悲剧性的诞生，好像我曾写下了《为一个未诞生孩子的祈祷》的开头几行。好像我曾在这里经历过一场曾在《祈祷》一书中发生过的暴风雨（再过一个月就是十八年了)，就在这场暴风雨赤红的雷霆电闪之间，我一眼看到了我今后将要写出的所有的著作，这些著作就在那与雷霆电闪似的光芒里忽隐忽现，随后，无数的灵感与抑郁，在暴风雨中的电闪似的期待中逐

① 书中提到的 A，是与作家相依为命生活了四十年的亡妻奥尔碧娜。

一诞生。好像我曾在这里爱抚过一个瑞士女孩的头发（对我来说，这事发生得十分突然），在一个漫长的午后，为了一件糟糕透顶的蠢事，我对她进行了充满喜悦的报复，当时，我淋漓尽致地表现了自己出类拔萃的绅士风度，我称之为“爱情”——就这样又发生了许多的故事。一切都依然存在，但是一切都已然改变，我自己也一样。时光在人们的头顶疾速飞逝，仿佛就像地质年代在大地上空涌流：从地心喷发的炽热熔岩、冰川时代、洪水时代、石器时代、青铜时代、黑铁时代……我在这里的重新出现，是一场奇异的时间游戏。既没有更深刻的意义，也没有神秘的内涵。我只是希望自己能够写几出自己的戏剧，安全地、平静地、远离城市疯狂的喧嚣。在园林里，我看到一只小鹿，正在吃着新萌发的玫瑰嫩芽和花蕾。

从这一刻起，我的作品就该在我的眼前瞬息不停地上演，而它的主题是关于奥斯维辛的胜利；奥斯维辛的胜利是这部“小说的精华”，而这个世界也与这部小说相仿，其精华也是关于奥斯维辛的胜利。

会客室里作家的闲谈：孤独的野兽围着空盘打转。

日渐萧条的园林。当年，这里（在我房间的窗前）曾是一片生机盎然、枝杈茂密、树叶葱茏的灌木丛——许多年来，我一直称之为“绿色的火焰”——现在，枝叶枯槁，萎蔫地垂挂在树上。

协会同僚之间的冷漠关系使我感到捉摸不定。我似乎听到爬行动物在我背后轻窜的声响，但是当我转身张望的时候，要么倏然消失，要么就在他们鳄鱼般的嘴角强做出一抹惊蹩的微笑。他们将一份评论塞到我手心，我也不能判定这是出于恶意，还是出于好心。这篇评论在一个特别强调的地方称我为“匈牙利作家”。问题是：他们为什么要称我为“匈牙利作家”呢？是因为我写的故事（绝大多数）都发生在匈牙利？还是因为我（总是）用匈牙利语写作？为什么要给用“匈牙利作家”这种富于煽动性的断言呢？显然我不是“匈牙利作家”（显然因为他们认为我不是“匈牙利作家”）。至少，这个称呼、这个词组在我的耳朵里听来，不过是牙龈、喉咙和语音的“沙沙”震动。也许正像维特根斯坦所说，这个称呼毫无价值。他们又想借用这个称呼意味什么呢？或许他们想表明：与之相反，我并不是“匈牙利作家”，只是作为“匈牙利作家”受到他们的接待。然而，这个也不是我自己的愿望（关于这个问题，我甚至问也没问），而是写下这个称呼之人的愿望；写下这个称呼的人，大概是希望自己能在某地、作为什么人被接受（当然，连同自己的所有麻烦一起），这次则是希望作为“匈牙利人”被接受（然而，这个概念具体指谁？到底指的是什么？一点也没有表达清楚）。至于我，早已接受了与自己相关的一切，自从“新时代”开始之后，我不仅重新接受了自己，而且还选择了适合自己的位置。从某种意义上讲，我不属于这里（也不可能属于这里），我的绝大多数作品并不是为那些“我说他们的语言的人”所写（也不可能为他们写）；长久以来，在一个看上去陌生的世界里，在总是以所谓“形式主义的手法”记录自己的真实状态之后（那是在另一种状态下，在镰刀与铁锤之间，我只能通过镜子看到通过镜子照到的模糊图像），我很乐于直截了当地进行表白。为什么不呢，为什么不。但是，这个世界（这个环绕在我周围的世界）叫做“匈牙利”，这个“陌生的我”的真实名字是“犹太人”；在今天（这个“今天”已经持续了长达七十年之久），一名犹太族的匈牙利人要想被人接受，就要符合某些特定的条件，而这些条件——简而言之，从实质上讲——导向了对自我的否定。

生活，反正不是抗议，就是合作。

M有着快乐的天赋，与其他所有的天性相比，这是一种特殊的恩赐……我将手迅速抽回，也许她想与我分享她的快乐，不过在我的手指之间，她的手指略显拘谨，即便这样，她还是将她的一部分财宝递到了我的掌心，我受惊地与她的手紧握，我不敢看她，她会使自己的目光变成一捧黄沙……荒僻冷巷得惊人妩媚。从国家公路的高处眺望，童话般的村庄突然呈现在我们眼前，雪白的柱式门廊，红色的屋瓦闪着耀眼的光芒。村庄的名字，例如：“贵族辩论”、“大瓦若尼”、“红湖”；慵倦的、永恒不变的情调，钟声悠扬，水果满枝；篱笆后，有一条狗在冲我们狂吠；村路上，走着一位身穿深色衣服的妇人。温柔的风景，稀疏、多梦的巴孔尼森林，视野突然开阔起来，我看到山坡下在阳光中炽烈燃烧的黄色菜田。

既不是上帝，也不是人类；既不是社会，也不是那些被人狡猾想出的“义务”——惟有我们始终与死亡直面相觑的姿态，使我不得不沉浸于艺术创作之中。

五月底。昨天我还在阿姆斯特丹的一家叫做“莱兹普林”的美国咖啡屋内喝咖啡。到处是“凡高们”和“伦勃朗们”。当你抬腿跨进一间大堂，迎面就会看到伦勃朗的《夜巡图》。缠着头巾的《自画像》，看上去就像使徒保罗[①]。脸上带麻子的皮肤，酒糟红鼻头，充满怀疑的眼神，斜蹙的眉毛，皱纹密布的额头：这张面孔我永远不可能忘记。葡萄牙的犹太大教堂(当地人叫它“Esnagoga”)。在阿姆斯特丹的酒馆里，有一种曾在加缪[②]的小说《失败》中充当过主要角色的杜松子酒，叫“汉奈沃”；酒馆里，有黄铜制成的量酒龙头，吧台上，一位体态健硕、头发焦黄的酒吧老板娘正在那些与塞尚[③]曾在某幅画作中所描绘的景物类似的、忧郁的瓶罐之间量酒，在她旁边，一只大葵花鹦鹉在一个大鸟笼里踩踏、尖叫。阿姆斯特丹的房子，阿姆斯特丹的神话，阿姆斯特丹的历史，“新教徒的灵魂”。从旅馆房间的窗子朝外望去，我可以看到运河对岸狭小的“玩具小屋”，透过一扇扇没挂窗帘的窗户，我看到了一间厨房，厨房的上面是一间卧室，还有一间窄小的办公室和一个袖珍的起居室（我想，那只是看上去“袖珍”）。晚上九点半，阳光突然穿透一直缓慢翻卷的佛兰德浓云投射下来。红灯区，在一条狭窄的小巷里，在展示女郎的橱窗前，聚集着密得无法穿越的人群；挤搡，叫嚷，闷热，情绪的躁动；之后有一只手突然扼住一个人的喉咙，并将一个棕色皮肤的男子按到房子的街墙上；拳头像暴雨般落下，那张痉挛的脸上鲜血淋漓。是啊，这里的一切最终都在为这个场面埋下伏笔，而

① 基督教最早的传教人，耶稣的十二个弟子之一。

② 加缪（1913—1960），是二十世纪上半叶最有影响的法国存在主义作家，1957年度诺贝尔文学奖获得者，他的代表作有《鼠疫》、《第一个人》、《反叛者》等。

③ 法国印象派大师。

这些伏笔，则在酝酿着一场拳头的斗殴；显然，这不仅仅发生在今天，而是发生在每个夜晚。不管怎么说，这些光线朦胧的街巷，外型独特的小屋，这些点着红灯的小桥，以及运河岸边交织密布的街巷的冷酷之美和梦幻之境，对一切施展了魔法，使一切变得柔和恬静，恍惚可及。

从那之后，总有一句咒语、一句巫言在我的脑际萦绕：“西方文化……”这句话在今天只成为一句咒语。在至今仍被称为“欧洲”的博物馆里，涌动着傲慢无理、川流不息的人流。然而，她曾有过多么辉煌的过去，有过多少令人凝神屏息的华美，有过多少生命的荣耀；在那些生命之中，曾有过多少勇敢，多少正义，多少高尚和多少力量……就像库克船长[①]一行带着将要付诸行动的好奇、敏捷地从黑暗中钻出……我们匆匆地瞥见：他们正好举着油灯从黑暗里出来，随后又立即钻了回去，去探掘深藏的宝物，继续那无终无止的巡查（不过，这个巡查现在终于结束了）。“但是……还是，”正像老欧狄普斯所说；但是，这句咒语还是没有从我的脑海里剔除，近来，我找到了两件与之相关的作品，一幅是油画《夜巡》，另一个是《作品第 132 号·小调四重奏》……

我的记忆，就像一群丧魂落魄、到处流浪的丧家犬，它们将我团团围住，盯着我，喘着气，仰起头对着月亮高声嗥叫，你想将它们赶走，但它们并没有散开，它们贪婪地舔着你的手，然后绕到你的背后，在你身上猛咬……

这些蒸发了的夏日情景，就像写在落叶之上的随笔记事，在我的窗前被风吹卷……

黑暗突然降临到一个闷热的夜晚，在森林脚下，在佐格公园大街之上。倾泻在我身上的孤独与焦虑。一条条家犬在栅栏后面预示凶兆地狂吠；也不知是从哪个方向，传来气枪邪恶的、轻声脆响。有人在练枪。他们是谁？

---

① 库克船长，是风行世界的冒险小说《彼特·潘》中以铁钩做手的断臂船长。（英）詹姆斯·巴里著。

为什么要练枪？他们究竟被什么样的敌人围绕着？

在通向“城市庄园”[1]的林阴道上，一位老妇拦路问道：“去亚诺什医院怎么走？”这句问话简直是废话（因为，显然她准确地知道应该怎么走）。那双深深塌陷的眼睛，充满了心底迷茫的表情；那双冷漠的眼睛，不仅望着这个所谓的“现实世界”，也同样望着我。她的衣着讲究，外表经过打扮，在她的胳膊上有一块已经凝血了的深深伤疤，虽然伤势并不严重，但却为某种迟疑不决、丧失理智的行为留下了印痕，泄露出她在凄寂的家中发疯般翻箱倒柜的秘密。

我靠在扶手椅上正读着海瑟的《德密安》，我突然伸出手，在一张很小的发票纸条上随手写下了下面的这一行字：“真可怕，我竟是这样一个没有人在意的生灵。”我站起身，走到窗前：在下面的街上，有一条狗带着另一条狗，我分辨不清，两条狗中究竟哪一条是主人。

我碰见了住在隔壁门里、已经认识了几十年的邻居，今天我突然注意到他的面孔发生了改变，他的脸色苍白，牙齿变得大得古怪；他讲了些疯癫的话，我还惊讶地发现，他走路的时候不再像以前那样，而是迈着细小的碎步。出版社社长只穿了条短裤和一件被汗水浸透了的短袖衫在他的办公室里接待了我，在跟我（权且称为）谈话期间，不是他每隔一分钟就从座位里跳起，冲出房间，就是有谁门也不敲就推门进来，低声告诉他什么显然十分重要的消息，来人冲我连头也不点一下，社长立刻中断了和我的谈话而与来人应答。有轨电车里闷热不堪，一张张疯癫的、烧得通红甚至带着兽性的面孔，一个年轻女人穿着一条朝上掀起的短裙，卖弄风骚地“湿润着嘴唇”，紫色的舌头犹如一条肿胀的水蛭。在临国，人与人之间开膛剖腹，凶残强暴；整个非洲则是一所偌大的“奥斯维辛”；俄罗斯和匈牙利的谍报官们口袋里揣着原子弹的散件四下奔走，就在他们由于走私有功而从委托者手中接过犒赏的同时，盛在容器里的钚元素[2]将他们的肋骨、

---

① 即坐落在布达莫斯科广场旁边的瓦洛什马约尔。

② 钚是制造原子弹的主要放射性金属元素之一。

肾脏和胰脏粉碎。

世界末日，是这个时代的灵魂。我编汇了一本短篇小说集，并命名为：《世界末日史》。

所有作品的惟一重要的灵感与核证是：死亡的恐惧。

六月四日，不论是在阳光灿烂的白天，还是在星斗满天的夜晚，汽车始终在马蒂尔斯堡与塔茨曼斯托夫浴场[①]之间颠簸疾驰。M和我开车，车里凯旋般地播放着贝多芬的“C大调奏鸣曲”……

在我的记事本里写道：“三年了，自《英国旗》后，我没有写出任何叙事性的作品。看来，与灵魂深处的游历相比，近来我更乐于去奥地利和瑞士的湖畔旅游……”

这是可以解决的矛盾。

但是，如果最终还是那些黑暗的凶兆伴随“我存在的现实”的话，那么我就该清楚地知道，这并不是对死亡的恐惧，恰恰相反：这是对生存的漫不经心。我慢慢、慢慢地忘却了死亡，这为“我在这里生存的严肃性”投上了阴影。假如我的存在并非不可思议，那么就连提它都没有意义。

温热的夏日公路，我与A和艾施泰尔哈兹[②]在萨尔斯堡。几次读书会。随后与A去了特劳恩湖[③]。从阳台俯视湖面，不管怎么看（即便是在夏末也一样）：这座豪华的宾馆，都是送给A的情人礼物，这是我生活中、难以想象的转折点，而这个转折点又提供了一个机遇。她小心翼翼地接受它，怀着一种由于时间的耽搁所导致的忧郁，保持着一种相信不可能失去的矜持距离，这种矜持，仿佛是受到了“那段无奈岁月的苦痛之忠贞”的指令。有时，她也会被恐惧所捕摄，因为我也可以觉察到某种无法改变的东西（或许，人们通常称之为“宿命”），而且预感到：人类最终会向这些固执的东西投降，而向堕落挑战……

就这样活着吧，你所迈出的每一步都伴随着祝福。反正你也可以像个

---

① 马蒂尔斯堡、塔茨曼斯托夫浴场，奥地利城市，均坐落在布尔根兰德州境内。
② 艾施泰尔哈兹·彼特，是匈牙利当代最受欢迎的小说家，曾多次获得诺贝尔文学奖提名。
③ 特劳恩湖，位于德国南部，著名度假区。

“该诅咒的人”那样地活着，不过到了那时，你将变成一个“该诅咒的人”。然而，你可以活着，你可以工作，无论发生了什么事，那都是祝福；之所以是祝福，是因为即使在“你该被诅咒的过去”里，你也辨清了能够发现生命的重大机遇。

加缪说：“‘幸福是一种义务’，但只有在我们辨清我们自己、辨清我们的同类，乃至辨清上帝的情况下，这个真理才能完全站住脚。”假如加缪说得不错的话，那么这种“义务”究竟对谁而言？

幸福的质量还有待澄清。假如你所从事的职业——不，还是让我们不加掩饰地说：假如你生命的激情与“对人类状态的表述”相关相系，那么你就应该在所有隐藏于这种状态之中的苦难面前敞开你的心扉；而不应继续沉湎于所谓“为了感受创作愉悦”的、不动感情的涂鸦。你失望了吗？肯定是这样。不过，在所有重大的冒险中，都要遵从这道指令：你必须付出你自己，吃你自己的肉，饮你自己的血……最坏的结果是导致某种微不足道的、日常生活的混乱：这将对一切做出反驳。人们还未从节日喜庆的华彩中走出——啊，这是无聊的恐怖：无聊是一种罪恶。

假如你的存在并非不可思议，那么就连提它都没有意义。

普罗旺斯[1]的国家公路旁长满了悬铃树。在阿维尼翁[2]，陡峭的小路镶嵌进礁岩之中，呼啸的西北风与适合野雉栖身的宾馆——“米兰德”；宛如指挥官一般在教堂前的平台上突兀耸立的巨型十字架，莱茵河上的中世纪小桥，咆哮不息的暴风雨。戛纳[3]，晚上散步于棕榈树下，到处宾馆林立；在这个花哨空洞的世界里，街心喷泉与大海的涛声伴着漫天的星斗，为这片亚热带的天空提供了语言……但是，在我们所住的宾馆后面，一条条街巷纵横交错着爬上山丘，我想象：实际上，在这个魅人的“舞台背景”之间也可以生活，居住，工作，享乐，并且死亡。前一天，在从塞巴斯蒂安大街直通戛纳的海滨公路旁，是一片赤红的礁石。我和 M 在轿车里谈话。

① 普罗旺斯，位于法国东南部的一个地区。
② 阿维尼翁，法国东南部城市。
③ 戛纳，位于法国东南部的港口城市。

巴黎。这个城市给人一种“在家的感觉”，即使我头一次来这里，而且一句法语也听不懂，但我也能毫不费力地找到坐落在苏尔赛大道附近的宾馆——不过，坐在方向盘后的M还是不肯轻信我的判断，而是更愿相信一位出租汽车司机对当地交通的无可非议的熟知。

离开阿维尼翁，寻找国家公路，我们那辆挂着德国车牌的轿车被堵在了一条窄巷里，这里很可能是禁止通行。突然，在我们车顶响起了一阵凶狠的捶击声，外面有一个由于憎恨而变形了的恐怖声音冲我们尖叫：“Weg von hier！（德文原意为：滚出去！）”这喊声带着十分浓厚的、极具特色的法国口音。惊悸之后，我恍然明白：这不过是一个简单的误会，这是一个“排斥德国人的法国人”的声音，出于他的想象，误把我这个“不知来自何处的、佩斯的犹太人”当成了德国人而欲将我逐入“法国的地域”。就这样，我在片刻之间就从一个“被迫害的犹太人”变成了一个“被迫害的德国人”——这个世界就是这样，只要进行报复，就总会报复到自己。

在巴黎的宾馆里，M问：早餐开到几点？“一整天，夫人！”回答说。我们一下子来到了索莫利[①]——更确切地说是瓦萨利——的巴黎题材小说中。

午后，在查蒙尼山谷吃晚茶。夜幕降临，空气清爽，香味袭人……在荒无人烟的森林、山谷与山脊之间，除了有一座怪异的圆形玻璃建筑（像是座博物馆）之外，什么人也没有，什么东西也没有。我们在一张石头桌子上用餐，就着头天剩下的法国奶酪、饼干，喝着当地人酿的葡萄酒。我感到发冷，M将她的毛衣递给我，自己却享受着这份凉爽，脸上容光焕发。我们一边吃一边筹算着，后面还有多少路要走？晚上我们在哪里过夜？云影愈加昏暗，万物罩上了越发浓重的颜色，而山顶的树林却仍沐浴在阳光之中。虽然我没有想，但我感觉到：当时我非常快乐。在六十年的笼中禁锢、六十年的牢狱生涯之后，我仅仅通过一次出游，就能在这里，在蒙特布朗茨山脚下，确切无疑地感受到了（更准确地说，是享受到了）快乐。

① 索莫利，二十世纪三十年代的匈牙利小说家。

我跨进了另一种生活模式的门槛，并且意识到，这一道分界线竟是如此明晰，横在这两种生活模式之间——在我与我之间——的悬崖竟是如此之深，我只有竭尽最大的努力才可能跨越它。我仿佛站在某一道毁灭性的森林大火的边界面前，需要考虑一下得失，需要考虑一下：至今为止，我究竟都创造了什么？在这场灾难之后，我又将从哪里寻找创造的源泉？我知道，那些陈词滥调将会尾随着我，也许还有那极易使人误解为“幸福”的“迷醉的轻浮”，我会像一叶失去龙骨的船帆，被从我自己的生活中卷走。我明白了，幸福——我的幸福——与所有轻浮相斥。幸福——我的幸福——是承受重负的轻松感受，这时的感觉是“迷醉的迷醉”；当令人惊骇的生存现实倏然穿透了生活画面的短暂瞬间，真正的颜色就会渲染出许多的色彩。

这些悄然蒸发了的夏日景色……

天转凉了。

沐浴着十月凉爽的阳光，我正沿着佐格公园的大街朝坡下走。人行道上站着一位年长的老妇，脸上带着狡黠的微笑，她好像是在等我。我也向她抱以微笑，她有一副细小、活跃的蓝眼睛。“您叫什么？”她问。我感觉到，自己羞于说出自己的名字，好像是从我的口袋里掏出什么不雅的东西。“莫非您认识我？”我问。她一边微笑一边生动地点头，老妇看了看我的手，问：“您要不要手套？”我想，我明白了她的意思，知道了她想要什么，于是摘下自己的手套递给她，就在这一刻，我的手触到了她的手。老妇脸上高兴地绽现出光彩。随后，我略觉羞惭地往旁边站了站，就像一位宗教领袖，他在说服某人相信永生的同时，自己清清楚楚地知道，在他的体内潜伏着死亡。

“我们是否理解我们所思考的事情？”（荣格①）

我是否理解我自己的生活？我可能不可能理解我自己的生活？所有的

① 荣格（1875—1961），瑞士心理学家，精神分析医师。

一切都表示否定：一个深深根植在我体内的“陌生的我”，一个自我修正的道德主义者，一个爱撒谎的寓言家。

汉娜·阿兰特认为，所有写作的动机只有一个：要理解什么。但是，他给我们留下了“理解”一词的模糊内涵。

理解：事实上意味着占有（否则就不会有那么重要了）。

究竟存不存在一条理解之路，能使我会不占有那些我所理解的事物？能使我所理解的事物不归入我的统辖之中？这么说吧：一个人开始讲述一个故事，结果却作为俘虏，在那里掉进了一个没有逃路的陷阱……

假若我的生活不是这样一个故事的话，那它又会是什么呢？怎样才能将这个故事讲出来呢？也只能作为一个可以讲述的事实讲述；不过无论如何，都不能作为一个事实讲述，除非我找到了所要讲述的故事内涵，除非我找到了操纵木偶的线绳。那样的话，这个故事就将讲述我坚韧不懈的奋斗，这番奋斗就像古微生物的缓慢演变一样令人无法觉察，在某时某刻，它从我的体内——从存在的无底深渊之中——悄悄泛起，挣扎着浮升到意识的表层；随后，我连同这种全新的意识一起，接受了这个存在（我的存在）。毫无疑问，对于我这个沙场上永远的伤兵来说，之所以要将“附在我身上的意识”与“通过我维系的存在”融合一体，是为了让自己成为一名诗人。远方蓝色的峰峦，总意味着一条永无止境的流浪之路；但是，假如我还是有一天宣布自己抵达了终点，那么，无论是我的意识，还是我的存在，都将在极度的和谐中死亡。换句话说：我生命的奋斗，是为了死亡；显然，在这场奋斗中，我既不关爱自己，也不关爱别人。其他的细节问题，我怎么都可以应对；只要我为将要完成的小说的注解写几个注脚，只要我能记下一些仅为勾起对（自己）往事回忆的记忆，那就够了。而那已经沉淀了的完整记忆，目前尚未完善成形。

还是在那个夏天。在从奥地利回家的途中，我们想看一下我父亲去世的地方。也许，M 的愿望比我的更强烈。我们穿过邵普隆[①]，随后左拐，

---

① 邵普隆，位于奥匈边境的匈牙利城市。

一眼望不到尽头的邵普隆石桥的“监狱之城”就兀立在路边，灰蒙、压抑、永恒的真实。我们抵达了一个白粉飞扬的地方，人们在破旧的摊棚前喝着啤酒。石头的世界就从这里开始，白色的石子、白色的石块、白色的岩石，沐浴在仍然刺目的夏日天光里。一张演出海报上登着轻歌剧的广告。在入口后面的石头空场上，停着几辆来自布尔根兰德州①的旅游大客车，游客们正蹚着干燥的尘烟一步一滑地朝“岩洞剧院”的入口方向艰难地走去，从那里传出乐队调音的声响。一位查票员模样的人请我们出示戏票。我们问他，这附近有没有一块纪念碑？他怔了一下：纪念碑？不过，他开始试图帮助我们：“是不是纪念一九五六年革命的？”“不，是纪念一九四五年的。”一名年轻警察走过来。不错，他知道这附近有一块纪念什么人什么事的碑，他在哪儿见过，但是究竟在哪儿呢？他记不得了。他也问道：“那碑是关于什么事的？”“哦，是纪念大屠杀的。”我们小心翼翼地说。“这个我知道，但到底是什么时候屠杀的？”他试图弄清：我说的大屠杀是发生在五十年代？一九五六年？还是一九五六年之后？“都不是，是在一九四五年。”这时，他完全愣住了：“一九四五年?!”从他的表情看上去，我们好像是在寻踪古波斯人的遗迹。我们走进那片绝无人迹的石头荒野，就在这时，伴着巨大的喧哗，歌剧的序曲在剧院的岩洞里响起。展现在我们眼前的是石头的屏障、石头的旷野和远处兀然耸立的石头岩壁。我们哑然伫立，我们确切地意识到：我们就站在我们要找的地方。他们正跌跌撞撞地朝着奥地利方向行进（我们现在刚从那里的一家温泉宾馆出来），他们所走的也许正跟我们来时所走的是同一条路。这支死亡之旅在被交给德国人之前，被关进了这座天然的石头监狱（很可能，这就是他们在匈牙利境内的最后一站），随后，他们被继续押到了奥地利境内的纳粹集中营②。一九四五年的冬季和早春，在寒霜里，在岩壁间，曾有成千上万的人被囚禁在这里，而那些在早上不能（或者不愿）继续往前走的人，则被击毙在岩洞之中。一

① 布尔根兰德州，位于奥地利境内，临近奥-德边境。

② 凯尔泰斯的父亲在二战期间作为苦役被抓到了奥地利境内的集中营，并在那里遇害。这里所说的“他们”，即指作者想象中的、正在押解途中的苦役队伍。

个字也用不着说，仅仅这个现场就已经讲述了当时发生的一切。在这里不可能有别的事情发生，扫射、折磨和屠杀，曾是这个地方的灵魂。许久，我们踌躇着试图找到某些记号、某些痕迹、某些遗物，谁也不知道究竟在寻找什么；我们在岩石之间磕绊，在碎石滩上跌滑。最后，我们放弃了，拉着手，沉默无语地朝停车场缓慢走去，从那里隐约传出刺耳的轻歌剧音乐。

瓦洛什马约尔公园有着英格兰的情调。十二月的早上晨雾弥漫，站在林阴道上远眺，可以望到脚下那片仍睡在迷雾深处的、棕赤黄三色相间的园林，在那里，在光秃的枯树之间，几条浅棕色的、体形健硕的维希拉猎犬[①]，正在铺满枯黄落叶的林间优美矫健、悄然无声地疾跑。

感情不会让人类平静地生存，生活并不是它所展现的那堆简单基本、彼此毫无关联的场景，而是那些掩藏在场景背后的东西。

读一下建筑师索尔奈斯的著作吧，你会看到象征已堕落到何处。教堂的建筑不再是一种象征。

到底有没有一个有效的标志？现代的神话是从一场巨大的堕落开始的：上帝创造了这个世界，人类创造了奥斯维辛。

我想象出一种现代的神学，这种神学将是一种“仅与创造所有邪恶体验的科学”，而其宣教的形式浸透了上帝的风格；与纯粹的形而上学相反，现代神学并不是一种语音清晰的辩论，而仅是一种艺术而已。

当被拖入奥斯维辛集中营时，犹太人并没有进行反抗——我们该怎样对待这种“责难”呢？当耶稣基督遭受折磨、被钉上绞架的时候，他也未曾反抗。那些事情注定要发生，一旦发生了，就不会消失了。从这个意义上讲，我认为：无论是十字架，还是奥斯维辛，都将不会消失。

难道这是一种“经过启蒙了的”思维模式？我不知道，但是对于艺术家来说，这是一种富于想象的思维模式，因为它能为一种独特的风格铺路。

只有信仰是真实的（错误的信仰也同样）。只有信仰创造真实（错误的

① 一种匈牙利种的凶猛猎犬。

信仰也同样)。

“天气像地狱般酷热，热得使院里的花唉声叹息，热得甚至让男人们受孕。他们其中的一个，生下了阿道夫·希特勒”（卡兹梅尔斯·布朗迪：《性格与文字》)。作者在同一本书中写道：在十七世纪初的维尔纽斯[1]城内，几十名阿什肯纳兹[2]的犹太神甫聚到在一起，他们中有传播信仰的哲人，有犹太教神秘教义的研究者（……)。经过三十个月的认真商讨，神甫们终于找到了这个答案。这个答案令人震惊：有一个丝毫不容怀疑的事实是，假如上帝从未创造过这个“我们在意识中生存的世界”的话，那就太好了！毫无疑问，假如能够消逝、消亡到永恒之中的话，这将是人类最大的愿望。这与西林诺斯[3]在米达斯国王的逼迫下所做出的抉择极其相似：“……你最好从来就没有出生过，从来就不曾生存过，根本就是个不存在的人；其次的选择是，你最好——尽早地死掉。”

就在死亡降临前的这一瞬，看起来，在所有濒死者的脸上似乎都会突然浮现出一丝惊异的神情。最后，守在他们身旁的人们也看到了这一丝“惊异”，但对这个濒死者在半昏迷状态中露出的神情并不理解。这时，濒死者突然恍悟到什么，恍悟到某种无可补救、惊恐不安的感觉，他不但在这种感觉面前束手无措，而且还被误导了四十、五十、六十、七十或八十年——乃至整个一生。也许，这就是死亡的恐怖，即一个人突然意识到自己彻底丧失的时候所感到的震惊，而并非将他与他的恐惧最终化解的死亡本身。

需要分析一下这种“黑暗”的感觉，与之相比，我们会觉得生活是一团火焰（这是一种最古老的隐喻)：莫非我们认为，这是亡人和尚未诞生之人的黑暗？或者，这只是一种活人的参照系统？只是一种心理感觉和对死亡的恐惧？莫非这只是爆发于在自我意识中的黑暗？只是一种感觉的失落？

---

① 维尔纽斯，立陶宛共和国首都。
② 阿什肯纳兹，源于西伯莱语，特指在中世纪时被从德国流放到中东欧地区的犹太人。
③ 西林诺斯，古希腊神话中一位年长的、醉意迷狂的酒神。

每字每句，都指向对另一个世界的假想。“感觉的失落”？这种失落究竟对何而言？那种误导了我们感觉的实质到底是什么？语言指出了一些我们的意识无法追随的东西：这种语言也是感觉的失落吗？——特别是：在我年轻的时候，我能够毫不犹豫地接受“我不来自任何地方，我不走向任何地方”的激进认知。我活得时间越长，就越发清晰地看到这种激进主义的愚蠢；我活得时间越长，就越发清晰地看到这种激进主义只不过是生活模式的一种，除此之外，还有许多种生活模式的存在可能。我几乎作为一种事实顿悟到，我们生活在一个系统之中，而且，我将这种系统视为一种参照系统，视为一种经过最终设计了的迷宫。即便这个迷宫并不需要某人的设计，但是对我来说，它看上去还是经过设计了的（尽管我没见过设计图），（话说回来，就像我没有见过自己一样）。讲完这些，我们现在可以随手找出一些现成的概念：上帝，荒谬，灾难，一般的相对性，或者其他什么我们喜欢的词……对于人来说——不是对人，是对我来说（只要我还活着的话），出现了一个价值评估的问题：在对自己生命过高或过低的评估方式上，更准确地说，在我将搁置不谈的价值创造的任务中，我将怎样对待这魔幻的火焰——我的生活。我清楚地记得，在我八岁或九岁的那年，我要了一个日记本作为圣诞礼物（也许是生日礼物），在我体内存在着某种躁动，相信这种躁动只有通过一串连贯的细碎行为才能够疏导。朦胧的不平静感在我眼前唤出一系列朦胧的画面：我用什么东西在什么东西上久久地涂抹着，比如说，用一支笔在纸上划动，这种孤独的举动最终使我感到了安宁。

但是，这涌流于我体内的到底是一种什么样的冲动呢？

尽管我是在虚无中长大的，但我通过自己的头脑——更准确地说，通过自己实用的眼睛清楚地知道，从孩提时代开始我就学会了去适应这种虚无，并在虚无中生存，在虚无中调整自己；简而言之，对我来说，虚无就意味着生活；我要在这种生活中认识自己，这并不比孩子们学习说话更难多少。从本来的——也可以说“最原始的”——意义上看，假如我孩子式信仰未能这样丝毫未损地保留下来的话，那么我永远创造不出任何的东西。但是，假如我周围所有的人都予以否定的话，这些价值又从何而来？假如我们在现实生活中只能遭到斥责的话，我们又能从哪里找到对这些价值所抱的信心呢？而且，这种信心可以理解为：一个人将自己的生命奉献给这些价值，然后自己与之孤单地相守，就像被关进了一个人的牢笼，所等待的不是开庭，而是判决；而且，即便获得了轻判，在这里也只意味着对他意愿的否决。

一个人要在自己的生活中看到某种合法性的话，就需要拥有一双极其敏锐的眼睛和一副极具耐受能力的心灵。假如这一切还伴随着一种沉默的执著，那么敏锐的视觉就会在很大程度上与盲目相混淆，而天赋的特殊现象就会从这种混淆中脱颖而出，那样他就可以发现这种合法性。

这种生活会不会最终使人看破红尘，认为已经失去了活下去的意义？是的，表面看来确实这样：我们的生活毫无意义。但是，这显然只是从表面上看，因为“生活”与“意义”之间本来并无联系。只要我们自己不，只要我们自己不充当中介而将“生活”与“意义”强牵强系；实际上，尽管我们可以说在“生活”与“意义”这两个领域里都宣告惨败，但是，与每个个体生命所创造的、不平常的空间相比，这种惨败本身并无任何意义。也许，我们实现了一个目标，但是在实现这个目标的过程中，我们在日常琐事之间并未重视这种实现，甚至我们都没有意识到，我们就在这种状态下实现了我们生活的目标，反而感到自己的生活茫无目标。可是，我又能做些什么呢？“生活”归根结底是属于个人的，假如我们终于醒悟到我们的存在是错误的，那么我们大概只能——至少对一个个体而言——将死亡视为对这个错误的纠正。

一九九五年，寒冷潮湿的春天。“不容侵犯！”我也不知道自己怎么会突然想起这句当年传奇般的口号？营地的篝火，歌曲小调，还有一张张放射着某种刚毅与英勇的领导人面孔（在继之而来的岁月里，那些面孔从这个舞台上消失，而以新的角色又一个个地出现在另一个舞台上），以及那些由于片刻的迷狂而咆哮的民众，他们的眼窝和嘴角很快被泥土掩埋。

“有没有看出法西斯主义与‘斯大林式的独裁主义’之间的区别？”这

是一个愚蠢的问题，对这个问题可以给予一个简单的答复："'斯大林式的独裁主义'的乌托邦，是法西斯主义的实践。"

晚上，当我穿过被称为"莫斯科广场"的"天启之地"①，街上的光线昏暗不清地投照在电车铁轨上，忽然我听到"扑通"一声钝响：有一个体重不轻的家伙（一个男人）摔倒在地，两条胳膊古怪地挥向空中，但是这个动作被定住了，随后在地上艰难地滚了一下，仰面朝天。有几只援助的手赶紧向他伸去（我也将手伸了过去），与此同时，鲜血像泉水一样从他的鼻孔里流出（我的手套上也染了一些）。人们扶他站起，然后我继续朝有轨电车站走去，但是，当我回首张望的时候，重又看到那个家伙躺在地上。这时，已经有更多的人弯下腰，逐渐将那人团团围住，他们中大多数人穿着破旧，甚至衣衫褴褛；从远处也有许多视线朝那个不幸的家伙投去，这都是些闪着饥饿光焰的土狼的目光。其中一人恰好有着土狼似的外貌，有着一副惯于追猎的野兽所有的那般精壮的身材，双肩前凸，两条胳膊长得不成比例。刚才，这人始终从远处注意着事态的发展，就在我登上有轨电车的刹那，他突然拔腿朝那像蚁穴一样密密麻麻蠕动的人群走去。我来到了自己位于土耳其大街的办公室（就是这间只有二十八平米的小屋，曾是我和A住了三十五年的家），我检查了一下手套，在左手手套的拇指上果真看到了沾染的血迹。在走到洗脸池边，试图用冷水和海绵洗掉染在手套上、还有外套上的血迹。这时候，那个不幸的家伙到底怎么样了呢？他是不是已经被抢得精光，正赤身裸体地躺在莫斯科广场上？还是被人扶起并被搀上某辆有轨电车，只是现在才发现自己的钱包不见了？他现在是否清醒？是否知道自己到底出了什么事？是否知道我正在记录这个事件？是否知道我的记录对他来说毫无意义？我们是否知道我们对自己的命运、对自己的生活的无能为力？是否知道每个瞬间的令人羞耻的偶然性？我们之所以这样屡错屡犯、强忍羞辱地死死苟守着这些瞬间，因为我们的生活就是

---

① "莫斯科广场"位于布达城区，既是公共交通的枢纽，也是治安混乱的劳动力黑市。"天启"，引自《圣经·新约》，"天启之地"意指"被预示将要发生大灾难的地方"。

由这些无能为力的瞬间穿连而成。这里到底存不存在一个严肃的、基本的相反论据？我一个都没有找到……

五月，我重返柏林。拍摄电影。在当年纳粹焚书的遗址上，我的书被投进一个垒成的火坑里，摄制组将这个场景拍下。我本来应该感到胜利的喜悦。但是我并没有感到。

蒙斯泰尔[①]从教堂美丽的钟楼顶部，悬着一些形状特别的笼子。人们解释说：当年，就在这些笼子里，曾经关押并折磨那些反叛的新教教徒。

海德伯格[②]。我应邀出访。在桌前，一位亲切友善的大学青年教师描画了一条从巴尔干地区指向这里（北方）的漫长路线，这是一条被送到屠宰场的牲畜所走的痛苦之路。就在母牛被赶入屠宰间的时候，公牛已经自愿地跪倒在板斧（或者跟板斧类似的、现代化屠宰工具）跟前，因为，它已经懂得了自己的命运（“Das Urteil kommt nicht mit einemmal, das Verfahren geht allm? hlich ins Urteil über.”德语原意为：“判决并不是突然下达的，审判过程本身就已经慢慢变成了判决。”）

汉堡。我宣读了自己的讲演，随后，有一个头发花白、神采奕奕、穿着毛衣的男人从并不很多的听众中走出，自我介绍说：里盖提·久尔吉。我突然惊得一句话也说不出来。

次日，我冒着暴雨、顶着寒风离开汉堡去法兰克福，我在这里茫然踯躅，我乘坐的大轿车停在了机场，我终于走进一条封闭的、光线朦胧的恐怖甬道，甬道两旁站着两排军士和女兵（漂亮的金发女郎），他们彼此间隔不到一米，一动不动，表情默然，枪口与目光都朝向前方。甬道直通的是一个无人的大厅，在那里，我必须将箱子里的每件衣物都一件一件地抖出，并手忙脚乱地装回去。我就像海德伯格教授的牛群，惊慌不安、任人摆布地朝下一个大厅走去。

---

① 蒙斯泰尔，德国北部的城市。
② 海德伯格，德国南部的城市。

特拉维夫[1]亲密的、几乎永恒了的熟悉的陌生。天终于暖和了。大海。我在狄森高夫大街与弗利什曼大街的街角上用晚餐。餐馆老板把我从街上招呼过去，并打着手势示意我在露天平台的一张椅子上坐下：“S'il vous plait, monsieur!（法文原意为：请，先生!）”她试着用法语跟我说话。虽然对方语调奉承，但遗憾的是我不懂法语。除了鸡肉，还端上来了东南部地区的各种美食，绿色或黑色的橄榄，番茄，水果，各种调料和缤纷悦目的沙拉。我看到一个又一个黝黑皮肤的妇人们惊得屏住了呼吸，她们都是信犹太教的犹太人，中东地区的犹太人，一般都不会去露天的平台。我努力提醒自己注意，在这里的每个人都是犹太人，非洲人外貌的餐馆老板，身材颀长、一头猩红色浅发的北方姑娘，还有那个蓄着长须、耳边垂着两绺鬈发、正脚步拖沓地朝这边蹒跚走来的老伯。最后，我看到的只是夜晚拥挤喧嚣的交通，觉得自己好像是在意大利，或是在布达佩斯。一栋栋形状古怪的方块房屋，前凸的、撑着遮阳篷的门廊，一切都有些破旧褪色，不知怎么，这使我联想起新利普特城区[2]。走进一条格调高雅的小巷。一株株棕榈树、各种各样的奇异植物、建筑精美的别墅以及荒弃了的庭院混杂在一起，这座城市活着，并酿造着生命。然而，我并未感到那种“找到了家”的感觉。总之，各种预计好的体验都没有发生。莫非我不是犹太人？那么，我又是谁呢？当然，在德国，我更不能说是回到家乡；而“在家乡”，在匈牙利，宣布的却是“我的陌生感”。离开法兰克福时，我又受到了一番搜查，监视器正对着飞机舱门的出口。在验查护照的时候，对乘客已经有了明确的区分：欧盟国家的公民向右走，其他国家的公民朝左行。我差一点未能去柏林，因为他们没有找到我的返程票。只有在他们证明了我将离开（而且肯定会离开）这个国家去另一个地方（转机去以色列）之后，才允许我登上了飞机。作为受人歧视的犹太人同时，现在我还要作为匈牙利人承受歧视；对于第一种歧视我毫无异议，因为那种歧视——可以

① 特拉维夫，以色列首都。

② 新利普特城区，即布达佩斯第十三区。

这么说——有着自己的风度；然而对于第二种歧视，我却感到不合理。受到伤害的并不是我的匈牙利国家，而是我饱经磨难的犹太人属性，不论遭遇到任何的歧视，我总是作为犹太人而无可幸免。也许，这就是所谓的“身份”？那么，也许我还是一个犹太人？

特拉维夫的望月。在“马里欧特”、“希尔顿”和“塞拉顿”的高楼后面，有一道不长的、简易的、用石头铺成的古老栈桥探入海面，将浪涛劈开；走在上边，海水的泡沫和特拉维夫泥沙像绸缎一样地朝我的脚前漫涌，就像特拉维夫的猫。

次日上午，在一所学校里。我为以色列的学生们朗读了一段希伯莱语版①的《命运无常》，也许并不是…… 我不会记错的。尽管有着语言的苦难，而且是面对纯洁的……我该怎么说呢：作为犹太人的窘促不安，也为我在这里的工作增添了难度。随后，我们去了比尔-塞沃②平和的、稍显荒芜的风景。这道“或许是从文艺复兴的画作里透射到这片遥远乡村的上帝的光芒”普照着万物，宛如涂上一层薄而均匀的清漆。

耶路撒冷，阿拉伯的古老城市。色彩缤纷。长满橄榄树的山丘。哭墙。我朝街牌匆匆望了一眼，这条街的名字是：多洛卢扎大街。先去了犹太教教堂，随后，我在哭墙前面突然感到一种撕裂的疼痛。一个在世界另一个角落早就被人淡忘了的神秘悲剧，却像一个可以唤起人们记忆的符号，醒目地悬挂在这里，悬挂在到处金光灿烂的空气中。基督之死，使这座道德的宫殿——假如可以这样说的话——使人类精神历史的基本支柱出现的裂痕。这究竟是一种什么样的裂痕？是父亲们对孩子们做出的死亡判决。至今还没有人从这种疼痛中康复。不过，要想使之变为一个全球性的事件，需要发挥犹太民族独具的道德天赋。处罚，这种犹太民族世代遭受的残酷处罚，因此获得了某种特别的内蕴。我们可以从基督到奥斯维辛之间划一条连线，但是，在这样的奥秘之中我们只可以做瞬间的探索，而且，这也

① 希伯莱语，即犹太语。《命运无常》是凯尔泰斯的处女作，也是成名作，描写了作者十四岁时被关入纳粹集中营的恐怖经历。

② 比尔-塞沃，以色列城市。

只是为了窥望一下人类历史的无底深渊，只是为了了解一下在戴着“真实”假面的生活里到底都进行着什么样的特殊营生，感受一下那片刻不停的创造与毁灭。这个观点认为：耶稣不是上帝的儿子，而是他父亲的儿子。卡夫卡在他题为《判决》[①] 的小说里，有一两句话涉及到了这种关系……

下午，我的作家朋友阿佩菲尔德带我去犹太正教街区。我们参观了不同风格的犹太教大教堂。星期六的晚上，有一个祷告堂里挤满了男人和孩子。他们在用餐，祈祷，歌唱。女人是不能进这里来的。一位肖像画画家肯定会被这些面孔所吸引而沉溺其中。人们蓄着胡子，穿着西服。虽然不存在嗅觉专家，但是在这个领域里也可以找出某种使人感兴趣的东西，某种——香草的气味与蒙着浮尘的祈祷书的气味相混杂的——乡愁的味道。阿佩菲尔德神态拘谨地坐在我旁边，坐在长凳模样的座位上，但是仍旧掩藏不了他“隶属于此地”的秘密。然而与此同时，他却穿着长袖衫坐在他们中间，脸上刮得格外光亮，头上戴着一顶汉堡式帽子，我戴的则是一顶威尼斯的白色帆布礼帽。有几道视线投向我们，显出一点无可否认的焦虑。有一位相貌相当英俊、神情暴躁的男人，在他乌黑的美髯里混杂着灰白的胡须，他已从我们跟前走过了许多次，却装得好像根本就未曾注意到我们，这时，他突然近乎粗暴地将一杯茶放到我们眼前。他一句话不说地来回踱步，最后突然将两个小面包塞到我们手中。我们就这样坐着，看着祷告的人们，看着说话的人们，看着在吃午后便餐的人们。在这里，这些被遗忘了的、被隔绝了的人们究竟珍藏了些什么？我不知道。也许，只有世俗化了的犹太国家才能结束这种犹太人的生活方式——这种古风犹存的欧洲中世纪时期的犹太人生活方式。阿佩菲尔德将他三十年前曾经住过的房间窗户指给我看：他曾在这儿，曾在一个有五个孩子的家庭里当过房客，他曾切身贴近过犹太正教的生活方式——或许，他对正教生活方式的了解会比

---

① 卡夫卡在他的短篇小说《判决》中描写了一个对儿子进行“暴君式统治”的父亲对无法摆脱父亲“暴戾阴影”的儿子的死亡判决。这篇小说，既是卡夫卡与自己的父亲斗争的产物，也受到了奥地利精神分析学家弗洛伊德的影响。弗洛伊德认为，父子斗争是人类历史的一种恒常现象，通常反映出时代交替过程中新旧观念或新旧阶级的对立冲突。

其信仰本身多得多。当然，这仅是我的猜想，至于事实怎样，我不可能知道。我听着他的讲述，感到惶惑不安。在这群人中，我感到拘谨、惶恐——这与平时置身于人群中间时的感受相仿，既不多，也不少。我是另一种犹太人。我到底是种什么样的犹太人？哪种都不是。我从很久以前就已经不再寻找家乡，也不再寻找自己的身份了。我跟他们不一样，我跟自己不一样。在这群正教教徒们中间，使我真正有所体验的并不是他们，而是阿佩菲尔德，是他那副冷静的、总带着导游语气的声音（偶尔会突然打一个嗝儿）和他那副不时蒙上雾气、需要摘下来擦拭的眼镜……我们审视着这个由同胞组成的群体，并且与他们结成了朋友。仿佛与埃利斯·马杜克和约翰·拜勒——贝克特在某部剧作里描写的一对可爱的老人——交上了朋友。我们一起在玛萨达城堡里徘徊；约翰的头发像扫帚似的从那顶旧帆布帽里垂下，破旧的西服下套着件无袖的羊绒衫，他冒着三十七度的高温，步履坚定地走在炎热的岩石小路上。走在他身边的是被烈日晒红了的埃利斯，书包里带着游泳裤，迫不及待地想在哪里纵身跃入水中。尽管我们谁也听不懂对方的谈话，但是还是谈论了一些深奥的话题。后来，重又回到特拉维夫，回到这个已然熟悉了的、令人兴奋的城市里。午餐，咖啡，在摆到街上的、露天的餐桌旁。之后，我们到海滩上闲坐，海面一片蔚蓝，今天起了一些风浪，白色的泡沫迎面扑来，海平线上勾勒出一艘轮船阴沉、带着威胁的轮廓，离它不远的地方泊着一条轻盈的帆船。明天黎明我将起程回家，而此时的布达佩斯只有零上八度，而且还大雨滂沱。很难舍弃这里的太阳、大海和生活。

命令这样写道："他们不可以活着回家！"于是，用不着朝这些人身上瞥一眼，就开始对他们拳打脚踢，就开始残酷地虐待他们，而不怀有任何的尊敬和同情。

曾经的文坛巨匠海尔采格·费伦茨①这样描写过他的出版商——沃夫

① 匈牙利著名文学家、政治家、科学院院士。

奈尔·尤若夫的儿子——法尔卡什·伊什特万[①]："父亲去世之后，法尔卡什·伊什特万被迫离开了他作为画家已经取得了巨大成功的巴黎，回到布达佩斯，接管了出版公司。尽管他违心地当上了出版社社长，但是出乎我们所有人意料的是，他成为了一位杰出的出版商。然而，他回到布达佩斯，却走向了毁灭：匈牙利之箭十字团[②]横行的岁月，他和妻子均以悲剧丧生。"假如我们再算上（嘘!）他的一个排行老三的兄弟早年自杀夭折，以及他的母亲死于疯人院里的话，那么我们可以得出一个结论，这是一个被命运迫害的家族。（海尔采格·费伦茨：《清凉谷》，176 页）在文中，"取得了巨大成功"是指法尔卡什·伊什特万是现代欧洲画坛的重要画家之一；"以悲剧丧生"则指——他被杀害于纳粹集中营（其实，文中所说的"匈牙利之箭十字团横行的岁月"也是捏造的：法尔卡什·伊什特万被人告发，遭到拘捕，并于一九四四年六月在德军占领期间——更清楚地讲，是在亲纳粹的匈牙利政府执政期间——跟其他五十万犹太人一样被送去了奥斯维辛集中营。）不要忘记，像沃夫奈尔这样的出版商，曾怀着由衷的敬意出版过像海尔采格·费伦茨那样虽然水平中等、但在当时的政治环境中被视为"号角"的官方作家的作品；至于为什么，海尔采格自己也做出了解释："（沃夫奈尔·尤若夫）具有一副朴实的心灵，他在以灵敏的嗅觉评价文学作品的同时，还是一位出版界天才。他总能捕捉住读者需求。在当时，图书与杂志的读者群主要集结在信奉天主教的中产阶层。尽管他自己是一名犹太人，但是，他对天主教作家抱以的关注和优先远远超过了犹太作家。"（《清凉谷》第 175 页）假如这位作家——海尔采格·费伦茨——当时不是那般可泣可怜的话，那么我们也可以从他"杀人般的愚蠢颂歌"中读出整个的、所谓的"匈牙利命运"；换而言之，我们不如将这种命运命名为"社会团结的根本匮乏"更准确。这个将自己融入其他文化、并不遗余力地为自我的

① 法尔卡什·伊什特万，二十世纪杰出的匈牙利画家，出身于一个富有的犹太家庭，父亲是著名的出版商。二战期间，法尔卡什·伊什特万跟大多数犹太人的命运一样，被送进纳粹集中营，并在那里被迫害致死。

② "匈牙利之箭十字团"是匈牙利的法西斯组织。

毁灭效劳的上层犹太中产阶级到底跑到哪儿去了呢？沃夫奈尔自己还是死在床上，而他的后代则被迫害，遭到杀戮；他的儿子法尔卡什·伊什特万的令人叹为观止的画作，后来又被从“无产阶级国家”的文化园地里逐出，同样，最后海尔采格·费伦茨的喉咙也被所谓的“社会主义文化政策”紧紧扼住了。极权主义者的公正行为，就像一架永不停息的绞肉机一样在分秒不停地运转。不管怎么说，这位被视为“匈牙利天主教中产阶级的典型代表”的海尔采格·费伦茨的爽快性情，在对待匈牙利犹太人大屠杀的问题上为后人——或说是“今人”——做出了表率；同样也为那些粗野的反犹太人主义者树立了样板：应该怎样戴着白色的手套、翘起小手指去触碰奥斯维辛……

宏伟的事情只有以宏伟的方式在宏伟的时代中经历，然而，一个时代之所以宏伟，是因为在宏伟的风尚中度过。

“摩登”并不是年轻时代的风尚，而是老年时代的。它不是开始，而是最终的表白。我们以杜尚[①]为例，他的作品从完全的写实发展到完全的抽象，之后——又以临终前的倒数第二幅作品——变成了后印象派风格。从这个角度上看，艺术就像一个胚胎，在来到这个世界之前，必须经历所有的发育形式。

我在这样的一种幻想、重大的觉醒和内心的体验中度过了四五年，现在看来，一切都徒然无济，然而，精神生活一旦被理智替代，一个人就开始衰退，最终理智也将成为牺牲品。

任何事物都不会完美，由于完美的实现也只能通过不完美的手段去想象，所有完美本身也会不完美。

我忧郁地站在窗前：看到一堆毛茸茸、脏兮兮的怪物正在街上蠕动，好像一片正从泥土里钻出的毒蘑菇，它们就像害虫一样地爬着，窥伺着猎

---

① 马塞尔·杜尚（1887—1968），法国抽象派画家。

物，它们像是一种来自其他星球的动植物，遵循着让人不解的、自己的生命法则。

黎明，一阵轻微的心绞痛：由于身体原因，灵魂遗弃了我。

现在，我想起今年春天的一场灾难性暴雨。确切的地点，是在威尼斯与米兰之间的一条公路上，在那里，每天都有暴风雨等候着人们，好像是一场致命的约会。在克拉根福一带洪水暴发，正像圣经里所描绘的正午的黑暗，一辆挡在我们面前的、像恐龙一样庞然的大货车的红色刹车灯透过前面的挡风玻璃、忽明忽暗地映在M满腹狐疑、聚神凝思的脸上。雨已经不像刚才那样瓢泼倾泻，但是，在暗夜静止不动的空气里，大量的积水聚成一柱柱水流直泻下来。在尼克尔斯托夫[①]，由于M将车稍稍开过了边防哨岗楼几米，于是奥地利边防军命令我们从车里出来，站到四溅的流水里；皮靴的后跟在岗亭前往来晃动，他们叫喊着拦住了我们的去路，让我们在露天的大雨里再多淋一会儿。后来，也许，是在这之前？有一回，我追着一辆巴塞尔[②]的电车奔跑，雨水从我的脖领流进了衣服里，鞋里也灌满了水。巴塞尔的绘画与雕塑极其丰富，令人流连忘返。剧院前转动的喷泉湖，就像患了紧张症或者精神病似的躁动不停，喷水，吸水，量水，倒水，在水中转动的机械系统构成了一副令人叹为观止的景观，开向莱茵河的餐馆，既机巧掩盖了享乐主义的本质，又表露出其富贵奢华。这种富贵无疑将进行自我的保护。在我周围熙攘拥挤、色彩缤纷的“人之杂烩”也将保护它，人们也仅能以这种方式投身于这种经济大潮的泡沫之中，在这座文雅、克制的城市深处，到处可以感受到来自四面八方的游牧者的存在，就如同在金星闪烁的水面下隐伏的海藻。我手里有一封萧欧兰[③]写给狄特尔·施利扎克的信：“对于西方来说，这一天无可避免，”他这样写道，“它将受外来工人的统治。未来，总是属于奴隶和移民的……”整个西欧都开始了自我

① 尼克尔斯托夫，奥地利布尔根兰德州境内的一个小村庄。
② 巴塞尔，瑞士西北部城市，位于莱茵河畔。
③ 萧欧兰（1911—1975），罗马尼亚族的法国作家、哲学家。

防卫，在东部前线布满了宪兵——奥地利人。但是，从没有人提出这个疑问：除了金钱之外，他们到底还要保卫什么？（莫非是从很久以前就已经不复存在了的西方文化?）与他们所付出的有效的自卫相比，其自卫的方式——准确地说，其自卫的手段——对所剩无几的西方民主造成了更大的损害。西欧这种自闭的恐慌重又娩出了阿道夫·希特勒，重又造就了程度不同的偏执狂。金钱与权力的拥有，将与社会的彻底堕落相呼应，只要能够救出可以救出的东西，最终又将以“在新的极权主义和新的社会灾难”作为代价下寻求避难之所。但是，这究竟是一种什么样的“避难”？这将是一种什么样的极权主义呢？以后谁能说出，这种充满威胁的意识形态将会拥有何种思想性？将会拥有何种至今尚未尝试过、至今尚未失败过的手段呢？想起索洛托恩（干燥而温和）的夜空，我与瑞士作家B. 彼得偶然相遇，他将我带到一个“坐落在一个童话式街区的童话式小酒馆里，我仿佛置身于七个小矮人的童话世界里，出于醉意，他斜歪着嘴角、瞪着惊恐的眼睛解释说，法西斯主义很快将要获胜，很快将要统治整个世界，不过，这个法西斯主义不是从德国开始……”他就这样极度悲伤地谈了至少有半个小时之久，我完全赞同他的观点。随后，在这个温和的夜里，在索洛托恩梦境般的背景之间，我们四位饱受打击、无家可归的文人溜达了很长一段路，最后瑞士作家终于说：“这些中世纪、巴洛克和洛可可风格的小房子里没有任何人居住，”他解释道，“因为居民买不起这里的住房，这里所有的房里都是各大办公室、银行、富裕大型企业的代表处的安家落户处……我当时感觉到，这个世界已经在谎言中变得老残，现在只是等着最后那慈悲的一刀，然而就在最后一刻，通过用巨额‘红包’的贿赂，并借助于某种藏着隐语的慌乱手势，总能一次又一次地推迟，总能无限期地拖延。但是总有一天，哪怕仅是惟一的一次，他再也付不起钱……”

作家K写过以下这段话：“我的出发点到底是什么？我不知道。我们的存在是一个如此严肃的事实，我们不仅不想知道，我认为，我们根本也不可能与之素面相对。我时而怀着敬畏，时而怀着嘲讽，时而怀着震惊，我甚至承认，时而怀着少许的困惑惊诧于我们的无知脆弱、容易犯错以及我们无法把握的勇敢（或说是‘无能为力’?）：总而言之，我们竟敢这样活着……”

经过稍许的思索，他补充道：“我的生活，我所谓的‘职业生涯’总是要在‘自己将自己当作另一个什么人’的情况下（而不是作为我自己）才能够进行，才可能有所行动（当然，也许我并不知道我自己是谁——而且，最好把‘也许’替换成‘因为’）。我从来不能与自己的境域以及真实生活一起成为一个名副其实的个体——而且，这里所说的‘真实’一词又拖着一个巨大的问号，因为当我将自己当作另一个人时，我的想象和我的创造却是‘真实的’，而且比真实‘还要真实’，因为，它们最终创造了真实。”

这里，在我说完这段话之前，又稍稍喘一口气：“的确，在许多时候，与所谓的‘现实’相比，我自由的欲望会更加强烈；最后对之进行客观的评判，当然绝大部分是出于幸运，但是几乎与现实的自然属性并无区别：由此看来，自由的欲望是一种这样的能量，它的真实性并不少于我们所面对的这个完全真实的世界。”

现在什么也不说了，看得出来，我刚说的这番话与我一开始所声称的“存在的严肃事实”已经足够了，因此我不想对它进行矛盾的辩驳（因为我对一些想法还有所保留）。

“如果仅仅一天的话，地狱的恐怖尚可忍受；对于这种恐怖，一天的时间就足够了。”（维特根斯坦）

我只用半个小时，就已经受够了。

而A，我可怜的妻子呢？

我们坐在称为“CT扫描室”前的候诊厅里。那是八月的第一天，气温炎热。我们等了几个小时；在这个特殊的地方，在沉闷的空气之中，我可以觉察到我的凶兆，无论是在肉体、还是精神上我都竭尽全力，试图营造并保持某种日常的感觉、某种平素的镇静。

她被叫去进行“颅部检查”之后，也许未出十分钟就得到了结果。

在隔壁一个令人生疑的小房间里，一位金发、戴眼镜的年轻医生伏在一张纸单上，告诉了我一个恐怖的消息。他的语调仓促、客观、不容辩驳。

我跌跌撞撞地回到家，收拾一些“一个人在人间最后一段路途上所需要的东西”：睡衣、牙刷、拖鞋……

在这几个星期，我持续不断地记录下那些“我生存其中的现实”，而这些札记，却与那些“我生存其中的现实”毫无相像之处。

我永远不会知道自己到底该怎样熬过这些恐惧与痛苦，最终，我甚至对自己的真实本质也全然不知。我的现在，已经奉献给了自己的回忆：在未来的日子里，我将对自己“当前的现在”的每个思考、每个行为进行评判，并阴毒地、堂而皇之地渗入某种欺骗性的伪造。这些东西也需要如此这般地记录下来：生动地再现过去所做过的背叛，以及为了自我生存所忍受过的、无法洗刷的耻辱。人们迟早会在这种境况下找到自己，迟早会为了自己“受到死亡吞噬威胁的生存”而进行生死的决斗。首先，我们要告之所染上的致命疾患，了解其想法，然后，我们默许地交到专业人员手中。从某种意义上讲，我们将变成“杀人凶手”，极少有人能够摆脱这样的命运，也许只有孤独者和独行者……但是，即使他们也曾有过父亲母亲，他们的父母从“垃圾筒的盖子下”跟他们说话。我们要记住的是：这种状况酿造了这样一种体验，而这种体验会诞生出这样一种想法，从而形成了现代化的生活方式。死亡——准确地说，是“走向死亡”——在很久以前就已经是一个问题；但是可以这么讲，那只是一个自然的问题。在现代生活里，它却总以某种形式使人联想到奥斯维辛集中营，奥斯维辛总以某种形式站到现代生活的前台。

有一天我会意识到：随着这种死亡，我的死亡也将开始。我拐进一条小巷，这是一条更适于标在“费伦茨城区”边缘的小巷，然而，这条小街又确实位于“大歌剧院”附近，并将安德拉什大道[①]与国王大街相连：在沃什瓦里·帕尔大街上，在一座摇摇欲倾、屋墙断裂、正从年代久远的伤疤里渗血的房子跟前，时间骤然倒流，我开始……在这幢房子的一层，有一家住房使我联想到“一套十分简陋的出租住房，位于室外悬廊上冰冷的厕所至今让我记忆犹新……”从那时算起的三十八年之后，从现在算起的四年之前，我在题为《英国旗》的中篇小说中这样写道。当时正值冬天，一九五三年至一九五四年间的寒冷冬季。我怎样才能描述我们当时的生活？怎样才能描述当时那种怀疑一切的情绪与状态？怎样才能描述那种“完全不真实的事情”——或说是，那种“根本就不可能的事情”？在一九五三年九月十四日的夏日夜晚，我们在一家小咖啡馆里相识，之后一起在我租住的、位于当时罗古蒂大街内的房子里过夜……当时我二十四岁，她三十三岁。我刚从纳粹的集中营出来，才幸免于“终极解决”，接着又从苦难的“五十年代”无可慰藉的深渊中逃出——不过，当时这所有的一切并未露出任何的迹象，与其说是以毁灭的方式影响着我，不如说是：给了我灵感。她也作为难民从战争中幸存下来，她的全家惨遭屠杀，家里的财产（遗产）被洗劫一空；之后又重蹈覆辙，在那些虚假案件的开始，她的丈夫遭到拘禁，钱和财产都被充公，最终，她自己也被关入了牢房，在监狱和拘役营中作为囚徒苦熬了一年，这一些都致使她与自己作对，并将自己拥有的自信击得粉碎。和她一样，我也成为一个“个别的我”，所有的自信都被击碎，为了一个自己从未犯过的神秘罪责而自我惩罚。反正我们两个都在各自的狱中继续生活，现在则是彼此为伴，因为我们只熟悉监狱，只以监狱为家。就这样，我们就跟那些在监狱里相识的人一样地在彼此身上找到了归宿，我们的关系是“狱友的团结”，是对承受严峻考验的准备以及看不到未来的彼此依傍。然而，这些只不过是文字的记录、表述和注释，为了更好地注释我们的关系，总是需要将场景放置于一个第三个维度中，在这里

① 安德拉什大道是布达佩斯的一条历史悠久的中轴大街，直通英雄广场，已被联合国教科文组织评定为“世界文化保护遗产”；国王大街与安德拉什大道相连，第二次世界大战之前，这里曾是犹太人聚居的商业街区。

P总缺乏某种难以言表的秘密，两个人都拥有与对方不同的、封闭的内心世界。我恍然悟到，这个世界不再存在，最多只存在我的记忆里。然而，这些记忆现在仅是我自己的记忆了，我徒然寻找它们的文证、物证及其第二个维度。也许，我根本就未曾真正活过，也许什么都不曾是真的。她走了，并且带走了我生命的绝大部分，她带走了那段时间，在那段时间里，我的创作从开始到完成；她还带走了一段岁月，在这段岁月里，我们是如此相爱地生活在一个并不幸福的婚姻里。我们的爱，就像一个满面笑容、张着胳膊奔跑的聋哑孩子，慢慢的，他的嘴角弯成了哭的模样，因为没有人能理解他，因为没有找到自己奔跑的目标。我不但辨认出那些证据，并且为之感到晕眩。在一个短暂的瞬间内，过去的一切，可以完全变成那个我们所称为的“过去”；那些生活曾创造了的、并完好地保存了一段时间的古老物件、体验、声音和画面，现在变成彻底被人遗弃的旧物，已经彻底脱离了活生生的生命之源。我的故事从我身上剥落：犹如一个在过去与将来之间失去了重心的人，突然从时间的轨道里滑脱。以后，我将从这个坍塌的废墟中爬起，将跟随那个陌生而坚定的召唤和那个将我包绕的大雾后面传来的、重新呼唤生活的声音。然而，就在这一刻，我仿佛站在生与死的门槛上，什么也不知道，什么也不理解，身体向前冲着死亡，而头却回望，朝着生活的方向，我就要迈开的腿迟疑地抬起……将要去哪儿？其实都一样，因为，这个将要迈步前行的人已经不再是我，而是另一个人……

（选自《另一个人》，作家出版社2003年第1版）

福楼拜的鹦鹉

[英国] 朱利安·巴恩斯

石雅芳 译

一、福楼拜的鹦鹉

六个北非人在福楼拜雕像下玩金属地掷球[①]。掷球时发出的噼啪声，清脆响亮，盖过了拥堵的交通所发出的隆隆声。一只褐色的手，用指尖在银白色的球体上做了最后嘲弄般的抚触后，就把球投掷了出去。球落下，又沉重地弹了起来，然后顺着弧形曲线在缓缓散去的大粒大粒的尘土中滑落。投掷手继续保持着如同一尊漂亮的临时雕像一般的姿势：膝盖似伸直而又没完全伸直，右手出神地伸展着。我注意到了一件翻卷起的白衬衫、一条赤裸的前臂以及手腕背面的一个色斑。那不是一块手表，起初我还以为是，它也不是一个文身，而是个彩色摹绘：一个在沙漠地带颇受人敬仰的政治圣人的面孔。

就让我从这尊雕像开始吧：一尊高高在上、亘古不变却并不漂亮的雕像，一尊挂着铜色的泪水的雕像。脖子上领带松散，身上穿着古板的马甲，裤子鼓鼓囊囊，胡须蓬乱，机敏冷傲，这就是这个人的形象。福楼拜并没有回敬行人注视的目光。他的眼睛从修士广场开始一直往南，朝大教堂望去，掠过这座他鄙视的城市，而这座城市也完全忽视了他的存在。他的头颅自卫般地高高昂起：只有鸽子们才能充分欣赏作家的光头。

这不是原先的那尊雕像。1941 年，德国人把首尊福楼拜雕像弄走了，连同栏杆和门环一起带走了。也许，他已被加工成了帽徽。有十多年时间，

---

① 原文 boule，起源于法国，在欧洲很流行。

雕像底座是空的。后来，一位鲁昂市长喜爱雕像，发现了原先的石膏模型，那是一名叫利奥波德·伯恩斯塔姆的俄国人制造的。后来，市议会同意塑一尊新的雕像。鲁昂为自己购买了一尊金属雕像，其中百分之九十三是铜，百分之七是锡：雕像的浇铸工们，沙蒂村的工匠断言道，这样的合金可以防止腐蚀。另两个城镇，特鲁维尔与巴朗坦，对这个项目也做出了贡献，得到了石头雕像。这些石像不耐磨。在特鲁维尔，福楼拜的大腿不得不进行修补，他的部分胡须也已脱落：如他上嘴唇的钢丝戳在了外面，像长在混凝土树桩上的枝桠。

也许可以相信铸造厂的保证；也许这第二版的福楼拜雕像会经久不衰。但我看不到值得自信的特别理由。其他许多与福楼拜相关的东西都没有长久地保留下来。他一百多年前去世，而他所留下的都是纸上的东西。纸张、思想、词语、隐喻，可转化为声音的构思精美的散文文字。这恰巧可能正是他希望得到的；只是他的崇拜者们却在感伤地抱怨着。作家在克鲁瓦塞的故居在他死后不久便被人拆除了，取而代之建起了一座用受损小麦提炼酒精的工厂。要销毁他的雕像也不用费多少力气：如果说一位爱好雕像的市长可以建立它，那么，另一位中规中矩的书呆子，读了一点萨特写福楼拜的文章[①]，也许就可以狂热地将它拆除。

我从福楼拜的雕像开始，因为那正是我启动整个计划的地方。为什么作品会使得我们去对作家刨根问底？为什么我们不能让作家清静一点？为什么作品本身还不够？福楼拜希望作品是自足的：几乎没有作家会更加相信书写文本的客观性，更加相信作家个性的无足轻重；然而，我们还是要忤逆他，去刨根问底。形象，面孔，签名；百分之九十三的含铜量雕像以及抗变色合金照片；衣物的残片与头发中的一绺。是什么使得我们对遗物充满着欲望？我们难道不觉得词语足够了吗？难道我们认为一个生命遗留物包含着某些有助于理解的真实？当罗伯特·路易斯·斯蒂文森[②]去世时，

---

① 指法国思想家、作家让-保罗·萨特的专著《家庭白痴——古斯塔夫·福楼拜》。

② Robert Louis Stevenson (1850—1894)，苏格兰小说家、诗人，英国文学新浪漫主义代表之一。代表作《金银岛》。

他那位有生意头脑的苏格兰奶妈就开始悄悄地出售头发，她称这些头发是四十年前她从作家的头上剪下来的。崇拜者、探索者还有研究者一共买下了足以填满一只沙发的头发。

我打算把克鲁瓦塞留到晚一些时候。我在鲁昂逗留五天，儿时的天性依然使我把最好的留到最后。作家创作时有时是不是也拥有同样的冲动呢？别急，别急，最好的还在后面呢？如果是这样的话，那么，那些没有写完的书该是多么令人心急啊。顿时，有两本书浮现在我脑海中：在《布瓦尔与白居谢》中，福楼拜竭力囊括整个世界并企图征服之，囊括人类奋斗与失败的历程；而在《家庭的白痴》中，萨特则竭力想囊括福楼拜的全部：囊括并征服这位大师级作家，这位高明的资产者，这个叫人恐惧的人，这个敌人，这个圣人。中风①结束了第一本书的计划；失明②使得第二本书草草收尾。

我曾经想自己写书。我有了些想法，我甚至还做了笔记。但是我是医生，成了家，有了妻室儿女。我只能做好一件事：福楼拜很清楚这一点。当医生是我所能做好的事。我的妻子……死了。孩子们现在都各奔东西了；什么时候感到内疚了，他们便给我写信。自然，他们有他们自己的生活。“生命！生命！要不断地勃发！”前两天，我正读到福楼拜这样的呐喊。它使我觉得，自己像一尊大腿上修补过的石像。

那些没有写成的书呢？它们并不是憎恨的原因。已经有太多的书了。另外，我想起了《情感教育》的结尾。弗雷德里克和他的好友德洛里耶正在回顾他们的人生。两人最后最喜欢的是多年前一次一起逛妓院的事。那时，他们还是学生。他们对这次冒险进行了详尽的计划，还特地卷了头发，甚至还为姑娘们偷了花。但当他们到达妓院时，弗雷德里克便没了胆子，于是两人一同逃跑了。这是他们一生中最美好的日子。福楼拜暗示说，欢乐的预期，难道这不是最靠得住的欢乐形式？谁愿意一下子就到达获得欢

---

① 指福楼拜的去世。

② 指萨特的失明。

乐的凄凉楼阁中呢？

第一天，我在鲁昂四处看看，努力想辨认出我在1944年来时所看到过的鲁昂。大片的地方当然遭遇过炮弹轰炸；四十年后的今天，他们还在修补大教堂。我没有找到多少东西给单色调的记忆增光添彩。第二天，我驱车到了卡昂①，然后向北到了海滩。你可以按一系列受风雨侵蚀的锡制路标走，这些路标是由公共工程运输部竖起来的。这样一条条联军抢滩登陆的环线路：是诺曼底登陆中的一条旅游线路。在阿罗芒什②以东是英国军队与加拿大军队登陆的海滩——黄金、朱诺、宝剑③。不是凭想象选择的词语；远不如奥马哈④和犹他⑤难忘。当然，除非是人们的行动使得这些词语叫人难忘，而不是倒过来。

格雷滨海，库赛叶滨海，维拉帕米滨海，阿内勒，阿罗芒什。沿着窄窄的背街小巷，你突然走到一个叫皇家工程师的广场或一个叫温斯顿·丘吉尔的广场。生锈的坦克守卫着海滩小屋；厚厚的石板纪念碑就像是船上的烟囱，上面的英文与法文宣告说："1944年6月6日，在这里盟军的英勇作战解放了欧洲。"四周很宁静，没有一点凶险的感觉。在阿罗芒什，我把两枚一法郎的硬币投入全景望远镜里（15/60的高强度、长时间），顺着弯曲的海象般的桑椹临时港⑥，一直向外望到大海。混凝土桥墩沉箱看上去是"点一横一横一横"的样子，海水在中间从容不迫地流淌着。绿鸬鹚成了这些方方正正的战争时遗留的石块上的移民。

我在那家俯瞰着海湾的舰队酒店里吃了午饭。紧挨着我的朋友们——是那时的岁月里突然结识的朋友——死去的地方，但我的心情却依然平静。

---

① 位于法国西北部，距巴黎约二百公里，在第二次世界大战著名的诺曼底战役中卡昂首当其冲。

② 法国一个小镇，1944年6月6日，盟军就是从这个小村庄开始登陆的。

③ 是盟军登陆海滩的代码，英文分别为Gold、Juno、Sword，中文亦有译为"哥尔德"、"朱诺"、"斯瓦尔德"。

④ 美国第一步兵师及第二十九步兵师登陆的海滩。

⑤ 美国第四步兵师及第九十步兵师登陆的海滩。

⑥ 第二次世界大战时盟军登陆时用的一个临时港的代号。

英国第二军团的第五十装甲师。一段段的记忆从看不见的隐蔽处浮现出来，却没有出现情感的波澜；甚至没有任何情感的记忆。午饭后，我来到了博物馆，观看了一部关于登陆的电影，接着，驾车十公里到了巴约[①]，去察看九个世纪前的另一场越过海峡侵入的遗迹。玛蒂尔德女皇挂毯[②]就像是一部横向展开的电影，把一幕幕都连接了起来。两起事件似乎同样奇怪：一件过于久远，缺乏真实感；另一件太熟悉，使人难以置信。我们该如何抓住过去？我们能够抓住吗？当我还是个医学院学生的时候，在参加期末舞会时，不知哪个爱开玩笑的人把一头身上涂满油脂的小猪放进了舞会大厅。小猪一边尖叫一边在大家的腿脚间躲来躲去，以免被大家抓住。大家扑过去，想抓住它，结果跌倒在地上，在整个过程中人们表现得滑稽可笑。过去似乎就常常像那头小猪。

在鲁昂的第三天，我步行到了主宫医院，那是古斯塔夫的父亲当外科主任的地方，也是作家度过他童年时代的地方。沿着古斯塔夫·福楼拜大街，经过了福楼拜印刷厂以及一家名叫福楼拜的快餐店：你一定会觉得你的方向是正确的。在医院附近停了一辆大型的带仓门式后背的白色标致车：上面漆着蓝色星星、一个电话号码以及**福楼拜救护车**的字样。作家是一个救死扶伤者？不太可能。我记得乔治·桑[③]对比她年轻的同行有过严肃的批评，“你制造凄凉，”她写道，“而我制造慰藉。”这辆标致车上应该写**乔治·桑救护车**的字样。

在主宫医院门口，迎我进门的是一个形容憔悴、心神不宁的看门人，他的白外套让我纳闷。他可不是医生，不是药剂师，也不是板球裁判。白外套意味灭菌消毒和清明裁断。为什么博物馆的管理人员要穿着它——为防止福楼拜的童年受细菌侵袭？他解释说，博物馆部分的内容是有关福楼

① 法国西北部一城镇，靠近英吉利海峡。

② 又名贝叶挂毯，可能制成于十一世纪，长七十米，宽半米，上面绣有黑斯廷斯战役的整个过程。

③ George Sand (1804—1876)，法国十九世纪著名女作家，浪漫主义女性文学和女权主义文学的先驱。

拜的，部分内容是有关医学历史的，接着，他匆匆忙忙地带我参观，在我们身后响亮而迅捷地锁上门。我参观了古斯塔夫出生的房间，看了他的古龙香水瓶、烟草罐以及第一篇刊登在杂志上的文章。作家各式各样的肖像，证实了他从早期的英俊少年变成了大腹便便的光头的悲惨变化。有人得出结论说，是因为梅毒。有人给的答案是，那是十九世纪正常的衰老过程。也许仅仅是他的身体的一种规律吧：当心智宣告过早的衰老时，肌体便尽量相伴而行。我不时提醒自己，他曾经长着一头金发。要记住很不容易：照片使每一个人看起来都黑乎乎的。

其他的房间里摆着十八与十九世纪的医疗器械：沉重的金属遗物很醒目，一个灌肠机的口径甚至使我都大吃一惊。当时的医学一定是个令人兴奋、不顾一切、充满暴力的行业；而现在，药丸和官僚作风便是它的全部内容。或者说，是不是过去比现在更带有地方色彩？我研究过古斯塔夫兄弟阿希尔的博士论文：其命名为《绞窄性疝手术时的思考》。兄弟间的相似之处：阿希尔的论文后来成了古斯塔夫的一个比喻。“我觉得，看到我所处时代的一切愚蠢，汹涌的仇恨之浪潮令我窒息。粪便涌到嘴里，我就像是患了绞窄性疝症。但我想把它留下来，让它凝固，使它变硬；我想要把它调成一种糨糊，用它来覆盖十九世纪，就像人们用牛粪涂抹印度的宝塔一样。”

把刚见过的福楼拜纪念馆与医学馆放在一起，开始会觉得很奇怪。但当我想起莱蒙那幅著名的福楼拜解剖爱玛·包法利的漫画时，才意识到其中的道理。漫画里，小说家得意地从他的女主人公的体内扯出心脏，用一把大叉把鲜血淋淋的心脏举在手里挥动着。他把心脏高高举起，像举着一个珍贵的外科展示品，而漫画左边，刚好可以看得见受到冒犯的斜着身子的爱玛的一双脚。作家是屠夫，作家是敏感的野兽。

这时，我看到那只鹦鹉。它被放在一个小小的壁橱里，亮绿的羽毛，得意洋洋的眼神，侧着头像是在询问。在 Psittacus① 的栖木的一端题有这

---

① 拉丁文，非洲灰鹦鹉。

样的字样："古斯塔夫·福楼拜借于鲁昂博物馆，在创作《一颗质朴的心》时置于他的案头，被唤成露露，是故事中主人公费莉西泰的鹦鹉。"一封福楼拜书信的复印件证实了这样的事实：他在信中写道，这只鹦鹉在他的案头放了三个星期，后来一看到这只鹦鹉，他就开始心烦意乱起来。

露露被保存得很好，羽毛鲜艳，它的目光一定像它一百年前那样，叫人心烦意乱。我呆呆地注视着这只鹦鹉，吃惊地感觉到，自己对作家产生了火热的激情，虽然他倨傲地禁止子孙后代对他本人产生兴趣。人们重塑了他的雕像；拆除了他的故居；他的书籍自然有它们自身的生命——对他作品的反应不等于对他的反应。但是在这儿，在这只并不特别的绿色鹦鹉身上，它用一种既普通又神秘的方式保留着某种东西，使我觉得，自己几乎早已认识这位作家。我既感动又高兴。

在回旅馆的路上，我买了一本学生版的《一颗质朴的心》。也许你知道这个故事。那是关于一个未受过教育的穷苦女佣的故事，她名叫费莉西泰，她给同一位女主人做了半个世纪的用人，任劳任怨地把自己的生命奉献给了他人的生命。她先后把自己的感情付出给了一个粗野的未婚夫、她女主人的孩子们、她自己的侄儿以及一位手臂长了恶性肿瘤的老人。自然，这些人都从她身边消失了：他们有的死了，有的离开了，或者完全把她忘了。这并不令人吃惊，一种靠宗教的慰藉弥补了人生的凄凉的生存。

在费莉西泰的那些不断消失的感情维系中，最后一个消失的是露露，这只鹦鹉。当他后来也一命呜呼的时候，费莉西泰将他的身子制成了标本。她把心爱的旧物保留在她的身边，甚至跪在他的面前作祷告。在她简单的头脑中出现了一种宗教教义上的混乱：在传统意义上，圣灵是以鸽子形象显现的，她想知道如果以鹦鹉来显现会不会更好。当然她拥有她的合理逻辑：鹦鹉与圣灵都会讲话，而鸽子不会说话。在故事的结尾，费莉西泰自己也去世了。"她的嘴角含着微笑。她的心脏跳动得越来越缓慢，每一次跳动听起来都更遥远一些，就像泉水在干涸、回声在消失一样；当她吐出最后一口气的时候，她觉得自己看到一只巨大的鹦鹉在她头顶盘旋，天堂的大门在为她开启。"

语气的控制至关重要。请想象一下创作这样一个故事的技术难度：故事里，一只制作得很糟糕的标本鸟，名字滑稽可笑，最终却成了圣父、圣子、圣灵三位一体中的一位；而且写作的意图既不是讽喻，不是情感宣泄，也不是亵渎神灵。进一步想象一下，还是从一个无知的老太太的视角来讲述这个故事，又不能使故事听上去有贬义或忸怩作态。然而，《一颗质朴的心》的目的却完全在别处：这只鹦鹉是福楼拜式的诡异风格的一个完美而有控制的典范。

如果我们希望（并且不顾福楼拜的意愿）的话，可以对这只鹦鹉另作阐释。例如，在作家未老先衰的生命与费莉西泰年老体衰的生命之间潜藏着一种相关性。批评家对此进行了探索。两人都很孤独；两人的生命都因失去亲人而变得暗淡；两人虽然都满心忧伤，但却坚韧不拔。那些乐于进一步探究的人会说，费莉西泰被邮车撞倒在去翁弗勒尔[①]的路上这一起事故，是暗暗指涉[②]古斯塔夫第一次犯癫痫病之事，他在阿沙尔堡郊外的路上突然发病。我不清楚。一个指涉隐藏到什么程度才会彻底淹没？

当然，从一个重要方面看，费莉西泰与福楼拜则全然相反：她事实上不善于言辞。但你会争辩说，这时就需要露露登场了。鹦鹉，这个能说会道的动物，这个能发出人的声音的尤物。费莉西泰把露露与赋予人们语言的圣灵相混淆，并不是毫无根据的。

费莉西泰＋露露＝福楼拜？不完全是；但是你可以说，这两者之中都有他的存在。费莉西泰包含着他的性格；露露包含了他的声音。你会说，鹦鹉能聪明地发声，但没有思维能力，因此他是**纯粹的语言**。如果你是一名法语研究人士，你也许会说，鹦鹉是 un symbole du Logos[③]。作为英国人，我急忙返回到有形的物质上：回到我在主宫医院里见到的那只体态娇

---

① 塞纳河畔的一个城镇。

② 语言学的一术语，它研究语言与它所代表的对象之间的相关性。故本章中有时将指涉译成“相关性”，方便读者理解。

③ 法语，逻各斯符号。“逻各斯”字面的意思是话语，基督教译为道，是古希腊及神学的术语，乃西方哲学的核心概念。

美、自鸣得意的生物那里。我想象着露露栖息在书桌的另一侧，像游乐场镜子里的一个嘲弄人的影像，回望着作家。难怪它在那儿嘲弄了三个星期，惹得作者十分恼火。作家是不是远远胜于一只老辣的鹦鹉？

也许，在这个时候我们应该关注一下小说家与鹦鹉家族成员的四次重要的相遇。在十九世纪三十年代，在福楼拜家一年一度在特鲁维尔的度假期间，他们经常会去拜访一位名叫皮埃尔·巴尔贝的退休船长；我们听说船长家里有一只华美的鹦鹉。1845 年古斯塔夫去意大利旅行途经昂蒂布[①]，他遇见一只病了的长尾小鹦鹉，它成了他日记中的一段内容；这只鹦鹉常常小心翼翼地停在主人轻便手推车的挡泥板上，晚饭时会被带进家里，放在壁炉上。写日记的人注意到，人与宠物之间有着显而易见的“奇怪的爱恋”。在 1851 年，福楼拜取道威尼斯到东方旅行，回来时，他听到一个镀金鸟笼里有只鹦鹉在大运河上空正在模仿着船工的吆喝声：“Fàeh, capo die.[②]”在 1853 年，他再次到特鲁维尔度假。他与一位药剂师住在一起，发现有只鹦鹉不停地尖叫“As-tu déjeuné, Jako?[③]”与“Cocu, mon petit coco.[④]”这让他好不心烦。鹦鹉还发出“J'ai du bon tabac[⑤]”的叫声。这四只鹦鹉是不是都是，或者说，部分是露露的灵感之源？在福楼拜从鲁昂博物馆借鹦鹉标本的 1853 年至 1876 年期间，他是不是见过另外的活鹦鹉呢？我把这样的事情留给专家学者们。

我坐在旅馆的床上；从邻近房间传来一台电话模拟其他电话的响声。我想着那只鹦鹉，它只在半英里远的壁橱里。一只厚脸皮的鸟，不仅令人疼爱，甚至还令人肃然起敬。写完《一颗质朴的心》后，福楼拜怎么处置了这只鹦鹉？他是不是把它放进橱柜后忘记了它恼人的存在，直到再想找毛毯时才又发现了它？当四年后，一场中风使他躺在沙发上奄奄一息的时

---

① 法国东南部一城市，位于尼斯和戛纳之间。

② 意大利语，小心，头顶。

③ 法语，雅科，你吃饭了吗？

④ 法语，王八，我的小坏蛋。

⑤ 法语，好烟草。

候，发生了什么事？他也许想象到一只巨大的鹦鹉盘旋在他的头顶——这时不再是接受圣灵的欢迎而是文字语言与他的诀别？

“我苦恼于自己使用比喻的倾向，而且一定非常过度。我被比喻吞噬了，如人们遭受跳蚤噬咬一样。我什么也不做了，而把时间全花在掐死它们上。”福楼拜运用语言得心应手，但是他也看到**语言**潜在的不足之处。记得他在《包法利夫人》中给出了伤心的定义：“语言像一面破锣，我们敲着这面破锣，奏出让熊翩翩起舞的曲调，同时我们一直希望能感动天上的星星，生出怜悯之心。”因此你可以从两个方面来理解小说家：他是一个顽强地追求至善至美的风格大师；或者，他是一个觉得语言存在着令人伤心的不足的人。推崇萨特思想的人赞成第二个观点：对他们而言，露露的无能体现于他只是在重复他所听到的词语，这就等于间接地承认了小说家自己的失败。鹦鹉即作家，他无力地承认，语言是可接收的、具有模仿性的、无生命力的东西。萨特自己指责福楼拜的被动性，指责他的 on est parlé——语言被说的观点（或者说，指责他在这种观点中的共谋作用）。

泡沫的破碎是不是宣告另一个暗藏的指涉咕嘟咕嘟地死去了呢？在你读故事过程中，在猜疑自己是否过于陷入故事中的时候，也是你感到最脆弱、最孤独，也许也是最愚蠢的时候。批评家把露露看成**语言**的标志是不是错了？读者把主宫医院的那只鹦鹉视为作家的声音符号是不是错了——更糟的是，是不是太多愁善感了？那就是我所做的。也许，这使我变得与费莉西泰一样头脑简单。

但是不论你把它称为故事还是文本，《一颗质朴的心》在我脑中不停地回响起。请允许我引用大卫·霍克尼[①]自传中的温和但也许并不明确的话：“这个故事真的感动了我，我觉得这是一个我能深入并真正使用的主题。”1974 年，霍克尼先生创作了两幅蚀刻画：一幅是漫画版——费莉西泰对去

① David Hockney (1937—)，英国画家、摄影家，同时也是一位蚀刻家、制图员和设计师。

国外的看法（一只猴子用肩膀扛着一个女人偷偷跑了），还有一幅是费莉西泰与露露一起睡着了的宁静画面。也许他以后还会创作一些。

在鲁昂的最后一天，我驾车到了克鲁瓦塞。天上正下着诺曼底雨，轻轻的，密密的。以前只是塞纳河岸边的一个背靠着青山的遥远村落，而现在已经被淹没在一片砰然轰响的港区。打桩机轰轰震响，起重机挂在你头顶，塞纳河商船穿梭往来。经过的卡车把不可缺少的福楼拜酒吧的窗户震得哐当哐当响。

古斯塔夫注意到并也赞赏东方人把亡故之人的房子拆掉的习惯；因此，也许他不会因他自己故居遭到毁灭而像他的读者、他的追随者那样难过。用受损麦子炼酒的工厂后来也被拆除了；一家大型造纸厂现在矗立在工厂原址，显得更合适。福楼拜故居所剩下的只是沿路走去几百码远的一座独层的凉亭：当作家比平时更需要独处时，他就会隐居到这座夏日用的房子里。现在看来，小屋简陋、没有棱角，但是至少它有着特殊的意义。在外面平台上，一段长笛形柱状的树桩竖立在那儿，纪念《萨朗波》① 的作者。树桩挖自迦太基②。我推开大门；一条阿尔萨斯牧羊犬叫了起来，一位白发苍苍的看门人走过来。她没穿白外套，而是穿着一件裁剪讲究的蓝色制服。当我开始用法语说话时，想起了《萨朗波》的迦太基译者们的特征：每一个人都在胸口文一只鹦鹉，作为职业的标志。而今天，玩金属地掷球的非洲人，在棕色的手腕上绘了一个毛③的画像。

那座凉亭只有一间房间，方形的，房顶呈帐篷形状。这让我想起了费莉西泰的房间：“它的神气，既像一座小教堂，又像一个集市。”这也是福楼拜式的诡异风格：一个颇具嘲讽的组合——无足轻重的小玩意儿与庄严肃穆的遗迹并行不悖。展示的物品摆得很糟糕，我常常不得不跪在地上斜着眼朝橱柜里看：姿势虔诚，又像是一副在旧货店里寻宝的样子。

---

① 福楼拜的作品，描写公元前四世纪迦太基的雇佣军哗变起义的历史故事。萨朗波是迦太基统帅汉密迦的女儿，她倾慕起义军领袖马托的勇敢，但因后者的遭遇而身亡。

② 迦太基国是公元前八世纪至前 146 年腓尼基人在北非建立的城市国家，即现在的突尼斯。

③ 指毛泽东。

费莉西泰在她一堆杂七杂八的零碎物品中找到了慰藉，这些东西纯粹是凭借着主人的热爱而维系在一起的。福楼拜也一样，让琐事保留着带着种种回忆的芬芳。在他母亲死后的几年里他仍然有时提出要她的旧围巾与帽子，然后拿着它们坐下来梦游一会儿。到这个克鲁瓦塞的凉亭的访客几乎会有相同的感受：漫不经心地摆在那儿的展览品随意地捕捉着你的心。肖像，照片，一尊泥塑半身像；烟管、一个烟草罐，一把拆信刀；一只张着大嘴的蟾蜍墨水池；那尊站立在作家的书桌上的金佛陀倒是从未惹他气恼；一绺头发，自然，比在照片里的金黄色要深一些。

两件放在边柜里的展览品很容易错过：一只小杯子，福楼拜在去世前的一些时候从这只杯子里喝下了最后的一口水；还有一块皱巴巴的白色手帕，他用它来擦拭着自己的额头，这也许是他生命中最后的手势。如此普通的道具，似乎不够激起悲恸和感动，却使我感觉到自己在亲临一个朋友的死亡。我几乎感到尴尬：三天以前，我无动于衷地站在亲密的战友惨遭杀害的海滩上。也许，这是与那些已经死去的人做朋友的好处：你对他们的热情永远不会冷淡下去。

这时，我看到了它。在一个高高的食品橱顶端，蹲着另一只鹦鹉。同样是亮绿色。同样，一方面根据看门人的说法，另一方面，根据栖木上的标签，福楼拜在写《一颗质朴的心》时，从博物馆借来的正是这只鹦鹉。经允许，我把第二只露露拿了下来，小心翼翼地放在一只展示柜的角上，拿开了他的玻璃圆顶。

你如何将两只鹦鹉作比较？一只早已被记忆和比喻理想化了，另一只咯咯叫着闯了进来。我最初的反应是，第二只没有第一只来得真实，主要原因是它有着更为温和的神情。它的头在身子上方更直些，而且它的表情没有主宫医院的那只鹦鹉的表情惹人恼怒。于是，我意识到了其中的荒谬：毕竟福楼拜没有机会选择鹦鹉；甚至就是这第二只鹦鹉即便看起来陪着他会安静些，也许几个星期后也会让人烦恼起来。

我向看门人提到了真实性的问题。不难理解，她站在她自己的那只鹦鹉一边，信心十足地不理会主宫医院所说的话。我寻思着，是否有人知道答案。我寻思着，除了我在追究以外，这对别人来说是否有意义，而我早就轻率地把重要性的筹码压在了第一只鹦鹉上。作家的声音——是什么使你认为可以这么轻而易举地找到它？这是第二只鹦鹉发出的反驳。当我站在那儿看着这只可能并非真实的露露，阳光照亮了房间里的那个角落，使鹦鹉的羽毛黄得更加鲜明了。我把鹦鹉放回原处，心中想：我现在的年龄比福楼拜任何时候都要大。这似乎有些放肆；忧伤与不配。

是不是任何时候都是死亡的恰当时候？对福楼拜来说不是；对乔治·桑也不是，她没有活到读一下《一颗质朴的心》。“我仅仅是为了她才开始写它的，只是为了让她高兴。她去世时这个故事正写到一半。因此这里有我们所有的梦想。”没有梦想，没有作品，也没有后来因未写完的作品而凄凉落寞，那样是不是更好呢？弗雷德里克和德洛里耶策划好的妓院之行，期盼的快乐，于是，多年后，他们有的不是行动的记忆而是过去期盼的记忆。也许，我们应该像他们一样，欣赏未达目的的宽慰？那会不会使记忆更加干净，不那么痛苦呢？

在我回家后，两只鹦鹉继续扑腾在我的脑海里：一只鹦鹉温和、简单，另一只鹦鹉歪着脑袋在询问。我给各式各样的研究者写去了书信，他们也许知道两只鹦鹉中有一只是真实的。我给法国大使馆写了信，给米其林导游手册编辑写了信。我还给霍克尼先生去了信。我把我的鲁昂之行告诉了他，并问他是否去过鲁昂；我不知道，当他在蚀刻睡着了的费莉西泰的肖像画时，心中想的是第一只还是第二只鹦鹉。如果两只都没有，那么也许他也从博物馆借了一只鹦鹉用作模特儿。我提醒他，这个物种存在着身后单性生殖的危险趋势。

我希望很快能收到他们的回复。

二、年　表

I

1821 年

福楼拜·古斯塔夫出生，是鲁昂主宫医院的外科主任阿希尔—克莱奥法斯·福楼拜和娘家姓弗勒里奥的安妮—贾丝汀—卡罗琳·福楼拜的次子。这个家庭属于成功的职业中产阶级，在鲁昂附近拥有几处家产。一个稳定的、知书达礼的、催人奋发向上的且通常充满雄心壮志的家庭背景。

1825 年

古斯塔夫的保姆朱莉来到福楼拜家当用人，她一直留在这个家中，直到五十五年后古斯塔夫去世。他的一生很少受用人问题的困扰。

约 1830 年

遇见埃内斯特·舍瓦利耶，他的第一个知心朋友。一系列热烈、忠贞并且富于创造性的友情终身伴随着福楼拜，特别值得注意的是与阿尔弗雷德·勒·普瓦特凡、马克西姆·杜康、路易·布耶以及乔治·桑的友情；古斯塔夫轻而易举地激发起他们的友情，并且用一种充满风趣与热爱的姿态去培养友情。

1831—1832 年

进入鲁昂学院学习，历史与文学很好，是一个令人难忘的学生。他流传下来的最早的作品，是一篇关于高乃依[①]的文章，日期是 1831 年。在青少年时代，他创作了大量的戏剧和小说。

1836 年

在特鲁维尔遇到了一位德国音乐出版商的妻子埃莉萨·施莱辛格，对她产生了“巨大”的激情。这种激情照亮了他剩余的青少年时期。她对他满怀着温善和友爱；在以后的四十年中他们一直保持着联系。回顾往事，他很宽慰她没有回应他的激情：“幸福就像天花。太早染上了，会毁了你的体质。”

约 1836 年

古斯塔夫与他母亲的一个女仆发生了最初的性关系。这就开启了一段活跃的、色彩斑斓的充满性欲的人生，从妓院到沙龙，从开罗的浴室男孩到巴黎的女诗人。根据他自己的叙述，在成年之初，他特别招女人喜欢，

---

① Pierre Corneille (1606—1684)，十七世纪上半叶法国古典主义悲剧的代表作家、奠基人。

他的性能力恢复的速度让人难忘；但是即使是在他以后的日子里，他的优雅、智慧以及他的盛名都使他始终受到女子的垂青。

1837 年

他的第一部出版的作品在鲁昂杂志《蜂鸟》上发表。

1840 年

通过了中学毕业会考。与家庭朋友朱尔·克洛凯博士旅游去了比利牛斯山。福楼拜虽然常常被人视为一个隐士，事实上他游历过许多地方：1845 年到意大利和瑞士，1847 年到布列塔尼[①]，在 1849—1851 年期间到过埃及、巴勒斯坦、叙利亚、土耳其、希腊与意大利，1851 年、1865 年、1866 年、1871 年到英国，1858 年到阿尔及利亚和突尼斯，1865 年到德国，1871 年到比利时，1874 年到瑞士。相比较而言，他的密友路易·布耶虽曾梦想到中国去，却连英国也没去过。

1843 年

在巴黎当法律专业的学生，与维克多·雨果相遇。

1844 年

古斯塔夫第一次发癫痫病，这结束了他在巴黎的法律学习，将他囚禁于克鲁瓦塞的新房子里。然而，放弃法律并没有引起多少痛苦，再说，禁锢的生活给他带来了写作生活所需的独处和安逸，因此这场癫痫病从长远看是有益无害的。

1846 年

与人称“缪斯女神”的露易丝·科莱相遇，于是开始了一段最为著名的风流韵事：一对延续时间较长、感情热烈、口角不断的情侣（1846—1848 年，1851—1854 年）。虽然古斯塔夫与露易丝两人性情相异，审美观也相左，但是在一起的时间比大多数人所预见的长得多。我们会不会对他们之间关系的终结感到遗憾？只是因为这意味着古斯塔夫不再给她写那些华丽的书信了。

---

① 法国西北部一地区。

1851—1857 年

《包法利夫人》的写作、出版、受审以及成功获得无罪宣判。拉马丁[1]、圣佩甫[2]以及波德莱尔[3]等各种不同的作家都盛赞其为一个丑闻的胜利。在 1846 年，古斯塔夫还怀疑自己是否有能力创作出值得出版的作品，他公开说："如果有一天我确实有作品问世的话，那我一定会全副武装的。"现在他的胸甲光彩夺目，他的长矛射向四面八方。克鲁瓦塞隔壁的村庄康特勒的神甫禁止他的教民读这本小说。1857 年后，文学上的成功自然带来社交上的成功：福楼拜更多地出现在巴黎。他与龚古尔兄弟[4]、勒南[5]、戈蒂埃[6]、波德莱尔以及圣佩甫相见。在 1862 年，在马涅举行了一系列的文学界聚会：从那年 12 月起福楼拜便成了这儿的座上宾。

1862 年

《萨朗波》的出版。成功至极。圣佩甫在给马修·阿诺德[7]的信中说："《萨朗波》是我们的重大事件！"这部小说为巴黎的好几场化装舞会提供了主题。它甚至为一种奶油小蛋糕的新牌子提供了名称。

1863 年

福楼拜开始经常进出拿破仑一世的侄女玛蒂尔德公主的沙龙。克鲁瓦塞的狗熊轻松地披上了社交雄狮的皮毛。他自己在星期日下午宴请宾客。这一年也包括了他与乔治·桑最初的书信往来以及他与屠格涅夫的相遇。他与这位俄国小说家的友谊标志了他享有广泛的欧洲知名度。

1864 年

在贡比涅[8]受到拿破仑三世皇帝的召见。古斯塔夫社交成功的顶峰。

---

① Alphonse de Lamartine (1790—1869)，法国浪漫主义诗人。

② Sainte-Beuve (1804—1869)，法国文学评论家和历史学家，以传记方式研究文学而著名。

③ Charles Baudelaire (1821—1867)，法国的诗人、翻译家和评论家。

④ 法国兄弟作家，即哥哥 Edmond de Goncourt (1822—1896) 和弟弟 Jules de Goncourt (1830—1870)。

⑤ Ernest Renan (1823—1892)，法国文献学家、哲学家和历史学家。

⑥ Théophile Gautier (1811—1872)，法国作家，他影响了法国文学从浪漫主义向美学主义和自然主义转变。

⑦ Matthew Arnold (1822—1888)，英国诗人和评论家。

⑧ 法国城市，离巴黎东北八十公里，瓦兹省的首府。

他给皇后赠送了山茶花。

1866 年

被授予法国荣誉军团骑士勋章[①]。

1869 年

出版《情感教育》：福楼拜始终把它称为一部杰作。尽管传说这是福楼拜的一场艰苦卓绝的（由他自己发起的）战斗，但他写得轻松自如。他满腹忿恨，但他总是把忿恨包含在他那令人诧异的流畅的文字中。他花费四分之一的世纪，写出一本厚实的大作，需要进行大量的研究，每一次研究需要五至七年的时间。也许，他曾经字斟句酌，曾经为一个谐音苦苦思索，但他从没有过一般作家所经历的创作思路阻塞现象。

1874 年

《圣安托万的诱惑》出版。尽管这是一本很奇怪的书，但获得了令人满意的商业成功。

1877 年

《三个故事》的出版。得到评论界与广大读者的好评：福楼拜第一次得到《费加罗报》的肯定评价；三年时间里印刷了五版。福楼拜开始写作《布瓦尔与白居谢》。在他最后的几年里，他在法国小说家中的杰出地位得到年轻一代的承认。他得到极大的荣誉和深切的尊敬。星期天下午他家中的聚会成了文学界的著名事件；亨利·詹姆斯[②]登门拜访了这位大师。1879 年，古斯塔夫的朋友为他设立了一年一度的圣波利卡普[③]晚宴。1880 年，《梅塘夜谭》[④] 的五位合著者，包括左拉和莫泊桑，赠他一册该书的签

---

① 该勋章是 1802 年由拿破仑设立的，勋章的丝带是红色的，分为六个等级。福楼拜获得的是最低等级的“骑士勋章”。

② Henry James (1843—1916)，美国作家和评论家。

③ Saint Polycarpe (69? —155?)，基督教殉道者。

④ *Les Soirées de Medan* 是一部法国中篇小说集，1880 年由包括法国小说家左拉在内的六位作家的中篇小说集成，以普法战争为背景。梅塘（Medan）位于巴黎郊外，是左拉的别墅，被称为“梅塘集团”的六名当代小说家每周都在此欢聚一堂，即左拉、保尔·阿莱克西、莫泊桑、莱昂·艾尼克、昂利·塞阿尔、于斯曼。其中莫泊桑的《羊脂球》被公认为是其中最好的一篇作品。

名本：这份礼物可以视为自然主义向现实主义的象征性的致敬。

1880 年

古斯塔夫·福楼拜满载着荣誉和广泛的爱戴在克鲁瓦塞去世，在他生命的最后时刻，依然在刻苦写作。

Ⅱ

1817 年

阿希尔—克莱奥法斯·福楼拜和安妮—贾丝汀—卡罗琳·福楼拜的第二个孩子卡罗琳·福楼拜去世，二十个月大。

1819 年

他们第三个孩子埃米尔·福楼拜去世，八个月大。

1821 年

他们第五个孩子古斯塔夫·福楼拜出生。

1822 年

他们第四个孩子朱尔·阿尔弗雷德·福楼拜去世，三岁零五个月大。他的弟弟古斯塔夫生于两个死去的孩子之间。他身体虚弱，大家以为他活不长久。福楼拜医生在大公墓买了一块家庭墓地，挖了一个小墓穴，为古斯塔夫准备着。出人预料的是，他竟活了下来。他是个动作迟缓的孩子，满足于嘴里含着手指一连坐上几个小时，脸上带着一副“近似痴呆”的神情。对于萨特来说，他就是这个“家庭的白痴”。

1836 年

开始了一段对埃莉萨·施莱辛格的无望而又执著的感情，这段感情深深灼伤了他的心，使他不能再次全身心地爱上另一个女人。回顾往事时，他写道：“我们每一个人心中都有一个高贵的房间。我已把我的那个房间用砖头砌了起来。”

1839 年

因粗暴行为和违反规定而被鲁昂学院开除。

1843 年

巴黎法学院宣布他第一学年的考试成绩。考官用红球或黑球表示他们的看法。古斯塔夫得到两只红球和两只黑球，因此他考试没有合格。

1844 年

第一场具有破坏性的癫痫病；还有更多场癫痫病在等着他。“第一次发病”，古斯塔夫后来写道，“就像神经系统的一场大出血……它把灵魂从躯体里强行攫走，叫人痛苦不堪。”他经受了放血、吃药、注射、特殊饮食、禁烟禁酒的过程；如果他不想去认领他的坟墓的话，就必须经受严格的禁闭和无微不至的照顾。在古斯塔夫还没有涉世之前，就开始从中隐退了。“这么说，你就像大闺女一样被看得紧紧的?”露易丝·科莱后来这么取笑他，非常准确。除了他生命的最后八年，福楼拜夫人严格地看护着他，检查他的出行计划，其严格程度令人窒息。后来，几十年之后，她的身体却比他还虚弱：到他几乎不再让她担心的时候，她反而成了他的负担。

1846 年

古斯塔夫的父亲去世，紧接着是他心爱的年方二十一岁的妹妹卡罗琳去世，硬生生让他成了他外甥女的代理父亲。他的一生中，不时遭受他亲近的人的去世的伤痛。还有朋友的离去：6 月，阿尔弗雷德·勒·普瓦特凡结婚。古斯塔夫认为，这是他当年第三个伤痛：“你的行为很反常。”他不满地说。当年他给马克西姆·杜康的信中写道：“泪水之于心灵就等于水之于鱼儿。”那么，同年他与露易丝·科莱的相遇是不是一种安慰呢？迂腐和顽固与无节制和控制欲是不相称的。在她只做了他六天的情妇后，他们两人的关系就定型了：“你不要大声嚷嚷!”他不满地告诉她。“它们使我痛苦极了。你想要我怎么样？要我把一切都抛下而住到巴黎去？不可能。”然而，这种不可能的关系一直拖延了八年；令人费解的是，露易丝不能明白，古斯塔夫可以做到爱她但却不想时时见到她。“如果我是一个女人，”六年后他写道，“我不会愿意要我自己这样的人当情人的。一夜温情，可以；但亲密无间的关系，甭想。”

1848 年

阿尔弗雷德·勒·普瓦特凡去世，年方三十二岁。“我知道我没有像爱他一样爱过其他人，不论是男人还是女人。”二十五年后：“我没有一天不是在对他的思念之中度过的。”

1849 年

古斯塔夫给他的两个密友布耶和杜康全篇朗读他成年后的第一部作品《圣安托万的诱惑》。花了四天时间，以每天读八个小时的速度。当问到两位听众的意见时，他们非常尴尬地告诉他，不如把它付之一炬。

1850 年

古斯塔夫在埃及染上了梅毒。他的头发大把大把脱落；人开始发胖。第二年福楼拜夫人在罗马与他相见时，几乎认不出自己的儿子，而且发现他变得非常粗俗。就此开始步入中年。“你几乎刚出生就开始腐烂了。”几年下来，他所有的牙齿都脱落了，只剩下一颗；由于治疗中使用了汞，此后，他的唾液将永远是黑色的。

1851—1857 年

《包法利夫人》。构思是痛苦的——“写这本书时我就像手指上系着铅球弹钢琴”——过程也令人恐惧。在他以后的岁月里，福楼拜开始憎恨他这本杰作的经久不衰的声誉，它使得别人把他视为靠一本书成名的作家。他告诉杜康，如果他在证券交易中鸿运高照的话，他要“不惜一切代价”把流通中的所有《包法利夫人》统统买下来，“再也不要听人提起它。”

1862 年

埃莉萨·施莱辛格被拘留在精神病院；她被诊断出患有“急性精神忧郁症”。在《萨朗波》出版后，福楼拜开始结交有钱的朋友。但在经济事务方面，他还是很幼稚：他的母亲不得不靠变卖家产偿付他的债务。在 1857 年，他秘密地把他的经济事务移交给他外甥女婿埃内斯特·康芒维尔掌管。在后来的十三年里，由于挥霍、管理不善以及运气不佳，福楼拜把他全部的钱财都赔了进去。

1869 年

路易·布耶去世，他曾经称这位朋友是“帮助我消化的苏打水”。“丧失我的布耶，我就丧失了我的助产师，他是一个比我自己更深刻地了解我的人。”同时，圣佩甫也去世了。“又一个去了！这个小团队的人越来越少！

现在还有谁可以一起谈论文学？”《情感教育》出版是在评论界与商业上的失败。给朋友与熟人赠送的一百五十册中，只有不到三十册收到答谢回复。

1870 年

儒勒·龚古尔去世：1862 年设立马涅聚会的七个朋友中现在只有三人还幸存。在普法战争中，敌人占领了克鲁瓦塞。福楼拜为自己是法国人而羞愧，不再佩戴荣誉勋章，并决心请教屠格涅夫，若要成为俄国公民，他应该办理哪些手续。

1872 年

福楼拜夫人去世：“在过去的两个星期里，我已经意识到，我亲爱的可怜的老母亲是我最爱的人。我几乎肝肠都被掏空了。”戈蒂埃也去世了。“他走了，我失去了最后的至交。名单上已经没有什么人了。”

1874 年

福楼拜带着作品《候选人》初涉戏剧领域。这是一次彻底的失败；演员们眼含泪花黯然离场。这出戏剧只演了四次就被撤下了。《圣安托万的诱惑》出版。“被撕成了碎片，”福楼拜说，“从《费加罗报》到《两个世界》杂志的所有评论……让我惊讶的是这些批评下潜藏的仇恨——对我的，对我这个人的仇恨——故意的污蔑……这些轻蔑的确让我沮丧。”

1875 年

埃内斯特·康芒维尔在经济上惨遭失败也把福楼拜拖垮了。他把多维尔的农场卖了；不得不恳求他的外甥女别把他从克鲁瓦塞赶出去。外甥女与康芒维尔给他的别号是“消费者”。在 1879 年，他沦为依靠政府救济金生活的人，这还是他的朋友帮他获得的。

1876 年

露易丝·科莱去世。乔治·桑去世。“我的心正在成为一块大墓地。”古斯塔夫的最后几年是荒凉和孤独的。他告诉他的外甥女说，他后悔没有结婚。

1880 年

古斯塔夫·福楼拜死于穷困、孤独、疲惫中。左拉在讣告中说，五分之四的鲁昂人都不认识他，剩下五分之一的鲁昂人讨厌他。他的《布瓦尔与白居谢》没有写完。有人说，是这本新小说的艰辛置他于死地；屠格涅夫在他动手写书前告诉他说，最好写一个短篇。在葬礼后，一群前来吊唁的人，包括诗人弗朗索瓦·戈贝①与泰奥多尔·德·邦维尔②，他们在鲁昂聚会以纪念已故的作家。坐到桌旁，他们发现共来了十三位。迷信的邦维尔坚持再找一个客人，于是，就派戈蒂埃的女婿埃米尔·贝热拉到大街上去寻找。遭到几个人的拒绝后，他最后带回来一位正在度假的士兵。这名士兵从未听说过福楼拜，但渴望见到戈贝。

Ⅲ

1842 年

我与我的书同处一个房间里：就像一根腌在醋中的腌黄瓜。

1846 年

当我还相当年轻的时候，就对生命有了一种充分的预感。这就像是通风口泄出的令人反胃的烧菜味道：你不需要品尝就知道它会使你作呕。

1846 年

我对你所做的一切就像我以前对我最爱的人所做的一切那样：把袋子底抖给他们看，袋底扬起的酸土让他们透不过气。

1846 年

我的生命与另一个生命（福楼拜夫人）维系在一起，并且只要那个生命持续，我的生命也就会持续。我是一簇风中的水草，被一根结实的线系在了一块岩石上。如果线断了，那么这个可怜的毫无用处的植物将飘向哪里？

1846 年

你想修剪这棵树。它枝繁叶茂，树枝长得横七竖八，朝着四面八方伸

---

① François Coppée (1842—1908)，法国诗人、小说家。

② Théodore de Banville (1823—1891)，法国诗人、作家。

展开以吸收空气和阳光。但是你要我长成迷人的墙边树，沿墙伸展，开花结果，这样小孩子不用梯子就可以采摘到果实。

1846 年

别把我也看成那类粗俗的人，这类人获得快乐后又会感到厌倦，对于他们来说，爱情只是欲望。不：在我心中，升起的东西不会很快消退。心灵的城堡一旦建成，上面就开始长出青苔；然而，要成为废墟需要一些时日，如果它们终究会变为废墟的话。

1846 年

我像一支雪茄烟：你必须在一端吸吮才能使我燃烧。

1846 年

在那些出海的人中有航海家，他们发现了新世界，给地球增添了新大陆，给天空增加了星星：他们是伟大而永远光彩夺目的大师。然而，其中也有从炮眼里喷发恐惧的人，掠夺的人，变富长胖的人。有的人出海到外国的天空下去寻找黄金和丝绸。还有的人下海去为美食家捕鲑鱼，为穷人抓鳕鱼。我是个卑贱而有耐心的采珠人，我潜入最深的海水中，上来时却两手空空，脸色发青。有个要命的吸引力把我拉向思想的深渊，潜入那些始终没有停止吸引强者的最深邃的地方。我将把我的生命消耗在凝视艺术的海洋里，在这个海洋中，有人航行或挣扎；而我将不时潜下海，自娱自乐地寻找无人要的绿色黄色的贝壳，把它们留给我自己享用，用它们装点我那小屋的墙壁。

1846 年

我只是一条文学蜥蜴，在美的阳光下享受太阳，度过一天天的光阴。仅此而已。

1846 年

在我的心灵深处，有一种极端的、隐秘的、苦涩的、没完没了的厌倦感，它使我无法享受任何东西，使我的灵魂窒息。它一有机会便会浮现，就如淹死的狗，尽管它们的脖子上系了石头，那些水肿的尸体还会浮到水面上。

1847 年

人就像是食物。有许多的资产者，他们对我来说似乎是煮熟的牛肉：只冒热气，没有汤汁，没有味道（你一吃就饱了，大老粗大多吃这样的肉）。有的人像是白乎乎的肉，像淡水鱼，像从泥泞的河床里抓来的鳗鱼，像（含盐程度不同的）蚌，像小牛的头以及加了糖的粥。我呢？像一块松软的臭通心粉干酪，你不多次吃它，是不会养成吃它的习惯。只有在你的胃经过了无数次的呕吐之后，你才会真正开始喜欢上它。

1847 年

有些人有一副柔弱的心肠，坚强的意志。我相反：有一个柔弱的意志，坚强的心肠。我像一只椰子，把椰汁紧锁在几层木头里面。你必须用一把斧头打开它，打开后，你常常发现的是什么呢？一种酸溜溜的、黏乎乎的汁。

1847 年

你曾希望在我这儿找到一团火，把一切都灼伤、燃烧与照亮；它发出快乐的光芒，烘干湿乎乎的壁板，使空气有益健康，使生命焕发生气。唉！我只是一盏可怜的夜间照明灯，它红色的灯芯在尽是水和尘土的一池糟糕的灯油中噼啪噼啪地作响。

1851 年

对于我，友情就像是那骆驼：一旦起程了，就没有办法使它驻足。

1852 年

当你年纪大些，心脏会像树木一样，落叶凋零。有些风让你扛不住。每一天，总会有一些树叶飘落；而且，当风暴来袭，还一下子同时折断数根枝桠。于是，当大自然在春天再次吐绿的时候，心灵之树却永远不会重绽新绿。

1852 年

生命是多么可怕的东西，不是吗？就像表面上漂浮着许多头发的汤。但是，你还是得吃下去。

1852 年

我嘲笑一切，甚至嘲笑我最心爱的事物。对于任何事情、东西、情感或人，我无一不快意地施展着我小丑般的角色，进行一番调侃，就像铁滚筒辗过棉布给它上光一样。

1852 年

我几近狂热和变态地热爱着我的工作，就像一位苦行僧热爱刮擦着肚子的刚毛衬衫一样。

1852 年

我们所有诺曼底人的血管里都有一些苹果酒：那是一种带着苦味、经过发酵的酒，有时它会将酒桶的桶塞子撑裂。

1853 年

至于说叫我立即搬到巴黎去这件事，我们将不得不把它往后推一推，或者现在就此了结它。现在对我来说这是不可能的……我非常了解我自己，并且那样的话就意味着失去整个冬天，也许是整部作品。布耶可以说：他在哪儿写作都会开心；尽管不断受到打扰，可十多年来他一直在写作……但我像一排奶锅：如果你想它们凝成乳脂，就必须让它们留在原地不动。

1853 年

你的才能让我目眩。十天里你将写成六个故事！我理解不了……我就像一条老的沟渠：在我思想的堤坝里聚集了那么多的垃圾，沟渠流得很慢，只能一滴一滴地从我的笔端滴出来。

1854 年

我把生活进行鸽笼式分类，所有的东西都分门别类；我就像是一只旧旅行箱，满是抽屉和格子，所有的东西都要用三根皮带捆住，固定牢。

1854 年

你要求得到爱，你抱怨说我不送你花？花，没错！如果那是你所要的东西，那么给自己找一个乳臭未干的小子，他满是温文尔雅的举止，还有你想要的思想。我像一头老虎，它的生殖器末端耸立着用来划伤雌老虎的刚毛。

1857 年

书的生产与孩子的生产不是一回事：写书就像造金字塔。有一个经过长期思考的计划，然后用巨大的石块一块块地垒起来，它让人腰酸背痛、疲惫不堪，还需要投入大量的时间。而且一切都不是为了什么目的！仅仅只是为了那样耸立在沙漠里！但是它高耸入云。豺狼虎豹在它的脚边撒尿，资产者爬到它的顶上去，等等。继续这样的比较吧。

1857 年

有一个拉丁语，它的大意是“用你的牙齿从狗屎里衔起一枚小钱”。这是用来形容守财奴的比喻。我就像他们那样：为了找金子会不择手段。

1867 年

确实，许多事让我愤怒。哪一天我不再怒火冲天了，那么，我将倒地而亡，就像一个洋娃娃被人拿走了支架一样。

1872 年

我的心完好无损，但我的感情一方面是敏锐的，另一方面却又是迟钝的，就像一把用旧的刀，由于太频繁地被磨得锋利，有了缺口，容易破损。

1872 年

精神事物从没有如此微不足道过。对一切伟大事物的憎恨从没有如此的昭然若揭——厌恶美，诅咒文学。我始终努力生活在象牙塔里，但是如潮的污泥浊水正拍打着象牙塔的四壁，威胁着要摧毁它。

1873 年

我还在不停地制造句子，就像一个资产者在阁楼里用车床加工套餐巾的小环一样。制作句子让我觉得有事可做，使我获得一些私密的乐趣。

1875 年

尽管你给我忠告，但我做不到“让自己坚强起来”……我所有敏锐的感觉都在颤抖——我的神经和我的大脑都病了，病得不轻；我感到它们病了。但是我依然如是，依然在表达不满，我并不想让你感到沮丧。我会让自己只局限在你提到的“岩石”上。后来才知道，非常古老的花岗岩有时会化成一层层的黏土。

1875 年

我有一种被连根拔起的感觉，像一簇枯死的水草，在海浪中颠簸。

1880 年

这本书什么时候能完成？那是个问题。如果要明年冬天问世的话，那么从现在到那个时候，我一分钟多余的时间也没有了。可是，有的时候我非常疲惫，觉得自己像一块卡门贝①产的软奶酪，正在融化。

三、谁找到就归谁

网，可以下两种定义。根据不同的视角，你可以选择其中的一种。通常情况下，你会说，它是一种有网眼的器具，用于捕鱼。但是你可以在不破坏逻辑的情况下，反过来下定义，像一位诙谐的词典编纂者曾经做过的那样。他称网是一种用绳子编织起来的有很多洞眼的东西。

对于一部传记，你也同样可以这么做。当拖网装满的时候，传记作家就把它拉上来，进行分类，该扔回大海的就扔回大海，该储存的就储存，把鱼切成块进行出售。但是想想那些他没有捕获上来的东西：没有捕获到的东西往往多得多。一本传记，站立在书架上，胖乎乎的，十分小资的样子，自负、端庄：一先令的传记故事将给你所有的事实，十英镑的传记故事还将给你提供所有的假设。但是请想一下，那些没有被捕获的一切，那些随着传记主人公在临终时呼吸了人生最后一口气后而消逝的一切。传记主人看到传记作者的到来决定自娱自乐一番时，技艺再高明的传记作者又会有多大的希望呢？

我是在欧罗巴宾馆初次遇到埃德·温特顿的，当时他伸出手放在了我的手上。这只是我的一个小小的玩笑；尽管这是真事。那是在一个外省的书商交易会上，我伸出手去拿屠格涅夫的《文学回忆录》，我的手比他的手略快了一点，两只手便捏在了一块。两人马上道歉，他十分尴尬，我也同样非常尴尬。当我们各自意识到，是因为同样的爱书欲使得两只手叠到了

---

① 法国西北的一个生产奶酪的村子。

一起去的时候，埃德轻声说：

“我们到外面去，好好商量一下。”

我们喝着一壶普通的茶，谈论了各自理解这本书的途径。我解释了自己对福楼拜的兴趣；他告诉我，他对戈斯①以及上世纪末以前的英国文学圈子兴趣浓厚。我遇见的美国研究者很少，因此发现这一位不仅厌倦了布卢姆斯伯里文化圈②，而且乐于把现代主义运动留给他更有雄心、更年轻的同行时，既高兴又吃惊。当时，埃德·温特顿以一个失败者的身份介绍了自己。他四十一二岁，已呈现秃顶的趋势，皮肤光滑无毛，肤色红润，戴着一副方形的无边眼镜：大学老师中带有银行家风度的那种类型，谨慎、有品位。他买了英国服装，但看上去全然没有英国人气质。他保持了一种美国人的习惯，在伦敦时整天穿着防雨衣，因为他知道在这座城市里即使在晴空万里时也会突然下雨。即使坐在欧罗巴宾馆休息室里，他也还穿着他的防雨衣。

在他失败的神态里没有一点儿绝望；这种神态似乎源自他一种并无怨言的认识——他不是成功的料，因而他的职责只是保证他的失败是恰当的、可接受的。当说到他不可能完成他的戈斯传记而且更别说出版的时候，他停了停，说话声音低了下去：

“但是，不管怎么说，我有时心中在想，戈斯先生是否会赞成我现在做的事情。”

“你的意思是……”我对戈斯知之甚少，而我睁大的双眼也许太清楚不过地暗示那些一丝不挂的洗衣女工、私生混血儿以及肢解的尸体等内容。

“哦，不是，不是，不是。只是指写他的想法。他也许会觉得这有点儿……卑鄙。”

我让他买了屠格涅夫这本书，当然啦，只要可以避免一场谁拥有这本

① Edmund Gosse (1849—1928)，英国诗人、作家。

② 指1907年至1930年间经常在位于伦敦大英博物馆附近的布卢姆斯伯里区的克莱夫(Clive)和瓦妮莎·贝尔(Vanessa Bell)夫妇家里以及瓦妮莎的兄妹阿德里安·斯蒂芬(Adrian Stephen)和弗吉尼娅·斯蒂芬家里聚会的一些英国作家、哲学家和艺术家。

书的道德讨论怎么都行。我并没有觉得拥有一本旧书与道德有什么关系；但是埃德却觉得有关系。他答应说如果他碰巧再见到同样的书，会联系我。接着，我们又对我付他的茶水钱的错与对稍稍进行了一番理论。

我并没有期盼再收到他的来信，更没有想到大约一年后他给我来信的内容。“你对朱丽叶·赫伯特有兴趣吗？从资料看，这似乎是一段诱人的关系。如果你有兴趣，我八月到伦敦。你永远的朋友埃德。”

当未婚妻“啪”的一声打开盒子，看到在紫红色丝绒映衬下的戒指时，她的感觉会是怎样的？我从没问过我的妻子；而且现在已经来不及问了。或者说，当福楼拜在大金字塔的顶端等待黎明到来，最后终于看到黛色的夜幕映衬下万道金光闪现的时候，他的感觉又是怎样的呢？读到埃德信中的两个词时，心中出现了震惊、敬仰还有强烈的欢乐。不，不是“朱丽叶·赫伯特”，是另两个词语：首先是“资料”，然后是“诱人”。那么，除了欢乐，除了艰苦的工作以外，其他还有什么呢？是不是有要到什么地方弄一个荣誉学位的可耻想法呢？

朱丽叶·赫伯特是一个巨大的、用绳子编织出来的网眼。她在十九世纪五十年代中期前后成了福楼拜外甥女卡罗琳的家庭教师，在克鲁瓦塞逗留了几年，具体时间长短不确定，后来她回到了伦敦。福楼拜给她写过信，她也给福楼拜写过信；他们经常看望对方。除此以外，我们就一无所知了。她写的信一封也没有保存下来。我们对她的家庭几乎一无所知。我们甚至不知道，她长得怎样。没有留下一丁点描写她的材料。福楼拜去世后，他生活中的许多其他重要的女人都不断地被人纪念与提起，但他的朋友中没有一个想到她。

传记作家们对朱丽叶·赫伯特持有不同的看法。有些人认为，证据的缺乏表明，她在福楼拜的生活中是不重要的；另有一些人从证据的缺乏得出了完全相反的结论，坚持认为这位让人产生争议的家庭教师一定是作家的一个情妇，也可能她就是他生命中那种未知的巨大激情之所在，甚至也许是他的未婚妻。假设直接按传记作家的性情而定。从古斯塔夫把他的灰狗称为朱丽奥这一事实是否可以推断出他对朱丽叶·赫伯特的爱情呢？对有些人说也许可以。对我来说，似乎有失偏颇。如果我们作这样推断的话，那么，我们又如何推断古斯塔夫在给他外甥女的不同信中称她露露，而后来他又用这个名字来称呼费莉西泰的鹦鹉这个事实呢？又如何推断乔治·桑有一只名叫古斯塔夫的公羊这个事实呢？

福楼拜有一次公开提到了朱丽叶·赫伯特，那是在布耶拜访过克鲁瓦塞后，福楼拜给他写了一封信：

> 看到你因为家庭教师而激动，我也很激动。在饭桌上，我的目光乐意沿着她缓缓隆起的乳房斜坡看去。我相信，她注意到了这一点，因为每顿饭总有五六次她看上去都像沐浴在阳光里一样。如果把她乳房的斜坡比作堡垒的斜堤，那多么美妙啊。丘比特们蜂拥而至袭击堡垒时，纷纷倒在了斜堤上。（用我们酋长的声音说）“嗯，我当然知道要用什么样的大炮朝那个方向开火。”

我们能匆忙下结论了吗？坦率地说，福楼拜总是给他的男性朋友写去这样夸夸其谈的吸引人眼球的东西。我觉得自己无法被说服：真实的欲望不会这么轻而易举地成为比喻。然而，所有的传记作家都暗自想对他们描写对象的性生活添油加醋或者追本溯源；你们既要对福楼拜也要对我进行判断。

埃德有没有真正发现朱丽叶·赫伯特的一些材料？我承认，我预先就开始产生占有的欲望了。我想象着自己把这些材料在一份重要的文学期刊上发表；也许你应该让《泰晤士报文学副刊》拥有这些材料。“《朱丽叶·赫伯特：一个揭开的谜》，作者杰弗里·布拉斯韦特”，并配上一张照片，照片上字迹难以辨认。我也开始担心，埃德会不会未加思索地在校园里公开他的发现，天真无邪地把他的珍贵资料抖给了哪一个理着宇航员发型、野心勃勃、志向远大的法国化人。

但是这些感觉没有什么意义，我希望这也并不典型。重要的是，想到古斯塔夫和朱丽叶之间的关系（埃德信中的“诱人”一词还能指别的什么呢?)。这一发现，让我激动不安。这份资料也许可以帮助我更为确切地想象出福楼拜是个什么样的人，这一点同样让我激动不已。网正在收拢。譬如，我们是否可以弄明白，这位作家在伦敦时是怎么样的?

这让人产生特别浓厚的兴趣。十九世纪时英法两国之间的文化交往最多是实用方面的。法国作家不会跨越英吉利海峡与他们英国同行讨论美学问题；他们不是为了逃避法律诉讼，就是来寻找工作。雨果和左拉流亡到了英国；魏尔伦①和马拉美②来到英国当了学校校长。维利耶·德·利尔-阿达姆③长期贫困，却极其讲究实际，他来到英国寻找一个女继承人。一个巴黎婚姻介绍人为了他这次英国之行，给他配备了一件毛皮大衣、一块闹铃重复响起的手表以及一副假牙，所有这一切费用都将等这位作家获得女继承人的嫁妆后再支付。可是维利耶却状况百出，把这次求婚搞得一团糟。女继承人拒绝了他，介绍人也索回了皮大衣和手表，于是这位遭到拒绝的求婚人落得了漂泊在伦敦的下场，满口牙齿，却身无分文。

那么，福楼拜的情况怎样呢?我们对他的四次英国之行知之甚少。我们知道，1851年的世界博览会④出乎意料地得到了他的赞许——“一件非常不错的事，尽管人人都在赞美它”——可是他的第一次英国之行只留下七页笔记，两页关于大英博物馆，五页写水晶宫展出的中国区和印度区的情况。他对我们最初的印象是什么呢?他一定告诉过朱丽叶。我们是不是符合他《公认概念词典》中所说的我们的形象（英国男人：都很富有。英国女人：对她们生出漂亮的孩子深表惊讶)?

当他成为声名狼藉的《包法利夫人》的作者时，他接下来的英国之行又是怎样的呢?他有没有寻访英国作家?有没有寻访英国的妓院?还是与朱丽叶安逸地待在家里，晚饭时凝望着她，接着便急风暴雨般地袭击她这

① Paul Verlaine (1844—1896)，法国象征主义诗人。

② Stéphane Mallarmé (1842—1898)，法国诗人，象征派的奠基人。

③ Auguste Villiers de l'Isle-Adam (1838—1889)，法国象征主义作家、诗人和剧作家。

④ 这是第一届世界博览会。当时英国的国力全球最强，英国希望通过举办这样一个展览展示其国力。英国人自豪地将这个集会称为伟大的博览会（Great Exhibition)。

座堡垒呢？也许他们（我半信半疑地希望如此）只是朋友？福楼拜的英语是不是像在他的信中那样有时词不达意呢？他是不是只会谈莎士比亚？而且他是不是常常抱怨有雾的天气？

当我与埃德在饭店里相遇的时候，他看上去比以前更有失败感了。他告诉我，这是一个残酷的世界，预算减少了，还有他作品不能发表等情况。我推测，虽然没有亲耳听他说，他被解雇了。他解释说，解雇他极具讽刺意味：他是因为工作得太投入而遭到解雇的，因为他不愿意有失半点公允地向世人发表关于戈斯的文章。大学里的领导曾建议他走走捷径。唉，他不会那样做的。他极其尊重写作和作家，不会走捷径。“我的意思是，难道我们不应该反过来对他们有所回报吗？”他最后说。

也许我表示出的同情的程度略低于他的期望。然而，你能改变命运的发展方向吗？只有这一次，运气正在转向我。我晚饭的菜点得很快，几乎没有关注吃什么；埃德认真端详着菜单，似乎他是几个月里第一次有人买单让他饱餐一顿的魏尔伦。听着埃德为自己唱着乏味的哀歌，看着他同时慢条斯里地吃着鲱鱼，这把我的耐心消耗殆尽；尽管没有损耗我的激动心情。

“没错。”我说，这时我们开始吃主菜。“朱丽叶·赫伯特。”

“噢，”他说，“是的。”我不难看出，他需要有人给他鼓鼓劲。“这是个离奇的故事。”

“可能是的。”

“对。”埃德似乎有一点痛苦，几乎有些不好意思，“呃，约六个月前，我来到这儿，追踪戈斯先生的一个远房后代。我并不是期望发现什么。只是据我所知，没有人与所提到的那个女人谈过话，于是我想，看望她是我的……使命。也许，我没有说清楚的哪一个家庭传说，她却听说过。”

“于是？”

“于是？对，她没有听说什么。没有，事实上，她真的对我没有什么帮助。虽然那一天过得很不错。在肯特郡。”他又一次痛苦起来；似乎想起了他的那件被招待无情地拿走的防雨衣。“啊，我明白你的意思。传到她手上的是那些书信。现在让我把这点说清楚；我希望，你可以纠正我。朱丽叶·赫伯特是在 1909 年左右去世的吗？对。她有一个表亲，是个女性。对。于是，这个女人找到这些书信，并把它们拿去给戈斯先生看，听听他关于这些书信的价值的意见。戈斯先生以为是问金钱方面的价值，因此他说，这些书信很有意思，但是却毫无价值可言。一听此言，这位表亲显然就将这些书信递给了他，说，如果它们毫无价值的话，你就拿去吧。他就收下了。”

“你怎么知道这一切的？”

“有一封附信在戈斯先生的手里。”

“后来呢？”

“后来这些书信就传到了这位女性后代的手中。在肯特郡。恐怕她问了我同样的问题。它们有什么价值？我懊悔得很，当时我相当不道德。我告诉她，当戈斯仔细研究它们的时候，它们是有价值的，可是它们现在不再有价值了。我说，它们依然相当有意思，但由于其中一半是用法文写的，就没有多少价值了。于是，我就用五十英镑把它们全买了下来。”

“我的老天。”难怪他看上去很诡诈的样子。

“没错，相当不道德，对不对？我确实不能原谅我自己；尽管戈斯先生得到它们时自己也说了谎，这似乎使得这件事变得模糊。你觉不觉得，这提出了一个道德问题？事实情况是这样的，我因失去工作而心情沮丧，于是我想，我会把这些书信拿回家出售，然后就可以继续写我的书。”

“有多少封书信？”

“约七十五封。两人各自写了三十多封信。我们是这样讲的价钱：英语写的一英镑一封，法语的五十便士。”

“老天爷。”我猜测着它们可能的价值。也许高出他所出的价格的千倍。或许还要高。

“对。”

“唔，接着讲，谈谈信的内容。”

“啊。”他停住了，看了我一眼，要不是他是这样一个温顺、充满学究气的人，那眼神会让人觉得是一个无赖的眼神。很有可能，他正在享受着我的激动。“嗯，说出来吧，你想知道什么？”

“你已经读了这些信？”

“噢，是的。”

“那么，那么……”我不知道应该怎么问。埃德现在一定非常得意。“那么，他们之间有过恋情吗？有过，是不是？”

“啊，是的，当然。”

“那么是什么时候开始的？是她到克鲁瓦塞后不久吗？”

“嗯，是的，不久。”

哦，那就解开了那封写给布耶的信的谜：福楼拜在逗布耶开心，装出他与布耶一样，也或多或少心存着对那个家庭女教师的兴趣；而事实上……

“那么她在他家里时一直保持着这种关系吗？”

“嗯，是的。”

“他到英国来时还保持着？”

“是的，还保持着。”

“她是他的未婚妻吗？”

“这很难说。我猜测，差不多。他们的信中有一些提及，大多是半开玩笑的。说一个小小的英国家庭女教师引诱声名卓著的法国作家；说如果他再次因违背公众道德而被关进监狱，那她怎么办，诸如此类的玩笑话。”

“嗯，嗯，嗯。有没有弄清楚她长得如何？”

“她长得如何？唔，你是说看上去吗？”

“是啊。有没有……有没有……”他感觉到我抱着希望。“……一张照片？”

“照片？有，事实上，有几张照片；一家切尔西照相馆照的照片，印在厚相纸上。他一定让她寄给他几张。那有价值吗？”

“难以置信。她长得怎么样？”

“长得不错，但不是让人难忘的那种。深色的头发，坚实的下巴，漂亮的鼻子。我没有看得很仔细；不是我真正欣赏的类型。”

“他们在一起时关系融洽吗？”我几乎不清楚我还想问什么。《福楼拜的英国未婚妻》，我暗自思忖道。作者杰弗里·布拉斯韦特。

“噢，融洽，他们似乎很融洽。他们似乎很喜欢对方。最后他掌握了不少英语中表达爱慕的词语。”

“因此他勉强能对付这门语言了？”

“嗯，是的，在他的书信里有几大段的英语。”

“那么他喜欢伦敦吗？”

“他喜欢。他怎么会不喜欢呢？这是他未婚妻居住的城市啊。”

亲爱的老古斯塔夫，我喃喃自语起来；我对他的亲切之感油然而生。这儿，在这座城市里，一百多年前，我的一个同胞俘虏了他的心。“他有没有不喜欢这儿的雾？”

“当然，他写了‘你们怎么能忍受这样的雾？’诸如此类的话。等一位绅士辨认出从雾中向他走来的一位女士时，要脱帽致意已经来不及了。可是让我吃惊的是，在表示自然而然的礼貌都困难的生存条件下，这个民族竟然没有消亡。”

嗯，没错，就是那个语气——文雅，略带一丝油滑。“关于世界博览会呢？他没有详细进行评论吗？我猜他一定喜欢的。”

“他评论的。当然，那是他们初次相见的前几年，但是他确实极为动情地提到了世界博览会——心想他也许不知不觉中在人群中从她身旁经过。他认为世界博览会有点糟糕，但确实也相当辉煌。他似乎观赏了所有展出品，好像它们是为他展出的一个巨大的素材源。”

“那么，嗯。”是啊，谁说不是呢，“我想他没有逛妓院吧？”

埃德相当生气地看着我说：“嘿，他是在给他的女朋友写啊，对不对？他应该不会吹嘘那个吧。”

“是的，当然不会。”我觉得受到了责备。我也感觉很高兴。我的书信。我的书信。温特顿正打算由我来发表这些信，是吧？

“那么我什么时候可以看到这些书信？你带来了吗？”

“哦，没有。”

“你没有带来?”嗯，把它们放在一个安全的地方，毫无疑问，这是明智的。旅途存在着重重危险。除非……除非有什么我还不明白的地方。也许……他想得到钱吗？突然我意识到，我对埃德·温特顿压根一无所知，除了知道他是我想要的那本屠格涅夫的《文学回忆录》的拥有者。“你甚至连一封信也没有带来?”

“没有。你看，我把它们全都烧了。”

“你什么?”

“没错，嗯，那就是我所说的意思，这是个离奇的故事。”

“现在听起来倒像是个犯罪故事。”

“我肯定你会理解的。”他说，我大为吃惊；接着，他开心地笑起来。“我的意思是，你们所有的人。事实上，起先我决定不告诉任何人，但是后来，我想起了你。我以为，必须告诉一个从事这方面研究的人。只是为了记载下来。”

“接着说吧。”这个人是个疯子，再明显不过了。难怪他们把他从大学里踢了出来。但愿他们几年前那么做就好了。

“你知道，这些书信里充满了诱人的内容。信写得很长，许多都很长，充满了对其他作家、公共生活等方面的思考。它们比他通常的信件更加无拘无束。也许因为是发向国外的信，他就有这样的自由。”这个罪犯、骗子、失败者、杀人犯、秃头纵火犯，他知不知道他在造什么孽？很可能他是清楚的。“而且她写的信件从它们的角度看确实也相当漂亮。讲述了她整个人生。披露了不少福楼拜的情况。充满了对克鲁瓦塞的家庭生活的怀念之情。显然她目光非常敏锐，注意到了任何其他人都没有注意到的事情。”

“你说下去。”我板着脸向招待招手。我不敢肯定我还能继续待在那儿。我想要告诉温特顿，英国人如果放一把火把白宫夷为平地，那我该多么高兴啊。

“无疑，你一定在想，我为什么要毁掉这些书信。我看得出来，你有些生气。在他们两人最后的一次通信中，他说，万一他去世，他会让人把她的信寄还给她，而她必须把双方的信都付之一炬。”

“他没有说理由吗？”

“没有。”

假设这个疯子说的是真话，这有点奇怪。可是，后来古斯塔夫确实把他与杜康之间的大部分通信都焚烧了。也许是他对家族出身的一时骄傲吧，他不想天下人人都知道他差点娶了一个英国家庭女教师。或者也许他不想让我们知道，他对寂寞和艺术的众所周知的献身精神差点被颠覆。但是天下人总会知道。我会说的，不论用什么方式。

“因此你看，我当然没有其他选择。我的意思是说，如果你的事业是研究作家们，那么你必须正直地对待他们，对不对？你必须按他们说的去做，即使别人做不到。”他真是一个自鸣得意、说得头头是道的恶棍。他就像妓女粉饰着她们的脸一样，戴起了道德面具。接着，他却把早些时候的那种诡诈与后来的自鸣得意混合成了同一种表情。“在他最后一封信里还有其他的内容。除要求赫伯特小姐把信件焚烧以外，还有一个相当离奇的嘱托。他说，如果有人问及我的信件的内容，或者问及我的生活的话，要向他们撒谎。或者说，由于我不能独独要求你说谎，那么，你觉得他们想要听什么，你就告诉他们什么。”

我觉得自己就是维利耶·德·利尔-阿达姆：有人借我一件毛皮大衣和一块闹铃重复响起的手表使用了几天，然后残忍地抢了回去。庆幸的是，招待这时回到了桌旁。温特顿并不太傻：他把椅子远远推离了桌子，正在玩自己的手指甲。“这件事遗憾的地方是，”他说道，我把信用卡收好，“现在我可能无法出资出版戈斯的书。但是我肯定你会同意，这是一个有意义的、符合道德精神的决定。”

我想，我当时所说的话对戈斯先生——不论作为一个作家还是作为一个有性别的人来说——都是极不公正的；但我不知道，这在我当时又如何避免得了。

四、福楼拜动物寓言故事集[①]

我让疯子与野兽着迷。

致阿尔弗雷德·勒·普瓦特凡，1845年5月26日

熊

古斯塔夫是头熊。他的妹妹卡罗琳是只耗子——她落款时签有“你亲爱的耗子”，“你忠诚的耗子”；他给她写信时称她是“小耗子”，“啊，耗子，好耗子，老耗子”，“老耗子，淘气的老耗子，好耗子，可怜的老耗子”；而古斯塔夫是熊。当他只有二十岁的时候，人们觉得他“是一个奇怪的人，是一头熊，是一个不同凡响的年轻人”；甚至在他没有患癫痫及在克鲁瓦塞闭门不出之前，已经是这样的形象了：“我是一头熊，我想一直做一头留在我的洞穴里、我的窝里、我的肌肤内、我的老熊皮内的熊；我想静静地生活，远离资产者与资产阶级。”患病后，这头野兽更证实了自己的选择：“我独自生活着，像一头熊。”（这个句子里的“独自”最好加上这样的注释：“除了我的父母、我的妹妹、用人、狗、卡罗琳的山羊以及经常来看我的阿尔弗雷德·勒·普瓦特凡”。）

他康复了，被允许出门旅游了；在1850年12月，他从君士坦丁堡给他母亲写来了信，更详细地描述了这头熊的形象。这不仅说明了他的性格，而且说明了他的文学策略：

> 如果你参与到生活之中，你就不能看清楚生活：你不是为生活而过分痛苦，就是过度地享受生活。根据我的思考，艺术家是个怪兽，是超越自然之物。上苍所赋予他的痛苦皆源自他固执地否定那个格言……因此（而且这也是我的结论）我回归到我一直生活的那种生活中：独自一人，把我的那群伟大的伙伴们作为我的亲密朋友——一头熊，与我的那块熊皮地毯为伴。

① 动物寓言诗集或故事集，在中世纪很流行，大多以说教为目的。

“那群伟大的伙伴们”，不必说，并不是指登门拜访的那些客人，而是他从书房里书架上选出来的伙伴。至于说那块熊皮地毯，他心里总会想到它：他两次从东方写信给母亲（1850 年 4 月在君士坦丁堡，1850 年 6 月在贝尼苏韦夫①），要她好好照看这块地毯。他的外甥女卡罗琳也记得他书房中的这一中心特征。她常常在一点钟的时候被带到那里上课；百叶窗总是关闭着，挡住外面的炎热，黑黝黝的房间里都是香烛和烟草的味道。“我跳起来，扑倒在那张我非常喜欢的白色熊皮上，热吻着熊的硕大脑袋。”

马其顿谚语说，一旦你抓到了属于你的那头熊，它就会为你跳舞。古斯塔夫没有跳舞；福楼贝尔②并不属于任何人。（你用法语如何处理？也许是 Gourstave。）

> **熊**：通常被称为马丁。在此摘引一个老兵的故事。他看到一块手表掉进了一个熊窝，于是就爬进熊窝，被熊吃了。
>
> ——《公认概念词典》

古斯塔夫同样还是其他的动物。青春年少时，他是一系列的动物：渴望见到埃内斯特·舍瓦利耶时，他同时是“狮子、老虎、印度的老虎、大蟒蛇”（1841 年）；当他精力充沛得出奇的时候，他就是“公牛、狮身人面怪兽、麻鸦、大象、鲸鱼”（1841 年）。后来，他一段时间属于一种野兽。1845 年时他是贝壳里的牡蛎；1851 年时，他是蜗牛壳里的蜗牛；分别在 1853 年与 1857 年，他成了蜷成一团、自我保护的刺猬。1846 年，他是一条沐浴在美的阳光下的文学蜥蜴，还是在 1846 年，他是一只扯着尖嗓子、躲在树林深处啼叫的莺，而这种叫声只有他自己才能听得见。1867 年，他成了一头温柔而紧张的奶牛；1867 年，他感到像驴子一样精疲力竭；但是

---

① 埃及中北部城市。

② Flaubear，是对 Flaubert（福楼拜）的戏仿。后缀 bear 意思是“熊”。

到1870年，他依然像海豚一样在塞纳河里拍击波浪。1852年他像骡子一样辛苦工作；1872年，他过着一种可以累死三头犀牛的生活；1878年，他“像十五头公牛”那样工作；尽管1853年他建议露易丝·科莱要像鼹鼠打洞一样慢慢工作。在露易丝看来，1846年的他像“一头美国草原上的疯狂水牛”。对乔治·桑来说，1866年时他“温柔得像羔羊”——他拒绝承认这一点（1869年）——1866年时他们两人像喜鹊一样叫喳喳；十年后，他在她的葬礼上像头牛犊那样地哭泣。他独自一人在书房里完成了专为她写的故事，一个关于鹦鹉的故事；1867年，他“像大猩猩”那样嚎啕出了这个故事。

有时，他虽然戏谑地把犀牛与骆驼当作自己的形象，但是他主要地、暗地里、本质上来说，都是一头熊：一头固执的熊（1852年），一头因时代的愚蠢而陷入更深的熊性中的熊（1853年），一头肮脏的熊（1854年），甚至还是一头饱食的熊（1869年）；以此类推，一直到他生命的最后一年，这时的他依然还是“像任何一头在洞穴中发出怒吼的熊”（1880年）。注意在福楼拜最后一部完成的作品《希罗底》[①] 中，遭囚禁的预言家尤卡南[②]被命令停止他对腐朽世界的怒骂咆哮时，他同样回答说，他将“像一头熊”那样继续不停地怒吼。

> *“语言像一面破锣，我们打击着这面破锣，奏出让熊翩翩起舞的曲调，同时我们一直希望能感动天上的星星，生出怜悯之心。”*
>
> ——《包法利夫人》

在古斯塔夫是Gourstave的时代，依然还有熊出没：阿尔卑斯山有棕熊，萨瓦[③]有红熊。可以从出色的腌制品商那里买到熊火腿。在1832年，亚历山大·仲马在马里尼的邮政宾馆吃熊排；后来，他在他的《烹饪大词典》

① 福楼拜《三个故事》中的一个，另外两个故事为《一颗质朴的心》和《圣朱利安传》。
② 就是施洗者约翰。
③ 法国东南部地名，古为一公国。

(1870 年）中写道："现在欧洲各国的人们都在食用熊肉。"从普鲁士君王的大厨那里，大仲马获得了莫斯科风味的熊掌烹饪方法。购买去了皮的熊掌。洗净，加盐腌渍，然后放于腌泡汁中浸泡三天。把腌肉和蔬菜一起焙炖七八个小时；去汤，擦干，撒上胡椒粉，在融化的猪油里翻一翻。放在面包屑里滚一滚，烧烤半个小时。配上辣酱和两调羹的红浆果冻一起食用。

不知道福楼贝尔是否吃过他的同名物。1850 年，他在大马士革吃过单峰骆驼。如果说他吃过熊肉，他一定会对自己的饕餮之举发表评论，这种猜测似乎顺理成章。

确切地说，福楼贝尔属于哪一种呢？我们可以通过书信跟踪他的足迹。首先，他只是一头种类未明确的 ours①，一头熊（1841 年）。在 1843 年、1845 年 1 月以及 1845 年 5 月（到这时他夸耀说拥有三层厚的皮毛），虽然他有一个熊窝，但他的种类还是没有明确。在 1845 年 6 月，他想给他的房间买一幅熊的画，并命名为"古斯塔夫·福楼拜的画像"——"为了表明我的道德脾性以及社会性情"。到目前为止，我们（也许他也是）一直在想象着他是一头黑乎乎的野兽：一头美国棕熊，一头俄国黑熊，一头从萨瓦来的红熊。但是在 1845 年 9 月古斯塔夫信誓旦旦地声称，自己是"一头白熊"。

为什么呢？是不是因为他这头熊是欧洲白人的关系呢？也许他是从铺在他书房地板上的白色熊皮地毯获得的身份特征（他最初在 1846 年 8 月给露易丝·科莱的一封信中提到，他喜欢白天伸直身子躺在这块地毯上。也许他选择他的这个种类是为了躺在这块地毯上，既一语双关，又伪装自己)？或许这样的色彩是不是预示着进一步远离人类，朝着极端的熊性迈进呢？棕熊、黑熊、红熊并没有远离人类、人类的城镇，甚至人类的友情。有色熊大多可以驯服。但是白熊，北极熊能吗？它不为人的快乐而跳舞；它不吃浆果；它不会因有喜爱蜂蜜的弱点而落入陷阱。

---

① 法语，熊。

其他的熊被人利用。罗马人从英国进口熊，用于娱乐活动。东西伯利亚的堪察加半岛人过去常使用熊肠做面具，保护脸部，免遭强烈的阳光照射；并且他们把熊的肩胛骨削成割草的工具。但是白熊——thalassarctos maritimus[①]——是熊中贵族。它们冷漠、疏离，漂亮地潜水捕鱼，当海豹浮出水面呼吸时还粗鲁地伏击它们。它们是海上的熊。由大块的浮冰运载着到很远的地方。上个世纪的一个冬天，十二头巨大的白熊就是通过这样的途径往南旅行，一直到了冰岛；请想象一下，它们从正在融化的威严宝座上下来时，所进行的是一个如何令人震慑、充满神威的着陆。北极探险家威廉·索克斯比注意到，这种熊的肝是有毒的：是四足动物中人们所知道的唯一具有毒性的内脏。在动物园管理人员中，还没有已知的北极熊的妊娠试验。奇怪的事实，而福楼拜也许不会觉得奇怪。

> 当西伯利亚的雅库特人[②]看到一头熊，他们脱下帽子，与他打招呼，称他为主人、老爷子或爷爷，并发誓说不会袭击他，甚至不会说他的坏话。但是如果他看起来像要向他们扑过来的时候，他们开枪射击他，如果他们射死了他，他们便把他切成碎块，烧烤享用，同时嘴里不断重复说："吃你的是俄罗斯人，不是我们。"
>
> ——A. F. 奥拉尼耶，《饮食宝典》

还有其他什么原因使他要选择做一头熊呢？法语中熊的喻义与英语中基本相同：粗暴、疯狂之徒。ours 是俚语"拘留所"的意思。avoir ses ours[③], to have one's bears[④]，意思是"来月经"（也许因为这个时候女人头痛难受，行为粗暴）。语源学家对这种口语体用法追本溯源到这个世纪之交（福楼拜没有用这种口语；他喜欢英军登陆了以及其他相应的幽默用语。有

---

① 拉丁语，北极熊。
② 自称萨哈人，是突厥语民族之一，也是西伯利亚人口最多的民族。
③ 法语，字面意思是"她有熊了"。
④ 英语，字面意思是"她有熊了"。

一次，由于他一直担心露易丝的月经不正常，最后，他松了一口气说，帕默斯顿勋爵[1]终于来了）。un ours mal léché[2]，一头遭受痛打的熊，是指一个笨拙和憎恨人类的人。un ours[3]，是十九世纪的一个俚语，指一出经常提交后遭到拒绝但最终被接受的戏剧。这个词语非常适合福楼拜。

毫无疑问，福楼拜知道拉·封丹[4]的关于熊和乐于园艺的老人的寓言。曾经有一头熊，长得既丑陋又畸形，他躲开所有的人，独自住在一座树林里。过了一阵后，他变得郁郁寡欢——“因为确实，理性很少长期相伴离群索居者”。于是，他离开树林，遇到一个园丁。这个园丁同样也一直过着隐居的生活，也同样渴望伙伴。熊便搬进了园丁的简陋小屋。园丁成为隐士的原因是他无法忍受愚蠢的人；但是由于熊在一天的时间内说话不超过三个字，他就可以不受打扰地继续干他的工作。熊常常外出狩猎，为两人带回猎物。在园丁睡觉的时候，熊忠心耿耿地坐在他身旁，赶走那些企图叮他脸的苍蝇。有一天，一只苍蝇停在园丁的鼻尖上，怎么赶也赶不走。熊对它非常生气，最后抓起一块大石头，成功地砸死了苍蝇。不幸的是，在这个过程中他把园丁的脑袋也砸开了花。

也许，露易丝·科莱也知道这个寓言故事。

骆　驼

如果古斯塔夫不是熊的话，那他也许会成为骆驼。1852 年 1 月，他给露易丝写信解释，但是还是用他的那种固执己见的口气：他就是他，无法改变，在这个事情上，他没有说话的分儿，取决于物质的引力，这种引力“致使北极熊居住在冰天雪地的地区，使骆驼行走在漫漫的沙漠里”。为什么是骆驼？也许因为它是福楼拜式怪异的典范：它既是一副严肃认真的神气，又是一副滑稽可笑的样子。他在从开罗发回的报道中写道：“最美妙的

---

① Henry John Temple, 3rd Viscount Palmerston (1784—1865)，英国政治家；1855—1865 年，两次任英国首相。

② 法语。

③ 法语，一头熊。

④ Jean de La Fontaine (1621—1695)，法国著名的预言家和诗人。

东西是骆驼。这个怪模怪样的野兽像火鸡一样步履蹒跚，像天鹅一样摇头晃脑，真叫人百看不厌。我一遍遍学着模仿它的叫声，一直学到累为止——希望回来时把这种叫声带回来——但很难复制——一种很响的发自喉咙深处的咕噜声，又伴有咔咔声。”

这个物种也展示出与古斯塔夫相近的性格特征：“在生理活动与心理活动方面，我就像那单峰骆驼，动起来很困难，然而一旦动了起来，要停下来也很困难；我所需要的持续性，不论是持续的停止，还是持续的运动。”这个 1853 年与骆驼的相似之处，一旦起动了，停下来同样是困难的：到 1868 年给乔治·桑写的信里，它依然还无法停下来。

Chameau①，骆驼，俚语有“年老色衰的妓女”的意思。我想，这样的联想不会让福楼拜停止把自己比作骆驼的吧。

绵　羊

福楼拜酷爱马戏表演：杂技演员、女巨人、畸形物、跳舞熊。在马赛，他去观赏过一个码头旁的杂耍表演，这个马戏团打出了“绵羊女”招牌。“绵羊女”们绕圈跑着，水手们用力扯她们身上的羊毛，看看是不是真羊毛。这不是高级的表演：“没有比这更愚蠢或肮脏的了”，他说。他对盖朗德的马戏表演兴趣要浓厚得多，那是在圣纳泽尔西北的一座古堡城镇，在他与杜康一起进行的布列塔尼徒步旅行过程中，他去过这个城镇。有一个杂耍摊位，挂着“一只小尤物”的招牌，由一个说话带皮卡第②口音的狡黠的农民管着。原来这是一只五条腿的绵羊，长着一条喇叭形状的尾巴。见之，福楼拜乐开了怀，一方面是因为这个畸形怪物，另一方面是因为这个怪物的主人。他快活地观赏着这只动物；请怪物的主人出去吃饭，并肯定地对他说，他会赚大钱的，还建议他给路易·菲力浦国王写信谈这件事。到晚上结束的时候，他们之间已经开始称兄道弟起来，对此，杜康明显是难以赞同的。

---

① 法语。

② 法国的一个大区。

“这只小尤物”把福楼拜深深吸引住了，并且成为他嘲讽语汇的一部分。他与杜康一边继续步行，一边常常把他的朋友介绍给大树与灌木，语气既调侃又严肃：“请允许我向你们介绍这个小尤物！”在布雷斯特，古斯塔夫再次碰上那位狡诈的皮卡第人，还与他一起吃饭，并且喝得烂醉，继续夸耀他的怪物漂亮。他经常表现出这样的轻浮与狂躁；杜康等待着他的这阵像发高烧一样的狂躁的热度退去。

第二年，杜康在巴黎病了，被困在公寓的床上。一天下午四点钟光景，他听到外面楼梯平台上一阵骚动，接着他的门被推开了。古斯塔夫大步走了进来，身后是那只五条腿的绵羊和那个穿着蓝衬衣的马戏团老板。在荣军院或者在香榭丽舍的某个马戏演出勉强放他们走的，而福楼拜迫切地想与他的朋友分享他的再次发现。杜康冷冰冰地说，绵羊的“行为有失检点”。古斯塔夫的行为也好不到哪里：他嚷嚷着要喝酒，牵着这只动物绕着房间跑，如数家珍地大声嚷嚷地讲着它的德行：“这个小尤物年方三岁，已通过医学院的检查，不胜荣幸地受到了几个君王的参见，等等。”一刻钟时间后，病中的杜康实在忍无可忍了。“我把绵羊与它的主人打发走了，让人打扫了房间。”

但是这只绵羊也把它随处拉下来的东西留在了福楼拜的记忆里。在他去世的前一年，他依然提起杜康看到他带着小尤物出奇不意地登门拜访这事，回忆时，他依然就像事情发生的那天一样哈哈大笑起来。

猴子、驴子、鸵鸟、第二头驴子及马克西姆·杜康

一个星期前，我看到街上有一只猴子跳到一只驴子身上，想对它手淫，驴子又是嘶叫又是蹬腿，猴子的主人大声喊起来，猴子自己也尖叫着，除了两三个孩子哈哈大笑，还有我觉得很好玩以外，没有人给予任何关注。当我把这情景描述给领事馆领事马克斯·贝林听时，他告诉我说，他也曾见过一只鸵鸟企图强奸一只驴子的事情。马克斯自己前些天在一片人迹罕至的废墟地手淫过，并说感觉很好。

——致路易·布耶，1850 年 1 月 15 日，开罗

鹦　鹉

首先，鹦鹉是通人性的；这是从词源角度来说。Perroquet 是 Pierrot 的昵称；parrot 源自 Pierre，西班牙语 perico 源自 Pedro。在希腊人看来，他们的言语能力是人与动物之差别这个哲学辩论中的一个话题。埃利安①报道说："婆罗门②对鹦鹉比对所有其他的鸟都敬重。并且他们说只有这样才是合理的；因为只有鹦鹉能模仿人的声音。"亚里士多德与普林尼③都注意到，这种鸟醉酒后特别好色。布丰④更是确切地观察到，这种鸟有癫痫倾向。福楼拜了解这兄弟般的缺陷：在《一颗质朴的心》的资料研究时他做的笔记中包括了鹦鹉所患的疾病表——痛风、癫痫、口疮以及喉咙溃疡。

重新再述一下重点。首先是露露，费莉西泰的鹦鹉。其次是两只争风吃醋的鹦鹉标本，一只在主宫医院，另一只在克鲁瓦塞。接着，就是三只活鹦鹉，两只在特鲁维尔，一只在威尼斯；再加一只在昂蒂布的生病的长尾小鹦鹉。至于说露露的可能出处，我们可以排除一个"可怕"的英国家庭的母亲，那是古斯塔夫在从开罗到亚历山大的船上遇到的：她的无边帽下面戴着绿色眼罩，看上去"像一只病了的老鹦鹉"。

卡罗琳在她的《私人日记》中说过"确实曾有过费莉西泰与她的鹦鹉"，她把我们的注意力引向了第一只特鲁维尔鹦鹉——巴尔贝船长的鹦鹉——作为露露的真正祖先。但这点并没有回答一个更为重要的问题：十九世纪三十年代的一只普通（如果说很漂亮）的活鹦鹉是怎样，并在什么时候变成了一只十九世纪七十年代的复杂、超凡的鹦鹉的呢？我们也许永远也得不到答案；但是我们能够对这种转变开始的时间提出建议。

《布瓦尔与白居谢》中未完成的第二部分计划主要包括《摘录》——稀

---

① Claudius Aelianus（约 175—235），罗马修辞学作家和教师，虽生于罗马，却酷爱希腊作家，希腊语说得很完美，素有"甜嘴"之美誉。

② 古代印度的祭司，在当时社会中地位最高。

③ Pliny（23—79），又称老普林尼，古代罗马的百科全书式的作家，以其所著的《自然史》一书著称。

④ Georges-Louis Leclerc, Comte de Buffon（1707—1788），法国博物学家、数学家、生物学家。

奇古怪的事、愚蠢的行为以及让人自责的引文——由两个职员认真地抄录供他们自己编辑时使用，而福楼拜将带着讽刺的意图重新发表它们。他从成百上千篇报刊杂志的剪辑材料中，从1863年6月20日的《全国民意》报上剪下了以下这个可能会被收集到摘录中的故事：

“在热鲁维尔，离阿尔隆很近，住着一个人，他拥有一只出色的鹦鹉。那是他唯一的爱。当他是个年轻人的时候，他有一份炽热的感情，可是结果很不幸；不幸的经历使他成了一个与人不相来往的人，于是，他现在就独自与他的鹦鹉生活在一起。他教会了这只鹦鹉发出他所失去的爱人的名字的声音，这个名字一天被重复上百遍。这是这只鸟的唯一才能，可是在它主人——不幸的亨利·K——的眼里，这一能力可与所有其他的能力匹敌。每次他听到那个神圣的名字由这个奇怪的嗓音发出来的时候，亨利都会兴奋不已；他似乎觉得这是越过坟墓的声音，是神秘的，非人世间的。”

“孤独激发了亨利·K的想象力，后来，这只鹦鹉在他的心目中变得极为重要。对他来说，它成了只神鸟：他对它怀着深深的敬意，常常一连几个小时陷于对它的凝思默想中。后来，这只鹦鹉一面用毫不畏惧的目光回视着主人，一面嘴里含糊地说着犹太神秘哲学的字眼，于是亨利的心中便会充满对他逝去幸福的回忆。这种离奇的生活持续了几年。但是有一天，人们注意到，亨利·K看上去比以往任何时候都要忧郁：在他的目光中，有一种奇怪、疯狂的神情。鹦鹉死了。”

“亨利·K继续独自生活着，现在全然孤独一人了。他与外部世界没有任何联系。他越来越把自己封闭起来。有时他会连续几天不离开房间。给他吃什么就吃什么，但是对谁都不加关注。他渐渐开始相信，自己已经变成了一只鹦鹉。似乎在对死去的鹦鹉的模仿中，他就会嘶哑地发出他喜欢听的那个名字；他试着像鹦鹉一样走路，在东西上面停栖，伸出手臂的样子就像是他也有可以扑腾的翅膀。”

“有时，他会大发脾气，开始砸家具；于是他的家人决定把他送到吉尔的疗养院去。但是在去的途中，他在夜间逃跑了。第二天早上人们发现他栖息在一棵树上。劝他从树上下来，非常困难，后来有人想到在他所在的树根部放上一个巨大的鸟笼。看到鸟笼，这个不幸的偏执狂从树上爬了下来，被捉住了。现在他在吉尔的疗养院。”

读到报纸上的这个故事，福楼拜很吃惊。在读到“后来，这只鹦鹉在他的心目中变得极为重要”这一行后，他写了以下的注释：“把这只动物换了，把它换成一只狗，不要用鹦鹉。”无疑，是为未来作品的简要计划。但是最后，当开始要写露露和费莉西泰的故事的时候，鹦鹉却依然还是鹦鹉，没有变，而它的主人换了。

在《一颗质朴的心》之前，鹦鹉短暂地从福楼拜的作品中匆匆掠过，从他的书信中匆匆掠过。在 1846 年 12 月 11 日给露易丝解释异国他乡的吸引力时，古斯塔夫写道：“当我们是孩子时，我们都想生活在一个有鹦鹉和甜枣的国家。”当他在 1853 年 3 月 17 日安慰伤心和气馁的露易丝时，提醒她说，我们都是笼中的飞禽，那些有硕大翅膀的动物的生命最为沉重：“从或多或少的程度上说，我们都是老鹰或金丝雀，鹦鹉或秃鹰。”1852 年 12 月 9 日，他对露易丝否认他虚荣时，对骄傲与虚荣进行了区分：“骄傲是住在洞穴里行走在沙漠里的野兽；而虚荣则是一只鹦鹉，在人们的眼前，在树枝间跳来跳去，嘴里喋喋不休地喳喳叫着。”在 1852 年 4 月 19 日向露易丝描述了《包法利夫人》体现出来的对风格进行的英勇无畏地追求时，他解释道：“多少次，正当我以为我已经将风格玩于股掌之间的时候，我竟惨败于其中。但是我依然觉得，在我还不能确保听到我脑海里的那种风格发出轰隆降的咆哮声把鹦鹉与知了的叫声全都淹没的时候，我是不能死去的。”

在《萨朗波》中，如我已提及过的，迦太基译者们把鹦鹉当作图腾文刺在他们的胸口（这一个细节，也许与其说真实可信，不如说贴切?）；在同一部小说里，有些野蛮人“手撑阳伞或有鹦鹉停在肩上”；而在萨朗波的坡地房屋的陈设里，有一张小象牙床，床上的靠垫里塞满了鹦鹉羽毛：“因为这是一种献给神的鸟，它能卜知未来。”

在《包法利夫人》或者《布瓦尔与白居谢》里都没有鹦鹉；在《公认概念词典》中没有“鹦鹉”的条目；在《圣安托万的诱惑》中只有两个地

方略有提及；在《圣朱利安传奇》里，当朱利安首次出门狩猎时，只有很少的动物种类逃脱了被屠杀的命运——栖息中的松鸡被砍下了腿，低飞的松鹤被猎手的鞭子从空中击落——然而鹦鹉既没有提到，也没有受到伤害。但是在第二次狩猎时，朱利安杀戮的能力消失殆尽，动物们若隐若现地威胁着这个步履蹒跚的狩猎者，窥视着他的动向，这时，鹦鹉出现了。森林里亮光闪闪，朱利安以为是垂挂在天上的星星，结果是那些正在窥视着他的野兽的眼睛：凶猛的猫科动物、松鼠、猫头鹰、鹦鹉以及猴子。

我们可别忘记那只不在场的鹦鹉。在《情感教育》中，弗雷德里克漫步穿过曾在 1848 年起义中遭到破坏的巴黎。他走过了已被拆除的封锁障碍物；他看到了一汪汪黑乎乎的水塘，那一定是鲜血汇成的；住宅里的窗帘像破布，悬挂在一枚钉子上。到处是混乱，精美的东西只靠幸运才能留存下来。弗雷德里克朝一扇窗口里望去。他看到了一只钟，一些印刷品，还有一个鹦鹉栖架。

我们漫步穿越过去的途径，与这没有什么不同。在迷茫、混乱、害怕中，我们循着留存下来的标志走去；我们读着街道的名称，然而不能确定我们在什么地方。四周一片残垣断壁。这些人从没有停止过战斗。接着，我们看到了一所房子；也许，是一个作家的住宅。前面的墙壁上有一块招牌。“古斯塔夫·福楼拜，法国作家，1821—1880，住于此——”这时，后面的字变小了，无法看清楚，小得像眼镜商的视力表。我们走近一些，朝窗子里望去。是的，没错；虽然经历了大屠杀，但还是留下了一些精致的物品。一只钟还在嘀答嘀答地走着。墙上的印制图案告诉我们，艺术在这里曾经受到青睐。一个鹦鹉栖架吸引了我们的目光。我们转而去寻找鹦鹉。鹦鹉到哪里去了？我们虽然依然听到了它的叫声；但是我们所能看到的只是一个光秃秃的木栖架。鹦鹉飞走了。

狗

1）*浪漫的狗*。这是一条硕大的纽芬兰犬，埃莉萨·施莱辛格的财产。如果我们相信杜康，那么他就叫尼禄；如果我们听信龚古尔的话，那么他就叫萨勃。古斯塔夫在特鲁维尔遇见了施莱辛格夫人：他十四岁半，她二十六岁。她人长得漂亮，丈夫很有钱；她头戴一顶很大的草帽，透过她薄纱衣裙可以瞥见她漂亮的肩膀。不管是叫尼禄还是叫萨勃，他都形影不离地跟着她。古斯塔夫常常谨慎地保持一段距离，跟着他们。有一次来到一个沙丘上，她敞开衣衫给她孩子喂奶。他顿时迷失了，很无助，内心痛苦不堪，坠入了情网。以后的任何时候，他都会坚持说，1836 年那个短暂的夏天已在他的心中烙了印。(当然，我们可以不相信他。龚古尔兄妹们怎么说来着？“虽然天性十分坦率，但是在谈论他的感受、他的痛苦以及他的爱情时，他从不真诚。”）那么，他第一次是向谁倾吐了他的这种激情的呢？他学校的同学？他的母亲？施莱辛格夫人本人？不是的：他告诉了尼禄(或者萨勃)。他常常带着这条纽芬兰犬到特鲁维尔沙地里散步。当来到一个沙丘隐蔽处时，他会双膝跪地，双手搂住这条狗。然后，他会在他所知道的女主人不久前亲吻过的地方，亲吻起这条狗来（至于说亲吻的地方，一直是个争论的话题：有人认为是在狗的嘴上，有人认为在头顶上)；他会在尼禄（或萨勃）的毛茸茸的耳朵旁，轻轻诉说着他渴望在那只薄棉纱裙衫和草帽间的耳朵旁诉说的悄悄话；而且他还会泪流满面。

对施莱辛格夫人的记忆以及她的形象，伴随着福楼拜的余生。没有任何记录记载着那条狗后来的命运。

2）**现实的狗**。我认为，对保留在克鲁瓦塞的那些宠物的研究是不够的。它们转瞬即逝，有时留有名字，有时没有；我们几乎不知道，是在什么时候或者是通过什么途径得到了它们，它们又是在什么时候以及以什么方式死去的。让我们把它们汇总起来：

1840 年，古斯塔夫的妹妹卡罗琳有一只叫萨伏伊的山羊。

1840 年，家里有一条黑色的纽芬兰母犬，名叫尼奥（也许这条狗的名字影响了杜康对施莱辛格夫人的纽芬兰犬的记忆)。

1853 年，古斯塔夫在克鲁瓦塞独自与一条没有提及名字的狗一起就餐。

1854 年，古斯塔夫与一条名叫戴克诺的狗一起用餐；很可能是上面同一条狗。

1856—1857 年，他的外甥女有一只宠物兔。

1856 年，他在自家的草坪上展示他从东方带回的鳄鱼标本：使它在三千年之后第一次重新沐浴在阳光下。

1858 年，一只野兔在花园里安了窝；古斯塔夫不许杀死它。

1866 年，古斯塔夫独自与一盆金鱼一起吃饭。

1867 年，那条（没有名字，品种未知）宠物犬被为了除掉老鼠而布下的毒药毒死。

1872 年，古斯塔夫获得猎狗朱丽奥。

注：如果我们要完整地罗列古斯塔夫以主人身份豢养的已知的家畜的话，我们还必须记上这一条：在 1842 年他遭受了毛虱的侵害。

以上所列出的这些宠物中，唯一我们有根据的信息的只有朱丽奥。在 1872 年 4 月，福楼拜夫人去世；这座大房子里只剩下了古斯塔夫一个人，“形影相吊”地坐在一张大餐桌旁吃饭。9 月，他的朋友埃德蒙·拉波特提出要送他一条猎狗。福楼拜由于害怕得狂犬病犹豫不决；但后来接受了。他把猎犬起名叫朱丽奥（是因为朱丽叶·赫伯特吗？随你怎么想吧），并且很快就喜欢上了它。到月底时，他就给他的外甥女写信说，（在他搂抱施莱辛格夫人的纽芬兰犬之后三十六年以来）他唯一开心的事就是拥抱他的“可怜的狗”。“他的宁静与美令人顿起妒意。”

这条猎犬成了他在克鲁瓦塞的最后伴侣。一对难以想象的伴侣：一个是臃肿肥胖、久坐少动的小说家，另一个是体态匀称、行动敏捷的赛犬。朱丽奥的私生活成了福楼拜通信中的主要内容：他宣称这条狗“屈尊地”与邻居的“一个年轻人”结成了连理。主人与宠物犬甚至同时病倒：在 1879 年春天，福楼拜患上了风湿病，一只脚肿了起来，而朱丽奥却患上了一种不能确定的犬病。“他与人一模一样。”古斯塔夫写道，“他做的那些小动作，充满着人情味。”两个都康复了，但持续一年时间都很虚弱。1879—

1880年的冬天格外寒冷。福楼拜的管家用一条旧裤子给朱丽奥做了一件外套。他们一起挨过了冬天。福楼拜在春天去世。

后来，这条狗怎样了呢？没有材料记载。

3）**象征的狗**。包法利夫人有一条狗。她丈夫曾为一个猎场管理员治好了胸膜炎，他给了她一条狗。那是 une petite levrette d'Italie[①]：一条母的意大利小猎犬。纳博科夫对所有福楼拜的翻译者都极其专横独断，他说那是一种比赛用的小灵狗。不管从动物学角度看他是否正确，他当然没有弄清楚狗的性别，而我认为性别是至关重要的。这条狗被赋予了一种转瞬即逝的意义……它谈不上是一种象征，也不完全是一个比喻；就称它为一个形象吧。当时爱玛与查理依然还住在托斯特：那是在她心中最早浮现出不成熟的不满情绪的时候；在她百无聊赖、心怀不满但还没有堕落的时期。她带着她的猎犬去散步，这个牲畜巧妙而短暂地只占半个段落左右的文字，但它不仅仅只是一条狗。“一开始，她的思绪漫无目的，像她的那条猎犬一样，转着圈子，追着黄蝴蝶‘汪汪’叫，赶着田鼠，在玉米田边啃着玉米棒。渐渐地，她散漫的思想汇集到了一起，于是，当她坐在一块草地上，用阳伞的尖端戳着草地时，她便不断地自言自语道：‘天哪，我为什么要结婚？’”

这是那条狗的第一次登场，一个小小的插曲；后来，爱玛抱着它的头，亲吻了起来（就像古斯塔夫亲吻尼禄或萨勃）：狗脸上出现了忧郁的神情，于是她跟它说着话，似乎在对一个需要安慰的人说话。换言之，她是在自言自语（不论是对狗说，还是对自己说，两者都一样）。狗的第二次登场也是它的最后一次登场。那是查理与爱玛从托斯特搬到永镇的时候——这一段旅程标志着爱玛从梦想和幻想走向现实和堕落的转变。同时也请注意，与他们同坐一辆马车旅行的人：那个有着嘲讽意味的名字的勒侯先生，一个卖花哨物品的商人，这个有时还放高利贷的人，是他最后使爱玛落入陷

---

① 法语。

阱（经济上的堕落同时也标志着她的性生活的堕落）。在旅途中，爱玛的猎犬逃跑了。他们花了大半个小时吹着口哨呼叫它，最后只得作罢。勒侯先生殷勤地编故事安慰爱玛：他给她讲了一些迷失的狗不远万里回到它们主人身边的故事，以此来宽慰她；其中甚至有一条狗还从君士坦丁堡一路返回到了巴黎。听了这些故事，爱玛有何反应，书中没有记录。

她这条狗的结局，同样没有材料记录。

4）**淹死的狗，幻想的狗**。1851 年 1 月，福楼拜和杜康在希腊。他们到了马拉松[①]、厄琉西斯[②]以及萨拉米斯岛[③]。他们遇见了莫兰迪将军，一位军事冒险者，曾参加过迈索隆吉翁[④]战斗，义愤填膺地向他们否认了英国贵族诽谤说拜伦在希腊时的道德沦丧："他很高尚。"这位将军告诉他们说，"他看上去像阿基里斯[⑤]。"杜康记录下了他们如何来到了温泉关[⑥]，如何重新拜读了普卢塔克[⑦]有关这个战场的记录。1 月 12 日，他们——这两个朋友、一位翻译以及他们雇作向导的一名武装警察——出发到伊柳塞拉岛[⑧]去，而这时天气变得很恶劣。天上下着滂沱大雨；他们正穿越的平原是一片汪洋；那位警察的苏格兰猎犬突然被水冲走，淹死在汹涌的急流中。后来大雨转成了大雪，黑暗笼罩大地。乌云密布，看不到星空；他们陷入绝对的孤立无援之中。

一个小时过去了，接着又是一个小时；他们衣服的褶缝里满是积雪；他们迷路了。警察向空中射了几枪，可是没有任何回应。他们浑身湿漉漉的，十分寒冷，眼看就要在陌生的地区坐在马鞍上过夜了，而他们的导游

① 古希腊雅典东北方的一个小镇，是公元前 490 年希腊战胜波斯的战场。
② 古希腊东部的一座城市，位于雅典附近。
③ 希腊雅典以东的萨尔尼科湾一岛屿。
④ 希腊西部一城市，英国浪漫主义诗人拜伦死于此城。
⑤ 希腊神话里的英雄。
⑥ 希腊中东部狭窄通道，它是公元前 480 年斯巴达与波斯人交战失败之处。
⑦ Lucius Mestrius Plutarchus (46—120)，古希腊传记作家和哲学家。
⑧ 巴哈马的一个岛屿，在首都拿骚以东八十公里处。

——一个长着像龙虾那样的突出的大眼睛的伙计——一路上表现得特别无能；甚至他煮的饭也很糟糕。他们谨慎地骑着马，眼睛使劲看着，寻找远处的灯光，正在这时，警察大喊一声："停下！"在远处什么地方有狗的叫声。就是在这时，翻译施展出了他独一无二的才能：像狗一样叫的本领。他使出浑身解数开始叫了起来。当他停下时，他们便侧耳倾听，于是听到了回应的狗叫声。导游又"汪汪"叫了起来。他们慢慢向前行走，停下来再"汪汪"叫一会，听到回应的狗叫声后，再调整前行的方向。他们朝着叫声越来越响的村狗方向前行了半个小时的光景，最后他们找到了投宿过夜的地方。

后来那位翻译的情况如何就没有记录了。

注释：古斯塔夫的日记对这件事的记录则完全不同，增添上这一段公平吗？对于天气，他也是如是记录的；他的日期也是一致的；他同样记录了这位翻译不会烧饭（常常给大家吃羊肉以及连壳煮的鸡蛋，使得他把干面包当午饭）。但是奇怪的是，他没有提到拜读普卢塔克有关战场的文字。警察的狗（在福楼拜的日记中没有明确写狗的品种）不是被急流卷走的；它是淹死在深水中。至于学狗叫的翻译，古斯塔夫只记录说，当他们听到远处有村狗在叫的时候，他命令警察向空中开了枪。村狗发出了回应；警察再次射击；于是他们就是通过这种再普通不过的方法一路向前寻找投宿之处的。

事实真相如何，没有记录证明。

五、无巧不成书！

在英国中产阶级中的那些较有学究气的地方，无论什么时候出现巧合时，旁边就会有人评论说："这就像是安东尼·鲍威尔的风格[①]。"稍加考察，结果发现，这种巧合又常常没什么值得大惊小怪的：典型的情形往往

① Anthony Powell (1905—2000)，英国小说家，著有长篇巨作《随时间的音乐起舞》（*A Dance to the Music of Time*）。

是，两个中学校友或者大学校友经过几年分离后不期而遇。可是，援引“鲍威尔”这个名字，赋予了这种偶然事件的合法性；就如请来牧师为你的汽车祝福一样。

我并不是很喜欢巧合。它们带着诡异的色彩：你有时觉得，自己一定生活在一个有序的、由上帝掌管的宇宙中，上帝在你的背后监督着，丢给你一些关于宇宙秩序的粗略暗示，帮助你。可我更愿意持有这样的感觉：事物是无序混乱的，随心所欲的，疯狂的，而这种疯狂既是持久的，又是暂时的——从而感受到人必然是无知、野蛮和愚蠢的。当普法战争爆发时，福楼拜写道：“不管发生什么，我们终将是愚蠢的。”这难道只是充满自负的悲观吗？还是在进行适当的思考、采取适当的行为、完成适当的写作之前必须消除所有期望？

我甚至不喜欢那些无关痛痒、富有喜剧色彩的巧合。我有一次外出赴宴，发现在场的其余七个人刚刚读过《随时间的音乐起舞》。我对此没有兴趣：尤其是因为我要在奶酪上桌后才会开口说话。

至于说书中的巧合——这种伎俩有点低廉和感情用事；总让人禁不住觉得是美学上的华而不实。路过的行吟诗人恰好及时从一场篱笆墙旁的混战中营救了姑娘；那些突然降临又恰到好处的狄更斯式的恩人；在外国海滨的船难却促成了失散的孩子和情人的再聚首。我曾经向我所遇见的一位诗人大加贬斥这种偷懒的手法，而他也许是一个被认为擅长在韵律方面运用巧合的人。“也许，”他亲切而不失傲慢地说，“你的大脑过于缺乏诗意了？”

“可是，没错，”我一面反驳他，一面对自己颇感得意，“一个缺乏诗意的大脑难道不正是散文作品的最好的法官？”

假如我是小说的独裁者，我会禁止运用巧合。噢，也许不是彻底禁止。会允许在流浪汉题材的小说中出现巧合；那里正是巧合所应该存在的地方。继续使用巧合吧：让那个打不开降落伞的飞行员降落到干草堆里，让那个脚上长着坏疽的善良穷人发现埋在地底下的宝藏——很好啊，这确实没问题……

使巧合合法化的一种办法，当然就是将它们称为反讽。聪明人就那样做。毕竟，反讽是现代模式，是共鸣与才智的酒肉朋友。谁会反对它呢?但是有时我心里在想，最有才智、最能引起共鸣的反讽不正是一种精心打扮、训练有素的巧合?

我不清楚福楼拜对巧合有什么看法。我曾希望从他编的具有无尽嘲讽意味的《公认概念词典》中查到“巧合”的词条；可是这本词典直接就从“干邑白兰地”跳到了“交媾”。然而，他对反讽的喜好显而易见；这是他最充满现代特色的方面。在埃及，他发现 almeh——该词义是“女学者”——的本义已逐渐丧失，而开始有“妓女”的意思，他对此感到很开心。

反讽是不是与讽刺家共生的呢？福楼拜当然认为是共生的。1878 年的伏尔泰祭日百年纪念活动由梅尼涅巧克力公司筹办。“那个可怜的老天才，”古斯塔夫评论说，“反讽永远不会离他而去。”讽刺也使古斯塔夫吐露真情。当他写到自己时说，“我让疯子与野兽着迷”，也许他本应该加上“还有反讽”。

举《包法利夫人》为例。埃内斯特·皮纳德起诉这本小说，认为它伤风败俗。这位律师同时享有带头起诉《恶之花》[①] 的臭名。在《包法利夫人》案获免于起诉的几年后，人们发现皮纳德竟是一本颂扬男性生殖器诗集的匿名作者。这让小说家觉得很好笑。

然后，举这本小说自身为例。小说中两件让人记得最清楚的事是，爱玛在拉下窗帘的马车里产生的淫乱冲动（一段让正统思想者们无比反感的话），还有小说的最后一行字——“他刚获得荣誉军团勋章”——这证实了资产阶级对药剂师赫麦的称赞。现在，当福楼拜因迫切想回避与露易丝·科莱的不期而遇而在巴黎表现得行为古怪时，他自己似乎也想到了坐进拉下窗帘的马车里的念头。为了避免别人认出他，他开始坐窗帘拉得严严实实的马车。这样，通过他后来用以给他的女主人公沉溺于性冲动提供便利

① 法国诗人波德莱尔的代表作，也是现代派诗歌中的经典。

的一种方法，保住了他自己的独身状态。

而赫麦获得的荣誉军团勋章，情况正好相反：生活对艺术进行了模仿与讽刺。在写下《包法利夫人》最后一行字以后过了差不多十年，福楼拜这个资产阶级的极端反对者以及各种政府的强烈憎恨者，被授予了荣誉骑士勋章。于是，他人生故事的最后一行模仿了他代表作的最后一行：在他的葬礼上，一队士兵出来在他的棺木上鸣空枪致敬，向这个国度里的一个最为罕见的、最具有讽刺性的骑士举行了传统的告别仪式。

要是你不喜欢这样的讽喻，我还可以举出另外一些来。

1. 金字塔的黎明

1849 年 12 月，福楼拜与杜康攀登了基奥普斯[①]大金字塔。前一天晚上，他们就睡在大金字塔旁，为保证在日出时到达塔顶，他们早上五点起身。古斯塔夫在一只帆布桶里洗了脸；有一只豺在嚎叫；他吸起了烟斗。接着，两个阿拉伯人推着他，还有两个阿拉伯人帮着牵拉，他顺着大金字塔高大的石头，笨重而又缓慢地朝顶峰前进。杜康早就到达顶峰，他是第一个拍摄斯芬克斯这个狮身人面像的人。这时，尼罗河出现在他们眼前，沐浴在薄雾之中，像一片白茫茫的大海；他们的身后是黑乎乎的沙漠，像一片惊慌失措的紫色汪洋。终于，一缕橘黄色的光亮出现在东方；眼前白茫茫的大海逐渐变成一片无垠的肥沃的绿色，而他们身后的紫色汪洋泛起了亮闪闪的白色。冉冉升起的太阳照亮了大金字塔顶端的石块，于是福楼拜低头看了一眼自己的脚下，注意到钉在那里的一张名片。名片上写着“弗罗托・亨伯特[②]”，还有一个鲁昂的地址。

一个多么完美的有的放矢的讽刺瞬间！同时，也是一个现代主义的瞬间：这是一个交流互动的瞬间，在这个瞬间，平庸与崇高嬉戏，我们喜欢把崇高恰如其分地视为我们这个枯燥无味、没有玩笑的时代的典型。多亏

---

① 胡夫的希腊名。

② 亨伯特，是纳博科夫小说《洛丽塔》中的男主人公。弗罗托的原文是“Frotteur”，在法语中既有打磨工的意思，又有爱趁机触碰女人的人的意思。

福楼拜捡起了名片；从某种意义上说，只有等到他细看这张名片时，讽刺才成立。其他的访客或许把这张名片仅仅看作一张废纸片——它本可以一直留在原地，几年后，图钉就会慢慢生锈；然而，福楼拜赋予了它讽刺的功能。

如果我们觉得一定想作一些什么解释的话，那么，我们可以对这件小事进一步考察。十九世纪最伟大的欧洲小说家在大金字塔顶峰被介绍认识了二十世纪最声名狼藉的小说人物，这或许是一个最值得关注的历史巧合？当福楼拜的身子依然还没有从开罗浴室的男侍童那儿弄湿后干透的时候，他竟然遇到了纳博科夫笔下诱骗美国未成年女孩的男人的名字？再说，这个唱独脚戏的亨伯特·亨伯特是干什么的？他是一个弗罗托。根据字面意思，他是法国打磨工，但是也是一种喜欢在人群中与人发生碰撞摩擦的性反常者。

事情还不止于此。现在来看看这个讽刺的讽刺意义。从福楼拜的旅行笔记中了解到，事实真相是，这张名片不是弗罗托先生自己钉在那里的；是由机灵、周全的马克西姆·杜康放在那里的，他在紫色的夜光中疾步如飞率先到了那里，布下了这个小小的圈套，考验他朋友的敏锐。得知这一点后，我们的反应发生了变化：福楼拜的行动笨拙、缓慢、易预测；而在现代主义还没有宣告登堂入室前，杜康却成了现代主义的智者、花花公子、戏弄者。

但是让我们继续读下去。如果我们转而去读福楼拜的书信，我们发现，在这件事之后的几天，他给他母亲写信谈到了这一极为惊奇的发现。“想到我专门从克鲁瓦塞将这张名片一路带去，却并没有把它钉在那里！这个恶棍利用了我的健忘，在我的折叠帽底里发现了这张极为贴切的名片。”因此，更奇怪的是：福楼拜离开家的时候，已经为这独特的效果精心做了准备，这种效果后来似乎代表了他看待这个世界的特征。讽刺会繁殖；事实真相会模糊。那么，他为什么——只是觉得好奇——把他的折叠帽带到了大金字塔上去呢？

2. 荒岛唱片①

古斯塔夫常常回顾在特鲁维尔度过的暑假，在巴尔贝船长的鹦鹉与施莱辛格夫人的狗出现之间的那些夏日假期，是他人生中难得的宁静时光。在二十五六岁的秋天，他回忆往事时告诉露易丝·科莱说，“我人生最快乐的事就是思考，读书，特鲁维尔海边的几度落日以及携一位好友一边走一边聊上五六个小时，可是现在这位好友（阿尔弗雷德·勒·普瓦特凡）结婚了，丢下了我。”

在特鲁维尔，他遇见了格特鲁德·科利尔与哈里特·科利尔，是一名英国海军随员的两个女儿。两个女孩子似乎迷恋上了他。哈里特把她的肖像画送给了他，这幅画悬挂在克鲁瓦塞的壁炉架上方；但是他更喜欢的是格特鲁德。她对他的感情也许可以从她在几十年后的文字里揣摩到，那时古斯塔夫已去世。她采用了浪漫主义小说风格，使用了化名，她夸耀说，“我热烈地爱着他，敬仰着他。岁月从我的头顶经过，可是再也没有出现过当时占据我心灵的那种敬仰、那种炽热的爱以及那种胆战心惊。某些东西告诉我，我永远不会成为他的……但是我当时知道——在我心灵的最深处——我可以真挚地爱他、敬重他并且顺从他。”

格特鲁德的美好回忆可能充满了想象：毕竟还有什么比一个去世的天才以及少年时的海滩假期更动人、更迷人呢？但是，也许事实并不是这样。古斯塔夫与格特鲁德几十年一直保持着一定距离的联系。他给她寄了一本《包法利夫人》（她一面感谢他，一面称这本小说“惊世骇俗”，并引了《费斯特斯》的作者菲利普·詹姆士·贝利关于作家有义务对读者进行道德教育的话）；在特鲁维尔的第一次相遇的四十年后，她到克鲁瓦塞来看他。她年轻时的英俊的金发骑士现在头顶光秃，面红耳赤，嘴里只剩下两三颗牙齿。可是他对她的殷勤却安然保存着。“我的老朋友，我的年轻人，”之后他给她写信道，“在我不知道你在哪里的那些漫长的往日岁月里，也许没有

---

① “Desert Island Discs”，这是 BBC（英国广播公司）在 1942 年开始推出的一档节目，在西方深受欢迎。该节目多年来邀请过无数名流与政要做客。

一天我不在思念你。”

在那些漫长的岁月里（确切地说，在1847年，在福楼拜向露易丝回忆他的特鲁维尔落日的一年后）格特鲁德已许诺要热爱、敬重并且顺从另一个人：一个名叫查尔斯·坦南特的英国经济学家。正当福楼拜作为一个小说家逐渐享誉欧洲时，格特鲁德自己也出版了一本书：她爷爷的日记，取名为《大革命前夕的法国》。她在1918年以九十九岁高龄去世；她有一个女儿叫多萝西，嫁给了探险家亨利·莫顿·斯坦利[①]。

在斯坦利的一次非洲探险中，他的一队人马陷入了困境。这位探险家不得不把他所有非必需品一点点地丢弃。从某种意义上说，这是“荒岛唱片”的真实生活反转片：非但没有配备物品，使他们能够熬过热带的生活，斯坦利正在为了在那里生存而丢弃物品。书籍显然是额外的东西，于是他开始丢弃书籍，直到只剩下两本书：《圣经》和《莎士比亚全集》。而这两本是做客“荒岛唱片”节目的客人都配备的最起码的文明物品。斯坦利的第三本书——在减少到最起码的两本书之前他扔掉的那本书——是《萨朗波》。

3. 棺材的巧合

福楼拜给露易丝·科莱的信中写到了落日，语调流露了疲惫与虚弱，这不是装腔作势。1846年这一年，毕竟先是他的父亲，然后是他的妹妹卡罗琳，相继去世。“一座多么可怕的房子啊!”他写道，“像地狱一般!”整个晚上，古斯塔夫在他妹妹遗体旁守着：她穿着洁白的婚纱躺在那儿，他坐在旁边读着蒙田的书。

在举行葬礼的早上，他向躺在棺木里的妹妹作了最后的吻别。在三个月的时间里，他第二次听到乡下佬的靴子砰砰地爬上木楼梯运尸体。那时，哀悼几乎是不可能的：实际的事务接二连三地插进来。要剪下卡罗琳的一绺头发，要做她的脸和手的石膏模型：“我看到那些粗人用他们粗大的爪子碰她，在她的脸上覆盖了石膏。”办葬礼，少不了粗俗之人。

---

① Henry Morton Stanley (1841—1904)，英国的非洲探险家。

去墓地的小路很熟悉，前不久送葬时走过。在坟墓旁，卡罗琳的丈夫支撑不住倒下了。古斯塔夫注视着棺材往下放。突然，棺材卡住了：墓穴挖得太窄了。掘墓人抓住棺材摇晃起来；他们一会儿朝东拉，一会儿又朝西拉，扭动一下，用铁铲拍了拍，再用铁橇往上抬了一下；但是棺材还是一动不动。最后，他们中有一个人用脚踩在棺材上面，刚好踩在卡罗琳的脸的上方，强行将棺材踩进了坟墓里。

古斯塔夫给卡罗琳的脸塑了个像；石膏像在他工作时注视着他，直到1880年他也在同一座房子里去世为止。由莫泊桑帮忙，将他的遗体安放好。福楼拜的外甥女提出要给作家做一个传统的石膏手模。结果没能做到这一点：在他最后一次患病的时候，他的拳头握得太紧了。

送葬的队伍出发了，先到了康特勒的教堂，然后到纪念公墓。在纪念公墓，那里的一队士兵鸣枪致敬，可笑地曲解了《包法利夫人》最后一行字。几句致辞之后，棺木就放了下去。棺木卡住了。这次，正确地测算了坟墓的宽度；可是掘墓人在长度上省了力气。粗人的后代紧紧抓住棺木扭来扭去，但无济于事；他们既不能将棺木塞下去，又无法将它拉出来。经过难堪的几分钟之后，吊唁的人渐渐离去，留下福楼拜歪歪斜斜地卡在墓地中。

诺曼人①是一个出了名的抠门民族，毫无疑问，这些掘墓人也不例外；也许他们讨厌多挖一分草地，于是把他们这种职业传统中的厌恶从1846年一直保留到1880年。也许纳博科夫在写《洛丽塔》前读到了福楼拜的书信。也许亨利·莫顿·斯坦利对福楼拜的非洲小说②的崇拜并不完全令人吃惊。也许我们所读到的残忍的巧合、圆滑的讽刺或者是大胆的富有远见的现代主义，在当时看来是完全不同的。福楼拜把亨伯特先生的名片从鲁昂一直带到了大金字塔。目的是不是想为自己的敏感做一个搞笑的广告；嘲笑沙漠满是砂石、不光滑的表面需要进行磨光；亦或，这只是在开我们

---

① 指在中世纪时来自法国北部的一个族群。

② 指《萨朗波》。

一个玩笑?

六、爱玛·包法利的眼睛

让我告诉你，我为什么憎恨批评家。并不是出于通常的理由，说他们是失败的创作者（他们通常不是失败的创作者；他们也许是失败的批评家，但那是另一回事）；或者说他们天生持有偏见、嫉妒、虚荣（通常他们并不这样；如果要说什么的话，也许最好说，他们慷慨过度，抬高二流作家，这样他们自己出色的辨别能力就显得尤为可贵）。不，我讨厌批评家的原因是——嗯，在某些时候——他们写出下面这样的话：

> 福楼拜不像巴尔扎克那样，用客观的外部描写构建他的人物；事实上，他对人物的外表非常粗心，以至于他一次写爱玛的眼睛是棕色的（14）；而另一次，写成深黑色的（15）；再有一次，她的眼睛变成了蓝色（16）。

这是已故的伊妮德·斯塔基博士[①]的精确得叫人气馁的指责，她是牛津大学法国文学的荣誉退休高级讲师，也是英国最详尽的福楼拜传记作家。她文本中的数字是指脚注，在脚注中，她指出了小说家作品中的章节。

我曾经听过斯塔基博士的课，很高兴告诉大家，她的法国口音十分吓人；她的课充满了老太太办学的自信，绝对难于入耳，一会儿是乏味的正确，一会儿又是滑稽的谬误，而这经常会发生在同一个词上。自然，这没有影响到她在牛津大学的教学能力，因为直到最近，现代语言的研究才有了地位，似乎现代语言是死亡的语言：这反而使得它们更加令人肃然起敬，更加像拉丁语和希腊语那样，古远而美丽。即使这样，我还是甚感奇怪，一个靠法国文学为生的人对法语词汇的发音竟然会如此灾难性地不胜任，无法像她研究的对象、她的主人公们（你可以说，他们就是给她发薪水的

① Enid Starkie (1897—1970)，牛津大学教师，法国文学专家。

人啊）最初那样准确地发音。

你也许会认为，这是对一个已故女批评家的廉价报复，只因为她指出说，福楼拜对爱玛·包法利的眼睛的描写是靠不住的。但是我不赞同 de mortuis nil nisi bonum①的说法（毕竟我是从一个医生的角度说话）；而且当一个批评家向你指出这样的事时，你很难低估这种愤怒的程度。不是对斯塔基博士的愤怒，最初不是对她愤怒——人们说她只是履行她的职责——而是对福楼拜的愤怒。因为那位呕心沥血的天才甚至无法使他最著名的人物的眼睛保持一致的颜色？是的。然后，你不可能对他长久愤怒啊，于是把对他的愤怒迁移到了批评家身上。

我必须承认，虽然我读过《包法利夫人》多次，可是我从没有注意到女主人公的眼睛是像彩虹一样多彩的。我本该注意的吗？你会注意吗？也许我忙于关注那些斯塔基博士所忽视的内容（尽管现在我不可能想得起来，那也许是些什么内容）？从另一个角度来讲：世上存在完美的读者，绝对的读者吗？那么，斯塔基博士的《包法利夫人》阅读，是否已包含了我读这本书时的所有反应，并且还要多得多，所以我的阅读从一定意义上说就是无关紧要的了？不过，我希望情况不是这样的。或许，从文学批评史的角度看，我的阅读是无关紧要的；但是从愉悦的角度说，不是无关紧要的。我虽然不能证明，在读书时平民百姓比职业批评家获得更大的享受，但是我可以告诉你，我们比他们具有一个优势。我们可以遗忘。斯塔基博士及她的同类深受记忆之苦：那些他们所教授以及评论的书决不会从他们的脑海中消失。它们都成了一家人。也许，这就是，为什么有些批评家，养成了对他们所讨论的对象略带着保护人自居的语气。在他们的所作所为中，似乎福楼拜、弥尔顿或者华兹华斯是一位坐在摇椅里的让人乏味的老姑妈，身上散发出陈腐的香粉味道，她只对过去有兴趣，多年来只谈及些陈芝麻烂谷子的事情。当然，那是她的家，住在里面的每一个人都免交房租；但是即使这样，肯定是这样啦，可是你知道……时间呢？

---

① 拉丁语，意思是不记死人过。

然而，普通而热情洋溢的读者可以忘记；他可以一走了之，去勾搭其他作者，再次回来投入其中。家庭生活永远不会打扰这种关系；这种关系虽然时有时无，但是一旦产生关系时，总是非常热烈的。不会像经常生活在一起的人们那样，日久生怨。我决不会带着疲惫不堪的嗓音，提醒福楼拜要把浴室里的地毯挂起来，或者使用厕所间的刷子。这些正是斯塔基博士忍不住要去做的事。嘿，我想大声呐喊，作家并不是完美无缺的；就像丈夫与妻子不是完美无缺的一样。唯一颠扑不破的真理是，他们不可能完美，尽管表面上似乎是。我从来没有认为我的妻子是完美的。我爱她，但我从不自欺欺人。我记得……我还是留待另一个时间谈吧。

我会想起我曾经听过的另一个讲座，那是几年前在切尔滕纳姆[①]文学节上。剑桥大学的一位教授——克利斯多佛·里克斯——的演讲，那是一堂精彩的讲课。他的秃顶光亮照人，他的黑皮鞋锃光闪亮，他的讲座妙不可言。讲座的主题是“文学中的瑕疵以及它们是否举足轻重”。例如，叶甫图申科[②]在他的一首写美国夜莺的诗中显然犯了一个愚蠢可笑的错误。普希金在写军人参加舞会穿的军装时，大错特错。约翰·韦恩[③]在写广岛的飞行员时出现了错误。纳博科夫对洛丽塔这个名字的发音问题弄错了——这一点相当叫人吃惊。还有其他的例子：人们发现有些作家分不清什么是灰泥托板，什么是手锯，甚至有的一开始就不知道手锯是什么东西，而柯勒律治、叶芝以及勃朗宁就是其中的几位作家。

两个例子特别让我吃惊。第一个是对《蝇王》[④] 的一个重要发现。用皮基的眼镜重新发现火种，是小说中著名的片断。威廉·戈尔丁在这上面犯了光学错误。事实上，完全弄颠倒了。皮基是近视眼；在这种情况下他所使用的眼镜不可能用作可以取火的玻璃。不论你以什么方法拿他的眼镜，都不可能做到使太阳光线聚焦成火。

---

① 英国英格兰西南部城市。

② Yevtushenko (1933—)，俄国诗人。

③ John Wain (1925—1994)，英国作家，曾是英国五六十年代的“愤怒青年”之一。

④ *Lord of the Flies*，英国小说家威廉·戈尔丁的代表作。

第二个例子是《轻骑兵进击》①。“进入死亡山谷/六百轻骑奔驰。”丁尼生读了《泰晤士报》上的一篇报道后，立即下笔赋诗，《泰晤士报》上还包括了“有人犯下了愚蠢的错误”这样的词语。他同时还依据一篇早些时候的报道，其中提到了“六百零七个骑兵”。但是，官方修正了参加被卡米耶·鲁塞称为 ce terrible et sanglant steeplechase② 的人数，是六百七十三骑。“进入死亡山谷/六百七十三轻骑奔驰”？这样的改变好像不怎么样。也许可以说七百吧——还是不够精确，但是至少比六百精确吧？丁尼生对此进行了思考，后来决定保留他开始写的样子：“（我觉得）从韵律上看，六百比七百好得多，因此就保留六百。”

没有用“六百七十三”、“七百”或者“约七百”来取代“六百”，对我来说似乎不能称得上是一个错误。另一方面，戈尔丁光学上的不可靠一定可以被归入错误的行列。接下来的问题是：这是否重要？就我所记得的里克斯教授的讲座的内容而言，他的论点是，如果文学在真实的一面靠不住的话，那么使用讽刺与幻想这样的手段就会很难。如果你不清楚什么是真实，或者什么意味着真实的话，那么那些不真实的东西——或者那些你不想让它真实的东西——的价值就会消失。在我听来，这个观点很有道理；尽管我确实在想，它实际上适用多少的文学瑕疵实例。对皮基的眼镜，我倒认为（1）很少有人会注意到，除非是眼镜医生、眼镜商以及戴眼镜的英语教授；（2）当他们确实注意到的时候，他们只是炸毁这个瑕疵——就像控制引爆一枚小炸弹那样。而且，这样的爆炸（发生在一片遥远的海滩，目击者只是一条狗）不会引爆小说的其他部分。

像戈尔丁所犯的错误是“外部错误”，是书中所声称的真实情况与我们所了解的真实之间存在的分歧；通常，这样的错误只是表明作家缺乏专门的技术知识。这种罪过是可以原谅的。但是，作家在他自己的创作中，出

---

① *The Charge of the Light Brigade*，英国诗人丁尼生的诗。原诗描写克里米亚战争期间，六百多名英国轻骑兵因错误混乱的命令而进攻有沟壕防护的俄国炮兵阵地，致使三分之二的士兵阵亡。

② 法语，这种可怕、血腥的奔驰。

现了两种不协调的现象，这样的“内部错误”又该怎么办呢？爱玛的眼睛是棕色的，爱玛的眼睛是蓝色的。天哪，这只能归结为不称职，归结为粗枝大叶的文学创作习惯。几天前我读了一本众口齐赞的处女作，在这本小说中，叙述者既是一个性无知者，又是一个法国文学的业余爱好者，他充满喜剧性地排练了如何亲吻姑娘而不至于遭到拒绝的最佳办法：“双目凝视着她的眼睛，似乎你刚刚得到一本《包法利夫人》的初版查禁本那样，同时用一种缓慢的、色迷迷的、难以抗拒的力量，将她渐渐地拉近你。”

我以为，这写得相当不错，确实也很有意思。唯一的问题是，根本不存在“《包法利夫人》的初版查禁本”这样的事。如我本该知道的那样，这本小说算得上是著名的了，第一次出现是在《巴黎评论》上连载；接着就因伤风败俗而受到起诉；只是在宣布无罪后，这个作品才以书的形式出版。我想这位年轻的小说家（说出他的名字似乎有失公正）心中想的是《恶之花》的“初版查禁本”吧。毫无疑问，他的小说在第二版印刷时他会修正的；如果还有第二版的话。

棕色的眼睛，蓝色的眼睛。这是否重要？作家自相矛盾，无关紧要；但是，眼睛是什么颜色也无关紧要吗？我为小说家们抱憾，他们必须写女人们的眼睛：没有选择，不论选择什么色彩，必然都会显得平庸陈腐。她长着蓝色的眼睛：天真和诚实。她长着黑色的眼睛：激情和深刻。她的眼睛是绿色的：疯狂和嫉妒。她的眼睛是棕色的：可靠而有判断力。她的眼睛是紫色的：那是雷蒙德·钱德勒[①]写的小说。如果对这女子的性格没有附加说明，你又如何可能避免这一切？她的眼睛是土黄色的；她眼睛的颜色是随着她所戴的隐形眼镜镜片的变化而变化的；他从没有盯着她的眼睛看过。嘿，随你说吧。我妻子的眼睛蓝中带绿，这个故事讲起来可长啦。所以，我猜测，作家私下坦诚相对时，他很可能会承认，描写眼睛毫无意义。他慢慢地想象着这个人物，将她塑造成形，然后——可能是所有一切事情中的最后一件——在那些空空的眼窝里塞进一双眼睛。眼睛？嗯，是啊，她最好

---

① Raymond Chandler (1888—1959)，美国推理小说家。

应该有双眼睛，他带着倦意与礼貌这样想。

布瓦尔与白居谢，在他们对文学的研究中，发现一位作家犯了错误时，他们便丧失了对他的敬意。更叫我吃惊的是，作家们的错误怎么可以这么少。因此说，列日主教[①]提前早死了十五年：这是不是使得《昆廷·达沃德》失去价值的原因呢？这是个小错误，可以扔给书评家去判断。我看到小说家倚靠在一艘跨海峡的轮船船尾的栏杆处，从他们的三明治上的肉中取下软骨，扔给盘旋飞翔的海鸥。

我当时离得太远，看不到伊妮德·斯塔基博士的眼睛是什么颜色，对她所有的记忆是，她穿得像个海员，走路像橄榄球前锋，有一口糟糕的法国口音。可是我要告诉你们的是另外一件事。这位牛津大学法国文学的荣誉退休高级讲师以及萨默维尔学院的名誉董事，以其“对波德莱尔、兰波[②]、戈蒂埃、艾略特和纪德[③]等作家的生平及作品的研究而知名”（援引自她的护封；当然是初版的），她对《包法利夫人》的作者奉献了两部大作，再加上她一生中的许多岁月，她选了一张“一位无名画家所作的古斯塔夫·福楼拜”肖像画，作为她第一卷的卷首插画。这幅肖像画是我们一眼先看到的东西；正是从我们看到它的这个时刻起，斯塔基博士便向我们开始了对福楼拜的介绍。唯一的问题是，那画不是他。从克鲁瓦塞的看门人开始的每一个人都会这么告诉你，那是路易·布耶的肖像。因此，当我们停止吃吃发笑时，又能从中产生什么感想呢？

也许你依然会认为，我只是在报复一个已故的学者，而她又无法为自己回击我。也许我是在报复。但是，然而，quis custodiet ipsos custodes[④]？我还会告诉你们其他一些事。我刚刚重读了《包法利夫人》。

---

① 英国历史小说作家司各特的小说《昆廷·达沃德》（*Quentin Durward*）中的人物。

② Arthur Rimbaud（1854—1891），法国诗人。

③ André Gide（1869—1951），法国作家，1947 年诺贝尔文学奖得主。

④ 拉丁语，出自公元一世纪的一位罗马作家的作品，这句话有多种译法，如“谁来监督监督者”、“谁来守护守护者”、“谁来监护监护人”等等。

他一次写爱玛的眼睛是棕色的（14）；而另一次，写成深黑色的（15）；再有一次，她的眼睛变成了蓝色（16）。

我想，这一切的关键在于：不要被脚注吓倒。下面就是福楼拜在整部小说中六次提到爱玛·包法利的眼睛。显然，这是小说家认为重要的内容。

1)（爱玛第一次出现）“就她的美貌而言，她的美在于她的眼睛：虽说它们是棕色的，但由于眼睫毛的关系，它们似乎是黑色的……”

2)（在她与丈夫结婚初期，对她疼爱有加的丈夫描述道）“她的眼睛在他看来还要大，特别是当她刚刚睡醒、啪嗒啪嗒连续眨着眼睛的时候；她人在阴暗中时，眼睛是黑色的，在大白天时，又是深蓝色的了；而且它们似乎包含着多种层色，越往下色泽越深，而越往光亮的表层，色泽则越淡。”

3)（在一次烛光舞会上）“她的黑眼睛似乎更加黑了……”

4)（初次遇到莱昂）“她那双睁得大大的黑眼睛盯着他看……”

5)（在室内，当罗多夫第一次仔细端详她时，她似乎在他看来）“她的黑眼睛……”

6)（晚上，爱玛在室内照镜子；她刚刚遭遇鲁道尔弗的引诱）“她的眼睛从没有这么大、这么黑过，也没有如此深邃过。”

这位批评家又是如何评论的呢？“福楼拜不像巴尔扎克那样，用客观的外部描写构建他的人物；事实上，他对人物的外表非常粗心，以至于……”为保证这位女主人公长着一双一个悲剧性淫妇所有的罕见而难以描写的眼睛，福楼拜颇费了一番心思。而斯塔基博士则轻率地把他低估了。比较一下两者所花费的时间，将是非常有意思的。

为了绝对的可靠，还有最后一件事。我们最早关于福楼拜的情况的大量信息来源是马克西姆·杜康的《文学回忆录》（第二卷，巴黎，阿歇特出版社，1882—1883 年）：喜欢饶舌、爱虚荣、好自我辩解且不可靠，但是就历史来看还是重要的。在第一卷的 306 页（伦敦，雷明顿出版公司，1893 年，没有给出译者），杜康详尽地讲述了爱玛·包法利的原型是什么样的女人。他告诉我们，她就是在鲁昂附近的蓬—勒古的一名卫生官的第二任妻子：

> 这个第二任妻子人长得不漂亮；她小小的个子，一头单调乏味的黄发，脸上满是雀斑。她骄傲自负，鄙视她的丈夫，在她眼里，他就是个傻瓜。她长着一个圆圆的、洁白的身子，娇小的身子穿戴讲究，她的气质和动作里透着灵动和波浪般的起伏，像油滑的鳗鱼。她的嗓音，因带着下诺曼底口音而显得粗俗，但语气中总是充满了关切之意，还有她的眼睛，根据光线的不同，颜色变幻不定，绿色、灰色或蓝色，流露着恳求的神情，而且这种眼神一直没有离开过她的眼睛。

斯塔基博士似乎并不知道这段让人心头豁然开朗的文字。总而言之，这对一个作家而言是一种傲慢的疏忽，而这个作家一定已经以这样或者那样的方法，给她支付了不少的煤气费。简言之，这让我出离愤怒。现在你明白我为什么讨厌批评家了吧？我可以尽量向你们描述此刻我眼睛里的神情，但是，它们因愤怒而大大地改变了颜色。

七、跨越海峡

听！啦嗒啦嗒啦嗒啦嗒。接着是——嘶——在远一点的地方。发嗒发嗒发嗒发嗒。重新再来。啦嗒啦嗒啦嗒啦嗒——发嗒发嗒发嗒发嗒。十一月份的一次轻柔涨潮，使得酒吧那一边的桌子相互撞击，发出金属的嘎嘎声。靠旁边的一张桌子不断地滑过来；而当什么地方出现一种听不到的颤动引起全船变化的时候，桌子略作停顿；接着，船的另一侧传来轻一些的回应。响声和回应，响声和回应；就像笼子里的一对机械鸟。请听这声音的模式：啦嗒啦嗒啦嗒啦嗒 发嗒发嗒发嗒发嗒 啦嗒啦嗒啦嗒啦嗒 发嗒发嗒发嗒发嗒。它在说，继续，稳住，相互支撑；但是，风向改变，潮涨潮落，都可能会中止这一切。

船尾的弧形窗上都是水花，斑斑点点；透过一扇窗子，可以看到一组巨大的起锚机以及一根浸透的绳子，无精打采，像通心粉一样。海鸥早就离这艘渡船远去了。它们哑哑地嘶叫着，一路跟着我们到了纽黑文[①]，看了看天气，注意到在散步甲板上没有三明治包装袋，便扭头飞走了。谁会怪罪它们呢？它们本来可以一路跟随我们四个小时到迪耶普[②]，希望借信风回来；但那样的话得飞十个小时。现在，它们正在罗廷丁[③]的某一个湿漉漉的足球场上挖虫吃呢。

在弧形窗下面，有一只写着双语的垃圾箱，上面有一处拼写错误。最上面一行写着“PAPIERS[④]”（法语听起来多么官气十足：“驾驶执照！身份证！”像在发号施令）。下面的英语是“LITTERS”。一个辅音会带来天壤之别的感觉。福楼拜第一次在广告里看到自己的名字——作为即将在《巴黎评论》上连载的《包法利夫人》的作者——被写成“福拜（Faubert）”。“如果哪一天我正式登场的时候，我的名字一定会全副武装，完整无缺。”他夸下海口说；但是，即使是全副武装，也永远武装不到他的腋窝和腹股沟。正如他向布耶指出的那样，在《巴黎评论》上他的名字与一个讨厌的商业双关语只差一个字母：福贝（Faubet）是黎塞留街上的一个杂货商的名字，黎塞留街正对着法兰西剧院。“甚至在我还没有露面前，他们就活剥了我的皮。[⑤]”

我喜欢在旅游淡季穿越海峡。当你年轻的时候，你喜欢通常跨越海峡的月份，喜欢旅游旺季的丰富多彩。年纪大起来后，你喜欢间于旺季的时段，喜欢那些叫人难下决心的月份。也许，这是变相承认吧，事物不再具有同样的确定性。或者说，这也许只是变相承认，喜欢上了空荡荡的渡船。

---

① 位于英吉利海峡上的英国一港口城市，属于苏塞克斯郡。

② 法国地名，位于英吉利海峡上法国东北部里昂以北的一个港口城市和海滨旅游地。

③ 布赖顿附近的海滨小镇。

④ 根据下文的英语，那么此处对应的法语应该是 PAPIER。papier 在法语中表示垃圾时不能用复数。这里多加了一个辅音 s。

⑤ 指将他名字中第二个字母 l 无缘无故地给丢掉这件事。

酒吧里的人数不超过六个。其中一个伸直了身子躺在一张长条软椅上；桌子发出的咔咔声，像催眠曲一样，催响了他的呼噜声。一年的这个时候，学校里不举行聚会；没有电子游戏，舞厅和电影院也一片沉寂；甚至听不到酒吧招待人员的聊天。

这是我一年里的第三次横越海峡。十一月，三月，十一月。只是到迪耶普住两个晚上：虽然有时我带上汽车，开到鲁昂。虽然时间不长，但是改变一下环境，也够了。这确实是一种改变。例如，从法国那边望去，海峡上空的光线完全不相同：更加清晰，但更加变化无常。天空就是一个蕴含着无穷变幻的剧场。我并不是在浪漫幻想。沿着诺曼底海岸有不少艺术馆，进去看看，你会发现，本地的画家喜欢一遍又一遍地画这样的景色：那北面的风光。一片海滩，大海，还有变幻无穷的天空。拥挤在黑斯廷斯[①]或马盖特或伊斯特本的英国画家，眼睛盯着性情乖戾、单调乏味的海峡，从来都画不出类似的景象。

我不只是为了这片光线而去的。我是为了那些不见就想不起来的东西而去的。那里剁肉的样子；那里药店的一本正经；孩子在餐馆里的行为举止；那里的路标（法国是我所知道的唯一一个告诫驾驶员小心路上的甜菜的国家：BETTERAVES[②]，有一次我看到一个红色三角警示牌，附一辆车子打滑翻倒的图案）；散发着艺术气息的市政厅；在路边那些味道难闻的白垩洞里品尝葡萄酒。还有很多，但那已经足够，或者我马上就要喋喋不休地讲椴树、法式滚球、用面包蘸粗制红酒吃——他们所谓的 la soupe à perroquet，即鹦鹉汤。人人都有自己的明细单，其他人开出的单子在自己的眼中立刻就显得既爱慕虚荣又多愁善感。前几天我看到一张款以“我的最爱”的明细单。上面写道：“沙拉，桂皮，奶酪，甘椒，杏仁蛋白软糖，刚割下的干草的气息（你还想读下去吗?）……玫瑰，牡丹，薰衣草，香槟，

① 黑斯廷斯、马盖特、伊斯特本，三个都是英国的海滨城市。

② 法语，甜菜。

自由的政治信念，格伦·古尔德[1]……”这是罗兰·巴特[2]列出的明细单，如其他明细单一样，后面还有很多的内容。有的你喜欢，有的让你生气。排在“梅克多葡萄酒[3]”与“换环境”之后，巴特还赞赏“《布瓦尔与白居谢》”。好；妙；我们继续往下看。下面是什么？“穿着凉鞋在法国西南的小巷里散步。”让你一路开车往法国的西南去，在小巷上撒一些甜菜，够了。

我的单子上提到了药店。在法国，药店的经营范围似乎总是非常专一。他们不采购球形救生器、彩色胶卷、潜水员用的水下呼吸器材或防盗自动警铃。店员清楚他们的职责，从不在你出门的地方向你兜售麦芽糖。我不知不觉地听从他们的意见，似乎他们是会诊医生。

我和我妻子有一次在蒙托邦进了一家药店，要买一包创可贴。他们问，干什么用。埃伦轻轻敲击她的鞋跟，一双新凉鞋的皮带在她的后跟上磨出了一个水泡。药剂师从柜台后走了出来，坐下来，像一个脚崇拜者那样轻柔地脱下她的凉鞋，察看了她的脚后跟，用一块纱布将其擦净，站起来，严肃地转向我，似乎真有什么事需要我妻子回避似的，然后静静地解释道：“先生，那是一个水泡。”当他卖给我们一包创可贴的时候，我心想，依然保持着赫麦[4]的精神。

赫麦的精神：进步、理性、科学、欺骗。“我们必须与时代一同进步”几乎是他的最初说的话；于是他一路向前，获得了“法国荣誉军团勋章”。当爱玛·包法利去世的时候，有两个人守护着她的尸体：一个是牧师，另一个是药剂师赫麦。代表了古老的正统思想与新的正统思想。这就像是十九世纪一尊寓言性的雕塑：宗教和科学一起为罪孽深重的尸体守灵。那是沃茨[5]的一幅画。只是不论是宗教人士还是科学人士，在守护尸体时竟都睡着了。起初，只是世界观的错误将他们连在一起，但很快他们一同成了

---

① Glenn Gould (1932—1982)，加拿大钢琴演奏家。
② Roland Barthes (1915—1980)，当代法国思想界的先锋人物、著名文学理论家和评论家。
③ 一种产于法国的红葡萄酒。
④ 《包法利夫人》中的药剂师。
⑤ George Frederic Watts (1817—1904)，英国画家。

打鼾公，形成了更深层次上的联合。

福楼拜不相信进步：特别不相信道德进步，这是至关重要的一点。他生活的时代是一个愚蠢的时代；由普法战争带来的新时代，甚至会更加愚蠢。当然，有些事情将发生变化：赫麦的精神将取得胜利。不久，每个长着畸形脚的人都将有权获得一次错误设想的手术，而这样的手术将导致一条腿的截肢；但是那又意味着什么呢？"民主的所有梦想，"他写道，"就是将无产者提高到资产阶级所达到的愚蠢程度。"

这一行字常常让人们毛骨悚然。那样难道不是完全公平了吗？在过去的百年里，无产者在资产阶级的骄傲自满中接受了教育；而资产阶级对自身的统治地位信心不足，变得更为狡猾和具有欺骗性。这是进步吗？假如你想见识一下现代愚人船[①]的情景，那么就仔细看看一艘满载的海峡渡船。你看他们的疯狂样子：盘算着免税的好处；在酒吧里过量饮酒；在老虎机上痛快地玩耍；毫无目标地绕着甲板转悠；心中筹划着在海关应该坦白到何种程度；等候着船员们接着下命令，似乎这个命令决定着他们能否越过红海[②]。我没有评判孰是孰非，我只是在观察；如果大家都挨个儿站在栏杆周围，观赏着光和水的相互辉映，开始谈论布丹[③]的话，不知道我内心会有何感想。而且，我也并没有什么不同：我也买了不少的免税商品，像其他人一样等候着指令。我要说的只是：福楼拜说得没错。

驾驶后座上的胖货车司机正打着呼噜，像帕夏[④]一样。我给自己又弄了一瓶威士忌；希望你不会在意。只是在振作精神，要告诉你关于……什么？关于谁的事？有三个故事在我心中争先恐后。一个是关于福楼拜的故事，一个是关于埃伦的故事，一个是关于我自己的故事。我的故事是三个中最简单的——它几乎不过是我存在的一个令人信服的证明——但是我觉

① 愚人船，是西方文化中流传已久的寓言。它描述了一群疯狂、轻薄、健忘的人坐在一艘没有人掌舵的船上，随波逐流而去。这一话题成了不少文学艺术作品的主题，如收藏在卢浮宫里的博斯之画，以及当代法国哲学家福柯《癫狂与文明》一书。

② 指《圣经》中上帝命令摩西带领以色列人出埃及、过红海的故事。

③ Eugène Boudin (1824—1898)，法国早期风景画家。

④ 古代奥斯曼帝国及北非的高级官员的称号。

得那是最难启齿的。我妻子的故事较为错综复杂，值得关注；但我也引而不发。把最精彩的留到最后，像我早些时候所说的那样吗？我想情况并不是这样的；事实刚好相反。但是等到我向你讲述她的故事的时候，我希望你做好准备：也就是说，我希望你对书本、鹦鹉、失踪的信件有足够的了解，还有熊，还有伊妮德·斯塔基博士的观点，甚至还有杰弗里·布拉斯韦特博士的观点。书本不是生活，不论我们多么希望它们就是生活。埃伦的故事是真实的；也许甚至这就是我给你们讲述福楼拜的故事的原因所在。

你们对我也是有所期望的，对不对？如今都是这样的。人们假定，你们的一部分是属于他们的，尽管相互并不熟悉；如果你莽莽撞撞地要写一本书，那么，你的银行账户、你的病史档案以及你的婚姻状况都将不可挽回地成为公众领地。福楼拜不赞成这一点。“艺术家必须做到这一点，让他的后代相信，他从没存在过。”对于宗教信徒来说，死亡销毁的是肉体，解放的是灵魂；对艺术家而言，死亡摧毁的是个人，解放的是作品。然而，理论上说是这样。当然，也经常出现差错。看看发生在福楼拜身上的事：在他去世一个世纪后，萨特像一个肌肉发达、不顾一切的救生员，花了十年时间拍打着他的胸脯，往他的嘴里吹气；十年时间里他尽力想把他唤醒，为了使他能安坐在沙滩上，听他实实在在地告诉他，他对他的看法。

那么，现在人们是如何看待他的呢？他们是如何想他的？一个秃着头、耷拉着小胡子的人，一个克鲁瓦塞的隐士，一个说“包法利夫人就是我”的人；一个不可救药的唯美主义者，一个资产阶级的资产厌恶者？信心十足的智慧残片，给匆忙的人们现成的概要。对理解时的惰性和匆忙，福楼拜几乎不会吃惊。出于一种冲动，他制作了一整本（或者说至少一整个附录）的《公认概念词典》。

简而言之，他的《公认概念词典》只是一系列陈词滥调（狗：上帝专门造就它来营救主人的生命。狗是人类最好的朋友）以及胡言乱语（小龙虾：雌性龙虾）。此外，这本词典是一系列伪忠告的手册，有社会生活方面的（点火：点蜡烛时总是说“Fiat lux![1]”），也有美学方面的（火车站：始终会让人想入非非；建筑艺术的范例引证）。有时词典的解释变得狡猾而好笑，有时显得非常一本正经，让你会半信半疑（通心粉：用意大利方法烹饪时，要用手指抓着吃）。读起来像一份成年仪式上的礼物，是一位好捉弄人的浪荡叔叔为一个满怀着踏入社会的雄心壮志、带着一副严肃认真的神情的少年特别写成的。认真研读这本词典，你就永远不会说错话，尽管始终得不到什么正确的指导（戟：看到乌云翻滚时，不要忘了说：“刀光剑影般的大雨即将来临。”在瑞士，所有的男人都佩戴着戟。苦艾酒：剧烈的毒药：喝一杯就会死。常常由记者在写文章时饮用。毒死的士兵比流浪汉多。）。

福楼拜的词典提供了一门讽刺课程：从一个条目到另一个条目，你可以看到他的讽刺语气轻重不同，就像一个穿越英吉利海峡的画家，又用水彩刷了一遍，使天空变得暗淡一样。这诱惑着我去编写一本关于古斯塔夫他自己的《公认概念词典》。只编一本短小的词典：一本引诱傻瓜的袖珍本，一本一本正经但却误导他人的词典。人间智慧的丸药，其中一些丸药是有毒的。这是讽刺的魅力，也是讽刺的危险：表面上看，它似乎允许作家从他的作品中缺席，而事实上他隐隐约约地在场。你可以拿了蛋糕吃掉；唯一的麻烦是，你会肥胖起来。

在这本新的词典里，我们会如何谈论福楼拜呢？我们也许会把他归类为一个“资产阶级的个人主义者”；没错，那样听上去十分自鸣得意，十分不真诚。这一特征并没有因为福楼拜痛恨资产阶级而受到丝毫的动摇。那么，“个人主义者”或其类似定位又该如何解释呢？“在我艺术的理想中，我认为人们不可以将自己的艺术理想表露出来，正如上帝现身于自然中一样，艺术家不可以现身他的作品中。人是微不足道的，而艺术作品是一切……让我说出我的想法，并用这样的言辞说出古斯塔夫·福楼拜先生的内心感受，则是一件非常愉快的事；那么，我们所谈论的这位先生的重要

---

① 拉丁语，要有光。出自《圣经·创世记》。

性在哪里呢?”

这种作家缺席的要求还有更深远的意义。有的作家表面上虚伪地赞同这个观点，但是从后门悄然潜入，以高度个性化的风格冷不丁地棒打读者。谋杀行为完美地执行了，除了遗留在作案现场的棒球拍上沾满了指纹。福楼拜不同。他相信风格；比任何人都相信。他为了美、宏亮、精准而顽强地写作着；他为完美而写作，但从来不是像王尔德那样，单纯地追求完美。风格是主题的一个功能。风格不是强加于主题，而是产生于主题之中。风格是思想的真实。正确的用词、真实的词语、完美的句子总存在于某个地方；作家的任务是要想尽一切办法发现它们。对有些作家来说，这仅仅意味着到超市去的一次购物体验，是装满购物篮的过程；对另一些作家来说，它意味着在希腊平原上的迷路，在黑夜里、雪地里、大雨中的迷路，通过像狗吠这样的罕见的蹊跷事情才意外找到了你所寻觅的东西。

在我们讲求实用与可知的世纪里，我们可能会发现这样的野心有点褊狭（不错，屠格涅夫确实说福楼拜很天真)。我们不再相信语言与现实如此恰如其分地“协调一致”，确实，我们也许认为，正如事物使词语得以诞生一样，词语也使事物诞生。但是如果我们觉得福楼拜天真，或者更可能说他不成功，那么，我们就不应该支持他的严肃或大胆的孤独。毕竟这是巴尔扎克的世纪，是雨果的世纪，这个时代的一头是姹紫嫣红的浪漫主义，而另一头则是充满格言诗的象征主义。在这样一个由浮夸的人物以及耸人听闻的风格构成的世纪里，福楼拜处心积虑的不显山露水也许具有以下两个特点中的一种：古典风格或者现代风格。回顾十七世纪，或者展望二十世纪后期。当代的批评家自负地要对所有小说、戏剧以及诗歌的文本重新分类——把作者送上了断头台！他们不该轻易跳过福楼拜。在他们之前一个世纪的时候，他正在创作文本，否定他自己个人的重要性。

“作者在他的书中与上帝在自己的宇宙中一样，处处有他的存在，又处处看不到他。”当然，我们这个世纪严重误读了这一点。请看萨特与加缪。他们告诉我们说，上帝死了，因此，像上帝一样的小说家也死了。全知全能是不可能的，人的知识是不全面的，因为小说本身一定也是不全面的。这不仅听起来相当不错，而且也非常合乎逻辑。但会不会只是好听，或只是合乎逻辑呢？毕竟小说并不是在对上帝产生信仰的时候出现的；在强烈相信全知全能的叙述者的那些小说家与那些强烈相信全知全能的造物主的人们之间没有多少相关性。我在此并列引用乔治·艾略特和福楼拜。

更加关键的是，十九世纪小说家身上所假定存在的神性始终只是一种技术手段；同样，现代小说家的偏好也只是一种乐趣。当一位当代的叙述者犹豫不决的时候，当他声称不确定的时候，当他误解的时候，当他敷衍塞责以及陷入错误的时候，事实上读者会得出结论说，这位叙述者正在真正展现现实吗？当作家给自己的小说提供两个（为什么是两个？为什么不是百个？）不同的结尾的时候，读者会不会认真地认为，他正“得到了一种选择”以及作品正在反映生活中多变的结局？这样的“选择”永远不真实，因为读者被迫吸收了两个结尾。在生活中，我们做出决定——或者说决定成就了我们——接着我们沿着一条路走去；如果我们做出了不同的决定（如我曾经对我妻子说过；尽管我觉得她并不处在一个欣赏我的境地），我们就走不同的道路。一个小说两个结尾，并不重现这种现实：它只是让我们走了两条不同的道路。我想，这是立体主义①的一种形式。那也没有关系，但是针对相关的艺术手法，我们不能自欺欺人。

如果小说家真正想模仿生命多种可能性的增量变数，这就是他们想做的事。在书的最后，可以设计一系列的色彩各异且封好口的信封。每个信封的外面清楚地标好：传统的幸福结局；传统的悲惨结局；传统的忧喜参半的结局；Deux ex Machina②；现代主义的武断结局；世纪终结的结局；

---

① 立体主义是二十世纪初的一个为时不长的艺术流派。它主要追求一种几何形体的美，追求形式的排列组合所产生的美感，否定了从一个视点观察事物和表现事物的传统方法，把三维空间的画面归结成平面的、两维空间的画面。立体主义不依靠视觉经验和感性认识，而主要依靠理性、观念和思维，它在反传统的口号下有浓厚的形式主义倾向。

② 拉丁语，解围之神。指古希腊、罗马戏剧中用舞台机关送出来的人物。

悬而未决的结局；梦想结局；含糊晦暗的结局；超现实的结局；等等，等等。你只能选一个信封，而且必须把没有被你选中的信封销毁。那才是我所谓的提供给读者的结局选择；你也许觉得我实在是太缺乏想象力了。

至于说犹豫不决的叙述者，你看，恐怕眼下你正遇上一位。可能因为我是英国人。你已经猜到了，至少——我是英国人了吧？我……我……请看那上面的海鸥。以前我没有察觉到他。他随波逐流而去，等待着从三明治上掉下来的小块小块的软骨。听着，希望你不觉得这很粗鲁，可是我确实得到甲板上去走走；酒吧这里太憋闷了。我们为什么不在船返回时见面呢？星期四两点钟的渡船行吗？我肯定更喜欢那个时候。行吗？什么？不行，你不能与我一起到甲板上去。看在上帝的分上。再说，我要先去一下厕所。我不能让你跟我到那里，从旁边的厕位上窥视我。

对不起；我不是那个意思。在渡船起航时，是两点钟在酒吧吗？哦，还有一句话。别错过格兰德街的乳酪店。我想店名叫勒鲁吧。建议你买一种布里亚—萨瓦兰乳酪[①]。在英国买不到好的，除非你自己从法国带回。它们被保存在低温之下，否则他们会在里面注射什么化学物，不让它们熟得太早等等。也就是说，如果你喜欢乳酪……

* * *

我们如何抓住过去？我们如何抓住外国的过去？我们读书，学习，讨教，记忆，我们毕恭毕敬；后来一件偶然发生的小事改变了一切。福楼拜是一个巨人；大家都这么说。他比伟岸的高卢首领还要高大。然而，根据他自己的权威性意见：他只有六英尺高。高还可以，但并不巨大；事实上比我矮小，而我在法国的时候，从没有觉得自己比高卢首领高大。

所以说，古斯塔夫是一个六英尺高的巨人，由此看来世界缩小了一些。巨人并不高大（侏儒也因而变矮了吗?）。那些胖子：会因为矮小而不那么肥胖了，于是为了看上去肥胖你就需要小一些的肠胃；或者说，胖子

---

① 以法国政治家和美食家安泰尔姆·布里亚-萨瓦兰（Jean Anthelme Brillat-Sava-rin，1755—1826）命名的一种乳酪，这位美食家因写过一篇诙谐的关于吃的艺术的论文《口味生理学》（1825年）而闻名。

因为长着同样的肠胃却没有同样大的躯体了而变得更胖了？我们怎么能知道这些琐碎而关键的细节呢？我们可以研究几十年来的文档，但我们经常会绝望地仰天摊开双手，宣布说历史只是另一种文学体裁：过去只是装扮成议会报告的自传体小说。

我墙上有一幅亚瑟·弗雷德里克·佩恩（1831 年生于莱斯特的纽瓦克，作画生涯在 1849—1874 年）的鲁昂城的小幅水彩画。它从邦斯库尔教堂墓地的角度展示了这座小城：城里的桥，尖顶，蜿蜒地流过克鲁瓦塞的河流。那是 1856 年 5 月 4 日作的画。福楼拜在 1856 年 4 月 31 日完成了《包法利夫人》：就在克鲁瓦塞那里，就在我可以用手指点出来的两抹展开而又意义不明的水彩之间。如此之近，但又如此之远。然而，这幅由一个敏捷、自信的业余画家画的水彩画，是不是就是历史？

我不知道自己对过去相信些什么。我只是想知道，那时胖子是不是更胖。疯子是不是更疯？在鲁昂疯人院里有一个叫米拉博的疯子，主宫医院的医生与医学院的学生都知道他，因为他具有一种独特的能耐：为获得一杯咖啡他愿意在解剖台上与女尸性交。（这杯咖啡是不是使得他更加疯狂，还是清醒了一些？）但是有一天，米拉博却变成了一个懦夫：福楼拜报道说，当面对一个在绞刑台上被绞死的女人时，这个疯子败下阵来。毫无疑问，大家给了他两杯咖啡，多加了糖，一杯白兰地？（虽然是死了，这种事还是需要有张脸的。那么，这证明他更清醒了还是更疯狂了？）

今天我们不允许使用疯这个词。真是疯了。少有的几位我尊敬的精神病医生总是谈论疯了的人们。使用短小、简单、真实的词语。我说：死，垂死，疯，通奸。我不说：谢世，过世，或终点（哦，他到了终点？哪个终点？伦敦尤斯顿，圣潘克勒斯，还是巴黎圣拉扎尔车站？）或者说人格混乱，或说乱搞，私通，她老去看她的妹妹。我就说疯与通奸，那就是我用的词语。疯这个词声音好听。这是个普通用词，一个告诉我们疯狂怎样像一辆送货的货车一样来了又去的词。可怕的事物也是普通的事物。你知道纳博科夫是如何在他的《包法利夫人》讲座里谈论通奸的？他说，通奸是

"超越常规而又最符合常规的一种方式"[①]。

毫无疑问，任何通奸史都会引用爱玛在那辆奔驰的马车里的奸情：这很可能是整个十九世纪小说中最著名的不忠行为。读者不难想象被描写得真真切切的这一幕情景，并也不难弄清一切，你会这样想。确实是这样。但是还是很容易出差错。我引用一下 G. M. 马斯格雷夫。他是一位素描画家、旅行家、回忆录作家，还是肯特郡博登的牧师，他是《牧师、钢笔与铅笔，或，1847 年夏巴黎、图尔与鲁昂郊游的回忆》（附《法国农庄备忘录》）（伦敦理查德—本特利出版社，1848 年）以及《诺曼底漫游，或卡尔瓦多斯郊游中的人、景、事》（伦敦大卫—博格出版社，1855 年）两书的作者。在后一本书的五百二十二页上写道，尊敬的马斯格雷夫正在鲁昂旅游。他把鲁昂称为"法国的曼彻斯特"。当时，正值福楼拜在艰辛地创作他的《包法利夫人》。马斯格雷夫对鲁昂的叙述包括以下的内容：

> 我刚才正提到马车。我想，停在那儿的马车是欧洲最低矮的马车。在路上，站在一辆马车旁，我可轻而易举地把手臂搁到马车顶上。这些小马车造得考究，简单而干净，装有两盏漂亮的灯；它们像大拇指汤姆[②]的马车一样"穿梭"在街头。

我们的视线突然出现了倾斜：著名的奸情发生在比我们以前可能设想到的还要拥挤的地方，还要缺乏浪漫色彩。我意识到，迄今为止，这条信息没有出现在对这部小说的广泛评注中；因此我是以充满敬仰的心情援引了这条信息，供专业学者们使用。

高大，肥胖，疯狂。接着是色彩。当他为《包法利夫人》查阅资料的时候，福楼拜花了整整一个下午的时间透过色彩斑斓的玻璃看乡村景象。他当时看到的是我们今天看到的景象吗？可能。但是又如何解释下面这一

---

① 参考北京三联书店 1991 年出版的纳博科夫的《文学讲稿》(*Lectures on Literature*)，申慧辉译，原文第 125 页，译文第 187 页。

② 英国民间故事中的一位英雄，其身材仅有其父的大拇指那么大。

点。在1835年的特鲁维尔，他观赏了太阳在大海上慢慢西沉后说，它像一个红浆果酱大圆盘。很生动。但是，1885年时，在诺曼底的红浆果酱是不是与现在的颜色相同呢？（还有没有保存到现在的这种果酱可以让我们核实呢？我们又如何能知道在相隔的这么多年里颜色没有发生变化呢？）这样的事让你烦恼痛苦。我决定给杂货公司写信询问此事。杂货公司不像我其他的联系人，立即给我答复了。他们的回复同样让人放心：他们说，红浆果酱是一种纯果酱，虽然1835年的果酱也许不像现代的果酱透明，因为没有使用精糖，但是颜色几乎是完全一样的。至少那是没有问题的：我们现在可以毫无顾虑地去想象日落景象了。但是你明白我的意思吗？（至于说我的其他问题，如确实有一罐那时的果酱可能存放到现在，但一定毫无疑问地变成了褐色了，除非完全密封存放在一个干燥、通风、避光的房间里。）

那位尊敬的乔治·M. 马斯格雷夫牧师是一个关注细节而善于观察的人。他还是个有一定浮夸倾向的人（“在鲁昂的文学名声这一点上我应当高唱赞歌”），但是他对细枝末节的极端关注使他成了一个有用信息的供应者。他注意到法国人钟情韭菜，厌恶下雨。他询问了各种各样的人：他惊讶地听到一个鲁昂商人说他没有听说过薄荷酱油；一个埃夫勒的天主教教士告诉他，在法国男人读书太多，而女人几乎什么也不读（啊，像爱玛·包法利那样的人还是十分罕见的！）。在鲁昂的时候，他在古斯塔夫的父亲与妹妹葬到纪念公墓一年后，游览了那里，并赞扬允许家庭购买自由保有地的革新政策。在别的地方，他考察了一家肥料工厂、贝叶挂毯，以及在1840年博·布鲁梅尔[①]死于其中的卡昂疯人院（布鲁梅尔疯了吗？服务员清楚记得他：un bon enfant[②]，他们说，只喝兑了一点葡萄酒的大麦水）。

马斯格雷夫也去了吉布雷的展览会，在千奇百怪的展出中有法国最大的胖孩：艾马布勒·茹万。他1840年生于埃尔布莱，现十四岁，入内观赏

① 全名乔治·布赖恩·布鲁梅尔（George Bryan Brummell，1778—1840），英国著名的花花公子，曾引领了英国男士的时尚潮流。

② 法语，一个好孩子。

要收一点入场费。这个胖男孩有多胖？啊，我们的漫步中的素描家没有亲自入内，用他的铅笔记录下这个年轻尤物；而是等一名法国骑兵付了入场费，进入帐篷，然后出来时嘴里说了“一些非常精彩的诺曼底词语”。虽然马斯格雷夫并没有上前问这位士兵，他看到了什么，但他的印象是“艾马布勒并没有肥胖到这位客人所期望看到的那种程度”。

在卡昂，马斯格雷夫看过一次赛舟会，有七百名观众沿着码头边站着。大部分观众是男人，而且其中大多数都是农民，他们穿上他们最漂亮的蓝衬衫。整体的效果就是一种最亮丽的淡蓝。这是一种独特的很正的蓝色；这种蓝色，以前马斯格雷夫只见过一次，那是在英国银行的一个专门焚烧不流通纸币的部门里。那时用一种钴类颜料、硅石、盐以及碳酸钾制成的上色剂给钞票纸上色，如果你点火把一沓钞票烧了，那么灰烬就会呈现出马斯格雷夫在卡昂码头所见到的那种独特的颜色。法兰西的颜色。

当他继续往前走去，这种颜色以及与颜色相关的更粗鄙的东西变得更加清晰。男人们的衬衫与长袜是蓝色的；四分之三的女人的外衣是蓝色的。马厩与鬃饰是蓝色的；马车、一个个村庄的名称牌、各种农家工具、手推车以及大水桶等都是蓝色的。在许多城镇，房屋呈现出蔚蓝色，屋内屋外都一样。马斯格雷夫禁不住对他遇到的一个法国人说，“他的国家比我所熟悉的世界任何其他地方所拥有的蓝色都要多啊。”

我们透过被烟熏黑的玻璃看太阳；我必须透过色彩斑斓的玻璃去看过去。

* * *

谢谢你。Santé.[①] 希望你买到乳酪了？想听一句忠告吗？吃了吧。别装进塑料袋里放到冰箱里，留等客人来时再吃；转眼之间乳酪会胀到三倍大，闻起来就像是一个化工厂。你可以打开袋子，将你的脸置于一段糟糕的婚姻中。

“向大众抖落你自己的生活细节是资产阶级的诱惑，而我一直在抵制着

---

① 法语，祝你健康。

这种诱惑”（1879年）。但是看下面的情况。你当然知道我的名字：杰弗里·布拉斯韦特。别漏字母，否则你把我变成了巴黎的一个杂货商[①]了。不，只是开个玩笑。你看。你知道那些登在像《新政治家》杂志上的个人广告？我想我也许会这样做广告。

> 六十多岁的鳏居医生，孩子都已长大，积极向上，快乐，尽管有忧郁倾向，和善，不吸烟，业余的福楼拜研究者，喜读书、美食、故地重游、老电影，广交友，但欲觅……

你看到问题了吧。但欲觅……是我吗？我欲觅谁？一个温柔的四十上下的离婚者或寡居者为婚姻伴侣？不行。成熟女性一起漫步乡村，偶尔共进晚餐？不行。喜欢双性同时又爱好三人同乐的配偶？当然不行。我常常在杂志的后面几页读到那些让人垂涎三尺的段落，虽然我从来没有想到要去回复这些觅偶广告；而我刚刚意识到这是为了什么。因为我对它们的广告一段也不相信。它们不是在说谎，确实它们都竭力想表现得真诚，可是它们没有说真话。这个栏目扭曲了征偶者自述的方法。如果不是因为形式的鼓励或要求，没有人会认为自己是个积极向上的不吸烟者且有忧郁倾向。两个结论：第一，你不能对着镜子直接给自己下定义；第二，如通常那样，福楼拜说得没错。风格确实从主题里产生。尽管那些登广告的人也许已经尽力了，可他们经常被形式击倒——即使在必须坦诚地展现个性的时刻——被迫变成了并非出于本意的非个性化的人。

至少，你可以看到我眼睛的颜色。它们并没有爱玛·包法利的眼睛那样复杂而难以说清，是不是？但它们对你有帮助吗？它们或许会让你产生误解。我并不是在献媚，而是努力想有所帮助。你知道福楼拜眼睛的颜色吗？不，你不知道：简单的原因是我前面并没有说。我是不想诱惑你得出廉价的结论。你看，我小心谨慎地照看着你。你不喜欢？我清楚你不喜欢。

---

① 请参看本章前半部分的内容。其中提到，福楼拜名字中缺了字母 l 一事。

行啊。哦，根据杜康说，古斯塔夫这位高卢首领，这位六英尺高的巨人，说话时声音像喇叭一样洪亮，“一双大眼睛像海水一样碧绿”。

前不久的一天，我正在阅读莫里亚克[1]的《内心回忆录》，这是作家写于生命晚期的书。晚年是虚荣最后的一些弹丸积聚到一个囊肿里的时候，这时，自我便开始发出最后可怜的低吟：“别忘了我，别忘了我……”；晚年是一个写自传、进行最后的自我吹嘘的时候，作者记录下那些别人都不再记得的往事，自欺欺人地认为它们珍贵无比。

但是，那正是莫里亚克不愿意做的事。他写了“回忆录”，但它们不是他的回忆录。我们没有看到他儿时的数数游戏和拼写游戏，没有读到第一个女佣待在潮湿的阁楼里的故事，没有看到精明的叔叔镶着金属假牙讲着一个个故事等诸如此类的事情。相反，莫里亚克告诉我们他读过的那些书，他喜欢的画家，他观赏过的戏剧。他在审读他人的作品中发现了他自己。他在对恶魔般的纪德强烈的愤怒中，表达了自己的信仰。读他的《回忆录》，就如在火车上遇到一个人，而这个人说，“别看我，那会误导你。如果你想知道我是怎样的人，等到我们进入隧道，仔细端详我在车窗里的映像。”于是你等到那时看去，看到在移动的黑灰墙、电缆以及突现的砖头建筑映衬下的一张脸。透明的人影晃动着、跳跃着，总是相距几英尺之远。你习惯了这个映像的存在，并随之晃动与跳跃；虽然你知道它的出现是有条件的，可你觉得它是永恒的。这时，头顶传来一声呼啸、一声吼叫，涌现了大量的光线；那张脸永远地消失了。

哦，你知道，我长着褐色的眼睛；你想怎么发挥就怎么发挥吧。六英尺一高；灰白的头发；身体健康。但是我身上哪些是重要的呢？只有我的所知，我的所信，我所能告诉你的。我的性格没有多大关系。不，那不是真的。我很诚实，我最好告诉你这一点。我的目标是讲真话；虽然我想错误是不可避免的。如果我犯错误的话，至少我周围有好伙伴。《时代》杂志，在 1880 年 5 月 10 日的讣告栏里声称，福楼拜写了一本书，名为《布

---

① François Mauriac (1885—1970)，法国小说家，曾获 1952 年诺贝尔文学奖。

瓦尔与白居谢》，说他“起初继承了他父亲的职业：即外科医生的职业”。我的《不列颠百科全书》第十一卷（人们说这是最好的一卷）中写道：查理·包法利是小说家父亲的肖像画。这篇文章的作者，一个名为“E. G.”的人，结果是埃德蒙·戈斯。读到这点，我嗤之以鼻。自从我与埃德·温特顿邂逅以来，留给戈斯“先生”的时间就少了。

我是诚实的人，可靠的人。做医生时，我从没杀害过一个病人，这你觉得有点夸张，难以想象。人们信任我；至少他们会回到我这儿。我善待临终的人。我从没喝醉过，就是说，我没喝得太醉过。对想象自己病了的病人从不给开药方；在进行外科手术时，从不对女人有出格之举。听上去像道德圣人。可我不是。

不，我没有杀死我的妻子。我也许早该知道，你会那样想。一开始，你发现她死了；然后过了一会儿，我说，我从未害死过一个病人。啊哈，那么你杀死过谁呢？毫无疑问，问题似乎很符合逻辑。出现猜疑是多么容易的事。曾经有一个名叫勒杜的人，他不怀好意地声称，福楼拜是自杀的；浪费了人们不少的时光。以后我会把他的情况告诉你们。但是，事情的发展都证明了我的观点：什么知识是有用的，什么知识是真实的？我要么不得不给你提供许多关于我自己的信息资料，使你必须承认，正如福楼拜没有自杀一样，我也不可能杀害了我的妻子；要么我只好说一声，行了，够了。到此为止。J'y suis, j'y reste①。

或许，我也可以玩一把莫里亚克的游戏。告诉你，我是如何在阅读威尔斯、赫胥黎以及萧伯纳中长大的；我如何酷爱乔治·艾略特，甚至萨克雷，而不喜欢狄更斯；喜欢奥威尔、哈代以及豪斯曼，不喜欢奥登、斯彭德与伊舍伍德之流（把社会主义鼓吹成同性恋法律改革的把戏）；我又如何正在把维吉尼亚·伍尔夫留到我死了再读。我可以详细地谈论所有这些话题；让我用这样的表达来谈论我的所思所想并释放出杰弗里·布拉斯韦特

① 法语，我来了就不走了。由于经常被人用于歌名、作品名而成为固定结构，常常被移民用来表达反抗，或在示威游行中表达抗议。

先生的情感，将会是一件很愉快的事。但这对提及的那位先生有什么意义呢？

我宁可换一种玩法。有位意大利人曾经写过，批评家暗地里想要杀死作家。那是真的吗？从某种程度上说是的。我们都讨厌金蛋[①]。当一位优秀的小说家又写出了一部优秀小说的时候，你可以听到批评家在低声说，又是带血的金蛋；难道今年我们还没吃够炒蛋？

但是如果没有优秀作品问世，那么许多批评家就会成为文学的独裁者，规范过去的文学，以悄然无声的权威性，设定艺术的未来方向。这个月，大家必须写这个方面的文章；下个月，谁都不允许写那个方面的文章。除非我们开口，否则不允许重印。所有这种带有诱惑性的坏小说的印刷本都必须立即销毁。(你认为我在开玩笑吧？在 1983 年 3 月，《解放报》敦促法国妇女权益部，必须把以下的作品放在“公开煽动对男性至上的仇恨”的禁书目录中：《巨人传》、《无名的裘德》、波德莱尔的诗歌、卡夫卡的所有作品、《乞力马扎罗的雪》，还有《包法利夫人》。）还是让我们玩游戏吧。我先来。

1) 从此禁止写这样的小说：说什么有一群人，处在孤独的环境中，返回到人类的“自然状态”，变成了追求基本生存的动物，他们一无所有，赤身裸体。只可以写一篇短篇小说，文学体裁中的最后一种，瓶子的软木塞。我来为你写。一群游客在一个什么地方，毫无疑问是在一个小岛上，遭遇了船难，或者说是空难。他们中的一个人有一支枪，他高大，强壮，不招人喜欢。他把所有其他的人都逼着住进了他们自己挖的沙坑里。他不时拉出一个被他囚禁起来的人，将他或她枪杀了，然后吃他们的尸体。这种食物味道美极了，于是他就长得肥头大耳。当他将最后一个囚禁的人枪杀并食用完的时候，他开始焦虑起来，他将以什么为食呢；但是幸运的是，这时来了一架水上飞机，将他救走。他告诉全世界，他是最初那次海难中的

① 作者此处借用了西方“杀鸡取卵 (kill the goose that lays golden eggs)”的故事。

唯一幸存者，说他是靠吃浆果、树叶和树根活下来的。全世界都对他良好的体质报以惊叹的目光，并且还在素食店里张贴了一张带有他的照片的广告。一直没人发现事实的真相。

你明白了，写作多么轻而易举，多么有意思？这就是为什么我要禁止这样的体裁。

2）从此禁止淫乱小说。不行，甚至是趣味低下的小说也不行。

3）禁止以屠宰场为地点的小说。我承认，这是当前比较小众的类型，但是我注意到，最近在短篇小说里对屠宰场的使用有上升的趋势。必须在萌芽状态中就扼杀掉。

4）禁止以牛津或剑桥为地点的小说，禁期为二十年。其他大学的禁期将为十年。不禁止以工艺专科学校为背景的小说（虽然也不鼓励）。不禁止以小学为背景的小说；中学禁期是十年。对成长小说进行局部禁止（允许一位作家写一部）。对历史小说进行局部禁止（再次允许一位作家写一部）。完全禁止以记者或电视主持人为主人公的小说。

5）对以南美为背景的小说将引入一种配额制度。其意图是要控制包罗万象的巴洛克风格以及强烈的嘲讽风格的蔓延。啊，低贱的生命与高贵的原则相同，宗教与偷盗相似，无比的荣誉与肆意的凶残混为一谈。啊，代基里[①]鸟在翅膀上孵蛋；哈，弗里多纳树的根长在树梢上，树枝的纤维通过感应帮助驼背人让庄园主的那个趾高气扬的老婆怀上了孕；啊，歌剧院现在成了杂草丛生的丛林。允许我轻叩桌子低声说“通过！”以北极与南极为背景的小说将接受一笔开发奖金。

---

① 古巴的一处海滩。

6a) 禁止发生人兽之间肉体接触的场面。例如，女人与海豚间温柔的交欢，象征了广义地修补以前曾使世界和平共处的那些微弱的游丝。不行，不允许这样的场面。

b) 禁止发生男人与（你或许会说像海豚一样的）女人在洗澡时的肉体接触的场面。我的理由主要是出于美学的思考，同时也出于医学的考虑。

7) 禁止有关发生在英帝国遥远的地方的战争小说，这些战争规模小，而且至今已被人遗忘，在这些战争的痛苦过程中，我们首先了解了英国人的普遍邪恶；第二，我们明白战争确实凶残。

8) 禁止只有一个缩写字母的叙述者或者任何人物。然而，人们依然在不断地这么干！

9) 不再允许出现事实上是在讨论其他小说的小说。不允许有“现代版”、重写、续本或者前传。作者已故而未完成的小说不允许由他人想象着完成。相反，每位作家都将发给一个彩色羊毛织品，挂在壁炉上。上面写着：编织你自己的东西。

10) 对写上帝的小说将有二十年的禁期；或者说，寓言性、隐喻性、影射、旁敲侧击、不确切以及不明确地写上帝。满脸胡子的园丁长总是看护着苹果树；充满智慧的老船长从不匆忙下判断；那个你尚未充分认识却在第四章让你感到毛骨悚然的小说人物……把他们统统打包存储起来，所有这些。只允许上帝成为可证实的神灵，而这个神灵对人类的种种越界行为特别生气。

那么我们该如何抓住过去呢？当过去变得遥远的时候，它的轮廓还清晰吗？有人认为是的。我们知道得更多，我们发现额外的文档，我们使用红外线透过通信中被抹去的内容，并且我们可以不顾当时的偏见；所以说，我们更了解过去。是那样吗？我怀疑。以古斯塔夫的性生活为例。多年来，人们一直以为，这头克鲁瓦塞的熊只是与露易丝·科莱一起时会爆发出他的熊性——“福楼拜生活中唯一重要的感情插曲。”埃米尔·法盖[①]声称。可是后来人们发现了埃莉萨·施莱辛格——古斯塔夫心中的那个用砖头围起来的高贵殿堂、那缓缓燃烧的火焰、那段始终没能圆满的少年激情。后来，更多的书信进入人们的眼帘，还有那些埃及日记。他的生活开始因为女演员而散发着臭气；布耶的床笫之事被公之于众；福楼拜自己也承认喜欢开罗浴室男侍。最后我们看清了他性欲的全景图；他是一个对同性与异性都有性欲的人，他体验过同性恋，也体验过异性恋。

但是不要这么快。萨特宣告说，古斯塔夫从来就不是同性恋者；只是他的心理是被动的，女性化的。与布耶的穿插事件只是戏弄而已，是生动的男性朋友关系的锋芒外露：古斯塔夫整个一生都没有过任何同性恋行为。他说他有过，可那只是他吹嘘的编造：布耶要听他讲在开罗的黄段子，福楼拜就给他提供了。（我们就此相信了？萨特指责福楼拜在痴心妄想。我们不也可以同样指责萨特想入非非吗？他会不会更喜欢福楼拜这个颤栗的资产阶级，在他担心自己会犯下的罪孽的边缘开玩笑地这么说，而不愿让胆大妄为的福楼拜成为颠覆性的纵欲者吧？）同时，人们正在怂恿我们改变对施莱辛格夫人的看法。福楼拜的崇拜者目前持有的观点是，他与施莱辛格夫人的关系最终有了完满的结果：不是在1848年，就是在1843年，后者可能性更大。

过去是一条遥远的、逐渐消失的海岸线，而我们都在同一条船上。在船尾的围栏上有一排望远镜；每一台望远镜以一定的距离将海岸线带入我们的视线。如果船停下来，人们会持续使用其中一台望远镜；那么，它似乎会告诉你所有的真相，不变的事实真相。但是这是一种幻觉；而当船重新起航时，我们重返正常的生活：匆匆忙忙地从一台望远镜跑到另一台望远镜，看到一台望远镜里的清晰景象消失后，便到另一台望远镜前等待着

---

① Emile Faguet (1847—1916)，法国作家、批评家。

那里的模糊变得清晰。于是，当模糊变得清晰，我们想象是我们自己使它变得清晰起来的。

是不是因为大海比前几天平静了？朝北行驶——布丹所见到的光线。对那些非英国人来说这次旅行意味着什么呢——当他们边朝着令人窘迫的地方行驶边用早餐时？他们会对滚滚的浓雾与燕麦片紧张地开着玩笑吗？福楼拜发现伦敦令人毛骨悚然；他宣称，这是一座不健康的城市，不可能找到法式蔬菜牛肉浓汤。另一方面，不列颠是莎士比亚的故乡，那里有清晰的思维和政治自由，伏尔泰在那里受到热烈欢迎，左拉也将去那里逃亡。

现在它成了什么？我们的一位诗人不久前称它是欧洲的第一个贫民窟。也许更像欧洲首个高级百货商店。伏尔泰赞扬了我们对待商业的态度，因为不势利，所以我们乡绅们的小儿子们成了商人。现在从荷兰、比利时、德国和法国来到这里的当日往返的客人，对英镑的疲软很兴奋，迫不及待地走进玛莎百货商店①。伏尔泰宣称，商业是我们民族之所以伟大的基础；现在正是因为有了商业，才使我们免遭破产。

当我开车离开渡船的时候，总有一种想走海关的红色通道的欲望。我从来没有携带过量的免税商品；从来没有带植物，或狗，或药品，或生的肉类，或军械；可是我总是不知不觉地想转过车轮，朝红色通道开去。从欧洲大陆归来，而没有东西需要拿出来展示一番，总让人有一种入关的失败感。先生，请读一下这个！好的。看明白了吗，先生？看明白了。有需要报关的东西吗？有，我要申报一小盒的法国流感，一腔对福楼拜的危险的热爱，一种看到法国路标时的童稚般的快乐以及一份在向北望时所见到的光的喜爱。这些需要交关税吗？应该要交啊。

哦，还有，我买了这块乳酪。一种布里亚—萨瓦兰乳酪。我后面的那个人也买了一块。我告诉他，乳酪总是要申报关税的。乳酪啊。

但愿你没有觉得我变得故作神秘，顺便说一下。如果说我变得令人生厌，很可能是因为我感到窘迫的关系。我告诉过你，我不喜欢正面。但我

---

① Marks & Spencer 是创立于 1884 年、总部设在英国的国际连锁百货商店。

确实想把事情变得容易。神秘很简单；清晰才是最难做到的。不写任何曲调比写曲调容易。不押韵比押韵简单。我倒不是说，艺术应该像一包种子上的说明书那样清晰明了。我是说，如果你知道故弄玄虚的人是故意不想清晰明了的，你会更信任这样的人。你相信毕加索，因为他能够像安格尔[①]一样作画。

可是有什么用？我们需要知道什么呢？并不是想知道所有一切。所有的一切让人眼花缭乱。直截了当同样让人眼花缭乱。眼睛直愣愣地看着你的正面照催人入眠。福楼拜在他的肖像画和照片中目光总是看着别处。他不看着你，你就无法捕捉住他的目光；同时，他不看着你，是因为你的肩膀没有你肩头远处的景色有意思。

直截了当让人迷惑。我告诉你，我名叫杰弗里·布拉斯韦特。那有用吗？有点，至少比“布”或“杰”或“那人”或“那个喜欢乳酪的人”要强一些。然而如果你没有见过我，那么从这个姓名中你能得出什么呢？中产阶级的职业人；也许是律师；留一把胡子，这暗示着——也许带有欺骗性——过去在军队里待过；有一个理智的妻子；逢周末会去划划船；喝杜松子酒而不喝威士忌；还有吗？

我是——过去是——医生，第一代职业阶层；如你所见，虽然过去在军队里待过，那是我这个年龄的人无法避免的，但我没有留胡子；我住在埃塞克斯，最没个性因而成了家乡最受欢迎的人；喝威士忌，不喝杜松子酒；根本不穿斜纹软呢服装；不划船。瞧，差不多，可是还不够。至于说我的妻子，她并不理智。理智，那是最不适合用在她身上的字眼。我说过，人们给软质干酪注射，防止它们熟得太快。但它们总会成熟；那是它们的本质所决定的。软质乳酪要塌陷，硬质乳酪坚硬不变。但都会发霉。

我本打算把我的照片放在书的前面。不是虚荣；只想对人有些帮助。但恐怕那是一张老照片；大约十年前拍摄的。我没有时间更近一些的照片。

---

① Jean Auguste Dominique Ingres (1780—1867)，法国画家，新古典主义画派的最后一位领导人。安格尔的画风线条工整、轮廓确切、色彩明晰、构图严谨，对后来许多画家如德加、雷诺阿，甚至毕加索都有影响。

你会发现一点：过了某个年纪，人们不再给你拍照。或者说，人们只在生日、婚礼、圣诞这样的正式场合给你拍照。一个带着红扑扑的脸蛋与快乐的神情的人，在朋友与家人中举起酒杯——这个证明有多真实，有多可信？我结婚二十五年纪念日的照片会透露出些什么呢？当然不是实情；因此也许还不如没有拍摄。

福楼拜的外甥女卡罗琳说，在他生命即将终结的时候，他后悔没有妻儿老小。但是她的叙述是多余的。他们在拜访了一些朋友后一起沿着塞纳河散步。“他对我说：‘他们不错。’指一个有诚实可爱的孩子的人家。‘对，’他忧郁地重复说，‘他们不错。’我没有去打乱他的思绪，只是默默走在他身旁。这是我们最后一次散步。”

我倒宁可她打乱了他的思绪。他是不是指妻儿老小呢？我们应该把他的话不仅仅看作是一个身在诺曼底、心想埃及或身在埃及、心想诺曼底的人的一种反射性的反常反应吗？他是不是不仅仅在赞美他们刚刚拜访过的那家人家的优越之处？总之，他如果想为婚姻制度本身唱赞歌的话，他可以转向他的外甥女，悲叹他孤独的人生，并承认“你做得不错”。当然，他没有这么做；因为她做得不好。她嫁给了一个懦弱的人，这个懦弱的人变得一贫如洗，于是为了挽救她的丈夫，她使她的舅舅也破产了。卡罗琳的例子很有启迪作用——使福楼拜在忧郁中大受启发。

她自己的父亲像她后来的丈夫一样，也曾是个懦弱的人；古斯塔夫取代了他。在卡罗琳的《私人日记》中，她回忆了她小姑娘时舅舅从埃及归来的情景：一天晚上他出乎意料地回到了家中，唤醒了她，把她从床上抱了起来，看到她的睡袍长得超过了她的双脚，他哈哈大笑起来，然后在她的脸上亲热地吻个不停。他刚刚从外面进来：他的胡子都是冰冷冰冷的，沾着露水，湿漉漉的。可把她吓坏了，当他把她放下时，她松了一口气。这难道不正像教科书上那样，讲述了一位长期不在的父亲——从战场上、从生意场上、从国外、从慈善活动中、从险情中——惊天动地的归来情景？

他对她疼爱有加。在伦敦，他抱着她游览了世界博览会；这次，在人山人海中，她待在他的怀里感到非常快乐与安全。他教她历史：讲派洛皮德[①]与伊巴密农达[②]的故事；他把一把铁铲和一桶水拿进花园，他要在花园里给她造上课用的半岛、岛屿、海湾以及海角，教她学习地理。她深爱着与他一起度过的童年生活，这段童年生活的记忆使她经受住她长大后生活中的种种不幸。在1930年，在她八十四岁的时候，卡罗琳在艾克斯莱班[③]遇到了威拉·卡瑟[④]，回忆起八十年前在古斯塔夫书房的角落里的一块地毯上度过的光景：在让她骄傲的严格保持的安静氛围中，他在伏案工作，她在埋头阅读。“当她躺在属于她的角落里的时候，她喜欢这样想：她是被一头强大的野兽——老虎或狮子或熊——关在了一个笼子里，而这头野兽早已把他的看守人吞吃了，任何别人想要打开他的门，他都会扑向这个人，但是与这头野兽在一起，她‘相当安全和骄傲’，她一边说，一边吃吃笑了起来。”

可是，后来成人的各种需求出现了。他给她的教育很糟糕，于是，她嫁了一个弱者。她成了一个势利市侩之人；她一心只想着时髦的社交活动；以至于最后想把她的舅舅从这所房子里撵出去，这所房子中最有用的东西已深深印入她的脑海中。

伊巴密农达是底比斯的一名将军，被视为所有美德的生动写照；他过着严苛的戎马生活，他建立了迈加洛波利斯城邦。在他弥留之际，在场的人们为他没有后代而悲叹。他回答说，“我留下了两个子孙：留克特拉与曼蒂尼亚”——他最著名的两场胜战的战场。福楼拜也许可以发一个相同的声明——“我留下了两个子孙，布瓦尔与白居谢”——因为他唯一的孩子，他的外甥女，亦是他的女儿，已长大，弃他而去，成了难以让人满意的人。对于外甥女以及她丈夫而言，他已成了“消费者”。

古斯塔夫给卡罗琳教文学。我引用一下她的话：“他认为写得好的书是

① Pelopidas（公元前？—前364），希腊底比斯将军和政治家。

② Epaminondas（公元前410—前362），希腊底比斯将军和政治家。

③ 法国东部萨瓦省城市。位于日内瓦西南，临布尔日湖。

④ Willa Cather（1873—1947），美国作家。

没有危险的。”让时光向前推七十年左右，到法国另一个地区的一个不同的家中去看看。这次你看到一个书卷气十足的男孩、一位母亲以及母亲的一位被称呼为皮卡尔夫人的朋友。男孩后来写了他的回忆录；我再引用一下：“皮卡尔夫人的意见是，应该允许孩子阅读一切。‘写得好的书是不可能有危险的。’”男孩清楚皮卡尔夫人经常表达的观点，有意利用她在场的机会，请求他母亲允许他读一本臭名昭著的小说。“但是如果我可爱的小宝贝在这么小的年龄读这样的书的话，”他母亲说，“那长大后他会做什么呢?”“我将身体力行这些书[①]!”他答道。这是他童年时最智慧的反驳之一；它成了家里流传下来的美谈，也使他获得了阅读那本小说的权利，或者说，我们假定他获得了准许。这个男孩就是让-保罗·萨特。那本小说就是《包法利夫人》。

世界进步了吗？或者说世界只是像一艘渡船一样来回往复？离开英国海岸一个小时后，清澈的天空消失了。乌云与雨水伴你返回到你原来的地方。天气变幻时，船开始颠簸起来，酒吧里的桌子开始了它们的金属间的对话。啦嗒啦嗒啦嗒啦嗒，发嗒发嗒发嗒发嗒。一呼一应，一呼一应。现在在我听来像一场婚姻的最后的几个阶段：两个分开的部分，用螺丝拧到了它们自己的那一方地板上，当天开始下雨的时候，它们发出了惯有的咔嗒声。我的妻子……不是现在，不是现在。

白居谢，在他的地质学研究中，对如果在英吉利海峡下发生地震将出现什么样的情况进行了猜测。他得出的结论是，海峡里的水将哗哗地流进大西洋中；英国与法国的海岸线会摇摇晃晃，发生改变，并且连到一起。英吉利海峡将不再存在。听到朋友的预测，布瓦尔惊恐地逃跑了。对我自己而言，我想我们不必如此悲观。

你们没有把奶酪忘了吧？别让你的冰箱成了一个化工厂啊。如果你已结婚，我不会这么要求你。恭喜你还是不恭喜你，得看具体情况。

---

① 原文为 I shall live them(书) out! 此处的 live out 可以有两种解释：身体力行；存在得更长久。而萨特似乎同时实现了这两个目标。

这次我要走红色通道。我需要有伴同行。马斯格雷夫牧师认为，法国douaniers[①]的行为像绅士，彬彬有礼，而英国海关官员是无赖。但我发现，你如果好好地对他们，他们也都富有同情心。

八、火车机车号收集者[②]眼中的福楼拜

1）坐落在克鲁瓦塞的那幢房子，对福楼拜来说，是完美的。它是一幢十八世纪的白色长房子。它孤零零地立在那儿，但它毗邻鲁昂，而鲁昂又毗邻巴黎。房子不小，其中他拥有一间有五扇窗子的大书房；但也可说房子不大，因为即使他不在家请客，也不让人觉得明显失礼。如果他高兴，这幢房子还给他提供了一片他不用冒任何风险就可观赏到的从眼前经过的生活风情。他可以拿起看戏用的小型望远镜，站在露台上，观望着满载着到拉布耶的星期天午餐会客人的游船。这些客人开始习惯了在船上看到cet original de Monsieur Flaubert[③]，如果他们看不到他穿着努比亚[④]的衬衫、戴着无边便帽、用小说家的观察目光回望着他们，反而会感到很失望。

卡罗琳描述了她在克鲁瓦塞度过的童年时代的那些宁静的夜晚。这是一个奇特的家庭：女孩、舅舅、外婆——每一代人都只剩下孤零零的一个代表，像有时你见到的那种每一楼层上只有一个房间的很挤的房子。（法国人称这样的房子叫un bâton de perroquet，鹦鹉栖木的意思。）她回忆说，他们三人经常坐在那个小凉亭的阳台上，观赏着夜幕的缓缓降临。在对面的河岸边，他们也许会看到一匹马驮着重负在纤道上艰难前行的轮廓；他们或许会听到近旁抓鳗鱼的渔夫小心翼翼地将钓鱼杆抛进水中的溅水声。

福楼拜医生为何要把自己在德维尔的财产卖掉而买下这幢房子呢？人们历来认为，用作他有病的儿子的避难所，这个儿子刚经历了癫痫病的第一次发作。无论如何，德维尔的财产总会被卖掉。当时，从巴黎到鲁昂的

① 法语，海关官员。

② 是指一些业余爱好者，在业余时间里热衷于站在火车站的站台上记录机车识别号码。

③ 法语，福楼拜先生本人。

④ 非洲一个古国，在埃及南部地区。

铁路正在延伸到勒阿弗尔，要从福楼拜医生的宅基地上贯穿而过；这块地产的一部分将强制性出售。你们可以说，古斯塔夫是被癫痫病逼进克罗瓦塞的文学创作的避难所的。你也可以说，他是被铁路的建设赶到了那里。

2）古斯塔夫属于法国铁路时代的第一代；他憎恨铁路这新玩意。首先，这是一种可憎的运输工具。“我非常讨厌坐火车，在火车上坐了五分钟后，我往往会厌烦得大声叫起来。乘客以为那是一条没人管的狗；完全错了，那是福楼拜先生在叹息。”其次，火车造就了一种新的饭桌形象：讨厌铁路的人。谈论这个话题让福楼拜得了 colique des wagons[①]；在 1843 年，他宣告说，铁路是继拉法热夫人（用砒霜毒害别人的女人）以及奥尔良公爵（一年前被人杀死于马车里）之死以后的第三个最让人讨厌的话题了。露易丝·科莱努力想在她的诗歌《普通农民》中增添现代色彩，让她的一名从战争中归来的名叫让的士兵去寻找他的家乡简尼顿的时候，注意到了从一列火车上喷出来的滚滚浓烟。福楼拜把这一行诗删掉了。“让根本就不在乎那玩意，”他咆哮地说，“我也不在乎。”

但是他不仅只是对铁路如此厌恶；他也厌恶铁路让人沾沾自喜地产生了进步的幻觉。科学进步了，而道德没有进步，那有什么意义呢？铁路只是让更多的人方便出行，方便见面，方便愚蠢地待在一起。在他一些早期书信中有一封他十五岁时写的信，他在信里罗列出了现代文明的罪行：“铁路，毒药，灌肠机，奶油馅饼，皇室和断头台。”两年后，在一篇关于拉伯雷的散文中，他所罗列的公敌表发生了变化——除了第一点他从来不会变以外，其他都变了：“铁路，工厂，化学家和数学家。”他后来一直没变。

3）“艺术——高于一切。在一条铁路与一本诗集之间，我更喜欢诗集。”

——《私人笔记》，1840 年

---

① 法语，火车厌恶症。

4）我内心觉得，在福楼拜与露易丝·科莱的关系中，铁路的作用被低估了。从他们关系中的细节来考虑吧。她住在巴黎，他在克鲁瓦塞；他不愿到首都去，也不允许她到乡间去拜访他。因此，他们往往就在差不多中途的地方，在芒特的大鹿酒店度过一两个激情燃烧、海誓山盟的夜晚。接下来便是下面这样的循环：露易丝会设想尽早的一次幽会；古斯塔夫会推迟幽会的时间；露易丝往往先恳求他，继而生气，再而威吓他；古斯塔夫会勉为其难地做出让步，同意再一次见面。见面所持续的时间往往刚好可以满足他的情欲，重新燃起她的期望。于是，他们之间进行的是一场充满着牢骚抱怨的相互牵制的二人三足赛跑。古斯塔夫有没有想到过一个比他早到这个小城的客人呢？在攻克芒特的时候，征服者威廉[①]从他的马上摔了下来，受了伤，他后来就是因这次所受的伤而死于鲁昂的。

从巴黎到鲁昂的铁路是由英国人建造的，1843 年 5 月 9 日通车，那仅仅是古斯塔夫与露易丝相逢前三年的事。到芒特的旅程，让他们各自从一整天缩短到两个小时左右。请设想一下，要是没有铁路，情况会怎么样。他们得乘坐公共马车，或者乘坐轮船；当他们再次相见时会疲惫不堪，也许还会很恼火。疲劳会影响人的情欲。但是，考虑到路途的艰难，对相见更会充满着憧憬：希望相聚的时间更长一些——也许会多待一天——感情的投入也会多一些。当然，这只是我的理论。但是如果在我们这个世纪，电话使得通奸既方便又困难（幽会是容易的，但是监查也同样容易了），上一个世纪的铁路也具有同样的效果。（有没有谁对铁路的普及与通奸的泛滥进行过比较研究？我可以想象得到，村里的牧师布道讲述魔鬼的创造发明，并因此而受到人们的嘲笑；但是如果他们这么做，他们就是正确的。）铁路对古斯塔夫是有价值的：他从芒特往返可以不必太麻烦；而露易丝的牢骚也许是为这样一种轻易获得的快乐所付出的一个合理公道的代价吧。铁路对露易丝是有价值的：古斯塔夫从来没有真的那样遥不可及，不管他在那些书信里表现得多么严厉；而他的下一封信一定会说，他们可以再相见，

---

① 威廉一世（1028—1087），诺曼底公爵，英格兰国王。

说他们之间只不过相隔两个小时的路程而已。而且，铁路对我们也很有意义，有了它，我们现在才可以读到那些记录着长时间的感情波澜的书信。

5a) 1846 年 9 月：在芒特的首次相见。唯一存在的问题是古斯塔夫的母亲。至此，还没有人正式把露易丝的存在告诉她。确实，科莱夫人不得不通过马克西姆·杜康，传递她给古斯塔夫的情书，杜康拿到信后，把它们装进新的信封里另寄给古斯塔夫。福楼拜夫人对古斯塔夫突然彻夜不归会有什么样的反应呢？他又是如何告诉她的呢？当然，撒个谎："une petite histoire que ma mère a crue[①]，"他吹嘘说，活像一个骄傲的六龄儿童，说完就出发去芒特。

可是，福楼拜夫人并不相信他的 petite histoire[②]。那晚上，她比古斯塔夫与露易丝睡得还少。这件事让她觉得不安；也许是因为近来马克西姆·杜康的来信如洪水涌来。因此，第二天早晨，她便来到鲁昂火车站，当她的儿子依然带着骄傲与性生活的新鲜表情，从火车上走下来的时候，她站在月台上等待着他。"她没有讲任何指责的话语，但是任何人都能看得出，她脸上是一副十分严厉的指责神情。"

人们常常谈论分离的忧伤；那么，谁知道回家时的负罪感又是怎样的呢？

b) 当然，露易丝也会演火车站这样一幕戏。她常常会因嫉妒而突然出现在正与朋友一起共进晚餐的古斯塔夫面前，她这一点是臭名远扬的。她总想找一个情敌；可是没有找到，除非你把包法利夫人也算在内。有一次，杜康记载道，"福楼拜正要离开巴黎到鲁昂去，这时她突然走进火车站的候车室，接着便出现了惨不忍睹的情景，使得铁路官员不得不进行干预。福楼拜十分沮丧，乞怜求饶，可她却不依不饶。"

---

① 法语，编一个小故事骗母亲相信得了。
② 法语，小故事。

6）以下是一件福楼拜乘坐伦敦地铁的鲜为人知的事。我引自他 1865 年的旅行日记要点：

6 月 26 日星期一（在驶离纽黑文的火车上）。一些像巴黎郊区的车站那样的小车站，张贴着海报。到达伦敦维多利亚车站。

7 月 3 日星期一。买了一张火车时刻表。

7 月 7 日星期五。地铁——霍恩西[①]。法默太太……到查令十字街车站询问情况。

他不屑把英国与法国的铁路进行比较。这也许是一个遗憾。我们的朋友 G. M. 马斯格雷夫牧师十多年前在布洛涅[②]下车的时候，被法国铁路运输深深吸引住了："行李的接收、称重、标号以及费用的支付设备简单而完美。每一部门都有序、准确与守时。礼貌又舒适（在法国舒适!），每一种安排都让人感到愉悦；而所有这一切都是在没有帕丁顿[③]那种到处可见的喧嚣或混乱中进行的；更不用说那里的差不多可与我们头等车厢相媲美的二等车厢了。情况竟然是这样的，英国真是无地自容哪!"

7）"铁路：如果拿破仑有铁路可使用的话，那他一定无敌于天下。经常会对他们的发明创造欣喜若狂，并说道：'我，先生，我今天早晨还在某地……而现在却可以站在你面前与你说话了；我是坐某钟点的火车离开的；完成了那里所要做的事情；到某某钟点我就回到了这儿。'"

——《公认概念词典》

8）我坐上了离开鲁昂（右岸[④]）的火车。车上是蓝色的塑料座位，用

① 英国伦敦地名，离查令十字街车站几英里路程。

② 法国北部港口城市。

③ 英国伦敦西部的一个地区。

④ 塞纳河的北面，故又称为北岸。

四种语言写了一条不要探身窗外的告示；我注意到，为了表达这种告诫，英语比法语、德语或意大利语所用的词语多。我坐在一幅金属框的（黑白）摄影作品下方，那是一幅奥莱龙岛上的渔船的照片。我旁边坐着一对老夫妻，他们正在读《巴黎—诺曼底》上的一个名为 fou d'amour① 的猪肉商人的故事，这个猪肉商杀死了一家七口人。在窗上有一张我以前没有看到过的小告示贴："Ne jetez pas l'énergie par les fenêtres en les ouvrant en période de chauffage." Do not throw energy out of the windows②——措辞多么不符合英语规范；符合逻辑的与适合想象的一同出现了。

你瞧，我变得善于观察了。一张车票花费三十五法郎。旅途花去一个小时不到一分钟：是福楼拜那时候所花费的时间的一半。第一个停靠车站是瓦塞勒；接着是沃德勒伊——ville nouvelle③；还有拥有金万利④仓库的加永（奥布沃）。马斯格雷夫说，塞纳河这段沿途的景色让他想到诺福克⑤："比我在欧洲任何其他地方所见的景色更像英国景色。"检票员用打孔机轻敲着门柱：金属叩击金属，令你必须服从的命令。弗农到了；接着，你左边宽阔的塞纳河将你带到了芒特。

共和国广场六号是一个建筑工地。一个方形的公寓楼群接近竣工；它已经呈现出了侵占者的自信与天真。说大鹿饭店吗？是的，确实，人们在 tabac⑥ 里告诉我，老的大楼直到一年前左右才被拆除。我返身回去，凝视着旧的地址。大鹿饭店现在所剩下的只是两根相隔三十英尺远的高高的石头大门廊柱。我用绝望的眼光盯着它们看。在火车上，我无法想象出进行着同样的旅行的福楼拜的情形（是像一条烦躁不安的狗那样嚎叫？在嘟嘟囔囔？满怀着热情?）；现在，在这个朝圣般的时刻，这些门廊柱已无济于事，无助于将我的思绪带回到古斯塔夫与露易丝的热烈相聚的时刻。它们

---

① 法语，疯狂的爱。
② 分别为法语和英语，别把能源扔到窗外。
③ 法语，新城市。
④ Grand Marnier，法国一著名力娇酒品牌。
⑤ 英国东岸一郡名。
⑥ 法语，香烟店。

为什么就该有助于我们呢？我们对过去太粗鲁无礼，总是这样指望着它一定会给予我们一种兴奋与颤栗。它为什么就该遵从我们的游戏规则呢？

我十分恼怒地绕着（米其林一星级[1]）教堂走，买了张报纸，喝了杯咖啡，读了一下 fou d'amour 中的那位猪肉商的故事，然后决定坐下一趟火车返回。通向火车站的那条路名叫富兰克林—罗斯福林荫道，虽然实际的道路没有它的名字那样富丽堂皇。在路的左侧，在离尽头五十码远的地方，我看到了一个咖啡餐厅。它名叫鹦鹉。在店外面的人行道上，一只细工浮雕木质鹦鹉长着亮丽的红色羽毛，嘴里衔着午餐的菜谱。餐厅的外面与那些拥有明亮的木头外表的建筑一样，强调了其年代比实际拥有的要更久远。我不知道，这个餐厅是否在福楼拜的时代就已经在那里了。但以下一点我是清楚的。有时，过去也许是一头被灌醉酒的猪；有时是一头躲在洞穴里的熊；有时只是一只鹦鹉的闪现，两只嘲讽的眼睛像森林深处的火光一样注视着你。

9）火车在福楼拜的小说中没有扮演任何重要的角色。但是，这表明了精确性，而不是偏见：他的大部分作品的背景都是在英国的建筑挖土工与工程师袭击诺曼底之前。《布瓦尔与白居谢》涉足于铁路时代，但是，也许令人吃惊的是，他的两名固执己见的抄写员却都没有在出版的书中公开发表他们对这种新的运输方式的看法。

火车只出现在《情感教育》中。它们首次被提到的时候是在当布罗士[2]家举行的聚会上，而且这并不是作为一个吸引人的话题提及的。第一列真正的火车，以及第一次真正的坐火车旅行，出现在第二部分第三章，当弗雷德里克希望引诱阿尔努夫人的时候，他去了克雷伊。考虑到他的旅行者并不太急躁，福楼拜使这次郊游充满了令人满意的诗情画意：绿色的平原，一个个车站，像小的舞台布景一样，从眼前掠过，火

---

① 米其林星级评分系统已成为全世界最具权威的饮食评分系统，该评分系统也曾扩展到其他领域。

② 《情感教育》中的一个银行家。

车机头里喷出的洁白浓烟，在青草上轻跃片刻，然后便向四处散去。小说中还有几次乘火车的旅行，乘客似乎都是满心的欢喜；至少没有一个人像一条没人管的狗那样厌烦地大声嚎叫。而且虽然福楼拜从科莱夫人的《普通农民》中盛气凌人地删除了关于地平线远处的滚滚浓烟的诗行，但这并没有禁止他自己（第三部分第四章）的乡村景象里有“火车头的烟像地平线一样不断伸展开去，就像一只巨大鸵鸟的羽毛尖端被风不断刮起一样”这样的情景。

我们也许只在一处可以看出他个人的观点。佩尔兰，弗雷德里克的朋友中的画家，一个擅长于纯理论，而常常在作画中半途而废的人，曾罕见地画了一幅完整的画。福楼拜暗自露出了微笑说：“通过耶稣基督驾驶着一辆火车穿越原始森林的这一形象，这幅画代表了共和国，代表了进步，代表了文明。”

10）当古斯塔夫感到头昏目眩却并不惊慌的时候，他说出了他人生最后的一两个句子：“我想我要晕倒了。幸运的是，它发生在今天；要是明天在火车上的话，那就太麻烦了。”

11）在缓冲地带。今天的克鲁瓦塞。庞大的毛纺厂的搅拌机在福楼拜家的原址轰隆隆地响着。我信步走了进去；他们都很乐意带我参观工厂。我目不转睛地看着活塞、蒸汽、大桶以及纸浆盆：这么湿淋淋的东西生产出干燥的纸张。我问带我参观的人，他们生产的这些纸张是不是用来印书的；她说，他们生产各式各样的纸张。我意识到，事实证明这次参观并不会让人有多少伤感成分。在我们头顶上方，一大卷的纸，约二十英尺宽，正缓缓地沿着一台传送机的轨道运行。与周围的一切相比，它似乎大得出奇，看似一尊流行雕塑放在了一个故意拨动的天平上。我说，它像一大卷的卫生纸；我的向导证实说，正如我所说，它就是卫生纸。

在隆隆作响的工厂外面似乎也没有多少安静。卡车穷凶极恶地从那条曾是纤道的道路上经过；打桩机砰砰地锤击着河的两岸；船经过时必须先按喇叭鸣汽笛。福楼拜过去常说，帕斯卡[①]曾经拜访过这幢克鲁瓦塞的房子；当地一个经久不息的传说坚持说，普雷沃神甫[②]就是在这幢房子里写了《玛依·莱斯科》[③]。现在，不再有人重复这样的传说；而且也不再有人相信它们。

天阴沉沉的，诺曼底的雨在不停地下着。我想起了河对岸的那匹马的轮廓，想到了抓鳗鱼的渔夫抛钓鱼杆时那静静的溅水声。鳗鱼还能生活在这种缺乏欢乐、充满商业味的河水里吗？即使它们可以生活在其中，它们很可能也满是柴油与清洁剂的味道了。我将目光朝河的上游移过去，突然，我看到了它，只见它在伏地颤抖。一列火车。以前我看到过铁轨，有一段铁轨铺设在公路与河水之间；此刻，铁轨在雨水中闪着光，咧着嘴。我原来未假思索地假定，这些铁轨是让骑跨的码头起重机运行时用的。可是，不：甚至连这个他都没逃过。捆绑得严严实实的货车在约二百码远的地方编排成队，准备驶过福楼拜家的凉亭。当它与凉亭平行的时候，毫无疑问，它会讥讽地拉响汽笛喇叭；也许货车运载的是毒药、灌肠机以及奶油馅饼，或者是运载着药剂师及数学家的用品。我不想看到这样的事（反讽既可以是笨拙的，也可以是残酷的）。我爬进自己的汽车，离开了。

九、福楼拜的未竟之事

它不是人们建起的。是人们拆除了的。

它不是一幢幢的房子。是一幢幢房子之间的空隙。

它不是一条条存在的街道。是那些不再存在的街道。

然而，它也是人们没有建成的东西。是人们梦想与构思的一幢幢房子。是人们想象中的稀奇古怪的林荫大道；是茅屋间的那些没人走过的闲庭信

---

① Blaise Pascal (1623—1662)，法国数学家、物理学家、哲学家。

② Abbé Prévost (1697—1763)，法国作家、小说家。

③ 普雷沃写于 1731 年的小说，后来普契尼等著名歌剧家将它改编成了歌剧，成为经久不衰的经典剧目。

步的小路；是错视画①中的死胡同，让你产生了走进一条时髦大街的幻觉。

作家们未写成的书重要吗？忘记它们是非常容易的，也很容易假定，未写成的书目只有糟糕的观点、被合理抛弃的计划、令人难堪的最初的想法。事实未必如此：最初的想法往往是最好的思想，经过片刻锁眉思索后，它们会在三思后令人高兴地复原成最好的。而且，一种思想往往不会因为它没有通过哪一种质量控制检测而遭到摈弃。想象力并不像每年结出丰硕果实的苹果树那样忠实可靠。作家必须有什么素材就收集什么素材：有的时候素材太多，有时又太少了，有时却一无所获。在过量的那些岁月，在某个凉爽阴暗的阁楼里总是放着一只木条做的盘子，作家不时心惊胆战地到阁楼去；是的，哦，亲爱的，他在楼下辛苦地工作，而阁楼上却满是皱纹的肌肤、警示的色斑、突然间的褐色坍塌以及雪片的突现。他对此有什么办法呢？

对福楼拜来说，未写成的作品投下了又一个阴影。如果说人生最美的时刻是在逛妓院而不嫖娼的时候，那么，也许写作最美的时刻是在写书的念头出现之时，而这本书永远不用写出来，它永远也不会有形态固定不变的缺陷，永远都不必暴露在那些不如作家本人那样热爱书本的目光之下。

当然，出版的作品本身并不是永恒不变的：如果福楼拜有更多时间和金钱整理一下他的文学资产，它们现在一定是另一番样子。他会写完《布瓦尔与白居谢》；他或许不会让《包法利夫人》再出版了（因这本书过热的名声，古斯塔夫焦急万分，我们对这一点看得多认真呢？确实有点认真）；而且《情感教育》本来可能会有一个不同的结局。杜康记录下了他的朋友因这本书遭遇时运不济的噩运而深感心灰意冷：此书出版一年后不幸遇到普法战争的爆发，并且对古斯塔夫来说，似乎敌人的侵犯与色当②的溃败，会给一部以探索一代人的道德败坏为出发点的小说赋予一个宏大的、公共的、不容辩驳的结局。

① 源自法语，原意为欺骗眼睛；用于描述接近真实并让人产生错觉的图画。

② 法国东北部阿登省的一城市，1870 年普法战争战场，法军大败于此。

“不难想象，”杜康记录了他的话，“最好的结局也许都是由一些事件汇聚而成的。例如，这里就有一个质量上乘的结局。投降条约已签署，军队被捕了，皇帝跌坐在他宽敞的马车的一角，脸色阴沉，目光呆滞；他吸着烟，为使自己保持平静，虽然他的内心正经受着暴风骤雨，但他希望表现得沉着冷静。他的身旁坐着他的副官与一位普鲁士将军。大家都沉默无语，每个人都低垂着目光；他们的心中都充满着痛苦。”

“在两条路交叉的地方，皇帝的队列被一列囚犯挡住了，头戴波兰四角帽、手持长矛的枪骑兵①押送着这队囚犯。皇帝的马车在尘土飞扬的滚滚人流前，被迫停了下来，人流在太阳照耀下泛着红光。人们拖着脚步向前走着，双臂懒洋洋的。皇帝无精打采的目光打量着这群人。这是一种多么奇特的检阅军队的方式啊。他想起了以前的一次次军队检阅的情景，想到了敲击的战鼓，想到了舞动的旗帜，想到了戴着金色绶带的将军向他举剑致敬，还想到了他的卫兵高声喊着‘皇帝万岁！’”

“一名囚犯认出了他，向他致敬，接着一个又一个囚犯向他致敬。”

“突然一名轻步兵走离队列，挥着拳头喊道：‘好啊，原来你在这儿，恶棍；我们可被你毁了！’”

“于是成千上万的人开始咒骂起来，挥舞着双臂威吓他，朝马车吐唾沫，犹如刮过一阵诅咒的旋风。皇帝依然不动声色，没做一个手势，没说一句话，但是，他心里想，‘那些就是人们过去常常称为我的禁卫军的人！’”

“你觉得这样的情景怎么样？气势恢宏，是不是？这样的情景会使我的《情感教育》的最后一幕非常令人难忘？要是错过这样的情景，我都无法抚慰自己。”

我们应该为错失这样一个结局而感到悲伤吗？我们如何评价它呢？杜康很可能在复述中只说了个大概，而且福楼拜的不少作品都可能在出版前

---

① 原属波兰后属德国的骑兵。

几易其稿。这样改写的渲染力很显著：fortissimo[①] 奏出了高潮，对一个国家不能公开的失败的公开的总结。但是这本书需要这样一个结尾吗？经历了 1848 年[②]，我们还需要 1870 年[③]吗？还不如让这本小说在幻灭中悄然消失；与其看一幅纷乱的沙龙画，还不如听两个朋友回忆过去。

回到未成之作本身吧，让我们系统地来看问题。

1）**自传**。“有一天，假如我写回忆录的话——只要我投入地去写，回忆录是我唯一会写好的东西——你会在我的回忆录中占有一席之地，而那是一个多么了不起的位置啊！因为你在我生存的墙上炸开了一个大缺口。”在古斯塔夫给露易丝·科莱最早的一封信中写了这段话；并且在（1846—1853 年）七年期间，他不时地提到他打算写的自传。接着，他宣布正式放弃这个计划。但是那难道仅仅是一个为了计划的计划？“我将把你写入我的回忆录中”是一个文学上拉拢人的信手拈来的陈词滥调。相当于“我将把你拍成电影”，“我可能使你在画中永恒”，“我可以使你的脖子变成大理石雕塑”，等等。

2）**翻译作品**。遗失的作品，而不是严格的未竟之作；但是我们可以在这儿记下：a) 朱丽叶·赫伯特翻译的《包法利夫人》，经过作家的监督检查，被作家称为“一件杰作”；b) 在 1844 年的一封信中提到的译作：“我已读过《老实人》[④] 二十遍了；我已将它译成英语……”这个翻译并不像学校的作业：更像是一份自己制定的练习之作。从古斯塔夫在书信中的英语使用不稳定的情况进行评判，此翻译很可能在原小说的创作意图上无意之间增添了一层喜剧色彩。他甚至不能准确地抄写英语地名：在 1866 年，

---

① 法语，最强音。

② 指法国资产阶级革命。

③ 即普法战争爆发的一年。

④ 法国作家、哲学家伏尔泰的哲理小说。

在对南肯辛顿博物馆的“彩色明顿瓷砖”做笔记时，他把“Stoke-upon-Trent[①]”写成了“Stroke-upon-Trend”。

3）**小说**。未竟之作的这一部分包含了大量的青年时代的作品，这部分的作品主要对心理传记家有用。但是作家未能在青少年时写成的那些书，与作家已把他的职业生涯昭示天下而未能写成的那些书，性质上是完全不同的。而对这些未写成的书，他必须承担责任。

1850年，福楼拜人在埃及，他花了两天时间思考了门卡拉[②]的故事，这位第四王朝的国王是一位虔诚的国王，他被认为重新打开了被他的先人关闭的寺庙。但是，在给布耶的一封信中，这位小说家粗鲁地提到他的思考对象，说他是一位“与自己女儿乱伦的国王”。1837年，英国人挖掘到了这位国王的石棺，并将它运回到了伦敦。也许福楼拜的兴趣是被这个发现（或者说事实上是对这位国王的记忆）所激发出来的。古斯塔夫在1851年到大英博物馆去时是可以好好看一番的。

前不久的一天，我本人想去好好看看。他们告诉我说，这座石棺并不是该博物馆里有价值的馆藏品，自1904年以来未曾展出过。虽然运回时，人们认为，那是第四王朝的，后来知道是属于第二十六王朝的：里面木乃伊的组成部分也许是、当然也可能不是属于门卡拉的。我深感失望，但也感到松了一口气：要是福楼拜继续这个写作计划，并带着详细研究的目光把这位国王的坟墓加以描写，那又会怎样呢？那又将给伊妮德·斯塔基博士提供机会，让她对文学上的又一个错误进行猛烈抨击了。

(或许我应该在我的袖珍版的福楼拜导读里给斯塔基博士增加一个条目；那会是不必要的报复吗？S是代表萨德[③]，还是代表斯塔基博士？顺便说一下，《布拉斯韦特的公认概念词典》进展顺利。你所需对福楼拜的了解与你所需要了解的后一位人物是差不多的！只要再增添几个条目，我就完

---

① 特伦特河畔斯托克，英国一地名。

② 拉丁语，Mycerinus；英语，Menkaure。古埃及第四王朝的法老。

③ Marquis de Sade（1740—1814），法国贵族，一系列色情和哲学书籍的作者。

成了。不难看出，字母 X 将是个问题。在福楼拜自己编写的词典里，字母 X 下什么条目也没有。)

在 1850 年，福楼拜在君士坦丁堡宣布了三个计划："唐璜的一个夜晚"(这一项进入了计划阶段)；"阿努比斯[①]"，是一个关于"想得到神临幸的女人"的故事；还有"我的有关一个年轻女孩的佛兰芒语[②]小说，这个女孩……在一个外省小镇，在一个种着大白菜与芦苇的花园最深处……死去时是处女与神秘主义者……"古斯塔夫在这封给布耶的信中不满地说，对一个写作计划作过分缜密的设想会有不少的危险："我似乎觉得，老天啊，在你的孩子尚未出生之前，你如果可以对他们进行仔细地研究，事实上你不够坚强敢做他们的父亲。"在这几个计划里，古斯塔夫并没有足够地坚强；尽管有人在他的第三个计划中看到了《包法利夫人》或者说《一颗质朴的心》的模糊先兆。

在 1852 年到 1853 年，古斯塔夫为《螺旋》认真做了计划，是一部"宏大的、超自然的、充满幻想的喧嚣的小说"，主人公过着一种典型的福楼拜式的双重生活，梦想中他快乐无比，现实生活中他无比不快。当然，小说的结论是：幸福只存在于想象之中。

在 1853 年，"我的一个旧梦"又复活了：写一部关于骑士精神的小说。虽然已有阿里奥斯托[③]，这样的写作计划依然是可行的，古斯塔夫声称：他将给这个主题添加"恐惧和更为广阔的诗意"等因素。

在 1861 年："我就一部关于疯狂，或者说关于人是如何变得疯狂的小说已进行了长时间的思考。"根据杜康记载，大约从这个时候起，或略晚一点起，他还在思考一本关于剧院的小说；他常常坐在演员休息室里，草草记下女演员们的赤裸裸的私人秘密。"只有勒萨日[④]在《吉尔·布拉斯》中

---

① 俗称胡豺狼，是古埃及神话中的死神。

② 对于在比利时东北半佛兰德地区所通用的荷兰语方言的统称。

③ Ludovico Ariosto (1474—1533)，意大利文艺复兴时期诗人，代表作是传奇叙事长诗《疯狂的罗兰》。

④ Alain-René Lesage (1668—1747)，法国小说家与剧作家，《吉尔·布拉斯》(*Gil Blas*) 是他的系列小说名。

触及了事实的真相。我要将现实的真相赤裸裸地揭露出来，因为事实真相中的喜剧性是不可能想象得出的。”

从这个时候开始，福楼拜一定早已清楚，他很可能得花上五至七年的时间完成一部长篇小说；因此，他大多数次要的计划不可避免地会在罐子里自己烧干蒸发。从他人生的最后十多年时间里，我们发现四个主要写作想法，外加一个引人入胜的第五个，一个roman trouvé[①]。

a)“阿雷尔一贝，”一个东方的故事。“如果我年轻一些，而且有钱，我会返回东方——去研究现代东方，那个有苏伊士地峡的东方。写这样一部大作是我的一个夙愿。我想表现一个文明人变成了野蛮人，而一个野蛮人变成了文明人——目的是发掘两个截然不同的世界，而这两个世界最终融合了起来……可是太迟了。”

b) 一本关于温泉关之战的书，他计划在完成《布瓦尔与白居谢》后着手写作。

c) 一本描写一个鲁昂家庭的几代人的小说。

d) 如果你将一条扁形虫一切为二，其头部会长出一条新尾巴；更叫人吃惊的是，尾部会长出一个新头。这样的事发生在《情感教育》的让人懊丧的结尾上：这个结尾自己产生了一部完整的小说，开始被称为“在拿破仑三世统治下”，后来改为“一个巴黎家庭”。（杜康讲述说他这样说的）“我要写一部关于皇帝的小说，描写他在贡比涅举行的晚宴，所有外交大臣、将军以及参议员们丁零当啷地佩戴着勋章与奖章，屈身向皇帝深深地鞠躬，亲吻着他的手。对，就是这样！这个时期可以为一部大书提供精妙绝伦的素材。”

---

① 法语，偶得的故事。

e) roman trouvé 是由夏尔·拉皮埃尔发现的，他是《鲁昂的小说家》的编辑。有一天，在克鲁瓦塞共进晚餐时，拉皮埃尔给福楼拜讲述了一位 P 小姐的浪漫史。这位 P 小姐出身诺曼底名门贵族，在宫廷有亲戚，于是被指任为欧仁妮皇后的读书官。人们说，她的花容月貌足以毁灭一个圣徒。当然，她的美貌毁了她自己：她与皇家卫队一名军官公然眉来眼去，导致了她被解雇。后来，她成了巴黎风流社会的一名交际皇后，风行于十九世纪六十年代后期，当时的巴黎风流社会比她被驱逐出来的宫廷更加声名狼藉。在普法战争期间，她（与她所从事的那个行当一起）从人们的视野里消失了，之后，这颗灿烂的星星便陨灭了。据人们所说，她一落千丈，最后沦落为妓女。但是，让人兴奋的是（不论是对小说来说还是对她个人命运而言），结果都证明她具有东山再起的能力：她成了一名骑兵军官的固定的情妇，并且在她去世的时候，她已是一名海军上将的合法妻子。

闻此故事，福楼拜很兴奋：“你知道吗，拉皮埃尔，你刚才送给了我一部小说的主题思想，是我的包法利夫人的对应之物啊，是一个上流社会的包法利夫人。好一个魅力无穷的形象啊！”他立即将故事写了下来，并开始做相关的笔记。但是这本小说始终没有写出来，这些笔记也一直没有被找到。

所有这些未竟之作都很迷人。但是在一定程度上说，人们可以把它们填满补齐，对它们下单订购，进行重新想象虚构。人们可以在大学里研究它们。一道防波堤是一座不完备的桥梁；但是久久地凝视着它，你可以梦想着它连接着英吉利海峡的另一侧。对这些未竟之作的树桩断枝，你也可以进行如此的想象。

但是，对于未曾有过的人生，情况又是怎样的呢？也许事实上，它们更加诱人；它们才是真正的未竟之作。如果没有《布瓦尔与白居谢》，而只有《温泉关》呢？好吧，它依然还是一本书。但是如果说福楼拜自己改变了生活的航向呢？毕竟，不当作家是一件容易的事。许多人不是作家，这几乎对他们没有任何坏处。有一位颅相学家——十九世纪的职业指导大师——曾经仔细看了福楼拜后告诉他说，他天生是当驯兽师的。不能说他说得不准确啊。再引一下福楼拜的话：“我让疯子与野兽着迷。”

不仅只是众所周知的人生。不仅只是被成功隐藏起来的人生。不仅是对生活的众多谎话，而一些谎话现在不能不信以为真。这也是那些未曾有过的人生。

“我想要做一个君王呢，还是只做一头猪？”古斯塔夫在他的《私人笔记》中这样写道。十九岁的时候，事情看来就是这么简单。于是有了人生，然后有了未曾经历的人生；有了实现雄心壮志的人生，亦有了未当成猪的人生。别人竭力告诉你，你的未来是如何如何的，但你从来没有真正相信过。“有人为我预测了，”古斯塔夫这时写道，“许多事情：1）我会学习跳舞；2）我会结婚。走着瞧吧——我可不相信这种预测。”

他终身未娶，并且他终身没学跳舞。他对跳舞抱着抵触情绪，因此他小说中的男主人公采取同样的态度，也拒绝跳舞。

他不懂跳舞，那么他懂什么呢？取而代之，他懂得：人生不是在扼杀通往王位道路与沦落到猪圈生活之间的一种选择；世界上有像猪一样的国王，有带着王者风范的猪；也许国王会羡慕猪的生活；未经历的人生的各种可能性总会颇令人痛苦地发生变化，以适应经历过的人生的各种具体的窘迫境况。

十七岁的时候，他宣布说，他希望在一个海边破败的城堡里度过他的整个人生。

十八岁时，他断言，一定是一股稀奇古怪的风将他吹到了法国，错误地将他迁移到了这里。他声称，他生来要当交趾支那[①]的国王，要抽三十六英寻长的烟管，拥有六千妻妾与一千四百个娈男；可是相反，受到这种气象噩运的迁移，我只剩下永难满足的强烈欲望与极度的烦闷，于是，只有经受连天的哈欠了。

---

① 法国殖民地时代越南南部地区的旧称。

十九岁时，他认为在他完成了法学学业，就可以出发到土耳其去，去做一个土耳其人，或者到西班牙去当骡夫，到埃及当骆驼夫。

在二十岁时，他依然还想当一名骡夫，只是到那时地点由西班牙缩小到安达卢西亚①。他的另外可能的人生还包括做一名那不勒斯的流浪汉；尽管他满足于当大马车车夫，辛苦地颠簸于尼姆②与马赛之间。但是，是不是任何这样一种人生都相当难得？当今，中产阶级旅行时的那种轻松，对一个“心灵中有博斯普鲁斯海峡③”的人来说却是一种痛苦。

二十四岁的时候，随着父亲与妹妹刚刚去世，他心中想，如果他母亲也去世的话，那他将如何度过他的余生：他将变卖一切家产，到罗马、锡拉丘兹④或那不勒斯去生活。

同样是在二十四岁时，他向露易丝·科莱显示出了无限的奇思怪想，他说想当一名士麦那⑤强盗，并声称对此念头他经过了长期非常认真的思考。但是至少“有一天我会离开这儿，到遥远的地方去生活，人们永远不再听到我的事”。或许露易丝根本不觉得土耳其强盗的行径有什么新鲜；因为现在他有了一种更加充满家庭情趣的幻想。要是他是自由的多好啊，那么他就会离开克鲁瓦塞，到巴黎与她生活在一起。他想象着他们在一起的生活，他们的婚姻，一种相互爱慕的伴侣式的甜美生活。他想象着他们一起有了一个孩子；并想象露易丝的去世以及他接着如何充满柔情地抚养这个缺乏母爱的婴儿（天哪，我们没有获得露易丝对他这种任凭想象力恣意飞翔的反应）。但是家庭生活的奇异魅力并未持续多久。一个月后，动词的时态发生了质变：“我似乎觉得，假如我成了你的丈夫的话，我们会幸福地生活在一起。在我们幸福地一起生活以后，我们接下来会相互憎恨。这是正常的。”古斯塔夫的远见卓识，使露易丝避免了这样一种无法令人满足的

① 西班牙南部的一地区。
② 法国加尔省省会，位于阿维尼翁/马赛轴线上。
③ 又称伊斯坦布尔海峡，一条将土耳其亚洲部分和欧洲部分隔开的海峡。
④ 意大利西西里岛东部一港市。
⑤ 土耳其港市伊兹密尔的旧称。

生活，人们觉得她会对此不胜感激。

因此，他们非但没有结婚，而且依然还是在二十四岁，他便与杜康一起坐下来查看地图，筹划着艰巨的亚洲之行。此行将为时六年，根据他们的粗略计算，将花费三百六十多万的法郎。

二十五岁时，他想成为一名婆罗门：那神秘的舞蹈，那满头的长发，流淌着神圣的黄油的脸颊。他正式放弃想成为一个卡马尔多利①隐居修士、强盗或土耳其人的念头。“要么现在就当婆罗门，要么什么也不当——这简单多了。”来吧，什么也不想了，生活催人哪。做一头猪很容易。

二十九岁的时候，受到洪堡②的激励，他想动身去南美洲，生活在大草原上，永远从人们视野里消失。

在三十岁的时候，如他整个人生所做的那样，他冥思苦想于自己的前世，思索着他的未竟的生命或者在路易十四、尼禄以及伯里克利③等更有意义的时代中灵魂转世的生命。对他的前世，他确定无疑：在罗马帝国时期的某个时候，他是一个行游戏剧团的导演，一个花言巧语的恶棍，在西西里买了女人，把她们变成了戏子，他是老师、皮条客以及艺术家的乱七八糟的混合体。（阅读普劳图斯④，使古斯塔夫想到这个前世生活：它赋予他 le frisson historique⑤。这里我们还应该指出古斯塔夫的值得怀疑的祖辈：他喜欢说他的血管里流着红皮肤印第安人的血液。虽然他的一个祖辈在十七世纪移民去了加拿大，成了一名捕海狸的人，但情况似乎并不像他说的那样。

同样在三十岁的时候，他规划了一种表面上看更有可能的人生，但是

---

① 卡马尔多利修道院位于意大利托斯卡纳大区东部地区，属于天主教本笃会，遵照圣本尼迪克特规则进行修道，并将修道僧侣与独身隐士两种生活结合了起来。

② Alexander Von Humboldt（1769—1859），德国博物学家和探险家，是十九世纪的科学界中最杰出的人物之一。

③ Pericles（约公元前 495—前 429），雅典黄金时期具有重要影响的领导人。

④ Titus Maccius Plautus（约公元前 254—前 184），古罗马剧作家，他的喜剧在现在仍保存完好的拉丁文学最早的作品之中。

⑤ 法语，历史快感。

事实同样证明，那还是一种不存在的人生。他与布耶玩着想象自己在晚年光景的游戏：他们都患上了不治之症，成了收容所的病人，成了逛街的老朽，他们口齿不清地相互回忆着他们俩三十岁时一路步行到吉庸岩去的幸福时光。而被他们自己嘲笑的老态龙钟的情景始终没有出现：布耶死时四十八岁，福楼拜去世时五十八岁。

在三十一岁时，他对露易丝说——是对一个假设的注释——如果他拥有一个儿子的话，他会非常乐意为他弄来女人。

同样是在三十一岁的时候，他向露易丝谈了他的一种短暂与非属他本性的背经离道：一种想放弃文学的欲望。他将与她一起生活，生活在她体内，把他的头枕在她的双乳之间；他说，他受够了像手淫一样的生活，整天抚摸着他的那个的头，为了让它能喷射出精美的词语。但这种幻觉同样是一种让人打寒战的嘲弄：它是用过去时讲述的，正如古斯塔夫在软弱的时候会瞬间即逝地想象着自己正在做的事。他始终愿意双手捧着自己的头，也不愿让它枕在露易丝的乳房中间。

三十二岁时，他向露易丝坦白了他人生的许多时间是如何在想象中度过的：他想象着如果他一年有百万法郎的收入，他会做些什么。在这些梦幻中，用人会帮他把脚穿进布满钻石的鞋子里；他会竖起耳朵听他马车的马的嘶鸣，而这些马的风采会让英格兰嫉妒得要死；他要举行牡蛎宴会，并把餐厅的周围都摆上盛开的茉莉花墙树，鲜艳夺目的金丝雀从墙树里飞出来扑腾着。可是，这个一年一百万的梦，是一个价格低廉的梦。杜康记录说，古斯塔夫计划了“巴黎的一个冬天”，一个狂妄的计划，既有罗马帝国的奢华，也充满着文艺复兴的精美，更有《一千零一夜》里的琼楼玉宇。那是一个热衷于消费的冬天，结果总开销“最多”达到一百二十亿法郎。杜康又说，总而言之，“当这样的梦幻占据他的全身的时候，他就非常固执，让人想到吸鸦片者，陷入了一种迷迷糊糊的状态中。他似乎一头扎进了云雾中，生活在金灿灿的梦幻中。这个想入非非的习惯，就是他发现持续工作很困难的一个原因。”

在三十五岁的时候，他披露了“我的个人梦想”：要在大运河岸边买一座 palazzo[1]。几个月后，博斯普鲁斯海峡岸边的一个凉亭添加到了他脑海中的地产里。又过了几个月，他准备动身到东方去，去生活在那儿，死在那儿。生活在贝鲁特的画家卡米耶·罗吉耶邀请了他。他可以去的；就像想的那样。他可以去；而他没去。

然而，到三十五岁时，这种未曾生活过的人生，这种不存在的人生，开始消失了。原因很清楚：真正的人生实实在在地开始了。当《包法利夫人》以书的形式出版时，古斯塔夫三十五岁。不再需要幻想；或者说，现在需要的是别样的、具体的、实际的幻想。对世界而言，他将扮演克鲁瓦塞的隐士；对他巴黎的朋友来说，他将是沙龙里的白痴；对乔治·桑而言，他将是教父吕沙尔神父，一个喜欢听上流社会妇女们忏悔的时髦的耶稣会士；在他亲密的朋友中，他将是圣波利卡普，那个不为人所知的士麦那主教，他在九十五岁时，在危急关头殉难了，他一边堵住耳朵一边大声疾呼："主啊！你使我出生在一个什么样的时代啊！"预先说出了福楼拜的心声。但是这些不同的身份不再是福楼拜逃避现实的耸人听闻的托辞；它们是这位著名作家特许的供玩耍的东西，供选择的生活。他并没有逃跑到士麦那去成为一名强盗；相反，他将士麦那的主教传来，使其活在他的肌体内。事实证明他并不是一个野兽的驯服者，而是狂野生命的征服者。未竟之事已交待完毕：写作可以开始了。

十、指　控

是什么驱使我们想知道最糟的？是不是我们厌倦了喜欢知道最好的？好奇心是不是总能战胜内心的小私欲？也许更简单，想知道最糟的，是爱的最喜欢的反常心态？

对一些人来说，这种好奇心像有毒的幻想一样。我曾有一个病人，一个可敬的朝九晚五族，只是他缺乏想象力。他坦白说，在与他妻子做爱的时候，他喜欢把她想象成幸福地仰卧在大山般的西班牙贵族、花言

---

[1] 法语，豪华住宅。

巧语的勤务兵、乱翻乱找的小矮人的身下。这把我吓坏了，这样的幻想欲惊世骇俗啊。对另一些人来说，追求却是实实在在的。我认识的一些夫妇，他们为对方的俗不可耐感到骄傲：相互寻求对方的愚蠢、虚荣、弱点。他们真正追求的是什么？显然，在他们表面所追寻的东西的背后存在着某种东西。也许，是人类自身已根深蒂固的腐化堕落的某种最后的证明，是生命在低能儿头脑里确实只是一场恶俗的噩梦的某种最后的证明？

我爱过埃伦，并曾想知道最糟的一面。我从不激怒她；我小心谨慎、自我防御着，这是我历来的习惯；我甚至不提问题；但是我想知道最糟的。她从不回应我这样的爱抚。她喜欢我——她会机械地同意说她爱我，似乎这事是不值得谈论的——但是她毫无疑问地相信我身上最好的东西。那就是差别所在。她甚至不去寻找开启秘密心灵之房的那扇滑动移门，那个房间里保存了记忆与尸体。有时人们寻找到了移门，但是门没有敞开；有时它是敞开的，你凝视的目光只接触到了一具老鼠的尸骨。但是至少你向里看了。那就是人与人之间的真正差别：不是那些有秘密与那些没有秘密的人之间的差别，而是那些想了解对方的全部与那些不想这么做的人之间的差别。我坚持认为，这种刨根问底就是爱的标志。

对待书籍也是如此。当然不完全一样（永远不可能完全一样）；但有相似之处。如果你非常喜欢一位作家的作品，如果你赞许地翻动着他的书，被人打断也并不在意，那么你往往是未假思索地喜欢上了那位作家。好家伙，你觉得。不错的伙计。他们说，他掐死了一群幼童军，用他们的尸体喂一群鲤鱼？哦，不，我肯定他没有：不错的伙计，很好的家伙啊。但是，如果你热爱一位作家，如果你依赖于他的聪明才智点点滴滴地给你灌输养分，如果你想追寻他，并且找到了他——尽管布告的结果则相反——那么想了解太多是做不到的。你也追寻了罪恶。是说一群幼童军吗？那有二十七个还是二十八个呢？他有没有把他们一块块的小领巾缝合成百家被？说他登上绞刑台时嘴里还念着《圣经·约拿书》？还有说他将他的那池鲤鱼遗赠给了当地的童子军？

可这就是差别。与情人一起时，与妻子一起时，当你发现最糟的——如果说那最糟的是不忠或没有爱、疯狂或自杀的苗头——你几乎会松一口气。生命正如我以为的那样啊；现在我们应该为这样的失望祝贺了？对一个你所热爱的作家，直觉就是要为其辩护。这是我先前的动机：也许对一个作家的热爱是最为纯洁的，一种最为牢不可破的爱。因此你的辩护来得更轻松。事实上，鲤鱼是一种濒危物种，人皆共知，在冬天特别寒冷的时候，在春天多雨的圣奥尔日前，它们唯一愿意吃的食物就是切碎的幼童军的肉。当然，他知道，他会因此而被绞死，但是他也知道，人类不是濒危物种，因此他的计算是，用二十七个（你说二十八个吗?）幼童军加上一位中等水平的作家（他对自己的聪明才智总是谦虚到了可笑的程度）来换取一整个鱼种的存活，那是一个微不足道的代价。从长远来看：我们需要这么多的幼童军吗？他们长大后会成为童子军。如果你依然深陷于多愁善感的泥潭，这么看这件事吧：到目前为止，游览鲤鱼池游客的游览费早已够童子军在这个地区建起几座教堂并加上维修费用。

因此接着看，读一下案情记录。从某种程度上说，我早已料到。但是别忘了这点：古斯塔夫以前曾站过被告席。这次犯下了多少桩罪行呢？

1）**他憎恨人类。**

是啊，是的，当然。你们总那样说。我会给你们两种回答。首先，让我们从根本的问题谈起。他热爱他的母亲：这难道不使你那颗愚蠢、多愁善感的二十世纪的心灵感到温暖吗？他热爱他的朋友们。他对有些人很仰慕。但他的爱总是具体的；它们并不总是来者不拒的。这对我来说似乎就够了。你还要他做得更多？你要他“热爱人类”，爱上整个人类？可那是毫无意义的。热爱人类，从小处说，与热爱雨滴一样，从大处说，与热爱银河系差不多。你说你热爱人类？你肯定自己不是在自鸣得意，在寻求认同，在确定自己站在正确的一边？

第二，即使他确实憎恨人类，或者我喜欢说，他对人类很冷漠，那是他的错吗？显然，你深爱着人类：对你来说它就代表着所有聪明的水利系统、传教士工作以及微电子技术。请原谅他，他眼中的人类是不同的。显然，我们对此将不得不进行详尽的讨论。但是首先，让我给你引用一下你们二十世纪的一位聪明人士的话：他就是弗洛伊德。他并不是一个别有用心的人，对此你会赞同吧？你想听听他在去世前十年对人类的概括吗？“在我心灵的深处，我不得不相信，我亲爱的人类是一文不值的，只有少数人例外。”这是出自一个这个世纪大多数人在大多数时间里相信最为透彻理解人类心灵的人之口的话。这有点让人难堪，对不对？

但是，好了，你该说些具体的了。

2）**他憎恨民主政体。**

他在给泰纳[1]的一封信中将民主政体称为 la democrasserie。democrappery 与 democrassness，你更喜欢哪一个？也许是 democrappiness？确实，他不喜欢民主政体。但你不能凭此得出结论说，他喜欢暴政、君主专制、资产阶级君主制度、官僚极权主义、无政府主义等等。他喜欢的政府模式是东方的模式——官僚统治制度；尽管他很快就承认，把官僚统治制度引进到法国的可能性微乎其微。对你们来说官僚统治制度早就过时了？但是你们却原谅伏尔泰对开明的君主专制的热情；为什么不能原谅一个世纪以后福楼拜对开明的寡头政治体制的热情？至少他并没有怀着某些文人雅士的幼稚幻想，认为作家比其他人更适宜管理这个世界。

主要的观点是这样的：福楼拜认为，民主政体只是政体史上的一个过程，他认为，我们假定民主政体代表了人类相互统治的最好的、最令人骄傲的途径，这是我们典型的虚荣。他相信——或者说他不是没有注意到——人类的不断进化，因而也相信社会形态的进化：“就如奴隶制、封建制度或者君主制都不是人类的最终形态一样，民主制度也不是人类的最终形态。”他坚持认为，政体的最好形态是一种垂死的形态，因为这就意味着它正在让位于其他的政体形态。

① Hippolyte Taine (1828—1893)，法国文艺批评家、历史学家。

3）他不相信进步。

我引用整个二十世纪来为他辩护。

4）他对政治的兴趣不够浓。

兴趣“不够浓”？你至少承认他是有兴趣的。你委婉地暗示说，他不喜欢他所见的东西（正确），你还认为，如果他看得更多，对这些事物他也许会改变看法，从而接受你的思维方式（不对）。我应该说清两点，第一点我要用斜体，这似乎是你喜欢的说话方式。*文学包括政治，而不是反过来*。这不是一个流行的观点，也不是作家与政治家所喜欢的形式，但请你原谅我。我似乎觉得，认为自己的写作是政治工具的那些小说家不仅贬低了写作，而且愚蠢地抬高了政治。不是的，我并不是在说应该禁止他们表达政治观点，也不是禁止他们陈述政治主张。只是他们应该将他们那部分作品称为新闻材料。认为小说是参与政治的最有效的途径的作家通常是一名糟糕的小说家，一名糟糕的记者，并且是一名糟糕的政客。

杜康始终认真关注政治，福楼拜则偶尔注意政治。你喜欢哪一位呢？前者。那么两位作家中哪一位伟大呢？后者。他们的政见是怎样的？杜康成为一位懒洋洋的社会向善论者；福楼拜一直是“一名义愤填膺的自由人士”。这让你吃惊吧？但是即使福楼拜将自己描述成一名懒洋洋的社会向善论者，我还是要表达同样的观点：期望过去来巴结现在，那是多么奇特的虚荣。现在回顾过去时，凝视着早一个世纪的伟大形象，心想，他是站在我们一边的吗？他是好人吗？这意味着无比缺乏自信：现在既要通过对过去的政治正确性的判断当它的支持者，同时又想得到过去的鼓励肯定，说干得很出色，继续努力吧。如果这就是你所谓的福楼拜对政治“兴趣不够浓”的话，那么恐怕我的当事人必须承认有罪了。

5）他反对巴黎公社。

上面所说的是部分的答案。但是还有下面这样的考虑，我当事人的性格上还存在着这样难以置信的弱点：总体上说他反对人们相互残杀。称其为神经脆弱吧，但是他不赞成。我必须承认，他自己从没有杀死任何人；事实上，他甚至从没试图去杀人。他许诺将来要做得更好。

6）**他不爱国。**

允许我稍稍笑一下。哈哈。好多了。我曾以为爱国主义在当今是一个糟糕的东西。我曾以为我们都宁可出卖国家而不愿出卖我们的朋友。事实难道不是这样吗？情况还没有再次颠倒过来吧？希望我说什么呢？在 1870 年 9 月 22 日，福楼拜给自己买了一支左轮手枪；在克鲁瓦塞等待普鲁士军队到来之时，他集合了一些老弱病残军团进行操练，带领他们进行夜间巡逻；并告诉他们，如果他有逃跑的企图他们就开枪射死他。等到普鲁士军队来到的时候，他除了照顾他年迈的老母以外，什么切实的事都做不了。也许他本来可以加入部队医疗队，但是他们是否有热情接受一个年龄四十八岁、犯有癫痫病的梅毒病人，且除了具有在沙漠里射杀野生动物的那点本领外，毫无从军经历的人的申请呢……

7）**他在沙漠里射杀野生动物。**

哦，基督啊！我们请求 noli contendere①。此外，对爱国主义的问题，我还没有说完呐。我可以简单地给你讲讲小说家的特性吗？一个作家做得最轻松、最舒服的事是什么？为他所生活于其中的社会感到庆幸：为它的强健的筋骨而大唱赞歌，为它的进步而鼓掌喝彩，为它的愚蠢而怜惜地加以嘲弄。“就如我是法国人一样，我也是中国人。”福楼拜声称。也就是说，如果他出生在北京，他不会是纯粹的中国人，毫无疑问，他也会让那里的爱国者们失望的。最伟大的爱国主义是让你的国家知道，它的所作所为什么时候是不光彩的、愚蠢的、邪恶的。作家的同情心必须是普世性的，在天性上他必须是一个被驱逐的人：只有达到这个程度，他才能看清世界。福楼拜经常站在少数人的一边，站在“居无定所的流浪者、持异端思想的

① 拉丁语，意为被告不愿争辩，尽管不承认错误。

人、哲学家、隐士、诗人”的一边。1867 年，四十三名吉普赛人在皇后林荫大道安营扎寨，引起了鲁昂人的愤慨。福楼拜看到他们非常愉快，并施与他们钱物。无疑，你会为此大力赞扬他。如果他知道他正在赢得未来的赞扬，他很可能会自己享受那些钱物了。

8a）**他没有深入生活之中。**

“在你不是酒鬼、情人、丈夫或地位低微的士兵的前提下，你可以描写美酒、爱情、女人和荣耀。如果你参与到生活深处，你就看不清它了：你不是深受生活之累就是过度享受着生活之乐。”这不是带着负罪感的回答，而是对错误表达的指责的批评。你说的生活是什么呢？政治吗？这个我们已谈过。感情生活吗？通过他的家人、朋友和情人，古斯塔夫对这种磨难的各个阶段清楚得很。也许你是说婚姻吧？虽然这种指责并不新奇，倒也稀奇。是不是婚姻比鳏寡孤独可以创造出更好的小说来？是不是子女成群的人比没有子女的人会成为更好的作家？我希望你能提供数据证明。

一个作家最好的生活状态就是那种能帮助他写出他天赋范围内的最好作品的那种生活。我们是不是自信我们对事物的判断比他的判断更准确呢？福楼拜比许多人都——用你的话来说——“深入生活”：相比较而言，亨利·詹姆斯倒是位修女。福楼拜也许努力想生活在象牙塔里——

8b）**他努力想生活在象牙塔里。**

但他没有成功。“我始终想生活在象牙塔里，可是浊流的潮水不停地拍打着象牙塔的墙脚，威胁着要摧毁它。”

这里有三点要说。首先，作家选择——尽他所能地选择——你所谓的参与生活的程度：尽管他声名卓著，但是只选择了生活的半参与状态。“这不是酒鬼写他的酒歌”：他清楚这一点。另一方面，他也不是禁酒主义者。当他说，作家必须涉足于生活之中，就如他涉足于海洋一样，只能让海水浸到他的腰部，这样的表述也许是最恰当的。

其二，当读者说，作家为何不做这事，他为何不向报界就那事提出抗议，他为何不更多地参与生活，这样对作家们提出指责的时候，事实上读者是不是在提一个更为简单、更加充满虚荣的问题：他为什么不更像我们？但是如果作家更像读者，他就是一位读者了，而不是作家了：事情就是那么简单啊。

第三，就作家的作品而言，这种指责的力量在哪里呢？或许对福楼拜没有更多地参与生活的遗憾，不只是对他发出的一种博爱愿望：但愿老古斯塔夫有妻室儿女，他就不会在所有的作品中表现得那么忧心忡忡了？但愿他深陷政治问题或埋头于慈善活动或成了他母校的主管，那么他就会更多地走出他隐居的生活？也许，你认为这些是他作品中的缺陷，本可能因作家生活的变化而得到纠正的。果真是这样的话，那么我认为，就得由你来说明了。至于我自已，例如，却难以想象得出，说要是《包法利夫人》的作家每天晚上都与坐在安乐椅中的患了痛风的诺曼底人大杯地干着苹果酒的话，小说中外省的风情中的那些不足方面就可以得到纠正。

9）**他是个悲观主义者。**

啊哈。我开始明白你的意思了。你希望他的书略为快乐一些，略为……你会怎样表达，有生活的魅力？你的文学观确实很奇特啊。你是从布加勒斯特[①]获得的博士学位吧？我还不知道，人们一定要为作家成为悲观主义者进行辩护。这可是新鲜事。我拒绝辩护。福楼拜说：“善良的意图构成不了艺术。”他还说：“大众需要满足他们的幻想的作品。”

10）**他没有教授正确的美德。**

现在你正在打开天窗说亮话了。因此，这就是我们对作家进行评判的标准——根据他们“正确的美德”？好，恐怕我必须简单地玩你的游戏：你在法庭里不得不这么做。以从《包法利夫人》到《查泰莱夫人的情人》的所有伤风败俗的审讯为例：法庭辩护始终遵循着某些游戏的法则。别人也许称其为战术上的虚伪。(此书激发情欲吗？不，法官大人，我们认为它对

---

① 罗马尼亚的首都。

读者会产生催吐的作用，却没有激发情欲的作用。此书鼓励通奸吗？不，法官大人，瞧，一次次纵欲狂欢的痛苦罪人最后受到了应有的惩罚。此书抨击婚姻制度吗？没有，法官大人，此书描绘了不幸与不可救药的婚姻，因而人们可以明白，只有遵照基督教的教义，他们的婚姻才会幸福。此书亵渎神灵吗？没有，法官大人，此小说家的思想是圣洁的。）作为一场法庭辩论，当然，它是成功的；但是我有时感到一种残留的苦涩，因为这些律师中有一位在为一部真正的文学作品辩护的时候，并没有把他的辩护建立在简单的反驳上。（此书激发情欲吗？法官大人，我们非常希望如此。此书鼓励通奸与抨击婚姻制度吗？准确，法官大人，那确确实实是我的当事人努力想做的。此书亵渎神灵吗？基督啊，法官大人，事情就如基督受难时的那块遮羞布一样，再清楚不过了。这么说吧，法官大人：我的当事人认为，他所生活的社会中的大多数道德观念都臭不可闻，因此他希望用此书来促进乱伦、手淫、通奸、用石块砸死牧师，还有，既然我们暂时引起您法官大人的注意，那么也希望把那些腐化堕落的法官通过他们的耳垂把他们悬吊进来。这番辩护终止了案子的审理。）

因此，简言之：福楼拜教导你正视真理，不要忽视结果；他与蒙田一起教导你心揣怀疑切勿安然夜寐；他教导你对现实的组成部分细加分析，要细细观察，自然总是多种风格组合而成的；他教导你如何最为准确地使用语言；他教导你不要为了寻找治疗道德或者社会的良药才去看书——文学不是一本药典；他教给我们真理、美、感情和风格的卓越之处。如果你研究一番他的私人生活，他教了勇敢、淡泊、友情；教了聪明、怀疑和机智的重要性；教了廉价爱国主义的愚蠢；教了能够独自留在自己房间中的美德；教了对虚伪的痛恨，对教条主义的不信任，言语朴实无华的必要性。那是不是你所喜欢的描写作家的方式（我自己并不喜欢这样）呢？这样够吗？这是眼前我所能告诉你的：我好像在让我的当事人陷入难堪的境地了。

11）**他是一个虐待狂。**

胡扯。我的当事人是个不堪一击的人。请举他一生中所做过的一件带有虐待狂特征或者甚至不够善良的事让我看看。我来说一件我所知道的他做过的最不善良的事：有人发现他在一次聚会上无缘无故地对一个女人非常生气。当问他生气的理由时，他回答说："因为她可能想进入我的书房。"那是据我所知发生在我当事人身上最为糟糕的事了。除非你把他在土耳其的事也算进去：那是他发了梅毒还想与一个妓女上床一事。我承认，那是有点欺骗。但是他的欺骗没有成功：那个姑娘按照她职业的正常防范，提出要检查他的身体，当遭到他的拒绝的时候，就让他走人了。

当然，他读过萨德的作品。受到良好教育的法国作家什么没有读过？我想，目前这位作家在巴黎知识分子中很流行。我的当事人曾告诉龚古尔兄弟说，萨德"在胡说八道"。确实，他保留一些他的可憎纪念物；他津津乐道于讲恐怖事情；在他早期的作品中有一些骇人听闻的段落。但是你说他拥有一种"萨德式的想象力"？我感到迷茫。你具体指出：《萨朗波》里包含了骇人听闻的暴力场景。我回答说：你以为这些暴力场景没有发生过吗？你以为古代世界充满着玫瑰花瓣、长笛乐曲以及用熊脂封口的一桶桶满满的蜂蜜吗？

12）**他的作品中许多动物遭到肆意屠杀。**

他不是沃尔特·迪斯尼①，不是的。我同意，他对残忍充满兴趣。他对一切事物都充满兴趣。萨德也一样，还有尼禄。但是请听他是如何谈论这两位的："这些残忍的人给我诠释了历史。"我必须添一句，他当时十七岁。让我给你他的另一句引语："我热爱被征服者，但我也热爱征服者。"如我说过的那样，他努力想成为中国人，就如他努力成为法国人一样。在里窝那②发生了一场地震：他并没有发出富有同情心的大声呐喊。他对地震受害者的同情心与他对几百年前死于为暴君推磨的奴隶的怜悯心是相同的。

---

① Walt Disney (1901—1966)，美国动画片制作家、演出主持人和电影制片人，以创作卡通人物米老鼠和唐老鸭闻名。

② 意大利第勒尼安海的一个港口城市。

听到这个你很吃惊吗？这就是所谓拥有一种历史想象力。这就是所谓不仅仅做一个世界的公民，而且做一个所有时代的公民。这就是福楼拜所描述的“要成为世间一切生物——从长颈鹿与鳄鱼到人类——的神圣兄弟。”所谓一个作家就应如此。

13）他对女人很残酷。

女人都深爱着他。他喜欢有她们相伴；她们喜欢他的陪伴；他有豪侠之气，善于挑逗；他与她们上床。他只是不想娶她们。那是不是一种罪孽？他的一些性态度强烈地反映出了他所处的时代与他所代表的阶层；但是在十九世纪那个时代的人谁能逃脱得了鞭笞？至少他坚持了性生活方面的坦诚：因而他表达了他喜欢妓女，而不喜欢年轻女工。这样的坦诚给他招致了虚伪所不会惹来的麻烦。对露易丝的坦诚就是一个例子。在他告诉她事实的真相时，他听起来很残忍。但是她是害人精，对不对？（让我来回答自己的问题。我认为，她是害人精；她听起来就像害人精；尽管我们不得不承认，我们只听了古斯塔夫的一面之词。也许应该有人写写她的故事：不错，为什么不写露易丝·科莱的故事呢？我可能会写。对，我会写的。）

我是否可以这么说，你的许多指责也许可以重新归类到一个标题之下：如果他认识我们，他不会喜欢我们的。对此，他也许会承认有罪；但愿他看到我们脸上的表情就好了。

14）他相信美。

我想我的耳朵被什么东西堵住了。很可能是一些耳垢。给我一点时间，让我抓住鼻子，从鼓膜里吹出去。

15）他沉溺于风格。

你在胡言乱语。你还认为小说像高卢地区一样划分为三个部分——内容、形式与风格？如果果真这样的话，那么你正胆怯地迈出了步入小说的最初几个步骤。你想要一些写作的格言吗？非常好。形式不是披在思想血肉之躯上的一件外套（那古老的比喻，在福楼拜时代就已经古老了）；它是思想的血肉之躯本身。你无法想象一个没有形式的内容，正如不能想象一个没有内容的形式。艺术的一切都取决于手法：一个臭虫的故事可以与亚历山大的故事一样美丽。你必须根据你的感情进行写作，确保它们是真情实感，抛弃一切虚情假意。当一行文字写得精彩时，它不再属于任何流派。一行散文可以像一行诗一样亘古永恒。如果你的文字刚好写得很棒，人们就会指责你缺乏思想。

所有这些都是福楼拜的名言，其中一条布耶的除外。

16）**他不相信艺术有社会目的。**

是的，他不相信。这让人讨厌。“你给大家的是荒凉，”乔治·桑写道，“而我给大家的是抚慰。”对此，福楼拜回答说：“我无法改变我的眼睛。”艺术作品是耸立在荒漠中的金字塔，毫无用处：豺狼在它的脚下撒尿，资产阶级爬到它的顶部；继续这样的比较。你想让艺术有治病救人的作用吗？派人把**乔治·桑救护车**请来。你想让艺术讲真话吗？派人去找**福楼拜救护车**：虽然当它到达时，如果它从你的腿部辗压过去，请你不要吃惊。听一下奥登[①]的话：“诗歌不会使任何事情发生。”别把艺术想象成一种略使人提高和自信的东西。艺术不是一只 brassière[②]。至少在英语的意义中不是。别忘了，brassière 的法语还有救生衣的意思。

十一、露易丝·科莱的叙述

现在请听听我的故事吧。我坚持你听一下。来，挽起我的手臂，就像那样，让我们一边散散步。我有故事要讲给你听；你会喜欢这些故事。我们沿着码头走，再过那座桥，不，那第二座，而且也许我们可以在什么地方喝点干邑白兰地，一直等到煤气灯暗下来，然后往回走。来吧，你肯定

① W. H. Auden (1907—1973)，出生于英国的美国作家、批评家。
② 法语，胸罩，吊带。英语中 uplift 既有提升之意，又指胸罩。

没有被我吓坏吧？脸上为何这样的神情？你认为我是个危险的女人？噢，那可是一种恭维的方式，我接受这样的恭维。或者，也许……也许是我不得不说的话让你害怕了？啊哈……噢，现在来不及了。你已经挽住了我的手臂；你不能将它甩开。毕竟我比你年长。你有义务保护我。

我对诽谤毫无兴趣。如果你愿意，手指往下滑些，抓住我的前臂吧；对，就是那里，现在你感觉到我的脉搏跳动了吧。今晚我并不想报复。有些朋友说，露易丝，你必须以炮火还以炮火，以谎言报以谎言。但我不想如此。当然在我的一生中也有说谎的时候；我也——你们男人喜欢用什么词？——我也有计谋。但是女人在她们脆弱的时候进行谋划，她们因恐惧而说谎。男人强大时进行谋划，他们因为自负而说谎。你不赞同？我只是从观察的角度来说的；我同意，你的情况也许不同。但是你知道我很平静？我是因为觉得强大而平静。并且——什么？那么，既然说我强大，也许像男人一样谋划着？好了，我们不要把事情弄复杂了。

我不需要古斯塔夫进入我的生活。请看看事实真相。当时我三十五岁，人长得漂亮，我有……很高的声望。我首先征服了艾克斯[①]，然后征服了巴黎。我两次赢得法兰西学院的诗歌奖。我翻译了莎士比亚。维克多·雨果称我妹妹，贝朗热[②]唤我缪斯女神。至于说我的私人生活：我丈夫的职业受人尊敬；我的……监护人是他那个时代最出色的哲学家。你没有读过维克多·库赞[③]？那么，你应该读读他的著作。一个神奇的大脑。唯一真正理解柏拉图的人。是你们国家的米尔[④]先生的朋友。然后还有——或者说很快又有了缪塞[⑤]、维尼[⑥]、尚弗勒里[⑦]。我并不是夸耀我的战利品。我没

---

① 法国普罗旺斯地区的古老美丽的小城。
② Pierre-Jean de Béranger (1780—1857)，法国曲作家。
③ Victor Cousin (1792—1867)，法国哲学家。
④ John Stuart Mill (1806—1873)，英国哲学家、经济学家。
⑤ Alfred de Musset (1810—1857)，法国浪漫主义诗人、剧作家，代表作长篇小说《一个世纪儿的忏悔》。
⑥ Alfred de Vigny (1797—1863)，法国诗人、剧作家、小说家，浪漫主义学派的代表。
⑦ Champfleury (1820—1889)，法国艺术批评家、小说家。

有夸耀的必要。但是你明白我的意思。我是蜡烛；他是飞蛾。苏格拉底的夫人[①]屈尊地把她的微笑投向这位默默无闻的诗人。我是他的猎物；他不是我的猎物。

我们在普拉迪耶[②]的工作室相遇。我看得出这有点老套，尽管他不觉得。雕塑家的工作室，随意的闲聊，不穿衣服的模特儿，风流社会的人与半风流社会的人都混在一起。对我而言，这一切再熟悉不过了（噢，只是几年前，我曾与一位名叫阿希尔·福楼拜的身体僵硬的医学学生跳过舞）。当然，我在那里并不是看热闹的；我是去让普拉迪耶给我塑像的。那古斯塔夫呢？我不想说难听刺耳的话，可是当我第一次把目光投到他身上的时候，我就对他是什么类型的人一目了然了：一个高大、瘦长的外省人，怀着急切的心情想挤入艺术圈子，发现自己终于如愿以偿后感到心情一阵舒畅。我清楚他们在外省时讲话的样子，佯装出满脸的自信，事实上又心存恐惧："到普拉迪耶那儿去吗，朋友？你总能在那儿找到一些小演员成为你的情人，而且她还会感激涕零。"男孩不论是来自图卢兹[③]、普瓦捷[④]、波尔多[⑤]，还是来自鲁昂，一面在暗自担心到首都的漫长旅程，一面又感觉到心中充满着势利与贪欲。你知道，我之所以一目了然，那是因为我自己曾经就是一个外省人。十多年前，我从艾克斯一路走来。这一程长路漫漫，于是我就不难认出其他人身上旅途的标记。

古斯塔夫那时二十四岁。在我心中，年龄不重要；重要的是爱情。我的人生中可以不需要古斯塔夫。假如我一直在寻找一位情人——我承认我丈夫的运气不太好，并且我与那位哲学家的友情当时出现了波澜——然而

---

① 据说苏格拉底的妻子不仅年轻（据推算，比苏格拉底小四十岁左右），而且社会、家庭背景都比苏格拉底强。由于她的强势，再加上她的强悍，苏格拉底便有了怕老婆的名声。然而，苏格拉底一方面承认她是世间最难相处的女人，并不无哲理地说，这样的一个女人他都能相处，世界还有什么样难弄的人他应付不了的；另一方面又说，他娶其为妻的主要原因是她好辩的精神。

② James Pradier (1790—1852)，法国雕塑家。

③ 位于法国西南部，法国第四大城市。

④ 法国中部一城市。

⑤ 法国西南部一港口城市。

我不该选择古斯塔夫。但是对大腹便便的银行家，我没有胃口。另外，你没有寻找，你没有选择，是不是？你是被人选中的；一次秘密的投票把你选进了爱情的天地，你没有不服从的机会。

我对我们的年龄差距不感到脸红吗？我为什么要脸红？你们男人在爱情上都是墨守成规者，在想象力上像外省人一样狭隘；那就是为什么我们不得不吹捧你们，用小小的谎言将你们捧上天。那么：我三十五岁，古斯塔夫二十四岁。我说明白这点后，就继续往前。也许你不想向前；这样的话，我将要回答你未说出口的问题。如果你想研究构成这种亲密恋人关系的心理，那么你不必研究我的心理。研究古斯塔夫的。为什么？我会给你两个日子。我生于1810年，在9月15日。你记得古斯塔夫的那位施莱辛格夫人，那个最早令他少年的心灵结出伤疤的女人，那个一切与其相关都注定无望的女人，那位他常常偷偷感到自豪的女人，那个他为之曾将自己的心用砖头严严实实地封闭起来的女人（而你指责我们女人对爱情存有虚荣心?)。嗯，这位施莱辛格夫人，我碰巧知道，也是生于1810年，同样是在9月。精确地说，比我晚八天，在23日。你清楚了?

你看我的目光很熟悉。我猜想，你想让我告诉你，古斯塔夫是怎样的一个情人。我知道，男人迫不及待地谈这样的事情，却又带着一丝轻蔑；似乎他们在描述他们刚刚吃过的一顿饭，一道菜一道菜地说过去。完全事不关己。女人不是那样的；或至少，她们细细讲述的各种细节、各种不足，极少是男人们津津乐道的那些实实在在的东西。我们寻找那些向我们展示性格的标志。他们在床上那么自负，比女人自负得多。在床以外，我承认，男人女人势均力敌，旗鼓相当。

我会更自由地回答，因为你就是你；又因为我谈论的是古斯塔夫。他常常好教导别人，向人们讲述艺术家的诚实，讲话不能像资产阶级那样。如果我把被单稍稍掀起一些，他只好批评他自己了。

他激情似火，我的古斯塔夫。虽然说服他与我相见——天晓得——始终都很难；但是一旦他来了……无论我们之间发生过多少次战斗，但没有一次是在黑夜里进行的。夜幕下，我们电闪雷鸣般地拥抱在一起，疯狂、惊喜、温情和嬉戏交织在一起。他拿来了一瓶从密西西比河里带回的河水，他说，打算用这水表达他的爱，给我的乳房进行洗礼。他是一个体魄强壮的年轻人，那种强壮让我欣喜若狂：有一次他在给我的一封信上写上了“你的阿韦龙野孩[①]”的落款。

当然，他有着体魄强壮的年轻人的那种永恒的错觉，认为女人通过计算男人一个晚上能重整雄风进攻的次数来衡量激情。从某种程度上说，我们确实是这样：谁会否认呢？这是一种恭维，不是吗？但是这并不是最终的结论。一段时间以后，这中间似乎包含着军事内容。古斯塔夫习惯于谈论他喜欢过的女人。他会回忆他常去基戈涅街见的一个妓女：“我向她开了五发炮弹。”他会这样向我夸耀说。这是他习惯用的词语。我觉得它粗俗，但我不在乎，因为你知道，我们都是艺术家。但是，我注意到了这里的隐喻。你向哪一个发射的炮弹越多，被射中的人越有可能在你发射结束后死去。那就是男人们想得到的吗？他们需要尸体来证明他们男人的气概吗？我猜测，他们有这样的需要，而女人，根据奉承的逻辑，不会忘记在欣喜若狂的时刻大声惊呼“哦，我要死了！我要死了！”或诸如此类的用语。经过一个回合的做爱，我经常发现，我的大脑变得特别敏锐；看事物清晰无比；我感觉到诗意正向我袭来。但是我很清楚，最好不要用我的胡言乱语打扰我的英雄；于是，我便像一具僵尸那样躺着，心满意足。

黑夜里，我们和睦相处。古斯塔夫并不羞羞答答。他的爱好也不狭窄。我毫无疑问是他同床共枕的人中——也不必谦虚地说——最漂亮、最有名、最让人垂涎欲滴的（假如问我，有没有情敌，只有一头罕见的猛兽是我的情敌，我后面会谈及）。自然，面对我的相貌，他有时会紧张；大部分时间里，他又大可不必地很自满。我理解。在我之前，当然有妓女，有 grisettes[②]，还有友人。埃内斯特、阿尔弗雷德、路易、马克斯，在我看来，只是一群学生。他们的交情是靠鸡奸得以巩固的。不，那样说也许不公平。

---

① 一个长期赤身裸体地流浪在法国南部森林的男孩，1799 年被人发现。

② 法语，女工。

我并不确切清楚是谁，确切在何时，确切做了什么；但是我确切地知道，古斯塔夫从来都不知疲倦地保持着关于 la pipe① 的 double ententes②。我也知道，他不知疲倦地凝视着我脸向下趴看时的模样。

你知道，我与众不同。妓女不难对付；grisettes 也可以出钱打发；男人就不同——不论友情如何深厚，但毕竟有限。然而爱情呢？而且还要失去你自己？而且是位并驾齐驱的同行，一个旗鼓相当的人？他不敢冒险。我是唯一让他相当迷恋的女人；于是，出于恐惧，他决定羞辱我。我想我们应该为古斯塔夫感到难过。

他常常给我送花。一些特别的花；一个不同寻常的情人所做的寻常事。他有一次给我送了一枝玫瑰。是他在一个星期天的早晨，在克鲁瓦塞他家花园的篱笆上采摘来的。“我吻了这朵玫瑰，”他写道，“尽快把它放到你的嘴边，然后放到——你知道什么地方……再见！一千次地吻你。从白天到黑夜，从黑夜到白天，我都是你的。”谁能抗拒这样的感情？我吻了那朵玫瑰花，于是那个晚上，在床上，我把它放到他希望我放的地方。早晨醒来的时候，经过夜里的移动，这朵玫瑰变成散发出芳香的碎片。床单上有着克鲁瓦塞——我尚不知那个地方将是我的禁地——的气息；在我的两个脚趾间有一片花瓣，在我的右小腿的内侧有条细细的划痕。迫不及待而又笨手笨脚的古斯塔夫，竟忘了将玫瑰花梗茎上的刺弄干净。

接下来送的一朵花就没有这样的幸福感。古斯塔夫动身到布列塔尼去旅行。我不该大惊小怪吗？三个月哪！我们相识还不到一年，整个巴黎都知道我们的激情，而他却选择与杜康为伴度过三个月的时光！我们本可以像乔治·桑与肖邦那样；比他们更充满激情！而古斯塔夫坚持要与他的那个野心勃勃的男伴一起消失三个月之久。我这样大惊小怪错了吗？那难道不是一种直截了当的侮辱，一种羞辱我的企图？但是当我当众表达我的感情的时候（我不觉得爱情有什么可耻，我为什么要感到可耻？如果有必要的话，我会在火车站的候车室里表白我的爱情），他却说，我在羞辱他。你

①② 法语，分别指管子和双重串通。这里指两性间的双重约会。

倒想想！他将我抛弃了。在他出发前，给我送来的最后一封信上，我写下了 Ultima[①]。

当然，那不是他的最后一封信。他一到令人乏味的乡村，大步流星穿越在田野间，装出对那些废弃的城堡与枯燥无味的教堂兴趣浓厚时，就开始想念我。他的书信便纷至沓来，又是道歉，又是忏悔，还恳求我给他回信。他总是那个样子。当他在克鲁瓦塞时，他梦想着火热的沙漠与水光潋滟的尼罗河；当他到了尼罗河边的时候，他想念起湿润的浓雾与熠熠生辉的克鲁瓦塞。当然，他并不是真正喜欢旅行。他喜欢旅行的想法，喜欢旅行的回忆，而并不是旅行本身。这一次我赞同杜康的见解，他常常说，古斯塔夫最喜欢的旅行方式是躺在长沙发上，看着风景从他眼前经过。至于说他们著名的东方之行，杜康（对，这个令人作呕的杜康，这个不可信的杜康）一再说，古斯塔夫在大多数的旅途中都是一副无精打采的样子。

但是不管怎么说：在他与他那位歹毒的朋友步履艰难地通过索然无味而又落后的省份的时候，古斯塔夫给我寄来了另一朵花，那是从夏多布里昂[②]的墓旁采来的。他写到了圣马洛的宁静的大海，瑰丽的天空，甜美的空气。这是一幅美丽的景象，是不是？在岩石嶙峋的海角上的那个浪漫坟墓啊；那个伟大的人物静静地躺在那儿，他的头颅指向大海，倾听着亘古不变的潮涨潮落的声音；这位年轻的作家，心中才思涌动，跪在墓旁，看着傍晚天空中的玫瑰色慢慢地消退，思索着——以年轻人习惯的方式——永恒无常的生命和伟人的慰藉，然后摘下一朵花，一朵在夏多布里昂的坟土里长出来的花朵，寄给他远在巴黎的美丽的情人……我难道会为这样的举动无动于衷吗？当然不会。但我不禁注意到，一朵从一个墓旁采摘来的花，当它被寄给一个不久前还在收到的一封信上写下了 Ultima 的那个人那里，还是激起了一些感情的涟漪。而且我也忍不住发现，古斯塔夫的书信

---

① 拉丁语，终结。

② François-René de Chateaubriand（1768—1848），法国作家，著名作品有《墓畔回忆录》等。他死于巴黎，但根据他的要求，安葬于他的家乡圣马洛附近的格朗贝岛上。

是从相距圣马洛四十公里的蓬托尔松[①]寄来的。古斯塔夫是不是为自己摘下了这朵花，然后四十公里后又对它厌烦了？还是可能——我心中产生这样的想法只是因为我与古斯塔夫这么一个有感染力的人同床共枕过——他在其他地方采了这朵花？他想到这一举动是不是太晚了一些？谁能不犯 l'esprit de l'escalier[②] 呢，即使是在恋爱的时候？

我的花朵——许多花中我记得最清楚的那朵花——是在我说过的它生长的地方采来的。在温莎花园里。那是在我悲惨的克鲁瓦塞之行以后，是在我遭遇被拒之门外的奇耻大辱之后，在我经受了这一切的残忍、痛苦和恐怖之后。无疑，你听到不同的叙述？事实真相很简单。

我一定要见他。我们一定得谈谈。你不会像打发理发师那样打发爱情。他不愿到巴黎来见我；那么我就去见他。我坐上火车（这次远不止是到芒特）到了鲁昂。坐船顺流到克鲁瓦塞；当年迈的划桨工在与水流抗争的时候，在我的心中，希望在与恐惧抗争着。我们看到了一座迷人的英国风格的低矮的白色房子；在我看来，它似乎是一座笑迎客人的房子。我下了船；我推开了铁护栅；就不容许我继续向前了。古斯塔夫拒绝我进去。一个护院老丑婆把我赶了出来。他不愿在那里见到我；他屈尊地到旅馆里来看我。我的冥府渡神[③]再用船将我渡了回来。古斯塔夫独自坐了轮船。在河上，他超过我们的船，比我先到达。那是一场闹剧，那是一场悲剧。我们到了我的旅馆。我开口说话，可是他不会听得进去。我谈到了我们可能有的幸福。幸福的秘诀，他说，是已拥有的幸福。他不明白，我已满心疲惫。他拥抱了我，但是以一种自我克制的方式拥抱了我，那真是极大的耻辱。他要我嫁给维克多·库赞。

我逃到了英国。不能忍受在法国再多待一会儿：我的朋友们证实了我的冲动。我到了伦敦。在那儿受到了善意的礼遇。受人引荐，见到了许多

① 法国西北部小镇。
② 法语，有“事后诸葛亮”的意思。
③ 希腊神话中在通往冥府的河上渡亡灵的神。

杰出人物。我见到了马志尼[①]，见到了古奇奥尼伯爵夫人[②]。我与伯爵夫人的会面是一件令人振奋的事，我们顿时成了好朋友；但同时也是一件令人暗自神伤的事。乔治·桑与肖邦，古奇奥尼伯爵夫人与拜伦……人们会不会说露易丝·科莱与福楼拜呢？我向你坦白，这一念头使我暗自忧伤了一个又一个光景，然而我竭力达观地去承受它。我们会有什么结果呢？我会有什么结果呢？我不停地问自己，对爱情满怀雄心是不是错了呢？那样错了吗？请回答我。

我去了温莎。我记得那儿有一座精美的圆塔，上面爬满了常春藤。我在公园里漫步，为古斯塔夫摘了一朵牵牛花。我得告诉你，他很粗俗，对花朵非常无知。不是说植物学知识方面——他很可能在什么时候学过这些，就如他学了大多数其他的东西（除了女人的心）——而是说花朵的象征意义。这——花语——是一种高雅的语言：灵巧，高雅，准确。花朵之美与用于交流的情感之美产生共鸣，这时……嗯，就会有一种红宝石礼物都难以超越的幸福。花朵要凋谢这一事实，又使得这样的幸福变得令人痛苦不堪。但是也许，到一朵花凋谢的时候，他会寄来另一朵花……

古斯塔夫不明白这一点。他这种人，经过刻苦努力，也许最终会学会两种花语的表达方法：剑兰，当它被放在花束中间它的花朵数暗指约会的时间定在几点；牵牛花则表示一封信被中途截取。他会明白这种粗俗实用的花语表达。喏，就拿这朵玫瑰来说（不论颜色如何，尽管在花语中五种不同的玫瑰表达五种不同的含义）：先用你的嘴唇吻它，然后放到你的双腿间。这是古斯塔夫所能做到的最大限度的殷勤。我肯定，他不会明白牵牛花的意义；或者说，如果他尽了努力，他还是会搞错的。牵牛花可以传达三种意思。白色牵牛花表示你为什么逃离我。粉红色的意味着我将把自己与你缠绕在一起。一朵蓝色的牵牛花表示我将等待更美好的时光。你一定能猜出我在温莎公园里所选择的牵牛花的颜色。

---

① Giuseppe Mazzini (1805—1872)，意大利革命家，民族解放运动领袖，曾流亡英国。

② Contessa Guiccioli (1800—1873)，是英国浪漫主义诗人拜伦在意大利时的情人。

他懂得女人的心吗？对此，我经常表示怀疑。我记得，我们为他在尼罗河畔的交际花库恰·哈涅而争吵。古斯塔夫在旅行中做着笔记。我问他，我能不能读他的笔记。他拒绝了；我再一次地问他；再次拒绝。最后，他让我读。这些笔记……那一页页的记录，并不赏心悦目。古斯塔夫觉得东方迷人的地方，我却觉得这有失身份。一个交际花，一个身价昂贵的交际花，她用檀香木油浸泡自己的身子，掩盖她身上长着臭虫而出现的气味。我问，这样做会让人提神吗？这样很美吗？很罕见，很华丽吗？还是它很肮脏，令人厌恶地平庸不堪？

事实上，这真不是让人产生美感的事情；这儿没美感可言。当我表达出厌恶的时候，古斯塔夫将其理解为纯粹的嫉妒。（我是有一点嫉妒——当你读着一个你热恋的男人的私人日记时发现非但没有提及你自己，相反还对长着臭虫的妓女极尽赞美之词，谁会不嫉妒？）也许古斯塔夫认为我纯粹出于嫉妒，是可以理解的。但现在请听听他的观点，听听他是如何理解女人的心的。他告诉我，不要嫉妒库恰·哈涅。她是一个东方女人；东方的女人是一部机器；对她来说，第一个男人与第二个男人是没有区别的。她对我没有感觉；她早已把我忘记；她生活在吸烟、沐浴、描眉与喝咖啡这种昏昏欲睡的周而复始之中。至于说她肉体的快感，一定非常少，因为在早些时候，那个著名的瓜蒂，所有快乐之源，就已经被摘除了。

这样的安慰！这样的宽慰！我大可不必嫉妒，因为她根本没有什么感觉！而这个男人声称他理解人的心！她是一台残缺的机器，而且，她早已忘记了他：目的是让我因此感到宽心？这种挑衅般的宽慰，使我对他在尼罗河畔时一起上床的那个陌生的女人想得更多，而不是更少。我们会有很多的不同吗？我是西方人，她是东方人；我是完好的，她是残缺的；我与古斯塔夫进行着心灵最深处的交流，她加入了一场短暂的肉体交易；我是一个独立聪慧的女人，她是一个被囚禁的生物，靠与男人的生意为生；我关注细节，注重外表，温文尔雅，她污溃肮脏，臭气熏天，原始粗野。我开始对她充满兴趣，这也许听起来让人奇怪。无疑，硬币的反面总是更迷人。几年以后，当旅行去埃及的时候，我想找到她。我去了埃斯那。找到了她住的那个肮脏小屋，但是她人不在那儿。也许听说我来了而吓跑了。也许最好我们不见面；硬币的另一面不应该被看到。

古斯塔夫过去常常羞辱我，甚至一开始就羞辱。他不许我直接写信给他；我给他的信不得不通过杜康转寄。不许我到克鲁瓦塞去看他。不许我见他的母亲，即使事实上有一次在巴黎的某个街角处经人引荐我认识了她。我碰巧知道，福楼拜夫人认为她儿子对待我的态度很恶劣。

他也用其他方式羞辱我。他对我说谎。他向他的朋友说我的坏话。他用真理的神圣名义，嘲笑我写的大部分的作品。他佯装不知我十分可怜。他吹嘘，他在埃及从一个五苏的廉价交际花那儿染上了性病。我曾送给他一枚印章，作为爱情的标志，而他在《包法利夫人》的书页里，嘲笑了这枚印章，对我进行了一次粗俗而公开的报复。他还口口声声说，艺术应该是不带个人情感的！

让我告诉你，古斯塔夫常常是如何羞辱我的。当我们的爱情还稚嫩的时候，我们常常交换礼物：小小的表示，礼物本身常常是没有意义的，但是却似乎包含了馈赠者的全部心意。我赠予他我的一双小拖鞋，他尽心享受几个月、几年；我想现在他已将它们焚毁了吧。有一次，他送我一个镇纸，就是那个曾放在他书桌上的镇纸。我大受感动；似乎那是一个作家送给另一个作家的最完美的礼物；以前曾压着他的小说的东西现在将压在我的诗句上。也许我对它评论得太多了；也许我的感激过于真诚。可是，古斯塔夫却对我说：与这个镇纸分手，他一点都不忧伤，因为他有了一个新的镇纸，压纸的效果同样很好。我想知道是什么样的镇纸吗？如果你希望的话，我回答说。他告诉我说，他的新镇纸是一段后船桅——他做了一个东西很大的手势——那是他父亲用产钳从一位老海员的屁股里拔出来的。这位海员明确地说，他不清楚这段船桅如何进入到人们所发现的那个部位的。古斯塔夫继续讲下去，似乎这是多年来他听到的最好的故事。他还仰头哈哈大笑起来。最让他感到着迷的是，既然如此，那么他们又怎么分得清，这段木头是船上的前桅还是后桅。

他为什么要如此这般羞辱我？我相信，情况并不像在恋爱中常见的那样，我的那些最初让他着迷的性格——我的活泼、自由以及我与男人们平等相处的感觉——后来却让他恼火。事情并非如此，因为他一开始就用这种古怪的、熊样的粗暴方式对待我，即使是在他深深爱着我的时候，他也是如此。在给我写的第二封信中，他写道："我每每看到摇篮就会想到坟墓；看到赤身裸体的女人，我就想象到她变成一具白骨时的模样。"这不是通常意义上的恋人所表达的感情。

也许，子孙后代会轻而易举地得出答案：他鄙视我，因为我是可鄙的；同时也因为他是个伟大的天才，所以他的判断必然是正确的。事实并非如此，过去不是，现在也绝非如此。他怕我：那就是他对我残忍的原因。他怕我，有两种情况，一种是人们熟知的，另一种是不为人知的。第一种情况是说，他像许多男人怕女人一样，因为他们的情人（或他们的妻子）了解他们。在有些男人还没有完全成年时，他们就是这样：他们希望女人了解他们，因此把他们所有的秘密都告诉女人；后来，当女人真正了解了他们，他们反而憎恨起这些了解他们的女人。

第二情况——更为重要的情况——是他怕我是因为他害怕他自己。他害怕自己也许会完全爱上我。这不只是害怕我可能会侵入他的书房与他的独处；而且害怕我可能会侵入他的心房。他残忍地对我，是因为他要把我赶走；他要把我赶走，是因为害怕他会完全彻底地爱上我。让我把我私下里所相信的事情告诉你：在古斯塔夫眼里，我象征着生命，但他对此只是一知半解，他强烈地拒绝我，因为我刺激了他内心深处的耻辱。而这是我的过错吗？我深爱着他；我希望给他机会来回馈我的爱，还有什么比这更为自然的事呢？我挣扎着，不只是为我自己，也是为了他：我不明白，他为什么不允许自己去爱。他说过，幸福有三个前提条件：愚蠢、自私和健康的身体。他只肯定自己拥有其中第二个条件。我与他争，与他吵，但是他却想要相信，幸福是不可能得到的；这倒给予了他某种莫明其妙的安慰。

他是一个很难让人去爱的人，那是肯定的。他的心是那么遥远，那么孤僻。他为此羞愧，小心翼翼。他曾告诉我，真正的爱情可以忍受对方的别离、死去和背叛；真正的恋人可以十年不相见。（这样的话没有打动我；

我只是得出结论，如果我不在、背叛了他或者死去了，他都会觉得很轻松自在。）他喜欢自我吹嘘说，他爱上了我；但我从未见过一种不那么急不可耐的爱情。“人生像骑马。”他曾给我写信说，“过去我常常喜欢骑马飞奔；现在我喜欢步行。”写这样的话时，他还没有到三十岁；他在没有年老时就认定自己年老了。至于我吧……驰骋！驰骋！头发在呼呼的风中飘舞，发自肺腑的笑声回荡在空中！

认为他自己热恋着我，那是对他的虚荣心的恭维；克制自己与放纵自己一样，我相信，都会给他一种他自己不愿承认的欢愉：他不时渴望得到我的肉体，但始终禁止自己去得到我。他过去常说，与大多数的女人相比，我不像一个女人；说我长着女人身，男人心；说我是一个 hermaphrodite nouveau①，属于第三性别。他多次和我讲起这种愚蠢的理论；但是，事实上，他只是在告诉他自己：他向我说明了我不像一个女人，那么我越不像女人，他就越不需要像我这样的情人。

最后我终于明白了，他最需要从我这儿得到的是一个聪慧的伙伴，一种精神的恋爱。在他艰辛创作《包法利夫人》的那些岁月里（尽管也许不像他常喜欢说的那样艰辛），一天结束的时候，他寻求一种脑力的放松。由于体力上的放松对他来说太复杂，包括了太多的他不能完全掌握的内容。他常常会坐下来，坐在一张桌子旁，拿起一张纸，向我发泄。你不觉得这个形象高抬了我吗？我并不是有意为之的。过去出于忠贞而相信古斯塔夫的那些假意，这样的日子已经过去。顺便提一下，他从没有用密西西比河的河水给我的乳房洗礼；我们之间唯一传递过瓶子的事是我寄给他一些塔布雷尔水，让他不再脱发。

但是我可以告诉你，这种精神恋爱并不比我们情感上的恋爱容易。一方面，他粗野，笨拙，好欺负人，自视清高；另一方面，他又温柔，多情，热情忘我。他不讲规矩。他拒绝完全接受我的思想，正如他拒绝完全接受我的感情那样。当然，他一切都清楚。他告诉我，在心理上他已六十岁了，

① 法语，新型的男女双性人。

而我还只有二十岁。他告诉我，如果我一直喝水而不是喝酒的话，我会患上胃癌。他告诉我，我应该嫁给维克托·库赞。（而维克多·库赞在这点上的意见是，我应该嫁给古斯塔夫·福楼拜。）

他把他的作品寄给我。他把《十一月》寄给我。这个作品很弱，很一般；我没有加以评论，只是暗自掂量。他把《情感教育》的第一版寄给了我；我并没有被它深深吸引住，但我又怎么能不称赞它呢？我的称赞遭到了他的指责。他给我寄来了他的《圣安托万的诱惑》；我真的喜欢这个作品，并告诉了他。他再一次指责我。他说，我所喜欢的那些部分，他敢肯定，是那些最容易写的部分；他声称，我那些谨慎提出的修改建议只会削弱他的书。我对《情感教育》表达出的“过度热情”使他深感“震惊”！这就是一名默默无闻的、没有发表过多少作品的外省作家对一个著名的（他声称所深爱着的）巴黎诗人的赞美的感谢！我对他作品进行评论的价值只在于构成了他给我上艺术课的恼人的借口。

我当然知道，他是个天才。我始终把他视为一个出色的散文作家。虽然他低估了我的才能，但我没有理由贬低他的天赋。我可不像臭不可闻的杜康，他骄傲地声称自己与古斯塔夫有多年的交情，但总是不承认他的天赋。我参加过讨论我们同时代的优秀作家的宴会，在这些宴会上，每当提到一位新作家的名字的时候，杜康总会彬彬有礼地纠正大家的看法。“那么，杜康，”最后，有人略显不耐烦地说，“你如何看待我们亲爱的古斯塔夫？”杜康赞同地笑笑，一只手的五个指尖轻拍着另一只手的五个指尖，一副小心而公正的样子。“福楼拜是一个拥有罕见天赋的作家，”他回应说，以一种令我大为吃惊的方式使用了古斯塔夫的家姓，“但是他体弱多病的身体，使他无法成为一个天才。”你一定会以为他在练习写回忆录。

至于说我自己的作品！自然，我会常常寄给古斯塔夫。他告诉我说，我的风格绵软、松散、陈腐。他不满地说，我的标题意义模糊，自命不凡。他像一位学校老师那样给我讲如何区分 saisir 与 s'en saisir[①] 的课程。他称

① 法语，“抓”与“被抓”。

赞我时会使用这样的方式，说我写得很自然，就像母鸡生蛋一样。或者在用一通批评摧毁了一个作品后，他会说："那些我没有做任何标志的地方，在我看来，似乎都不错，而且很好。"他告诉我，要用大脑写作，而不是用心去写作。他告诉我说，头发只有在反复梳理后才会发光，风格也是如此。他告诉我，不要将自己置于作品之中，不要诗化事物（我是一名诗人啊!）。他告诉我说，我拥有一份对艺术的热爱，但没有一份对艺术的虔诚。

当然，他想让我做的是，尽可能地像他那样去写作。这是我经常注意到作家们所拥有的一种虚荣；他们愈是杰出，就会愈加明确地表达这份虚荣。他们认为，人人都应该像他们那样去写作：当然不是写得像他们一样好，而是用同样的方式去写。一种高山对小山坡的期盼方式。

杜康过去常说，古斯塔夫身上没有一丁点儿诗的感觉。虽然与他意见一致并不使我高兴，但我同意他的说法。古斯塔夫给我们大家上诗歌课——虽然通常上的是布耶的课程内容，而不是他自己的——可他并不懂诗歌。他自己不写诗。他过去常说，他希望能赋予他的散文以诗的力量与境界；但是，这样的计划似乎部分包括先要削弱诗歌的地位。他希望他的散文是客观科学的，没有作家在场的，没有倾向意见的；因此，他认定，诗歌创作也应该遵照同样的原则。请告诉我，在写爱情诗时你如何做到客观、科学、置身其外。就告诉我这一点。古斯塔夫不相信感情；他害怕爱情；于是，他把他的神经官能症提升为一种艺术信条。

古斯塔夫的虚荣心不仅仅只是在文学上。他不仅相信别人应该像他一样写作，而且认为别人应该像他一样生活。他喜欢向我引用爱比克泰德[①]的话：克制吧，把你的生命隐藏起来。向我——一个女人，一个诗人，而且是爱情诗人！——说这样的话！他希望所有作家都默默无闻地生活在外省，无视心灵的自然情感，鄙视名誉，在疲惫乏力的烛光下孤寂地度过光阴，阅读着默默无闻的文本，哪怕是读得腰酸背痛。这也许是培养天才的正确途径；但这同样也是扼杀天赋的途径。古斯塔夫不明白这一点，不清

① Epictetus (55—135)，希腊斯多噶派哲学家。

楚我的天赋取决于敏捷的行动、迸发的情感、不期的相遇。我的意思是，取决于生命。

如果有能力的话，古斯塔夫会把我也变成一名隐士：一名巴黎的隐士。他常常教导我不要去见别人；不要回复某某某的来信；不要把这个崇拜者太当回事；不要把那位伯爵当作——情人。他声称，他在保护我的作品，在社交中度过一小时，就意味着减少了我伏案写作的一小时。但那不是我写作的方法。你不能给蜻蜓套上马轭，让它来拉动谷磨。

当然，古斯塔夫不承认他有一点虚荣心。杜康在他的一本书中—— 我记不得哪一本，他总有那么多的书——提及了过度的独处对人的害处：他称独处是一位虚伪的顾问，用乳汁哺育了自大与虚荣这对孪生兄弟。古斯塔夫自然视其为一种人身攻击。"自大?"他给我写信说，"就算是吧。但是虚荣呢？不对。骄傲是一回事：它是一头身居洞穴、在荒漠中漫步的野兽。而虚荣是另一回事，它是一只鹦鹉，从一个枝头跳到另一个枝头，嘴里叽叽喳喳叫个不停。"古斯塔夫把自己想象成一头野兽，他喜欢把自己想象成一头远离一切、充满兽性、独处的北极熊。我同意这一点，我甚至称他是一头美洲草原上的野水牛；但是也许事实上，他只是一只鹦鹉。

你觉得我说话太无情吗？我曾爱过他，所以我有权利这样无情地说话。你听，杜康想得到"荣誉勋章"，古斯塔夫因此而鄙视他。几年后，他自己接受了这一荣誉。古斯塔夫鄙视沙龙社交场所。到后来，他自己却成了玛蒂尔德公主圈子里的人。你有没有听说过古斯塔夫趾高气扬地行走在烛光下那些岁月里的手套账单？他欠了裁缝两千法郎，其中五百法郎是手套钱。五百法郎！他卖了他的《包法利夫人》的版权只收入了八百法郎。他的母亲只得卖了田地保释他。五百法郎的手套账单！一头白熊戴上了白色的手套？不，不是：一只鹦鹉，一只戴手套的鹦鹉。

我知道他们是如何议论我的，知道他的朋友是如何议论我的。他们说我虚荣地以为我可以嫁给他。但是，古斯塔夫过去常常在给我的信中描绘我们结婚后的景象。那么，我抱着希望是我的过错吗？他们说，我凭着虚荣心一路来到克鲁瓦塞，在他的家门口自取其辱。可是当我最初认识他的时候，古斯塔夫常常给我写信，谈到即将请我到他家去的事。那么我抱着希望，是我的错吗？他们说，我不无虚荣地期望着也许有那么一天，我与他会共享某部作品的著作权？然而，他告诉过我，我的一个故事是一篇杰作，我的一首诗可以让石头感动得流泪。那么，我怀着希望是我的错吗？

我也清楚，我们两人都去世后将会怎样。子孙后代会匆忙得出结论，这是他们的本性。人们会站在古斯塔夫一边。他们会在了解我时过于匆忙；他们会利用我的慷慨大方来反对我，会因为我有那些情人而鄙视我；并且他们会把我当成轻率地威胁说要干扰他们喜欢阅读的那些书的写作的一个女人。有人——也许甚至包括古斯塔夫本人——会焚毁我的书信；而他的书信（我所小心谨慎地保护的，虽然这有违我自己的志趣）会幸存下来，证实那些有偏见的人是正确的，他们很懒惰，不会去真正弄清楚。我是一个女人，更是一位一生享尽声誉的作家；因此，我并不期望后代从这两个角度表示出怜悯或者很多的理解。我在乎吗？我自然在乎啊。但今天晚上我不想报复；我听天由命。我向你保证。再把你的手指往下滑些，握住我的手腕。就是那儿；我告诉过你。

十二、布拉斯韦特的公认概念词典

阿希尔

古斯塔夫的哥哥。神情忧郁，留着长长的胡子。从他父亲那里继承了职业与姓名。因阿希尔肩负起全家人的期望，使古斯塔夫获得了成为一名艺术家的自由。因脑软化而死亡。

路易·布耶

古斯塔夫的文学良知、助产师、影子、左睾丸及其翻版。他的中间名字是亚森特。每一个伟大人物都需要的那种不够成功的 Doppelgänger①。引用他对一个腼腆女孩所说的一句胆大妄为的话：“当胸很平的时候，你就离

① 德语，酷似的人；又有“隐藏在每个人心中的另一个看不见的自我”之意。

心脏近了。”尽管我们并不赞同他的说法。

露易丝·科莱

(1) 单调乏味、胡搅蛮缠、男女乱交的女人，不是自己缺乏天赋，就是缺乏理解别人的天赋的能力，竭力设下陷阱要与古斯塔夫结婚。想象一下叫苦不迭的孩子们！想象一下痛苦的古斯塔夫！想象一下快乐的古斯塔夫！

(2) 勇敢、激情洋溢、被人深深误解的女人，因与冷酷无情、难与相处的外省人福楼拜的爱情而被钉上了十字架。她正当地抱屈说：“古斯塔夫写信给我时，除了谈艺术……还有他自己以外什么也不谈。”最初的女性主义者，犯了想使另一个人得到幸福的罪孽。

马克西姆·杜康

摄影师、旅行家、追名逐利者、巴黎史学家、院士。用钢笔尖写作，而古斯塔夫总是用鹅毛笔尖写作。为《巴黎评论》审读了《包法利夫人》。如果说布耶是古斯塔夫的文学知己的话，那么杜康是他的社交场合的知己。他在回忆录中提到了古斯塔夫的癫痫病以后被驱逐出了文学圈。

癫痫症

一种手段，使作为作家的福楼拜避免了一个传统的职业生涯，使作为男人的福楼拜逃避了生活。问题只是，这种手段在心理层面上造成多大的影响。他的病症是不是强烈的身心失调引起的现象呢？如果说他只是患了癫痫症，那就会太平常了。

古斯塔夫·福楼拜

克鲁瓦塞的隐士。第一个现代小说家。现实主义之父。浪漫主义的屠夫。连接巴尔扎克与乔伊斯的浮桥。普鲁斯特的先驱。躲在窝里的熊。憎恨资产阶级的资产阶级。在埃及，是个“胡子老爸”。殉道士圣波利卡普，克吕沙尔，夸拉冯，le Vicaire-Général①，陆军少校，封建领主，沙龙白痴。

---

① 法语，代理主教。

所有这些头衔都落到了一个对受封领爵没有热情的人身上："荣誉使人玷污，头衔使人堕落，工作使人迷茫。"

龚古尔兄弟

别忘了龚古尔兄弟对福楼拜的评论："虽然天性率直，但他对他所感、所爱或所遭遇的一切而说的话从来没有完全认真过。"然后，别忘了别人对龚古尔兄弟的评论：这对充满嫉妒、不可信的兄弟。还记得杜康的不可信，露易丝·科莱的不可信，福楼拜的外甥女的不可信，福楼拜自己的不可信。强烈想知道：我们如何才能了解一个人？

朱丽叶·赫伯特

"朱丽叶小姐"。十九世纪中期在国外的英国家庭教师，她的道德品行尚未在学术界引起足够的关注。

反　讽

现代的表达方式：不是魔鬼之印，就是神志清新之法。福楼拜的小说提出这样的问题：反讽是不是排除同情？在他的词典里没有 ironie[①] 这一词条。这也许正是意在讽刺吧。

让-保罗·萨特

花了十年时间写了《家庭的白痴》，他本可以用这段时间写成一本毛泽东主义的小册子。一个自视清高的露易丝·科莱，不时地纠缠古斯塔夫，而古斯塔夫只想不受打扰。结论："与其老年时无所事事还不如蹉跎岁月。"

库恰·哈涅

一块试金石。古斯塔夫不得不在这个埃及交际花与巴黎女诗人之间做出选择。一面是臭虫、檀香油、修剪过的外阴、阴蒂切除与梅毒；另一面是清洁、抒情诗、性方面相对忠诚以及女权。他发现两边势均力敌，旗鼓相当。

---

① 法语，反讽。

书　信

遵照纪德，于是就把福楼拜的书信称为杰作。按照萨特，于是就把它们称为来自前弗洛伊德学派的诊断室的自由联想的典范。那么，就随你的嗅觉行事吧。

福楼拜夫人

古斯塔夫的看守、心腹、护士、病人、执掌钱财者以及批评家。她说："你对句子的狂热已使你的心灵枯萎。"他觉得这话很"精辟"。参阅乔治·桑。

诺曼底

终年潮湿。由一个狡猾、骄傲、沉默寡言的人种居住着。你可以一边斜着头，一边说："当然，我们永远也不能忘记，福楼拜是诺曼底人。"

东　方

一个焚烧了《包法利夫人》的熔炉。福楼拜离开欧洲时是一个浪漫主义者，从东方归来时便成了一个现实主义者。参阅库恰·哈涅。

普鲁士人

戴着白手套的破坏文化艺术的汪达尔人[①]，他们是懂梵文的钟表窃贼。比野蛮人或巴黎公社社员更加吓人。当普鲁士人从克鲁瓦塞撤退后，房子不得不用香熏一遍。

堂·吉诃德

古斯塔夫是一个老套的浪漫主义者吗？他对被抛进庸俗、物欲横流的社会中的异想天开的骑士充满激情。"Madame Bovary c'est moi[②]"是一种隐喻。在他临终前，有人问他，他书中的著名人物的源泉来自何处，于是，他做出了这个塞万提斯式的回答。参阅异性装扮癖。

---

① 为古代日耳曼部落的一支，公元 455 年曾洗劫罗马。此后他们的名字就成了肆意破坏和亵渎圣物的同义语。

② 法语，包法利夫人就是我。

现实主义

古斯塔夫是位现实主义者吗？他始终公开否认这样的标签：“因为憎恨现实主义，我才写了《包法利夫人》。”伽利略公开否认，地球绕太阳运行。

乔治·桑

乐观主义者，社会主义者，人道主义者。未见前，鄙视她；相见后，热爱她。古斯塔夫的第二个母亲。到过克鲁瓦塞后，她给他寄去了她的全部作品（七十七卷版全集）。

异性装扮癖

年轻小伙时的古斯塔夫：“有些时候，很想成为一个女人。”成年后的古斯塔夫：“Madame Bovary c'est moi.”当他的一个医生称他是“一个歇斯底里的老姑娘”的时候，他评论说，这样的观察很“深刻”。

美　国

提到这个“自由之邦”的次数，十分有限。对于未来，他这么描述道：“未来将属于功利主义者、军国主义者、美国人、天主教徒——天主教色彩十分浓郁。”很可能他更喜欢美国国会大厦，而不是梵蒂冈。

伏尔泰

这位十九世纪的伟大的怀疑论者是如何看待伟大的十八世纪的怀疑论者的呢？福楼拜是不是他所处时代的伏尔泰？伏尔泰是不是他所处时代的福楼拜呢？“Histoire de l'esprit humain, histoire de la sottise humaine.①”这是他们两人中谁说的话呢？

妓　女

在十九世纪染上梅毒是必然的；不染上梅毒的人，谁也不能自称为天才。佩戴上这枚红色勇敢勋章的人有福楼拜、都德、莫泊桑、儒勒·龚古尔、波德莱尔等等。有没患上此疾的作家吗？如果有的话，他们很可能是

① 法语，人类的心灵史，人类的愚蠢史。

同性恋者。

木　琴[①]

没有记录表明，古斯塔夫听过木琴。圣桑[②]在他1874年的《骷髅之舞》中使用了木琴，用来表达骨头发出的嘎嘎声；古斯塔夫也许喜欢听这个。也许他在瑞士听过钟琴[③]。

伊沃托[④]

“看到伊沃托就死亡。”如果要问这句鲜为人知的警句的出处，请报以神秘的微笑，保持沉默。

埃米尔·左拉

这位伟大的作家对他的信徒们负责任吗？是谁选择了谁？如果他们称你为大师，你能鄙视他们的工作吗？另外，他们在赞美你的时候是真心诚意的吗？谁更需要对方：信徒更需要大师呢，还是大师更需要信徒？没有结论的讨论。

十三、纯粹的故事

不论你怎么认为，这是一个纯粹的故事。

当她去世的时候，你首先不是感到吃惊。爱情的一部分就是随时准备面对死亡。当她死时，你觉得你的爱情得到了确认。你的感觉是对的。这是所有这一切中的一部分。

随之而来你感到疯狂。而接下来便是孤独寂寞：并不是你所预料到的那种给人印象深刻的独居，并不是意义非凡的鳏寡受难，只是孤独。你以为是一种近乎地质现象所引起的感觉——在倾斜的峡谷里的头晕目眩——但情况并非那样；它只是痛苦，像上班一样，出现得很准时。我们的医生

---

① 一种打击乐器，将木制琴键置于共鸣管上，以琴棒敲打以产生旋律。

② Camille Saint-Saëns（1835—1921），法国钢琴和管风琴演奏家，也是一位多产的作曲家。

③ 一种打击乐器，将金属琴键置于木箱上，以琴棒敲打以产生旋律。

④ 法国上诺曼底的一个独立自治乡镇。

们怎么说来着？我深表遗憾，布兰克太太；当然，忧伤会持续一段时间，但放心吧，你会走出忧伤的；这种药，我建议，你每晚吃两片；布兰克太太，也许去寻找一种新的爱好；汽车维护，队列舞蹈？别着急，六个月后，你会走出困境的；随时来看我；哦，护士，她来时，再给她配这种药，好吗？不，我不必见她了，毕竟死的不是她，对不，朝好的方面看。她说她叫什么名字？

后来，这样的事发生到了你自己头上。其中没有荣耀。你有充裕的时间来悲伤；除了时间外你便什么都没有了。布瓦尔与白居谢在他们“誊写”本里抄了一条“如何忘掉已故的朋友”的忠告：(萨勒诺[①]医科学校的医生)托图勒斯说，你应该吃填塞得满满的猪心。也许我不得不求助于这个药方。我尝试了饮酒，但那有什么用？饮酒使人醉，那是它所能做到的。人们说，工作可治百病啊。它没那么灵；而经常出现的情况是，工作了以后，你甚至还不会感到疲惫：你最多会觉得有一种神经性嗜睡。你始终有的是时间。再过一段时间吧。慢慢来。再过一阵子吧。你手上总有时间。

另有一些人以为，你想说说话。“你想谈谈埃伦吗？”他们问道，暗示说如果你悲痛得受不了，他们也不会感到窘迫的。有时你会讲讲，有时你不会讲；这没什么两样。谈的话并不是真想说的话；或者说，真想说的话是不存在的。“语言像一面破锣，我们敲着这面破锣，奏出让熊翩翩起舞的曲调，同时我们一直希望能感动天上的星星，生出怜悯之心。”你开口说话，却发现，谈论丧失亲人的语言既愚蠢又不适宜。你似乎是在谈论其他人的痛苦。我爱过她；我们曾是幸福的一对；我思念她。她不曾爱过我；我们在一起不幸福；我思念她。可供祈祷的话的选择范围是有限的：急促而含糊不清地说上只言片语。

“这也许看起来很糟糕，杰弗里，但你会从中走出来的。我并不是把你的忧伤不当回事；只是我丰富的生活经历让我知道，你会从中走出来的。”你一面龙飞凤舞地开着药方，一面自己喃喃地说着这些话（不，布兰克太

---

① 意大利西南部港市。

太，你可以把它们全都吞下，它们不会致死的）。你确实从中走出来了，这没有错。一年后，五年后。但是你从中走出来时并不像火车从隧道里出来那样，风驰电掣般地穿过东部的丘陵草原，驶入阳光之中，然后咔嗒咔嗒地一路飞驰而去，直至来到英吉利海峡；而你却像一只从浮油下走出来的海鸥，从痛苦中走出来。你终身将经受着柏油粘毛[①]的折磨。

你依然天天想到她。有时厌烦了爱着一个死了的她，就想象着她重新活过来，与你交谈，征求你赞同的意见。福楼拜在他母亲去世后，常常要他的管家穿上她旧的格子布衣服，用假扮给他带来惊喜。效果不错，还是没有效果：葬礼过了七年之后，看到那件旧衣服在家里走动的时候，他依然会痛哭流涕。这是一种成功呢还是一种失败？是一种怀念呢还是一种自甘沉溺？我们是否会清楚，我们什么时候开始拥抱我们的悲伤，并虚妄地开始享受悲伤起来？"悲伤是一种罪过。"（1878 年）

要么，你就努力回避她的形象。现在，当我想起埃伦的时候，我努力去想 1853 年袭击鲁昂的一场冰雹。"一场一级水平的冰雹。"古斯塔夫向露易丝评论说。在克鲁瓦塞，墙树遭到了摧残，花朵被打成碎片，厨房外的花园乱成一片。在其他的地方，收成遭遇了毁灭性的打击，窗户被砸碎了。只有装玻璃的工人是高兴的；装玻璃的工人，还有古斯塔夫。这一番狼藉景象让他高兴：仅只用五分钟的时间，大自然就重新用世间万物的真正秩序强加于人类自负地以为自己正在建立的那种短暂、人为的秩序之上。有什么比瓜果田里的钟形玻璃罩更愚蠢的吗？古斯塔夫问。他为冰雹砸碎了玻璃罩而鼓掌喝彩。"人们未免太轻而易举地相信，太阳的作用就是帮助大白菜生长。"

这封信总能让我的心情平静下来。太阳的作用不是帮助大白菜生长，而我纯粹是在给你讲故事。

她生于 1920 年，1940 年结婚，1942 年与 1946 年先后两次生子，1975 年去世。

---

① 涂柏油粘羽毛是欧洲封建时期的一种私刑。

我将重新开始说。矮小的人总是很灵活，是不是；但是埃伦并不灵活。她的身高只有五英尺略多一点，但她动作很笨拙；她常撞东撞西，摔跤绊倒。她很容易弄得身上青一块紫一块，却又注意不到。有一次，正当她毫不留神地想一步踏进皮卡迪利大街[①]时，我一把抓住了她的手臂，虽然她还穿着大衣与衬衫，可第二天，她的手臂上就出现了机器人的铁爪所留下的青紫色钳印。她没有对这些青紫块说什么，而当我给她指出这些钳印时，她已经不记得自己当时一头扎进马路的情形。

我重新开始说吧。她是一个备受宠爱的独生女。她是个备受宠爱的独一无二的妻子。她的情夫们对她宠爱有加——如果这么说恰当的话——我想我必须同意把他们称作她的情夫，尽管我敢肯定，情夫一词太抬高了他们中的一些人的身份。我爱过她；我们曾是幸福的一对；我思念她。她不曾爱我；我们在一起不幸福；我怀念她。也许，她让人爱得厌烦了。在二十四岁时，福楼拜说他“成熟了——时候未到就先成熟了，那倒不假。但是这是因为我是在温室里培育长大的。”她是不是受到的宠爱太多了呢？许多人都不能受到太多的宠爱，但也许埃伦可以。或者她的爱情观也许与众不同：我们为什么总是认为对于其他任何人这都是一样的呢？也许，对埃伦来说，爱只是一个桑椹临时港，是一个涨潮时登陆的地方。你不可能生活在那儿：忙乱地爬上岸；然后继续向前。而旧爱呢？旧爱是一辆生了锈的坦克，为一个烂泥地上的纪念碑放哨站岗：在这儿，曾经有些东西得到了解放。旧爱是十一月里站立在沙滩上的一排小屋。

在一个乡村酒店里，在离家很远的地方，我有一次听到两个男人在谈论贝蒂·科林德。也许拼写不正确；但是就是那个名字。贝蒂·科林德，贝蒂·科林德——他们从来没有只说贝蒂，也没有说那个科林德女人，而总是说贝蒂·科林德。似乎她动作有点快，尽管那些站着不动的人，当然，总会夸大速度。好快啊，这个贝蒂·科林德，酒吧的男人不无嫉妒地窃笑着说。“你知道他们是怎么谈论贝蒂·科林德的。”这是在陈述事实，而不

① 伦敦一条繁华的大街。

是在问话，尽管接着就听到了问话。“贝蒂·科林德与埃菲尔铁塔有什么不同？说说看，贝蒂·科林德与埃菲尔铁塔有什么不同?”停顿了下来，等待着最后片刻里的私密信息。“可不是人人都爬上过埃菲尔铁塔。”

我为两百英里之外的妻子感到脸红。有没有在她私自去过的地方也有嫉妒的男人在拿她开着玩笑呢？我不清楚。再说，我夸大其词了。也许我并没有脸红。也许我并不在乎。不管贝蒂·科林德什么样子，我的妻子可不像贝蒂·科林德。

在1872年，法国文学界讨论了该如何处理淫荡的女人。丈夫是应该惩罚她呢，还是宽恕她？小仲马在《男人女人》中给出直截了当的建议：“杀了她!”他的书在出版的当年就重印了三十七次。

起初，我很伤心；起初，我很在意，我并不是想到我自己。我的妻子和别的男人上床：我该不该为此担心？我没有与别的女人上床：我该不该为此焦虑？埃伦对我总是很好：我应不应该为那担心呢？并不是因为放荡的内疚她才对我好的，她就是对我很好。我工作很努力；对我来说，她是一个好妻子。现在你不可以那样说了，但她对我来说是个好妻子。我没有婚外情，是因为我没有兴趣搞婚外情；再说，慈悲为怀的医生的陈旧形象令人讨厌。埃伦确实有婚外情，我想，是因为她对此兴趣浓厚吧。我们曾是幸福的；我们曾是不幸福的；我都怀念她。“认认真真地生活，是光彩的事呢，还是愚蠢的事?”(1855年)

让人难于表达出来的是，她对这一切竟如此的无动于衷。她并不堕落；她的精神境界并不粗俗；她也从不债台高筑。有时，她离开的时间长了些，超出合适的范围；她购物的时间很长，买回的东西却少得让人起疑心（她并不是一个购物时如此这般挑三拣四的人）；花几天时间到城里去补看戏剧的情形越来越频繁，超出了我愿意接受的程度。但她诚实可敬：她只是在她私密的生活上对我说过谎。她对于这方面的说谎是出于感情冲动，不考虑后果，几乎叫人难堪；但是其他事情上，她都对我实话实说。这让我想起了《包法利夫人》的起诉人在描述福楼拜的艺术时用的一句话：他说这部小说“虽然真实但却不慎重”。

是不是因淫荡而变得十分妖艳的妻子，似乎会让丈夫更加充满性欲？不：既不会增加，也不会减少。那正是我说她不堕落的部分意思。她有没有表现出福楼拜描述的淫荡女人所具有的那种胆怯与温顺的特点来？没有。她有没有像爱玛·包法利一样，在淫荡中重新发现了婚姻中的一切陈腐与平庸？我们对这点没有谈论过。（原文注释。《包法利夫人》的第一版有“她的婚姻中的一切陈腐与平庸”。1862 年出版的一版，福楼拜打算删除她的这两个字，于是就扩大了这个短语攻击的范围。布耶提醒他要谨慎从事——毕竟受审之事只是五年前的事——于是，这个只指涉爱玛与夏尔的物主代词保留在了小说的 1862 年与 1869 年两个版本中。最后它被省去了，句中广义的指涉在 1873 年版正式生效。）她是不是发现了——用纳博科夫的话说——淫荡是超越传统的最为传统的方法？我是不会作这样的想象的：埃伦不用这样的语言思考问题。她不是一个反抗者，不具备一种有意识的自由精神；她是一个仓促行事的女人，一个只管往前冲的女人，一匹脱缰的马，一个燃料仓。也许，我使她变得更糟糕；也许，那些宽恕与溺爱的人比他们所怀疑的更加让人生气。“不能与那些你所爱的人生活在一起是一种折磨，而与那些你所不爱的人生活在一起则是最痛苦的折磨”。（1847年）

她只有五英尺高；她长着一张宽大、光滑的脸，双颊上常常带着淡淡的红晕；她从不脸红；她的眼睛——如我已告诉你的——蓝中泛着绿色；女性时装的神秘小道消息让她穿什么衣服，她就穿什么衣服；她很容易哈哈大笑起来，她很容易碰伤；她匆匆忙忙。她匆忙跑去看电影，而我们俩都清楚电影院马上要关门了；她在七月里去赶冬季拍卖场；她会想去与堂姐一块儿住几天，而这个堂姐的希腊度假贺卡第二天早晨寄到了家。这些行为的突如其来比内心的渴望更有说服力。在《情感教育》中，弗雷德里克向阿尔努太太解释说，他之所以把罗莎涅特当情妇，是“因为绝望，就像一个人自杀那样”。当然，这是狡猾的辩护，但看起来有一定道理。

当孩子们出生后，她的秘密生活中止了；当他们上学后，她的秘密生活又恢复了。有时，一个临时的朋友会把我叫到一边。他们为什么以为你想知道？或者说，他们为什么以为你不是早就知道了——他们为什么不懂得爱情中的好奇心很无情？为什么这些临时朋友从来就不想在更重要的事上给点忠告：那就是她不再爱你了的事实？我熟练地改变谈话的话题，说埃伦比我更喜欢人多热闹，暗示说医生这个行业总是引起人家的诽谤中伤，还说，你有没有读到那些发生在委内瑞拉的可怕水灾。在这样的场合，我总觉得，自己对埃伦有失忠诚，也许这种感觉是错误的。

我们曾足够幸福；那是人们这么说的，对不对？多少幸福是足够幸福呢？听起来似乎犯了语病——足够幸福，正如相当独一无二一样——但它满足了表达的需要。如我所说，她没有债台高筑。两个包法利夫人（人们忘了夏尔结过两次婚）都是被钱搞垮的；我的妻子从来没有像她们那样。就我所知，她不收受礼物。

我们曾经幸福；我们曾经不幸福；我们曾经够幸福。感到绝望有错吗？在一定的年纪之后，那难道不是自然状态吗？我现在就处在这种状态；她更早的时候就有了这种状态。经历了一些重大事件以后，剩下的除了重复与渐弱之外还有什么呢？谁想继续生活下去呢？古怪的人，虔诚的人，（有时是）搞艺术的人；那些对自己的价值有一种错觉的人。软乳酪要塌陷；硬乳酪可持久。但两者都会发霉腐烂。

我必须作一些假设。我必须进行虚构（尽管当我将此称为纯粹的故事的时候，虚构不是我的本意）。我们从来不谈论她的秘密生活。因此我必须虚构通往真相的途径。在埃伦大约五十岁的时候，开始出现了这种状态。（不，不是那样的；她一直很健康；她的更年期很快就结束了，几乎在不经意中完成的。）她有丈夫、孩子、情人、一份工作。孩子们都已离开了家；丈夫始终如一。她有朋友，还有所谓的兴趣爱好；尽管她与我不同，她不会突发奇想，热爱上一个已故的外国人，支持她活下去。她已经旅游够了。她没有未了的雄心壮志（尽管在我看来，用“雄心壮志”一词来描述，会使人们产生成就一番事业的冲动，太强烈了些）。她不是信徒。为什么要继续下去？

“像我们这样的人一定怀着深深的绝望。你必须适应你命运的安排，也就是说，像命运一样淡定。你一边说着‘就是这样！就是这样！’，一边向下盯着你脚下黑乎乎的深渊，以此来保持镇静。”埃伦甚至不相信绝望。她为什么应当要笃信这个？为了我的缘故吗？悲观失望的人们总是听到别人的规劝，要他们不要自私，要先想到别人。这似乎不公平。当他们自己的重负已经把他们压得站不起来的时候，为什么要给他们强加上为别人的利益负责的重任？

也许还有其他一些东西。有些人在他们年老时，似乎更加相信他们自己的重要性。有些人则变得越来越不相信。这对我有什么意义呢？难道我平凡的人生不是有了总结，被封了起来，被某个不那么平凡的人生变得毫无意义了吗？我并不是在说，面对那些在我们看来更有意义的人生，我们有义务去否定我们自己。但是人生从这个角度说，是有点像读书。如我以前所说：如果你对一本书的反应早已被职业批评家进行复制与阐述了，那么你的阅读还有什么意义？只有当它是属于你的时候，才有意义。同理，为什么要拥有你的人生？因为那个人生是属于你的。但是如果这样的回答逐渐变得越来越让人不相信的时候，情况又会怎么样？

不要误解我的意思。我不是在说，埃伦的秘密生活使她陷入绝望。看在上帝的分上，她的人生不是一个道德故事。没有谁的人生是道德故事。我所说的是，她的秘密生活以及她的绝望都同样隐藏在她的心灵深处，但拒绝我进入。我无法接触她的秘密生活，正如我无法接触她的绝望一样。我尝试过吗？我当然尝试过。但是当绝望的情绪在她身上出现的时候，我并不感到吃惊。“愚蠢、自私以及身体健康是幸福的三个条件——尽管如果愚蠢缺失的话，另两点也就毫无意义了。”我的妻子只具备健康的身体。

生活会变得好起来吗？前不久在电视上看到桂冠诗人[①]问这个问题。“我想，今天唯一很不错的东西是牙科医术。”他回答说：想不起其他的东西。这只是古文物研究的偏见？我想不是。当你年轻的时候，你认为老年人在为生活变得越来越糟糕而唱悲歌，是因为这使得他们死得轻松自如，

---

① Poet Laureate，桂冠诗人，是由政府官方任命的诗人及其称号。

毫无遗憾。当你年老的时候，看到年轻人因最无足轻重的进步——新的什么电子管或链轮齿的发明等——而欢呼喝彩，却依然无视世界上的野蛮行径，你会感到烦躁不安。我并不是说，事物已经变得更加糟糕；我只是说，如果事物变糟糕了，那么年轻人也不会注意到。过去的时光很美好，因为那时我们还年轻，对年轻人的愚昧无知一无所知。

生活会变得好起来吗？我会给出我的回答，给出与牙科医术那样的答案。今天生活中非常不错的东西是死亡。依然还有变得更好的余地，那是真的。但是我想到了所有那些在十九世纪的死亡事件。作家的死亡并不是特殊的死亡；它们只是碰巧被人描述的死亡事件。我想到福楼拜倒在他的沙发上死去——隔得这么遥远谁能说得清？——是因为癫痫、中风，还是梅毒，也许是因为这三种病结合起来的恶性发作吧。然而左拉称这是 une belle mort[①]——像一只小虫被一根巨大的手指捏死一般。我想到了布耶最后的精神错乱，当时他的大脑中还在狂热地构思一个新剧本，声称一定要读给古斯塔夫听。我想到了儒勒·德·龚古尔的身体慢慢衰弱下去的情形：他先是在发辅音时出现了结巴，“c”到了他的嘴里就变成了“t”；接着他无法想起自己所写的书的名字；后来他的脸上出现了（用他兄弟的话说）一副形如枯槁的痴呆神情，像戴了一副面具一般；后来临终时脸上的那种回光返照与恐惧，还有整夜呼啦呼啦的呼吸声，听起来（再用他兄弟的话说）像锯子在锯湿木头似的。我想到了患上了同样疾病的莫泊桑慢慢衰弱的情景，他穿着紧身衣被送往了布朗什医生的帕西疗养院，而布朗什医生不断给巴黎的沙龙提供这位著名病人的消息，供他们消遣；波德莱尔在弥留之际遭遇了同样残酷的命运，由于被剥夺了说话的能力，只能用手指着落日，无声地与纳达[②]争论上帝存在的问题；兰波被截去了右腿，在残存的肢体慢慢失去知觉的同时，他否认并抛弃了他自己的才赋——“Merde pour la poésie[③]”；都德“从四十五岁撑杆跳般地一下子就跳到了六十五

---

① 法语，一个美丽的死亡。

② Nadar（1820—1910），法国摄影家。

③ 法语，屎样的诗歌。

岁”，他的关节都坏死了，但在他连续给自己打了五针吗啡后，还可以神采飞扬、聪明机智地度过一个晚上，他很想自杀——“可是你没有这个权利”。

“认认真真地生活，是光彩的事呢，还是愚蠢的事?”（1855 年）埃伦躺在那儿，一根管子插在她的喉咙里，一根管子插在她绑着的前臂里。白色长方形盒子里的呼吸器提供了生命的有规律迸发，监视器对这种生命迸发进行了确认。当然，这样的生命迸发是驱动性的；她逃开了，她逃离了这一切。“可是你没有这个权利吧?”她有。她甚至没有谈起这件事。她对悲观失望没有兴趣，监视器上显示着心电图跟踪图；熟悉的字体。她的状况是稳定的，但却是没有希望的。现在我们不在病人记录上写上 NTBR (Not To Be Resuscitated 的缩写：不予复苏)；有些人认为这显得冷酷无情。我们现在用“No. 333”。一个最后的委婉语。

我低头看着埃伦。她并不堕落。这是一个纯粹的故事。我给她关掉了开关。他们问我，我是否想由他们来做；但是我想她会希望让我来关。自然，我们也没有讨论过这样的事。这并不复杂。你按下了呼吸器上的按钮，读了心电图跟踪上的最后一个记录：以一条直线告终的告别签名。你拔出管子，然后给她重新放好双手与双臂。你的动作很快，似乎努力不想给病人带来太多的麻烦。

病人。埃伦。为了回答那个早先提的问题，所以说，你可以说是我杀害了她。你可以这么说。我关掉了开关。我终止了她的生存。没错。

埃伦。我的妻子：一个我觉得自己不如对死了一百年的外国作家更了解的人。这是不是一件怪事，还是说这是正常的事？书本说：她这么做是有原因的。生活说：她这么做了。书本向你解释事物；生活是不给你解释的。有些人喜欢书本，我并不感到吃惊。书本弄清生活的意义。唯一的问题是，书本所弄清的生活是别人的生活，从来都不是你自己的生活。

也许我太容易接受别人的意见了。我自己的状态是稳定的，但是感到无望。也许这只是性情关系。别忘了在《情感教育》中弄巧成拙的妓院之行，别忘了它的教训。不要身体力行：快乐在于想象中，不在于行动中。愉悦先在期待中，然后在记忆中。这是福楼拜的性情。比较一下都德的情况与性情。他当学生时的妓院之行很简单，也很顺利，他在那里待了两三天。大部分时间里，那些姑娘把他藏起来，唯恐警察突击搜查；她们只给他吃小扁豆，把他喂得饱饱的。他后来承认说，当他从这场眼花缭乱的劫后余生中出来后，便终身热爱那种触摸女人皮肤的感觉，同时对小扁豆也有了终身的恐惧感。

一些人驻足不前，只是观望，既害怕失望又害怕满足。另一些人情急慌忙，尽情行乐，敢于冒险：最糟糕的是染上一些恶疾；最多也就是他们可以带着对豆子的终身厌恶逃之夭夭。我知道我属于哪个阵营；我也知道可以到哪里去寻找埃伦。

人生的格言。Les unions complètes sont rares.[①] 你无法改变人性，你只能了解人性。幸福是鲜红的斗篷，而斗篷衬里都是破碎的布片。相爱的人像连体婴儿，两个躯体，一个心灵；但是如果一个躯体先于另一个死去，幸存下来的一个只好整天拖着一具尸体。骄傲使我们渴望能得到解决事情的办法——一种办法，一种目的，一个最终目标；但是望远镜越好，天上的星星看起来就越多。你无法改变人性，你只能了解人性。貌合神合是罕见的事。

名言中的名言。在你尚未发表一个字以前，就可以产生写作的真谛；人生的真谛，只有在时间晚到无法改变人生时才会形成。

根据《萨朗波》，迦太基赶象人配备的工具过去包括棒槌和凿子。如果在战争中，大象有失控的危险的时候，赶象人会被命令将其头颅劈碎。发生这样情况的概率一定比较高：要使它们更加凶猛，首先用酒、香料与胡椒混合起来将它们灌醉，然后用矛去刺它们。

我们中很少有人有勇气使用棒槌与凿子。埃伦有这样的勇气。有时人们的同情让我感到很窘迫。“同情心使她变得更糟糕。”我想说；但没有说

---

① 法语，貌合神合是罕见的事。

出口。而后来，人们善待了我，答应我外出游玩，仿佛我是个孩子，无礼地想使我开口说话，说是为了我的利益着想（他们为什么认为我不知道我自己的利益在何处呢?），他们让我坐下来，稍稍梦想一下她。我想到了1853年的一场冰雹，想到了破碎的窗子、砸毁的庄稼、毁坏的墙树、破碎的瓜田园艺玻璃罩，还有比园艺玻璃罩更愚蠢的东西吗？要为砸碎玻璃的冰雹喝彩鼓掌。人们对太阳的作用理解得太急躁了些。太阳的作用并不是帮助大白菜生长的。

十四、试　题

考生必须回答四个问题：第一部分的两个问题与第二部分的两个问题。考试成绩根据答案的正确程度判定；不看书面表达和书写漂亮与否。玩笑般的答案或者自以为是的简答要扣分。时间：三小时。

第一部分：文学批评

（一）

近年来，考官们清楚，考生发现越来越难于区分艺术与生活。人人都声称清楚这两者间的不同，但是大家的观点却大相径庭。对一些人来说，生活丰富而甘甜，是根据农家古老的食谱烹制出来的，而农家的食谱上尽是大自然的物产；而艺术是一种缺乏生气的商用蜜饯，主要是由人工色素与调味品制成的。在另一些人的眼里，艺术更为真实，它丰富多彩，生气勃勃，给人带来情感上的满足；而生活则比最为平淡无味的小说还要糟糕：没有精彩纷呈的故事叙述，满目尽是无赖与无聊之徒，短于妙语睿智，长于不愉快的琐事，而且结局又是痛苦地不难预料。后者观点的支持者往往会引用洛根·皮尔索尔·史密斯①的话：“人们说，生活至关重要；但我却喜欢读书。”考生不要在回答时使用这句引言。

---

① Logan Pearsall Smith (1865—1946)，美国散文家、批评家。

根据以下提出的任何两个陈述或情形，思考艺术与生活的关系。

a)“前天，在图克河附近的树林里，在一口泉水附近的一个美丽的地方，我看到了几个烟蒂与一些馅饼屑。那儿举行过一次野餐！十一年前，我在《十一月》中确切地描写了这样的情景！那时，小说中的情景纯粹是想象出来，而前天却经历那样的情景。你所虚构出来的一切都是真实的：你可以肯定这一点。诗歌是一门像几何学一样精确的学科……甚至就在此时此刻，我可怜的包法利，毫无疑问，正在法国二十个村庄里受苦流泪。”

——致露易丝·科莱，1853 年 8 月 14 日

b) 在巴黎，福楼拜坐了一辆门窗紧闭的马车，避免被露易丝·科莱发现，大概是为了避免她的勾引吧。在鲁昂，莱昂租用了一辆门窗紧闭的马车，为了引诱爱玛·包法利。在汉堡，在《包法利夫人》出版的一年内，可以租用马车来达到淫乱的目的；这样的马车名叫包法利。

c)（在他的妹妹卡罗琳弥留之际）“我自己的眼睛像大理石一样，干涸无泪。真奇怪，小说中的忧伤使我打开闸门，任感情奔涌而出，而现实中的忧伤一经产生就转化成了又硬又涩的晶体，长久地留在我心中。”

——致马克西姆·杜康，1846 年 3 月 15 日

d)“你告诉我说，我曾认真爱恋过那个女人（施莱辛格夫人）。我没有；那不是真实的。只有当我给她写信时，凭借我拥有的那种通过笔端来表达我内心感情的能力，我才认真对待我关注的对象：但那只是在我用笔写的时候。许多东西，在我看到或听到时，我可以漠然视之，但当我自己谈论起它们，尤其特别是写到它们的时候，我可以做到热情洋溢，或义愤填膺，或痛苦万分。这是我的江湖郎中性格的一个作用。”

——致露易丝·科莱，1846 年 10 月 8 日

e) 朱塞皮·马尔科·菲耶斯基[①]（1790—1836）因在谋害路易·菲利浦性命的阴谋中所起的作用而臭名昭著。他在邓普尔林荫大道住了下来，在人权社的两名成员的帮助下，制造了一个“诡雷”，这种装置由二十个炮筒构成，可以同时开炮。在 1835 年 7 月 28 日，正当路易·菲利浦与他三个儿子及众多随从的队伍浩浩荡荡地骑马经过的时候，菲耶斯基从路边向皇家车队猛烈地开火。

几年后，福楼拜搬进了邓普尔林荫大道上相同地点的一所房子里。

f)“对，确实没错！这个（拿破仑三世统治的）时期可以给一些优秀作品提供素材。也许，在一片和谐景象中，coup d'état[②] 及其结果，其目的毕竟只是为一些擅长舞文弄墨的人提供诱人的场景。”

——杜康的《文学回忆录》中的福楼拜

（二）

以下列引言为代表，探索福楼拜对批评家以及批评的态度的不断成熟过程：

a)“下面这些都是真正愚蠢的东西：1）文学批评，不论是好的文学批评还是糟糕的文学批评都一样；2）禁酒协会……”

——《私人笔记》

b)“宪兵身上有种本质性的怪异，让我忍不住要去嘲笑他们；这些法律的支持者总是与律师、地方官和文学教授一样，在我心中产生同样的喜剧效果。”

——《河滨与田野那边》

---

① 1835 年 7 月谋害法王路易·菲利浦的阴谋中的主谋。

② 法语，政变。

c) “你可以根据一个人树敌的数量计算出他的价值，根据一部文学作品受到攻击的程度来衡量它的重要性。批评家就像跳蚤，喜欢干净的棉麻衣服，崇拜任何花样的花边。”

——致露易丝·科莱，1853 年 6 月 14 日

d) “批评在文学领域的等级层次中属于最低等级：从形式上看，几乎始终如此；从道德价值看，这也不容争辩。它的等级甚至比押韵游戏及离合体诗①还要低，这些游戏诗至少还需要一点创新。”

——致露易丝·科莱，1853 年 6 月 28 日

e) “批评家！永远的平庸之辈，靠诋毁天才、利用天才为生！一群甲虫，把最精美的艺术之书摧残成烂纸碎片！我对印刷术厌烦透顶，对人们滥用它的行为厌烦透顶，如果皇帝要在明天废除一切印刷术，我会双膝跪地，一路爬到巴黎，感恩戴德地舔他的屁股。”

——致露易丝·科莱，1853 年 7 月 2 日

f) “一种文学感是多么罕见啊！你以为，只要有语言知识、考古知识、历史知识等就会有用的。可是，根本没有用！据说，受过良好教育的人遇到艺术时变得越来越无能。他们甚至不清楚艺术是什么。他们觉得注释比正文更有意思。他们重视拐杖胜过人的两条腿。”

——致乔治·桑，1869 年 1 月 1 日

g) “很少见到知道自己在说些什么的批评家。”

——致欧仁·弗洛芒坦，1876 年 7 月 19 日

h) “厌烦了批评的老一套后，他们找来了新的伙伴，在报纸上开始了

① 几行诗句的头一个词的首字母或最后一个词的尾字母能组合成词的一种诗体。

戏剧评论。多么厚颜无耻！多么顽固不化！多么缺乏正直感！精品杰作受到无礼攻击，平庸之作受到顶礼膜拜！所谓的学者错误百出，所谓的智者愚蠢万分！

——《布瓦尔与白居谢》

第二部分

经济学

福楼拜与布耶进了同一所学校；他们拥有着同样的思想，分享着相同的妓女；他们具有相同的美学原则以及相似的文学抱负；各自都尝试了戏剧，将其当作第二种创作形式。福楼拜称布耶“我的左睾丸”。在1854年，布耶在芒特旅馆住了一个晚上，那是古斯塔夫与露易丝过去常光顾的地方：他说：“我睡在了你的床上，并在你的厕所里拉了屎（多么怪的象征手法!)。”这位诗人常常必须为生计而工作；这位小说家却从来都不必为生计操心。请思考，如果他们的经济状况正好相反，可能会对他们的写作与声誉产生怎样的影响。

地　理

没有一个地方的空气像这个地区的空气那样让人昏昏欲睡。我怀疑，是不是这个因素很大程度上导致了福楼拜工作进展缓慢，写作十分艰难。当他以为自己在与文字抗争的时候，他是在与老天抗争；也许，在另一种气候条件下，在令人精神振奋的干燥气候下，他可能不会那么急躁，或者不用如此费劲就达到了他的目的（纪德写于1931年1月26日滨海塞纳省的库佛维耶镇)。请讨论。

逻辑（与医学）

a) 阿希尔—克莱奥法斯·福楼拜在与他的小儿子争论时，要他解释，文学派什么用场。古斯塔夫把问题踢回给他当外科医生的父亲，要他解释脾脏派什么用场：“你不知道，那我更不知道，只是它是我们人体不可缺少的有机组成部分，正如诗是我们精神世界不可缺少的有机组成部分一样。”

福楼拜医生被击败。

b) 脾脏由淋巴细胞组织（或称白髓）加管网状组织（或称红髓）组成。它在消除血液里衰老的、受伤的红细胞这一点上起着重要的作用。它积极地产生抗体：切除脾脏的人产生的抗体就较少。有证据证明，有一种称为促吞噬素的四肽源自脾脏里生产的蛋白质。虽然切除脾脏，特别是在儿童时代切除，可增加患脑膜炎与败血病的可能性，但是人们不再把它视为一个必不可少的器官：切除它，不会很大程度上引起人丧失活动的能力。

你从上述文字得到什么样的结论？

传记（与道德）

马克西姆·杜康为露易丝·科莱写了以下的墓志铭："长眠于此的她曾伤害过维克多·库赞，嘲笑过阿尔弗雷德·德·缪塞，辱骂过古斯塔夫·福楼拜，甚至曾企图行刺阿方斯·卡尔。Requiescat in pace.①"杜康在他的《文学回忆录》里发表了这篇墓志铭。是谁从中受益更多：是露易丝·科莱还是马克西姆·杜康？

心理学

E1　诞生于1855年。

E2　部分诞生于1855年。

E1　童年生活晴空万里，但进入成年后有精神崩溃的倾向。

E2　童年生活晴空万里，但进入成年后有精神崩溃的倾向。

E1　在思想正统的人眼里，性生活不正常。

E2　在思想正统的人眼里，性生活不正常。

E1　想象自己会陷入经济困境。

E2　清楚自己将陷入经济困境。

---

① 原文拉丁语，愿灵魂安眠。

E1　吞食了氢氰酸自杀。

E2　吞食了砒霜自杀。

E1　是埃莉诺·马克思。

E2　是爱玛·包法利。

《包法利夫人》的第一版英译本是由埃莉诺·马克思翻译的。

请进行讨论。

心理分析

1845年福楼拜在拉马尔戈记下了这个梦："我梦见与母亲外出散步，来到了一片大森林，里面尽是猴子。我们越往前走，猴子就越多。它们在那些树木的枝桠间哈哈大笑，左蹦右跳。猴子越来越多；它们的身子变得越来越大；它们挡住了我们的去路。它们不停地看着我，于是我害怕起来。它们在我们周围围成了一个圆圈；一只猴子想来抚摸我，它拉住了我的手。我用步枪射中它的肩膀，让它流了血；它开始恐怖地吼叫起来。于是，我母亲对我说：'你为什么要伤害它，它是你的朋友。它怎么了你？你难道不清楚它是爱你的吗？并且它看起来很像你！'那只猴子的眼睛在看着我。我感到自己的灵魂正在被撕碎，于是就醒了过来……感到仿佛我与这些动物是完全相同的，在一种亲切、泛神的交往中我与它们相处融洽。"

集　邮

1952年，古斯塔夫·福楼拜出现在一枚（面额8法郎+2法郎）法国邮票上。这是一幅很平常的"仿E.吉罗"的肖像，在这幅肖像里，小说家的容貌略有点像中国人，并且给他加上了一身与他身份不相称的衬衫领带的现代装束。这枚邮票在支援国家救济金发行的一套邮票中面额最低：高面额的邮票上面的头像分别是（按低到高排列）莫奈、圣桑、普恩加莱①、

① Raymond Poincaré (1860—1934)，法国政治家，法兰西第三共和国总统。

奥斯曼[①]以及梯也尔[②]。

龙沙[③]是出现在邮票上的第一位法国作家。维克多·雨果的形象出现在1933年到1936年期间的三枚不同的邮票上，一次出现在赞助失业知识分子救济金而发行的一套邮票上。阿纳托尔·法朗士的肖像在1937年赞助了这项慈善事业；巴尔扎克的肖像赞助了1939年的慈善事业。都德的磨坊[④]上了1936年的一枚邮票。贝当时期的法国歌颂了弗雷德里克·米斯特拉尔[⑤]与斯汤达。圣埃克苏佩里[⑥]、拉马丁与夏多布里昂在1948年出现；波德莱尔、魏伦与兰波出现在颓废的1951年。同年还给集邮爱好者送来了阿尔弗雷德·德·缪塞，这位接替福楼拜睡进露易丝·科莱的床上的作家，现在却比福楼拜早一年出现在公众的信封上。

a) 从福楼拜的角度看，我们应不应该觉得他受到了怠慢？如果说应该的话，那么，我们应不应该多多少少觉得米什莱[⑦]（1953年）、奈瓦尔[⑧]（1955年）、乔治·桑（1957年）、维尼（1963年）、普鲁斯特（1966年）、左拉（1967年）、大仲马（1970年）或戈蒂埃（1972年）他们都受到了怠慢呢？

b) 请预估一下，路易·布耶、马克西姆·杜康或露易丝·科莱出现在法国邮票上的可能性。

---

① Baron Haussmann (1809—1891)，巴黎市政规化改革者。

② Adolphe Thiers (1797—1877)，法国政治家和历史学家，法兰西第三共和国首任总统。

③ Pierre de Ronsard (1524—1585)，法国诗人。

④ 都德1866年出版的短篇故事集《磨坊书简》，用朴实而略带伤感的笔调将家乡普罗旺斯的风土人情融入其中，深受读者欢迎。

⑤ Frédéric Mistral (1830—1914)，法国诗人，曾获1904年诺贝尔文学奖。

⑥ Antoine de Saint-Exupéry (1900—1944)，法国作家、飞行员，以1943年出版的童话《小王子》闻名于世。

⑦ Jules Michelet (1798—1874)，法国历史学家。

⑧ Gérard de Nerval (1808—1855)，法国象征主义和浪漫主义诗人、散文家。

语音学

a) 1850 年福楼拜所住过的开罗尼尔酒店的业主合伙人名叫“包法(Bouvaret)”。他的第一本小说的主人公叫“包法利（Bovary)”；他最后一部小说中的两个主人公中的一个叫“布瓦尔（Bouvard)”。在他的剧本《候选人》中，有一位“布维尼（Bouvigny)”伯爵；在他的剧本《心灵的城堡》有一位“布维纳（Bouvignard)”。所有这一切都是有意为之吗?

b) 福楼拜的名字首次在《巴黎评论》上被误印成“福拜（Faubert)”，在黎塞留街的一个杂货商叫“福贝（Faubet)”。当《新闻报》报道《包法利夫人》的审判时，称小说的作者是“富拜（Foubert)”。乔治·桑的女性密友马丁娜叫他“福莱包（Flambart)”。住在贝鲁特的画家卡米耶·罗吉耶叫他“富尔拜（Folbert)”：“你有没有体会到这个玩笑中的精妙之处?”古斯塔夫给他母亲这么写信说。(这玩笑的好笑之处在哪里？也许，是小说家用两种语言描绘的一个自我形象：罗吉耶叫他**疯狂的狗熊**。）布耶也开始叫他富尔拜。在芒特，在他过去常常见露易丝的地方，有一个叫“福莱拜(Flambert)”的咖啡店。这一切都是巧合吗?

c) 根据杜康的记录，“包法利（Bovary)”这个名字中的“o”应该发短音（像“bother”中的“o”那样)。我们应该按他所说的去发音吗？如果说应该这么发音，那么这是为什么呢?

戏剧史

评估一下，在执行（《心灵的城堡》中第六幕第八场）的舞台说明时所存在的技术方面的困难：

> 什锦汤锅的把手变成翅膀，汤锅升向了空中，翻了个身；汤锅变得越来越大，于是它似乎笼罩在整个城市的上空，汤锅里的蔬菜——胡萝卜、萝卜和韭菜——都从汤锅里出来了，悬在半空中，变成了灿

烂的群星。

历史（与占星术）

对以下古斯塔夫·福楼拜的预言进行思考：

a)（1850 年）“英国不会在不久控制埃及一说，我似乎觉得这是不可能的事。亚丁[①]已经到处都是英国军队了。跨过苏伊士河，再没有更容易的事了，于是在一个晴朗的早晨，开罗将到处是英国军人。两三个星期后消息将传到法国，我们到时将惊讶万分！请记住我的预见。”

b)（1852 年）“随着人类不断自我完善，人便退化了。当一切都沦落到仅仅与经济利益进行抗衡时，美德还有什么余地呢？当自然女神被人如此地征服，丧失了她所有的原始形态时，造型艺术哪里还有余地呢？与此同时，一切将变得非常隐晦暗淡。”

c)（1870 年，普法战争即将爆发之时）“这将意味着种族冲突的重现。不需要一个世纪的时间，我们将见证几百万人一下子遭到屠杀的悲惨情景。东方与西方之间的冲突，衰败帝国与新兴世界之间的冲突。怎么不会发生？”

d)（1850 年）“我时不时地翻阅报纸。事态发展的速度令人目眩。我们不是在火山边缘上舞蹈，而是在木制坐便器上舞蹈，而且我似乎觉得这个木制坐便器不止稍稍有点腐烂。不久，社会将急转直下，淹没在十九世纪的臭屎之中。到处都将响起呐喊声。”

e)（1871 年）“共产国际成员是未来的耶稣会会员。”

---

① 也门共和国经济首都，亚丁省省会，位于阿拉伯半岛南端。

十五、至于说那只鹦鹉……

至于说那只鹦鹉？噢，我花了几乎两年时间解决这个鹦鹉标本的事情。初次从鲁昂返回后写的那些信件，没有收到任何有用的成效；有些信甚至没有得到回音。谁都会以为我是一个古怪的人，一个年迈的业余学者，抓住一件小事，可怜巴巴地想让自己成名成家。而事实上，年轻人比老年人更加古怪，更加自以为是，更会自我糟践，甚至还怪得出奇。只是新闻界更加纵容他们。如果说一个八十岁、七十岁或五十四岁的人自杀的话，人们会称其为大脑软化、绝经后的抑郁症或者说是卑劣的虚荣心的最后一次疯狂，目的就是想让他人有负罪感。当一个二十岁的人自杀时，被说成骄傲地拒绝接受生命所赋予的恶劣条件，说这不仅是一种勇敢之举，而且是一种对道德和社会的反抗之举。活着？由老年人来为我们活着吧。当然，纯粹的奇思怪想。我以一个医生的身份这么说。

既然我们谈论到这个话题，那么我要说，说福楼拜是自杀的观点也纯粹是奇思怪想。这只是一个人的怪念头：是一个名叫埃德蒙·勒杜的鲁昂人的想法。这个想入非非的家伙在福楼拜的传记中冒出来过两次；每一次出现，他都是来传播流言蜚语的。他第一次说的不中听的话是，他断言说福楼拜确实与朱丽叶·赫伯特订了婚。勒杜声称，他看到过一本古斯塔夫送给朱丽叶的《圣安托万的诱惑》，上面写着"赠予我的未婚妻"的字样。奇怪，他是在鲁昂——而不是在朱丽叶生活的伦敦——看到了这本书。奇怪，其他任何人都从来没有见到过这本书。奇怪，这本书没有幸存下来。奇怪，福楼拜从未提起过这样的订婚。奇怪，订婚这一举动可能完全违反了他所持有的信念。

同样奇怪的是，勒杜的另一个诽谤是断言福楼拜是自杀身亡的，这同样与作家心灵深处的信念是背道而驰的。听听他是怎么说的。"让我们拥有受伤动物的那种谦卑，它们退缩到一个角落里，默不作声。这个世界充满了向上苍大声怒吼的人们。一个人，哪怕只为了行为端庄，都必须避免像他们那样怒吼。"那个问题，再一次在我脑海里响了起来："像我们这样的人一定怀着深深的绝望。你一边说着‘就是这样！就是这样！’，一边向下盯着你脚下黑乎乎的深渊，以此来保持镇静。”

那不是一个会自杀的人说的话。说这样话的人既深怀着淡泊人生的信念，也怀着深刻的悲观失望。受伤的动物不会自杀。如果你明白，直视脚边的黑洞会带来宁静，那么你就不会跳进这个黑洞里。也许这就是埃伦的弱点：没有直视这种黑洞的能力。她只会不停地斜视着它。斜视会使她绝望，而绝望又促使她去寻找消遣。有些人向这个黑洞外看；另一些人忽视这个黑洞；那些不断斜眼看这个黑洞的人看上了瘾。她选择了精确的剂量：当一个医生的妻子的好处似乎就只在这一次给她帮上了忙。

勒杜的自杀之说是这样的：福楼拜是在浴室里自缢的。我想这比说他吃了安眠药触电自杀可信多了；但是事实上……真实的情况是这样的。福楼拜起了床，洗了个热水澡，出现了中风的情况，他蹒跚地来到书房里的沙发上；正是在沙发里，医生发现了奄奄一息的他，这位医生后来开出了死亡证明。这就是所发生的一切。故事就此结束了。福楼拜最早的传记作家与这位医生有过交谈，就是这样。勒杜的故事则需要以下一系列的事件：福楼拜进入他的热水浴缸，用某种目前还不能解释得了的方式自缢，然后爬出浴缸，把绳子藏起来，步履蹒跚地来到他的书房，跌倒在沙发上，并且竭力做到等医生来再去世，同时还得装出中风的症状。这实在是太荒唐可笑了。

人们说，无风不起浪。恐怕无风也会起浪。埃德蒙·勒杜就是一个无风起浪的最佳典范。这个勒杜，他究竟是谁？似乎没有人知道。他并不是哪一个方面的专家。他完全是一个无足轻重的人。他只是以两个谎言的讲述者的身份存在着。也许，在福楼拜家里有人曾伤害过他（阿希尔没能给他治好拇指囊肿?），于是，他就进行这样的行之有效的报复。因为几乎每一本研究福楼拜的书，在没有讨论这个所谓的自杀话题之前都不会收笔的——接着得到的结论始终如一都说不予采纳。如你所见，这一幕在这里也重新上演了一遍。又一个漫长的离题讨论，其语气充满着道德上的愤慨，其效果很可能适得其反。我本打算写鹦鹉的。至少勒杜对鹦鹉倒没有一番理论。

而我却有。我不仅有一番理论。如我所说，我花了足足两年时间。没有，那是吹牛：我实际上是说，自这个话题产生到解决经过了两年。我给一个相当势利的学者写过信，他甚至建议说，这个事情确实没有什么意义。不错，我猜想，他必须保护他的领地。但是，有人告诉了我卢西恩·安德里先生的名字。

我决定不给他写信；毕竟我写信到现在为止并没有很成功。相反，我在 1982 年 8 月，对鲁昂进行了一次盛夏之旅。我下榻在北方大酒店，与大时钟相邻。在我房间的角落里，一根排粪管从天花板通到地板上，虽然管子被包了起来，但毫无作用，它每隔五分钟左右便对我大声吼叫起来，好像它运载着整个酒店的粪便。晚饭后，我躺在床上，倾听着高卢人的排泄物断断续续地一阵阵地响起。接着，大时钟报时了，传来了一种响而不亮的闷声闷气的声音，似乎钟声是从我的衣橱里传出来的。心想，这怎么可能入睡啊。

我的担忧因误解而起。十点以后，排粪管安静了下来；大时钟也不报时了。在白天，它也许是一道旅游的风景，但是鲁昂人考虑得很周到，当游客要睡觉的时候，便断开了报时装置。我熄了灯，仰面躺在床上，心里想着福楼拜的鹦鹉：对费莉西泰来说，它是怪模怪样且又合乎逻辑的圣灵的替身；对我来说，是带着翅膀、难以捉摸的作家声音的象征。当费莉西泰躺在床上奄奄一息的时候，这只鹦鹉返回到她的身旁，形象大了许多，迎接她进入了天堂。当我迷迷糊糊进入梦乡的时候，我心想，我可能会在梦中见到些什么呢。

我的梦里没有鹦鹉。相反，我梦到了铁路。梦到了战时的某个时候，在伯明翰换车的情景。远处的守车[①]在站台的尽头，正徐徐驶出来。我的手提箱擦着我的小腿。列车一片漆黑；车站灯光昏暗。一张我看不清楚的火车时刻表，上面的数字一片模糊。任何地方都看不到希望；再也没有火

① 又称望车，一般挂在货运列车的尾部，用来瞭望车辆及协助刹车。

车了；凄凉，黑暗。

这样的梦如果有意义时，你会认为可以梦想成真吗？但是梦是不知道它们如何受到梦想者青睐的，就如它们不知道如何区分细微差别一样。车站的梦，我每三个月会梦上一回，只是重复同样的梦，像一圈环形胶卷不断重复放映，直到我醒来时感到压抑气闷，情绪低落。那天早晨我醒来时，耳旁是时间与粪便两种声音：大时钟与我房间角落里的排粪管。时间与粪便：那是古斯塔夫在哈哈大笑吗？

在主宫医院，同一位穿着白外衣的憔悴看门人又带我参观起来。在医学区域，我注意到了被我以前忽视的东西：一台自助式灌肠机。那是一种遭到古斯塔夫痛恨的东西："铁路、毒药、灌肠机、奶油馅饼……"它由一张窄凳、一个空心尖状物再加一个垂直的把手构成。你骑坐在凳子上，伏到空心的尖状物上，然后给自己灌满水。至少它可以让你私下里灌肠。我与看门人都不怀好意地哈哈笑了起来：我告诉他说我是医生。他笑了笑，然后去取一件他说定会让我感兴趣的东西。

回来时，他拿着一只很大的硬纸板鞋箱，里面是两颗保存良好的人头。人头上的皮肤依然完好无损，但是岁月已使皮肤的颜色变成了褐色：大概是像一罐陈年的红葡萄酱那样的棕褐色吧。大多数的牙齿还未脱落，但是眼睛与头发没有留下来。其中一颗头颅重新装上了一头劣质的黑色假发与一双玻璃眼睛（眼睛是什么颜色？我记不起来了；但我肯定，它们没有爱玛·包法利的眼睛那样复杂)。这种企图使这颗头颅显得逼真的努力起到了适得其反的效果；它看上去倒像一张孩子的恐惧面具，一张放在卖化装舞会物品的商店橱窗里的万圣节"不请客就捣乱"的脸蛋。

看门人向我解释说，这些头颅是让—巴蒂斯特·洛莫尼耶的作品，他是阿希尔—克莱奥法斯·福楼拜在医院的前任。洛莫尼耶正在探索保存尸体的方法；市政府容许他用判死刑的罪犯的头颅做试验。我想起了古斯塔夫童年里的一件事。六岁时有一次，他与姑父帕兰到外面散步，经过了一个断头台。断头台上刚行过刑：鹅卵石还印着鲜红的人血。我怀着希望提起这件事；可是看门人摇摇头。否则这是一个不错的巧合，只是时间不一致。洛莫尼耶 1818 年就已经去世；再说，鞋盒里的两个人头标本事实上并不是在断头台上砍下来的。他指给我看了就在下巴下面的那些上绞刑的人曾因绞索勒住产生的深深的皱纹。当莫泊桑在克鲁瓦塞看到福楼拜的尸体时，其脖子又黑又肿。这是中风猝死的情形。这不是一个人在浴室里上吊的迹象。

我们继续参观博物馆，直到我们来到了存放鹦鹉的那个房间。我拿出我的宝利来相机，他容许我进行拍摄。我把照片挟在腋下，看门人指出了我第一次来访时就注意到的那封复印信函。那是福楼拜在 1876 年 7 月 28 日写给布雷恩夫人的信：“你知道在过去三个星期里我把什么东西放在我桌上，放在我的面前？一个鹦鹉标本。它忠于职守地在那里守望着。看到它，开始让我生气了。但是我把它放在那里，是想让我的脑海里充满鹦鹉。因为此刻我正在写一个老姑娘与一只鹦鹉之间的爱情。”

“这就是那只真正的鹦鹉。”看门人说，他用手拍着我们面前的玻璃圆罩，“这就是那只真正的鹦鹉。”

“那另一只呢?”

“另一只是假的。”

“你怎么能肯定呢?”

“这很简单。这只来自鲁昂博物馆。”他指着栖木一端的一个圆形印章，然后把我的注意力引向博物馆注册的一个复印登记表。它记录了一批租借给福楼拜的东西。大部分的条目是以博物馆速写记录的形式登记的，我看不懂，但是亚马逊品种的鹦鹉的租借条目明白易懂。在登记单的最后一个竖栏里，打了一系列的钩，这说明福楼拜已归还租借给他的每一件物品，包括这只鹦鹉。

我依稀感到失望。我始终多愁善感地设想——尽管并没有多少理由——这只鹦鹉是在作家去世后的遗物中找到的（无疑，这就是为什么我暗自喜欢这只克鲁瓦塞鹦鹉的理由）。当然，复印件不能证明什么，除了能证明福楼拜曾从博物馆里借过一只鹦鹉以外，并且他已归还。博物馆的印章更需要谨慎地来看，它并不是结论性的……

“我们的鹦鹉是真的。”在送我出门时，看门人大可不必地重复说。似乎我们的角色已经换了：他需要得到肯定，而不是我。

“我肯定你说得对。”

然而，我并不肯定。我开车到了克鲁瓦塞，拍摄了另一只鹦鹉的照片。它也玩着博物馆印章的游戏。我同意看门人的话，她那里的鹦鹉才是真实的，主宫医院的那只一定是冒名顶替的。

午饭后，我到了纪念公墓。“对资产者的仇恨是一切美德的开始。”福楼拜写道；但是他却墓葬在鲁昂最显赫家族的中间。在他去伦敦的几次旅行中，他有一次造访了海格特公墓①，发现那个公墓太整洁：“这些人似乎是戴着白手套死去的。”在大公墓，他们穿着燕尾服、戴着勋章死去，并与他们的马、狗还有英国家庭教师合葬在一起。

古斯塔夫的坟墓很小，并不奢华；但是在这样的环境中，其效果并不是使他看上去像一个艺术家，一个反对资产阶级的人物，而是使他看上去像一个不成功的资产者。我倚在划分一个个家庭墓地的栏杆上——即使去世了你仍可以拥有一块不动产——并拿出我的那本《一颗质朴的心》。在第四章开端，福楼拜赋予了费莉西泰的鹦鹉的描写非常简单：“他叫露露。他的身子是绿色的，他的翅膀尖是粉红色的，他的脑门是蓝色的，他的喉部是金色的。”我把我的两张照片进行了比较。两只鹦鹉都长着绿色的身子；两只都有着粉红色的翅膀尖（主宫医院的那只是鲜亮的粉红色）。可是蓝脑门与金喉咙，毫无疑问，是主宫医院的鹦鹉的特征。克鲁瓦塞的鹦鹉则刚好相反：金色的脑门，绿中带蓝的喉咙。

似乎那就是它了，确实。然而，我还是给卢西恩·安德里先生打去了电话，说明了我的兴趣，但那是普通的非专业性的兴趣。他邀我第二天登门拜访。由于他给我的地址是洛丁街，我的想象中便出现了他正站在一幢福楼拜研究学者所居住的那种殷实的资产者的房子中与我说话的情景。双坡式的屋顶，上面有牛眼窗穿透其中；粉红色的墙砖，第二帝国时期的装

① 在英国伦敦，内有马克思及其家人的坟墓。

饰；房子里面，沉静肃穆，镶有玻璃门的书橱，上蜡的地板，羊皮灯罩；我还闻到了一个喜欢交际的男人的气息。

我短时间里所构想的房子并不是一个真实存在，它是一个梦想，一个虚构。这位福楼拜研究者的真实的房子在南鲁昂的河对面，在一个破败的地区，那里一些小企业蹲伏于一排排低矮的红砖排屋之中。往来的卡车在那些狭小的街道上显得过于庞大；那里鲜有商店，酒吧也很少；有一家酒吧正在供应 tête de veau① 作为当日的 plat du jour②。就在你到达洛丁街前，有一个鲁昂屠宰场的道路标志。

安德里先生在家门口的台阶上等候着我。他是一个小个子老人，身穿斜纹呢的短上衣，脚穿斜纹呢的便鞋，头戴一顶斜纹呢的毡帽。他的翻领上饰着三排彩绸。他脱下帽子与我握手，然后再把帽子戴好；他解释说，他的头在夏天很脆弱。我们在室内时，他也要一直戴着他的软呢毡帽。有些人或许会觉得，这样有点古怪，但我倒不这么想。我是从一个医生角度来说的。

他告诉我，他七十七岁了，是福楼拜协会的秘书，也是在世的最老的成员。我们在前室的一张桌子边面对面坐下。房间的墙上满是小古玩：各种纪念盘、福楼拜纪念章、一幅安德里先生自己所作的大时钟画。房间又小又挤，布置奇特，充满个性：像是费莉西泰的房间的一个简洁版，或者是福楼拜凉亭的简洁版。他指出了其中一幅画着他自己的漫画，是由他的一个朋友画的；画上的他像一个歹徒，一大瓶的法国苹果白兰地酒从屁股口袋里向外伸出。我本该问一下，我的这位温文尔雅的主人为何有这样穷凶极恶的形象特征；但我没有问。我只是拿出了我的那本伊妮德·斯塔基博士的《福楼拜：一个大师的形成》，让他看了卷首插画。

“C’est Flaubert, ça?③” 我问道，只想获得一个最终的确认。

他咯咯笑了起来。

---

① 法语，小牛头。
② 法语，特色菜。
③ 法语，那是福楼拜吗。

“那是路易·布耶。Oui, oui, c'est Bouilhet.①”很显然，他并不是第一次被问到这样的问题。我还与他核实了一两个细节，然后提起那两只鹦鹉的事。

“啊，那些鹦鹉。有两只鹦鹉啊。”

“你知道，哪一只是真的，哪一只是冒名顶替的?”

他又一次咯咯笑了起来。

“1905年他们在克鲁瓦塞建立了博物馆。”他回答说，“我出生的那年。自然，我不可能在场。他们搜集了能够搜集到的所有的资料，嗯，结果你已亲眼看到了。”他点了点头。“资料并不多。许多东西已经散落不见了。但是博物馆的馆长决定，有一样东西他们是可以弄到的，那就是福楼拜的鹦鹉露露。于是他们就去了自然博物馆，他们说，我们想索回福楼拜的鹦鹉。我们要用它放在福楼拜的凉亭里。自然博物馆说，当然，跟我们来拿吧。”

安德里先生以前讲述过这件事；他很清楚该在什么地方停顿一下。

“于是，他们将馆长带到了他们存放馆藏品的地方。你们想要一只鹦鹉吗？他们说。那么我们就到禽鸟区去。他们打开门一看，于是在他们眼前出现了……五十只鹦鹉。Une cinquantaine de perroquets!②

“他们怎么办呢？他们采取了合理而明智的行动。他们回来拿了一本《一颗质朴的心》，细读福楼拜对露露的描述。”就如我前一天所做的那样。“然后他们便选择了看上去与他描写的最相称的一只鹦鹉。”

“四十年后，在上一场大战以后，主宫医院开始了他们的收藏工作。他们也来到自然博物馆说，我们想要福楼拜的鹦鹉。博物馆说，可以，你们挑选吧，可别拿错了。于是他们也查阅了《一颗质朴的心》，挑选了一只最像福楼拜所描写的鹦鹉。这就是为什么有两只鹦鹉了。”

“这么说，克鲁瓦塞的凉亭首先进行了挑选，一定得到了那只真的

---

① 法语，对，对，这是布耶。

② 法语，五十只鹦鹉。

鹦鹉?”

安德里先生看上去态度很不明朗。他把软呢帽向后脑勺略微推了推。我拿出了我拍的照片。“如果是这样的话，这又怎么解释呢?”我援引了那段熟悉的对鹦鹉的描写，指出了克鲁瓦塞鹦鹉的脑门与胸口的不同。为什么第二个挑选的鹦鹉比第一个挑选的看上去更像书上所描述的呢?

“嗯，你必须记住两件事。第一，福楼拜是个艺术家。他是一个充满想象力的作家。他可以为了生活节奏变动一个事实；他就是那样的。他因为借来了一只鹦鹉，他为什么就应该把鹦鹉描写成像借来的那个样子?如果把颜色调换一下听起来更好，他为什么就不可以调换一下呢?”

“第二，福楼拜写完那个故事后，就把鹦鹉还给了博物馆。那是在1876年。凉亭直到三十年后才建起来。你知道，动物标本会长蛀虫。会散架。费莉西泰的鹦鹉散架了，是不是?标本里面的填充物都掉了出来。”

“是的。”

“而且随着时间的变化，它们也许会变色。当然，我并不是制作动物标本的专家。”

“那么你是说，两只鹦鹉都有可能是真的?或者说，很可能两只都不是真的?”

他在桌上慢慢地伸展开他的双手，做了一个魔术师暗示安静的手势。我最后还有一个问题。

“所有那些鹦鹉还会留在自然博物馆里吗?所有五十只鹦鹉?”

“我不清楚。我想不会的。你得知道，在二十和三十年代里，动物和禽鸟的标本是时髦的装饰品。人们把它们放在客厅里。他们觉得这些标本很漂亮。因此，许多博物馆把他们不需要的一些馆藏品都出售了。他们为什么还要继续收藏五十只亚马逊鹦鹉呢?它们放在那儿只会腐烂。我不知道他们现在还剩下多少只。我倒是以为，博物馆处理掉了大部分的鹦鹉。”

我们握了手。在门口台阶上，安德里先生向我脱帽道别，短时间里将他那个脆弱的头颅暴露在八月的阳光下。我既感到满意又感到失望。这既是答案又不是答案；既是一个结束又不是一个结束。正如随着费莉西泰最后的心跳，故事渐渐接近结尾，“就像泉水在干涸、回声在消失一样”。也许，大概那就是事物可能有的面貌吧。

到告别的时候了。像一名有良知的医生一样，我对福楼拜的三座雕像进行了一番巡视。他现在的状态如何了呢？在特鲁维尔，他的胡子还需要进行修理；虽然他腿部的修补现在不那么显眼了。在巴朗坦，他的左腿开始开裂，他上衣的一个角上有了一个破洞，衣服上有的地方长出了青苔，引起了变色，使得上身显得污渍斑斑；我盯着他胸口绿色的污斑，微微闭上眼睛，竭力想把他变成一名迦太基的译者。在鲁昂，在那里的修士广场上，他那尊雕像的外表结构完好无损，对百分之九十三的铜加百分之七的锡的合金满怀信心；但是雕像上还是不断生出一条条的斑纹。每一年他似乎就会多流出几道铜色的泪痕，这些泪痕像脉搏一样亮闪闪地分布在他的脖子上。这倒也不显得不合适：福楼拜一直是个爱哭的人。这些泪痕一直垂挂到他的身上，给他穿上了一件别致的马甲，使他的腿侧增加了细细的斑纹，似乎他正穿着礼服长裤。这也不显得不合适：它提醒人们，他既喜欢沙龙生活，也喜欢克鲁瓦塞的隐居生活。

往北几百码距离，到了自然博物馆，他们把我带上了楼。这让我吃惊，我原以为，馆藏品往往存放在地下室里。但是当今，人们也许在地下室设了休闲中心：自助餐厅、墙画、电子游戏以及一切使学习轻松的东西。他们为什么如此热衷地把学习变成游戏？他们也喜欢把学习变得充满孩子气，甚至成年人的学习也一样。特别是成年人的学习。

那是一个小房间，大概有八英尺宽，十英尺长，窗子在右面，左边是一排排的架子。虽然天花板上有几盏灯，但是房间里还是相当昏暗：一个在屋子顶楼的坟窟。虽然，我想，它不完全是个坟窟：有些生物中的一些会拿出去重见天日，用来取代被蛀虫吞食或不再受欢迎的同类。因此，这是一个很矛盾的地方，一半是停尸房，一半是炼狱。它的气味也让人难以确定：既有点像是外科的味道，又有点像是五金商店的味道。

我朝四处看去，看到的尽是禽鸟。一架子一架子的禽鸟，每一只鸟身上都喷洒了白色的杀虫剂。我被带到了第三条过道。我小心翼翼地在架子中间往前挤，稍稍斜着头，朝上望去。只见，那些亚马逊鹦鹉整齐地站成一排，出现在眼前。早先的五十只鹦鹉中，只剩下了三只。它们身上的任何的华美色彩都被它们遍体的沾着灰的杀虫剂弄得黯然失色了。它们在盯着我看，像三位充满疑惑、目光敏锐、布满头屑、无耻的老人。我不得不承认，它们确实看上去有点稀奇古怪。我凝视了它们一分钟左右的时间，然后退了出来。

大概就是它们中的一只吧。

（选自《福楼拜的鹦鹉》，译林出版社 2010 年第 1 版）